PHILIPPA GREGORY

AN DUNKLEN WASSERN

ROMAN

Aus dem britischen Englisch
von Ute Brammertz

Die amerikanische Originalausgabe erschien 2020
unter dem Titel »Dark Tides« bei Simon & Schuster, New York.

Besuchen Sie uns im Internet:
www.knaur.de

Aus Verantwortung für die Umwelt hat sich die Verlagsgruppe Droemer Knaur zu einer nachhaltigen Buchproduktion verpflichtet. Der bewusste Umgang mit unseren Ressourcen, der Schutz unseres Klimas und der Natur gehören zu unseren obersten Unternehmenszielen.
Gemeinsam mit unseren Partnern und Lieferanten setzen wir uns für eine klimaneutrale Buchproduktion ein, die den Erwerb von Klimazertifikaten zur Kompensation des CO_2-Ausstoßes einschließt.
Weitere Informationen finden Sie unter:
www.klimaneutralerverlag.de

Deutsche Erstausgabe Mai 2022
Knaur Verlag
© 2020 by Levon Publishing Ltd.
All rights reserved including the right of reproduction in whole or in part in any form. This edition published by arrangement with the original publisher, Atria Books, a division of Simon & Schuster, Inc., New York.
© 2021 der deutschsprachigen Ausgabe Knaur Verlag
Ein Imprint der Verlagsgruppe Droemer Knaur GmbH & Co. KG, München
Alle Rechte vorbehalten. Das Werk darf – auch teilweise – nur mit Genehmigung des Verlags wiedergegeben werden.
Redaktion: Susanne Kiesow
Covergestaltung: Guter Punkt, München
Coverabbildung: Collage von »Der Gute Punkt« unter Verwendung von Motiven von iStock / Getty Images Plus, iStockphoto, Gumroad, Shutterstock.
Satz: Adobe InDesign im Verlag
Druck und Bindung: CPI books GmbH, Leck
ISBN 978-3-426-22725-1

2 4 5 3 1

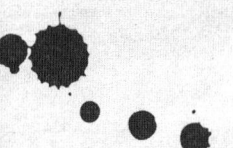

Reekie Wharf, Southwark, London, Mittsommerabend

Lieber Ned, mein liebster Bruder,

ich muss Dir schreiben, weil wir einen Brief ~~von Robs Frau~~ aus Venedig erhalten haben.
Es sind schlechte Nachrichten. ~~Die schlimmsten Nachrichten.~~ Sie schreibt, dass Rob ~~ertrunken und tot~~ ertrunken ist. Robs ~~Frau~~ Witwe sagt, sie wird mit seinem Säugling nach England kommen. Ich schreibe Dir jetzt, ~~weil ich es nicht glauben kann~~ weil ich weiß, dass Du es auf der Stelle erfahren wollen würdest. Aber ich weiß nicht, was ich schreiben soll.
Ned – Du weißt, ich würde es spüren, wenn mein Sohn tot wäre. Ich weiß, dass er ~~es nicht ist~~ lebt.
Ich schwöre Dir bei meiner Seele, dass er lebt.
Ich werde wieder schreiben, sobald sie eingetroffen ist und uns mehr erzählt hat. ~~Du wirst sagen~~ Ich glaube, Du wirst sagen, dass ich mich selbst belüge – dass ich die Nachricht nicht ertragen kann und mir einrede, alle außer mir sind im Unrecht
~~Ich weiß es nicht. Ich kann es nicht wissen. Aber ich glaube doch, dass ich es weiß.~~
Es tut mir leid, dass ich so ~~einen schlimmen~~ einen traurigen Brief schreiben muss. Es ist unmöglich, dass er tot ist und ich es nicht weiß. ~~Ich hätte es gespürt, es ist unmöglich, dass er ertrunken ist.~~
Wie ist es möglich, dass ich aus tiefem Wasser hochgekommen bin, und einundzwanzig Jahre später soll es ihn unten behalten?

In Liebe, Deine Schwester Alinor.
Natürlich bete ich darum, dass es Dir gut geht. Schreib mir.

Mittsommerabend, 1670, London

Das baufällige Lagerhaus stand auf der falschen Flussseite, dem Südufer. Hier drängten sich die Häuser dicht an dicht, und die kleinen Boote entluden ein lächerliches bisschen Fracht für wenig Profit. Der Reichtum Londons fuhr an ihnen vorüber, segelte flussaufwärts zu dem halb fertigen Custom House, dem Zollhaus, dessen cremefarbene Steinfassade breit am schnell dahinströmenden Fluss stand. Es sah aus, als wolle es jeden Tropfen des aufgewühlten, dreckigen Wassers besteuern. Die größten Schiffe glitten, im Gefolge eifriger Schleppkähne, an den kleinen Pieren vorüber, als wären die Kais nichts als Strandgut, Stöcke und Kopfsteine, die an Ort und Stelle verrotteten. Zweimal am Tag ließ sogar die Flut sie im Stich, sodass Uferdämme aus stinkendem Schlamm und Piere mit unkrautbewachsenen Rampen, die wie alte Knochen aus dem Wasser ragten, zurückblieben.

Dieses Lagerhaus und alle anderen, die wie achtlos ins Regal gestellte Bücher daran lehnten und sich am Uferdamm aneinanderreihten, sehnten sich nach dem Reichtum, der mit dem neuen König auf dem Schiff, das einst Oliver Cromwells gewesen war, ins Land segelte. Ein Land, das einst frei gewesen war. Diese armen Kaufleute, die mithilfe des Handels auf dem Fluss ein kümmerliches Dasein fristeten, hörten viel von dem neuen König und seinem prächtigen Hof in Whitehall. Doch seine Rückkehr an die Macht hatte ihnen nichts eingebracht. Nur ein einziges Mal hatten sie ihn gesehen, als er vorübersegelte, das Schiff voller flatternder königlicher Fähnchen, ein einziges Mal und dann nie wieder: nicht hier unten, am südlichen Flussufer, im Osten der Stadt. An diesen Ort kam man nicht. Es war ein Ort, den man verließ. Hier war noch niemals eine vornehme Kutsche oder ein edles Pferd gesichtet worden. Der zurückgekehrte König hielt sich im Westen der City auf, umgeben von aristokrati-

schen Günstlingen und adeligen Huren, allesamt auf freizügiges Vergnügen aus, von Fortuna aus ihrer Misere gerissen, ohne dass auch nur einer von ihnen dieses glückliche Los verdient hätte.
Doch das kleine Lagerhaus hielt an den alten puritanischen Prinzipien von harter Arbeit und Sparsamkeit fest, genau wie sich die Häuser am Hafendamm festhielten: So dachte der Mann, der davorstand und zu den Fenstern hochstarrte, als hoffe er, einen Blick auf jemanden im Innern zu erhaschen. Sein brauner Anzug war ordentlich, die weiße Spitze an Kragen und Manschetten bescheiden in diesen Zeiten modischer Exzesse. Sein Pferd stand geduldig hinter ihm, während er die unscheinbare Fassade des Lagerhauses musterte – den Flaschenzug an der Wand und die beiden weit offen stehenden Torflügel. Dann wandte er sich um zum trüben Fluss und sah den Hafenarbeitern dabei zu, wie sie einen angelegten Lastkahn entluden, wobei sie sich schwere Getreidesäcke zuwarfen, einer zum anderen, während sie einen monotonen Singsang anstimmten, um im Takt zu bleiben.
Der Gentleman auf dem Hafendamm fühlte sich hier ebenso fremd wie auf seinen seltenen Besuchen bei Hofe. In diesem neuen England schien es überhaupt keinen Platz mehr für ihn zu geben. In den glitzernden Palästen war er eine unelegante Mahnung an eine heikle Vergangenheit, wo ihm höchstens mit einem schnell wieder vergessenen Versprechen auf den Rücken geklopft wurde, bevor man ihn verabschiedete. Doch hier auf dem Hafendamm in Bermondsey stach er noch viel mehr als Fremder hervor: ein reicher Müßiggänger, eine stumme Erscheinung unter dem ständigen Kreischen des Flaschenzugs, dem Grollen rollender Fässer, den geschrienen Befehlen und den schwitzenden Hafenarbeitern. Bei Hofe stand er einem gedankenlosen Reigen des Vergnügens im Weg, war er den Menschen zu freudlos. Hier stand er dem Fortgang der Arbeit im Weg, wo Männer keine Individuen waren, sondern sich im Einklang bewegten, jeder ein Rädchen im Getriebe. Seiner Meinung nach war die Welt kein Ganzes mehr, sondern hatte sich entzweit in Land und Hof, Gewinner und Verlorene, Protestanten und Ketzer, Royalisten und Anhänger des Parlaments, die ungerechterweise Gesegneten und die zu Unrecht Verdammten.
Seine eigene Welt aus selbstverständlich hingenommenem Luxus –

heißes Wasser in einem Porzellankrug im Schlafgemach, am Morgen für ihn herausgelegte saubere Kleidung, Dienstboten, die alles erledigten – wirkte hier sehr fern. Und doch musste er diese fremde Sphäre betreten, um das von ihm verübte Unrecht aus der Welt zu schaffen, um eine brave Frau glücklich zu machen, um die Wunden seines eigenen Versagens zu heilen. Wie der König war er zum Zweck einer Restauration gekommen.
Er band sein Pferd an den Eisenring eines Pfostens, trat an den Rand des Kais und blickte in den Lastkahn mit dem flachen Boden, der schwer auf der Rampe neben dem Kai auflag.
»Woher kommt Ihr?«, rief er zu dem Mann hinunter, den er für den Kapitän des Bootes hielt, da er das Entladen beaufsichtigte und die Säcke in einem Hauptbuch abhakte.
»Von der Insel Sealsea in Sussex«, erwiderte der Mann gedehnt in dem alten, vertrauten Dialekt. »Der beste Weizen in ganz England, Weizen aus Sussex.« Er blinzelte nach oben. »Seid Ihr zum Kaufen da? Wollt Ihr in Sussex gebrautes Ale? Oder gepökelten Fisch? Haben wir alles da.«
»Ich bin nicht zum Kaufen da«, antwortete der Fremde. Ihm hämmerte das Herz in der Brust bei der Erwähnung der Insel, die einst sein Zuhause gewesen war: *ihr* Zuhause.
»Nee, natürlich nicht. Ihr seid für ein Tänzchen im Ballsaal der Damen hier, was?«, scherzte der Kapitän, und einer der Hafenarbeiter lachte schallend, als der Gentleman sich aufgrund dieser Unverschämtheit abwandte und wieder zu dem Haus hochblickte.
Es stand an der Ecke einer Zeile aus heruntergekommenen dreistöckigen Lagerhäusern, die aus Planken und dem Holz ehemaliger Schiffe erbaut waren, das wohlhabendste einer ärmlichen Reihe. Weiter unten am Kai, wo das Flüsschen Neckinger in einem dreckigen Wasserwirbel in die Themse mündete, stand ein Galgen mit einem vor langer Zeit Erhängten, dessen verblichenes Gerippe von ein paar Stofffetzen zusammengehalten wurde. Ein Pirat, dessen Strafe der Strang gewesen war und der dort als Mahnmal für andere hängen gelassen wurde. Der Gentleman erschauderte. Für ihn war es unvorstellbar, wie die Frau, die er einst gekannt hatte, in Hörweite der quietschenden Kette des Galgens leben konnte.
Ihr blieb keine andere Wahl, das wusste er, und sie hatte mit dem

Kai das Bestmögliche erreicht. Das Lagerhaus war offenkundig ausgebessert und umgebaut worden. Jemand hatte die Kosten und Mühen auf sich genommen, an der einen Ecke des Hauses ein kleines Türmchen zu errichten, das auf die Themse und den Neckinger hinausging. Sie konnte aus der Glastür treten und von einem kleinen Balkon aus nach Osten blicken, flussabwärts in Richtung Meer, oder nach Westen, flussaufwärts zur Londoner City. Sie konnte das Fenster öffnen, um dem Geschrei der Möwen zu lauschen und zu beobachten, wie die Flut unter ihrem Fenster anschwoll und absank und die Waren am Kai eintrafen.

Vielleicht erinnerte es sie an ihr Zuhause, vielleicht saß sie an manchen Abenden da, wenn der Nebel den Fluss heraufstieg und den Himmel so grau wie das Wasser färbte, und dachte an andere Abende und das Donnern des sich drehenden Rads der Gezeitenmühle. Vielleicht blickte sie quer über den unruhigen Fluss nach Norden, über die schmale Gasse aus Kerzenmachern und Lebensmittelhändlern, vorbei an den Marschlandschaften, wo die Meeresvögel unter Geschrei kreisten. Vielleicht stellte sie sich die Hügel des Nordens vor und den weiten Himmel über dem Anwesen eines Mannes, den sie einst geliebt hatte.

Der Gentleman trat an die Eingangstür des Lagerhauses, das offensichtlich Heimstatt, Geschäft und Lagerraum in einem war. Dann hob er den Elfenbeingriff seiner Reitgerte und klopfte laut an. Er wartete, vernahm den Widerhall von nahenden Schritten auf hölzernen Flurdielen, dann ging die Tür auf, und ein Dienstmädchen in einer verdreckten Arbeitsschürze stand vor ihm. Entgeistert starrte es auf das seidige Fell seines französischen Zylinders und die auf Hochglanz polierten Stiefel.

»Ich möchte gern ...« Hier war er nun, doch auf einmal kam ihm in den Sinn, dass er gar nicht wusste, welchen Namen sie benutzte, und auch nicht den Namen des Lagerhausbesitzers kannte. »Ich möchte die Dame des Hauses sprechen.«

»Welche?«, wollte sie wissen und wischte eine schmutzige Hand an ihrer Sackleinenschürze ab. »Mrs Reekie oder Mrs Stoney?«

Beim Namen ihres Ehemannes und der Erwähnung ihrer Tochter stockte ihm der Atem. Wenn es ihn derart mitnahm, nur von ihr zu hören, wie würde er sich dann erst bei ihrem Anblick fühlen?

»Mrs Reekie«, erwiderte er, etwas gefasster. »Sie ist es, die ich sprechen möchte. Ist Mrs Reekie zu Hause?«
Der Spalt der Haustür wurde breiter, auch wenn sie die Tür nicht öffnete, um ihn eintreten zu lassen. Es war, als hätte sie noch niemals einen Besucher eingelassen. »Wenn es um eine Fracht geht, solltet Ihr ans Hoftor gehen und mit Mrs Stoney sprechen.«
»Es geht um keine Fracht. Ich möchte Mrs Reekie einen Besuch abstatten.«
»Warum?«
»Würdet Ihr ihr Bescheid geben, dass ein alter Freund da ist und sie sehen möchte?«, erwiderte er geduldig. Seinen Namen zu nennen, wagte er nicht. Ein silbernes Sixpencestück wanderte von seinem Reithandschuh in die von der Arbeit schmutzige Hand der jungen Frau. »Bitte richtet ihr aus, sie möge mich empfangen«, wiederholte er. »Und schickt den Knecht, damit er mein Pferd in den Stall bringt.«
»Einen Knecht haben wir nicht«, antwortete sie, ließ die Münze jedoch in ihrer Schürze verschwinden und musterte ihn von Kopf bis Fuß. »Bloß den Fuhrmann, und es gibt nur den Stall für das Pferdegespann und einen Hof, wo wir die Fässer lagern.«
»Dann sagt dem Fuhrmann, er soll mein Pferd in den Hof bringen«, wies er sie an.
Sie öffnete die Haustür gerade so weit, dass er eintreten konnte, und ließ sie offen stehen, sodass die Männer auf dem Hafendamm sehen konnten, wie er verlegen in der Diele stand, den Hut in der einen Hand, Reitgerte und Handschuhe in der anderen. Sie ging wortlos an ihm vorbei zur Hintertür, von wo aus sie rief, jemand solle das Hoftor öffnen – nicht für eine Lieferung, sondern bloß für einen Mann, der sein Pferd nicht auf dem Hafendamm stehen lassen wolle. Peinlich berührt sah er sich in der Diele um, betrachtete die Holztüren mit ihren zum Schutz vor Flutwasser erhöhten Steinschwellen, die schmale Holztreppe, den einzelnen Stuhl und wünschte sich von ganzem Herzen, er wäre nie hergekommen.
Er hatte damit gerechnet, dass die Frau, der er den Besuch abstattete, viel ärmer war. Er hatte sich ausgemalt, wie sie aus einem Fenster am Hafendamm Arznei verkaufte und den Ehefrauen von Matrosen und Kapitänshuren bei ihren Geburten beistand. So oft hatte er sie vor seinem inneren Auge in Not gesehen, wie sie Flicken auf die

Kleidung des Kindes nähte, wie sie sich selbst zurückhielt, um ihm eine Schüssel Haferbrei anbieten zu können, händeringend auf Arbeitssuche, um ihren Lebensunterhalt zu verdienen. Er hatte sie sich so vorgestellt, wie er sie früher gekannt hatte – eine arme, aber stolze Frau, die jeden Penny verdiente, den sie konnte, jedoch niemals bettelte. In seiner Vorstellung war dies vielleicht eine Art Pension am Hafendamm gewesen, und er hatte gehofft, sie würde dort als Haushälterin arbeiten. Er hatte darum gebetet, dass sie zu nichts Schlimmerem gezwungen war.

Jedes Jahr hatte er ihr einen Brief geschrieben, in dem er ihr alles Gute wünschte und ihr versicherte, dass er immer noch an sie dachte, mit einer Goldmünze unter dem Siegel. Geantwortet hatte sie allerdings nie. Er wusste noch nicht einmal, ob sie die Post jemals erhalten hatte. Er gestattete sich niemals, das kleine Lagerhaus am Fluss aufzusuchen, hatte sich noch nicht einmal erlaubt, mit einem Boot flussabwärts zu fahren und nach ihrer Tür Ausschau zu halten. Er hatte Angst davor gehabt, was er sehen könnte. Doch in diesem Jahr, in diesem besonderen Jahr, genau in diesem Monat und an diesem Tag, war er dann tatsächlich hergekommen.

Das Dienstmädchen kehrte in die Diele zurück und schlug die Haustür zum Schutz vor dem Lärm und dem grellen Licht des Hafendamms zu, sodass er das Gefühl hatte, endlich ins Haus eingelassen worden zu sein – und nicht einfach nur in der Diele abgeliefert wie ein Ballen Waren.

»Wird sie mich empfangen? Mrs Reekie?«, fragte er.

Bevor sie antworten konnte, ging eine weitere Tür auf, und eine Frau um die dreißig trat auf den Flur. Sie trug das dunkle, ehrbare Gewand einer Kaufmannsgattin und darüber eine einfache Arbeitsschürze, die eng um ihre Taille gebunden war. Ihr Kragen war von bescheidener Höhe, schlicht und weiß, gar nicht nach der extravaganten Mode der Zeit. Das goldbraune Haar trug sie zurückgekämmt und beinahe vollständig unter einer weißen Haube verborgen. An den Augenwinkeln hatte sie Fältchen, und ihre gerunzelte Stirn war von einer tiefen Furche durchzogen. Weder senkte sie den Blick wie eine Puritanerin, noch kokettierte sie wie eine Hofdame. James sah sich voller Beklommenheit dem direkten, wenig freundlichen Blick Alys Stoneys ausgesetzt.

»Ihr«, sagte sie ohne Überraschung. »Nach all der Zeit.«
»Ich«, pflichtete er ihr bei und verbeugte sich tief. »Nach einundzwanzig Jahren.«
»Es ist kein guter Zeitpunkt«, erklärte sie schroff.
»Früher konnte ich nicht kommen. Darf ich mit Euch reden?«
Zur Antwort neigte sie kaum merklich den Kopf. »Ich gehe einmal davon aus, dass Ihr hereinkommen wollt«, sagte sie und trat in das angrenzende Zimmer, wobei sie ihm bedeutete, ebenfalls über die erhöhte Schwelle zu steigen. Ein kleines Fenster gewährte Aussicht auf das ferne Flussufer, versperrt durch Masten, fest gereffte Segel und den lauten Kai vor dem Haus, wo die Hafenarbeiter immer noch den Wagen beluden und Fässer ins Lagerhaus rollten. Sie zog einen Vorhang vor, sodass für die auf dem Kai arbeitenden Männer nicht zu sehen war, wie sie ihm einen einfachen Holzstuhl anbot. Er setzte sich, während sie, eine Hand auf dem Kaminsims, stehen blieb und in die leere Feuerstelle starrte.
»Ich habe Geld geschickt, jedes Jahr«, sagte er verlegen.
»Ich weiß«, sagte sie. »Ihr habt einen Louisdor geschickt. Ich habe ihn jedes Mal an mich genommen.«
»Sie hat nie auf meine Briefe geantwortet.«
»Sie hat sie nie zu Gesicht bekommen.«
Er keuchte auf, als habe sie ihm einen Schlag in die Magengrube versetzt. »Meine Briefe waren an sie adressiert.«
Sie zuckte mit den Schultern, als sei es ihr einerlei.
»Bei aller Ehre, Ihr hättet ihr die Briefe geben müssen. Sie waren privater Natur.«
Sie wirkte vollkommen ungerührt.
»Gemäß den Gesetzen dieses Landes gehören sie ihr, oder sie hätten mir zurückgegeben werden sollen«, protestierte er.
Sie warf ihm einen flüchtigen Blick zu. »Ich bezweifle, dass einer von uns beiden viel mit dem Gesetz zu schaffen hat.«
»Tatsächlich bin ich in meiner Grafschaft Friedensrichter«, erklärte er steif. »Und Abgeordneter im House of Commons. Ich achte und wahre das Gesetz.«
Als sie den Kopf neigte, gewahrte er das sarkastische Funkeln in ihren Augen. »Verzeiht mir, Euer Ehren! Aber ich kann sie nicht zurückgeben, weil ich sie verbrannt habe.«

»Ihr habt sie gelesen?«
Sie schüttelte den Kopf. »Nein. Sobald ich das Gold unter dem Siegel hervorgeholt hatte, war mein Interesse an ihnen erloschen«, sagte sie. »Oder an Euch.«
Ihn überkam eine Atemnot, als sei er gerade dabei, unter schweren Wassermassen zu ertrinken. Er durfte nicht vergessen, dass er ein Gentleman war. Alys war ein Bauernmädchen gewesen und gab sich nun als Hausherrin eines ärmlichen Lagerhauses aus. Er durfte nicht vergessen, dass er ein Kind gezeugt hatte, das hier lebte, an diesem unerfreulichen Ort der Arbeit, und dass er Rechte besaß. Er durfte nicht vergessen, dass sie eine Diebin war und man ihrer Mutter Schlimmeres vorgeworfen hatte, wohingegen er ein adeliger Gentleman mit seit Generationen vererbten Ländereien war. Er ließ sich weit hinab, indem er ihnen diesen Besuch abstattete, bereit zu einem außergewöhnlichen Akt der Güte, um dieser armen Familie unter die Arme zu greifen.
»Ich hätte alles Mögliche schreiben können«, sagte er scharf. »Ihr hattet kein Recht ...«
»Ihr hättet alles Mögliche schreiben können«, räumte sie ein. »Und trotzdem hätte es mich nicht interessiert.«
»Aber sie ...«
Sie zuckte mit den Schultern. »Ich weiß nicht, was sie von Euch hält«, sagte sie. »Auch das interessiert mich nicht.«
»Sie muss doch von mir gesprochen haben!«
Das Gesicht, das sie ihm zuwandte, war ausdruckslos. »Ach, muss sie das?«
Die Vorstellung, dass Alinor in all den Jahren nie von ihm gesprochen hatte, traf ihn wie ein Hieb gegen die Brust. Wenn sie vor einundzwanzig Jahren in seinen Armen gestorben wäre, hätte sie ihn nicht stärker im Geiste verfolgen können. Er hatte jeden Tag an sie gedacht, hatte sie jeden Abend in seine Gebete eingeschlossen, hatte von ihr geträumt, hatte sich nach ihr gesehnt. Es war unmöglich, dass sie nicht an ihn gedacht hatte.
»Wenn Ihr nicht das leiseste Interesse an mir hegt, dann wollt Ihr bestimmt auch nicht wissen, warum ich jetzt hier bin!«, sagte er herausfordernd.
Sie biss nicht an. »Ja«, bestätigte sie. »Ihr habt recht. Nicht im Geringsten.«

Er stand auf, ging an ihr vorbei zum Fenster und schob den Vorhang einen Spalt beiseite, um hinauszusehen. Er versuchte, seinen Zorn im Zaum zu halten und gleichzeitig das Gefühl niederzukämpfen, dass die Härte, mit der sie ihm begegnete, so unerbittlich wie die hereinkommende Flut war. Er vernahm das Schleifen der Bootsfender, als das Wasser den Lastkahn von der Rampe hob, und das Klackern der Schoten an den hölzernen Masten. Geräusche dieser Art waren für ihn immer das Echo des Exils gewesen, die Musik seines Lebens als Spion, als Fremder in seinem eigenen Land. Diese erneute Ahnung von Einsamkeit und Gefahr war ihm unerträglich.

Er drehte sich wieder zum Zimmer zurück. »Um es kurz zu machen, ich bin hergekommen, um mit Eurer Mutter zu sprechen, nicht mit Euch. Und ich möchte das Kind sehen: *mein* Kind.«

Sie schüttelte den Kopf. »Sie kann Euch nicht empfangen, und das Kind wird es auch nicht tun.«

»Ihr könnt nicht für die beiden sprechen. Sie ist Eure Mutter, und das Kind – *mein Kind* – ist mittlerweile mündig.«

Sie erwiderte nichts, sondern wandte lediglich den Kopf ab und blickte wieder nach unten in die leere Feuerstelle. Zwar konnte er seinen Zorn nur mühsam zurückhalten, musste sich jedoch eingestehen, dass sie zu einer starken, markanten Schönheit herangereift war. Sie sah wie eine Frau von Autorität aus, der es gleichgültig war, wie sie auf andere wirkte, aber ganz und gar nicht, was sie tat.

»Das Kind ist jetzt einundzwanzig Jahre alt, und er kann selbst entscheiden«, erklärte er beharrlich.

Abermals sagte sie nichts.

»Es ist doch ein Junge?«, fuhr er zögerlich fort. »Ist es ein Junge? Ich habe einen Sohn?«

»Mit einundzwanzig Goldstücken in Jahresraten lässt sich kein Sohn kaufen«, sagte sie. »Ebenso wenig lässt sich damit ein Moment ihrer Zeit erkaufen. Ihr seid jetzt vermutlich ein wohlhabender Mann. Ihr habt Euer Herrenhaus und die Ländereien wiedererlangt, Euer König ist erneut auf dem Thron, und Ihr seid bekannt als einer derjenigen, die ihn zurück nach England gebracht haben. Und Ihr seid belohnt worden. Er hat an Euch gedacht, auch wenn er so viele andere vergisst, nicht wahr? Es ist Euch gelungen, Euch

ganz nach vorn zu kämpfen, als er seine Gunst verteilte. Ihr habt dafür gesorgt, dass man Euch nicht übersehen hat, nicht wahr?«
Er neigte den Kopf. Seine Miene sollte nicht die Bitterkeit darüber verraten, dass die Gefahr, in die er sich über Jahre begeben hatte, nichts anderes bewirkt hatte, als einen närrischen Lustmolch auf den Thron zu befördern. »Ich bin wieder im vollen Besitz der Ländereien und des Vermögens meiner Familie«, bestätigte er leise. »Ich habe mich nie dazu herabgelassen, mich einzuschmeicheln. Was Ihr andeutet, ist ... unter meiner Würde. Ich habe erhalten, was mir zusteht. Meine Familie war durch unsere Königstreue in den Ruin getrieben worden. Man hat es uns vergolten. Nicht mehr und nicht weniger.«
»Dann sind einundzwanzig Goldstücke für Euch nicht der Rede wert«, triumphierte sie. »Es wird Euch kaum aufgefallen sein. Aber wenn Ihr darauf besteht, kann ich sie Euch zurückzahlen. Soll ich das Geld Eurem Gutsverwalter in Eurem Herrenhaus in Yorkshire schicken? Ich habe es im Moment nicht in bar. So eine Summe haben wir nicht im Haus, so eine Summe verdienen wir nicht in einem Monat. Aber ich werde mir etwas borgen und Euch im Laufe der Woche entschädigen.«
»Ich will Eure Münzen nicht. Ich will ...«
Erneut brachte ihn ihr kalter Blick zum Schweigen.
»Mrs Stoney.« Behutsam benutzte er ihren Ehenamen, und sie widersprach ihm nicht. »Mrs Stoney, ich habe meine Ländereien, aber ich habe keinen Sohn. Mein Titel wird mit mir sterben. Ich bringe diesem Jungen – Ihr zwingt mich dazu, ganz offen mit Euch zu sprechen, nicht mit seiner Mutter und nicht mit meinem Sohn, wie es mir lieber wäre – ich bringe ihm ein Wunder, ich werde einen Gentleman aus ihm machen, ich bringe ihm Reichtümer, er wird mein Erbe sein. Und ihre Wiederherstellung wird es auch sein. Ich sagte einst, sie werde die Lady eines großen Hauses sein. Das wiederhole ich jetzt. Ich bestehe darauf, es vor ihr persönlich zu wiederholen, damit ich mir sicher sein kann, dass sie es erfährt, damit sie genau Bescheid weiß über das großartige Angebot, das ich ihr unterbreite. Und ich bestehe darauf, es vor ihm zu wiederholen, damit er die Möglichkeit kennt, die sich ihm eröffnet. Ich bin bereit, ihr meinen Namen und meinen Titel zu geben. Er wird einen Vater

und Familienbesitz haben. Ich werde ihn anerkennen ...« Die gewaltigen Ausmaße des Angebots verschlugen ihm den Atem. »Ich werde ihm meinen Namen geben, meinen ehrenwerten Namen. Ich biete ihr meine Hand.«
Am Ende seine Rede ging sein Atem keuchend, doch es kam keine Antwort, nur wieder tiefes Schweigen. Er wähnte sie völlig verblüfft über den Reichtum und das glückliche Los, von denen die Familie wie ein Donnerschlag ereilt worden war. Er glaubte, es habe ihr die Sprache verschlagen.
Doch dann ergriff Alys Stoney das Wort. »Oh, nein, sie wird nicht mit Euch sprechen«, antwortete sie ihm beiläufig, als weise sie einen Hausierer an der Tür ab. »Und in diesem Haus gibt es kein Kind, das Euren Namen trägt. Auch keines, das auch nur von Euch gehört hat.«
»Es gibt einen Jungen. Ich weiß, dass es einen Jungen gibt. Lügt mich nicht an. Ich weiß ...«
»Mein Sohn«, sagte sie ruhig. »Nicht Eurer.«
»Ich habe eine Tochter?«
Das brachte alles durcheinander. Vor seinem geistigen Auge hatte er so lang seinen Jungen gesehen, der auf dem Kai heranwuchs, ein Junge, der in der rauen Atmosphäre der Straßen groß wurde, doch der – da war er sich sicher – eine gewisse Bildung genossen hatte, der sorgfältig erzogen worden war. Die Frau, die er geliebt hatte, konnte keinen Jungen haben, ohne einen Mann aus ihm zu machen. Er hatte ihren Jungen, Rob, gekannt: Sie konnte gar nicht anders, als einen braven jungen Mann heranzuziehen und in ihm Neugier und Hoffnung und die Fähigkeit zur Freude zu wecken. Doch wie dem auch sei – seine Gedanken überschlugen sich –, eine Tochter konnte seine Ländereien ebenso gut erben, er konnte sie adoptieren und ihr seinen Namen geben, er konnte sie gut verheiraten, und dann würde er einen Enkelsohn auf Northside Manor haben. Er konnte ihren Sohn zum Erben seines Landes bestimmen und darauf bestehen, dass die neue Familie seinen Namen trug. In der nächsten Generation würde es einen Jungen geben, der den Namen Avery am Leben erhielt. Er würde nicht der Letzte sein, er würde Nachkommen haben.
»Meine Tochter«, verbesserte sie ihn abermals. »Nicht Eure.«
Sie hatte ihn verblüfft. Flehend sah er sie an, so blass, dass sie glaub-

te, er werde möglicherweise in Ohnmacht fallen. Doch sie bot ihm noch nicht einmal einen Tropfen Wasser an, obwohl seine Lippen grau waren und er eine Hand an den Hals hob und den Kragen lockerte. »Wollt Ihr nach draußen gehen und frische Luft schnappen?«, fragte sie ihn gleichgültig. »Oder einfach gehen?«
»Ihr habt mein Kind als Eures ausgegeben?«, flüsterte er.
Sie neigte den Kopf, antwortete jedoch nicht.
»Ihr habt mein Kind an Euch genommen? Gestohlen?«
Beinahe lächelte sie. »Wohl kaum. Ich wart nicht da, um bestohlen werden zu können. Ihr wart weit weg. Ich glaube nicht, dass wir auch nur den Staub hinter Eurer prächtigen Kutsche zu Gesicht bekommen haben.«
»War es ein Junge? Oder ein Mädchen?«
»Sowohl das Mädchen als auch der Junge sind von mir.«
»Aber wer von beiden war von mir?« Er litt Qualen.
Sie zuckte mit den Schultern. »Jetzt keiner von beiden.«
»Alys, um Himmels willen! Ihr werdet mir doch wohl mein Kind zurückgeben. Für seinen großen Besitz? Damit es mein Vermögen erben kann?«
»Nein«, antwortete sie.
»Was?«
»Nein, danke«, sagte sie unverfroren.
Im Zimmer herrschte lange Zeit Schweigen, während von draußen die Rufe der Männer hereindrangen, als der letzte Getreidesack vom Lastkahn hochgewuchtet wurde und sie begannen, den Kahn mit Gütern für die Rückfahrt zu beladen. Sie hörten, wie Fässer mit französischem Wein und Zucker den Hafendamm entlanggerollt wurden. Immer noch sagte er nichts, doch seine Hand zupfte an dem Spitzenkragen an seiner Kehle. Immer noch sagte sie nichts, sondern hielt den Kopf von ihm abgewandt, als hege sie keinerlei Interesse an seinem Schmerz.
Überrascht fuhr ihr Kopf herum, als auf dem Kopfsteinpflaster vor dem Fenster das laute Geklapper von Rädern ertönte.
»Ist das eine Kutsche? Hier?«, fragte er.
Sie sagte nichts, sondern stand lauschend, ausdruckslos da, während eine Kutsche geräuschvoll den kopfsteingepflasterten Kai hoch zum Lagerhaus fuhr und auf der Straße vor der Eingangstür hielt.

»Die Kutsche eines Gentlemans?«, fragte er ungläubig. »Hier?«
Sie vernahmen Hufgetrappel, als die Pferde zum Stehen gebracht wurden, dann sprang der Lakai hinten ab, öffnete die Kutschentür, kam zur Eingangstür des Lagerhauses und hämmerte dagegen.
 Rasch ging Alys an James vorbei, durchquerte das Zimmer und schob den Vorhang ein Stück beiseite, um nach draußen auf den Kai spähen zu können. Sie erblickte nur die offene Tür der Kutsche, einen sich bauschenden dunklen Seidenrock, einen winzigen Seidenschuh, an dessen Spitze eine schwarze Rose geheftet war. Dann hörten sie das Dienstmädchen, das den Flur entlangstampfte, die schäbige Eingangstür öffnete und angesichts des überaus vornehmen Lakaien von der Kutsche zurückschreckte.
»Die Nobildonna«, verkündete er, und Alys beobachtete, wie der Saum des Kleids die Kutschenstufen herunterfegte, über die Kopfsteine, hinein in die Diele. Hinter dem reichen Kleid folgte ein schlichter Saum einer Bediensteten, und Alys drehte sich zu James um.
»Ihr müsst gehen«, sagte sie hastig. »Ich habe nicht damit gerechnet … Ihr werdet …«
»Ich gehe nicht ohne eine Antwort.«
»Ihr müsst!« Sie ging auf ihn zu, als wolle sie ihn mit Gewalt durch die schmale Tür schieben, doch es war zu spät. Das verblüffte Hausmädchen hatte bereits die Tür der Stube aufgerissen, es ertönte ein Rascheln von Seide, und die verschleierte Fremde betrat das Zimmer. Sie hielt auf der Schwelle inne und musterte den wohlhabenden Gentleman mit raschem Blick. Sie durchquerte das Zimmer, nahm Alys in die Arme und küsste sie auf beide Wangen.
»Ihr erlaubt? Ihr verzeiht mir? Aber ich konnte an keinen anderen Ort!«, sprudelten die Worte mit italienischem Akzent aus ihr hervor.
James sah mit an, wie die bis eben noch so eiskalte Alys heftig errötete, ihr Farbe in Hals und Wangen stieg, und er bemerkte, wie sich ihre Augen mit Tränen füllten, als sie sagte: »Natürlich musstet Ihr kommen! Ich dachte nicht …«
»Und das hier ist mein Kind«, erklärte die Dame ohne Umschweife mit einem Wink nach hinten zu dem Dienstmädchen, das einen schlafenden, in feinste venezianische Seide gekleideten Säugling

trug. »Das ist sein Sohn. Das ist Euer Neffe. Wir haben ihn Matteo genannt.«
Alys stieß einen leisen Schrei aus und streckte die Arme nach dem Säugling aus, blickte hinab auf das makellose Gesicht, während ihr Tränen in die Augen stiegen.
»Euer Neffe?« James trat vor, um sich das kleine, von Spitzenborte umrahmte Gesichtchen anzusehen. »Dann ist das Robs Junge?«
Ein zornentbrannter Blick aus Alys' Augen hinderte die Dame nicht daran, einen schwungvollen Knicks vor ihm zu machen und ihren dunklen Schleier zurückzuwerfen, sodass ein ausdrucksstarkes, schönes Gesicht zum Vorschein kam, die Lippen mit Rouge gerötet, mit einem dunklen, halbmondförmigen Muttermal neben dem Mund.
»Es ist mir eine Ehre, Lady ...?«
Alys gab den Namen der Dame nicht preis, ebenso wenig nannte sie seinen. Verlegen und wütend stand sie da und sah beide an, als könnte sie ihnen die höfliche Geste einer Vorstellung verweigern und dafür sorgen, dass sie sich niemals kennenlernten.
»Ich bin Sir James Avery von Northside Manor, Northallerton in Yorkshire.« James neigte sich über die Hand der Dame.
»Nobildonna da Ricci«, erwiderte sie. Und dann wandte sie sich an Alys. »So sagt man doch? Da Ricci? Habe ich recht?«
»Ich glaube wohl«, sagte Alys. »Aber Ihr müsst sehr müde sein.« Sie blickte aus dem Fenster. »Die Kutsche?«
»Ach, die ist gemietet. Sie werden meine Schrankkoffer abladen, wenn Ihr sie bezahlen würdet?«
Alys sah entsetzt aus. »Ich weiß nicht, ob ich genug ...«
»Ihr gestattet«, unterbrach James sie gewandt. »Als Freund der Familie.«
»Ich werde sie bezahlen!«, sagte Alys beharrlich. »Ich bekomme das Geld schon zusammen.« Sie riss die Tür auf und rief dem Dienstmädchen einen Befehl zu. Dann wandte sie sich zu der Witwe um, die dieses Gespräch Wort für Wort mitverfolgt hatte. »Ihr werdet Euch ausruhen wollen. Folgt mir nach oben, und ich werde Tee holen.«
»*Allora!* Bei den Engländern gibt es immer Tee!«, rief sie und warf die Hände in die Luft. »Aber ich bin nicht müde und ich will keinen

Tee. Und ich fürchte, ich habe Euch gestört. Seid Ihr geschäftlich hier, Sir James? Bitte bleibt! Bitte fahrt fort!«

»Ihr stört nicht, und er wollte gerade gehen«, widersprach Alys mit Nachdruck.

»Ich werde morgen zurückkehren, nachdem Ihr etwas Bedenkzeit hattet«, warf James rasch ein. Er wandte sich an die Dame: »Ist Robert bei Euch, Lady da Ricci? Ich würde ihn gern wiedersehen. Er war mein Schüler und ...«

Der entsetzte Ausdruck auf beiden Gesichtern besagte ihm, dass er sich einen schrecklichen Fauxpas geleistet hatte. Alys schüttelte den Kopf, als wünschte sie, sie hätte die Worte nicht gehört, und etwas in ihrem Gesicht verriet James, dass die prunkvolle Trauerkleidung der italienischen Dame Rob galt, dem kleinen Rob Reekie, vor einundzwanzig Jahren ein brillanter zwölfjähriger Junge, der nun tot war.

Der Mund der Witwe zitterte. Sie ließ sich auf einen Stuhl fallen und bedeckte das Gesicht mit ihren schwarz behandschuhten Händen.

»Es tut mir so leid, so leid.« Er verbeugte sich vor der Dame. Dann wandte er sich an Alys. »Mein Beileid angesichts Eures Verlusts. Ich hatte ja keine Ahnung. Wenn Ihr es mir gesagt hättet, wäre ich nicht so plump gewesen. Es tut mir so leid, Alys, Mrs Stoney.«

Sie hielt den Säugling, den vaterlosen Jungen, in den Armen. »Warum sollte ich Euch irgendetwas sagen?«, wollte sie grimmig wissen. »Geht einfach! Und kommt nicht wieder!«

Doch die Dame streckte ihm, das Gesicht noch verborgen, blind die Hand entgegen, wie auf der Suche nach Trost. Er kam nicht umhin, die warme Hand in dem eng anliegenden schwarzen Spitzenhandschuh zu ergreifen.

»Aber er hat von Euch gesprochen!«, flüsterte sie. »Jetzt entsinne ich mich. Ich weiß, wer Ihr seid. Ihr seid sein Tutor gewesen, und er hat erzählt, Ihr habt ihm Latein beigebracht und wärt sehr geduldig mit ihm gewesen, als er noch ein kleiner Junge war. Dafür war er Euch dankbar. Das hat er mir gesagt.«

James tätschelte ihre Hand. »Mein allertiefstes Beileid«, sagte er. »Verzeiht mir meine Plumpheit.«

Mit verschleiertem Blick lächelte sie zu ihm empor und blinzelte Tränen aus den dunklen Augen. »Ist bereits verziehen«, erwiderte sie. »Und vergessen. Wie hättet Ihr so eine Tragödie erraten sollen?

Aber besucht mich, wenn Ihr wiederkommt, dann könnt Ihr mir erzählen, wie er als Junge war. Ihr müsst mir alles aus seiner Kindheit erzählen. Versprecht Ihr, dass Ihr das tun werdet?«

»Das werde ich«, antwortete James rasch, bevor Alys die Einladung zurückweisen konnte. »Ich werde morgen herkommen, nach dem Frühstück. Und jetzt werde ich Euch verlassen.« Er verbeugte sich vor den beiden Frauen, nickte dem Kindermädchen zu und ging schnell aus dem Zimmer, bevor Alys ein weiteres Wort sagen konnte. Sie hörten, wie er das Dienstmädchen um sein Pferd bat, dann wurde die Haustür zugeknallt. Schweigend saßen sie da und vernahmen, wie das Pferd aus dem Hof geführt wurde, wie es ruhig dastand, während er aufstieg und dann unter Hufgetrappel verschwand.

»Ich dachte, er hieße anders«, stellte die Witwe fest.

»Damals schon.«

»Ich wusste nicht, dass er ein Adeliger ist?«

»Damals war er es nicht.«

»Und wohlhabend?«

»Jetzt wohl schon.«

»Ach.« Die Dame musterte ihre Schwägerin. »Ist es in Ordnung, dass ich hergekommen bin? Roberto hat mir gesagt, ich solle zu Euch fahren, sollte ihm jemals … sollte ihm jemals … sollte ihm jemals etwas zustoßen.« Ihr Gesicht war tränenüberströmt und gerötet. Sie zog ein winziges, mit schwarzem Band gesäumtes Taschentuch hervor und tupfte sich die Augen ab.

»Natürlich«, versicherte Alys. »Natürlich. Und betrachtet dies so lange als Euer Zuhause, wie Ihr bleiben möchtet.«

Der schlafende Säugling stieß ein Glucksen aus, und Alys nahm ihn von der Schulter, um den Jungen in den Armen zu halten und das verkniffene Gesichtchen nach Ähnlichkeiten mit Rob abzusuchen.

»Ich finde, er sieht Eurem Bruder sehr ähnlich«, sagte die Witwe leise. »Das ist mir ein großer Trost. Beim Verlust meiner Liebe, meines über alles geliebten Robertos, glaubte ich, ich würde vor Gram sterben. Nur dieser kleine … dieser kleine Engel hat mich überhaupt am Leben erhalten.«

Alys drückte die Lippen an dem warmen Köpfchen auf die Stelle, wo der Puls so stark pochte. »Er riecht unglaublich süß«, staunte sie.

Ihre Ladyschaft nickte. »Mein Retter. Darf ich ihn seiner Großmutter zeigen?«
»Ich bringe Euch zu ihr«, antwortete Alys. »Es ist ein schrecklicher Schlag für sie gewesen, für uns alle. Wir haben Euren Brief mit der Nachricht von seinem Tod erst letzte Woche erhalten und dann vor drei Tagen Euren Brief aus Greenwich. Wir tragen noch nicht einmal Trauer. Es tut mir so leid.«
Die junge Frau blickte auf, die Wimpern tränennass. »Das macht nichts, das macht nichts. Was zählt, ist das Herz.«
»Ihr wisst, dass sie krank ist? Aber sie wird Euch sofort willkommen heißen wollen. Ich werde eben nach oben gehen und ihr Bescheid geben, dass Ihr eingetroffen seid. Kann ich Euch etwas bringen lassen? Wenn nicht Tee, dann vielleicht eine heiße Schokolade? Oder ein Glas Wein?«
»Nur ein Glas Wein mit Wasser«, erwiderte die Dame. »Und bitte richtet Eurer werten Mutter aus, dass ich ihr keine Umstände bereiten möchte. Ich kann morgen mit ihr sprechen, wenn sie jetzt gerade ruht.«
»Ich werde sie fragen.« Alys reichte den Säugling dem Kindermädchen und verließ das Zimmer, durchquerte die Diele und stieg die schmale Treppe hoch.

Über den Brief gebeugt saß Alinor an einem runden Tisch in dem verglasten Türmchen und versuchte mühsam, ihrem Bruder Nachrichten zu schreiben, die so schlecht waren, dass sie sie selbst nicht glauben konnte. Die warme Brise, die mit der Flut hereinkam, lüpfte eine vereinzelte Haarlocke von ihrem Gesicht, das zu einem Stirnrunzeln verzogen war. Sie war von ihrem Handwerkszeug umgeben: Werke der Pflanzenheilkunde, über ihr an Schnüren trocknende Kräutersträuße, die sich im Luftzug vom Fenster regten, kleine Flaschen mit Ölen und Essenzen, aufgereiht auf den Regalen am anderen Zimmerende, und auf dem Boden darunter große, mit Korken verschlossene Gläser voller Öl. Zwar war sie noch keine

fünfzig, doch ihr wunderschönes Gesicht war von Schmerz und Verlust gezeichnet, ihre Augen waren von einem dunkleren Grauton als ihr schlichtes Kleid, um die schmale Taille trug sie eine weiße Schürze, am Hals einen weißen Kragen.
»War sie das? So bald schon?«
»Du hast die Kutsche gesehen?«
»Ja – ich war gerade dabei, einen Brief an Ned zu schreiben. Um ihm Bescheid zu geben.«
»Ma – es ist Robs ... es ist ...«
»Robs Witwe?«, fragte Alinor, ohne zu zögern. »Das habe ich mir schon gedacht, als ich ihr Kindermädchen gesehen habe, das den Säugling trug. Es ist Robs kleiner Junge?«
»Ja. Er ist so klein und hat schon eine so weite Reise hinter sich! Soll ich sie heraufbringen?«
»Will sie bleiben? Ich habe die Schrankkoffer auf der Kutsche gesehen ...«
»Ich weiß nicht, wie lange ...«
»Ich bezweifle, dass es hier gut genug für sie ist.«
»Für das Kindermädchen und den Säugling werde ich Sarahs Zimmer herrichten, und ihr werde ich Johnnies Zimmer unter dem Dach anbieten. Ich hätte mich längst darum kümmern sollen, aber mir wäre im Traum nicht eingefallen, dass sie schon so bald hier eintreffen würde. Sie hat sich in Greenwich eine Kutsche gemietet.«
»Rob hat geschrieben, dass sie eine wohlhabende Witwe war. Das arme Kind, sie muss das Gefühl haben, dass ihr altes Leben verloren ist.«
»Genau wie wir damals«, stellte Alys fest. »Heimatlos und mit den Neugeborenen.«
»Nur dass wir keine Mietkutsche und kein Kindermädchen hatten«, stellte Alinor fest. »Wer war der Gentleman? Von oben habe ich nur seine Hutspitze gesehen.«
Unsicher, was sie sagen sollte, zögerte Alys. »Niemand«, log sie. »Ein Kommissionär und Gentleman. Er hat einen Anteil an einem Sklavenschiff zur Küste von Guinea verkauft. Hat eine hundertfache Rendite versprochen, aber das Risiko ist zu hoch für uns.«
»Ned würde es missfallen.« Alinor blickte auf den unzulänglichen Brief an ihren Bruder, weit fort in Neuengland, auf der Flucht aus

seinem Heimatland, das sich für die Knechtschaft unter einem König entschieden hatte. »Ned würde niemals mit Sklaven handeln.«
»Ma ...« Alys zauderte, da sie nicht recht wusste, wie sie mit ihrer Mutter reden sollte. »Du weißt, dass es keinen Zweifel geben kann?«
»Am Tod meines Sohnes?« Alinor sprach den Verlust aus, den sie nicht fassen konnte.
»Seine Witwe ist jetzt hier. Sie kann es dir selbst erzählen.«
»Ich weiß. Ich werde es glauben können, wenn sie es mir erzählt, da bin ich mir sicher.«
»Möchtest du auf dem Sofa liegen, wenn ich sie nach oben bringe? Es ist dir nicht zu viel?«
Alinor stand auf, ging das halbe Dutzend Schritte zum Sofa und setzte sich, während Alys ihre Beine hochhob und das Kleid unter ihren Fußknöcheln feststeckte.
»Bequem? Bekommst du Luft, Ma?«
»Ja, mir geht es gut. Lass sie jetzt heraufkommen.«

Juni 1670, Hadley, Neuengland

Ned befand sich in einem Land ohne König, allerdings nicht ohne Obrigkeit.
Als er gerade im Garten des kleinen Fährhauses arbeitete, das lediglich über zwei Zimmer verfügte, ertönte ein ohrenbetäubendes Läuten. Es kam von dem an einer rostigen Eisenstange herabbaumelnden alten Hufeisen, mit dem man den Fährmann, wo auch immer er stecken mochte, herbeirufen konnte. Von dem Garten hinter dem Haus erklomm Ned den Uferdamm, wischte sich die Erde von den Händen und hielt oben inne, um zu sehen, wer diesen Lärm veranstaltete. Er blickte auf den Neuankömmling hinab, ein Mitglied des Stadtrats von Hadley, der den ganzen Weg vom Nordtor der Stadt gerannt, dann den Flussdamm hoch und an der anderen Seite wieder hinunter geklettert war zu dem wackligen Holzsteg der Fähre.
»Es ist nicht nötig, die Toten aufzuwecken. Ich bin bloß in meinem Garten gewesen.«
»Edward Ferryman?«

»Ja. Wie Ihr sehr gut wisst. Wollt Ihr die Fähre benutzen?«
»Nein, ich dachte nur, Ihr wärt vielleicht im Wald, also habe ich nach der Fähre geläutet, um Euch zu holen.«
Schweigend zog Ned die Augenbrauen in die Höhe, wie um anzudeuten, der Mann dürfe zwar die Fähre rufen, jedoch nicht den Fährmann.
Der Mann wies auf das Papier in seiner Hand. »Das hier ist offiziell. Ihr werdet in der Stadt gebraucht.«
»Nun, ich kann den Quinnehtukqut nicht allein lassen.« Ned deutete auf den in seinen sommerlichen Untiefen langsam dahinströmenden Fluss.
»Was?«
»Der Fluss. So lautet sein Name. Wie kommt es, dass Ihr das nicht wisst?«
»Wir nennen ihn den Connecticut.«
»Das ist das Gleiche. Es bedeutet langer Fluss, ein langer Gezeitenfluss. Ich darf die Fähre bei Tageslicht nicht allein lassen, ohne dass jemand das Boot übernimmt. Das solltet Ihr wissen. Diese Vorschrift stammt von der Stadt selbst.«
»Ist das Französisch?«, fragte der andere neugierig. »Der Quin… wie auch immer Ihr ihn genannt habt? Bezeichnet Ihr ihn mit einem französischen Namen?«
»Die hiesige Muttersprache. Das Volk der Dawnlands, vom Land der Morgendämmerung.«
»So nennen wir die Indianer nicht.«
Ned zuckte mit den Schultern. »Vielleicht tut Ihr das, vielleicht nicht, aber so lautet ihr Name. Weil sie die Ersten sind, die die Sonne aufgehen sehen. Und dieses Land heißt Dawnlands, das Land der Morgendämmerung.«
»Neuengland«, verbesserte der Mann ihn.
»Seid Ihr den ganzen Weg hergekommen, um mir beizubringen, wie man redet?«
»In der Stadt hieß es, dass Ihr die Sprache der Eingeborenen sprecht. Die Gemeindeältesten sagen, Ihr müsst kommen, um einem der Indianer eine Urkunde zu erläutern.«
Ned seufzte. »Ich spreche sie nur leidlich. Nicht genug, um von Nutzen zu sein.«

»Wir brauchen einen Übersetzer. Wir wollen mehr Land kaufen, jenseits des Flusses, weiter im Norden, dort drüben.« Er winkte in Richtung der gewaltigen Bäume, die bis zum Ufer standen und gebogene Äste in das spiegelglatte Wasser neigten. »Ihr hättet dort doch wohl auch gerne Land, um den Landungssteg Eurer Fähre herum?«
»Wie viel Land?«, fragte Ned neugierig.
»Nicht viel, noch mal um die zweihundert Morgen.«
Kopfschüttelnd rieb Ned sich Erde von den Händen. »Ich bin nicht Euer Mann. Ich habe die alte Heimat verlassen, um von der ganzen Geldmacherei und dem gegenseitigen Halsabschneiden fortzukommen. Bei der Rückkehr des Königs ging es zu wie beim Einfall einer Horde Ratten in einer Mälzerei. Ich will hier nicht von vorn damit anfangen.« Er drehte sich um und wollte wieder in den Garten hinter seinem Haus gehen.
Verständnislos sah ihn der Mann an. »Ihr redet wie ein Leveller!« Er kletterte den niedrigen Damm hoch und stellte sich neben Ned.
Die Erinnerung an alte, vor langer Zeit verlorene Schlachten ließ Ned ein wenig zusammenzucken. »Mag sein. Aber ich würde lieber in Frieden gelassen werden, als ein Vermögen zu machen.«
»Aber warum?«, wollte der Stadtrat wissen. »Alle sind hierhergekommen, um reich zu werden. Gott belohnt seine Gefolgsleute. Ich bin hier, um besser zu leben als in der alten Heimat. Genau wie alle anderen auch. Dies ist eine ganz neue Welt. Immer mehr Menschen treffen ein, immer mehr werden geboren. Wir wollen ein besseres Leben! Für uns und unsere Familien. Es ist Gottes Wille, dass es uns hier gut geht, es ist sein Wille, dass wir hier sind und seinen Gesetzen gemäß leben.«
»Ja, aber manch einer hat auf eine neue Welt ohne Gier gehofft«, gab Ned zu bedenken. »Einschließlich meiner Wenigkeit. Vielleicht ist es Gottes Wille, dass wir ein Land ohne Herren erschaffen und uns den Garten wie Eden teilen.« Er drehte sich um und stieg die unebenen Stufen zurück hinunter in seinen Garten.
»Wir teilen ihn sehr wohl!«, sagte der Mann mit Nachdruck. »Teilen ihn unter den Gottseligen. Ihr habt hier dank des Wohlwollens des Pfarrers Euren eigenen Anteil.«
»Die Gemeindeältesten täten besser daran, einen der Indianer um

Hilfe zu bitten.« Ned band die Schnur an seinem Gartentor auf und trat ein. »Dutzende von ihnen sprechen gut genug Englisch. Manche sind sogar Christen. Was ist mit John Sassamon? Der Lehrer? König Philips Prediger? Er ist in der Stadt, ich habe ihn heute Morgen übergesetzt. Er wird für Euch übersetzen, wie er es für den Gouverneursrat tut. Er ist gebildet, er hat das Harvard College besucht! Ich hingegen wüsste gar nicht, wo ich anfangen soll.«

Ned verschloss das kleine, handgemachte Gatter hinter sich und befahl seinem Hund zu sitzen. »Kommt nicht näher«, erklärte er dem unwillkommenen Besucher mit Bestimmtheit. »Ich habe Sämlinge hier drinnen, auf denen nicht herumgetrampelt werden soll.«

»Wir wollen keinen Indianer. Um ehrlich zu sein: Wir vertrauen keinem von ihnen bei der Übersetzung einer Urkunde zum Landkauf. Wir wollen nicht in zehn Jahren herausfinden, dass sie es eher als Leihgabe denn als Verkauf bezeichnet haben. Wir wollen einen von uns.«

»Er ist einer von uns«, beharrte Ned. »Als Engländer erzogen, mit Engländern an der Universität gewesen. Ist heute Morgen auf meiner Fähre übergesetzt, in Stiefeln und Kniehose, mit einem Hut auf dem Kopf.«

Der Mann beugte sich über den Gartenzaun, als fürchtete er, der tiefe Fluss könnte ihnen zuhören oder die langen, grasbewachsenen Uferdämme würden lauschen. »Nein, wir trauen keinem von denen«, sagte er. »Es ist nicht, wie es mal war. Sie sind nicht, wie sie mal waren. Sie sind wütend geworden. Sie sind nicht, wie sie zur Zeit ihres alten Königs waren, als sie uns willkommen geheißen haben und mit uns Handel treiben wollten, als sie noch einfache Wilde waren.«

»Einfach? War es damals wirklich so einfach?«

»Mein Vater behauptet es«, antwortete der Mann. »Sie haben uns Land gegeben, wollten mit uns handeln. Haben uns willkommen geheißen, um Hilfe gegen ihre Feinde gebeten – gegen die Mohawk. Jeder weiß, dass sie uns eingeladen haben. Also, hier sind wir! Damals haben sie uns Land gegeben, und jetzt müssen sie uns mehr geben. Und wir werden einen gerechten Preis zahlen.«

»Womit?«, fragte Ned skeptisch.

»Was?«

»Womit werdet Ihr Euren gerechten Preis bezahlen?«
»Oh! Was immer sie fordern. Wampume. Oder Mützen oder Mäntel, was immer sie wollen.«
Angesichts des Tausches von vielen Morgen Land gegen mit Schnitzereien verzierte Muschelperlen schüttelte Ned den Kopf. »Wampume haben an Wert verloren«, stellte er fest. »Und Mäntel? Ihr würdet mit ein paar Mänteln für hundert Morgen Felder zahlen, die sie gerodet und bepflanzt haben, und Wälder, die sie für die Jagd gehegt haben, und nennt das gerecht?« Er hustete aus und spuckte auf den Boden, wie um den Geschmack von Betrug aus dem Mund zu bekommen.
»Sie mögen unsere Mäntel«, sagte der Mann beleidigt.
Ned wandte sich von dem Gatter ab, um das Streitgespräch zu beenden, sank auf die Knie und griff nach seiner Stockhacke, um zwischen seinen Kürbisranken Unkraut zu jäten.
»Was ist dieser Gestank, den Ihr da verbreitet?«
»Fischinnereien«, antwortete Ned, ohne auf den Geruch zu achten. »Hering. Ich vergrabe einen in jedem kleinen Hügel.«
»Das machen die Indianer so!«
»Ja, von denen habe ich es gelernt.«
»Und was ist das, was Ihr da benutzt?«
Ned beäugte die alte Stockhacke, die mit Fett eingerieben und in Asche geröstet worden war, bis sie hart war, und angespitzt, bis sie so gut wie gehämmertes Eisen war. »Das hier? Was ist damit?«
»Das Werk Eingeborener«, erklärte der Mann verächtlich.
»Die Hacke habe ich im gerechten Tausch erworben, und sie funktioniert. Mir ist es gleich, wer sie hergestellt hat, solange sie gut ist.«
»Wenn Ihr die Tricks und Werkzeuge von Indianern einsetzt, werdet Ihr wie sie werden.« Er sprach, als handele es sich um einen Fluch. »Seid auf der Hut, oder Ihr werdet selbst ein Wilder sein, und man wird Euch dafür zur Rechenschaft ziehen. Ihr wisst, was mit Edward Ashley geschehen ist?«
»Vor vierzig Jahren«, sagte Ned müde.
»Nach England zurückgeschickt, weil er wie ein Indianer gelebt hat«, erklärte der Stadtrat triumphierend. »Fangt nur so an, mit dieser Stockhacke, und als Nächstes tragt Ihr Mokassins und seid verloren.«

»Ich bin Engländer, und zwar durch und durch, und werde als Engländer sterben.« Ned unterdrückte seinen Ärger. »Aber ich muss andere nicht verachten. Ich bin nicht hierhergekommen, um mich als König aufzuspielen und auf Untertanen hinabzuschauen, während ich ihnen auf blutigem Wege meine Lebensweise aufzwinge. Ich bin hierhergekommen, um in Frieden mit meinen Nachbarn zu leben. Mit allen meinen Nachbarn: Engländern und Indianern.«

Der Mann blickte nach Osten, flussaufwärts, wo flache Auen auf der anderen Flussseite in tiefen, dichten Wald übergingen. »Selbst diejenigen, die man nicht sehen kann? Diejenigen, die nachts wie Wölfe heulen und einen den ganzen Tag lang von den Sümpfen aus beobachten?«

»Die auch«, sagte Ned gleichmütig. »Die Gottseligen und die Gottlosen, und diejenigen, deren Götter ich nicht kenne.« Er beugte sich über seine Pflanzen zum Zeichen, dass das Gespräch beendet war. Doch der Bote ging noch immer nicht.

»Wir werden übrigens wieder nach Euch schicken.« Der Mann drehte sich von Neds Gartentor weg und machte sich auf den Rückweg in die Stadt. »Jeder muss dienen. Selbst wenn Ihr jetzt nicht mitkommt, werdet Ihr zum Exerzieren der Miliz kommen müssen. Ihr könnt nicht einfach Engländer sein und am Flussufer herumhocken. Ihr müsst unter Beweis stellen, dass Ihr Engländer seid. Ihr müsst gegen unsere Feinde Engländer sein. Auf diese Weise wissen wir, dass Ihr Engländer seid. Auf diese Weise wisst Ihr es selbst. Wir werden ihnen eine Lektion erteilen müssen!«

»Ich möchte meinen, wir haben ihnen schon eine Lektion erteilt«, murmelte Ned in Richtung der Erde unter seinen Knien. »Uns besser nicht einzuladen, uns besser nicht willkommen zu heißen.«

Juni 1670, London

Die italienische Dame legte ihren Hut, den dunklen Schleier und ihre schwarzen Spitzenhandschuhe ab und wusch sich in der kleinen Dachkammer Gesicht und Hände, bevor sie ihrer Schwiegermutter einen Besuch abstattete. Das Kind schlief noch, doch sie

nahm es auf den Arm und betrat – umwerfend schön, wie eine tragische Madonna – das Zimmer. Alinor registrierte das dunkle, tief ausgeschnittene Kleid, die cremefarbene, von schwarzer Spitze verhüllte Haut, die aufgetürmte dunkle Lockenpracht unter der schwarz gesäumten Haube und die großen, traurigen Augen. Doch ihre größte Aufmerksamkeit galt dem schlafenden Säugling.
»Robs Junge«, war alles, was sie sagte.
»Euer Enkelsohn«, flüsterte Lady da Ricci und legte das Kind in Alinors Arme. »Sieht er nicht wie Roberto aus?«
Alinor empfing den Säugling mit dem Selbstvertrauen einer Hebamme, die schon unzähligen Geburten beigewohnt hatte. Sie hielt ihn auf dem Schoß, um auf das schlafende Gesichtchen hinunterschauen zu können, rund wie ein Mond und mit roten Lippen, auf denen eine kleine Luftblase vom Stillen prangte. Sie sagte lange gar nichts, als würde sie die dunklen Wimpern auf den cremefarbenen Wangen und die kleine Stupsnase befragen. Ihr blasses Gesicht war ernst, als sie schließlich zu der neben ihrem Sofa knienden Witwe aufsah. »Wie alt ist er?«
»Ach, er ist erst fünf Monate alt, Gott behüte ihn, da er gerade geboren schon seinen Vater verloren hat.«
»Und die Augen?«
»Ganz dunkelblau, Ihr werdet es sehen, wenn er aufwacht. Dunkel wie die tiefe See.«
Den Schauder, den Alinor nicht unterdrücken konnte, spürte die italienische Dame mehr, als dass sie ihn sah.
»Er ähnelt seinem Vater so sehr«, beteuerte sie, nun mit lauterer Stimme. »Jeden Tag sehe ich es deutlicher.«
»Ach ja?«, fragte Alinor ausdruckslos.
»Er heißt Matteo Roberto, aber Ihr müsst ihn natürlich Matthew nennen. Und Robert, nach seinem Vater. Matthew Robert da Ricci.«
»Da Ricci?«
»Mein Titel und mein Ehename.«
Die Witwe sah, wie sich die Hand ihrer Schwiegermutter fester um die Spitzenborte des weißen Babykleids legte. »Ich werde ihn Matteo nennen, wie Ihr.« Mehr sagte die ältere Frau nicht.
»Hoffentlich wird es Euch ein Trost sein, dass ich Euch, auch wenn Ihr einen Sohn verloren habt, Euren Enkelsohn hergebracht habe.«

»Ich glaube nicht ...«
»Ihr glaubt nicht?«, wiederholte die Italienerin, fast, als warne sie Alinor davor, ihren Gedanken zu Ende zu führen. »Was glaubt Ihr nicht, *Nonna*? Ich will Euch liebste Großmutter nennen, denn Ihr seid seine einzige Großmutter!«
»Ich glaube nicht, dass ein Kind ein anderes ersetzen kann. Noch würde ich es mir wünschen.«
»Aber mit anzusehen, wie er aufwächst? Ein englischer Junge im Land seines Vaters? Wird diese Freude nicht den Schmerz Eures Verlusts mildern? Unseres Verlusts?«
Alinor erwiderte nichts, und die Witwe spürte, dass ihre fröhliche Stimme irgendwie unpassend klang. »Ich sollte Euch nicht mit meinem Kind und meinem Kummer ermüden.«
»Ihr ermüdet mich nicht«, sagte Alinor sanft und reichte ihr das Kind zurück. »Und es freut mich, dass Ihr hergekommen seid und Euren Sohn mitgebracht habt. Es tut mir leid, dass wir noch keine Vorkehrungen für Euch getroffen haben. Wir haben Eure Briefe gerade eben erst erhalten. Aber Ihr sollt Euch hier zu Hause fühlen, solange Ihr das wollt. Rob hat geschrieben, dass Ihr keine eigene Familie habt?«
»Niemanden«, versicherte sie rasch. »Ich habe niemanden. Ich bin eine Waise. Ich habe niemanden außer Euch!«
»Dann sollt Ihr bleiben, solange Ihr es wünscht. Es tut mir nur leid, dass wir Euch nicht mehr zu bieten haben.«
Die Witwe gestattete sich nicht, den Blick durch das Zimmer schweifen zu lassen, bei dem es sich offensichtlich um Arbeitsplatz, Wohnzimmer und Schlafgemach in einem handelte. »Ich möchte nur bei Euch sein. Ist das hier Euer einziges Haus? Was ist mit dem Haus auf dem Land?«
»Dies ist alles, was wir haben.«
»Alles, was ich will, ist hier«, hauchte sie. »Ich will nur bei Euch und bei meiner Schwester Alys leben.«
Alinor nickte, sagte jedoch nichts.
»Wollt Ihr mir Euren Segen erteilen?«, drängte die Schwiegertochter. »Und mich Livia nennen? Und darf ich Euch *Mamma* nennen? Darf ich Euch *mia Suocera* nennen, meine Schwiegermutter?«
Alinor wurde bleich im Gesicht, während sie sich eine Weigerung

verkniff. »Ja«, sagte sie. »Selbstverständlich. Gott segne Euch, meine Tochter.«

Die beiden jungen Frauen aßen allein in der Stube zu Abend, während das Dienstmädchen ein Tablett die schmale Stiege zu Alinor hochtrug. Das Kindermädchen aß in der Küche und schmollte, weil es keinen Dienstbotentrakt gab. Sie nahm das Kind auf einen Arm und eine Kerze in die andere Hand und stieg die schmale Holztreppe nach oben ins Schlafzimmer im ersten Stock, gegenüber von dem großen Zimmer nach vorne hinaus, das Alinor nur selten verließ.
»Eure Mutter ist krank?«, fragte Livia Alys. »Roberto hat nie erwähnt, dass sie derart krank ist.«
»Sie hatte einen Unfall«, erwiderte Alys.
Livia schüttelte den Kopf. »Ach, wie traurig. Erst kürzlich?«
»Nein, es ist vor vielen Jahren passiert.«
»Aber sie wird genesen?«
»Bei gutem Wetter kann sie nach draußen, aber sie wird sehr schnell müde. Sie ruht sich lieber auf ihrem Zimmer aus.«
»Oh, wie traurig! Sie muss eine schöne Frau gewesen sein. Einen solchen Schicksalsschlag zu erleiden!«
»Ja«, sagte Alys kurz angebunden.
»Roberto hat mir nie davon erzählt. Er hätte es mir sagen sollen!«
»Es war …« Alys verstummte. Es war ihr unmöglich, dieser italienischen Braut, die ihr Bruder auserwählt hatte, an seiner Stelle zu antworten. »Es war ein großer Schlag für uns alle. Wir haben nie davon gesprochen. Wir sprechen überhaupt nie darüber.«
Einen Augenblick ließ die Italienerin sich dies durch den Kopf gehen. »Ein so schrecklicher Unfall, dass man nicht darüber sprechen kann?«
»Genau.«
»Ihr schweigt darüber?«
»Ja.«

Die hübsche junge Frau dachte nach. »War es Eure Schuld?«, fragte sie kühn. »Da Ihr Stillschweigen über diesen Unfall bewahrt?« Alys' Gesicht war im Kerzenschein gequält. »Ja, genau. Es war meine Schuld. Daher spreche ich niemals darüber und Ma auch nicht.« Die jüngere Frau nickte, als seien ihr Geheimnisse nichts Neues. »Na schön. Dann werde ich auch Stillschweigen bewahren. Erzählt mir also vom Rest Eurer Familie. Ihr habt einen Onkel, nicht wahr? Robs Onkel Ned?«

»Ja, aber er ist nicht in London. Er würde hier nicht leben wollen, unter einem König. Er schreibt zu jeder Jahreszeit aus Neuengland, und er schickt uns Waren. Hauptsächlich Kräuter, seltene Kräuter, die wir den Apothekern verkaufen können ...«

»Er verlässt seine Heimat, weil er den neuen König nicht mag? Aber wieso sollte er sich an ihm stören?« Die Frau lachte. »Es ist ja nicht so, als wäre es sehr wahrscheinlich, dass sie sich über den Weg laufen!«

»Er hat sehr feste Überzeugungen«, versuchte Alys eine Erklärung. »Er hat ans Parlament geglaubt, er hat in der New Model Army gekämpft, er hasst die Monarchie. Als sein Anführer Oliver Cromwell verstarb und sie Prinz Charles zurückholten, hat mein Onkel mit anderen, die wie er denken, das Land verlassen – darunter viele gute Männer. Sie wollten nicht unter einem König leben, und er hätte sie mit Sicherheit hinrichten lassen.«

»Ist er wohlhabend geworden in der Neuen Welt?«, erkundigte sich Livia. »Besitzt er eine Plantage? Hat er viele Sklaven? Verdient er ein Vermögen?«

»Nein, er hat eine halbe Parzelle und das Fährrecht. Keine Sklaven. Er würde niemals einen Sklaven besitzen wollen. Er ist mit so gut wie nichts losgezogen, er musste unser ganzes Zuhause zurücklassen.«

»Aber es gehört immer noch der Familie?«

»Nein, es ist verloren. Wir waren nur Pächter.«

»Ich dachte, es sei ein Herrenhaus gewesen, mit Dienstboten und einer eigenen Kapelle?«, wollte sie wissen.

»Das war die Propstei, wo Rob als Gefährte vom Sohn des Lords lebte. Mein Onkel Ned hatte nur das Fährhaus, und Ma, Rob und ich wohnten nicht weit davon in einer kleinen Fischerhütte.«

Livia schürzte ihren hübschen Mund. »Ich dachte, Ihr wärt eine höhergestellte Familie als das hier!«
Alys knirschte beschämt mit den Zähnen. »Leider nicht.«
Doch Livia fuhr mit der Familiengeschichte fort. »Ach ja, aber Ihr habt Kinder! Geht es ihnen gut? Ich sehne mich so danach, sie kennenzulernen! Wo sind sie?«
»Es sind Zwillinge. Mein Sohn John ist in der Arbeit, als Lehrling bei einem Kaufmann in der City. Meine Tochter Sarah macht eine Lehre als Hutmacherin, ihre Zeit in dem Laden ist beinahe vorüber. Sie ist sehr geschickt, da schlägt sie ganz nach ihrer Großmutter – nicht nach mir. Die beiden kommen Samstag nach der Arbeit nach Hause.«
»Du meine Güte! Ihr lasst Eure Tochter außer Haus wohnen? In Venedig würden wir einem Mädchen niemals so viel Freiheit gewähren.«
Alys zuckte mit den Schultern. »Sie muss ihren Lebensunterhalt verdienen, sie braucht ein Gewerbe. Sie ist ein vernünftiges Mädchen, und ich vertraue ihr.«
Livias Gelächter tat Alys in den Ohren weh. »*Allora!* Die jungen Männer sind diejenigen, denen ich nicht vertraue.«
Alys zwang sich zu einem Lächeln, blieb jedoch eine Antwort schuldig.
»Ihr arrangiert für sie keine Heirat mit einem wohlhabenden Gentleman?«
Alys schüttelte den Kopf. »Nein. Es ist besser für sie, ihr eigenes Gewerbe zu haben, finden wir. Und wir kennen keine wohlhabenden Gentlemen.«
»Aber was ist mit Eurem Besucher? Ist er nicht wohlhabend?«
»Eigentlich kennen wir ihn nicht.« Alys beendete die Befragung. »Ihr müsst sehr müde von der Reise sein. Aber es würde mich freuen, wenn Ihr mir morgen von Eurem Leben mit Rob erzählt. Und … und … wie er gestorben ist.«
»Ihr habt doch gewiss unsere Briefe erhalten?«
»Wir bekamen anfangs Briefe von ihm, als er seine Stelle in Venedig antrat, und dann hat er geschrieben, dass Ihr heiraten würdet. Er hat uns von der Geburt des kleinen Matteo berichtet und von Eurem Glück. Doch dann haben wir nichts mehr gehört, bis Ihr uns

geschrieben habt, er sei ertrunken. Den Brief haben wir erst letzte Woche erhalten. Und dann vor drei Tagen kam Euer Brief aus Greenwich, der Euer Eintreffen ankündete.«
»Ach, es tut mir so leid! So leid! Ich habe sofort von Venedig aus geschrieben, nach meinem Verlust, und habe den Brief auf der Stelle abgeschickt. Ich habe nicht damit gerechnet, dass er so lange brauchen würde! Gleich bei meiner Landung habe ich dann wieder geschrieben. Es ist ja so gut von Euch, mich willkommen zu heißen, obwohl ich derart schlechte Nachrichten bringe!«
Das Dienstmädchen kam ins Zimmer und räumte das Geschirr ab. Die Italienerin sah sich um, als erwarte sie mehr als den einzelnen Teller mit Obst und Gebäck.
»Darf ich Euch Livia nennen?«, fragte Alys. »Ihr könnt mich Alys nennen, wenn Ihr möchtet.«
»Roberto hat mich immer Lizzie genannt, was mich zum Lachen gebracht hat. Er sagte, er werde eine echte Engländerin aus mir machen.«
»Ihr sprecht so wunderbar Englisch.«
»Ach, meine Mutter war Engländerin.«
»Wirklich? Und Euer Titel?«
»Es ist mein Familientitel«, erwiderte sie. »Ein uralter Name. Als ich heiratete, habe ich ihn also an Ricci angehängt. So macht man das doch, nicht wahr?«
»Ich weiß es nicht«, sagte Alys. »Wir haben keinen Titel, so sind wir nicht. Bloß eine kleine Familie mit nichts außer diesem Lagerhaus und zwei Pferden und dem Wagen.«
»Aber Roberto hat mir gesagt, Sir William Peachey sei sein Gönner und James Summer sein guter Freund und Tutor. Er hat mir versprochen, in seiner Heimat würden wir ein herrschaftliches Haus in London haben, dass er ein berühmter Arzt sein würde.«
»Rob war immer ehrgeizig«, räumte Alys verlegen ein. »Aber es gibt kein herrschaftliches Haus. Bloß das hier.« Sie ließ den Blick durch das kleine Zimmer und über den kalten Feuerrost schweifen. »Für uns ist das hier eine Errungenschaft ... wenn ich bedenke, wo wir ursprünglich herkommen ...«
»Woher kommt Ihr?« Livia war neugierig. » Roberto hat mir von einem Land wie der venezianischen Lagune erzählt – halb Land

und halb Wasser, bei jedem Gezeitenwechsel anders, mit den schreienden Vögeln zwischen Himmel und Meer.«

»So war es auch«, stimmte Alys ihr zu. »Wir waren immer an der Grenze, zwischen Armut und Überleben, zwischen Freunden und Feinden, im Gezeitenland zwischen Wasser und Feldern. Wir waren am äußersten Rand. Wenigstens sind wir hier in einer Welt mit festem Halt. Und wenigstens baut Onkel Ned sich erfolgreich ein neues Leben in einem neuen Land auf.«

»Mehr will ich ja auch gar nicht.« Livia umfasste Alys' Hände, als wolle sie einen Eid ablegen. »Ich will nichts weiter, als mit festem Halt Fuß zu fassen in der Welt. Nichts weiter, als ein neues Leben aufbauen, ein besseres Leben. Wir müssen einander Schwester nennen und lieben, wie Schwestern es tun sollten.«

Juni 1670, London

Am ersten Morgen nach Livias Ankunft lud Alinor sie zum Frühstück auf ihr Zimmer ein. Alys half dem Dienstmädchen dabei, die schweren Tabletts die Wendeltreppe hochzutragen. Im Turmfenster war ein kleiner runder Tisch gedeckt, und Alinor saß mit dem Rücken zum Fluss, die Glastür hinter ihr offen eingeklinkt, sodass sich die Bänder ihrer Haube ein wenig in der Brise bewegten. Sie hörte die Möwen schreien. Da die Tide schwach war, konnten die Boote schnell flussaufwärts fahren. Das Sonnenlicht glänzte auf dem Wasser, und die Zimmerdecke war von sich kräuselnden Lichtreflexionen gesprenkelt. »Erzähl mir von Eurem Leben in Venedig«, lud Alison Livia ein. »Wann habt Ihr meinen Sohn kennengelernt?«

»Wir sind uns in Venedig begegnet. Italienische Familien sind sehr streng, wisst Ihr? Ich bin in sehr jungen Jahren mit einem viel älteren Mann, einem Freund meines Großvaters, verheiratet worden. Als mein Ehemann, der Conte, erkrankte, musste ich einen Arzt rufen. Und es hieß überall, beim Zustand meines Mannes sei der junge englische Arzt der beste.«

»Er hat an der Universität in Padua studiert«, sagte Alinor stolz.

»Er kam jeden Tag, er war so ausgesprochen liebenswürdig. Mein

Ehemann war immer …« Livia verstummte und betrachtete die ältere Frau, als erhoffe sie sich von ihr Verständnis. »Mein Ehemann war mir gegenüber sehr … streng. Um die Wahrheit zu sagen: Er war grausam, und Roberto war so liebenswürdig. Ich verliebte mich in ihn.« Sie blickte von Alinor zu Alys. »Ich versuchte, dagegen anzukämpfen, aber ich konnte nicht anders.«
Weder Mutter noch Tochter wechselten auch nur einen flüchtigen Blick. Alys hielt die Augen starr auf den Tisch gerichtet, während ihre Mutter Livia betrachtete. »Manchmal hat eine Frau es schwer«, pflichtete Alinor ihr leise bei. »Hat Rob Euch auch geliebt?«
»Anfangs zeigte er es nicht«, sagte sie. »Er war immer so vorsichtig, so korrekt. So englisch! Wisst Ihr, was ich meine?« Sie musterte die verschlossenen Gesichter der beiden. »Nein, ich glaube nicht! Er kam immer in so …« – sie brach mit einem reizenden kleinen Lachen ab – »… großartigen Stiefeln ins Haus! Um damit ins Marschland zu gehen, wisst Ihr? Bei Ebbe durchstreifte er immer die Sandbänke und Inseln, wo es keine Pfade und schon gar keine Wege gab. Er ging hinaus und pflückte Kräuter und Schilfgräser. Mit einem Boot fuhr er quer über die Lagune und suchte sich dann seinen eigenen Weg um die kleinen Inseln herum. Er kannte sich so gut aus wie die Fischer, die in der Lagune leben. Er kam in unseren alten Palazzo mit den verschlossenen Fensterläden, wo es immer so dunkel und so kühl war, und ich roch die Salzluft an seiner Jacke, in seinem Haar …« Sie sah von einer Frau zur anderen. »Es war, als sei er frei, frei wie die Vögel der Lagune und der Salzmarschen.«
»Es klingt wie unser altes Zuhause«, sagte Alys zu ihrer Mutter, die vornübergebeugt die Nachrichten von ihrem Sohn aufsog.
»Er ist durchs Gezeitenland spaziert«, stimmte ihre Mutter ihr zu. »Wie in Foulmire. Er ging auf den Pfaden zwischen Land und Meer.«
»Das tat er!«, pflichtete Livia ihr bei. »Da war er also, lebte in der reichsten Stadt der Welt, doch jeden Nachmittag kehrte er ihr den Rücken zu, wanderte hinaus in die Lagune und lauschte dem Vogelgeschrei. Er mochte unsere weißen Vögel, die Reiher, wisst Ihr? Er hat sie gern beobachtet. Ihm waren die Küstenpfade lieber als die Goldmärkte und Straßen. Er war so anders! Anders als alle anderen. Er fing seine eigenen Fische, denkt Euch nur! Und er hat sich nicht dafür geschämt, vom Land zu kommen. Den Leuten erzählte er, er

fühle sich am Wasser zu Hause, beim Wandern auf den Sandbänken und Inseln. Und als mein Ehemann immer kränker wurde, blieb Roberto im Haus, um bei der Pflege zu helfen. Bei seinem Tod war Roberto ein großer Trost.«

Alys musterte die Brötchen, ohne ihre Mutter anzusehen.

»In meiner Trauer wandte ich mich an ihn, und bei der Gelegenheit gestand ich ihm meine Gefühle«, flüsterte Livia. »Ich hätte nichts sagen sollen, ich weiß. Aber ich war so einsam und hatte solche Angst in dem großen Palazzo am Kanal. Es war dort so kalt und so still, und als die Familie zur Beerdigung kam, wusste ich, dass sie mich hinauswerfen würden. Ich wusste, dass sie mich hassten: Mein Ehemann hatte mich geheiratet, weil ich jung und schön war.« Sie lachte kurz auf. »Ich war sehr schön, als ich jung war.«

Da keine der beiden Zuhörerinnen Livia versicherte, dass sie immer noch schön sei, fuhr sie fort: »Ich hatte nur einen einzigen Freund auf der Welt.« Mit flehendem Blick sah sie Alinor an und streckte den Arm aus, um ihre Hand zu ergreifen. »Euren Sohn Roberto.«

Alys bemerkte, dass ihre Mutter die Berührung der jungen Frau mied, und wunderte sich über ihre Gereiztheit. »Bist du müde, Ma?«, fragte sie mit gedämpfter Stimme.

»Nein, nein«, erwiderte Alinor. Sie faltete die Hände in ihrem Schoß, außer Reichweite. »Ihr müsst mir verzeihen«, wandte sie sich an Livia. »Ich bin invalide. Und Alys macht sich Sorgen um mich. Fahrt fort. «

»Ich hatte ein schlechtes Gewissen, dass ich mich ihm anvertraut hatte. So gehört es sich überhaupt nicht. Ich weiß, in England ist der Gentleman derjenige, der sich zuerst erklärt. Ist es nicht so?«

Keine von beiden Frauen erwiderte etwas.

»Ich glaube wahrhaftig, dass er nur Mitleid mit mir hatte. Er ist – er war – so warmherzig. Nicht wahr?«

»Ja«, erwiderte Alys, als ihre Mutter nichts sagte. »Ja, das war er.«

»Als ich Venedig verlassen und zu meinem Familiensitz in den Hügeln vor Florenz zurückkehren musste, dachte ich, ich würde ihn nie mehr wiedersehen. Doch er folgte mir.« Sie legte die Hand aufs Herz. »Er kam ins Haus meiner Familie und sagte meinem Cousin, dem Familienoberhaupt, dass er mich liebte. Es war der glücklichste Moment meines Lebens. Der allerglücklichste.«

»Er hat uns davon geschrieben, dass er Euch kennengelernt habe und dass er Euch bewundere«, bestätigte Alys.
»Ja, das hat er«, sagte Alinor. »Und als er uns schrieb, dass er heiraten würde, haben wir Euch etwas Spitze zum Besatz Eures Kleides geschickt. Habt Ihr sie erhalten?«
»Oh, ja, sie war so schön! Und ich habe einen Dankesbrief geschrieben. Habt Ihr ihn erhalten?«
Alys schüttelte den Kopf.
»Das tut mir so leid! Ich will auf keinen Fall, dass Ihr glaubt, ich wäre nicht dankbar gewesen, ich war so froh über Eure Glückwünsche. Ich habe Euch einen langen Brief geschrieben und ihn mit einem Handelsschiff geschickt. Aber wer weiß schon, was mit diesen Schiffen passiert! So eine lange Fahrt und so gefährliche Meere!«
»Ja«, pflichtete Alinor ihr bei. »Wir haben schon immer am Rand von tiefem Gewässer gelebt.«
»Wir heirateten also im kleinsten Kreis in Venedig und verteidigten uns gegen die Familie meines ersten Mannes.«
»Weswegen?«, fragte Alys.
»Oh, sie waren eifersüchtig! Und sie haben alles Mögliche gegen mich vorgebracht. Dann fand ich heraus, dass ich ein Kind erwartete, und wir haben uns so gefreut. Als der kleine Matteo zur Welt kam, wussten wir, dass wir das wahre Glück gefunden hatten. Dann – ach, aber Ihr kennt den Rest ...«
»Nein«, fiel Alinor ihr ins Wort. »Ihr habt mir nichts erzählt!«
»Ihr habt nur geschrieben, er sei ertrunken«, rief Alys ihr in Erinnerung.
Livia atmete schluchzend ein. Offensichtlich war es eine Qual für die Witwe, in ihrer Schilderung fortzufahren. »Roberto wurde in einer stürmischen Nacht zu einer der Inseln hinausgerufen. Ich fuhr mit ihm, ich begleitete ihn oft. Es ging ein schrecklicher Wind, und unser Boot kenterte. Man zog mich im Morgengrauen aus dem Wasser, es war ein kleines Wunder, dass ich überlebt habe.«
Sie wandte ihr Gesicht vom grellen Fenster ab und verbarg es in ihrem kleinen, schwarz gesäumten Taschentuch. »Ich wünschte, ich hätte nicht überlebt«, flüsterte sie. »Als man mir sagte, er sei tot ... Ich habe ihnen gesagt, sie sollten mich zurück ins Wasser werfen.«

Alys sah ihre Mutter an. Sie rechnete damit, dass diese etwas sagen würde. Doch die ältere Frau blieb stumm.
»Wie schrecklich«, flüsterte Alys.
Livia nickte, trocknete die Augen und brachte ein bebendes Lächeln zustande. »Ich schrieb Euch von seinem Tod – bestimmt war es völlig wirres Zeug, so tief war meine Trauer! Ich wusste, dass ich zu Euch fahren sollte, ich wusste, Roberto hätte es so gewollt. Obwohl ich also ganz allein war, packte ich all unsere Habseligkeiten in dem kleinen Haus, gab unsere Ersparnisse für meine Schiffspassage aus, und hier sind wir. Ich habe Euch gleich bei unserer Landung geschrieben, und dann habe ich die Kutsche gemietet und bin hergekommen. Ich habe meinen kleinen englischen Jungen in seine Heimat gebracht.«
Es trat Schweigen ein.
»Und wir sind so froh, dass Ihr gekommen seid«, sagte Alys schließlich in das stille Zimmer hinein. »Nicht wahr? Nicht wahr? Ma?«
»Ja«, sagte Alinor. »Hat man den Leichnam gefunden?«
Die Frage war so kaltblütig und unvermittelt, dass die beiden jungen Frauen sie anstarrten.
»Den Leichnam?«, wiederholte Livia.
»Ja. Robs ertrunkenen Körper. Hat man ihn gefunden? Ihn aus dem Wasser gezogen, ihn mit angemessenem Ritual beerdigt? Als Protestanten?«
»Ma!«, rief Alys.
»Nein«, antwortete Livia, der wieder Tränen in die Augen stiegen. »Das hat man nicht. Es ist so tief, und es gibt Strömungen. Man hat nicht damit gerechnet, sie – ihn – zu finden, nicht nachdem er … untergegangen war.«
»Untergegangen«, wiederholte Alinor langsam. »Ihr sagt mir also, mein Sohn sei – untergegangen?«
Alys streckte die Hand aus, wie um den Worten Einhalt zu gebieten, doch die beiden anderen Frauen achteten nicht auf sie.
»Wir hielten einen Gedenkgottesdienst an dem Ort ab, wo er verschwand.« Livias Stimme war sehr leise. »Bei ruhigem Seegang fuhr ich mit einem kleinen Ruderboot hinaus. Es war auf halbem Weg zwischen Venedig und der Insel Torcello. Ich habe für Euch Blumen aufs Wasser gestreut: weiße Lilien auf die dunklen Wellen.«

»Oh, wirklich«, sagte Alinor gleichgültig. Sie wandte den Kopf ab und sah nach unten zum Hafendamm. »Da ist wieder dieser Schiffskommissionär.«
Livia beugte sich zum Fenster und erblickte James Avery an der Tür, der soeben das Haus betreten wollte. »Oh, das ist kein Schiffshändler«, sagte sie. »Das ist Sir James Avery, Robertos Tutor und Freund. Ich habe ihn gestern kennengelernt.«
Das Zimmer erstarrte. Niemand sagte etwas. Alys hörte, wie das Dienstmädchen langsam die Treppe vom Flur hochstieg, und dann das Knarren, als sie die Tür öffnete. »Soll ich abräumen?«, fragte sie in die verblüffte Stille hinein.
»Ja, ja«, sagte Livia, als niemand sonst antwortete. Sie blickte von Alinors bleichem Gesicht zu Alys' starrer Grimasse. »Habe ich etwas Falsches gesagt? Was ist denn los?«
»James Avery ist hier? Das ist der Besucher gewesen: James Avery?«, wollte Alinor wissen.
»Ja«, presste Alys hervor. »Ich wusste noch nicht einmal, ob du seinen richtigen Namen kennen würdest.«
»Doch. Es sollte einmal mein Name werden. Natürlich kenne ich ihn.«
»Er ist jetzt Sir James. Wie sich herausstellt, besitzt er einen Titel. Dachtest du, du würdest ihn tragen?«, fragte Alys.
»Ja. Er ist hergekommen, um mich zu sehen?«
Alys nickte schweigend.
Mutter und Tochter sahen einander an, als seien sie blind für das Dienstmädchen, das am Tisch hantierte, und für Livias fragende Miene.
»Alys, wann wolltest du mir davon erzählen?«
»Ich wollte dir gar nicht davon erzählen.«
Das Dienstmädchen griff nach dem schwer beladenen Tablett und ging aus dem Zimmer, wobei sie die Tür offen ließ. Man hörte, wie sie langsam die Treppe hinunterstieg, dann ertönte das Klopfen des Elfenbeingriffs an der Haustür. Erst erklang ihr Seufzen, dann das Klappern von Geschirr, als sie das Tablett auf dem Tisch in der Diele abstellte. Die Frauen lauschten, als sie die Haustür aufmachte und ungeduldig sagte: »Herein! Herein!« Sie schickte Sir James in die leere Stube, während sie abermals das Tablett hochhob und den Flur hinunter zur Küche ging, wo sie dem Fuhrmann durch die

Hintertür zuschrie, er solle sich wieder um das Pferd des Gentlemans kümmern.
»War er früher schon da?«
»Gestern zum ersten Mal. Das schwöre ich.«
»Oder hat er geschrieben?«
Alys' Schweigen war ein Eingeständnis.
»Er hat geschrieben? Er hat *mir* geschrieben?«
Die Tochter sagte nichts.
»Hast du geglaubt, ihn von mir fernzuhalten, sei zu meinem eigenen Besten?«, fragte Alinor sanft.
»Nein.« Alys wurde zur Ehrlichkeit getrieben, die Worte sprudelten zusammen mit jähen Tränen aus ihr hervor. »Es war wegen mir. Ich brachte es kaum über mich, seine Briefe zu berühren. Gestern hätte ich ihn auf keinen Fall ins Haus gelassen, wenn ich gewusst hätte, wer er war. Ich hätte ihm die Tür vor der Nase zugeknallt. Stattdessen habe ich ihm gesagt, er soll nicht wiederkommen. Nicht wegen dir, denn ich weiß nicht, was du empfindest – jetzt, nach all der Zeit. Es war wegen mir. Weil ich ihm niemals vergeben werde.«
»Nach all der Zeit? Wie du selbst sagst? Nach all der Zeit?«
»Mehr. Mehr mit jedem Jahr, in dem du dahinsiechst.«
»Aber er war so gut zu Roberto!«, mischte Livia sich ein. »So ein charmanter Gentleman. Ich begreife es nicht! Ihr seid wütend, Schwester Alys? Ihr seid bekümmert? Und Ihr … *mia Suocera*?«
Beide achteten nicht auf sie.
»Er hat mir geschrieben?« Alinors Stimme war hauchzart.
»Seinen ersten Brief habe ich ins Feuer geworfen, und als das Wachs verbrannte, fiel eine Goldmünze durch die Stäbe des Rostes in die Asche. Ich wusste noch nicht einmal, was es war, nur, dass es sich um Gold handelte. Es war eine französische Münze. Ich habe sie behalten. Ich bezahlte damit deine Medizin, ohne sie hätten wir uns den Arzt niemals leisten können. Im folgenden Jahr schickte er wieder Post. Dieses Mal entfernte ich das Siegel und nahm die Münze an mich, bevor ich den Brief verbrannte. Ich wollte nicht wissen, was er schrieb. Ich wollte noch nicht einmal seine Handschrift sehen. Ich wollte ihn nie wiedersehen.«
»Aber Roberto sagte, er sei so gut gewesen …«, stellte Livia fest.
»Und er ist solch ein Gentleman! Seine Kleidung …«

»Zu uns war er nicht gut«, sagte Alys mit leiser Bitterkeit. »Damals war er kein Gentleman.«

Auf diese Worte hin erhob sich Alinor, indem sie sich am Frühstückstisch abstützte. Sofort sprang Alys auf, um ihr zu helfen.

»Nein, ich kann gehen. Ich möchte bloß zu meinem Sessel.« Sie ging die drei Schritte, und als sie schließlich Platz genommen hatte, war sie außer Atem und ihr Gesicht blass.

»Darf ich ihm sagen, er soll gehen?«, fragte Alys. »Ma? Bitte kann ich ihm befehlen zu gehen?«

Alinor schüttelte den Kopf und fächerte sich Luft zu, als fiele ihr das Atmen schwer. »So kann ich ihn nicht empfangen.«

»Oh, warum denn nicht?« Aus Livias Gesicht strahlte Neugier. »Wo er bereits zweimal hergekommen ist, um Euch zu sehen? Und davor Geld geschickt hat?«

»Du musst ihn nicht empfangen, niemals«, sagte Alys grimmig.

»Bitte ihn, morgen wiederzukommen.« Das Sprechen fiel Alinor schwer. »Ich werde ihn morgen empfangen, am Nachmittag.«

»Ich will ihn nicht wieder hierhaben.«

Alinor nickte. »Ich weiß, Liebes, ich weiß. Nur dieses eine Mal.«

Livia blickte scharf von einer zur anderen. »Aber warum denn nicht?«

»Nicht Samstagnachmittag, nicht Sonntag«, erklärte Alys.

Alinor atmete bebend ein. »Ach? Geht es ihm um die Kinder? Ist er nicht wegen mir hergekommen, sondern wegen ihnen?«

»Ich weiß nicht, was er will«, erwiderte Alys stur. »Aber er wird es nicht bekommen.«

Ihre Mutter schenkte ihr einen langen, festen Blick. »Ich gehe davon aus, dass du es sehr wohl weißt«, sagte sie mit sehr leiser Stimme. »Ich gehe davon aus, dass er es dir verraten hat.«

»Ich hasse ihn.«

»Ich weiß.« Sie atmete durch und schloss die Augen. Den Kopf lehnte sie nach hinten an den hohen Lehnstuhl. »Dann richte ihm am besten aus, er soll heute Nachmittag wiederkommen. Nicht morgen, damit er die Kinder nicht zu Gesicht bekommt.«

»Soll ich es ihm sagen?«, erbot sich Livia. »Soll ich hinunterlaufen und ihm ausrichten, er soll heute Nachmittag wiederkommen?«

Alys nickte, und die junge Frau eilte aus dem Zimmer. Sie hörten, wie die hohen Absätze ihrer Schuhe die Treppe zur Stube hinunterklackerten, und dann, wie die Tür hinter ihr zuging. In dem sonnendurchfluteten Schlafzimmer streckte Alinor schweigend die Hand nach ihrer Tochter aus, und Alys ergriff sie.

James Avery sah aus dem Fenster auf den belebten Hafendamm. Das quälende Lärmen der knirschenden Flaschenzüge und der rollenden Fässer ließ nie nach.
»Sir James.« Livia trat ein und vollführte einen tiefen Knicks.
Er drehte sich um und verbeugte sich. »Nobildonna da Ricci.«
»Mrs Reekie wird Euch am Nachmittag empfangen«, sagte sie schlicht. »Jetzt ist es zu früh. Sie ist unpässlich, müsst Ihr wissen.«
Er zögerte, als verstünde er ihre Worte nicht.
Sie schenkte ihm ein schelmisches Lächeln. »Ihr dürft uns Damen nicht am Morgen überraschen!«, sagte sie. »Je älter man ist, desto mehr gibt es zu tun.«
James errötete und sah verlegen aus. »Ich dachte nicht … Dann werde ich am Nachmittag wiederkommen.« Er nahm seinen Hut und die Peitsche vom Tisch. »Wäre drei Uhr genehm?«
»Warum sagen wir nicht vier Uhr, und Ihr könnt zum Abendessen bleiben«, schlug sie vor.
»Sie hat mich zum Abendessen eingeladen?« Er war verblüfft.
Ihr süffisantes Lächeln verriet ihm die Wahrheit. »Nein! Es ist meine Einladung. Aber ich hoffe, dass die Frauen einwilligen werden.«
»Ihr seid freundlich, Nobildonna da Ricci.« Sorgsam verbarg er seine Enttäuschung. »Aber ich glaube, ich sollte besser auf eine Einladung von Mrs Stoney warten.«
»Von Schwester Alys? Sie wird Euch nie willkommen heißen! Warum verabscheut sie Euch so sehr?«
»Mir war nicht klar, dass sie das tut.«
Livia lachte ungestüm, bevor sie die Hand vor den Mund schlug. »Ach, dieses Haus! Niemand lacht hier!«
»Nein?«

»Nein, es ist ein sehr ernster Haushalt. Roberto war so ein glücklicher junger Mann. Ich dachte, alle in der Familie würden fröhlich sein.«
James machte Anstalten, etwas zu erwidern, zögerte dann jedoch, als gebe es zu viel zu sagen. »Vor langer Zeit ist etwas geschehen.«
»Als die Zwillinge auf die Welt kamen?«
»Es gibt Zwillinge?«
Sie riss die dunklen Augen auf. »Wusstet Ihr das nicht? Aber ich dachte, Ihr wärt gekommen, um sie zu sehen?«
»Ich habe nicht gewusst, dass es Zwillinge sind.« Er wählte seine Worte mit Sorgfalt. »Ich muss mit Mrs Reekie sprechen. Vielleicht kann ich … ich könnte ihnen unter die Arme greifen. Ich bin mit einem glücklichen Los gesegnet und würde ihr gern helfen, wenn ich kann.«
»Ihr habt keine eigene Familie?«
»Meine Frau und ich waren kinderlos. Es hat uns großen Kummer bereitet.«
»Aber natürlich! Das ist für jeden Mann und jede Ehefrau kummervoll. Besonders, wenn Besitz vorhanden ist.«
Er lächelte angesichts ihrer Offenheit. »Ihr seid in der Tat Venezianerin. Ja, es ist sehr schade, besonders, wenn Besitz vorhanden ist.«
»Ich bin keine Venezianerin«, verbesserte sie ihn. »Das Haus meiner Familie befindet sich in den Hügeln vor Florenz. Wir sind eine sehr alte Familie, eine Adelsfamilie. Deshalb weiß ich, wie wichtig ein Sohn und Erbe ist. Und jetzt bin ich eine englische Dame. Mit einem englischen Jungen. Hättet Ihr Roberto als Euren Erben eingesetzt, wenn er am Leben geblieben wäre?«
Sie merkte, dass er verlegen von einem Fuß auf den anderen trat.
»Ich habe ein besonderes Interesse an dem Jungen … an den Zwillingen.«
»Aber Roberto ist der Onkel der beiden? Dann muss mein Sohn ihr Cousin sein?«
»Ja, natürlich.«
»Dann müsst Ihr meinen Jungen ebenfalls lieben«, erklärte sie beharrlich. »Gestattet mir, ihn Euch zu zeigen.«
»Vielleicht sollte ich jetzt gehen und am Nachmittag zurückkommen?«, schlug er vor, doch sie hatte bereits die Stubentür geöffnet

und hinausgerufen, bevor er noch ein Wort sagen konnte. Im nächsten Moment kam das Kindermädchen mit dem Säugling in den Armen aus der Küche.

Rasch nahm Livia ihren Sohn entgegen und drehte sich zu James um, die Wange an dem kleinen dunklen Köpfchen. Das Kind war wach, und als sie es James entgegenhielt, richtete es die dunkelblauen, neugierigen Augen auf das Gesicht des Mannes.

»Ist er nicht wunderschön?«, wollte sie wissen. Sie zog ihre Hände nicht zurück, als sie ihn in James' Arme legte, sodass sie ihn gemeinsam hielten.

»Ja«, sagte James aufrichtig, den beim Anblick dieses Kindes, noch eines Kindes, das in diesem armen kleinen Haus vaterlos aufwuchs, jähe Zärtlichkeit überkam.

»Seht nur, wie er Euch mag.« Mit diesen Worten trat sie beiseite, sodass James den Säugling allein hielt. Aus Ängstlichkeit umklammerte er ihn unwillkürlich fester.

»Ich habe keine Erfahrung mit Säuglingen«, sagte er und hielt ihn nur einen Moment, bevor er versuchte, ihn ihr zurückzugeben. »Ich weiß nicht, wie man mit ihnen umgeht. Ich weiß nicht, was sie … mögen.«

Das brachte sie zum Lachen, doch sie nahm das Kind zurück und lehnte es an ihre Schulter, wobei sie sich seitlich drehte, sodass James das ausnehmend schöne Kindergesicht vor dem seidigen dunklen Haar der Mutter sehen konnte. »Ach, das würdet Ihr im Nu lernen«, versicherte sie ihm. »Ihr wärt ein wunderbarer Vater. Das weiß ich. Jeder Mann sollte seinen Sohn großziehen. Es ist sein Vermächtnis. Wie sonst kann er einen Namen in der Welt zurücklassen?«

Hinter ihr ging die Tür auf, und Alys stand im Rahmen. Schweigend sah sie von ihrer Schwägerin zu James und wieder zurück. James errötete vor Verlegenheit.

»Meine Mutter wird Euch am Nachmittag empfangen«, erklärte sie James eisig. »Jetzt nicht. Lady da Ricci sollte Euch ausrichten, dass Ihr jetzt gehen sollt.«

»In der Tat, ja«, sagte die Dame mit weit aufgerissenen Augen. »Verzeiht mir.«

James verbeugte sich. »Um wie viel Uhr soll ich kommen?«, fragte er und griff nach seinem Hut und der Reitgerte.

»Um vier?«, schlug Livia fröhlich vor. »Und zum Abendessen bleiben?«
»Um drei«, bestimmte Alys. »Für eine Stunde.«

Juni 1670, Hadley, Neuengland

Ned hatte seine Fähre ans Nordufer des Flusses gezogen und sie auf dem seichten Kiesstrand, der selbst bei Flut einen trockenen Landeplatz für Fahrgäste bot, auf Grund gesetzt. Er griff nach seinem Korb und ging den schmalen Pfad zum Dorf Norwottuck hinauf. Sein Hund Red – der zum Gedenken an seinen alten englischen Hund so hieß – folgte ihm bei Fuß.
Eine halbe Meile vor dem Dorf blieb er stehen, legte die Hände an den Mund und stieß den Ruf der einheimischen Eule aus. Er wartete, bis der Antwortruf erklang. Es war die Erlaubnis, ins Dorf zu kommen. Dann folgte er dem Pfad weiter und erblickte eine alte Frau, die leichtfüßig auf ihn zukam. Sie musste über sechzig Jahre alt sein, doch ihr Haar, das ihr auf einer Seite über die Schulter fiel, war immer noch schwarz, und ihre Schritte waren sicher. Nur die tiefen Falten in ihrem Gesicht und am Hals ließen erkennen, dass sie zu den Dorfältesten gehörte, eine Frau voller Weisheit und Erfahrung.
»Leises Eichhörnchen«, sagte Ned mit einem angedeuteten Nicken in ihre Richtung. »Freundin.«
»*Nippe Sannup*«, erwiderte sie freundlich in ihrer eigenen Sprache. *Mann des Wassers.* »*Netop.*« *Freund.*
Es fiel Ned schwer, in ihrer Muttersprache zu antworten. »*Netop*, Leises Eichhörnchen. Ich suche Kienholz, suche Sassafrasholz«, sagte er. »Kann ich suchen?«
Angesichts des großen Mannes, der wie ein Kind redete, musste sie sich ein Lächeln verkneifen. »Hol dir aus dem Wald, was du brauchst«, sagte sie großzügig. »Und ich will dir etwas zeigen. Ich weiß nicht, ob ihr Mantelmänner das hier mögt?«
Sie knöpfte eine Tasche an ihrer Seite auf und streckte ihm einen Stein entgegen. Ned nahm ihn ihr aus den Händen und drehte ihn,

um ihn von allen Seiten untersuchen zu können. Er sah, dass der Stein aufgeschnitten worden war und beide Hälften hohl waren, doch im Innern glitzerte eine winzige Diamantenhöhle aus lilafarbenen und blauen Kristallen.
Er sah von den zerklüfteten Edelsteinen zum Gesicht der alten Frau. »Was ist das?«, fragte er.
»Donnerstein«, erklärte sie ihm. »Er schützt vor Blitzschlägen.« Als er die Stirn runzelte, hob sie die Hände gen Himmel und machte in der Kehle ein grollendes Geräusch, dann ließ sie die Hände in einer gezackten Bewegung niedersausen. »Blitz«, sagte sie. Sie hob den Stein über ihren Kopf und lächelte. »Sicher. Das hier ist ein Donnerstein: Er schützt vor Gewitter.«
Ned nickte. »Blitz! Sicher – ich verstehe.«
Sofort kam ihm in den Sinn, dass seine Schwester diesen Stein den Londoner Kaufleuten verkaufen konnte, die mit ihren hohen Holzdächern Blitzeinschlägen hilflos ausgeliefert waren. Die große Angst dieser Menschen galt dem Feuer, und sie hatten geschworen, dass ihre Stadt nie mehr wieder in Flammen aufgehen durfte. Alinor konnte ihn den neuen Baumeistern in London verkaufen, die Kirchtürme mit Wetterhähnen aus Messing und Glockentürme mit Bronzeglocken errichteten. »Mehr?«, fragte er. »Viele? Viele?«
Sie lachte laut auf und ließ Zähne sehen, die aufgrund einer Kost aus hartem Gemüse und grobem Maismehl abgeschliffen waren. »Mantelmann!«, rief sie. »Du willst immer mehr. Ich zeige dir eine Sache, und du willst hundert.«
Reuevoll breitete er die Hände aus. »Aber ich kann das hier verkaufen«, sagte er auf Englisch und versuchte es dann erneut in ihrer Sprache: »Handel. Guter Handel. Du wollen Wampume?«
Sie schüttelte den Kopf. »Keine Wampume, nicht zwischen dir und mir, nicht unter Freunden.« Sie ergriff seine Hand, um zu versuchen, es ihm zu erklären. »Wampume sind etwas Geheiligtes, *Nippe Sannup*. Wampume sind heilig. Man sollte sie herschenken an jemanden, den man liebt, um ihm zu zeigen, dass man ihn wertschätzt. Sie sind kein Zahlungsmittel. Wir hätten nie zulassen sollen, dass dein Volk sie als Zahlungsmittel benutzt. Wampume stehen nicht zum Verkauf. Wampume zeigen Liebe und Respekt. Respekt ist nicht verkäuflich.«

Ned verstand kaum etwas, ahnte allerdings, dass er sie irgendwie verletzt hatte. »Es tut mir leid«, sagte er. »Es tut mir leid, große Füße ...« Er stellte pantomimisch dar, wie er auf ihren Gefühlen herumtrampelte. »Es tut mir leid. Große Füße.«
»Was in aller Welt machst du jetzt?«, fragte sie, während er auf der Lichtung herummarschierte und versuchte, seine Tollpatschigkeit darzustellen. »Ihr Mantelmänner seid alle total verrückt.«
Ned kehrte zu ihr zurück. »Es tut mir leid. Du mehr haben? Hiervon? Gerechter Preis?« Er neigte den Kopf. »Keine Wampume. Wir Freunde.«
Sie legte den Kopf auf eine Seite, als kalkuliere sie. »Ich kann mehr besorgen«, antwortete sie. »Aber du bezahlst mich in Musketenteilen und kleinen Eisenstäben.«
Ned erkannte das englische Wort »Musketen« wieder. »Keine Gewehre«, widersprach er. »Keine Gewehre. Keine Donnerbüchsen. Nicht für Volk der Dawnlands. Sehr schlecht!«
»Keine Gewehre«, stimmte sie ihm freundlich zu. »Aber Hammer, Schlagfeder, Batterie.« Sie kannte die englischen Bezeichnungen für die Teile einer Muskete und zeigte ihm mit den Fingern, dass sie die kleinen Einzelteile von Gewehren meinte.
»Wozu?« Ned war unbehaglich zumute. »Warum? Warum Teile von Gewehren?«
Sie lächelte in sein ehrliches, besorgtes Gesicht. »Natürlich für die Jagd«, log sie. »Für die Hirschjagd, *Nippe Sannup*. Was sonst?«
Er war beunruhigt. Ihm fehlten die Vokabeln, um sie zu fragen, warum sie Ersatzteile für Musketen haben wollte, ob sich ihr Volk bewaffnete, vielleicht für einen Überfall auf einen anderen Stamm, der das Gleichgewicht in der gesamten Region durcheinanderbringen würde – sowohl englische Vereinbarungen als auch einheimische Friedensverträge. »Aber alle glücklich?« Unter ihrem festen dunklen Blick kam er sich wie ein Narr vor. »Gute Freunde? *Netop*, ja? Ihr mögt Mantelvolk?« Er konnte den flehenden Unterton in seiner Stimme nicht ganz unterdrücken. »Freunde von uns? Uns Engländern? Freunde von mir?«

Juni 1670, London

Die Haustür fiel hinter James ins Schloss. Die beiden jungen Frauen standen schweigend da und lauschten dem Getrappel der Pferdehufe auf den Kopfsteinen, als er den Kai entlangritt.

»Und wohin reitet er? Sir James? Hat er ein Stadthaus?«, erkundigte sich Livia.

»Ich habe keine Ahnung.«

»Ihr fragt ihn das nicht? Ihr wisst nicht, ob er in einem Gasthaus übernachtet oder ob er so reich ist, dass er ein eigenes Haus in London besitzt?«

»Nein.«

»Ich würde ihn fragen«, beteuerte die Italienerin.

»Mir wäre es lieber, wenn Ihr es nicht tut.« Alys' Verlegenheit ließ ihren Sussex-Dialekt stärker hervortreten. »Er ist kein Freund der Familie, das ist er nie gewesen. Ihr braucht ihm gegenüber nichts zu sein außer ...«

»Höflich?«, schlug Livia mit einem leichten Funkeln in den Augen vor. »Höflich und kalt? Wie Ihr?«

»Ja.«

»Natürlich werde ich Euren Gästen gegenüber immer höflich sein.«

In dem kleinen stickigen Zimmer herrschte ein kurzes Schweigen.

»Und was macht Ihr jetzt?«, fragte Livia. »Den restlichen Tag über? Geht Ihr vielleicht hinaus, um Euch in den Läden umzusehen? Gehen wir aus, um Freunde zu besuchen?«

»Nein!«, rief Alys. »Ich arbeite. Uns werden Waren von den Küstenhandelsschiffen geliefert, und ich bringe sie im Lagerhaus unter. Ich teile sie in kleinere Ladungen auf und schicke sie zu den Londoner Märkten und Geschäften und Gasthäusern. Ich bestelle die nächste Fracht und verpacke die Waren für die Rückfahrt. Wir treiben Handel entlang der Küste, in Kent, in Sussex und in Hampshire.«

»Ihr habt keine gesellschaftlichen Verpflichtungen?«, fragte Livia.

»Unser Kai ist in Betrieb«, erklärte Alys. »Küstenhandel. Da bleibt keine Zeit für gesellschaftliche Verpflichtungen.«

»Aber wieso nur die kleinen Schiffe?«

»Manchmal haben wir große Schiffe. Aber größtenteils müssen sie zu den Legal Quays, laut Gesetz die einzigen Kais in London, wo sie ihre Steuern entrichten können. Nur die unbesteuerten Frachten können hierher kommen. Manchmal, wenn sich die Wartezeit zu lang hinzieht, kommen die großen Schiffe hierher, um ihre Waren zu verzollen und zu entladen. Man nennt uns einen Zollpier – es ist uns gestattet, den Überschuss von den Legal Quays zu übernehmen. Vormittags gehe ich manchmal in die Kaffeehäuser, um mich mit den Kapitänen und Schiffseignern zu treffen und mit ihnen ins Geschäft zu kommen.«

»Sind das schöne Orte? Für Damen? Könnte ich mitkommen?«

Bei dem Gedanken musste Alys lachen. »Nein. Es würde Euch nicht gefallen. Es geht ums Geschäft.«

Die jüngere Frau riss die Augen auf und legte die Lippen an den Kopf ihres Säuglings. »Ihr seid eine Arbeiterin – wie bezeichnet Ihr Euch? Als Lageristin?«

»Ich bin Kaimeisterin.«

»Ihr macht alles selbst?«

Alys errötete. »So leben wir nun einmal.«

»Roberto hat mir erzählt, er sei auf dem Land groß geworden, am Rand von Marschen, die sich bis zum Meer erstreckten. Man habe nie gewusst, wo die trockenen Pfade waren, und nur Menschen, die dort lebten, fanden sich auf den Gewässern zurecht.«

»Das war vor über zwanzig Jahren«, antwortete Alys widerwillig. »Rob hat Euch von unserem Elternhaus erzählt. Doch nach dem Unfall mussten wir Foulmire verlassen und hierher kommen. Anfangs arbeiteten wir für die Frau, der dieser Kai gehörte. Wir erledigten ihre Auslieferungen mit unserem Pferdewagen, und dann gelang es uns, sie auszuzahlen. Ma ging als Hebamme zu den Nachbarinnen und stellte Kräutertees und heißen Molkentrank her. Sie macht immer noch gute Geschäfte mit den Apothekern, und Onkel Ned schickt uns Waren aus Neuengland, vor allem Kräuter.«

»Ihr habt kein Lagerhaus in der City? Ihr besitzt kein Schiff?«

»Das hier ist alles«, bestätigte Alys.

»Aber warum erledigt Euer Ehemann nicht die ganze Arbeit für Euch? Wo ist Mr Stoney?«

Alys errötete heftig. »Rob hat es Euch doch gewiss erzählt? Ich habe keinen Ehemann. Ich musste die Zwillinge allein zur Welt bringen und großziehen.«

»Ach, das tut mir so leid. Nein, er hat es mir nicht erzählt. Allmählich glaube ich, dass er mir gegenüber nicht ehrlich war. Er hat mich glauben gemacht, Ihr wärt eine viel vornehmere Familie, mit der Familie Peachey verwandt, und er sei gemeinsam mit dem Sohn des Lords großgezogen worden, als Freund der Familie.«

Abermals schüttelte Alys den Kopf, den Mund zu einer strengen Linie zusammengekniffen. »Nein«, sagte sie. »Die Familie gibt es nicht mehr. Rob war bloß ein Gefährte von Sir William Peacheys Sohn. Allerdings nur einen Sommer lang. Walter Peachey ist vor Jahren verstorben, sein Vater ebenfalls. Sir James Avery war ihr Tutor. Wir sind mit keinen Lords verwandt, und mit Sir James sind wir auch nicht befreundet. Und wir werden es auch nie sein.« Sie zögerte, das Gesicht tiefrot. »Vielleicht hat Rob sich geschämt, Euch das zu sagen. Vielleicht hat er sich für uns geschämt.«

»Aber Sir James kommt heute Nachmittag her, um Eure Mutter zu besuchen?«, hakte Livia nach. »Da muss es doch eine gewisse Freundschaft geben, eine Bekanntschaft?«

»Nein«, sagte Alys tonlos. »Er kommt nur dieses eine Mal, und ändern wird es nichts.«

Während Alys in ihr Kontor in der Ecke des Lagerhauses ging und Alinor sich oben ausruhte, ließ Livia den Säugling bei dem Kindermädchen, setzte ihren Hut auf und spazierte auf den Hafendamm, wo die hereinkommende Flut schnell dahinströmte, gegen die Mauern klatschte und die Abfälle flussaufwärts mit sich riss. Arbeiter machten ihr mit übertriebenem Respekt den Weg frei, und herumlümmelnde Matrosen zogen den Hut vor ihr und stießen hinter ihrem Rücken Pfiffe aus. Sie ignorierte alle und schritt durch die Menge, als sei sie taub für die gerufenen Anzüglichkeiten und das Hinterherpfeifen. Weder wandte sie den Kopf um, noch errötete sie vor Scham. Nur einmal blieb sie stehen, als ein großer, breitschultriger Mann ihr den Weg versperrte und sie an den Händen packte.

»Nur ein Küsschen«, sagte er, beugte sich herunter und hauchte ihr seine warme Bierfahne ins Gesicht. Zu seiner Überraschung wich sie nicht zurück, sondern packte ihn ruckartig und zog ihn näher heran, um ihn treten zu können. Ein fester Tritt mit ihrem spitz zulaufenden Schuh knapp unter die Kniescheibe. Verblüfft winselte der Mann vor Schmerzen auf und sprang zurück.
»*Vaffanculo!*«, spie sie ihm entgegen. »Fasst mich noch ein einziges Mal an, dann werdet Ihr es bereuen.«
Er bückte sich und rieb sein Knie. »Herrgott noch mal, Missis ... ich wollte doch nur ...«
Sie drehte den Kopf weg und ging weiter, bevor er seine Antwort beenden konnte.
»He! He!«, erscholl das Rufen seiner Kameraden. »Kein Glück gehabt, Jonas?«
Der Mann richtete sich auf und vollführte eine obszöne Geste, ließ Livia jedoch ungehindert flussaufwärts gehen. Vom Hafendamm aus bog sie landeinwärts in die von Schlaglöchern übersäte, schlammige Gasse, die hinter den Lagerhäusern verlief. Dann bog sie abermals ab, auf einen unbefestigten Weg, der, gesäumt von kleinen Häusern mit Gemüsegärten, nach Süden führte. Hinter den Häusern erstreckten sich grüne Felder, dahinter langsam ansteigende Hügel mit dunklen Hecken und sanft dahinwogenden, hochsommerlichen Wäldern. Livia schirmte die Augen ab und sah zum Horizont: Da war nichts.
Nichts.
Livia, die den Großteil ihres Lebens zwischen den menschenüberfüllten Plätzen und geschäftigen Märkten Venedigs verbracht hatte, sah nichts als grüne Einöde, ein paar Kühe, gehütet von einem Kind im Schatten einer Esche, und in der Ferne der Rauch aus dem Schornstein eines einsamen Gehöfts. Nichts.
»*Dio!*«, entfuhr es ihr voller Entsetzen. »Was für ein Ort!«
Angesichts des Mangels an Aktivität, an Läden oder Zerstreuung stieß sie ein missbilligendes Geräusch aus. Gereizt seufzte sie über die Stille, die nur vom Geschrei der Möwen über dem Fluss und, hoch droben, dem aufstrebenden Trillern einer Lerche unterbrochen wurde. Hier gab es nichts Erfreuliches für sie. Sie kehrte den Feldern den Rücken zu und ging den Weg zurück, den sie gekom-

men war. Die Vögel zwitscherten in den Hecken, als sie an ihnen vorüberging. Sie hörte sie nicht.

»Wo ist sie?«, fragte Alinor das Dienstmädchen, das ihr etwas warme Brühe brachte.
»Spazieren.«
»Wohin ist sie spazieren gegangen?«, wollte sie von Alys wissen, die das Zimmer betrat, immer noch in ihrem Kittel aus dem Kontor, mit einem Tintenfleck am Finger.
»Ich weiß es nicht. Ich wusste noch nicht einmal, dass sie außer Haus ist«, antwortete Alys gleichgültig. »Vielleicht ist sie nach Horsleydown spaziert.«
»Hätte sie dann nicht das Kindermädchen mitgenommen? Hätte sie nicht das Kind mitgenommen, damit es etwas frische Luft bekommt?«
»Ich weiß es nicht«, wiederholte Alys. »Ma, heute Nachmittag …«
»Ja?«
»Bist du dir sicher, dass du ihn sehen möchtest? Du musst ihn selbstverständlich überhaupt nicht sehen. Ich kann ihm einfach ausrichten …«
»Warum kommt er her?«
»Ich weiß es nicht.«
»Wegen seines Kindes?«
»Er hat kein Kind«, erwiderte die jüngere Frau stur. »Von mir wird er es nie erfahren.«
»Von mir auch nicht«, versprach Alinor, und als ihre Tochter sie ansah, lächelte sie mit ihrem alten Selbstvertrauen. »Wirklich.«
»Er wusste, dass du damals schwanger warst?«
Alinor drehte den Kopf weg.
»Ma, hast du es ihm erzählt?«
»Er wusste, dass ich ein Kind von ihm erwartete. Aber er hat keinen Anspruch auf mich erhoben oder es als seines anerkannt.«
»Vielleicht wird er jetzt Anspruch auf dich erheben«, warnte Alys

sie. Überrascht bemerkte sie das strahlende Lächeln ihrer Mutter, als diese den Kopf hob.
»Dann ist er ein bisschen spät dran«, sagte sie.

Livia kehrte genau in dem Moment von ihrem Spaziergang zurück, als Sir James bei den Horsleydown Stairs aus einem kleinen Boot stieg. Sir James bezahlte für die Fahrt und erklomm die schmierigen Stufen, während sie oben auf ihn wartete. Sie lächelte, als wäre die Begegnung ein überraschender Zufall, und reichte ihm die Hand. Er beugte sich darüber und küsste sie.
»Ihr seid unterwegs gewesen?«, fragte er und ließ den Blick über den Kai und die untätigen Männer schweifen, die offen herüberstarrten.
»Ich muss spazieren gehen, aus gesundheitlichen Gründen«, sagte sie. »Hinter diesen Gebäuden und diesen Lagerhäusern sind ein paar schöne Felder, so grün! Rob hat mir immer gesagt, dass England das ganze Jahr über so grün ist.«
»Ihr solltet nicht allein spazieren gehen.«
»Wer könnte mich denn begleiten?«, fragte sie. »Meine Schwägerin arbeitet den ganzen Tag, sie hat keine Zeit für mich! Und meine *Schwiegermamma* ist gebrechlich.«
»Euer Dienstmädchen«, sagte er. »Oder ihr Dienstmädchen.«
Sie stieß ein leises Kichern aus. »Habt Ihr ihr Dienstmädchen gesehen?«
Sie unterbrach das Schweigen nicht, in der Hoffnung, dass ihm in den Sinn kam, er könnte sie begleiten.
»Sollen wir hineingehen?«, schlug er jedoch nur vor.
»Natürlich!«, sagte sie. »Verzeiht mir, ich habe an diesem ungehobelten Ort meine guten Manieren vergessen! Bitte folgt mir.«
Sie betrat vor ihm die kleine Diele und nahm ihren Hut ab. Nun trug sie nur noch eine kleine, hübsch mit schwarzen Bändern gesäumte Haube. Sie führte ihn in die Stube, die auf den Hafendamm hinausblickte, und schloss die Vorhänge mit einem Seufzen, als sei-

en ihr der Lärm und die Hitze draußen unerträglich. In dem schattigen Zimmer drehte sie sich zu ihm um. »Darf ich Euch Tee anbieten? Ich gehe davon aus, dass Ihr Tee möchtet? Oder trinken Gentlemen in England nachmittags Wein?«

»Gar nichts, vielen Dank«, wehrte er ab. »Ich bin hier, um Mrs Reekie zu sehen. Würdet Ihr freundlicherweise das Dienstmädchen bitten, mich zu melden?«

»Ich werde es ihr selbst sagen«, erwiderte sie zuvorkommend. »Sie ist nicht die Art Dienstmädchen, die Besuch meldet. Ich sollte es besser selbst machen. Was darf ich sagen, worum es geht?«

Er packte seinen Hut fester. »Nichts ... nichts ... Nur ... Sie wird schon Bescheid wissen.«

»Eine private Angelegenheit?«, schlug sie hilfreich vor.

»Ganz genau.«

»Ich werde ihr sofort Bescheid geben. Darf ich Fürsprache für Euch einlegen? Kann ich irgendetwas tun, um Euch zu helfen?«

Unter ihrem dunklen, mitleidvollen Blick lockerte er seinen Kragen. »Nein. Ich sollte besser ... Ich glaube, sie wird schon ... Wie dem auch sei. Es geht um das Kind. Aber das weiß sie, das wird sie wissen.«

»Ihre Enkelkinder? Gibt es eine Möglichkeit, wie ich Euch helfen kann?«

Mit einem Ausruf wandte er sich von ihr ab. »Ich fürchte, Ihr könnt mir nicht helfen«, erwiderte er. »Ich fürchte, mir kann niemand helfen. Es handelt sich um alte Schwierigkeiten und, in meinem Fall, um alten Kummer.«

»Ist der Junge von Euch?«, fragte sie ganz leise, während sie dicht neben ihn trat, das Gesicht voller Mitgefühl für seinen Schmerz. »Glaubt Ihr, dass es Euer Sohn ist?«

Er drehte sich um, und sie sah, dass sein Mund zitterte. »Ja«, antwortete er. »Das glaube ich. Ich glaube, dass er von mir ist. Ich glaube, dass ich einen Sohn habe.«

»Dann sollte er seinen Vater kennenlernen«, flüsterte sie ernst. »Und Ihr ihn.«

Livia führte Sir James die schmale Treppe nach oben, klopfte an die Tür und öffnete sie direkt. Zwar musste er sich an ihr vorbeizwängen, um das Zimmer zu betreten, doch er nahm nichts wahr außer Alinor, die sich auf die hohe Lehne ihres Sessels stützte und auf ihn wartete, wie sie einst auf der Wiese auf ihn gewartet hatte, oder auf dem morschen Landungssteg.

»Wir waren fast immer nur im Freien«, platzte es aus ihm heraus, und er schloss die Tür hinter sich.

»Das waren wir«, stimmte sie ihm zu. »Es gab nie einen Ort, an den wir hätten gehen können.«

Beide verfielen in Schweigen, während sie einander betrachteten. Er hätte sie überall wiedererkannt. Ihre grauen Augen waren die gleichen, der offene Blick und die leicht geschürzten Lippen. Ihr ordentlich unter die Haube gestecktes Haar war nicht von dem satten Gold, das er geliebt hatte, sondern hatten einen blasseren Ton angenommen, den er dennoch wunderschön fand. Ihr Gesicht war weiß, selbst ihre Lippen waren farblos. Doch sie war die gleiche Frau, die er geliebt hatte. Die gestrafften Schultern und die Haltung ihres Kopfes wiesen sie auf der Stelle als die Frau aus, die unbeugsam am Rand des Sumpfes gewohnt und sowohl Unglück als auch stürmischen Gezeiten getrotzt hatte.

Alinor musterte ihn ebenfalls, blickte durch den Glanz seines Wohlstands, die feine Kleidung, den fülligeren Körper hindurch bis hin zu dem aufgewühlten jungen Mann, den sie mit derart unbesonnenem Begehren geliebt hatte.

»Ihr seid krank.« In seiner Stimme schwang Sorge mit.

Bei seinem Tonfall verzog sie das Gesicht. »Ich habe mich nie erholt.«

»Ihr leidet an Schwindsucht?«

»Eine Art Ertrinken«, sagte sie. »Ich bin damals ertrunken, und ich ertrinke immer weiter. Das Wasser sitzt mir in der Lunge.«

Bei der Erinnerung an das grüne Wasser, das sich aus ihrem Mund ergossen hatte, als ihr schlaffer Leib zur Seite gedreht wurde, schloss er die Augen. »Ich habe Euch im Stich gelassen.« Unwillkürlich war er mit gesenktem Haupt vor ihr aufs Knie gesunken. »Ich habe Euch gegenüber schrecklich versagt. Ich habe es mir nie verziehen.«

»Ja«, erwiderte sie gleichgültig. »Aber ich habe Euch beinahe direkt verziehen. Es war unnötig, Euch selbst eine Buße aufzuerlegen.«

»Ich habe hart gebüßt.« Er blickte zu ihr auf. »Ich bekam meine Heimstatt wieder, die Ländereien, die ich liebte, und ich habe geheiratet, aber meiner Frau hat unser Leben keine Freude bereitet, sie empfing nie ein Kind. Jetzt bin ich Witwer. Ich bin allein und habe niemanden, der meinen Namen fortführt.«

»Und deshalb kommt Ihr jetzt zu mir?« Sie setzte sich und bedeutete ihm, sich zu erheben und ebenfalls Platz zu nehmen.

»Jetzt steht es mir frei zu tun, was ich an jenem Tag schon hätte tun sollen. Es steht mir frei, Euch zur Frau zu nehmen, zu meiner geliebten Frau, und Euer Kind zu meinem zu erklären. Ich wünsche mir, Euch beiden das Zuhause zu geben, das Ihr längst hättet haben sollen, und die Zukunft, die Ihr verdient.«

Lange Zeit sagte Alinor nichts, und das Schweigen ließ ihn zum ersten Mal erkennen, wie anmaßend er klingen musste. Draußen kreisten schreiend die Möwen. Er hörte die Segel an die Masten schlagen, und bei dem Geräusch, das für ihn immer Abreise und Verlust bedeutet hatte, sank ihm der Mut.

»Es tut mir leid, James, aber Ihr kommt zu spät«, erklärte sie leise. »Dies ist mein Zuhause, und hier gibt es kein Kind von Euch.«

»Ich komme nicht zu spät. Ich komme nicht zu spät, Alinor. Ich habe nie aufgehört, Euch zu lieben, ich habe Euch jedes Jahr am Mittsommerabend geschrieben. Ich habe Euch nie vergessen. Noch nicht einmal, als ich verheiratet war, habe ich Euch je vergessen. Ich schwor mir, Euch zu mir zu holen, sobald ich frei wäre.«

In ihren dunkelgrauen Augen funkelte der Schalk. »Dann darf es Euch nicht überraschen, dass Eurer Gattin das Leben mit Euch keine Freude bereitet hat«, stellte sie fest.

Ihr scharfer Verstand ließ ihn aufkeuchen. »Ja, ihr gegenüber habe ich ebenfalls versagt«, gab er zu. »Ich bin ein Versager: als Euer Geliebter und als ihr Ehemann. Seit dem Tag, an dem ich mich nicht zu Euch bekannt habe, wandle ich auf einem Irrweg. Ich war wie der heilige Petrus. Ich habe mich nicht zu Euch bekannt, obwohl ich es hätte tun sollen. Der Hahn krähte, aber ich habe es nicht gehört.«

»Ts«, stieß sie leise aus. »Es war nicht der Garten Gethsemane! Ich wurde nicht gekreuzigt! Mein Herz habt ihr mir gebrochen, aber jetzt ist es geheilt. Geht hin und lebt Euer Leben, James. Ihr schuldet mir nichts.«

»Aber der König ist wieder auf dem Thron«, versuchte er eine Erklärung. »Ich will auch wiederhergestellt werden! Ich will es für uns. Für mich wird es aber kein Sieg sein, bis ich wieder in meinem Haus bin, mit Euch an meiner Seite.«
Sie schüttelte den Kopf. »Für uns ist es kein Sieg, Ihr erinnert Euch? Nicht für unseresgleichen. Ned hat lieber England verlassen, als diesem König untertan zu sein. Er hat lieber seine Heimat verlassen, als mit meiner Schande zu leben. Und Rob ist auch fortgegangen, und jetzt taucht seine Witwe an meiner Tür auf, um mir zu sagen, er sei ertrunken, und ich kann mich noch nicht einmal dazu überwinden, ihr zu glauben. Ich kann nicht in mein Zuhause zurück. Mein Bruder kann nicht zurückkehren, mein Sohn wird es niemals tun.«
Er zögerte, zur Wahrheit getrieben. »Alinor – ich brauche meinen Sohn. Ich habe niemanden, der meinen Namen fortführt, ich habe keinen Erben für mein Haus, mein Land. Ich ertrage es nicht, dass ein Sohn von mir in Armut aufwächst, wo ich doch finanziell für ihn sorgen sollte.«
»Wir sind nicht arm«, fuhr sie ihn an.
»Ich besitze Hunderte Morgen Land.«
Sie schwieg.
»Sie stehen ihm rechtmäßig zu.«
Sie seufzte, als sei sie sehr müde. »Ihr habt Euch diesen Jungen eingebildet«, erklärte sie sanft. »Die ganzen Jahre über. Ihr habt keinen Sohn, genauso wenig wie ich. Hier gibt es niemanden, der Euer Vermögen erben oder Euren Namen weiterführen könnte. Ihr wolltet das Kind nicht, als es im Mutterleib war, Ihr habt es damals verleugnet. Für Euch war er an eben dem Tag verloren, als Ihr sagtet, Ihr wolltet ihn nicht. Diese Worte lassen sich nicht ungesagt machen. Ihr wolltet ihn damals nicht, und nun habt Ihr ihn nicht. Ihr seid so, wie Ihr sein wolltet: kinderlos.« Sie legte die Hand an die Kehle. »Mehr kann ich nicht sagen.«
Er sprang auf und streckte die Hand nach ihr aus. »Kann ich Euch helfen? Soll ich jemanden rufen?«
Sie lehnte sich an das harte Lederpolster des hohen Stuhls, das Gesicht kreidebleich. Kopfschüttelnd schloss sie die Augen. »Geht einfach.«
Er sank neben ihrem Lehnstuhl auf die Knie, griff nach ihrer reglo-

sen Hand und brachte die kalten Finger an die Lippen. Doch als sie nicht die Augen aufschlug oder sich auch nur bewegte, wurde ihm klar, dass er nichts sagen, nichts tun konnte, als ihr Folge zu leisten.
»Ich werde gehen«, flüsterte er. »Bitte seid nicht bekümmert. Verzeiht mir – Liebes. Ich werde auf dem Weg nach draußen mit Alys sprechen. Verzeiht mir … verzeiht mir.«
Er sah zu ihrem aschfahlen Gesicht zurück, während er mit zwei Schritten zur Tür trat, sie hinter sich schloss und beinahe die Treppe hinuntertaumelte. Tabby, das Dienstmädchen, stieg gerade mühsam mit einem Tablett Dünnbier die Treppe hoch.
»Dann wollt Ihr jetzt doch keins?«, fragte sie mit einem Seufzen.
Ohne zu antworten, schob er sich an ihr vorbei. Alys wartete am Fuß der Treppe, wo sie wie eine Statue stand, das Gesicht steinern. Die Tür zur Stube war einen Spalt offen. Er ging davon aus, dass sich Livia dort befand und lauschte.
»Sie ist krank«, entfuhr es ihm.
Alys nickte. »Das weiß ich wohl.«
»Sie weist mich ab«, sagte er.
»Was habt Ihr sonst erwartet?«
»Ich komme wieder. So kann ich es nicht auf sich beruhen lassen.«
Ohne ein weiteres Wort deutete sie auf die Haustür, und ihm blieb nichts anderes übrig, als sich mit vor Zorn gerötetem Gesicht vor ihr zu verbeugen. Er musste die Haustür selbst öffnen und auf den Kai hinaustreten, wobei er die Stauer ignorierte, die wieder Fracht auf ein Schiff luden, das während des Gezeitenwechsels in den Wellen wippte. Am Fluss entlang ging er zu den Horsleydown Stairs, um ein Boot heranzuwinken, das ihn ans Nordufer zurückbringen sollte, zu seinem schönen Londoner Haus in The Strand.
Einen wilden Augenblick lang überlegte er, dass er in die schlammigen Fluten stürzen und vor ihrem Haus ertrinken sollte, dass nichts anderes seine Ehre reinwaschen, ihn nichts anderes von diesem Schmerz erlösen würde. Er vernahm die klirrenden Ketten des Gerippes, das an dem Galgen am Ufer des Neckinger hing, und ihn durchzuckte der Gedanke, wie abscheulich dieser Ort war. Er hasste Alys mit ihrer glühenden, grausamen Wut, und einen Moment lang hasste er sogar Alinor. Sie war ihm in jeder Hinsicht unterlegen gewesen, er hätte nur zugreifen müssen, doch irgendwie war sie ihm

durch die Finger geglitten wie eine Meerjungfrau in den dunklen Gezeitenfluten. Und sein Sohn war auch fort, ein von Elfen geraubter Wechselbalg. Er drehte sich um und blickte zum Haus zurück. Die schäbige kleine Tür war fest verschlossen.

Dann sah er zu ihrem Fenster hoch und glaubte, den blassen Umriss ihres Kleides ausmachen zu können, während sie zu ihm herunterblickte. Sofort fuhr seine Hand an den Hut. Er riss ihn sich vom Kopf, stand barhäuptig da und blickte zu ihr empor. »Alinor!«, flüsterte er, als werde sie das Fenster aufreißen und ihm etwas zurufen.

Er verbeugte sich möglichst würdevoll, setzte den Hut auf und machte kehrt, um zu den Wasserstufen zu gehen und einen Fährmann herbeizurufen. Doch keine Boote überquerten die hereinkommende Flut, und er stand lange da, betrachtete den grellen Sonnenschein auf den tanzenden Wellen und fragte sich, ob er irgendetwas hätte sagen können, um sie umzustimmen. Es war ein heißer und anstrengender Tag, und er fühlte sich alt und niedergeschlagen, wie er inmitten der armen Leute auf der falschen Seite des Flusses gestrandet war.

»Sir James?«

Es war die Witwe mit einem schwarzem Seidentuch über dem Kopf. Sofort wandte er sich von der Kante des Kais ab und ging auf sie zu.

»Morgen ist Samstag«, sagte sie rasch. »Die Kinder kommen nach Hause, wenn sie nachmittags mit der Arbeit fertig sind. Wenn Ihr herkommen würdet, um gegen … sagen wir … vier Uhr mit mir spazieren zu gehen, könnten wir um fünf Uhr zurückkehren. Ihr würdet die Enkelkinder sehen. Und vielleicht laden sie Euch zum Abendessen ein.«

»Sie weigert sich, mich jemals wiederzusehen.«

»Aber Ihr werdet Euren Jungen sehen, den beiden zum Trotz, wenn Ihr Euch um vier Uhr mit mir trefft.«

»Er ist mein Junge?«, fragte er mit jäh aufwallender Sehnsucht. »Ja?«

Sie breitete die Hände aus. »Nur sie kann das sagen. Aber Ihr könnt ihn Euch zumindest ansehen.«

»Ihr seid freundlich zu mir …«, sagte er verlegen.

»Ich habe in England keine Freunde, außer denen da …« Sie wies auf das ärmliche kleine Lagerhaus. »Und vielleicht Euch?«

Juni 1670, Hadley, Neuengland

Ned ging den breiten Weideweg entlang, der mitten durch das Dorf Hadley führte. An einem Arm trug er einen großen Korb, der mit den dicken roten Erdbeeren aus seinem Garten gefüllt war, am anderen einen Korb voller wildem Lauch und Pilzen aus dem Wald. Pferde, Kühe, Schafe und sogar Schweine grasten seitlich des breiten Wegs, der durch den Dorfkern führte. Später im Sommer würden die Kühe mit einem Rinderhirten losziehen, die Schweine auf der Suche nach Nüssen und Pilzen frei im Wald herumlaufen und den Erdboden mit ihren scharfen kleinen Hufen und ihren Hauern aufwühlen, und die Pferde würden freien Auslauf bekommen und nur zur Arbeit zurückgeholt werden.

Das Webmuster der Körbe an Neds Arm trug die Handschrift der Flechterin, einer Frau der Pocumtuc, die ein paar Meilen flussaufwärts von Neds Fähre lebte und ihm die Körbe gegen kostenlose Überfahrten überlassen hatte. Im Frühjahr, als er gerade seine Parzelle umgegraben hatte und die Frauen immer seine Fähre ans Nordufer riefen, um in das kleine Städtchen zu gelangen, hatte er ihr ein paar englische Wörter beigebracht. Eines Abends war sie in seinen Garten gekommen und hatte ihm das Siebengestirn gezeigt, das am Abendhimmel zu erahnen war. Sie hatte ihm erklärt, sein Erscheinen sei ein Zeichen, dass es an der Zeit war, unter diesen Sternen anzupflanzen.

»Mein Name«, stellte sie sich ihm vor. »Pflanzstern.«
»Mein Name Ned«, erwiderte er.

Pflanzstern zeigte ihm, wie man die Erde zu kleinen Hügeln aufhäufte, wie man die Samen mit einem Fisch als Dünger für sie anpflanzte, dass die drei Samen – Kürbis, Bohnen und Mais – zusammen wachsen sollten, um den Erdboden zu nähren, und zusammen gegessen werden sollten, um den Körper zu nähren. »Die drei Schwestern«, sagte sie, als habe das Anpflanzen etwas Heiliges. »Uns gegeben: den Menschen.«

Er hatte gedacht, sie werde wiederkommen und nachsehen, wie die Feldfrüchte gediehen waren, aber nach einem Streit wegen der Fischfallen im Fluss hatte er sie nicht mehr zu Gesicht bekommen. Jemand, der ein Floß mit gefällten Baumstämmen flussabwärts zur

Sägemühle in Northampton gesteuert hatte, hatte es auf einem halben Dutzend kunstvoll gefertigter Korbfallen auf Grund gesetzt. Die Frauen hatten sich bei den Gemeindeältesten in Hadley beschwert, die ganz vernünftig gesagt hatten, dass es sich um niemanden aus der Stadt handele und dass sie sich wegen einer Entschädigung an die Sägemühle wenden müssten oder an den Holzfäller selbst – wer auch immer er war. Nun überquerten die Frauen den Fluss in ihren eigenen Kanus, als trauten sie weder der Floßfähre noch dem breiten grünen Weg, der mitten durch den Dorfkern führte und wo jedes Haus sie anstarrte, wenn sie vorübergingen.

Ned vermisste ihr fröhliches Geplapper und die kleinen Waren, mit denen sie seine Gebühren bezahlten. Er ergriff sogar in der Wählerversammlung das Wort für sie, aber man wurde sich nicht darüber einig, wie lang es dauerte, eine indianische Fischfalle anzufertigen, und was eine solche Fischfalle wert sei. Kein Engländer verfügte über die Kunstfertigkeit zu ihrer Herstellung, also wusste niemand Bescheid, und viele erklärten, die Zeit der Indianer sei ohnehin wertlos, und die Fallen seien aus Zweigen hergestellt, die ebenfalls wertlos seien.

Ohne die Begleitung der indianischen Händlerinnen war Ned allein unterwegs, klopfte an einer Tür nach der anderen, tauschte seine Waren in einem Haus gegen ein Fässchen Butter, in einem anderen gegen einen Apfelbaumsteckling, und im dritten, wo er angeschrieben hatte, gab er ein paar frisch gelegte Eier ab. Er verkaufte an Haushalte, deren Gärten nicht so ergiebig wie seiner waren, und an solche, die nicht wie er im Wald nach Essbarem suchten. Die Schulden, die er mit seinen Erzeugnissen beglich, waren ein Teil des ständigen Tauschhandels der Stadt. Bei seiner Ankunft hatte Ned andere Siedler angeheuert, die ihm dabei geholfen hatten, sein Haus zu bauen, es mit einem Dach zu versehen und seinen Weidezaun zu errichten.

»Ich traue mich nicht in den Wald«, sagte eine Frau, die von ihrer Türschwelle aus in seinen Pilzkorb spähte. »Ich hätte Angst davor, mich zu verlaufen.«

»Heute kein Fisch, Mr Ferryman?«, rief eine andere Frau über den Weidezaun.

»Heute nicht«, antwortete er. »Wahrscheinlich nächste Woche.« Er erzählte ihr nicht, dass er seine Fischfallen wie üblich aufgestellt, aber dass jemand die Pflöcke, die sie am Flussbett hielten, herausgezogen hatte. Alle außer zwei oder drei Fischen waren freigelassen worden, als sollte zwar genug Fisch für Ned zum Essen bleiben, aber nicht so viel, dass er welchen verkaufen konnte.

»Mich werdet Ihr als Kundschaft verlieren, wenn man sich nicht auf Euch verlassen kann«, sagte sie.

»Wieso? Bei wem sonst wollt Ihr denn kaufen?«

Sie sah sich auf dem Weg um. Die Frauen, die gewöhnlich Fisch und Nahrungsmittel zum Tausch brachten, gingen schweigend vorüber. Ihre Fischkörbe baumelten leer an ihren Händen, und ihre Gesichter waren verschlossen und unfreundlich.

»Von denen will ich nichts kaufen«, sagte die Dorfbewohnerin und zog mit säuerlicher Miene von dannen.

»Es sieht eher so aus, als würden sie Euch nichts verkaufen wollen«, schickte Ned ihr leise hinterher.

Ned ging weiter zum Hufschmied, wo Samuel und Philip Smith am Ofen auf dem Doppelgrundstück hinter ihren Schindelhäusern arbeiteten. Ned tauschte ein paar Lauchstangen gegen einen Beutel neuer Nägel, um vor dem kommenden Winter die Schindeln an seinen Hauswänden zu befestigen.

»Ich habe gehört, Ihr hättet Euch geweigert, in die Stadt zu kommen«, sagte Samuel Smith mit einem leichten Grinsen zu Ned. »Hat mich gewundert.«

»Ich habe mich nicht geweigert!«, entgegnete Ned. »Ich komme, wenn ich gebraucht werde. Aber ich kann die Fähre nicht einfach so im Stich lassen. Ich muss jemanden finden, der mich vertritt. Wie jetzt gerade, wo Joels Junge für mich darauf aufpasst. Ich komme her, wenn ich etwas zu verkaufen oder zu besorgen habe oder wenn ich meinen Nachbarn oder dem Herrn dienen kann. Nicht, weil irgendein Stadtrat, der seit fünf Minuten im Amt ist, daherkommt und denkt, ich würde mir von ihm Befehle erteilen lassen.«

»Ihr alten Parlamentsanhänger wollt nur Befehle von euresgleichen befolgen«, scherzte Philip und sah Neds breites Lächeln.

»Die Sache ist die«, warf Sam ein, »Ihr wisst es nicht, weil Ihr so weit draußen lebt und die Wilden, ganz nach Eurer Gewohnheit, geradezu freundschaftlich mit der Fähre übersetzt: Doch es kursieren Ge-

rüchte, die Franzosen würden ihnen Nachrichten schicken und Unruhe stiften. Sie würden ihnen weismachen, man könne uns nicht trauen.«
Ned schenkte ihm einen reuigen Blick. »Oh, kann man uns denn trauen?«, fragte er. »Ich habe nämlich gehört, der Massasoit – ihr Häuptling – habe geschworen, er werde kein Land seines Volkes mehr verkaufen, und wir haben geschworen, er dürfe sein Eigentum behalten. Und dennoch kaufen wir immer weiter. Ich habe mir sagen lassen, dahinter stecke der eigene Sohn des Gouverneurs von Plymouth: Josiah Winslow persönlich! Er gewährt Hypotheken auf indianische Ländereien und zwingt sie zum Verkauf, wenn sie hoch verschuldet sind.«
»Aber warum denn nicht? Mr Pynchon kauft derzeit Land in Woronoco und Norwottuck. Diese Gebiete sind leer!«, widersprach Philip. »Die Pest hat sie vor unserer Ankunft dahingerafft. Es ist Gottes Wille, dass wir Besitz von dem Land ergreifen.«
»War London leer, nachdem die große Pest in jeder Straße eine Familie ausgelöscht hatte?«, wollte Ned wissen.
Der Mann zögerte und stützte sich auf den Blasebalg, sodass die herauszischende Luft den Glühofen rot aufleuchten ließ. »Was meint Ihr?«
»Wäre es richtig gewesen, wenn französische Familien in die Londoner Häuser eingezogen wären, die ein großes rotes Kreuz an der Tür hatten und deren Besitzer drinnen tot waren?«
»Nein, natürlich nicht.«
»Warum dann die Gebiete als leer bezeichnen, wenn offensichtlich ist, dass sie seit Jahren bestellt und bearbeitet wurden? Wenn man ihre Trampelpfade und Wege durch den Wald benutzt und sehen kann, dass ihre Felder gut bestellt und der Wald für die Jagd vom Unterholz befreit ist? Nur weil sie krank waren, heißt das doch nicht, dass ihnen die Felder auf einmal weniger gehören.«
Die beiden Männer sahen Ned an, als seien sie enttäuscht von ihm. Das Städtchen Hadley hielt aufgrund eines gemeinsamen Ziels zusammen, überlebte dank eines gemeinsamen Willens. Widerrede bei irgendetwas – von religiöser Tradition bis hin zur Politik – war nicht gern gesehen. »Nein, Ned, redet keinen solchen Unsinn«, riet ihm der ältere Mann. »Ihr macht Euch hier keine Freunde, wenn

Ihr so denkt. Wir müssen alle zusammenhalten. Wollt Ihr denn nicht Herr über mehr Land sein?«

»Nein«, antwortete Ned schroff. »Mit den Herren hat es mir in der alten Heimat gereicht, ich will hier nicht noch weitere dazu machen. Und ich selbst will auch keiner sein. Ich bin hergekommen, weil ich dachte, wir würden alle gleichgestellt sein: einfache Menschen, die gemeinsam unter anderen einfachen Menschen ein neues Leben ohne Herren beginnen. Ich will nichts weiter als einen Garten, der so groß ist, dass ich ihn bestellen und mich davon ernähren kann.«

Mit einem Lachen klopfte Philip Smith Ned auf die Schulter. »Ihr seid ein Kuriosum, Ned Ferryman!«, erklärte er. »Der Letzte der Leveller! Alle wollt ihr gleichmachen – aber es sind eben nicht alle gleich!«

Juni 1670, London

James wartete am anderen Ende des Kais neben einem Fässerstapel, verborgen vor den leeren Fenstern des Hauses, wo sämtliche Läden geschlossen waren, abgesehen von denjenigen an dem Türmchen – Alinors Refugium. Die Haustür ging auf, und die Italienerin trat ins Freie, öffnete einen schwarzen Seidenschirm gegen den grellen Sonnenschein und trippelte leichtfüßig in ihren kleinen Seidenschuhen über die Kopfsteine auf ihn zu.

»Wir werden in Richtung City spazieren«, lauteten ihre ersten Worte.

»Nicht in die Felder?«

»Nein.«

Er bot ihr seinen Arm, und sie schob die Hand in seine Ellenbeuge. »Ist das hier sehr skandalös?«, fragte sie und spähte zu ihm hoch. »Sollten wir eine Anstandsdame dabeihaben?«

»Nein, denn ich bin ja ein Freund der Familie«, antwortete er ernst. »Ich hoffe doch, Ihr habt ihnen erzählt, dass Ihr Euch mit mir trefft?«

»Ich muss dafür sorgen, dass Ihr immer auf freundschaftlichem Fuß miteinander steht!«, wich sie der Frage aus. »Denn ich möchte, dass

Ihr mich mit nach London nehmt, vielleicht sogar zu Euren Freunden bei Hofe.«

»Der Hof ist kein Ort für eine Dame«, verbesserte er sie. »Niemand erscheint bei Hofe, es sei denn zum Glücksspiel und zur Lasterhaftigkeit. Ich selbst bin dort nur zu wichtigen Geschäftsterminen.«

»Aber ich habe dort ebenfalls Geschäfte zu tätigen«, überraschte sie ihn.

»Ach ja?«

Die schwarzen Bänder an ihrem Hut zitterten bei ihrem entschlossenen Nicken. »Ja«, bestätigte sie. »Ich bin nicht völlig verarmt. Mein erster Gatte hat mir seine Antiquitäten hinterlassen, ein paar schöne Skulpturen aus längst vergangenen Zeiten. In Venedig sagte man mir, die besten Preise ließen sich in London erzielen. Stimmt das nicht?«

»Da bin ich überfragt«, erwiderte er düster. »Aber gewiss scheinen sie ganz versessen darauf zu sein, ihr Geld mit vollen Händen auszugeben.«

»Ihr sammelt nicht wie der König Kunst? Ihr findet selbst keinen Geschmack an schönen Dingen?«

»Mir gefallen die neuen Bauwerke, der klassische Stil ...«

»Ganz genau«, stimmte sie ihm zu. »Und aus diesem Grund bin ich hierhergekommen. Ich habe eine kleine Sammlung erlesener Stücke, griechische und altrömische Skulpturen zum Verkauf. Ich werde sie mir schicken lassen. Vielleicht wird Alys ein Schiff für meine Waren aussenden. Mein erster Gatte war ein großer Sammler, ein richtiger Kunstliebhaber. Sein Verwalter hat sich für mich um seine Sammlung gekümmert. Ich hatte gehofft, das Lagerhaus meiner Schwiegermutter als Verkaufsraum für meine Waren zu nutzen. Aber es ist offensichtlich, dass niemand hierherkommt – auf den Gedanken käme man nicht. Wie soll ich also die Aristokraten mit einer Vorliebe für schöne Dinge kennenlernen, es sei denn, Ihr stellt mich ihnen vor?«

»Nicht bei Hofe. Das ist kein Ort für eine Dame«, wiederholte er.

»Ich glaube Euch aufs Wort«, versicherte sie ihm. »Aber vielleicht werdet Ihr mir den Weg zu den Sammlern weisen, den Gentlemen von Geschmack und Wohlstand, vielleicht werdet Ihr mich ihnen vorstellen?«

»Ich wüsste wirklich nicht, wo ich da anfangen sollte.«
»Ach!«, sagte sie. »Aller Anfang ist schwer. Aber seht! Hier sind wir – Ihr und ich – und machen gerade einen Anfang.«
Schweigend gingen sie den ruhigen Hafendamm entlang. »Es ist so anders, wenn nicht entladen wird«, stellte sie fest. »Fast noch schlimmer.«
»In der City herrscht immer noch viel Betrieb«, sagte er. »Selbst an einem Samstagabend, selbst am Sonntag. Flussaufwärts.«
»Ja«, sagte sie. »Ich sehe wohl, dass das Lagerhaus eigentlich dort sein sollte. Ich wünschte, sie hätten sich nicht mit so etwas Kleinem zufriedengegeben. So dreckig und so fernab von allem Interessanten. Befindet sich Euer Haus in der City, Sir James?«
»Nicht im Geschäftsviertel.«
Sie bewunderte die Verachtung in seiner Stimme.
»Avery House befindet sich weiter westlich, in The Strand. Es ist Gott sei Dank nicht dem Feuer zum Opfer gefallen. Das spielte sich alles östlich von uns ab. Eine schreckliche Zeit. Wir entkamen, aber all unsere Wandteppiche und Vorhänge sind vom Rauch ruiniert worden und mussten gewaschen und teilweise weggeworfen werden.«
Anscheinend stießen seine Wandteppiche und Vorhänge bei ihr nicht auf großes Interesse. Sie blickte über den Fluss zur anderen Seite, wo die Felder und Reihen aus kleinen Häusern am Ufer prächtigen Kais und Lagerhäusern Platz machten.
»Ein paar wunderschöne Brokatvorhänge.« Er erinnerte sich noch an die Zeit, als sie neu gewesen waren und der nun tote König auf dem Thron gesessen hatte. »Von meiner Mutter ausgewählt, manche von ihnen nach ihren eigenen Entwürfen gewebt. Ich weiß noch, wie sie die Muster aufzeichnete. Sie hatte ein wunderbares Auge …«
»Ja, ja«, fiel sie ihm ins Wort. »Das ist sehr traurig.« Vor sich erblickte sie den klobigen Umriss des White Tower, umgeben von hohen Mauern. »Und das ist also der berühmte Tower von London?«
»Ja«, erwiderte er. »Vielleicht wird Euch Mrs Stoney eines Tages dorthin bringen, um Euch die Tiere zu zeigen.«
»Das bezweifle ich! Nimmt sie sich jemals frei?«
»Ich weiß es nicht.« Er dachte an das Mädchen, das Alys gewesen

war, und ihre Liebe zum Tanz und zu Spielen. Der Sommer, als sie Erntekönigin gewesen war und schneller als alle anderen Mädchen in die Arme des jungen Mannes, den sie liebte, gelaufen war. »Es war schon immer eine sehr fleißige Familie.«
»Roberto auch«, sagte Livia mit einem leisen Seufzen. »Oft flehte ich ihn an, zu Hause zu bleiben und sich auszuruhen. Doch er zog immer hinaus zu den Kranken, oder er fuhr mit dem Boot oder ging im Marschland spazieren. Eine gute Ehefrau sollte ihrem Mann einen Zufluchtsort schaffen, meint Ihr nicht? Eine Ehefrau muss es als ihre Pflicht ansehen, ihren Mann glücklich zu machen.«
»Mag sein.«
»Und ein Haus im Norden Englands habt Ihr auch?«
»Ein Landhaus«, sagte er. »Mit Grundbesitz.«
»Ist es dort sehr kalt?« Ihr Interesse war geweckt. »Glaubt Ihr, ich würde es dort aushalten?«
»Nicht kälter als in Norditalien, glaube ich. Im Winter liegt Schnee, und der Wind ist kalt. Aber es ist sehr schön und ausgesprochen friedlich.«
»Ich liebe den Frieden auf dem Land«, versicherte sie ihm. »Viel mehr als die Stadt! Aber ich glaube, Euer Antrag war nicht von Erfolg gekrönt? Ich glaube, Euer Haus wird keine Hausherrin haben? Meine *Suocera* willigt nicht ein?«
»Eure *Suocera?*«
»Die Schwiegermutter, Mrs Reekie. Sie nimmt Euren überaus großzügigen Antrag nicht an?«
»Nein, sie stimmt noch nicht mit mir überein, aber ich glaube, sie wird mit der Zeit einsehen, dass ich ihr und den Kindern viel zu bieten habe.«
Sie stieß ein leises Lachen aus. »Jetzt wollt Ihr also beide Kinder? Das Mädchen Sarah und den Jungen Johnnie?«
Sein Schmerz zeichnete sich auf seinem Gesicht ab. »Ich weiß nicht, was ich will«, gab er zu. »Sie soll zu mir kommen und ihr Kind mitbringen.«
Es gelang ihr nicht, ihre starke Neugier zu verbergen. »Aber warum sagt Ihr das? Der Junge ist Alys' Sohn! Ihr könnt doch nicht Alys wollen? Sie ist so böse auf alle!«
Er wich vor ihrem Eifer zurück. »Dazu kann ich nichts sagen.«

Sie verlangsamte ihre Schritte und wandte sich ihm zu. »Ich gehöre zur Familie, ihre Geheimnisse sind meine Geheimnisse.«
Er neigte den Kopf. »Aber es ist nicht an mir, diese Geheimnisse zu enthüllen«, sagte er vorsichtig. »Hat Rob Euch nichts davon erzählt?«
Sie zog einen leichten Schmollmund. »Er hat mich in die Irre geführt. Ich dachte, es sei ein größeres Haus und eine Adelsfamilie. Er hat mir nicht gesagt, dass es sich um ein kleines Lagerhaus und zwei arme Frauen handelt, die mühsam ihren Lebensunterhalt zusammenkratzen, und zwei Kinder, die zur Arbeit geschickt werden.«
»Ein Kind ist meines, da bin ich mir sicher«, platzte es aus ihm heraus.
Sie blieb stehen, ergriff seine Hände und sah ihm ins Gesicht. Ihre dunklen Augen blickten ihn forschend durch den schwarzen Spitzenschleier an. »Aber Ihr wart nicht unehrenhaft, Milord. Ich bin mir sicher, dass Ihr niemals unehrenhaft wäret.«
»Nein«, erwiderte er rasch. »Nein, das war ich nicht. Ich war jung und töricht, und ich habe einen Fehler begangen. Einen großen Fehler. Ich habe schwer gesündigt. Doch jetzt möchte ich die Dinge wieder ins Lot bringen.«
»Ihr habt ein Kind mit Alys gezeugt?«, flüsterte sie. »Ihr habt Sie geschwängert?«
Sein Kopfschütteln reichte ihrem flinken Verstand.
»*Dio!* Mit *Mamma* Reekie?«
Sein Schweigen war so gut wie ein Eingeständnis. Sie fasste sich sofort wieder. »Ich werde Euch helfen«, versicherte sie ihm. »Und Ihr werdet mir helfen.«
Er holte Luft. »Ich habe kein Recht, dieses Geheimnis zu lüften.«
»Ich werde Euch helfen«, wiederholte sie. »Und dann werdet Ihr mir helfen.«
Er wollte schon einwenden, dass er ihr keine Hilfe anzubieten habe, doch sie drehte sich um und zeigte auf die London Bridge. »Ach! Das ist ein herrlicher Anblick! Sogar noch größer als die Rialtobrücke in Venedig, aber ganz genauso viel los.«
Die gewaltige Brücke, die die Last von Häusern und Geschäften trug und auf der es selbst jetzt von Menschen wimmelte, warf einen langen Schatten auf den Hafendamm.

»Das Überqueren kann Stunden dauern«, sagte er. »Es ist die einzige Brücke über den Fluss, der einzige Übergang. Eigentlich sollte noch eine gebaut werden, aber die Fährleute lassen es nicht zu …«
»So viele Geschäfte«, sagte sie sehnsüchtig. »Und ist das da in der Mitte eine Kirche?«
»Die Kapelle von Saint Thomas à Becket. Früher hieß es, man solle hineingehen und Gott danken, wenn man es bis zur Mitte der Brücke geschafft hatte, denn es dauert so lange, durch die Menschenmenge zu kommen. Aber jetzt ist sie geschlossen.«
»Und ist Euer Haus direkt auf der anderen Seite?«
»Oh, nein! Das sind alles Häuser von Kaufleuten und Händlern. Mein Haus liegt weiter westlich.«
»Ach, wie weit ist es bis dorthin? Können wir dorthin laufen?«
»Es ist eine gute Stunde zu Fuß«, sagte er zu ihrer Enttäuschung. »Und keine Dame würde die Brücke zu Fuß überqueren. Ihr solltet ein Boot nehmen.«
Angesichts der unzähligen Glocken, die zur dritten Viertelstunde schlugen, machte sie kehrt. »Ich wollte die City sehen. Ein andermal werden wir weiter gehen.«
»Die Kais sind nichts für eine Dame«, sagte er. »Nicht ohne Begleitung. Und nicht während der Arbeitszeit.«
»Aber wie soll ich dann irgendwohin kommen?« Ungeduldig wies sie auf die hoch emporragende Brücke. »Wie soll ich nach London gelangen, wenn das der einzige Weg in die City ist?«
Schweigend gingen sie raschen Schrittes den Kai auf dem Weg zurück, den sie gekommen waren.
»Es ist überhaupt nicht so, wie ich es mir erhofft hatte«, erklärte Livia, als sie an der Zeile aus ärmlichen Lagerhäusern vorüberkamen. Vor ihnen gingen ein junger Mann und eine Frau.
Mit strahlendem Lächeln eilte Livia vorwärts. »Nun, Ihr müsst Johnnie und Sarah sein!«, rief sie, schlug den Schleier zurück und streckte die Hände nach der jungen Frau aus. »Ich freue mich so! Und was für ein Glück, dass wir uns hier begegnen! Ich bin Eure Tante! Ist es nicht lächerlich? Dass Ihr eine Tante wie mich haben sollt? Aber ich bin tatsächlich die Witwe meines lieben Roberto, der Euer Onkel ist. Ich bin nach England gekommen, um bei Eurer Mutter und Großmutter zu leben.«

Das Mädchen mit seinen dunklen Augen und Haaren, gekrönt von einem erlesenen marineblauen Hut mit dunkelblauem Schleier, ergriff die ausgestreckten Hände der Witwe und gab ihr einen Willkommenskuss. »Mama hat geschrieben, dass Ihr gekommen seid. Es ist mir eine Ehre, Eure Bekanntschaft zu machen, Nobildonna. Und das hier ist mein Bruder Johnnie.«

Ihr Bruder riss sich den Hut vom blonden Schopf und machte eine tiefe Verbeugung.

»Ach, aber Ihr dürft mir die Hand küssen.« Die italienische Witwe funkelte ihn an. »Schließlich bin ich Eure Tante! Ich glaube, Ihr könntet mich sogar auf die Wange küssen.«

Scheu griff er nach ihrer Hand, beugte sich darüber und küsste sie. Dann wandte er sich zu James Avery und dessen aufmerksamem Blick.

»Und wer seid Ihr, Sir?«, fragte er.

»Das hier ist ein alter Freund Eurer Familie«, sagte die Nobildonna unbekümmert. »Robertos Tutor, als er noch ein Junge war. Ein Freund der Familie Peachey. Er ist hier, um Eure Mutter und Großmutter zu besuchen.«

Der junge Mann zögerte, während seine Schwester vortrat und einen Knicks machte. »Wir haben nie Gäste«, sagte Johnnie schlicht.

James verspürte einen Kloß im Hals, während er den jungen Mann musterte. Johnnie und er waren gleich groß, der Junge hatte Alinors blondes Haar und die dunkelgrauen Augen geerbt, doch etwas an seiner Stirn und den Brauen war ein Echo der Familie Avery, das auch auf einem Dutzend dunkler Ölgemälde auf Northside Manor zu sehen war. Sein direkter, ehrlicher Blick war der eines Yorkshire-Mannes. James hatte das Gefühl, sein eigenes selbstironisches, schiefes Lächeln vor Augen zu haben.

»Mein Sohn«, dachte James bei sich. »Dies ist mein Sohn. Endlich lerne ich ihn kennen.« Laut brachte er nichts als ein »Guten Tag« zustande. Dem jungen Mann bot er die Hand.

Johnnie Stoney war ausgesprochen höflich. Beim Händeschütteln neigte er leicht den Kopf vor dem gut gekleideten Fremden und bot dann seiner neu eingetroffenen Tante den Arm. Gefolgt von Sarah und James Avery öffnete er die Haustür und ließ die anderen eintreten.

Alys trat aus dem Kontor und erblickte die vier. Auf der Stelle gefror das Begrüßungslächeln auf ihrem blassen Gesicht.

»Seht nur, wem ich auf meinem Spaziergang begegnet bin!«, rief Livia entzückt. »Euren wunderschönen Kindern und Milord Avery! Ich habe sie alle mit nach Hause gebracht. Seht, wie viel Glück ich habe! Mein zweiter Spaziergang, und schon bin ich im Kreise von Freunden.«

Alys fasste sich. »Ich hatte nicht damit gerechnet ...«

Sarah umarmte ihre Mutter. »Es ist fünf Uhr. Hast du denn die Glocken nicht gehört?«

Johnnie bückte sich, um seine Mutter auf die Wange zu küssen. »Wir sind uns alle auf der Türschwelle begegnet.«

»Setzen wir uns! Hinein! Hinein!«, sagte die Nobildonna fröhlich. »Ich gehe meinen Hut abnehmen. Soll ich Tabby Bescheid geben, dass sie Tee bringt?« Lachend blickte sie in die Runde. »Ich gehe davon aus, dass Ihr alle Tee möchtet? Die Engländer wollen immer Tee.«

Johnnies Blick schweifte von seiner schweigenden Mutter zu dem Fremden. »Gewöhnlich trinken wir ein Glas Dünnbier«, sagte er verlegen.

»Oh! Umso besser! Ich bin gleich wieder da.«

Selbst als sie das Zimmer verlassen hatte, hielt sich ihre Gegenwart noch in einem Hauch von Parfüm. Sie schwiegen und nahmen auch schweigend Platz, außer James, der stehen blieb und den Hut von einer Hand in die andere gleiten ließ. Verwirrt sah Johnnie seine Mutter an, da er ihre Feindseligkeit spürte. Sarah beobachtete James.

»Ma wollte zum Essen herunterkommen«, sagte Alys dann vielsagend.

»Ich werde nicht bleiben«, versuchte James, ihre Bedenken zu zerstreuen. »Aber darf ich sie sehen, bevor ich gehe?«

Vor ihren Kindern konnte Alys ihm die Bitte nicht direkt abschlagen. »Ich glaube, sie ist zu müde.«

Leichtfüßige Schritte im Flur, die Tür ging auf, und Livia trat ein. Ihr folgte das Dienstmädchen mit einem Tablett voller Gläser und einem Krug Dünnbier.

»Braut Ihr immer noch Euer eigenes Ale?«, fragte James Alys. Sie sah ihn noch nicht einmal an, geschweige denn, dass sie antwortete.

Johnnie beobachtete seine Mutter, verwirrt über die unverschämte Behandlung ihres Gastes.

»Habt Ihr es früher schon einmal getrunken? In Sussex?«, fragte Sarah. »Habt Ihr uns damals gekannt?«

»Ja. Vor langer Zeit. Bevor Ihr auf der Welt wart«, erklärte er und trank einen Schluck aus seinem Glas. »Es war das beste Dünnbier, das ich je gekostet hatte, und das hier ist immer noch genauso gut.«

»Wir haben unsere eigene Mälzerei im Hof«, sagte Johnnie. »Es wird nach dem Rezept meiner Großmutter gebraut. Sie sucht die Kräuter dafür aus, und sie überwacht das Mälzen. Manchmal wendet sie das Getreide auch selbst.«

James nickte. »Ich würde es überall auf Anhieb erkennen.«

»Der Spaziergang war so reizend«, stellte Livia fest. »Und es war so ein Vergnügen, Euch alle gleich dort auf dem Hafendamm zu treffen.« Lächelnd wandte sie sich an Alys. »Ich habe bei meiner *Suocera* ins Zimmer geschaut, als ich oben war, um meinen Hut abzusetzen, und sie sagte, sie werde Milord empfangen. Soll ich ihn hinaufbringen?«

Bevor Alys widersprechen konnte, trat James vor und folgte Livia aus dem Zimmer.

»Aber nur kurz!«, rief Alys. »Sie darf sich nicht übermüden. Ich möchte nicht ...«

Johnnie stand auf. »Ist alles in Ordnung, Ma?«, fragte er leise, während die beiden das Zimmer verließen. »Stimmt etwas nicht?«

Seine Mutter blickte zu ihm auf, als wollte sie ihn um Hilfe anflehen, würde aber nicht die richtigen Worte finden. »Sie hat kein Verständnis dafür«, sagte sie matt. »Sie begreift nicht, dass eure Großmutter keine Gäste empfangen sollte.«

»Aber Großmutter hat doch gesagt, dass er hochkommen kann«, stellte Sarah fest. »Und wenn es ihr so gut geht, dass sie zum Abendessen mit uns herunterkommen kann, warum sollte sie dann keinen Besucher aus alten Zeiten empfangen?«

Alinor saß in dem luftigen Zimmer, und die Glastür zu dem kleinen Balkon stand offen. Vor ihr auf dem Tisch lag ein frischer Lavendelstrauß. Sie war gerade dabei, die lilafarbenen Blüten von den Stängeln zu entfernen. Beim Eintreten der beiden blickte sie auf. Livia schloss die Tür hinter sich und blieb dann stehen, die Hände vor sich, als sei sie eine Hofdame.
»Ihr bleibt?«, fragte Alinor sie unverblümt.
»Als Anstandsdame«, erwiderte die junge Frau ernst. »Da es sich um eine Frage der Ehre handelt.«
Alinor richtete ihre Aufmerksamkeit auf Sir James. »Ihr seid wieder da?«
»Ich werde immer wieder herkommen müssen, bis Ihr mir sagt, wie ich Euch zu Diensten sein kann. Bis ich offen sprechen kann ...« Er warf Livia einen Blick zu und verstummte.
»Ich brauche nichts«, sagte Alinor mit fester Stimme. »Ihr könnt mir nicht zu Diensten sein.«
»Einen Arzt?«
»Ich war schon bei Ärzten.«
»Ein Spezialist, der in Italien ausgebildet wurde ...«
»Mein Sohn war ein in Italien ausgebildeter Spezialist«, stellte sie fest.
»Aber kann ich nicht jemanden suchen und konsultieren?«
»Ich bin ertrunken«, sagte sie schlicht. »Zwar wurde ich herausgezogen, aber das Wasser ist immer noch in meinem Körper. Ich bin eine Ertrunkene, James. Ihr verschwendet Eure Zeit mit einer Ertrunkenen.«
»Das wusste ich nicht«, sagte er jämmerlich.
»Ihr wart dort!«, rief sie erbarmungslos. »Ihr wart derjenige, der mich herausgezogen hat! Ihr wisst recht gut Bescheid.«
»Alinor, kommt in mein Haus, wo Ihr saubere Luft atmen könnt«, drängte er sie. »Es ist hoch gelegen, in der Nähe des Moors, mit einem schönen Garten. In meinem Kräutergarten habe ich immer an Euch gedacht. Es soll ganz nach Euren Wünschen geschehen. Selbst wenn Ihr mehr nicht annehmen wollt, so sollt Ihr doch wenigstens als mein Gast kommen.«
Im Türrahmen wartete Livia erstarrt Alinors Antwort ab.
»Ich bin jetzt ein wohlhabender Mann, mein schönes Haus würde

Euch gehören. Und eine Kutsche und Euer ganz eigener Salon. Eure Kinder könnten auch kommen. Ich würde Euch niemals stören. Alles soll so sein, wie Ihr es wünscht.«
»Ich lebe hier so, wie ich es wünsche«, erwiderte sie ruhig.
Wenn sie allein gewesen wären, hätte James sich auf die Knie sinken lassen und sein heißes Gesicht in ihren Schoß gedrückt. Unter den gegebenen Umständen umklammerte er seinen Hut fester und rang mit der Stimme. »Alinor, ich habe Euch so viel zu bieten«, flüsterte er. »Mein Vermögen, meine Häuser – für mich ist das alles eine Last, wenn es nicht Euch gehört. Und ich will unbedingt … mein Kind bei mir haben.«
»Ich habe es Euch bereits erklärt«, sagte sie. »Ich weiß, dass Ihr ein Mann seid, der es gewohnt ist, seinen Willen durchzusetzen. Ihr Royalisten habt gewonnen, bei allem anderen habt Ihr triumphiert! Aber in dieser einen Hinsicht müsst Ihr eure Niederlage einstecken. Ihr wolltet das Kind damals nicht haben, Ihr wolltet mich damals nicht, das war Eure Entscheidung – jetzt ist es zu spät, etwas daran zu ändern.«
Im Türrahmen verschränkte Livia die Hände, das Sinnbild einer betenden Madonna, und blieb reglos stehen.
»Soll ich für immer bestraft werden, für einen Fehler?«
»Und ich?«
»Wir sind beide genug bestraft worden!«, rief er. »Aber jetzt bin ich rehabilitiert, und ich kann Euch ebenfalls rehabilitieren.«
Sie schüttelte den Kopf. »Ich brauche Eure Rehabilitation nicht. Ich bin nicht wie Euer König. Ich wurde nicht aus meinem Haus vertrieben, sondern bin nur von einem trostlosen Sumpf an einen dreckigen Fluss gezogen. Ich habe mir hier mein eigenes Leben eingerichtet, als hätte ich es aus dem Schlamm des Hafens gesiebt und aus Seegras aufgebaut. Ich dachte nicht, dass ich überleben würde. Doch als ich wieder atmen konnte, habe ich die Angst vor dem Tod verloren – die Angst vor allem. Ich kann nicht vernichtet werden, ich verwandele mich einfach. Das Wasser hat mich nicht ertränkt, es fließt in mir. Ich bin mein eigenes Gezeitenland, ich trage das Wasser in meiner eigenen Lunge.« Sie hielt zum Atmen inne, die Hand an der Kehle. »Findet Ihr Euer eigenes Leben, James. Ich kann Euch sagen: Hier ist es nicht.«

»Ohne Euch, ohne mein Kind, gibt es kein Leben für mich!«
Sie nickte, ohne den Blick von seinem Gesicht zu wenden. »Das war Eure eigene Entscheidung«, sagte sie. »Frei getroffen und bewusst. Ihr wolltet kein Kind, und nun habt Ihr keines. Es ist wie ein Zauberspruch. Es war Euer Wunsch. Ihr könnt ihn nicht zurücknehmen, und er kann nicht ungesagt gemacht werden.«
»Ist das Euer letztes Wort?«
Müde wandte sie den Kopf von ihm ab und merkte, dass Livias dunkler Blick aufmerksam auf ihr ruhte. In den Augen der jüngeren Frau standen Tränen. Livia folgte zutiefst gerührt jedem Wort. »Das hat sie gesagt«, erklärte Livia sanft von der Tür her. »Sie hat Euch ihr letztes Wort kundgetan. Mehr könnt Ihr nicht von ihr verlangen.«
Sein Blick ruhte auf Alinor, während Livia schweigend die Tür öffnete, und ihm blieb nichts anderes übrig, als zu gehen. Livia folgte ihm hinaus und schloss die Tür leise hinter ihnen. Auf dem schmalen Treppenabsatz fasste er sie am Ärmel, und sie wandte ihr schönes Gesicht zu seinem empor.
»Ihr begreift das nicht«, sagte er. »Ich liebe sie, und wir haben ein gemeinsames Kind. Ich habe ihr die Ehe versprochen, und ich brauche mein Kind als Erben.«
Behutsam legte sie ihre warme Hand auf seine. »Aber ich begreife nur zu gut«, sagte sie zu seiner Überraschung. »Und ich werde Euch helfen. Kommt morgen mit mir spazieren.«
»An einem Sonntag?«, fragte er.
Sie war römisch-katholisch erzogen worden und hatte nie wie eine Puritanerin den Sabbat geheiligt. Sie zuckte mit den Schultern. »Trefft Euch morgen nach dem Essen mit mir, und wir können überlegen, wie wir am besten vorgehen.«

Juni 1670, Hadley, Neuengland

Ned, der vorhatte, am Ende des Sommers ein Fass mit Waren und Kräutern nach England zu schicken, tauschte beim Küfer einen ganzen frisch gefangenen Lachs gegen zwei Fässer ein. Die Haushälterin des Pfarrers war da, um ein Fass fürs Pfarrhaus zu bestellen.

»Guten Morgen, Mr Ferryman, ich nehme frischen Fisch für den Pfarrer, falls Ihr was Schönes habt«, sagte sie.
»Natürlich«, antwortete Ned. »Ich habe wieder meine Fallen aufgestellt, und ich habe eine schöne fette Forelle. Soll ich sie Euch an die Tür bringen?«
»Da wäre ich dankbar«, sagte sie.
»Darf ich Euren Korb tragen? Seid Ihr hier fertig, Mrs Rose?«
Nachdem sie ihre Initialen für die Bestellung des Pfarrers in das Buch des Küfers eingetragen hatte, reichte sie Ned ihren Korb. Dann gingen sie um das Haus herum, traten durch das Gartentor zurück auf den Hauptweg und gingen am Versammlungshaus vorbei zu der Kreuzung, wo das Pfarrhaus stand. Der breite Hauptweg führte an der Haustür vorüber von Norden nach Süden, und an der Seite des Pfarrhauses verlief von Westen nach Osten ein Weg namens Middle Highway, der stadtauswärts zum Wald führte. Der Stadtzaun schützte Land und Haus des Pfarrers vor den weidenden Tieren. Ein Tor mit kunstvollen Eisenbeschlägen führte auf den Pfad zur Haustür.
»Schönes Wetter«, sagte Ned schüchtern. Er suchte verzweifelt nach einem Gesprächsthema, da er wusste, dass sie gerade vor den Augen der ganzen Stadt den Weg entlanggegangen waren. Jeder rechnete damit, dass sie heiraten würden. Ledige Männer waren nicht willkommen auf diesen Grenzplantagen, wo ein Mann nur mithilfe der Arbeit seiner Ehefrau und Kinder überleben konnte und eine Frau den Schutz eines Mannes benötigte. Es gab nur zwei andere Junggesellen in der Stadt, und beide hatten ihre Parzellen im Gegenzug für das Betreiben ihres Gewerbes erhalten, aufgrund ihrer besonderen Fertigkeiten. Von beiden wurde erwartet, dass sie eine Ehefrau fanden.
Der Pfarrer John Russell hatte Ned für seinen loyalen Dienst in Oliver Cromwells Armee in die Gemeinde eingeladen und ihm die Parzelle am Fluss außerhalb des Stadtzauns und die Fähre daneben gegeben. Mr Russell wollte, dass ein Mann seines Vertrauens die Straße nach Norden im Auge behielt und seine heimlichen Gäste schützte. Wenn Ned sich in Hadley niederlassen und mehr Land und ein größeres Haus zugeteilt bekommen wollte, musste er sich verheiraten. Mrs Rose war eine in Schuldknechtschaft stehende Be-

dienstete im Pfarrhaus. Wenn sie die vertraglich vereinbarte Zeit abgedient hatte, würde sie sich eine Stellung in einem anderen Haushalt suchen oder einen der Siedler heiraten müssen, um an ein Haus und Land zu kommen.

»Jetzt ist es schön, aber bald wird es unerträglich heiß sein«, sagte sie voraus. »Die Sommer hier sind so grausam wie die Winter. Ich vermisse die englischen Sommertage!«

»Ich glaube, das tun wir alle. Aber ich mag dieses warme Wetter.«

Der Pfarrer lebte in einem solide gebauten Haus. Gepflegte Holzstufen führten zu einer zweiflügligen Eingangstür. Die Haushälterin führte Ned ums Haus nach hinten, wo sich das grasbewachsene Grundstück sich nach Osten zum Wald hin erstreckte. In der Nähe des Hauses zerhackte ein schwarzer Sklave einen Baum zu Feuerholz, ein anderer stapelte es auf. Mrs Rose führte Ned die beiden Stufen zur Küchentür hoch. Sie traten gemeinsam ein, und Ned stellte die Körbe auf den Tisch.

»Ihr könnt hinuntergehen«, sagte Mrs Rose leise. »Sie wollten heute, während ständig Boten unterwegs sind, außer Sicht im Kühlen bleiben.«

Sie nickte in Richtung des Hauptteils des Hauses. Ned öffnete die Tür und trat auf den Holzboden der Eingangshalle. Eine Standuhr tickte laut, wie um den Reichtum des Hausherrn zu verkünden. Ned warf einen Blick in das leere Arbeitszimmer, wo der Pfarrer seine leidenschaftlichen Predigten schrieb. Da niemand dort war, rollte er den Läufer zurück, der die Falltür in den Keller bedeckte. Er klopfte das vereinbarte Zeichen an die Klappe und öffnete die Luke. Eine Leiter hinunter. Ned kletterte in die völlige Dunkelheit hinab, und erst als die Luke über ihm wieder unter einem dumpfen Geräusch zufiel und er die Schritte von Mrs Rose hörte, die den Läufer zurückrollte, erklang das scharfe Knacken eines Feuersteins. Es gab einen Funken, und eine Flamme flackerte auf.

Ned tastete sich zum Fuß der Leiter hinunter, und dort standen, die Gesichter von der hellen Flamme eines Kienholzes erleuchtet, seine ehemaligen Befehlshaber, beide Männer über sechzig, Verbannte aus dem englischen Bürgerkrieg, der sich schließlich gegen sie gewandt hatte: Edward Whalley und sein Schwiegersohn William Goffe, Männer, die das Todesurteil ihres eigenen Königs unterzeichnet hatten und sich jetzt vor einem Haftbefehl seines Sohnes, des wieder eingesetzten Königs, versteckt hielten. Schweigend schüttelten die drei einander die Hände und gingen vom Fuß der Leiter zum Ende des Lagerraums, wo ein Fenster hoch oben in der Steinmauer ein grünliches Licht und frische Luft in den Keller einließ.

»Keine Fremden in der Stadt? Es erkundigt sich niemand nach uns?«, wollte Edward von Ned wissen, der ihnen in den fünfeinhalb Jahren, die sie nun in Hadley lebten, gedient und sie beschützt hatte.

»Ich habe niemanden gesehen, und auf der Fähre ist auch keiner gekommen«, antwortete Ned. »Aber es ist klug von Euch, hier unten zu bleiben, denn heute Nachmittag ist noch eine Wählerversammlung, und es werden Boten aus Boston erwartet. Es wird vor den Pokanoket gewarnt – ob sie etwas im Schilde führen? Leute vor der Stadt befestigen ihre Häuser. Einer der Stadträte war bei mir zu Hause und sagte, ich solle herkommen und für den Stadtrat übersetzen und dass ich demnächst eingezogen werden würde.«

»Selbstverständlich werdet Ihr dienen«, erklärte William. »Nicht einer von ihnen hat je an einem Krieg teilgenommen. Die Hälfte von ihnen kann kein Luntenschloss entzünden. Die Stadt braucht Euch.«

»Keinem Einzigen von ihnen würde ich eine Waffe anvertrauen«, lautete Neds vernichtendes Urteil.

»Ja, aber es sind unsere Leute«, stimmte Edward seinem Schwiegersohn zu. »Und man kann sie ausbilden. Habt Ihr die Anfangszeit der New Model Army vergessen? Man kann eine großartige Armee aus gewöhnlichen Männern machen, wenn ihre Sache gerecht ist und man Zeit hat, sie auszubilden.«

»Damals war ich stolz darauf, zu dienen«, sagte Ned leise. »Aber das war mein erster und letzter Kampf. Ich habe einem großen General gedient, um mein Volk von einem Tyrannen zu befreien. Es war eine Ehre, dem Lordprotektor gegen den Tyrannen König Charles zu dienen. Und als wir siegten und Ihr beide über ihn zu Gericht saßt, war ich dort! Ich war an jedem Prozesstag bei Gericht, und ich wusste, dass Gerechtigkeit am Werk war. Ich sah zu, wie er an jenem Morgen aus dem Banqueting House trat und den Kopf auf den Block legte. Damals schwor ich, dass für mich Schluss mit dem Soldatenleben wäre. Ich wollte nie wieder zu den Waffen greifen. Ich schwor, dass ich bis ans Ende meiner Tage in Frieden leben würde. Ich würde niemals Krieg gegen unschuldige Menschen führen.«

»Ja, aber Wilde sind keine unschuldigen Menschen, Ned! Das hier sind keine Kameraden wie wir in der New Model Army. Sie sind keine Christenmenschen, die Hälfte von ihnen ist heidnisch. Sie denken nicht, wie wir es tun. Und lasst Euch gesagt sein, früher oder später werdet Ihr Euch für eine Seite entscheiden müssen. Josiah Winslow selbst hat mir gesagt, es werde eine Zeit kommen, wenn es heißt wir gegen sie.«

»Sein Vater hätte das niemals gesagt«, gab Ned zu bedenken. »Es heißt überall, sein Vater und der Massasoit seien echte Freunde gewesen.«

»Das war damals«, erwiderte Edward. »Anfangs bei unserem Eintreffen herrschte echte Freundschaft, ich weiß. Jetzt ist es anders: Es hat sich geändert. *Sie* haben sich verändert.«

»Die Wilden werden Euch nicht verschonen, wenn es zu einem Kampf zwischen Engländern und Indianern kommt«, sagte William. »Sie sind grausame Feinde, Ned.«

Ned nickte, denn es widerstrebte ihm, sich mit Männern zu streiten, die seine Offiziere gewesen waren und im höchsten Rat Englands gesessen hatten. »Ich glaube wirklich, dass wir diejenigen waren, die sich grausam benommen haben«, sagte er leise. »Bei der Schlacht von Mystic Fort steckten wir das Dorf voller Alter, Frauen und Kinder in Brand und haben alle erschossen, die herausgelaufen kamen. Selbst die Indianer, die auf unserer Seite kämpften, die Narragansett, schrien, es sei zu viel! Sie konnten es nicht glauben, dass wir Kinder und Frauen bei lebendigem Leib verbrennen ließen.«

»Das war vor dreißig Jahren«, sagte William. »Schnee von gestern. Und in Irland ist Schlimmeres passiert.«

»Und überhaupt führen sie jetzt genauso Krieg«, fügte Edward grimmig hinzu. »Sie haben schnell dazugelernt. Jetzt sind sie es, die Feuer legen, und sie skalpieren auch.«

Ned hob die Hände. »Meine Herren, ich werde nicht mit Euch streiten«, sagte er. »Ich bin hergekommen, um zu sehen, ob es Euch gut geht, und um Euch einen Besuch abzustatten.«

William klopfte ihm auf den Rücken. »Und wir wären Narren, wenn wir uns mit Euch verstritten«, sagte er. »Ich vergesse nicht, dass Ihr es wart, der uns hierhergebracht hat. Ein zweitägiger Marsch durch den Wald und den Fluss aufwärts, ohne je vom Weg abzukommen. Damals waren wir froh, dass Ihr mit den Wilden auf freundschaftlichem Fuß standet und ihre Pfade kanntet. Wir hätten es ohne diese Wegweiser und Euer diesbezügliches Wissen niemals hierhergeschafft. Ihr seid ein guter Freund, Ned, das vergessen wir Euch nicht.«

»Vielen Dank, Sir.«

»Aber ihr Anführer ist ein König, nicht wahr?« Edward konnte nie von einem Streitpunkt ablassen. »Die Pokanoket nennen ihn König Philip? Sagt mir bloß nicht, dass Ihr lieber einem König als Euren Brüdern dienen wollt, Ned!«

Ned lächelte. »Er ist kein König wie Charles Stuart: ein Tyrann. Er ist ihr Anführer, aber sie sind damit einverstanden, dass er sie anführt. Sie nennen ihn Massasoit. Sein richtiger Name ist Po Metacom. Sie bezeichnen ihn nicht als König, das ist der Titel, den wir ihm gegeben haben. Das geschah aus Respekt vor seinem Vater, der im ersten Winter nach unserer Ankunft hier wahrlich unser Retter war.«

»Die alte Geschichte?«, wollte Edward wissen.

»Sie werden es nie vergessen. Die Engländer wären in jenem ersten Winter allesamt ums Leben gekommen, aber die Pokanoket bauten ihnen Hütten und gaben ihnen zu essen. Als die Engländer die Getreidelager der Indianer ausraubten, gaben die Pokanoket ihnen freiwillig mehr. Es gehört zu ihrer Religion, mit jemandem, der nichts hat, zu teilen. Aber wisst Ihr, dass wir sogar ihre Gräber nach den Schätzen ausbuddelten, die sie mit ihren Toten vergraben hatten?«

Edward verzog das Gesicht. »Das ist mir neu.«

»Es wirft kein sonderlich gutes Licht auf uns, also wird es nicht oft erzählt«, erwiderte Ned trocken. »Aber in jenem ersten Winter waren wir wie gierige Untiere, und sie waren nachsichtig mit uns. Damals versprachen wir ihnen, dass wir nur für den Handel gekommen seien: wir an der Küste, nur auf Handelsniederlassungen an der Küste aus, aber das ganze Land sollte weiterhin ihnen gehören. So haben die Leute sich das vorgestellt. Wisst Ihr noch? Vor dem

Krieg, als König Charles noch auf dem Thron saß, hätte niemand je gedacht, dass wir einmal hier leben würden. Jeder glaubte, die Neue Welt wäre nur etwas zum Fischfang und für ein paar Handelsniederlassungen.«

»Das stimmt«, bestätigte William Goffe. »Es sah nie nach einem Land aus, in dem man sesshaft wird, es war wie Afrika oder der Osten. Man suchte diesen Ort auf, um ein Vermögen zu verdienen, und war froh, wieder lebendig nach Hause zu kommen. Alle frühen Siedler fanden den Tod oder gaben auf.«

»Ja, ganz genau. Aber jetzt kommt dieser Schmeichler an meine Tür und erzählt mir, das Land sei leer – leer! Also hätten die Engländer ein Anrecht auf alles, und dass er ein Herr sein wolle. Er weiß noch nicht einmal, wie viel Land es hier überhaupt gibt. Kennt nichts jenseits von Hatfield, denn er geht aus Angst, nicht vor Einbruch der Dunkelheit zurückzukommen, niemals flussaufwärts. Er weiß auch nicht, wie viele Indianer es gibt. Dieser Mensch hat keinen blassen Schimmer!«

William Goffe lachte über Neds Entrüstung und goss ihm aus einem Krug auf dem Tisch ein Glas Dünnbier ein. »Er hat Euch aus dem Konzept gebracht«, stellte er fest und wartete auf Neds zögerliches Lächeln.

»Er gehört zu dem Schlag, der sich für die Seite entscheidet, die gerade gewinnt«, warnte Ned. »Wie die, die Euch bei Eurer Ankunft hier in Boston als Helden begrüßten, sich dann aber, sobald sie von dem Todesurteil der englischen Gerichte hörten, entschieden, Euch lieber zum Prozess zurück nach England zu schicken. Ihr Herz schlägt nicht für die eine oder die andere Seite. Sie haben überhaupt kein Herz.«

»Das stimmt wohl«, pflichtete William ihm bei. Es entstand eine Pause, während er Dünnbier nachschenkte. »Wer ist wie wir?«, zitierte er den alten Trinkspruch, den sie bei der Schlacht von Dunbar aufgeschnappt hatten, als sie die königstreuen Schotten geschlagen und einen Sieg für die einfachen Männer Englands und die Republik unter Cromwell errungen hatten.

»Verdammt wenige, und die sind alle tot«, erwiderte Ned.

Sie stießen an und verfielen dann einen Moment lang in Schweigen.

»Kein frei geborener Engländer würde uns jemals zurückschicken«, sagte Edward. »Ich weiß, dass sie es nicht gewagt haben, sich der Proklamation des Königs offen zu widersetzen, aber sie haben uns reihum weitergereicht, bis wir hier in Sicherheit waren.«

»Ich weiß nicht, wie sie es in England mit einem König aushalten«, sagte William. »Nachdem sie in Freiheit gelebt haben! Nach gottseliger Herrschaft!«

»Würdet Ihr zurückkehren, um gegen Charles II. zu kämpfen?«, fragte Ned neugierig.

»Ich würde heute noch in See stechen. Ihr denn nicht? Ich warte auf den Aufruf, rechne fest damit, jeden Tag«, antwortete Edward.

Die Männer schwiegen.

»Ich würde wohl gegen ihn kämpfen, wenn ich müsste«, sagte Ned langsam. »Wenn man mich riefe. Aber ich hatte gehofft, das alte Land und die Kriege des alten Landes hinter mir zu lassen und hier in Frieden zu leben. Es ist ja nicht so, als wäre England mir und den Meinen je eine gütige Mutter gewesen.«

»Habt Ihr keine Ehefrau?«, fragte Edward, der seine eigene Frau Mary im fernen England vermisste.

»Keine Ehefrau«, bestätigte Ned.

»Überhaupt keine Familie?«

»Ich habe eine Schwester und deren Kinder. Vom Leben schlecht behandelt und ärmlich hausend. Sie hat gesündigt, wie wir alle, aber Gott weiß, dass man sich mehr an ihr versündigt hat.«

Die Männer schwiegen abermals.

»Wie dem auch sei«, sagte Ned in fröhlicherem Tonfall. »Jetzt seid Ihr in Sicherheit. Der Pfarrer bleibt bei seinem Glauben, Mr Russell wird Euch niemals verraten.«

»Er ist ein guter Mann«, bekräftigte William. »Aber ich denke, über den Sommer werden wir in den Wald gehen. Es ist mühselig, in einer Stadt außer Sicht zu bleiben, hier zu leben, aber nicht dazuzugehören. Zu hören, wie sie die Übungen gegen einen Angriff machen, und zu wissen, dass sie von Tuten und Blasen keine Ahnung haben. Sie haben noch nicht einmal Palisaden errichtet! Eine feindliche Truppe könnte direkt einmarschieren.«

»Ihr könnt Euch in meiner Nähe im Wald verstecken, und ich versorge Euch mit Vorräten«, bot Ned an.

»Bei Euch in der Nähe oder tiefer im Wald«, sagte William. »Vielleicht sogar wieder an der Küste. Irgendwo, wo König Charles keine Männer auf die Suche nach uns schickt.«

»Es ist über zwanzig Jahre her, seitdem wir seinen Vater geköpft haben«, sagte Ned. »Es muss doch gewiss eine Zeit für Begnadigungen kommen.«

»Der doch nicht!«, rief Edward. »Wir sprechen von einem Mann, der seine toten Feinde ausgegraben und ihre Leichen aufgehängt hat. Cromwell selbst! Unseren Befehlshaber und die größten Männer, die jemals ihrem Land gedient haben! Aus dem Grab geholt und noch einmal hingerichtet. Wozu soll das seiner Meinung nach gut sein? Die Toten zu wecken, um sie zu beleidigen? Das ist Aberglaube wie bei einem Narren, nicht viel mehr als Hexerei.«

»Einfach nur dumm«, erwiderte Ned, dessen Schwester einst als Hexe der Wasserprobe unterzogen worden war. »So eine Denkweise ist mir zuwider.«

Juni 1670, London

Sobald James fort war, lief Sarah nach oben und holte ihre Großmutter nach unten in die Stube. Tabby deckte den Tisch und brachte das Abendessen herein – eine Wildpastete aus der Backstube um die Ecke und einen Teller Austern.

Die Familie neigte die Köpfe, während Alinor für das Essen dankte. »Möge mein Bruder in dem Neuen Land, das sein Zuhause ist, ein ebenso gutes Essen haben und so frohgemut sein wie wir heute Abend.«

»Amen«, sagten alle. Alys blickte zu ihrer Mutter. Sie hatte immer Rob in ihr Tischgebet eingeschlossen, doch jetzt war Rob tot. Seine Witwe griff nach der Gabel und wartete darauf, bedient zu werden.

»Lassen sie dich bei Mr Watson Hunger leiden?«, fragte Alys ihren Sohn, als er die Pastete anschnitt und sich eine große Portion, aus der dunkle Bratensoße tropfte, auf den Teller schaufelte.

»Nein, sie tischen nicht schlecht auf, und wir Burschen aus dem Kontor essen mit der Familie, aber es gibt auf der ganzen Welt nichts, was so gut ist wie euer Dünnbier mit Pastete, Ma.«

»Madame Piercy nimmt abends nichts außer Tee und Brot und Butter zu sich«, erklärte Sarah. »Sie behauptet, wahre Damen hätten keinen Appetit. Wir Mädchen gehen jeden Tag zum Pastetenbäcker.«

»Wie willst du dann jemals deinen Lohn sparen?«, wollte ihre Mutter wissen.

»Ma, das geht einfach nicht. Für mehr als ein paar Bänder und Essen reicht es nicht.«

»In deinem Alter habe ich nur Bänder auf dem Markt in Chichester gekauft, und auch das höchstens alle Vierteljahre.«

Sarah verdrehte die Augen. »Aber ich bin von Geschäften umgeben, Ma! Es ist wie damals das Wildern bei dir. Wo auch immer ich hinschaue, gibt es etwas mitzunehmen.«

Alinor lächelte. »Glaub ihr bloß kein Wort! Deine Mutter hätte ihre Seele für bunte Bänder verkauft«, sagte sie. »Und du wirst doch bestimmt mehr verdienen, wenn du fertige Hutmacherin bist, Sarah?«

»Ja«, bestätigte das Mädchen. »Und ich werde es nach Hause bringen, versprochen.«

Alinor wandte sich an Johnnie. »Und ist Mr Watson mit dir zufrieden?«

»Er ist mit nichts zufrieden«, antwortete Johnnie. »Da der Hof so hoch verschuldet und der König so ein Verschwender ist, rechnet er, wie alle anderen auch, in Zukunft mit noch höheren Steuern. Steuern für sämtliche Kaufleute in der City, um für den Luxus bei Hofe zu bezahlen.« Er wandte sich an seine Mutter. »Möchtest du, dass ich morgen mit dir einen Blick in die Bücher werfe?«

»Das wäre schön«, antwortete sie. »Wenn du nicht zu müde bist. Du siehst richtig blass aus, mein Junge.«

»Ach, das ist nicht der Rede wert.« Er grinste sie an. »Gestern Abend war ich mit den anderen Burschen einen trinken, und jetzt habe ich Kopfweh von dem schlechten Wein.«

»Wird er denn nicht getadelt, weil er seinen Lohn fürs Trinken ausgibt?«, wollte Sarah wissen. »Bänder sind verboten, aber Alkohol ist in Ordnung?«

»Er ist ein Junge«, neckte sie ihre Großmutter. »Er kann machen, was er will.«

»Du wirst nie einen Ehemann bekommen, wenn du so ein zänkisches Weib bist.« Johnnie zwinkerte seiner Schwester zu.

Sarah trat unter dem Tisch gegen seinen Stuhl. »Ich will auch gar keinen!«
»Jetzt hört auf, ihr beiden«, sagte Alys leise. »Was soll nur eure Tante denken?«
»Ich finde die beiden hinreißend!«, meinte Livia herzlich. »Aber sagt mir – nehme ich jemandes Schlafzimmer in Beschlag? Ich bin in der Dachkammer neben Tabby.«
»Das ist mein Zimmer«, erwiderte Johnnie.
»Das habe ich mir gedacht, wegen der Bücher und Tabellen. Mein Kindermädchen und das Kind haben das Schlafzimmer unten bezogen.«
»Das war meins«, erklärte Sarah.
»Könntet Ihr heute Nacht vielleicht bei Eurem Kind und dem Kindermädchen schlafen?«, fragte Alys Livia.
Entschuldigend breitete die junge Frau die Hände aus. »Herrje, das geht nicht! Wenn ich in Matteos Nähe schlafe, schreit er nach mir, und ich wache auf und kann nicht wieder einschlafen. Er scheint zu wissen, dass ich im Zimmer bin, und ruft ständig nach mir! Es ist so süß! Aber falls Miss Sarah sich dazu herablassen würde, bei meinem Kindermädchen Carlotta und dem Säugling zu schlafen, wäre er leise wie eine kleine Maus, das weiß ich! Würdet Ihr einwilligen? Ihr habt doch keine Einwände?«
»Na schön«, sagte Sarah. »Da es sowieso mein Bett ist. Aber wo soll Johnnie schlafen?«
»Ich kann mich hier unten hinlegen«, bot er an.
»Auf gar keinen Fall! Er muss sein eigenes Zimmer haben, ich werde mir das Zimmer mit Eurer *Mamma* teilen, wenn sie es gestattet.«
»Mit mir?«, wollte Alys wissen.
Livia lächelte. »Natürlich«, sagte sie ausdruckslos. »Ein anderes Zimmer gibt es nicht. Ihr habt doch nichts dagegen einzuwenden, das Zimmer mit mir zu teilen? Ich schnarche auch nicht.«
»Nein«, erwiderte Alys. »Selbstverständlich nicht.«

Alinor ging früh nach oben auf ihr Zimmer, doch der Rest der kleinen Familie saß am Tisch, spielte das Gänsespiel und sprach über die vergangene Woche. Livias strahlender, taxierender Blick wanderte von einem jungen Gesicht zum anderen und suchte nach Ähnlichkeiten mit Sir James. Sie fragte sich, wie es möglich war, dass der attraktive Jüngling und das hübsche Mädchen keine Zwillinge waren. Da sie gemeinsam groß geworden und immer in Gesellschaft des anderen gewesen waren, wussten sie, was der andere dachte, und beendeten häufig gegenseitig ihre Sätze. Ihre Gesichter waren wie Spiegelbilder. Livia fand, sie könnten durchaus Zwillinge sein – doch nur eine Mutter würde die Wahrheit kennen. Und nur ein Vater auf der Suche nach einem Erben könnte auf den Gedanken verfallen, sie voneinander zu trennen.

Gegen Mitternacht sagte Alys: »Kommt, ihr beiden! Ihr müsst morgen früh aufstehen, um zur Kirche zu gehen. Jetzt ist Bettzeit.«

In der Diele gab es für jeden einen Kerzenständer mit einer Nachtkerze. Alys ging in der Küche nachsehen, ob die Hintertür verschlossen und die Glut über Nacht mit Asche bedeckt war.

»Alles sicher?«, fragte Johnnie, einen Fuß auf der untersten Stufe, seine Kerze entzündet.

»Alles sicher«, bestätigte sie.

»Zeichnest du immer noch die Runen gegen Hausbrände in die Asche?«, fragte Sarah.

Alys lächelte. »Natürlich! Denk dir, was eure Großmutter sagen würde, wenn sie herausfände, dass ich kein Zeichen mache, um das Feuer im Rost zu halten, und das Haus abbrennen ließe!«

»Gute Nacht.« Sarah küsste ihre Mutter, und als Livia die Arme ausbreitete, küsste sie ihre Tante ebenfalls.

»Gute Nacht«, sagte Johnnie auf dem Treppenabsatz.

»Ihr gebt mir keinen Gutenachtkuss?«, neckte Livia ihn und lachte, als er mit hochrotem Kopf nach oben in seine Dachkammer eilte.

Alys ging in das Zimmer ihrer Mutter, um ihr eine gute Nacht zu wünschen, während Livia Alys' Schlafkammer betrat. Sie stellte die Kerze auf dem Waschtisch ab und sah sich in dem spärlich eingerichteten Zimmer um. Am Fuß des Bettes stand eine gewaltige Holztruhe. Sie hob den Deckel hoch und fand dicke Jacken und Winterumhänge. Sie kramte bis in die kleinste Ecke und entdeckte

eine Metallschachtel. Ob sich möglicherweise Geld oder vielleicht Schmuck darin befand? Sie schob den Verschluss auf und öffnete den Deckel. Obenauf lagen Schreibpapier und altes Siegelwachs, darunter weiße Bänder, die mit dem Alter bräunlich verfärbt waren, und ein Strauß aus getrockneten Kräutern und ein paar trockenen und runzeligen Beeren. Livia betrachtete ihn: ein Knopflochsträußchen von einer Hochzeit – ein Wintersträußchen –, aber wer hatte es getragen? Und wo war er jetzt?
Sie nahm ihre schwarz gesäumte Haube ab und legte sie neben den kleinen versilberten Spiegel auf den Tisch. Dann schnallte sie ihr Überkleid auf und legte es sorgsam oben in die Truhe. Darunter trug sie ihr seidenes Unterkleid, das sie zum Lüften an die Rückseite der Tür hängte. Als Alys ins Zimmer kam, war Livia in ihrem schönen, mit feinster Spitze besetzten Nachthemd und hielt ihre Bürste in der Hand.
»Wärt Ihr so lieb?«, fragte sie vertraulich, setzte sich ans Bettende und warf ihre dunkle, glänzende Mähne über die Schultern.
»Tragt Ihr es über Nacht gern geflochten?«, stammelte Alys.
»Bitte. Gewöhnlich bitte ich Carlotta darum, aber ich will die anderen nicht stören.«
»Natürlich.«
Behutsam fuhr Alys mit der Bürste durch die dichte schwarze Haarpracht. »Es ist wunderschön«, sagte sie.
»Früher hat Roberto es mir immer gebürstet. Er sagte, Eure Mutter hätte Haar wie ein Weizenfeld gehabt, Eures sei gerstenfarben, und mein Haar hätte die Farbe der Nacht.«
Alys band den Zopf mit einer Schleife aus weißem Band zu. Dann drehte sie sich zum Ausziehen weg, während Livia neben das Bett trat. »Welche Seite möchtet Ihr?«
Alys hielt das Gesicht abgewandt. »Ich habe nie im gleichen Bett wie mein Ehemann geschlafen. Ich habe keine Seite. Ich weiß nicht, welche.«
»Ach«, sagte Livia leise. »Dann nehme ich diese Seite hier, in der Nähe der Tür, falls ich in der Nacht zum kleinen Matteo gehen muss. Und Ihr schlaft am Fenster, es sei denn, die Strahlen bei Sonnenaufgang sind zu grell für Euch?«
»Nein, nein«, erwiderte Alys. »Die Läden sind geschlossen, und ich

stehe sowieso immer früh auf.« Sie wand das Haar zu einem losen Knoten, zog eine Haube auf, zog ein Nachthemd an und blies dann ihre Kerze aus. Im Dunkeln schlüpfte sie ins Bett. Zum ersten Mal kam ihr in den Sinn, dass sie, obwohl sie bei einem Mann gelegen hatte, den sie leidenschaftlich liebte, nie auch nur eine gemeinsame Nacht mit ihm verbracht hatte, da sie sich an ihrem Hochzeitstag getrennt hatten. Sie lag reglos da, stocksteif, wagte es nicht, sich auszustrecken oder zusammenzurollen.
»Ist Euch kalt?«, drang ein Flüstern aus der Dunkelheit.
»Ein bisschen.« Sie wusste nicht, was sie empfand.
Eine warme Hand griff unter ihre Schultern und zog sie zu sich.
»Legt Euren Kopf hierher«, lud Livia ein. »Wir sind beide einsam, wir sind beide allein. Legt den Kopf hierher, dann können wir zusammen einschlafen.«
Durch das dünne Nachthemd spürte Alys die Körperwärme der jungen Frau. Sie roch ihr Parfüm, das nach Rosen duftete. Langsam entspannte sie sich, und eingelullt vom leichten Wellenschlag der Ebbe schliefen sie ein.

Juni 1670, London

Als Alys am Morgen aufstand, schlief Livia immer noch, die dunklen Wimpern auf dem weichen Rund ihrer Wange. Alys kleidete sich geräuschlos an und verließ das Zimmer auf Zehenspitzen, um die junge Frau nicht zu wecken, die trotz der Geräusche des erwachenden Hauses schlummerte, als sei sie die Prinzessin aus dem Märchen, die erst durch den Kuss eines Prinzen aufwachen würde. Alys flocht sich das Haar im Kontor und setzte ihre Haube auf, bevor sie in die Küche ging, wo Tabby pustend die Glut zu neuem Leben erweckte. »Gib mir bitte ein Glas Dünnbier«, sagte sie.
»Durstig?«, wollte Tabby fröhlich wissen. »Ich habe auch ständig Durst. Es ist so heiß in meiner Dachkammer, man glaubt es kaum.«
»Ja«, sagte Alys. »Kannst du den Tisch fürs Frühstück decken, Tabby? Es sind nur wir vier. Mrs Alinor wird nicht herunterkommen. Ich werde ihr ein Tablett hochtragen.«

»Mach ich gleich«, bestätigte die junge Frau. »Werdet Ihr ihr zuerst einen Becher Dünnbier hochbringen?«
Alys nahm einen Becher und stieg die Treppe hoch. Allerdings wandte sie sich nicht nach rechts zur Tür ihrer Mutter, sondern ging in ihre eigene Schlafkammer.
Livia saß an die schlichten Kissen gelehnt da. Die bestickte Haube umrahmte ihr dunkles, schönes Gesicht, das Nachthemd war tief heruntergezogen und ließ ihre olivfarbenen Schultern sehen. Bei Alys' Eintreten lächelte sie.
»Ach, da seid Ihr ja!«, sagte sie. »Ich fühlte mich so einsam, als ich aufwachte und sah, dass Ihr fort wart.«
»Hier bin ich wieder«, erwiderte Alys unsicher und bot ihr das Getränk an. »Das ist für Euch.«

Da Sonntag war, besuchte die Familie die Kirche St Olave's. Es wurden besondere Fürbitten und Gebete für Rob gesprochen.
Auf dem Rückweg begleitete sie der Pfarrer, um mit Alinor zu beten. Er trug einen eleganten dunklen Anzug, aber kein Priestergewand und kein äußerliches Anzeichen seiner Berufung. Alinor hatte Alys während der puritanischen Jahre der Cromwell'schen Republik großgezogen, und sie hielten ihre Religion immer noch gern schlicht, ohne kirchliche Riten, obwohl sich die Zeiten geändert hatten.
Der neue König stellte die Zeremonien an den Altären wieder her und schmückte sie mit Gold und Silber. Auch die Chorröcke führte er wieder ein. Seine papistische Gattin hatte ihre eigene Kapelle, und halb London kniete in der Messe hinter ihr nieder und atmete unter Schwindelgefühlen den Weihrauch ein. Alys und die Reformatoren mussten jetzt die neuen Regeln hinnehmen, die einst die »alten« gewesen waren und als Ketzerei gegolten hatten. Wer es nicht ertrug, dem blieb nichts anderes übrig, als das Land zu verlassen, wie Alinors Bruder Ned es getan hatte.
»Werdet Ihr zum Essen bleiben, Mr Forth?«, fragte Alys höflich, als

er nach seinem Besuch in Alinors Zimmer die schmale Treppe heruntekam.
»Ich habe noch andere Besuche zu erledigen«, erwiderte er. »Ich kann es mir keinen Moment erlauben, pflichtvergessen zu wirken. Der ehemalige Pfarrer will seine Gemeinde zurück, sein Pfarrhaus und vor allem seine Zehnten. Die Gemeinde hatte ihn hinausgeworfen, weil er ein Monarchist war und ein Papist, doch jetzt sind Monarchie und Papsttum wieder in Mode. Er wird zurückkehren, und meine ganze Arbeit hier wird ruiniert sein.«
»Was werdet Ihr tun?«, fragte Sarah.
»Falls ich vertrieben werde, werde ich nach Amerika fahren«, antwortete er. »Wenn ich dem Herrn hier nicht dienen kann, werde ich hingehen, wo die Erretteten mein Wort hören wollen.«
»Mein Onkel Ned lebt in der Stadt Hadley in Neuengland«, erklärte Alys. »Es ist eine neue Siedlung, die vom Pfarrer in die Wildnis geführt wurde. Also handelt es sich um eine gottselige Stadt, in der viel gepredigt wird. Er denkt wie Ihr.«
»Handelt er mit Pelzen?«, fragte er. »Er könnte ein Vermögen verdienen.«
»Er will ausreichend verdienen und nicht der Ruin eines anderen sein.«
»Ich bete darum, dass ein gottseliger Mann das tun kann«, pflichtete er ihr bei. »Aber ich fürchte, der Reichtum des einen Mannes ist immer der Verlust eines anderen.«
»Hier ja, aber vielleicht nicht in der Neuen Welt?«, fragte Alys herausfordernd. »Wo Land nichts kostet? Er trug sich in der Hoffnung, sich selbst ernähren zu können, ohne einem anderen Leid zuzufügen.«
»Ich bete darum, dass es für mich nicht so weit kommen möge, doch falls man mich zwingt fortzugehen, werde ich zu Euch kommen und nach seiner Adresse fragen.«
»Er würde sich freuen, Euch zu sehen.« Alys verbeugte sich, und Johnnie öffnete die Haustür und ließ den Prediger nach draußen in das grelle Licht des Kais treten. Sarah blieb allein mit ihrer Mutter in der Stube.
»Hat Onkel Ned diesen Mann gekannt – Sir James?«
»Nein!«, log Alys sofort. »Warum fragst du?«

»Woher kannte dann Sir James dich und Großmutter in Foulmire? Wie kam es, dass er Onkel Ned nicht begegnet ist?«
»Ich habe gemeint, dass sie nicht miteinander befreundet waren«, verbesserte Alys sich. »Dein Onkel Ned war der Fährmann, natürlich kannte er jeden.«
»Vor unserer Geburt.«
»Ja, wie du weißt.«
»Sind wir denn alle gleichzeitig von dort fortgegangen? Großonkel Ned und Sir James und Großmutter und du? Waren wir alle zusammen auf dem Wagen?«
»Nein, nur deine Großmutter und ich«, sagte Alys widerwillig. »Ich muss es dir doch ein Dutzend Mal erzählt haben. Nur ihr Kinder und Großmutter und ich – nach einem Streit mit den Millers in der Gezeitenmühle über meinen Lohn. Ned kam erst viel später nach. Und dann, als der König wieder auf den Thron gesetzt wurde, brach er nach Amerika auf. Daran wirst du dich doch gewiss erinnern! Jetzt muss ich aber nachsehen, was Tabby treibt. Es riecht angebrannt.«
»Warum sind sie denn fortgegangen? Onkel Ned und Sir James?«, fiel nun auch Johnnie, der beim Hereinkommen das Ende der Unterhaltung mit angehört hatte, in die Fragen seiner Schwester ein. »Das kann doch bestimmt nichts mit deinem Lohn zu tun gehabt haben?«
»Also wirklich!« Alys eilte los. »Was für einen Unterschied macht das schon? Es ist so lang her! Wir gingen fort, weil wir für euch ein besseres Leben wollten, als es im Sumpf möglich gewesen wäre. Onkel Ned ging aus Gewissensgründen, als der König auf den Thron kam, und Sir James war sowieso nur vorübergehend dort gewesen. Wir waren nicht befreundet, wir kannten ihn kaum.«
»Warum kommt er dann jeden Tag her und besucht Großmutter?«, schlug Johnnie in die gleiche Kerbe wie seine Schwester.
»Er kommt nicht jeden Tag her. Er hat sie nur zweimal besucht«, erwiderte Alys gereizt.
»Aber warum?«, fragte Johnnie.
»Was?«
»Warum kommt er her?«
»Ich weiß es nicht!«, eiferte sich Alys. Sie wandte sich von den

beiden ab und öffnete die Küchentür. Eine Wolke aus fettigem Rauch strömte in den Flur. »Tabby! Was treibst du da drinnen?«
»Aber du musst es doch wissen«, sagte Johnnie nachdenklich.
»Ich weiß, dass es weder mich etwas angeht noch euch. Und ich will nicht, dass einer von euch mit ihm redet. Hört ihr mich?«
Alys schloss vor Sarah und Johnnie die Küchentür. Die beiden tauschten rasch einen Blick. Sie waren sich einig.
»Da stimmt doch was nicht«, sagte Sarah.
»Ich weiß. Ich spüre es auch.«
»Wir werden es herausfinden«, entschied sie.

Nach dem Essen saß Sarah bei ihrer Großmutter oben in deren Zimmer, um schwarze Bänder an Alinors und Alys' Trauerhauben zu nähen.
»Nicht für mich, ich werde sie nicht tragen«, sagte Alinor.
Das Mädchen zögerte. »Großmutter, aber warum denn nicht?«
»Sarah, ich glaube nicht, ich spüre nicht, dass er tot ist. Ich werde für ihn kein Schwarz tragen.«
Das Mädchen legte die Arbeit nieder. »Großmutter, du möchtest doch aber nicht respektlos sein!«
»Ich werde nicht lügen.«
»Was sagt Ma dazu?«
»Nichts. Ich habe ihr nichts davon gesagt.«
Sarah betrachtete ihre Großmutter forschend. »Du kannst doch nicht am Wort seiner Witwe zweifeln. Jetzt handelt es sich nicht nur um einen Brief, sie ist den ganzen langen Weg hergekommen, mit ihrem Sohn, und hat uns erklärt, was passiert ist.«
Alinor sah aus dem Fenster, wo sich entlang der hereinkommenden Flut Nebelschwaden bildeten. Sarah verspürte eine Kälte im Zimmer, als hätten sich ihre Nackenhaare aufgerichtet, eines nach dem anderen. Sie zitterte.
Alinor warf ihr einen Blick zu. »Ja«, sagte sie, fast beiläufig. »Etwas stimmt nicht. Du spürst es auch.«

Sarah stand auf, um den Türflügel zum Balkon zu schließen.
»Es ist nicht der Nebel«, erklärte Alinor ihrer Enkeltochter. »Du weißt so gut wie ich, dass es das zweite Gesicht ist.«
»Ich habe kein zweites Gesicht«, klagte das Mädchen. »Mir ist nur kalt.«
»So fühlt es sich an«, bestätigte Alinor. »Ich weiß etwas, aber ich weiß nicht, was. Ich habe es gespürt, als sie sagte, der arme kleine Säugling werde mir ein Trost sein. Dass er Rob ersetzen werde!«
»Niemand könnte Rob ersetzen.«
»Das ist es nicht ... Es ist ...«
»Was?«, hakte das Mädchen nach.
»Ich weiß es nicht.« Alinor schüttelte den Kopf. »Ich kann nichts deutlich erkennen. Aber ich weiß einfach, dass etwas nicht der Wahrheit entspricht.«
»Weißt du denn, was wahr ist, Großmutter?«
»Ja«, antwortete sie rasch. »Immer. Als hätte die Wahrheit einen Geruch. Ich erkenne sie. Und wenn du und ich, wenn wir beide den Nebel im Nacken spüren – dann ist es eine Warnung.«
»Eine Warnung für wen?«
»Mit Sicherheit weiß ich das nicht.« Alinor lächelte das Mädchen an und ließ den Zauber verklingen. »Aber hier kommt eine Lektion, die über die Jahre weitergegeben wurde, von meiner Großmutter an meine Mutter, von ihr an mich und von mir an dich: Achte auf diese Kälte, wenn du sie verspürst ... Etwas stimmt nicht.«
»Können wir es richten?«, flüsterte das Mädchen.
Alinor betrachtete ihre Enkeltochter, den strahlenden Mut in ihren dunklen Augen, die Stärke in ihrem Gesicht. »Vielleicht kannst du es«, sagte sie.
»Wie? Wie könnte ich es richten? Ich weiß ja noch nicht einmal, was nicht stimmt!«
»Ich weiß es auch nicht. Aber ich glaube, du wirst diejenige sein, die in dieser Angelegenheit die Wahrheit ans Tageslicht bringt. Und bis dahin werde ich kein Schwarz tragen.«
Sarah sagte nichts weiter, griff aber nach der Haube ihrer Großmutter und machte sich daran, die Fäden des schwarzen Bands wieder aufzutrennen. »Was wirst du sagen?«, wollte sie schließlich wissen.

Alinor lächelte reuig. »Ich werde nichts sagen müssen«, erklärte sie. »Jeder wird annehmen, dass ich eine dumme alte Frau bin, die die Wahrheit nicht akzeptieren kann.«
»Es ist dir egal, wenn die Leute das sagen?«
Sie lächelte. »Man hat mir schon Schlimmeres nachgesagt.«
Unten im Kontor gesellte sich Johnnie zu seiner Mutter. Sie gingen die Geschäfte der vergangenen Woche durch, glichen das eingenommene Bargeld mit dem Lagerbestand an Waren ab. Sie mussten die Lizenzen aufbewahren, um zu zeigen, dass es Schiffen mit ausländischer Fracht für die Legal Quays gestattet gewesen war, ihre Ladung an dem kleinen Kai zu löschen. Außerdem mussten sie die zweifach abgestempelten Lieferscheine aufbewahren, die belegten, dass der Zoll entrichtet worden war. Johnnie war im Umgang mit den Dokumenten peinlich genau: Der geringste Zweifel würde dazu führen, dass sie die Genehmigung verloren, Fracht an Land zu bringen und die Gebühren zu entrichten.
Livia steckte den Kopf um die Tür und lachte beim Anblick der beiden fleißig Arbeitenden über ihre Emsigkeit. Sie sagte, wenn man sie derart vernachlässige und nicht mit ihr hinausginge, werde sie stattdessen den Säugling und das Kindermädchen zu ihrem Nachmittagsspaziergang mitnehmen.
Zusammen mit Carlotta und ihrem Sohn verließ die Italienerin das Haus. An der Ecke der Shad Thames stellte das Kindermädchen überrascht fest, dass Sir James dort auf sie wartete.
»Ich habe Matteo mitgebracht, damit er ein wenig gesunde Landluft schnappen kann«, erklärte Livia, als sie auf Sir James zuspazierte. »Es ist nicht gut für ihn, die ganze Zeit im Haus zu sein. Ein Säugling sollte an der frischen Luft sein, auf dem Land. Wenn wir doch nur ein Haus auf dem Land besuchen könnten!« Sie winkte Carlotta zu sich und hob den weißen Spitzenschal vom Gesicht des Kindes. »Seht Ihr, wie er lächelt? Er erkennt Euch!«
»Er ist sehr klein.« Sir James betrachtete den winzigen Körper in dem langen weißen Kleid.
»Oh, ja, denn er ist noch so jung! Aber Ihr werdet schon sehen. Er wird wachsen. Er wird zu einem kleinen englischen Jungen heranwachsen, einem starken, tapferen englischen Jungen.«
Sie wandte sich von ihrem Sohn ab und ergriff Sir James' Arm. »Sol-

len wir zusammen über die Felder spazieren? Ich liebe das Land so sehr!«
»Selbstverständlich, wenn Ihr es wünscht.«
Er ließ sie seinen Arm nehmen und stellte zu seiner Erleichterung fest, dass das Kindermädchen ihnen mit dem Säugling auf dem Weg in Richtung der Felder von Horsleydown wie eine Anstandsdame folgte.
»Ich begreife jetzt, was Ihr von dem Lagerhaus wollt«, sagte sie in vertraulichem Flüsterton.
Ihm gefiel die Art nicht, wie sie »Lagerhaus« sagte, als ginge es nicht um die Frau und den Sohn, die er liebte, sondern um eine Ware, die sich an dem Kai bestellen ließ.
»Aber Mrs Reekie ist aus Stein! Und sie ist sehr krank, Ihr wisst ja nicht, wie sehr. Es hat einen schrecklichen Unfall gegeben. Auf dem Meer, glaube ich. Und dass dann auch noch ihr Sohn Roberto ertrunken ist!«
Er schmeckte die Feigheit wie Salzwasser im Mund. »Ein sehr ... tragischer ... Zufall.«
»Aber es gibt noch einen Zufall«, sagte sie hastig, und in ihrer Aufregung wurde ihr Akzent stärker. »Ihr kommt zum Lagerhaus und wollt eine Ehefrau und einen Sohn – und ich komme zum Lagerhaus und bin ... eine Witwe mit einem Sohn!«
»Diese Fälle sind kaum zu ...«
»Seht Ihr es denn nicht?«, wollte sie wissen. »Ihr habt gehofft, Mrs Reekie, eine Witwe, habe Euer Kind und dass sie Euch heiraten würde. Aber *ecco!* Sie verweigert sich Euch. Doch ich habe das Kind ihres Sohnes, und ich bin ebenfalls Witwe. Seht Ihr?«
Er hatte das Gefühl, nichts sehen zu können außer dem bezaubernden Grübchen neben ihrem Mund, wo der modische schwarze Fleck das cremige Rosé ihrer Wange unterstrich.
»Ich muss sehr dumm sein ...«
Sie lachte. »Nein! Nein! Ihr seid zu zurückhaltend. Ein italienischer Mann würde auf der Stelle verstehen, was ich meine. Aber mir liegt nichts an Italienern, glaubt das bloß nicht! Wenn ich einen Italiener hätte heiraten wollen, hätte ich nur in Venedig bleiben müssen, wo ich viel bewundert wurde. Aber ich brauche einen Freund in England, einen Mann mit Vermögen, der mich mit den Leuten bekannt

macht, die meine Antiquitäten kaufen werden. Ich brauche einen Beschützer in England, der sich um mich und meinen Sohn kümmert. Und mein Sohn braucht einen Vater, jemanden, der uns bei sich aufnimmt und ihn ausbilden lässt, ihn als englischen Jungen großzieht.« Forschend sah sie ihn an. »Seht Ihr es jetzt?«
»Schlagt Ihr vor, dass ich Euch helfen soll? Und Eurem Jungen ein Vater sein?«, fragte er. Ihre Unschicklichkeit ließ sein Gesicht erglühen.
»Natürlich!«, erwiderte sie in aller Deutlichkeit, als sei es die offensichtlichste Lösung. »Ihr wollt doch einen Sohn?«
»Ich will meinen eigenen Sohn!«, stieß er gepresst hervor.
Sie winkte dem Kindermädchen, das wieder herankam und das kleine Kind zeigte, die Händchen wie winzige Rosen, das Gesicht wie eine Blumenblüte in dem Spitzenhäubchen. »Nehmt diesen!«, drängte Livia. »Und heiratet mich.«

Juni 1670, Hadley, Neuengland

Ned nahm an der Wählerversammlung über die Verteidigung des Landes nach der Andacht am Sonntagnachmittag teil. Er stand hinten neben den anderen ledigen Männern der Stadt. Sie waren nur zu dritt, die anderen beiden waren Handwerker: ein Glaser und ein Zimmermann, die vom Pfarrer und von den Gemeindeältesten in die Neue Welt eingeladen worden waren. Sie sollten ihre Fertigkeiten mitbringen und auf jeweils einer halben Parzelle über die Runden kommen. Man rief Ned nicht dazu auf, zu sprechen, auch wenn er die Indianer besser als alle anderen kannte, da er ihnen täglich auf dem Fluss und in den Wäldern begegnete und sie auf ihrem Weg in die Stadt mit der Fähre übersetzte. Doch eine Freundschaft mit den Indianern wurde längst nicht mehr als Vorteil gesehen, vielmehr stellte sie die Loyalität eines Mannes infrage. Die Kenntnis ihrer Sprache war keine nützliche Fähigkeit, es sei denn, man stellte sie in den Dienst der Siedler.
Der Bote von Mr John Pynchon, dem Sohn des Gründers von Springfield, Befehlshaber der Bürgerwehr, Delegierter der General-

versammlung, kurzum, der wichtigste Mann im ganzen Tal, brachte eine strenge Warnung vor: Man müsse alle Stadtbürgerwehren antreten lassen, ausbilden, bewaffnen und darauf vorbereiten, ihre eigenen Gebiete zu verteidigen. Jede Stadt habe zu berichten, was die benachbarten Wilden machten, ob sie wohlgesinnt waren oder sich beklagten, ob sie mit den Siedlern Handel trieben oder ihnen den Dienst verweigerten. Es gab Berichte, dass der Anführer des Stammes der Pokanoket, König Philip, den König der Niantic in sein Fort am Mount Hope eingeladen habe.

Ned hörte zu, wie ein Redner nach dem anderen vor der Gefahr warnte, falls die alte Rivalität zwischen den Niantic und den Pokanoket zu Ende ginge, falls die Niantic sich den illoyalen Pokanoket anschließen würden, falls sie sich weigern sollten, den Siedlern Land zu verkaufen, mit ihnen zu handeln, ihnen zu Diensten zu sein. Ein- oder zweimal blickte einer der Gemeindeältesten zu Ned, denn er war einer der wenigen Männer aus Hadley, der die vielen Pfade benutzte, die Neuengland durchzogen, der den Stammesmitgliedern der Niantic auf dem Fluss und im Wald begegnete. Ned hielt den Kopf gesenkt und blieb stumm.

Pfarrer John Russell betete am Ende der Versammlung um Ruhe und eine sorgfältige Einschätzung und stand dann mit den Gemeindeältesten im rückwärtigen Teil des Versammlungshauses, um sich von jedem Nachbarn einzeln zu verabschieden. Ned war einer der Letzten, die ins Freie traten, und wartete neben dem Pfarrer, während dieser die Tür zusperrte und den Schlüssel in die Tasche steckte. Gemeinsam gingen sie zu seinem Haus. Die Pfarrersfrau mit den Kindern sowie die Haushälterin Mrs Rose folgten den Männern.

»Ihr wart vorhin nicht in der Andacht, Ned Ferryman?«

»Nein, Herr Pfarrer, viele Leute aus Hatfield hören sich gern Eure Predigt an, und ich setze sie mit der Fähre über den Fluss und wieder zurück.«

»Wer vertritt Euch jetzt bei der Fähre?«

»John Sassamon. Er sagte, Ihr hättet es ihm gestattet.«

»Das ist richtig. Er ist ein braver Mann, ein Mann aus Harvard wie ich. Er hat die Nachricht von Mr Pynchon überbracht.«

»Ja.«

»Ist alles ruhig in der Stadt, Ferryman? Keine Indianer, die auf der Fähre übersetzen? Keine Kanus auf dem Fluss, nicht mehr als sonst?«

»Nichts Ungewöhnliches«, antwortete Ned. »Sie klagen immer noch über die Fischfallen.«

Pfarrer Russell nickte. »Richtet ihnen aus, wenn sie wieder Fisch vorbeibringen, bezahlen wir etwas mehr«, sagte er. »Normalisieren wir die Lage wieder. Keine Feindseligkeit, keine Gerüchte.«

»Ihr werdet Mühe haben, die Stadt zum Schweigen zu bringen, man wird sich bestimmt Sorgen über die Neuigkeiten von den Pokanoket machen. Es überrascht mich, dass Mr Pynchon eine öffentliche Botschaft geschickt hat. Sie wird den Leuten sicher Angst einjagen.«

»Ja, ich weiß. Aber er musste dafür sorgen, dass wir auf der Hut sind. Ich wünschte, die Menschen würden erkennen, dass uns die Pokanoket, genau wie alle Wilden, als Schüler anheimgegeben wurden. Wir müssen sie anleiten – nicht fürchten. Wir sollten mit ihnen beten und sie das Wort Gottes lehren. Das ist John Sassamons gottseliges Werk bei König Philip. Dieses Land wurde uns von Gott gegeben, damit wir seine Kinder aus dem heidnischen Dunkel zur Erlösung führen. Wir müssen den Nationen ein Licht sein. Es ist eine Mission, Ned. Wir sind dazu berufen, hier Gottes Werk zu verrichten.«

»Amen«, sagte Ned.

John Russell war ein leidenschaftlicher puritanischer Pfarrer, der so stark von seiner Kirche überzeugt war, dass er sie in dieses wilde Land gebracht hatte. Er war der alten Sache des Parlaments gegenüber so loyal, dass er zwei Generäle Cromwells in seinem Keller versteckte und Ned die Stelle als Fährmann und Wächter am Tor übertragen hatte. »Ich weiß, es ist Gottes Wille, dass wir hier sind. Es ist bloß so, dass manch einer von uns achtlos ist. Die Fischfallen ...«

John Russell lachte. »Nicht schon wieder die Fischfallen!«, rief er. »Wie bereits gesagt – richtet den Frauen aus, wir werden die nächsten beiden Wochen mehr für den Fisch zahlen. Den Verkehr auf dem Fluss können sie uns nicht verübeln. Wenn der Wald gelichtet und Bauholz hergestellt wird, ist das gut für uns alle. Sie sollten dankbar sein!«

Die beiden Männer erreichten das Tor und gingen den Pfad zur

Haustür entlang. »Ich habe die Menschen in die Wildnis geführt, um diese neue Stadt zu errichten«, sagte John Russell offen. »Gott hat mich berufen, neues Land für neue Häuser zu suchen und die Kinder Gottes aus der Sklaverei herauszuführen. Es ist sein Wille, dass wir hier sind und eine Stadt auf einem Hügel gründen. Dabei werden uns keine Wilden wegen eines halben Dutzend Fischfallen in die Quere kommen. Keine Wilden werden uns wegen eines halben Dutzend Morgen Land bedrohen.«

»Einverstanden.« Ned zog den Hut, doch der Pfarrer rief ihn, bevor er sich wegdrehen konnte, um den Rückweg anzutreten.

»Kommt in die Küche zu Mrs Rose«, sagte Mr Russell, während er die Tür öffnete und seine Haushälterin begrüßte. »Sie möchte mit Euch abrechnen. Ich glaube, wir stehen in Eurer Schuld.«

»Nicht der Rede wert«, sagte Ned, doch er folgte der Haushälterin durch die Diele in die Küche im rückwärtigen Teil des Hauses.

»Wie viel wolltet Ihr für die Forelle?«, fragte die Haushälterin, die den hohen schwarzen Hut abnahm und ihn sorgfältig in den Schrank legte, bevor sie die Krempe ihrer weißen Haube glatt strich. Ned dachte an die im Keller versteckten Männer und die Kosten für den Haushalt, die seit beinahe sechs Jahren im Geheimen bestritten wurden. »Die bekommt Ihr mit meinen besten Empfehlungen«, sagte er. »Und ich werde Spargel vorbeibringen, wenn er so weit ist.«

Sie nickte. »Möchtet Ihr ein Glas Root Beer, bevor Ihr aufbrecht?«

»Danke«, sagte er.

Verlegen stand er herum, während sie in die kühle Vorratskammer trat und ihnen beiden ein kleines Glas einschenkte. Als sie wieder herauskam, deutete sie auf die Stühle zu beiden Seiten des kalten Kamins. »Nehmt Platz.«

Er hob sein Glas zum Prost und trank. »Nach dem hier werde ich gehen«, erklärte er. »Ich muss vor Einbruch der Dunkelheit wieder bei der Fähre sein.«

Sie zögerte. »Ich hoffe, dass Ihr dort draußen am Flussufer in Sicherheit seid, Mr Ferryman? Außerhalb des Zauns?«

»Ich bin durchaus in Sicherheit. Und der Zaun hält sowieso nur Kühe ab. Ich bin nur so schutzlos wie der Rest der Stadt auch. Ihr wisst doch, dass ich nicht weit draußen wohne, Mrs Rose. Vielleicht macht Ihr eines Tages einmal einen Spaziergang und kommt mich besuchen? Ich würde Euch gern meinen Garten zeigen, und die Spargelbeete.«

Sie schenkte ihm den raschen, flüchtigen Blick einer Frau, die nicht ans Lächeln gewöhnt war. »Vielleicht«, versprach sie halb. »Aber nicht, solange man munkelt, die Wilden seien gefährlich.«

»Die Pokanoket leben meilenweit weg, an der Küste«, widersprach er, »und ich bezweifle, dass sie auch nur die geringste Gefahr für uns darstellen. Ich wohne gleich am Ende des Wegs. Wahrscheinlich könntet Ihr mein Dach von Eurem Fenster im Obergeschoss aus sehen.«

»Ich blicke auf den Fluss«, stimmte sie ihm zu.

»Dann könnt Ihr fast mein Haus sehen. Es steht ganz am Rand, wo das Land ans Wasser grenzt.«

»Aber dahinter ist der Fluss und dahinter der Wald ...« Sie erschauderte. »Und sie sind Menschen des Wassers und der Bäume. Man kann sie im Wald nicht sehen, und auf dem Fluss sind sie geräuschlos. Ich würde es nicht wagen, zu kommen, bis wir hören, dass sie sich nicht mehr über uns beklagen. Sie müssen sich unseren Regeln fügen.«

»Nach der Ernte wird sich dieses Gerede geben«, versicherte er ihr. »Fügen brauchen sie sich überhaupt nicht. Wir haben alle auf Verträge geschworen. Wahrscheinlich ist es nichts weiter, als dass die Stämme sich zu einem Fest versammeln, kein Grund zur Sorge.«

»Dann komme ich später im Sommer«, sagte sie. Sie gestattete sich einen raschen Blick auf sein Gesicht, um zu sehen, ob er sie immer noch betrachtete. »Ich würde Euch gern besuchen.«

Juni 1670, London

Da Tabby an ihrem freien Sonntagnachmittag ausgegangen war, versammelte die Familie sich in der Küche. Alinor saß auf einem Stuhl an der Feuerstelle, wo die Glut der Kohle immer noch Wärme verströmte. Sarah stand auf einem Schemel und hängte frische Kräuter zum Trocknen an eine Schnur. »Wie lang wirst du die hier hängen lassen, Großmutter?«

»Du kannst selbst nächsten Sonntag nach ihnen sehen. Sie müssen so trocken sein, dass sie nicht verfaulen, ohne jedoch ihre Essenz verloren zu haben. Schau, wann sie deiner Meinung nach fertig sind.«
Johnnie kam mit einem Korb voller frisch geschnittener Minze durch die Tür zum Hof. »Habt Ihr noch Platz für mehr?«
Seine Schwester räumte eine Ecke des großen Küchentisches frei. »Ich werde noch ein paar Schnüre zurechtschneiden. Ist das alles?«
»Ich habe viel geschnitten, denn die Minze hat gewuchert und dem Augentrost den Platz genommen.«
»Ich brauche einen größeren Garten«, sagte Alinor. »Aber auf dem Hof ist kein Platz. Vielleicht könnten wir ein kleines Feld auf der anderen Straßenseite pachten?«
»Und wer würde es umgraben?«, wollte Sarah wissen. »Johnnie und ich sind Stadtkinder. Wir haben viel zu weiche Hände! Und wir sind nur sonntags hier. Ma hat zu viel zu tun, und Tabby wäre auch nicht begeistert von mehr Arbeit.«
»Es wäre schade, wenn die Fertigkeiten verloren gehen sollten. Unsere Familie bringt schon seit Generationen Kräuterfrauen und Hebammen hervor. Und wo uns doch euer Onkel Ned Kräuter aus Übersee schickt – wer weiß schon, welche Kräuter er vielleicht findet und welche Kräfte in ihnen stecken mögen? Euer Onkel Rob fing als Lehrling bei einem Apotheker an.«
»Und wir waren Fischer«, stellte Johnnie fest. »Und Bauern«, fügte er in Gedanken an seinen nicht anwesenden Vater hinzu, einen Bauern aus Sussex, der seine schwangere Frau an ihrem Hochzeitstag sitzen gelassen hatte. »Und Halunken.«
»So manches Gewerbe gerät besser in Vergessenheit«, entschied Alinor. »Mit Vätern hatten wir kein sonderlich großes Glück.«
»Was hat eigentlich Sir James von dir gewollt?«, fragte Sarah beiläufig, während sie die Stängel der Minze zu einem Sträußchen band. »Was wollte er von uns?«
»Vor vielen Jahren war er ein Freund.« Alinor wählte ihre Worte mit Bedacht. »Er wollte uns Zuflucht in seinem Haus anbieten.«
»Zuflucht?«, wollte Sarah skeptisch wissen. »Was für eine Zuflucht?«
»Wir könnten nicht dorthin ziehen«, sagte Johnnie zeitgleich mit seiner Schwester.
»Nein, natürlich nicht«, pflichtete Alinor ihm bei. »Es ist weit im

Norden, ich bin noch nie dort gewesen, auch wenn ich früher einmal davon geträumt habe ...«
»Hat er dich geliebt?« Sarah drehte sich zu ihrer Großmutter, als ihr der Gedanke in den Sinn kam. »Vor deinem Unfall, wollte er dich da heiraten?«
Alinor antwortete auf der Stelle, ohne einen Moment innezuhalten. »Oh, nein, meine Liebe! Und außerdem war ich ja mit Alys' Vater verheiratet! Es ist schon so lang her – er war Robs Tutor und sehr gütig zu ihm. Und jetzt möchte er uns gegenüber gütig sein. Aber wir könnten niemals dorthin ziehen. Wie sollten wir denn das Geschäft führen? Und ich würde euch beide niemals verlassen, zumal eure Lehrzeit noch nicht herum ist. Es ist undenkbar.«
»Er denkt aber anscheinend darüber nach«, stellte Johnnie fest.
»Er wird nicht weiter darüber nachdenken«, sagte Alinor mit stiller Würde.
»Er ist Johnnie gegenüber ganz sonderbar«, sagte Sarah. »Er konnte den Blick nicht von ihm nehmen.«
»Das muss die Ähnlichkeit mit seinem Onkel Rob sein«, erwiderte Alinor, ohne zu zögern.
»Ich dachte, *ich* sehe wie Onkel Rob aus?«, wollte Sarah herausfordernd wissen.
Alys kam mit einem vollen Tablett aus der Stube in die Küche. Sie stellte es auf die Anrichte, da auf dem Tisch kein Platz war. Dort häuften sich süßlich duftende Kräuter, während Alinor die unteren Blätter entfernte und Sarah die Stängel zu Sträußen band. »Tuschelt ihr über Geheimnisse?«, fragte sie ganz leichthin.
»Keine Geheimnisse«, antwortete Alinor sanft. »Aber Johnnie wird einen Teil der Minze ausgraben müssen. Wir haben viel zu viel davon.«

Bei Horsleydown wichen die ärmlichen Häuser kleinen Feldern und dann weitläufigen, sanften Hügeln voller Grün. Oben auf den Hügeln standen zu beiden Seiten der Straße Buchen. Carlotta, das

Kindermädchen, trödelte hinter dem Paar her, das untergehängt ging und die Köpfe zusammensteckte. Neben einem umgefallenen Baum hielt Livia inne. »Darf ich mich hier hinsetzen?«
»Natürlich, natürlich!« James wischte den Stamm mit den Handschuhen ab, die er bei sich trug, und breitete ein seidenes Taschentuch aus. Er war ihr dabei behilflich, sich hinzusetzen, blieb aber selbst stehen. Carlotta ließ sich neben sie ins Gras fallen und legte den Säugling auf ihr Tuch, damit er zum Himmel und den herumfliegenden Vögeln aufschauen konnte.
»Ihr bleibt mir eine Antwort schuldig.« Livia sprach leichthin, als mache sie eine Bemerkung über die Aussicht hinter ihnen, den silbrigen Fluss, der sich ins Herz der City und deren Dunstglocke aus dem Rauch von tausend Kaminen schlängelte. »Nur wenige Männer würden zögern.«
»Natürlich«, beeilte er sich zu versichern. »Aber meine Umstände sind besonders. Meine langjährige Zuneigung Eurer Familie gegenüber, meine Beziehung zu Rob ... Und es geht mir um meinen eigenen Sohn. Wenn es heißt, er sei nicht hier, haben sie ihn also fortgeschickt? Falls Johnnie wahrhaftig Mrs Stoneys Sohn ist, was ist dann aus meinem Jungen geworden?«
»Aber wenn Ihr Euren Sohn finden solltet – wie alt wäre er jetzt?«, fragte sie, den Blick zu ihm emporgerichtet.
»Einundzwanzig.« Er wusste es sofort, ohne nachzurechnen. »Einundzwanzig in diesem Sommer. Ich habe mir geschworen, dass ich ihn suchen würde, sobald er einundzwanzig ist, falls sie nicht schon vorher nach mir schicken sollten.«
»*Allora!*« Angesichts der Sehnsucht in seiner Stimme winkte sie ab. »Das ist eine uralte Geschichte! Sagen wir, Ihr findet ihn, aber er will nicht zu Euch kommen? Vielleicht ist er aus dem Lagerhaus weggelaufen? Ich würde es ganz gewiss tun! Vielleicht war er ein schlechter Sohn, und deshalb haben sie ihn vergessen? Vielleicht führt er sein ganz eigenes Leben und ist mit einer Frau verheiratet, die Ihr nicht gutheißen könntet, mit einer unangenehmen Familie? Vielleicht leben sie in Not, vielleicht hat er ein Dutzend hässlicher Bastarde? Es gibt viele Gründe, warum Ihr ihn eventuell nicht anerkennen wollen würdet. Viele gute Gründe, sich nicht auf die Suche nach ihm zu begeben.«

»Ich wäre niemals auf den Gedanken gekommen ...«
»Natürlich nicht! Warum solltet Ihr auch? Denn Ihr habt darauf vertraut, dass sie Euer Kind behalten und großziehen würden. Aber das haben sie nicht getan! Er ist nicht der junge Mann, den Ihr Euch erträumt habt, genau wie meine *Suocera* nicht die liebende *Mamma* ist, die ich mir ausgemalt habe, und der Kai mit einem wunderschönen Haus ist auch nicht so, wie er sein sollte. Aber sitzen wir aufgrund unserer Pläne in der Falle? Nein! Ich dachte, sie wären wohlhabend und würden in einem schönen Londoner Haus leben. Ich dachte, sie würden mich in eine herrschaftliche Familie aufnehmen, und ich würde meine Antiquitäten verkaufen und ein Vermögen verdienen können. Aber nein! Es ist überhaupt nicht so, wie Rob es mir beschrieben hat, und ich muss meine Pläne ändern. Genau wie Ihr.«
»Ihr seid sehr ...« Er fand nicht das richtige Wort für ihre strahlende Entschlossenheit, die gleichzeitig so schrecklich unweiblich und doch auch so zauberhaft forsch war.
»Ja, das bin ich!« Sie nahm sein unausgesprochenes Wort als Kompliment. »Und auch Ihr solltet einsehen, dass die Dinge nicht so sind, wie Ihr sie Euch erträumt habt, aber dass Ihr etwas daraus machen könnt. Geht es bei dieser ganzen Stadt nicht eben darum? Um einen Wiederaufbau aus Ruinen? Und was ist mit dem neuen König? Das ist die Restauration eines Fehlers! Nicht, wie Ihr ihn Euch vorgestellt habt, aber es lässt sich etwas mit ihm anfangen. Würde man nicht genauso den Geist des Zeitalters beschreiben?«
»Ihr glaubt, der Geist des Zeitalters besteht darin, sich zu nehmen, was immer da ist, selbst wenn es der eigenen Vision nicht gerecht wird?«, fragte er verbittert. »Das eigene Ideal für das tatsächlich Erreichbare aufzugeben?«
Sie stand auf und wies auf den Ausblick hinter ihr in Richtung London, wo es, wie sie wusste, Reichtum und Möglichkeiten gab, aber auch Dekadenz. »Oh, ja!«, erklärte sie. »Wenn es im Exil war: Lasst es zurückkehren! Wenn es niederbrennt: Baut es wieder auf! Wenn es geraubt wurde: Stellt es wieder her! Wenn es zur Verfügung steht – dann nehmen wir es uns. Ich werde eine englische Dame in einem wunderschönen herrschaftlichen Haus mit einem florierenden Antiquitätenhandel sein, einem Lagerhaus in Venedig und ei-

ner Galerie in London, denn ich habe mein ganzes Herz daran gehängt – warum nicht? Und Ihr solltet eine Ehefrau und einen kleinen Sohn haben, denn das ist es, was Ihr Euch wünscht. Warum sollte es in Eurem Fall keine Restauration geben? Warum solltet Ihr nicht die verdiente Anerkennung erhalten? Warum sollten wir uns nicht nehmen, was wir haben wollen, und dorthin gehen, wohin man uns nicht eingeladen hat? Warum sollten wir nicht glücklich sein?«

Sie kehrten gemeinsam zum Haus zurück, ohne dass er ihr eine Antwort gegeben hatte. Doch sie war damit zufrieden, ihm einen Gedanken in den Kopf gesetzt zu haben. An der Haustür griff sie nach dem Riegel und sagte achtlos über die Schulter: »Holt mich morgen ab, dann werde ich herausgefunden haben, wo Euer Sohn steckt.«

»Ich bin Euch … sehr dankbar.« Unbeholfen stammelte er die Worte zusammen. »Ich möchte … eigentlich möchte ich nicht, dass Ihr sie ausspioniert … aber ich muss Bescheid wissen …«

Sie zuckte mit den Schultern. »Natürlich müsst Ihr das.« Sie lächelte. »Guten Tag.«

Nachdem sie die Tür geöffnet hatte, winkte sie das Kindermädchen mit dem Kleinen ins Haus und reichte Sir James die Hand. Er beugte sich darüber, und sie beugte sich dicht zu ihm.

»Aber denkt an mich«, flüsterte sie. »Warum nicht?«

Er hatte keine Antwort für sie, doch sie erwartete auch keine.

Im nächsten Moment war sie verschwunden, und nur der Rosenblütenduft ihres Parfüms hing noch in der schweren Sommerluft.

Sarah und Johnnie aßen mit ihrer Mutter in der Küche zu Abend. Dann verabschiedeten sie sich und gingen den Kai hinunter zur London Bridge, die sie zum Nordufer des Flusses überquerten. Sie spazierten, Arm in Arm und im Gleichschritt, zu Sarahs Modewarengeschäft.

»Dieser Sir James, der war vielleicht merkwürdig«, stellte Johnnie fest. »Was, glaubst du, wollte er? Was hat er Großmutter wirklich gesagt?«

»Ich habe Ma noch nie so aufgewühlt erlebt«, stimmte Sarah ihm zu.

»Aber warum sollte er auftauchen? Und warum mit Großmutter über eine Zuflucht sprechen? Was meint er damit überhaupt: eine *Zuflucht*?«

»Vielleicht hat er etwas mit unserer vornehmen Tante zu tun?«, schlug Sarah vor.

»Seltsam, dass sie einander einfach so beim Spazieren begegnet sind.«

»Glaubst du, sie machen gemeinsame Sache? Ich werde im Modewarengeschäft nachfragen, ob jemand schon einmal etwas von ihm gehört hat.«

»In einem Modewarengeschäft?«, fragte Johnnie skeptisch.

»Wenn er je einen Hut für eine Frau in dieser Stadt gekauft hat, werden sie es wissen.«

»Mag sein. Ich werde bei Mr Watson nachfragen, ob sie seinen Namen kennen und ob er kreditwürdig ist.«

»Er sieht wohlhabend aus. Der Kragen allein war bestimmt zehn Shilling wert.«

Sie blieben vor einer Auslage stehen, dem Schaufenster von Sarahs Arbeitsplatz. »Das da ist einer von meinen.« Sarah deutete auf ein goldenes Netzgebilde mit ein paar Glasblumen.

»Wie viel?« Ihr Bruder reckte den Hals, um besser sehen zu können.

»Zwei Pfund, und wofür? Ein paar Perlen und etwas Draht?«

»Es geht nicht um die Perlen und den Draht, es geht um die Kunst des Arrangements«, erwiderte sie würdevoll. Dann kicherte sie. »Eigentlich geht es nur um den Namen auf der Hutschachtel«, räumte sie ein. »Ich würde alles darum geben, um meinen eigenen Laden zu eröffnen und meinen eigenen Namen auf der Hutschachtel stehen zu haben, und nicht für jemand anders arbeiten zu müssen.«

»Wenn Onkel Neds Schiff eintrifft«, erwiderte ihr Bruder. »Aus Amerika. Voller Gold aus der Neuen Welt.«

Zur Schlafenszeit im Lagerhaus hielt Livia auf der Treppe inne und fragte Alys: »Darf ich wieder in Eurem Zimmer schlafen? In der Dachkammer ist es so stickig und heiß.«
»Natürlich«, erwiderte Alys ein wenig verlegen. »Ich wollte schon fragen, ob Ihr ... aber dann habe ich gedacht ...«
»Ich schlafe so viel besser, wenn ich nicht allein bin im Bett«, gestand Livia. »Ich vermisse Euren Bruder so sehr. Ich wache auf und frage mich, wo er ist. Aber neben Euch bin ich ganz ruhig.«
Die beiden Frauen gingen in Alys' Schlafkammer, wo sich Alys wieder abwandte, um sich auszuziehen. »Ihr braucht Euch nicht wegen mir umzudrehen«, sagte Livia. »Wir sind doch beide Frauen. Es besteht kein Grund zur Scham. Hier – lasst mich Euch helfen.« Behutsam, die Hände an Alys' Schultern, öffnete sie die Verschlüsse am Rücken ihres Kleids und zog es für sie herunter, damit sie heraussteigen konnte. »Und Ihr könnt im Gegenzug meine Zofe sein.«
»Na gut.« Alys errötete heftig, während sie in ihrem Unterkleid dastand, Livias Kleid aufmachte und ihr half, es von den Schultern über ihre schmalen Hüften gleiten zu lassen, bis es in einem Haufen aus schwarzer Seide zu ihren Füßen lag. Livia trat heraus und überließ es Alys, das Kleid aufzuheben und sorgfältig in die Truhe zu legen.
»Ihr seid so hübsch!«, entfuhr es Alys, als sie sich umdrehte und Livia in ihrem Seidenhemd mit schwarzem Spitzenbesatz erblickte. »Roberto wollte immer, dass ich die besten Kleider und Stoffe hatte.« Livia nahm den Saum in die Hände und zog das Hemd über den Kopf. Dann stand sie völlig nackt vor ihrer Schwägerin. Alys nahm das Unterhemd, schüttelte es aus und legte es mit zitternden Händen in die Truhe. Als sie sich umdrehte, zog Livia sich gerade das Nachthemd über den Kopf. Dann drehte sie sich um und setzte sich auf die Bettkante. »Werdet Ihr mir das Haar machen?«
Alys zog die Elfenbeinnadeln aus dem dichten schwarzen Haar, und es fiel über Livias Schultern. »Es ist viel zu schade, es zu flechten«, stellte sie fest.
»Vielleicht werdet Ihr mir morgen helfen, es zu waschen?«, fragte Livia. »Roberto hat mir früher immer beim Waschen und Trocknen meiner Haare geholfen.«
»Natürlich«, sagte Alys. »Wenn Ihr wollt.«

Sie zog rasch ihr eigenes Unterkleid aus und streifte so schnell wie möglich das Nachthemd über. Doch als sie sich zum Bett drehte, merkte sie, dass kein Grund zur Befangenheit bestand, denn Livia beachtete sie gar nicht. Sie war bereits in das große, weiche Bett geklettert und legte sich gerade auf die Kissen zurück. Sie streckte die Arme aus. »Kommt und haltet mich! Haltet mich und lasst mich wie ein kleines Mädchen in Euren Armen schlafen.«
Schüchtern stieg Alys neben ihr ins Bett und spürte, wie der warme, geschmeidige Körper an den ihren glitt. »Ist das hier nicht besser, als allein zu sein?«, fragte Livia, während ihr Kopf auf Alys' Schulter niedersank. »Ich hasse es, allein zu sein.«

Juni 1670, Hadley, Neuengland

Am Morgen nach der Wählerversammlung schepperte die Eisenstange am anderen Ufer. Ned ließ sein Frühstück stehen, um den Damm hochzuklettern und zur anderen Seite hinüberzuspähen. Leises Eichhörnchen stand dort mit ihrem Fischkorb in den Händen, ihre Tochter und zwei andere Frauen standen neben ihr.
Er hob die Hand zum Gruß, stieg auf die Fähre und zog das Floß hinüber, indem er an dem feuchten Seil eine Hand vor die andere legte. Er fuhr bis zu dem Kiesstrand, um die Frauen aus Norwottuck an Bord zu lassen, wobei eine nach der anderen »*Netop, netop*« sagte. Als Letzte bestieg Leises Eichhörnchen die Fähre. »*Netop, Nippe Sannup*«, sagte sie.
»*Netop*, Leises Eichhörnchen, ihr verkauft heute Fisch?«
»Stimmt es, dass sie mehr bezahlen werden?«
»Woher wisst ihr?«, fragte Ned lächelnd. »Schnell.«
»Wir haben am Fenster des Versammlungshauses gelauscht«, erwiderte sie nüchtern. »Wir sind nicht dumm, wir hören unseren Nachbarn zu. Besonders wenn sie über uns reden – so laut auch noch.«
Ned verstand nur einen Teil ihrer Rede. Doch er lächelte. »Schön, euch zu sehen. Wir wollen Freunde sein mit Norwottuck.«
Ihr Lächeln zog die Haut um ihre dunklen Augen in Falten. »Das

hat sich anders angehört«, stellte sie zynisch fest. Aber als sie an seinem Gesicht ablesen konnte, dass er sie nicht verstand, sprach sie langsamer. »Ihr Mantelmänner wollt Land«, sagte sie tonlos. »Ihr wollt Diener. Ihr wollt Leute, die euch zu essen geben und für euch auf die Jagd gehen. Ich glaube nicht, dass ihr wirklich Freunde wollt.«

Ned verstand das meiste. Er breitete die Hände aus. »Ich freundlich«, sagte er. »Voller Hoffnung. Wir alle gute Menschen. Mehr anstrengen. Warum nicht?«

»Warum nicht?«, stimmte sie zu. »Hoffen kann man.«

Juni 1670, London

Die drei Frauen frühstückten zusammen in Alinors Zimmer. Unter ihnen erklang der morgendliche Lärm des Hafendamms, die Leinenvorhänge dämpften den grellen Sonnenschein, und die Meeresvögel draußen schrien über der Flut und tauchten im Wasser nach Fischen.

»Darf ich eine kleine geschäftliche Angelegenheit ansprechen?«, fragte Livia, als Tabby die Teller und den Krug mit Dünnbier abgeräumt hatte.

»Geschäftlich?«, erkundigte sich Alinor.

»In der Tat, ja«, erwiderte Livia. »Ich hoffe, Euch hier eine Hilfe sein zu können und keine Last. Wenn ich gewusst hätte, dass es sich um ein derart kleines Haus und ein so ärmliches Geschäft handelt, hätte ich mich nicht Eurer Güte anvertraut – aber Roberto hat es mir nicht gesagt.«

»Es tut mir leid, wenn dem so ist«, sagte Alinor ein wenig steif. »Wir haben nie vorgegeben, mehr zu sein, als wir sind.«

»Nein, mir tut es leid, dass ich kein Vermögen mitbringe! Aber ich habe Aussichten. Das möchte ich besprechen.«

Alys warf ihrer Mutter einen Blick zu und öffnete den Vorhang zur Hälfte, damit sie den Hafendamm unten im Auge behalten konnte. »Ich erwarte eine Ladung«, erklärte sie. »Sobald das Schiff eintrifft, werde ich gehen müssen.«

»Natürlich«, sagte Livia höflich. »Dass die kleinen Schiffe vor allem anderen kommen, weiß ich! Ich fasse mich kurz. Es ist Folgendes: Mein erster Ehemann war ein wohlhabender Adeliger. Seine Familie besaß eine gewaltige Antiquitätensammlung – Marmorbüsten, Statuen, Säulen, Friese –, schöne Dinge aus dem alten Griechenland und Rom. Ihr wisst, was ich meine?«
Die beiden Frauen nickten.
»Er hat mir ein Auge für die schönen Dinge beigebracht. Ihr wisst ja, dass sie jetzt so in Mode gekommen sind? Er hat mir ihren Wert beigebracht, und wie man eine echte Antiquität von etwas unterscheidet, das neu angefertigt wurde und als Fälschung verkauft wird.«
»Das gibt es?«, fragte Alys neugierig.
»Allerdings. Selbstverständlich ist es ein Verbrechen. Doch unsere Sammlung war durch und durch echt. Er hat mich zu ihrer Hüterin gemacht, und ich habe Stücke erworben und auch welche verkauft, besonders an Besucher aus Frankreich und auch an die Deutschen. Sie lieben die alten schönen Dinge, aber die größten Sammler, und diejenigen mit dem meisten Kapital, sind die Engländer.« Sie hielt inne und ließ den Blick von einem Gesicht zum anderen schweifen. »Ihr seht wohl, was mir vorschwebt!«, stieß sie mit einem bezaubernden Lächeln aus.
Offensichtlich taten sie es nicht. »Als mein Ehemann verstarb, beanspruchte seine Familie unseren Palazzo für sich – unseren Palast, unser schönes Haus am Canale Grande. Den Palast und alles darin, die Wandteppiche und sogar die schönen Pastellonefußböden, das alles ließen sie schätzen und nahmen es mir weg. Bei meiner Abreise gingen sie meine Kleiderkoffer durch, um sicherzugehen, dass ich nichts mitnahm. Als wäre ich ein Dieb! Sie überprüften jede noch so kleine Kamee, jede noch so winzige Münze. Selbst die Dinge, die er mir als seiner Ehefrau geschenkt hatte, wurden mir als seiner Witwe weggenommen. Die Familienjuwelen, das edle Leinen der Familie ... Roberto war völlig entsetzt.«
»Roberto war dort?«, wollte Alinor wissen.
»Natürlich, als Arzt meines Mannes war er die ganze Krankheit hindurch bei ihm, bis ganz zum Schluss. Doch was sie nicht wussten und was ich ihnen nicht erzählt habe, war der Umstand, dass sich nicht sämtliche Antiquitäten im Haus befanden. Viele waren in

meinem Geschäft, vom Verwalter meines Mannes bewacht, und wurden restauriert und gesäubert. Ich habe der schrecklichen Familie meines verstorbenen Ehemannes nichts davon erzählt! Es waren meine Schätze, dachte ich, nicht ihre. Also verwahrte ich sie in Sicherheit. Roberto und ich hegten die Absicht, sie per Schiff zu Euch zu schicken – hierher zu Eurem Lagerhaus – und sie Euren Freunden in der City zu verkaufen.«

»Rob hat sich das ausgedacht?«, fragte Alinor verdutzt.

»Aber ja!«, erwiderte Livia. »Das Ganze war seine Idee. Die besten Preise für Antiquitäten werden von englischen Lords bezahlt, die Häuser bauen und ihre Sammlungen erweitern. Stimmt das denn nicht?«

»Es mag stimmen«, räumte Alys ein. »Aber in diesen Kreisen verkehren wir nicht.«

»Jetzt weiß ich das!«, erklärte Livia mit einer Spur Ungeduld. »Aber ich habe trotzdem nicht die Hoffnung aufgegeben, dass ich vielleicht meine Sammlung aus Venedig holen und hier verkaufen kann. Sir James kennt diese Leute, und ich glaube, er wird mich ihnen vorstellen. Es sind Robertos Schätze, sein Erbe für seinen Sohn. Und ich hoffe, dass Ihr sie für mich per Schiff hertransportieren und sie hier lagern werdet, damit ich sie zusammen mit Sir James verkaufen kann?«

»Nicht mit Sir James«, sagte Alinor sofort.

»Kennt Ihr einen anderen Adeligen?«

»Wir *kennen* ihn nicht«, verbesserte Alinor sie.

»Verzeiht mir«, sagte Livia hastig. »Natürlich weiß ich, dass Ihr ihn abgewiesen habt, aber ich dachte, Ihr würdet ihn doch in gewisser Weise ... schätzen?«

Alinor bedeutete Alys, die obere Hälfte der Balkontür zu öffnen. Der Wind kam von Osten, und der Gestank nach Tran und brennendem Fett aus den Gerbereien am Neckinger wogte wie eine schmierige Wolke herein.

»Wenn wir die Antiquitäten verkaufen würden, könnten wir ein besseres Lagerhaus flussaufwärts kaufen, wo die Luft sauberer ist«, stellte Livia fest.

Alinor lehnte sich auf ihrem Stuhl zurück. »Verzeihung.« Sie räusperte sich mit einem Husten.

»Ihr seid bekümmert, weil Sir James mir hilft?«, fragte Livia. »Darf ich ihn denn nicht fragen? Wenn es sich doch um Robertos Erbe für seinen Sohn handelt? Welche Einwände habt Ihr gegen ihn, wo er Euch doch von sich aus so viel anbietet? Auf welche Weise hat er Euch gekränkt?«

Alys schloss das Fenster wieder, als sollten noch nicht einmal die über dem Fluss kreisenden Möwen mit anhören, was ihre Mutter gleich sagen würde.

»Ich war schwanger von ihm, als sich ein Unfall ereignete«, gab Alinor zu.

Livia nickte ernst. Sie achtete aufmerksam auf jedes noch so leise Wort.

»Meine Mutter wäre beinahe ertrunken.«

»Und ich habe das Baby verloren.«

»Sie wäre beinahe selbst umgekommen dabei«, flüsterte Alys. »Wir zogen weg – danach konnten wir dort nicht mehr leben. Die Familie meines Ehemannes wollte mich nicht in ihrem Haus dulden, und wir fanden hier eine Zufluchtsstätte. Ich habe hier meine Zwillinge zur Welt gebracht. Mein Onkel Ned verließ ebenfalls unser Zuhause, und sobald Rob seine Lehre in Chichester beendet hatte, ging er für seine Ausbildung nach Padua. Keiner von uns ist jemals zurückgekehrt.«

»Wie Ihr gelitten haben müsst!«, rief Livia.

»Anfangs schon. Jetzt nicht mehr.«

Livia runzelte die Stirn, als sei sie verwirrt. »Ihr habt beide Babys erwartet? Zur gleichen Zeit? Aber Ihr hattet Zwillinge, Alys? Und meine liebe *Suocera* erlitt eine Fehlgeburt?«

»Ja.«

»Was für ein Unglück!«

»Ja«, bestätigte Alinor ohne das geringste Zittern in der Stimme.

»Und Ihr habt mit dem, was Ihr hattet, Euren Lebensunterhalt bestritten?«

»Ja. Das haben wir.«

»Aber mehr möchte ich doch auch nicht«, sagte sie schlicht. »Das Erbe meines Sohnes und mein Witwengut aus gemeißeltem Marmor und aus Bronze stecken in meinem Lager in Venedig. Ich möchte sie in London verkaufen. Ich möchte mit dem, was ich habe,

meinen Lebensunterhalt bestreiten. Ausgerechnet Ihr werdet mir doch nicht sagen, dass das verkehrt ist!«
»Nein«, stimmte Alinor ihr zu. »Wenn sie Euch tatsächlich gehören, tut Ihr bestimmt das Richtige.«
»Es war Robertos eigener Plan. Er sagte, Ihr würdet ein Schiff nach den Antiquitäten aussenden und sie für uns verkaufen.«
»Wir könnten es versuchen«, sagte Alys. »Wir könnten wohl verlauten lassen, dass wir diese Waren haben. Aber es würde niemand hierherkommen, um sie sich anzusehen. Wir würden wohl einen Makler finden müssen, der sie verkauft?« Sie zögerte. »Habt Ihr Geld für die Miete einer Galerie oder eines Auktionsraums?«
Livia breitete ihre Hände aus. »Ich habe nichts. Roberto hat sich die ganze Zeit um arme Patienten gekümmert, die nicht bezahlen konnten. Er hat mich und seinen Sohn ohne einen Penny zurückgelassen.«
»Das sieht ihm gar nicht ähnlich«, stellte Alinor leise fest.
»Oh, nein! Denn ich besitze ja meine Schätze«, versicherte die Witwe. »Aber ich muss sie verkaufen! Ich darf doch gewiss Sir James darum bitten, sie für mich den Leuten aus seinem Bekanntenkreis herzuzeigen. Wenn Ihr mir nur gestatten würdet, seine Dienste zu unserem Besten in Anspruch zu nehmen? Ihr müsst ihm nie mehr wieder begegnen. Ich würde mich um ihn kümmern. Ich würde ihn nie hierherbringen.«
Alys sah ihre Mutter an, weil sie mit einer Weigerung rechnete. »Wir können es ohne ihn machen«, sagte sie störrisch. »Wir brauchen ihn nicht.«
»Er wird immer wieder herkommen, immer wieder, bis er über seinen Sohn Bescheid weiß«, warnte Livia sie. »Warum sollte ich mich nicht mit ihm treffen und es ihm erzählen? Ihr schuldet ihm nichts! Lasst mich ihm sagen, dass es keinen Sohn gibt und auch keine Hoffnung, aber dass ich mit ihm zusammenarbeiten werde.«
»Ich habe das Gefühl, Ihr habt Euch längst für diese Vorgehensweise entschieden?«, fragte Alinor und erntete Livias impertinentes kleines Lächeln.
»Ach, Ihr versteht mich«, räumte sie offen ein. »Ihr seht, was für eine Art Frau ich bin – wie Ihr, wie Ihr beide. Ich bin fest entschlossen, diesen schrecklichen Verlust zu überleben, und ich hoffe, dass

ich so tapfer bin, wie Ihr es wart. Ja, ich bin in der Tat entschlossen, aber ich habe noch nicht mit ihm geredet. Wenn Ihr mir gestattet, Geschäfte mit ihm zu machen, werdet Ihr ihm nie wieder begegnen, aber er kann mir und Robertos Sohn eine Hilfe sein.«

Abermals blickte Alys in Erwartung einer Weigerung zu ihrer Mutter.

»Na schön.« Alinor wandte sich an ihre Tochter. »Sie hat recht, Sir James kennt diese Leute, es ist seine Welt.« Ihr Blick verriet, was sie von dieser Welt hielt. »Soll er sie dort einführen – wir können es nicht.«

»Ihr erlaubt es mir?« Livia wandte sich an Alys. »Ihr wollt zusammen mit mir in dieses Geschäft einsteigen? Ein Schiff zu meinen Schätzen schicken und mir gestatten, Sir James von Euch und Eurer Mutter und den Kindern fernzuhalten?«

Die Grimasse, die über Alys' Gesicht huschte, zeigte Livia, dass sie richtig geraten hatte: Vor allem wollte Alys, dass der wohlhabende Adelige sich von ihrem Sohn fernhielt.

»Ich werde ihn von den Kindern und von Eurer Mutter fernhalten«, versprach Livia. »Ich werde ihm sagen, dass sein eigenes Kind bei dem Unfall starb und dass die beiden Kinder die Euren sind. Ich werde ihn davon überzeugen. Er wird mir glauben. Ich bin gut darin, Menschen zu überzeugen.«

»Seid Ihr das?«, fragte Alinor.

»Wenn es das Richtige ist.«

»Es sind so große Ausgaben«, sagte Alys verlegen. »Gewöhnlich machen wir so etwas nicht. Wir sind keine Kaufleute, Livia. Wir übernehmen für die Kaufleute und die Kapitäne nur das Be- und Entladen.«

Livia riss die Augen auf. »Habt Ihr nicht genug Geld?«, fragte sie. »Noch nicht einmal für eine einfache Fahrt?«

Alys errötete. »Ich könnte es wohl auftreiben. Ich könnte einen Teil borgen. Aber wir haben noch nie Geld geborgt. Wir haben noch nie all unser Geld in eine Unternehmung gesteckt.«

»Soll ich Sir James fragen, ob er für die Verschiffung bezahlen möchte?«, fragte Livia. »Er würde es bestimmt tun, da bin ich mir sicher.«

»Nein!«, entfuhr es Alys abrupt. »Tut das nicht.«

»Was denn dann?«, fragte Livia hilflos. »Was sollen wir machen?«
Alys wechselte einen Blick mit ihrer Mutter. »Ich werde das Geld auftreiben«, erwiderte sie. »Nur dieses eine Mal.«

Juni 1670, London

Am Nachmittag wartete Sir James an der Brücke über den kleinen Seitenkanal und erblickte Livia, wie sie aus der Tür des Lagerhauses trat, einen schwarz gesäumten Schirm gegen den grellen Sonnenschein aufspannte und dann dem Kindermädchen mit dem Säugling ein Zeichen gab, ihr zu folgen. Er war erleichtert über die Begleitung, befürchtete allerdings, dass Livia trotz der Anwesenheit ihrer Dienstbotin kein Blatt vor den Mund nehmen würde.
»Ihr habt gar keinen Sonnenschirm für den Kleinen?«, fragte er.
»Er ist Italiener«, erwiderte sie. »Die Sonne tut ihm gut.«
»Halbitaliener«, verbesserte er sie.
»Natürlich, halb Italiener, halb Engländer, und vielleicht wird er noch zu einem – wie sagt Ihr doch gleich? – einem echten Yorkshire-Mann.«
Die Angelegenheit war zu ernst, als dass er ihr Lächeln hätte erwidern können. »Eure Ladyschaft, ich glaube nicht, dass das möglich ist. Ich muss sagen ...«
»Nein, nein, kein Wort!«, unterbrach sie ihn. »Lasst uns durch die schönen Felder spazieren, und ich werde Euch etwas erzählen, das Ihr wissen solltet. Ich habe die Erlaubnis von meiner *Suocera*, es Euch zu sagen, und von ihrer Tochter auch. Ich glaube, die Tochter ist die Strengere der beiden, meint Ihr nicht auch? Aber einer Mutter von Zwillingen ist Gehorsam zu leisten.«
»Alys? Ihr sagt Zwillinge? Beide Kinder sind von Alys? Das wisst Ihr mit Sicherheit?«
Sie ging neben ihm her, ihre Hand leicht auf seinem Arm. »Ich werde Euch alles erzählen«, versprach sie. »Sobald ich auf meinem kleinen Sitzplatz bin.«
Er zwang sich dazu, vom Wetter und von der Schafherde in der Ferne zu sprechen. Sie erkundigte sich, wie weit es von seinem Domizil

zum Lagerhaus sei und wie lang er mit dem Boot oder zu Pferd brauche.
»Ungefähr eine halbe Stunde mit dem Boot. Mit der Strömung.«
»Und wenn man etwas vom Lagerhaus in die City würde schicken wollen?«, fragte sie. »Große, sperrige Dinge? Würde man sie per Boot oder auf einem Wagen schicken?«
Er ging davon aus, dass sie von ihren antiken Kunstwerken sprach. »Ich denke, sie müssten zum Custom House in der Nähe von Queenhithe gebracht werden«, sagte er. »Für den Zoll.«
»Ich muss Zoll entrichten, bevor sie verkauft sind?«, wollte sie wissen. » Sie glauben, ich könne es mir leisten, Zoll zu bezahlen, bevor ich Geld verdient habe?«
»Ich weiß es nicht.« Ihn überkam eine große Müdigkeit. »Mit dem Thema habe ich mich nie beschäftigt.«
Als spürte sie seine Stimmung, blickte sie mit einem Lächeln zu ihm auf. »Ach, Geschäfte!« Sie winkte mit ihrer behandschuhten Hand ab. »Wir wollen nicht über Geschäfte reden. Das ist unter unserer Würde.«
Sie hatten den umgestürzten Baum erreicht, auf dem sie schon einmal gesessen hatte. Auch diesmal breitete er ein frisches Seidentaschentuch darauf aus, und sie ließ sich auf dem Stamm nieder, während er vor ihr stehen blieb. Das Kindermädchen breitete ein Tuch auf die Wiese, legte den Kleinen darauf und beugte sich über ihn, um ihn lächeln zu sehen. Sie kitzelte seine Pausbacken mit einer Butterblume und lächelte über sein lautes Glucksen.
Livia hielt den Sonnenschirm über ihren Kopf und spähte zu Sir James empor. »Ich habe herausgefunden, was mit Eurem Kind ist«, sagte sie. »Wie ich es versprochen habe.«
Da er nun gleich Bescheid wissen würde, stieg unwillkürlich die leise Sehnsucht in ihm hoch, in Unwissenheit belassen zu werden. »Sagt es mir«, rang er sich ab.
»Sie haben mir die Wahrheit anvertraut, damit ich sie Euch sagen kann.«
»Ja«, antwortete er. »Und?«
»Ihr wusstet, dass Mrs Reekie vor dem Unfall ein Kind von Euch erwartete?«
Sein gesenkter Kopf besagte ihr, dass er es gewusst und sie dennoch nicht gerettet hatte.

»Nach dem Unfall wäre sie beinahe ums Leben gekommen.«
»Und das Kind? Was ist mit dem Kind geschehen?«, flüsterte er.
»Sie erlitt eine Fehlgeburt. Es starb. Es gibt kein Kind. Ihr habt keinen Sohn.«
Er geriet ein wenig ins Taumeln, als habe ihn ein Schlag getroffen.
»Seid Ihr Euch sicher? Es besteht kein Zweifel??«
»Ich bin mir sicher. Sie würden in einer derart heiligen Angelegenheit nicht lügen.«
»Aber Johnnie? Ich war mir so sicher, dass er …«
»Er ist Alys' Junge. Sarah ist auch von ihr. Alys war mit Zwillingen schwanger, als sie ihren Ehemann verließ.« Sie hielt inne. »Über ihren Mann weiß ich nichts«, sagte sie. »Ich werde nachfragen, wenn Ihr es wünscht.«
»Nein, das ist egal. Es geschah an ihrem Hochzeitstag. Ich hege kein Interesse an ihm.«
Sie war entsetzt. »An ihrem Hochzeitstag? Du meine Güte! Was ist passiert?«
»Es war an ihrem Hochzeitstag – der Tag, an dem … alles passierte.«
»Eine Winterhochzeit?«, fragte sie in Gedanken an die Bänder und getrockneten Beeren in Alys' Truhe. »Wie traurig. Sehr traurig und tragisch.«
»Seid Ihr Euch auch ganz sicher?«, wollte er wissen. »Es ist keine Lüge, die sie gemeinsam ausgeheckt haben?«
»Warum sollten sie in so einer Angelegenheit lügen, entgegen ihrem eigenen Interesse? Es wäre viel einfacher für sie zu behaupten, Johnnie wäre Euer Kind, und Euer Vermögen für sich zu beanspruchen!«
James drehte sich weg. »Ich habe also keinen Sohn«, sagte er, beinahe zu sich selbst. »Die ganzen Jahre über, als ich hoffte … und Geld schickte. Aber es gab kein Kind. Es hat nie eines gegeben.«
Unruhig ging er auf und ab, und sie gewährte ihm diesen Moment. Er schritt an Matteo vorbei, der bei seinem Anblick krähte und mit einem Grashalm winkte, doch James war blind für alles. Schließlich kehrte er zurück und blieb vor Livia stehen. »Verzeiht mir«, sagte er. »Es ist ein Schlag.«
»Aber nun seid Ihr vielleicht frei? Von Eurem Kummer?« Sie hob

den Sonnenschirm, sodass er ihr aufmunterndes Lächeln sehen konnte. »Ihr seid frei und könnt wieder ein neues Leben beginnen.«
»Ich würde es ihr nicht verübeln, wenn sie das Kind fortgegeben oder vor mir versteckt hätte.« Halb redete er immer noch mit sich selbst. »Ich würde es ihr nicht verübeln, wenn sie eine Familie gesucht hätte, die ihn bei sich aufgenommen hätte und er adoptiert worden wäre. Ich würde ihr selbst dann verzeihen, wenn ich ihn niemals sehen könnte.«
»Ja, aber das hat sie nicht getan.« Livia biss sich auf die volle Unterlippe, um ihren Ärger zu verbergen. »Sie hat es mir anvertraut. Alys hat mit angehört, wie sie es mir anvertraut hat. Genau wie ich sagte. Er ist gestorben, und sie hat ihn begraben.«
»Kann ich mir sein Grab ansehen?«
»Im Meer«, antwortete sie leise. »Auf dem Friedhof hätte man ihn nicht beerdigt. Eine Fehlgeburt und ein Bastard.«
Das brachte ihn zum Schweigen. Er neigte den Kopf. »Gott vergebe mir.«
»Ich schwöre es, beim Leben meines eigenen Sohnes«, sagte sie feierlich. »Ihr habt kein Kind. Er ist gestorben. Ihr seid frei.«
Er trat einen kleinen Schritt weg von der schönen jungen Frau, die auf dem umgestürzten Baum saß, als posiere sie für ein Porträt, um sie herum die sommerlich grüne Weide, in einiger Entfernung die Schafherde. Sie drehte sich um und winkte dem Kindermädchen, das Matteo hochhob und ihn seiner Mutter reichte. Als Sir James sich wieder zu ihr wandte, lächelte sie gerade auf ihren Sohn hinab. Sie blickte hoch, und als sie merkte, wie er sie betrachtete, küsste sie Matteos kleines Köpfchen.

»Und so habe ich es ihm erzählt«, erklärte Livia Alys im Sitzen auf dem Bett, während Alys ihr am Abend das schwarze Haar bürstete. »Er hat es sehr gefasst aufgenommen.«
»Er wird uns jetzt in Ruhe lassen?«
»Ich benötige seine Hilfe, um die Antiquitäten zu verkaufen, aber er

wird Euch oder Eure Mutter nie wieder behelligen. Vielleicht kommt er mich besuchen, aber er wird wieder gehen, ohne eine von Euch zu sehen.«

Als Alys Livias Haar zu Ende geflochten hatte, stieg sie ins Bett. Eigentlich wollte sie darauf bestehen, dass Sir James niemals zum Lagerhaus kam, denn so lautete ihre Vereinbarung. Doch da öffnete Livia langsam ihr Kleid und trat heraus, zog ihr Unterkleid über den Kopf und legte beides in die Truhe. Nackt stand sie vor dem Bett, während der Kerzenschein auf ihrer olivenfarbenen Haut spielte und Schatten zwischen ihren Brüsten, zwischen ihren Beinen entstehen ließ. Sie war so schön wie eine Statue, so verführerisch wie eine Nymphe. Dann faltete sie ihr Nachthemd auf und warf es hoch in die Luft. Einen Augenblick lang stand sie mit erhobenen Armen da, den Kopf gereckt, und dann fing sie das Hemd in der Luft auf und zog es über.

»Einverstanden?«

Aus Verblüffung über Livias schamlose Schönheit hatte es Alys die Sprache verschlagen.

Livia schlug die Bettdecke zurück und glitt in Alys' Arme. Sie wiederholte, was sie auch James gesagt hatte. »Es war sehr traurig und gewiss sehr tragisch. Aber jetzt können wir glücklich sein. Sir James ist verziehen worden, und er wird Eure Mutter nicht besuchen. Ihr und Eure Kinder seid in Sicherheit, und ich« – die Vorfreude ließ ihr kurz den Atem stocken – »ich werde ein Vermögen für meinen Sohn verdienen. Robertos Sohn wird zu einem Gentleman heranwachsen.«

Alys konnte nichts sagen, konnte noch nicht einmal einen klaren Gedanken fassen. Vor ihrem geistigen Auge stand nur das Bild des hochgeworfenen Nachthemds und des sich nach oben reckenden, kurvenreichen Körpers, während die Wärme der schönen jungen Frau sie langsam einhüllte.

»Ihr sagt nichts?«, flüsterte Livia, ihr Atem an Alys' Hals. »Aber ich glaube doch, dass wir alle glücklich sein werden.«

Juni 1670, Hadley, Neuengland

Bei Einbruch der Dunkelheit sperrte Ned die Hühner in ihr Gehege, einen angebauten Schuppen neben dem Haus. Dann führte er die Kuh mit dem Kälbchen und die beiden Schafe in den Stall, warf ihnen einen Arm voll Heu hin und schloss das Tor. Der Fluss plätscherte in der Dunkelheit und schlug sanft gegen das Ufer. Ein großer Schwarm wilder Tauben flog über Neds Kopf hinweg, um sich für die Nacht im Wald niederzulassen. Tausende von ihnen verdunkelten den Himmel wie eine Gewitterwolke.
Er band Red in der Hundehütte an ein langes Seil zwischen Haus und Stall, damit er nachts Füchse oder andere Raubtiere vertreiben konnte. Die Siedler wussten nicht mit Sicherheit, welche Tiere sich im Wald versteckten und möglicherweise eine Gefahr für ihr Vieh darstellten. Der Hund stieß ein tiefes Knurren aus, und Ned spürte die warme Halskrause seines Fells, als es sich im Nacken sträubte.
»Was ist los, Red? Ist da draußen was?«, fragte Ned leise.
Rasch ging er ins Haus, holte sein Gewehr von den Haken über der Haustür herunter und klopfte ein wenig schwarzes Pulver in die Pfanne, damit es schussbereit war. Ned war für Oliver Cromwell Infanterist in der New Model Army gewesen. Sie alle hatten die altmodische Muskete verachtet, bei der der Musketier auf eine entzündete Lunte blasen musste, bis sie feuerrot war, und sie zum Abfeuern an die Pfanne halten musste. Ned hatte sich ein neues Steinschlossgewehr gekauft, das seinen eigenen Feuerfunken entzündete und im Nu schussbereit war. Jetzt riss er die Haustür auf, das Gewehr vor sich, und richtete es auf die stille Finsternis der Felder. Sein Hund stand neben ihm bereit. »Wer ist da?«, wollte Ned leise wissen.
Falls es sich um Angehörige des Volkes der Dawnlands oder irgendeines anderen indianischen Stammes handelte, wusste er, dass sie nicht unbedingt antworten würden. Sie könnten hinter dem Haus sein und geräuschlos den Uferdamm hochkommen, während er blind wie ein Maulwurf aus der Haustür spähte. Oder sie könnten auf dem Dach sein, und nur der Hund würde sie wittern. Doch Ned hatte mit vielen Männern und Frauen Handel getrieben, hatte mit ihnen geredet, Brot gebrochen, Salz geteilt und vertraute darauf, dass ihn niemand ohne Vorwarnung angreifen würde.

»Wer da?«, wiederholte er.
Die Tritte von Schuhen auf dem Weg verrieten ihm, dass es sich um Weiße handelte.
»Halt! Wer ist da?«, rief Ned. »Ich bin bewaffnet.«
Er hielt das Gewehr in der rechten Hand, die Linke zu dem robusten Hundehalsband ausgestreckt, bereit, Red loslaufen zu lassen.
»*Pax quaeritur bello*«, ertönte ein Flüstern.
Ned hob das Gewehr und band den Hund wieder an. Es war das Motto Oliver Cromwells: »Durch Krieg wird der Friede gesucht.«
»Tretet vor«, sagte er. »Ich bin allein.«
William Goffe und Edward Whalley traten aus der Dunkelheit, und wortlos sicherte Ned den Hahn an seinem Gewehr, stieß die Haustür auf, und sie alle gingen hinein.
»Keine Spione?«, fragte er nur. »Hat keiner Euch gesehen?«
Die beiden Männer schüttelten die Köpfe.
»Habt Ihr den Hauptweg genommen?«
»Den Umweg: nach Osten zum Wald und dann zurück am Uferdamm entlang.«
Ned öffnete die Tür und lauschte angestrengt. Er hörte, wie sich sein Hund niederließ, indem er sich immer wieder in der Hundehütte drehte und dann schließlich hinlegte. Er vernahm den Ruf jagender Eulen und die nächtlichen Geräusche des Waldes, die ihm mittlerweile so vertraut waren. Draußen gluckste der Fluss sanft in der Dunkelheit, aber das Plätschern eines Ruders war nicht zu hören. Jeder Weiße, der den beiden Exilanten um den Rand des Städtchens gefolgt wäre, wäre an Büschen und niedrig hängenden Ästen vorbeigestrichen, hätte nistende Vögel aufgeschreckt, Zweige abgebrochen und unter schweren Stiefeln Steine auf dem Pfad angestoßen. Nur ein Indianer konnte sich geräuschlos durch Weideland, Unterholz und Morast bewegen. Ned schloss die Tür und die Fensterläden, damit kein Spalt für einen Spion blieb.
»Wir werden nicht bleiben«, sagte William.
»Ihr könnt ...«
»Nein, wir werden den Sommer über im Freien leben. Wir sind es leid, bei alten Kameraden zu schmarotzen.«
»Es ist kein Schmarotzen«, widersprach Ned. »Es ist, was ein jeder von uns für den anderen täte.«

»Ja, ich weiß«, pflichtete William ihm bei. »Aber in dieser Jahreszeit können wir uns selbst durchbringen, im Freien, wie freie Männer, nicht wie Mäuse im Winterschlaf.«

»Wohin werdet Ihr gehen?«, fragte Ned. »Bleibt in der Nähe, dann kann ich Euch Decken und Ale und dergleichen bringen. Gleich flussaufwärts ist ein Dorf der Norwottuck. Ich kenne sie – sie würden Euch Unterschlupf gewähren.«

»Ich würde mich unter ihnen nicht sicher fühlen«, entschied Edward. »Wir gehen südwärts zur Küste, in die Nähe des Ortes, wo wir früher schon einmal waren. Könnt Ihr uns für den Sommer dorthin bringen? Und für den Winter wieder abholen?«

»Ja«, antwortete Ned. »Aber ich muss jemanden finden, der sich um die Fähre kümmert.«

»Werden die Leute sich nicht fragen, wohin Ihr gegangen seid?«, gab William zu bedenken.

»Manche werden sich das wahrscheinlich fragen«, sagte Ned. »Aber wenn die Fähre besetzt ist und ich allen sage, ich würde ein paar Tage auf die Jagd und zum Kräutersammeln gehen, wird niemand etwas anderes vermuten. Ich werde Euch einen Tagesmarsch lang begleiten, und dann übergebe ich Euch an einen indianischen Führer, der Euch den Rest des Weges zeigen kann.«

Edward und William wechselten einen Blick. »Ich bin nicht bis hierhergekommen, um mich dann von einem Wilden köpfen und meinen Skalp für die Belohnung nach England schicken zu lassen«, sagte Edward mürrisch.

»Nein, mit einem Führer seid Ihr in Sicherheit. Sie haben nichts gegen diejenigen von uns, die bescheiden leben und ein paar Morgen Land bewirtschaften. Ihr Ärger gilt den anderen: denjenigen, die sich mit hundert Morgen nicht zufriedengeben, denjenigen, die die Flüsse verschmutzen, denjenigen, die ihre Schweine durch die Maisfelder treiben. Denjenigen, die sie beleidigen, die sie dazu bringen, Schulden zu machen, und dann behaupten, die Schulden müssten mit Land beglichen werden. Aber sie werden zwei friedlich Reisenden kein Haar krümmen.«

Die beiden Männer wirkten nicht übermäßig beruhigt. »Aber werden sie wissen, dass auf unsere Köpfe eine Belohnung ausgesetzt ist?«, fragte Edward.

»Sie wissen alles! Aber sie würden es für ehrlos halten, einen Gast gegen Geld zu verraten«, versicherte Ned. »Aber Ihr – im Gegenzug …« Er verstummte auf der Suche nach den richtigen Worten. »Wenn Ihr ihnen begegnet, müsst Ihr sie wie Euresgleichen behandeln«, sagte er verlegen. »Nicht wie Diener. Sie sind stolz – auf ihre Art sind sie so stolz wie ein königstreuer Lord. Und mehr als alles andere hassen sie es, respektlos behandelt zu werden.«
William klopfte ihm auf den Rücken. »Ihr seid ein braver Mann, Ned! Ihr habt ein freundliches Wort für jeden übrig, selbst für Wilde. Wir werden morgen früh aufbrechen, ja?«
Ned nickte. »Sobald ich jemanden habe, der sich um die Fähre kümmert. Ihr könnt in meinem Bett schlafen«, bot er an. »Es wird eine Zeit lang dauern, bis ihr wieder ein Bett habt. Ich lege mich vors Feuer.«
Bevor Ned einschlief, nahm er ein Blatt grobes Papier und kratzte mit seinem selbst gemachten Federkiel und einem kleinen Glas Tinte, die aus zerstoßenem Ruß und einem verfaulten Eidotter bestand, eine Nachricht an seine Schwester Alinor. Mit einem Schindelnagel heftete er die Botschaft an seinen einfachen Tisch, sodass jemand sie finden würde, falls er von seinem Jagdausflug nicht nach Hause zurückkehren sollte.

Falls Ihr dies findet und ich, Ned Ferryman, nicht aus dem Wald zurückgekehrt bin, schickt es bitte an Mrs Alinor Reekie / Reekie Wharf / Savoury Dock / Southwark Village / London.

Schwester Alinor,

Gott segne Dich. Ich schreibe dies für den Fall eines Unglücks, bevor ich mit meinem Hund zur Jagd in den Wald aufbreche. Falls es schlimm für mich ausgehen sollte, wird jemand dieses Schreiben gefunden und Dir geschickt haben. Dies ist mein Abschied, Schwester, und Gott segne Dich.

Du solltest alle meine Besitztümer an Dich nehmen. Ich habe ein paar Tiere, die verkauft werden sollten und der Erlös Dir zugesandt. Ich würde meinen, um die 10 £. Mein Land und die Hütte müssten ungefähr 40 £ wert sein. Du könntest den Pfarrer in Hadley, Mr John Russell, bitten, Dir den Erlös zukommen zu lassen. Sag ihm, Pelze und Waren, keinen Wampume.

Oder Du könntest das Haus und die Fähre behalten, und Johnnie könnte es schlechter treffen, als persönlich herzukommen, wenn er nicht zu vornehm ist, um eine Fähre zu bedienen. Es ist nicht schwieriger, als sich seinen Lebensunterhalt in Foulmire zu verdienen, und manchmal, wenn sich der Nebel vom Fluss hebt und alle Vögel niedrig fliegen, finde ich, dass es unserem alten Zuhause stark ähnelt. Manchmal tritt der Fluss über die Ufer in den Sumpf, und der einzige Weg hindurch führt über die kleinen Pfade, die die Wilden kennen – und die ich erlerne. Hier sehe ich Foulmire in jeder Morgendämmerung wieder.

Ich bereue es nicht, hergekommen zu sein, auch wenn mich Deine Schande und die Niederlage meiner Sache hierher verschlagen haben. Ich finde immer noch, dass Seine Lord-

schaft kein Recht hatte, Dich zu verurteilen, und dass kein Mensch das Recht hat, über mich zu herrschen. Ich mag dieses Land ohne Könige oder Herrscher, mit Menschen, die leise auf verborgenen Pfaden wandeln.
Gott segne Dich, Schwester – und falls ich nicht zurückkehre, so wisse, dass Du immer geliebt wurdest von Deinem Bruder

Ned Ferryman

Juni 1670, London

Johnnie ging frühmorgens zu Sarahs Werkstatt, um seine Schwester noch vor Arbeitsbeginn zu sehen. Zum Frühstück aß er ein warmes Brötchen, das er einem vorübergehenden Bäckerjungen abgekauft hatte.
»Keine Schuldeneintreiber«, sagte die Köchin, als er an die Küchentür klopfte. »Kein Herrenbesuch. Und wer kommt schon in der Morgendämmerung, um einer Angebeteten den Hof zu machen?«
»Ich bin Sarahs Bruder«, erklärte Johnnie bescheiden. »Darf ich sie einen Moment sprechen?«
Die Köchin stieß die Tür auf, und die Lehrmädchen und Hutmacherinnen, die am großen Küchentisch frühstückten, drehten sich um und starrten den gutaussehenden jungen Mann auf der Türschwelle an. Im nächsten Augenblick ließen sie ihre Teller stehen und stoben wie ein Schwarm aufgescheuchter Tauben aus dem Zimmer.
»Ich wollte nicht stören ...«, setzte Johnnie matt an.
Sarah, die als Einzige zurückblieb, kam an die Hintertür. »Sie sind alle mannstoll«, erklärte sie ihm. »Sie laufen los, um ihr Lockenpapier herauszuziehen und sich fertig anzukleiden. Wenn du lange genug bleibst, kommen sie alle wieder.«
»Aber warum die Umstände, bloß wegen mir?«, fragte er, als sie ins Freie trat und die Küchentür hinter sich schloss. Die beiden setzten sich nebeneinander auf die steinernen Eingangsstufen und betrachteten den sauberen Hof, wo das Lastpferd über die halbhohe Stalltür nickte und der Knecht einen Eimer an der Pumpe auffüllte.
»Drei Pence am Tag für ein Lehrmädchen, zehn Pence am Tag für eine fertige Hutmacherin«, sagte sie. »Unsere einzige Hoffnung besteht darin, dass ein Mann uns sieht, uns einen Heiratsantrag macht und von hier fortholt. Es ist unmöglich, sich als Hutmacherin den Lebensunterhalt selbst zu bestreiten, es sei denn, dir gehört das Geschäft.«
»Du willst doch nicht etwa ein anderes Handwerk erlernen?«, wollte er ängstlich wissen. »Du weißt ja, dass Ma sich kein neues Lehrgeld leisten kann.«
»Nein«, antwortete sie. »Auch wenn ich lieber in einem richtigen

Beruf statt in einem Frauengewerbe arbeiten würde. Aus irgendeinem Grund werden die immer schlecht bezahlt. Aber ich werde hier nicht festsitzen und hoffen, dass mich ein Mann rettet. Ich werde einen Weg finden, um mein eigenes Geschäft zu eröffnen, ich werde eine Stammkundin finden und nur Kopfputz und Hüte für sie allein anfertigen. Der Hof ist voller Frauen, die auf ihren eigenen Stil aus sind. Die ganzen neuen Schauspielerinnen wollen sich von der Menge abheben. Ich muss nicht irgendeinen Narren heiraten, um mich hiervor zu retten.« Sie überlegte kurz. »Wenn ich genau das tun könnte, was ich will, würde ich die Seidenstoffe und Spitze dort einkaufen, wo sie hergestellt werden, frisch vom Webstuhl. Denk dir nur!«

Er war beunruhigt. »Aber wo ist das denn? Konstantinopel? Indien?«

Sie zuckte mit den Schultern. »Bloß ein Traum, der Traum einer Hutmacherin. Wie dem auch sei, warum bist du so früh hier?«

»Ich wollte wissen, ob du etwas über Sir James herausgefunden hast. Kreditwürdig ist er, ich habe Mr Watson gestern Abend gefragt. Sir James ist allseits als wohlhabender Mann bekannt. Er ist Anteilseigner bei der East India Company, das geht nicht ohne Vermögen in der Hinterhand, und sein Ruf in finanziellen Dingen ist tadellos. Ihm gehört halb Yorkshire, ein Haus in London, und beim Goldschmied hat er auch Geld deponiert.«

»War er mit dem König im Exil? War er Royalist?«

»Ja, er wird eine gewaltige Strafe bezahlt haben, um seine Rechnung mit den Parlamentsbeauftragten zu begleichen und seine Ländereien zurückzuerlangen. Als dann der König wieder auf den Thron stieg, wird er alles wieder zurückbekommen haben, als Belohnung für seine Treue. Er ist ein reicher Mann: schlau genug, zur rechten Zeit auf der rechten Seite zu stehen. Er war bis zur letzten Minute Royalist, wechselte die Seite und wechselte sie dann abermals.«

»Woher kennt er aber unsere Ma?«, wollte Sarah wissen. »Und was hatte er mit unserer Großmutter zu schaffen?«

»Er war doch Onkel Robs Tutor«, rief er ihr ins Gedächtnis. »Aber das erklärt nicht, warum er der Witwe so nahesteht. Ein Spaziergang mit ihr an einem Samstagnachmittag? Sie sahen wie ein Liebespaar aus, als wir ihnen auf dem Kai begegnet sind.«

»Nein, er sah einfach nur verlegen aus«, erklärte Sarah schlau. »Ich wette, bei jedem Mann, der ihr über den Weg läuft, denkt man, er mache ihr den Hof. Das würde sogar bei einem Kahnführer so aussehen. Ich glaube nicht, dass er ihr hinterherläuft. Es ist viel eher andersherum: Sie hat ein Auge auf ihn geworfen.«

»Das kannst du doch gar nicht wissen! Was glaubst du, will sie von ihm?«

»Keine Ahnung. Sie benimmt sich die ganze Zeit so wohlgesittet, dass sich nicht sagen lässt, was sie in Wirklichkeit denkt.«

»Sie ist sehr …« Johnnie fehlten die Worte für Livias gnadenlose Anziehungskraft. »Sie gibt mir das Gefühl … Sie hat etwas an sich.«

»Etwas Kostspieliges.«

»Sie bringt mich in Verlegenheit«, gestand er. »Sie sieht mich an, und ich weiß nicht, was ich sagen soll.«

»Mich macht sie wütend«, erwiderte Sarah bissig. »Ich weiß ganz genau, was ich ihr sagen würde.«

Johnnie lachte ihr zu. »Das würde ich gern hören!«

»Warum ist sie deiner Meinung nach hergekommen, wenn nicht, um reich zu heiraten?«, wollte Sarah wissen.

»Nun, wenn ihr Sir James ins Netz geht, hat sie einen guten Fang gemacht. Wissen die Putzmacher etwas, das gegen ihn spricht?«

Sarah schüttelte den Kopf. »Keine Geliebte. Das wüsste man im Nähzimmer, sobald er einen Spitzenkragen bestellt. Weißt du, vielleicht ist er, was er behauptet: ein alter Freund von Onkel Rob und ein Gentleman vom Land.«

»Was will er dann von uns?«, fragte Johnnie. »Denn wir sind keins von beidem.«

»Können wir nicht Ma fragen?«

Johnnie sah verlegen aus. »Wahrscheinlich schon – aber ich habe immer das Gefühl, wenn wir sie fragen, klingt es, als würde uns ein Vater fehlen«, sagte er. »Als würden wir sagen, sie allein reiche uns nicht. Als würden wir ihr die Schuld für das Vorgefallene geben. Als würden wir statt ihr lieber einen Vater haben wollen.«

»Wir sind einundzwanzig!«, entfuhr es seiner Schwester. »Sind wir immer noch nicht alt genug, um nachzufragen?«

Sie schwiegen einen Moment, während ihnen bewusst wurde, dass sie immer noch nicht in der Lage waren, Antworten von ihrer Mutter zu verlangen.

»Ich könnte ihr nicht wehtun«, sagte Johnnie, und Sarah nickte zustimmend.
»Bis nächsten Samstag also?«, fragte er, als Sarah sich erhob, um durch die Küchentür zu gehen.
»Ich habe morgen meinen freien Nachmittag«, antwortete sie. »Und du?«
»Diese Woche nicht«, sagte er. »Aber wenn du um sechs Uhr zum Lagerhaus kommst, lade ich dich am Feierabend zu einem Lammkotelett ein.«
»Abendessen auf deine Kosten? Da bin ich dabei.«
Johnnie fasste sie an den Schultern, und sie umarmten sich zum Abschied mit der lockeren Vertrautheit von Geschwistern.
Dann sah er zu, wie sie die Stufen zur Tür hochsprang, und hörte das schallende Gelächter, mit dem die Hutmachermädchen sie zurückbegrüßten. Sicherlich erkundigten sie sich, warum sie ihren gutaussehenden Bruder nicht mit zum Frühstück gebracht habe.

Juni 1670, Hadley, Neuengland

Sobald es hell wurde, zog Ned seine Fähre, eine Hand am Seil vor die andere legend, ans westliche Flussufer und stieß einen Eulenschrei in den finstern Wald hinein aus. Er setzte sich an den Fuß eines Baumes und wartete, den Blick auf die Schatten des Waldes gerichtet, um sich nicht von dem Schimmer des leise dahinfließenden Gewässers blenden zu lassen. Kurz darauf antwortete eine weibliche Eule: »U-huuuuu.«
»Komm«, flüsterte Ned, und völlig geräuschlos trat eine Frau aus dem Schutz der Bäume.
»*Nippe Sannup?*«, fragte sie. »Du bist früh dran. Die Morgendämmerung ist unsere Tageszeit: Wir sind diejenigen, die man das Volk der Dawnlands nennt.«
»Leises Eichhörnchen, ich danke Euch, dass Ihr gekommen seid«, erklärte er förmlich auf Englisch. Sie ging neben ihm in die Hocke, und er betrachtete ihr faltiges Gesicht und die rissige und verwitterte Haut an ihren Händen. Er atmete ihren Duft ein: Holz des Le-

bensbaums, Sassafras und der sanfte, saubere Geruch ihres Hirschlederumhangs.

»Was willst du, *Netop*?«

»Du Fähre übernehmen?«, fragte er, indem er sich in ihrer Sprache versuchte. »Ich gehen mit Freunden zum Meer.«

Sie lächelte über seinen Versuch in ihrer Sprache. »Sie sind es leid, Männer des Zwielichts zu sein?«

Verständnislos runzelte er die Stirn. »Wollen gehen. Zu Fuß gehen.«

»Sie laufen in der Abenddämmerung durch den Wald und am Fluss entlang und denken, die Schatten würden sie verbergen.« Sie lächelte. »Natürlich sehen wir sie.«

»Sie sind gute Männer. Sicher? Sicher bei Volk der Dawnlands?«

»Vor uns sind sie sicher. Eure Herrscher sind diejenigen, die den Leuten vorschreiben, wo sie gehen dürfen und wo nicht. Wir wissen, dass ein Mensch überallhin gehen kann. Aber deine Freunde sollten nicht dorthin zurückkehren, wo sie sich versteckt haben. Wird euer König seine Leute nicht auf der Suche nach ihnen dorthin senden?«

Den Wortschwall quittierte er mit einem Stirnrunzeln. »Woanders?«

Sie nickte. »Ein besserer Ort. Ich werde jemanden bitten, euch hinzubringen. Er kennt das Land hier und an der Küste. Er wird einen guten Ort kennen.«

»Er jetzt kommen? Schnell, schnell?«

Sie fand, die weißen Männer waren wie Kinder, nicht nur in ihren Worten, sondern auch in ihren Gedanken, in der Ungeduld ihrer Forderungen.

»Ihr könnt aufbrechen, er wird unterwegs zu euch stoßen«, erwiderte sie. »Er hat etwas zu erledigen, bevor er kommt.«

Ned rutschte ungelenk hin und her, da seine Knie allmählich steif wurden. »Was machen …? Was er machen?«

Niemand ihres Stammes wäre so unverschämt, eine direkte Frage zu stellen. Besonders, wenn man auf einen Gefallen aus war.

»Es ist seine Sache, Fährmann. Wir sind euch keine Antwort schuldig.«

»Kein Ärger?«, fragte Ned, betreten, weil er die Sprache nicht fließend sprach. »Er freundlich?«

»Ich kenne seine Angelegenheiten nicht. Ich frage ihn nicht danach. Behalte ich die Einnahmen von der Fähre?«
»Behalte Einnahmen, ich gebe auch Nägel.« Ned wusste, dass sie mit der Fähre keinen großen Gewinn erzielen würde, da sie von den Angehörigen ihres Stammes oder denjenigen benachbarter Stämme nichts für die Überfahrt verlangte. Sie lebten in einer Welt, in der man mithilfe von Geschenken und Gefallen Macht demonstrierte und Familienbande stärkte. Niemals würden sie wie die Siedler Geld für einen Gefallen verlangen. Sie hielten es für unter ihrer Würde, finanziell voneinander zu profitieren. Und es wäre sinnlos, wenn er sie in Nahrungsmitteln bezahlte – sie war besser im Gärtnern, Fischen und Sammeln, als er es je sein würde. Aber die Indianer liebten alles, was aus Metall hergestellt war, um es für ihren eigenen Verwendungszweck zurechtzuhämmern. Er wusste, dass sie sich über Nägel freuen würde.
»Und kleine Eisenstäbe«, verlangte sie ausdrücklich.
Zwar war ihm klar, dass die indianischen Handwerker Musketen reparieren konnten, wenn sie über Metall verfügten, aber ihm blieb keine andere Wahl, als ihr zu bezahlen, was sie verlangte.
»Nägel und Stäbe.«
»Na gut.« Geschmeidig stand sie auf, während Ned sich vor Anstrengung ächzend hochstemmte.
»Das liegt an deinen Schuhen«, stellte sie fest. »Diese Schuhe verursachen Knochenschmerzen.«
»Es ist das Alter«, sagte Ned. »Ich bin über fünfzig.«
Sie lachte, und ihre dunklen Augen funkelten ihn an. »Ich bin viel älter als du«, erklärte sie. »Viele Winter älter, und ich laufe immer noch schneller als du. Es liegt an den Schuhen, die ihr tragt.« Sie tätschelte seine Schulter. »Und an deinem lustigen Hut«, sagte sie liebevoll, da sie wusste, dass er sie nicht verstand.

Ned lächelte immer noch über ihre Missbilligung seines Schuhwerks, während er sie beide auf der Fähre über den Fluss zog. Das fahle

Licht des sommerlichen Himmels in der Morgendämmerung spiegelte sich auf dem glatten Wasser. »Ich werde hier warten«, sagte sie, die Hand am Seil der Fähre. »Bringst du die Mantelmänner jetzt?«
»Ja«, antwortete er. »Wir schnell kommen.«
Das entlockte ihr ein Lächeln, denn sie wusste, dass Engländer lange brauchten, bis sie zu einer Reise aufbrachen. Sie hielten sich mit tausend Dingen auf und trugen immer viel zu viel bei sich.
Im Haus waren William und Edward aufgestanden, hatten sich angekleidet und aßen gerade Kekse aus Maismehl. »Wo seid Ihr gewesen?«, erkundigte sich Edward.
»Ich habe uns einen Führer besorgt«, erwiderte Ned. »Er wird unterwegs zu uns stoßen.«
Er füllte seine Flasche aus Birkenrinde mit Wasser aus dem irdenen Topf und schmierte sich Gesicht und Hals mit Sassafrasöl ein. »Wollt Ihr auch etwas?« Er bot ihnen das Öl an.
»Was ist das?«, fragte Edward.
»Sassafrasöl, gegen die Mücken.«
»Nichts hilft gegen die Mücken«, sagte Edward pessimistisch, und William lachte.
Ned zog nicht die Jacke an, die er in der Stadt trug, sondern warf sich einen Umhang aus verknoteten Schilfgräsern über.
»Ihr seht wie ein Wilder aus«, stellte Edward fest. »Werdet Ihr eine Feder im Haar tragen?«
»Hilft gegen die Mücken«, behauptete Ned.
»Nichts hilft gegen die Mücken«, wiederholte Edward.
Die drei Männer traten leise aus dem Haus, erklommen den Uferdamm und blickten dann den Hauptweg zurück zu der schlafenden Stadt. Anschließend wandten sie sich dem Fluss zu.
»Wer ist das da auf der Fähre?«, wollte William wissen.
»Eine Frau von den Norwottuck«, sagte Ned. »Meine Nachbarin. Sie passt auf die Fähre auf, wenn ich in den Wald gehe.«
»Eine alte Frau?«, fragte Edward.
»Sie ist die Dorfälteste. Sie weiß über alles Bescheid, was auf der anderen Flussseite vor sich geht, und auch über alles, was in Hadley vor sich geht.«
»Ist sie vertrauenswürdig?«, fragte William. »Weiß sie über uns Bescheid?«

»Ja«, erwiderte Ned. »Ich habe es doch gesagt. Sie weiß über alles Bescheid, was sich in einem Radius von fünfzig Meilen abspielt. Sie passt für mich auf die Fähre auf, sie verkauft mir Sassafras und alle möglichen Dinge aus dem Wald. Dinge, die ich bei meiner Ankunft hier noch nicht einmal kannte.«

Ned schnippte mit den Fingern, und sein Hund Red sprang den Uferdamm hinunter und landete mit einem geschickten Satz auf der Fähre. Ned und die Männer folgten ihm und kletterten an Bord, während Leises Eichhörnchen wortlos an dem Seil zog, um sie auf die andere Seite zu bringen. Die Fähre lief an dem Kiesufer auf Grund, William und Edward griffen nach ihren kleinen Säcken und suchten sofort den Schutz der Bäume. Ned drehte sich um und verabschiedete sich von Leises Eichhörnchen.

»Morgen Abend komme ich zurück«, sagte er und hob eine Hand.
»Morgen Abend, Ned.«
»Wird der Führer uns treffen?«
Sie lächelte ihn an. »Schnell! Schnell!«, verspottete sie ihn. »Er wird euch finden. Brecht auf – wenn ihr in diesen Schuhen überhaupt laufen könnt.«

Ned lachte glucksend über die Beleidigung, salutierte vor ihr und drehte sich weg, um mit dem Hund bei Fuß und seiner Muskete über dem Rücken nach Süden loszumarschieren.

Juni 1670, London

»Es ist völlig lächerlich, dass wir uns auf diese Weise treffen«, sagte Livia am folgenden Nachmittag unvermittelt zu Sir James. »Wie eine Dienstbotin, die sich zu einem Stelldichein mit einem Lakaien aus dem Haus schleicht! Ihr müsst mir die Adresse Eures Hauses in London aufnotieren, dann kann ich Euch schreiben und eine Uhrzeit und einen Treffpunkt vorschlagen, wenn wir miteinander zu reden haben.«

Unter ihrer Direktheit zuckte er zusammen. »Selbstverständlich, es ist mir eine Ehre«, versicherte er leise.

»Denn wir haben viel zu tun.«

»Haben wir das?«

Sie gingen auf ihrem üblichen Weg am Saviour's Dock entlang, das von den Anwohnern ironischerweise Savoury Dock – appetitliches Dock – genannt wurde, weil sie den Gestank der Gewerbe leid waren, die ihren Abfall in den Fluss kippten. Sie bogen nach rechts in die Five Foot Lane ein, ohne auf die Pfiffe von Gassenjungen und das gelegentliche Rufen von Straßenverkäufern zu achten. Dann schlängelten sie sich durch die Reihe kleiner Häuser zu den Feldern, wo in der Ferne die Schafe grasten und Livia auf dem Baum sitzen konnte, der mittlerweile in seinen Gedanken »ihr« Baum war.

»Ja«, bestätigte sie rasch. »Und dies ist kein Ort, um Geschäfte zu machen.«

»Ich bin ja auch kein Geschäftsmann«, erwiderte er sanft. »Ich habe keinen Ort, um Geschäfte zu machen.«

Sie spähte auf ihre reizende Art zu ihm empor. »Ich weiß«, stimmte sie zu. »Ihr steht über all dem. Doch ich muss mich, wie Ihr wisst, abrackern und für meinen Jungen etwas erwirtschaften. Für sein Erbe. Und seine Familie, diese Familie, in deren Reihen ich gelandet bin. Es sind arbeitende Menschen, und ich kann nicht untätig sein. Sie brauchen meine Hilfe, und ich werde ihnen helfen.«

»Aber ich …«, setzte er an.

»Ihr könnt natürlich einfach gehen«, bot sie ihm an. »Ihr müsst keine von ihnen jemals wiedersehen. Man hat Euch Eure Sünden vergeben, und ganz zweifellos vergebt Ihr ihnen ihre. Ihr habt versucht, wieder in ihr Leben zu treten, doch man hat Euch ausgeschlossen. Für Euch gibt es hier nichts mehr zu tun. Ihr könntet gehen und nie wieder zurückkehren, eine weitere Hochzeit arrangieren und auf einen eigenen Sohn und Erben hoffen.«

Er blinzelte. »Das könnte ich«, sagte er vorsichtig.

»Oder Ihr könntet mir helfen, sie zu retten.« Ihre Stimme war jetzt ein wenig tiefer, verführerisch. »Ihr könntet dieser armen Familie dabei helfen, ihren Lebensunterhalt zu bestreiten, und zwar besser, als es jetzt geschieht. Ihr habt sie in Armut zurückgelassen, und ohne Eure Hilfe können sie nicht aufsteigen. Mit Mrs Reekie könnt Ihr nicht in Kontakt treten, das wisst Ihr, aber ihr Enkelsohn sollte als wohlhabender englischer Junge heranwachsen. Ihr werdet mir doch sagen, auf welche Schule er gehen soll? Ich bin mir sicher, dass er auf Eure Schule gehen sollte. In welchem Alter muss er anfangen? Solltet Ihr ihn dort vorstellen?«

Peinlich berührt errötete James. »Ich habe keine englische Schule besucht«, erklärte er. »Ich wurde zu Hause unterrichtet, und dann bin ich in ein Seminar eingetreten. Ich sollte Priester werden.«

»*Dio!*«, entfuhr es ihr. »Ihr? Ein englischer Milord?«

»Es gibt viele englische Katholiken«, erklärte er verlegen. »Aber mir kam meine Berufung abhanden ... Ich durchlebte eine Glaubenskrise ... Und wie viele andere auch trat ich zum Protestantismus über und erhielt meinen Titel und meine Ländereien zurück.«

Seine Religion interessierte sie nicht. »Oh! Aha! Aber wo soll Matteo denn nun zur Schule gehen?«

»Vielleicht in Westminster?« Er fasste sich wieder. »Dabei könnte ich Euch behilflich sein.«

Sie faltete die Hände. »Ich bitte Euch um nichts außer ein wenig Unterstützung. Zuvor bin ich höchst impulsiv gewesen, Ihr begreift doch, dass ich Italienerin bin? Ich sehe ein glückliches Ende und sehne mich danach. Ihr findet mich bestimmt viel zu leidenschaftlich! Doch ich werde Euch nie mehr mit meinen Träumereien behelligen. Ich dachte, ich könnte Euch eine Ehefrau sein und einen Sohn schenken – für mich war es wie ein Wunder, dass wir uns begegnet sind, wo ich doch genau das bin, was Ihr sucht. Aber ich sehe, dass ich zu schnell für Euch war! Von jetzt an werden wir nichts weiter als Freunde und Partner sein.«

Vor Scham über ihre Direktheit war er tiefrot geworden, doch ihre Worte rührten ihn. »Ich könnte mich nicht zu mehr verpflichten, als Euch mit Gentlemen, die Antiquitäten kaufen, und ihren Maklern bekannt zu machen«, sagte er steif.

»Sonst wird auch nichts nötig sein«, stimmte sie zu. »Alys kümmert sich um die Verschiffung, ich werde die Antiquitäten bestellen, und Ihr sollt nichts weiter tun, als Leute zu Euch nach Hause einzuladen und mich ihnen vorzustellen. Ich werde die Objekte dann verkaufen.«

»Zu mir nach Hause?« Seine Weigerung hing bereits in der Luft, doch sie lachte heiter und legte die Hände auf seine.

»Nicht in Euer schönes Haus auf dem Land«, versicherte sie ihm. »Darum bitte ich Euch gar nicht. Nein, nein, ich möchte lediglich,

dass Ihr mir gestattet, ein paar meiner besten und schönsten Stücke in Euer Londoner Haus zu bringen, damit Eure Freunde und Bekannten dorthin kommen und sie in Eurem Salon bewundern können. So sollten sie gesehen werden.« Ein Gedanke ließ sie zögern. »Oh, aber Ihr habt doch einen Salon? Wir reden hier nicht von zwei Räumen über einem Kaffeehaus? In irgendeiner heruntergekommenen Ecke? Ihr habt doch ein richtiges Haus?«
Er war pikiert. »Es handelt sich um Avery House, Madam, in The Strand.«
Sie sprang entzückt auf und küsste ihn auf beide Wangen.
»Das passt ganz wunderbar!«, rief sie, als hätte er bereits eingewilligt. »Ich werde morgen vorbeikommen.«

Juni 1670, Hadley, Neuengland

Die drei Männer gingen auf dem Weg, der sich durch den Wald aus hohen, starken Bäumen schlängelte. Das Laub vom vergangenen Jahr raschelte unter ihren Füßen. Ned gab ein schnelles Marschtempo vor, doch sowohl William als auch Edward waren über sechzig, sie hatten Monate im Haus verbracht und waren nur im Morgengrauen und in der Abenddämmerung spazieren gewesen, weil sie hofften, auf diese Weise nicht bemerkt zu werden. Es war erbarmungslos schwül, die Mücken erhoben sich wie ein dichter Nebel vom brackigen Wasser zu beiden Seiten des schmalen Pfads und umschwärmten, unter ständigem Stechen, ihre Gesichter. Ned legte eine Pause ein, und alle tranken aus seiner Flasche.
»Wie findet Ihr nur den Weg?«, keuchte Edward, der einen Schluck Wasser trank. »Dieser ganze Wald nimmt einfach kein Ende, alles sieht gleich aus.«
»Ich bin hier schon ein paarmal gewesen«, antwortete Ned. »Außerdem bin ich in einem Sumpfgebiet aufgewachsen und habe von Kindesbeinen an gelernt, kleine Pfade zu suchen und sie mir einzuprägen.«
»Ihr geht hier auf die Jagd?«
»Nein. Wir haben keine Bodenrechte, und die Indianer haben das

Land gern für sich. Sie wollen keine Stiefelabdrücke auf ihren Pfaden und keine Gewehre, die in ihren Wäldern losgehen und die Tiere verschrecken. Dies ist ihr Land, nicht unseres. Auch wenn ein paar Stadtbewohner versuchen, sich hier einzukaufen.«
»Ihr kommt nicht für Biberfelle hierher?«
Ned schüttelte den Kopf. »Hier sind schon zu viele Trapper gewesen«, sagte er. »Lange vor mir. Es heißt, bei unserer Ankunft gab es in jedem Bach einen Damm: Tausende von Bibern, die hier lebten. Jetzt sind sie alle verschwunden. Die Dämme brechen, die Seen dahinter fließen ab. Wenn man sich alle Biber holt, verliert man den Damm, man verliert den See, und das verändert die Flüsse. Also kommen keine Biber mehr. Deshalb bezeichnen sie uns als dumm.«
»Man muss das Land bewirtschaften«, insistierte William. »Ansonsten ist es nichts als Ödland.«
»Vielleicht sollte ein Teil des Landes Ödland sein?«, schlug Ned vor. »Vielleicht hatte Gott einen Grund, es so zu erschaffen?«
»›Seid fruchtbar und vermehrt euch, bevölkert die Erde, unterwerft sie euch, und herrscht über die Fische des Meeres, über die Vögel des Himmels und über alle Tiere, die sich auf dem Land regen‹«, zitierte William aus der Bibel.
»Amen«, sagte Edward.
Ned nickte. »Amen. Können wir jetzt weiter?«
»Wann werden wir uns mit den Wilden treffen?«, fragte Edward.
»Wann sie wollen«, erwiderte Ned lächelnd. »Sie beobachten uns bestimmt, seitdem wir diesen Pfad eingeschlagen haben.«
Edward zog die Schultern hoch. »Wie denn?«, wollte er wissen. »Wir haben uns doch völlig geräuschlos bewegt.«
Ned lachte auf. »Nicht für sie«, erwiderte er. »Für sie haben wir uns wie eine durch den Wald marschierende Tambouren- und Pfeiferkapelle angehört.«
»Wir haben kaum gesprochen«, widersprach William.
»Die wilden Tiere wissen Bescheid, nicht wahr?«, erwiderte Ned. »Die wilden Tiere haben uns vom ersten Schritt an gehört. Die Indianer kennen den Wald so gut wie die wilden Tiere.«
»Könnt Ihr ihnen nicht befehlen, dass sie sich zeigen?« Edward klang gereizt.
»Nein, es sind freie Menschen auf ihrem eigenen Land.«

Es herrschte Schweigen, während Ned sie einen Pfad entlangführte, der gerade einmal schulterbreit war. Er setzte einen Fuß vor den anderen, und seine englischen Stiefel hinterließen deutliche Abdrücke in dem Schlamm, wo Mokassins keine Spuren hinterlassen hatten.
Sie kamen an einem tiefen Loch vorüber, ähnlich einer Grube für einen Pfosten, und Ned hielt kurz inne und entfernte eine Ranke, die darüberhing. Dann wandte er sich wieder zum Weitergehen.
»Lasst mich nur einen Moment zu Atem kommen«, bat William. Während sie warteten, stocherte Edward träge mit einem Stock an der Seite des Loches herum. Die sandig graue Erde rieselte hinein.
»Lasst das«, warnte Ned ihn. »Es ist ihnen wichtig. Sie halten es sauber und frei. Ihr habt doch gesehen, wie ich das Rankengewächs entfernt habe.«
»Was ist es? Eine Pfostengrube? Hier draußen?«
»Es ist ein Geschichtenloch«, antwortete Ned. »Und ein Wegweiser.«
»Was denn nun?«
»Beides. Hier ist etwas passiert, jemand wurde auf der Jagd verletzt, oder ein Mann machte seiner Frau einen Heiratsantrag, oder eine Frau bekam ein Kind, oder es gab einen Unfall oder sonst etwas. Also graben sie dieses Loch am Rand des Pfades, damit sich jeder daran erinnert, was hier geschehen ist. Und wenn sie dann jemandem den Weg beschreiben, ihm sagen, welchen Pfad er nehmen soll, sagen sie ihm, er soll bei dieser Geschichte abbiegen.«
William war verwirrt. »Es ist wie ein Wegweiser, aber auch wie ein Register?«
»Ja. Man merkt es sich leicht, und es lässt sich den Kindern leicht beibringen: Ihr Leben ist dem Land eingeschrieben und geht Hunderte von Jahren zurück. Der Herrgott allein weiß, wie lange sie schon auf diesen Pfaden wandeln. Die Geschichte ihres Lebens ist ihre Geografie.«
Edward schüttelte den Kopf, müde und von Schmerzen geplagt, sein Gesicht von Stichen ganz angeschwollen. »Seltsame Menschen.«
»Seltsam für uns«, sagte Ned. »Aber ich finde mich hier mithilfe der Geschichtenlöcher besser zurecht als jemals mit den Meilensteinen in England.«

Ned führte sie auf dem langen, sich windenden Pfad in gleichmäßigem Tempo weiter, durch nassen Grund, wo das Moos an ihren Stiefeln schmatzte, über sandigen Boden unter Kiefern, wo ihnen jeder Schritt Mühe bereitete. Immer südwärts und immer mit dem keuchenden Atem der beiden Männer in seinem Nacken.

Sie gingen weiter, bis die brennende Sonne hinter den Hügeln rechts von ihnen unterging, der Himmel langsam milchig und dann grau wurde und schließlich ein dunkles Indigoblau annahm. Ned verteilte Maismehlkekse und etwas Trockenfleisch. Er zeigte den Männern eine kleine Anhöhe im Schutz von ein paar Felsbrocken, wo der Boden unter ihren Decken trocken war, und sie legten sich hin und rollten sich ein.

»Wann wird er sich mit uns treffen?«, fragte William abermals.

»Der Wilde?«

Ned zuckte mit den Schultern. »Wenn er so weit ist.«

»Ich bin völlig zerstochen«, sagte Edward, der das Gesicht unter seiner Decke barg. »Machen die Insekten Euch nicht zu schaffen, Ned?«

»Hier.« Ned bot ihm ein kleines Fläschchen aus Sassafrasrinde an, das mit einem Wurzelstück verkorkt war. »Probiert es aus. Es funktioniert. Die Indianerin, die sich um meine Fähre kümmert, hat mir die Flasche und das Öl im Tausch gegen Zucker gegeben.«

»Hilft es wirklich gegen die Stiche?«

»Nun, ich bin abgehärtet.« Ned blickte durch das Blätterdach der Bäume zu den Sternen empor, die am pechschwarzen Nachthimmel silbern funkelten. »Ich bin mit Wechselfieber groß geworden. Meine Kindheit habe ich in einem Sumpfgebiet in Sussex zugebracht.«

»Ihr habt in England Grund besessen?«, fragte William neugierig.

Ned hatte das Gefühl, ihm fehlten die Worte, um einem Außenstehenden Foulmire zu beschreiben: den Mondschein auf den verborgenen Pfaden, das grollende Donnern der Gezeitenmühle, die eigenartige, einsame Schönheit des Meeres, wenn es heranfloss und das Land in alle Himmelsrichtungen meilenweit überspülte, den Ruf der Austernfischer in ihrem kreisenden Flug, ihre weißen, gebogenen Flügel im Schein der untergehenden Sonne.

»Nein, uns hat nie viel gehört«, antwortete er. »Ich hatte das Recht, die Fähre zu betreiben, und meine Schwester war die Dorfhebamme. Niemand behelligte uns, solange wir am Rand des Wassers blieben, arm wie die Kirchenmäuse. Das Gezeitenland wirft keinen Profit ab, also hat auch niemand Interesse daran.«

Der Hund hob den Kopf und knurrte, während er in die Dunkelheit starrte.

»Friede.« Ned sprach halb zum Hund, halb zu den Schatten der Felsen.

Da bewegte sich einer der Schatten. Im nächsten Moment war Ned aufgesprungen und griff nach seiner Waffe, während William und Edward sich mühsam aufrichteten und hektisch um sich blickten.

»*Nippe Sannup?*«, erklang eine Stimme aus den Schatten.

»Ja, ich bin's«, antwortete Ned auf Englisch. Er ließ das Gewehr sinken und rief Red bei Fuß.

»Was hat er gesagt? Wer ist das?«, wollte William wissen, der mittlerweile aufgestanden war und nach seinem Handbeil griff.

»Friede. Er hat gefragt, ob ich es bin. Ich kenne ihn.«

»Wie hat er Euch genannt?«

»*Nippe Sannup.* Es bedeutet so viel wie Wassermann.«

Der dunkle Schatten eines Baumes bewegte sich, und ein älterer Mann schälte sich aus der Finsternis. Ein großer Pokanoket, der einen Hirschlederschurz trug sowie mehrere Perlenketten, manche davon dunkelviolette Wampume, einen Pfeilköcher über eine Schulter geschlungen, seinen Bogen in der Hand. Er trat vor und begrüßte Ned mit einem Nicken. Das lange schwarze Haar war auf eine Seite gebunden, sein Gesicht war ernst. Er musterte die anderen beiden Männer und wandte sich dann mit einer leisen Frage auf Pokanoket an Ned. Ned antwortete, und anscheinend zufrieden tätschelte der Mann dem Hund den Kopf und ließ sich auf einem Felsblock nieder.

»Was will er?«, fragte William. »Perlen?«

Ned verbarg ein Lächeln. »Nichts. Wir haben nichts, was er haben will. Er ist hergekommen, um Euch den Weg zu weisen.«

»Fragt ihn, ob er einen Ort kennt, an dem wir nicht gefunden werden.«

»Das werde ich ihn fragen. Bestimmt kennt er einen. Er kennt sein eigenes Land hier in der Gegend, und unseres kennt er auch.«

Es folgte ein Wortwechsel aus stockenden Fragen und flüssigen Antworten, während William und Edward auf eine Übersetzung warteten. Dann drehte Ned sich zu ihnen um. »Er sagt, zu viele Leute wüssten, wo Ihr Euch das letzte Mal versteckt habt: an der West Rock Ridge. Es sei besser, an einen anderen Ort zu gehen. Er kennt ein paar Höhlen am Meer. Niemand außer Po Metacom – der neue Massasoit – und seinen Beratern wird wissen, dass Ihr Euch dort aufhaltet. Es ist Land der Pokanoket und kann nicht verkauft werden, also verschlägt es nie einen Siedler dorthin. Er sagt, im Meer gebe es viele Schalentiere, und Hummer und Krebse und Fische. Ihr werdet gut essen. Im Wald gibt es Obst, Wilderdbeeren und Weinreben. Außerdem gibt es viele Vögel, und Ihr könnt ihre Eier nehmen. Er sagt, nehmt aus jedem Nest immer nur zwei. Einer der Pokanoket wird Euch oft Besuche abstatten, um nachzusehen, ob es Euch gut geht. Und der Mann hier wird Euch am Ende des Sommers nach Hause bringen.«

»Das würde er für uns tun?«

Ned nickte. »Wenn er es sagt, wird er es tun.«

William nahm Ned am Ellbogen und drehte ihn von dem schweigenden Führer weg. Dann murmelte er: »Po Metacom? Der neue Massasoit? Dann ist er also der Sohn des Alten, der anfangs die Siedler willkommen hieß?«

»Genau der.«

»Aber ist er nicht derjenige, der sich über unsere Landkäufe beklagt? Der sich bei anderen über uns beschwert, bei den Franzosen? In Rhode Island?«

»Ja. Genau der«, wiederholte Ned.

»Aber wieso?«, raunte Edward Ned zu. »Wenn er ein Unruhestifter ist, warum will er uns dann helfen? Wenn er sich doch über uns beklagt? Sich über Plymouth beklagt?«

Ned zögerte. »Sie haben eine Tradition, Menschen in Not zu helfen. Es demonstriert ihre Macht – das ist also ein Grund. Wenn er Euch in Sicherheit bringt und dann wieder zurück, steht Ihr seinem Verständnis nach in seiner Schuld. Sie hoffen, dass Ihr ihnen dankbar sein und in Zukunft an sie denken werdet. Sie wissen, dass Ihr die wichtigen Männer in Plymouth und Boston kennt, und sie werden von Euch erwarten, dass Ihr bei der Kommission Fürsprache für sie halten werdet.« Ned hielt inne. »Ihre Vorgehensweise bei uns Siedlern – den Franzosen, den Niederländern, allen Neuankömmlin-

gen – ist, Bündnisse zu schmieden, in der Hoffnung, dass wir sie voreinander beschützen. Im Grunde bietet er Euch ein Bündnis an.«
»Aber wir können niemandem verpflichtet sein!«, widersprach Edward.
»Das sind wir bereits«, stellte Ned fest. »Wir hätten nicht überlebt, wenn sein Vater uns kein Land und nichts zu essen gegeben hätte, als wir am Verhungern waren.«
William beugte sich zu Ned. »Er wird uns nicht an die Männer von König Charles verraten? Das ist alles, was wirklich zählt!«
»Nein, dieser Mann arbeitet für den Massasoit Po Metacom, er ist ein Vermittler zwischen dem Massasoit und den Vereinigten Kolonien. Der Massasoit wird sich erhoffen, dass Ihr Fürsprache bei der Kommission für sie einlegt. Der neue König in England interessiert ihn nicht.«
»Wir können nur bezeugen, dass er in Frieden lebt, wenn wir es sehen«, feilschte Edward. »Er würde uns beweisen müssen, dass sie sich nicht bewaffnen oder zusammenrotten.«
»Ihr werdet nur sehen, was er Euch sehen lässt«, warnte Ned. »Er ist kein Narr. Und ich glaube nicht, dass Ihr auf diese Weise mit ihm schachern könnt, wenn er Euch eine Zufluchtsstätte anbietet.«
»Und er wird uns nicht einfach …« Unter dem dunklen, ernsten Blick des Pokanoket wagte Edward nicht, seine eigentliche Angst, ermordet zu werden, in Worte zu fassen.
»Ihr seid völlig sicher«, beteuerte Ned. »Wenn er Euch sein Wort gibt – darauf ist Verlass.« Ned zögerte. »Ich kenne diesen Mann, und ich würde ihm vertrauen. Josiah Winslow selbst nimmt seine Dienste in Anspruch, und ehrlich gesagt bleibt uns keine andere Wahl. Wir können ohne ihn weitergehen, aber wir können das Land der Pokanoket nicht ohne Führer durchqueren.«
Es herrschte Schweigen, dann nickten die beiden älteren Männer.
»Viele Alternativen bleiben uns nicht«, räumte Edward ein.
»Keine«, lautete Neds schlichtes Urteil. »Wir sind hier Fremde, dies ist ihr Land, wir sind mit ihrer Erlaubnis hier.«
William streckte eine Hand aus, die ein wenig zitterte. »Wir sind uns einig?«, fragte er den Indianer zögerlich.
»Es freut mich sehr, Eure Bekanntschaft zu machen«, antwortete dieser in makellosem Englisch.

Juni 1670, London

Livia ließ das Kind bei Alys, um Carlotta als Anstandsdame zu ihrem Besuch in Avery House mitnehmen zu können.
Mit ihrem letzten Geld mietete sie an den Horsleydown Stairs ein Boot für die Flussüberquerung, dann nahm sie eine Droschke bis zu dem imposanten Tor, das auf The Strand hinausging. Sie wünschte, sie hätte einen Lakaien, der sie die Stufen hinaufbegleiten und den großen Bronzetürklopfer betätigen würde.
Doch Sir James öffnete ihr persönlich, wodurch sie sich gleich wie zu Hause fühlte, bis ihr ein Gedanke kam: »Sollen Eure Dienstboten mich etwa nicht sehen?«
»Nein!«, entfuhr es ihm, aufrichtig überrascht. »Ich dachte, es wäre Euch lieber, wenn ich Euch selbst begrüße.«
Es gefiel ihm, wie ihr Gesicht, das aus Nervosität ein wenig verkniffen gewesen war, dank seiner Zuvorkommenheit erstrahlte.
»Es ist mir durchaus lieb. Das war sehr freundlich von Euch«, sagte sie. »Ich hätte es vorgezogen, von meiner eigenen Kutsche hergebracht zu werden.«
»Vielleicht, wenn Ihr Eure Antiquitäten verkauft habt«, sagte er und wurde mit einem jähen Lächeln belohnt. »Ich werde die Droschke bezahlen«, erklärte er, als er sah, dass der Kutscher wartete und Livia keine Geldbörse aus der Tasche gezogen hatte. Er gab dem Mann ein paar Münzen und kam wieder die Stufen hoch, um sie ins Haus zu führen.
»Ihr besitzt keine Kutsche?«, fragte sie.
»In London benötige ich keine. Ich bin sehr selten hier.«
»Dann werde ich meine eigene kaufen müssen, wenn ich mein Vermögen gemacht habe. Nun denn.« Sie ergriff seinen Arm. »Meine Antiquitäten! Wo sollen wir sie Eurer Meinung nach ausstellen? Sie brauchen gutes Licht und viel Platz.«
Ihm fiel kaum auf, dass Livia seine Mithilfe bei ihrem Plan mittlerweile als selbstverständlich betrachtete. Während ihre Dienstbotin in der Eingangshalle Platz nahm, führte er Livia die Treppe hinauf.
»Und wo ist Euer Kind?«, erkundigte er sich.
»Er ist bei Alys. Sie ist ganz vernarrt in ihn. Ich wollte mich nicht von ihm ablenken lassen, während ich Euch besuche«, erwiderte

sie. Sie schenkte ihm ein rasches, verheißungsvolles Lächeln. »Ihr sollt meine ungeteilte Aufmerksamkeit haben!«
James sagte nichts, als sie den Kopf der Treppe erreichten, sondern wies auf die Galerie, die an der ganzen breiten Vorderseite des Hauses entlanglief. Die Porträts seiner Ahnen nahmen die Hälfte der Wände ein. »Hier«, sagte er.
»Da ist Platz für Büsten, Köpfe und Säulen.« Sie klang entzückt. »Und das Licht von diesen wunderbar hohen Fenstern! Warum besitzt Ihr so wenige Dinge?«
»Manche Kunstwerke sind verkauft worden«, antwortete er. »Das Haus wurde unter Cromwell beschlagnahmt, und ein paar Gegenstände sind verschwunden. Gestohlen, von einfachen Soldaten. Sie wussten noch nicht einmal, was sie da mitnahmen. Wahrscheinlich hängen die Sachen jetzt an der Wand irgendeines Kaufmanns. Ich bezweifle, dass wir sie je zurückbekommen werden.«
»Warum könnt Ihr sie nicht zurückholen?«, wollte sie wissen.
»Es wäre schwer, meine Besitzansprüche zu beweisen.«
»Warum stehlt Ihr sie nicht zurück?«
Schockiert lachte er auf. »Das ginge nicht! Auf keinen Fall!«
Rasch pflichtete sie ihm bei. »Nein, natürlich, auf keinen Fall. Also müsst Ihr Euch ein paar neue Stücke kaufen. Ich kann Euch einen ausgezeichneten Preis für ein paar Cäsarenbüsten machen. Originale, in historischer Reihenfolge, auf ihren eigenen Marmorsockeln. Sie würden perfekt hierher passen.«
Er lachte. »Ihr würdet sie mir zu einem guten Preis anbieten?«
»Zehn Prozent unter dem Marktwert, wenn Ihr sie hierbehaltet, in dieser Galerie, und sie Euren Freunden zeigt.«
»Es war nur ein Scherz …«, setzte er an.
»Über Geld scherze ich nie«, sagte sie ernst. »Ihr könnt alles, was Ihr wollt, für zehn Prozent unter dem Marktwert haben, wenn Ihr es den Leuten zeigt. Nun, gibt es denn noch einen anderen Ort, an dem meine Antiquitäten ausgestellt werden könnten? Habt Ihr irgendeinen Platz im Freien für die großen Statuen?«
»Da ist natürlich der Garten«, antwortete James widerwillig, denn der Garten war seine private Zufluchtsstätte in London, eine große Grünfläche, die bis nach unten zum Fluss reichte, mit Apfel- und Pflaumenbäumen, an denen im Frühsommer Blüten wogten, und

im Herbst, wenn die Äste obstbeladen waren, scharlachrote und bronzefarbene Blätter. Es war der Lieblingsort seiner Mutter gewesen, wo sie Mittsommerbälle veranstaltet hatte, als der alte König noch auf dem Thron gesessen und jeder geglaubt hatte, die Zeiten würden sich niemals ändern.
»Zeigt ihn mir!«, forderte Livia.
James bot ihr seinen Arm und geleitete sie durch die großen verglasten Türflügel auf die Terrasse hinter dem Haus und dann die Stufen hinunter in den Garten, der zum Fluss führte.
»So habe ich mir London vorgestellt«, hauchte sie. »Kein schmutziges kleines Lagerhaus, das von zwei traurigen Frauen geführt wird, sondern das hier! Ein großer englischer Garten und ein Fluss, der wie Silber glänzt.«
»Sind sie denn traurig? Würdet Ihr sie als traurig bezeichnen?«
»Nein, sie sind, wo sie sein wollen, es passt zu ihnen – aber das hier ist wie eine andere Welt! Keine Piere und kein Lärm vom Entladen, nur die Vögel, die in den Bäumen zwitschern, und die Früchte, die sich am Ast bilden, und das Gras unter meinen Füßen! Das ist das England, von dem ich geträumt habe!«
Ihre Freude an seinem Garten begeisterte ihn. »Der Garten gefällt Euch? Ich liebe es hier – aber Ihr solltet erst einmal meine Ländereien in Northallerton sehen!«
»Sehr gern!« Sie nahm seine Worte rasch als direkte Einladung. »Denn das hier ist ein Paradies!«
»Dies ist ein Lustgarten, aber auf Northside Manor habe ich Obstgärten, Kräutergärten und Gemüsegärten sowie eine Molkerei und ein Backhaus … Es ist ein Landgut, das sich selbst versorgen kann. Nahrungsmittel, Behausung und Verwaltung sind dort gewährleistet. Ich kann mich selbst versorgen.«
»So lebten wir, als ich ein kleines Mädchen war«, sagte sie. »In den Weinbergen, vor Florenz. Wir hielten Hühner und Kühe und Enten und Bienen. Ich hütete die Hühner, wir hatten zwanzig Eier am Tag. Ich habe mich immer danach gesehnt, wieder auf dem Land zu leben. Matteo sollte auf dem Land groß werden.«
»Und doch war Euer Zuhause Venedig«, stellte er fest.
Ihre schwarzen Wimpern verschleierten die strahlenden Augen. »Ihr wisst doch, dass eine junge Frau nicht die Wahl hat«, erwiderte

sie leise. »Meine Eltern verheirateten mich mit Signore Fiori. Er brachte mich weit weg von meinem Zuhause, fort vom Land, das ich liebte. Ich kam nach Venedig wie ein Kind im Exil. Wisst Ihr, wie sich das anfühlt?«
»Ja«, sagte er, dessen Zuhause von den Parlamentariern gestohlen worden war, bevor er es von seinem königstreuen Vater hatte erben können. »Ich weiß, wie sich Verlust anfühlt.«
In einer raschen Geste des Mitgefühls schob sie ihre Hand in seine. »Ach, machen wir einander doch wieder glücklich! Ich bin Euch gegenüber forsch, weil ich Eure Gefühle so gut verstehe. Wir sind aus dem gleichen Holz geschnitzt.«
Er errötete, ließ ihre Hand jedoch nicht los. »Ich sollte Euch nicht täuschen. Wie Ihr wisst, bin ich frisch verwitwet. Zu einer weiteren Ehe bin ich noch nicht bereit.«
Sie neigte den Kopf. »Ich werde warten«, versprach sie. Als sie aufblickte, ging ihm der Gedanke durch den Kopf, wie warm und rot ihre Lippen waren.
»Ihr sollt Euch so viel Zeit nehmen, wie Ihr wollt. Ich werde darauf warten, dass Ihr die Worte aussprecht, nach denen ich mich sehne.«

Juni 1670, Hadley, Neuengland

Ned ging noch ein Stück mit den beiden Engländern und dem Indianer weiter, bis sie zu einem weiteren Geschichtenloch am Wegesrand kamen. Dort blieb er stehen.
»Ich werde Euch hier verlassen«, sagte er. »An dieser Stelle hob eine Frau des Stammes der Pequot, weit fort von ihrer Heimat, ein Bisamrattenjunges auf und zähmte es. Sie wusch es, damit es nicht mehr stank, und es folgte ihr wie ein Hund.« Er betrachtete die verwirrten Engländer. »Die Pequot glauben, dass die Welt entstand, als eine Frau vom Himmel fiel und ihr eine Bisamratte Erde vom Meeresboden brachte. Sie formte das erste Land aus Meeresgrund und gebar das Volk der Pequot. Also sind Bisamratten für sie ein wichtiges Tier. Die Pequot-Frau hielt ihre Traditionen in Ehren, obwohl sie bei einem fremden Volk war.«

William und Edward wechselten einen Blick. »Heidentum«, verurteilte William das Gesagte mit einem Wort.
Ned zuckte mit den Schultern. »Ist es nicht das Gleiche, wie wenn wir den Indianern vom Evangelium erzählen? Man erzählt die eigenen Geschichten, weil sie ein Teil der eigenen Identität sind.«
Edward schlug ihm auf den Rücken. »Ned, Soldat, erst Heidentum aus Eurem Munde – und jetzt Ketzerei! Es wird nur immer schlimmer, nicht besser. Wir werden Euch als Ketzer verbrennen müssen!«
Ned lachte über sich selbst. »Nun, es ist die Geschichte zu dem Loch«, sagte er. »Also werdet Ihr Euch vielleicht daran erinnern, denn es ist wichtig. Es markiert, wo der Bay Path, ein Indianerpfad, den Connecticut Path, einen von den Siedlern benutzten Weg, kreuzt. Wir treiben unsere Rinder den ganzen Weg bis nach Boston. Seht Ihr, wie durchfurcht und schlammig er ist? Und wie breit? Für Euch herrscht hier zu viel Verkehr: Die Siedler haben Angst vor dem Wald und reisen in großen Gruppen. Man würde Euch sehen, wenn Ihr hier entlanggeht. Also überquert Ihr die Viehtreiberstraße, und Wussausmon wird Euch die verborgenen Wege zur Küste zeigen. Er wird Euch an den Dörfern, den Heimstätten der Nipmuck und der Narragansett, vorbeiführen. Hier verabschiede ich mich von Euch. Am Ende des Sommers wird er Euch nach Hadley zurückbringen.«
William packte Ned am Arm und zog ihn beiseite. »Wer ist er? Und wieso spricht ein Wilder Englisch, als käme er von der Universität in Oxford?«, flüsterte er.
»Weil er das Harvard College besucht hat!«, erklärte Ned. »Er ist Pfarrer in einer der Gebetsstädte, in denen die Indianer christianisiert werden. Er wurde in einem englischen Haushalt großgezogen, sein englischer Name lautet John Sassamon. Er berät den Gouverneur und den Rat von Plymouth in indianischen Angelegenheiten.«
»Nun, wie ein Engländer sieht er nicht aus«, sagte William tonlos.
»Jetzt nicht – jetzt trägt er sein Hirschleder und führt seinen Stammesnamen Wussausmon«, versuchte Ned eine Erklärung. »Er dient Po Metacom, dem Massasoit der Pokanoket. Er dient als Vermittler zwischen ihm und dem Gouverneur von Plymouth. Er dient Josiah Winslow. Er ist wie ein Botschafter.«
»Kein Botschafter, wie ich ihn kenne«, insistierte William.

»Er ist einer von vielen, die sich abmühen, den Frieden zwischen den Pokanoket und den Siedlern aufrechtzuerhalten«, erläuterte Ned. »Fünfzig Jahre haben wir Seite an Seite gelebt – unter Klagen, aber ohne Kriege. Jetzt, da mehr Engländer herkommen und die Indianer sich bedrängt fühlen, fällt es den Anführern schwerer, den Frieden zu wahren. Po Metacom – der Massasoit – ist auf Berater angewiesen, die beide Sprachen beherrschen, die in beiden Welten leben können. Gouverneur Prence vertraut ihm ebenfalls.«
»Ihr würdet ihm vertrauen?«
»Er ist Christ und versteht uns. Er ist Pokanoket und versteht sie. Ich werde ihm sagen, er soll Euch sicher den Weg weisen und am Ende des Sommers zurückbringen, und ich weiß, dass Ihr in Sicherheit sein werdet.«
Ned wandte sich zu Wussausmon um und sprach leise. »Sie können nicht allzu schnell gehen.«
»Sie waren Soldaten und sind trotzdem so langsam?«, wollte der Mann ungläubig wissen.
»Nicht wie Eure tapferen Krieger.« Ned schüttelte den Kopf. »Sie waren große Männer in der englischen Armee gegen den englischen König. Sie ritten Pferde in die Schlacht. Sie sind nicht wie Ihr auf einem Kriegspfad gelaufen. Und jetzt sind sie alt. Also macht langsam und bringt sie am Ende des Sommers nach Hadley zurück, ja?«
Der Mann nickte schweigend.
»Hat Leises Eichhörnchen Euch losgeschickt, damit Ihr uns von Hadley aus folgt?«, fragte Ned neugierig. »Seid Ihr uns den ganzen Weg nachgekommen?«
Wussausmon grinste. »Es war nicht schwer. Ihr seid so leise wie eine Schar pflügender Ochsen durch die Bäume gelaufen.«
»Leises Eichhörnchen behauptet, es liegt an meinen Schuhen«, räumte Ned ein.
»Mir hat sie gesagt, es liegt an dem dummen Hut.«
Ned lachte lauthals. »Sie hat einfach keinen Respekt vor mir.«
Wussausmon lachte ebenfalls. »Wir sind bloß Männer. Keiner von uns steht bei ihr in hohem Ansehen.«
»Hat sie Euch erzählt, dass Hadley Soldaten einzieht?«
»Das wussten wir bereits.«
»Habt Ihr es Po Metacom erzählt?«

Wussausmon neigte den Kopf, ohne etwas zu erwidern. Ned spürte die Rüge für seine Unhöflichkeit.
»Es ist nur so, dass die Mantelmänner nervös sind«, erklärte Ned.
»Wir wissen, dass Euer König Botschaften verschickt. Wir hören, dass er sogar Gespräche mit den Franzosen führt, bis ganz oben im Norden in Kanada – und das sind unsere Todfeinde. Es wäre, als würden wir Gespräche mit Euren Feinden führen – den Mohawk. Ihr würdet Euch verraten vorkommen.«
»Aber Ihr führt doch Gespräche mit den Mohawk«, stellte Wussausmon fest.
Ned ignorierte die Wahrheit. »Es macht die Engländer nervös.«
»Ihr solltet auch nervös sein, wenn Ihr Gesetze erlasst, sie uns auferlegt und dann selbst dagegen verstoßt«, sagte Wussausmon.
Seufzend ließ Ned von der Befragung ab. »Ich werde Pfarrer Russell sagen, dass Ihr uns heute ein guter Freund gewesen seid. Kommt Ihr in dieser Jahreszeit noch einmal nach Hadley zurück?«
»Ich gehe flussaufwärts.«
Nördlich von Hadley gab es keine englischen Siedlungen. Wenn Wussausmon weiter in den Norden reiste, konnte es nur darum gehen, sich mit anderen Stämmen zu treffen und für ein Verbot, Land an die Siedler zu verkaufen, zu werben – oder Schlimmeres.
Ned konnte sein Unbehagen nicht verbergen. »Wenn der Massasoit nicht mit dem Gouverneursrat von Plymouth zufrieden ist, oder mit dem Gouverneursrat der Massachusetts Bay Colony in Boston, sollte er mit ihnen reden. Es ist besser, direkt mit ihnen zu verhandeln. Wir sehen es nicht gern, wenn Ihr untereinander redet und Euch zusammenschließt.«
Wussausmon lächelte. »Ich rede oft mit den englischen Gouverneuren. Der Massasoit versucht, alle dazu zu bewegen, kein Land mehr zu verkaufen. Er will, dass wir als eine Stimme agieren. Wie Ihr es tut.«
»Aber er kann ihnen nicht befehlen?«
»Nein«, antwortete Wussausmon. »Das kann er nicht. Er würde es nicht tun. Deshalb reise ich für ihn nach Norden und Westen, um eine Einigung mit den Stämmen an Euren Grenzen zu erzielen. Unsere Anführer müssen sich mit ihrem Volk einigen, sie sind keine Tyrannen wie Euer König.«

»Nun, ich würde sagen, das macht ihn zu einem besseren Menschen.« Ned war sich seines Loyalitätskonflikts bewusst. »Aber Ihr solltet auf keinen Fall mit uns in Streit geraten.«
»Ich streite mit niemandem«, sagte Wussausmon leise. »Ich lebe in Eurer Stadt nach Euren Gesetzen, aber wenn ich im Wald bin, lebe ich nach unseren Gesetzen. Ich muss Po Metacom nach seinem Belieben dienen, ich bin sein Mann.«
»Aber bekehrt«, ermahnte Ned. »Ihr habt Euch Gott verschworen. Ihr sucht Po Metacom auf unser Geheiß hin auf: als sein Tutor, aber als unser Botschafter. Ihr seid in einem englischen Haus groß geworden. Unser Mann seid Ihr auch.«
Er nickte. »Ich lebe in zwei Welten.«
»Das kann nicht einfach sein.« Ned dachte an sein Gefühl, nicht hierherzugehören, in die Welt, von der er geglaubt hatte, sie werde seine eigene sein.
»Das ist es nicht.«

Juni 1670, London

Alinor ging es gut genug, um mit Alys und Livia unten in der Stube zu Abend zu essen. Außerdem war sie neugierig, wo Livia den ganzen Tag über gewesen war.
»Ich mache Fortschritte«, sagte Livia fröhlich. »Ich habe mir die Galerie und seinen Garten angesehen, wo wir die Antiquitäten ausstellen können. Es sind geeignete Räumlichkeiten. Ihr könnt also ein Schiff für meine Dinge aus Venedig losschicken.«
»Aber wer wird sie verladen?«, fragte Alinor.
Livia wandte sich an Alys. »Der Verwalter meines ersten Ehemannes betreibt weiterhin seine Werkstatt in Venedig, wie er es tat, als mein Mann noch lebte. Aus Loyalität lagert er immer noch unsere Güter. Ich habe seit dem Tod meines lieben Robertos kein Geld mehr, um ihn zu bezahlen, aber er wird alles tun, worum ich ihn bitte. Ich werde ihm schreiben und ihm auftragen, die Kunstwerke, die bei ihm eingelagert sind, zu verpacken.«
»Ihr scheint ihm zu vertrauen«, stellte Alinor fest.

»O ja! Er war sehr gut zu mir, als mein Mann starb und die Familie versuchte, alles an sich zu reißen.«
»Er hat Euch geholfen, die Schätze zu verstecken?«, bohrte Alinor nach.
»Er wusste, dass sie mir gehörten. Die Kostbarkeiten wurden in seiner Werkstatt gesäubert und restauriert. Er weiß, dass ich ihn vergüten werde, sobald die Objekte verkauft sind.«
»Er war der Verwalter Eures Ehemannes, aber er hat Euch gedient?«, wollte Alinor wissen. »Und ergriff Partei für Euch gegen die Familie seines Herrn?«
Livia zeigte ein bebendes Lächeln. »Ich glaube, er hatte Mitleid mit mir, als sie versuchten, mich zu bestehlen.«
»Und Rob hatte nichts gegen diese Partnerschaft einzuwenden? Diese vertrauensvolle Partnerschaft?«
Livia warf ihrer Schwiegermutter einen belustigten Blick zu. »Ach! Ich verstehe, was Ihr damit sagen wollt. Ihr solltet wissen, dass Maestro Russo ein alter Mann ist, mit einer Enkelin in meinem Alter und einer Gattin, die eine kleine alte Frau ist. Sein Haar ist weiß, er geht gebückt am Stock. Er ist für mich Vater und Großvater gewesen. Er liebte Roberto und betrachtete ihn als einen Enkelsohn. Und Roberto wusste, dass er alles für uns tun würde.«
»Ihr seid ausgesprochen gesegnet mit Euren Freunden«, erwiderte Alinor.
»Wie lange wird er benötigen, um alles zu verpacken und zu verfrachten?«, wollte Alys wissen. »Wir könnten ein Schiff suchen, das nach Venedig fährt, und ihm schreiben. Aber wie lange wird er dann benötigen, um die Kunstwerke fertig zu machen?«
»Er weiß, dass ich hierher gereist bin, um meine Waren zu verkaufen, und er weiß, dass ich kein Geld habe, bis ich meine Schätze veräußere«, erwiderte Livia. »Er wird höchstens ein paar Tage benötigen, um alles einzupacken und die Genehmigungen zu erlangen, sie außer Landes zu verschicken.«
»Wenn er sie so schnell verpacken kann, kann ich hier einen Kapitän beauftragen, Eure Anweisungen zu überstellen und die Güter zurückzubringen.«
Livia klatschte in die Hände. »Wie gescheit von Euch! Da sieht man, dass Ihr eine Geschäftsfrau seid.«

Alinor lächelte und ließ den Blick von der einen jungen Frau zur anderen schweifen. »Du kannst das Geld auftreiben?«, fragte sie Alys.
Alys nickte. »Wie viel Platz werden sie in unserem Lager einnehmen?«, wollte sie wissen.
»Sie werden ausgepolstert und in Kisten verpackt sein. Vermutlich werden sie das gesamte Erdgeschoss in Beschlag nehmen. Aber sie werden nicht lange dort sein, wenn Ihr sie mit Eurem Wagen zum Haus von Sir James schickt.«
Alys schenkte ihr eines ihrer seltenen Lächeln. »Ihr seid ja ganz aus dem Häuschen.«
»Damit werden wir ein Vermögen machen!«, rief Livia. »Und Euer Kai wird den Ruf erlangen, ein Ort zu sein, an den man schöne Kunstwerke und Luxusgüter schickt. Ihr werdet keine Kohle mehr schleppen müssen.« Sie ergriff Alys' Hände und veranstaltete einen kleinen Tanz auf der Stelle. Ihre Freude war ansteckend.
»Wir haben noch nie Kohle geschleppt«, sagte Alinor.

Am Abend unterhielten sich die beiden jungen Frauen, während sie sich auszogen und einander das Haar bürsteten.
»Danke, dass Ihr heute meinen geliebten Matteo gehütet habt«, sagte Livia. »War er auch wirklich brav?«
»Ich hatte vergessen, wie es ist, Zeit mit einem so kleinen Kind zu verbringen«, antwortete Alys. »Er war perfekt. Er hat die Milch getrunken, die Carlotta für ihn dagelassen hat, und die meiste Zeit hat er geschlafen. Ich habe im Kontor gearbeitet, die Wiege neben mir, und den Großteil des Nachmittags saß ich mit ihm bei Ma. Als er aufwachte und schrie, bin ich mit ihm auf dem Kai spazieren gegangen, und er hat sich die Boote und Möwen angeschaut. Ich bin mir sicher, dass er Spaß daran hatte. Er hat gelächelt und mit den kleinen Händen gewinkt, als sei er aufgeregt, und beim Anblick …«
»Ja, er ist sehr aufgeweckt«, sagte Livia geistesabwesend.
»Und Ihr? Ihr seid zufrieden mit den Räumlichkeiten, die Ihr vorgefunden habt? Sein Haus reicht aus?«

Livia fiel auf, dass Sir James' Name anscheinend nicht in den Mund genommen wurde. »Ja«, antwortete sie. »Es gibt eine große Eingangshalle, eine offene Galerie und einen Garten. Ich kann ungefähr zwanzig Kunstwerke ausstellen, würde ich meinen. Ich kann sie als Beispiele verwenden und Bestellungen für weitere aufnehmen.«

»Ihr habt mehr als eine Schiffsladung?«

»Es war die große Leidenschaft meines Gatten«, sagte Livia. »Ich hoffte, ein Geschäft daraus zu machen, indem ich einkaufe und verschiffe und verkaufe.«

»Ich finde es verblüffend, dass es so viele Kunstwerke gibt, und so viele Leute, die sie erwerben.«

Livia strich ihr Kopfkissen glatt und stieg ins Bett. »Die Menschen erschaffen sie nun schon seit Hunderten von Jahren«, entgegnete sie. »Also gibt es sie, überall, wenn man nur weiß, wo man danach suchen muss, und wenn man sie sich schnappen möchte.«

»Ihr schnappt sie Euch? Umsonst?«

»Mein erster Ehemann begann seine Sammlung von seinen eigenen Ländereien aus. Sein Steinbruch war schon jahrelang in Betrieb, und ein paar Stücke lagen einfach nur herum, und in der Nähe befand sich eine Hausruine mit wunderschönen Vasen. Dann erfuhren die kleinen Bauern, die uralte Villen auf ihrem Land hatten, oder tief in ihren Feldern vergrabene Tempel, dass Leute mehr für die Steinobjekte bezahlen als für die Olivenernte! Also graben sie die Kunstwerke jetzt aus und verkaufen sie an Sammler und Makler von Sammlern. Man kann in Venedig auf den Markt gehen und Marmorstücke oder alte Juwelen oder Goldringe an denselben Ständen erwerben, wo Öl verkauft wird.«

»Dann muss es in England auch Schätze geben«, stellte Alys fest. »Als meine Mutter noch ein kleines Mädchen war, sammelte sie alte Münzen – nicht aus Gold oder Silber, aber die alten abgewetzten Münzen aus unedlem Metall, völlig wertlos.«

»Zu welchem Zweck denn?«, fragte Livia. »Niemand wird Kupferstücke kaufen. Es ist kein Gold. Damit lässt sich kein Profit machen.«

Alys durchlief ein abergläubischer Schauder. »Nein, einen richtigen Zweck hatte es nicht«, stimmte sie zu, während sie zu Livia ins Bett

stieg. »Sie gefielen ihr einfach. Sie hatte einen ganzen Geldbeutel voll. Es war ...«
»Was?«
»Nur ein Geldbeutel voller wertlosem Plunder.«
»Völlig zwecklos«, erklärte die junge Frau kategorisch, beugte sich herüber und blies die Kerze aus, sodass der Raum in Dunkelheit getaucht wurde.

Juli 1670, London

Alys ging westwärts am Kai entlang zu dem Kaffeehaus der Kaufleute, wo sie morgens ihre Geschäfte erledigte. Als weibliche Kaimeisterin war sie eine Seltenheit an dem überfüllten Versammlungsort. Die meisten anderen Kauffrauen, Schiffseignerinnen, Kapitänsfrauen und Fuhrmannswitwen schickten einen Lehrling oder ihren Sohn zu den Treffen mit Kunden und Klienten in den Kaffeehäusern. Doch Alys war seit Jahren Stammgast in zwei oder drei Cafés und wusste, dass das Paton's in der Harp Lane der beste Ort war, um Schiffseigner zum Handel im Mittelmeer oder in der Adria anzutreffen.

Sie hielt nach Kapitän Shore Ausschau, dem Eigentümer der *Sweet Hope,* der Rob nach Italien gebracht hatte, als dieser zum Studium nach Padua aufgebrochen war. Gewöhnlich traf sich der Kapitän mit seiner Kundschaft in einem Raum im rückwärtigen Teil des labyrinthischen Hauses, und Alys spähte über die hohen Lehnen der Sitzbänke, wo zwei Kapitäne Instruktionen und Briefe für ihre Zielhäfen entgegennahmen. Sie näherte sich einem Tisch, an dem ein breit gebauter Mann mit lichtem blondem Haar und einem wettergegerbten Gesicht gerade Papiere in einer Dokumentenmappe verstaute.

»Kapitän Shore«, sagte sie freundlich.
Sofort stand er auf und streckte ihr die Hand entgegen. »Guten Tag, Mrs Stoney. Wie schön, Euch zu sehen.«
Höflich wartete er ab, bis Alys auf dem Stuhl ihm gegenüber Platz genommen hatte, bevor er sich wieder auf der Sitzbank niederließ.

»Es hat mir leidgetan, vom Verlust Eures Bruders zu hören«, sagte er unverblümt. »Ein feiner junger Mann ... Ich habe ihn auf dem Weg nach Venedig kennengelernt – Himmelherrgott! Das muss jetzt zehn Jahre her sein. Aber ich erinnere mich noch gut an ihn.«
»Danke«, erwiderte Alys. »Ich muss wegen seiner Güter einen Brief mit Anweisungen an ein Lagerhaus in Venedig schicken. Sie gehören Robs Witwe, es ist ihr privates Mobiliar. Ein Verwalter wird die Sachen verpacken und das Beladen Eures Schiffes überwachen. Ihr werdet an unseren Kai liefern.«
»Nicht zu den Legal Quays, um Zoll zu entrichten?«, vergewisserte sich der Kapitän. »Direkt zu Euch, wir müssen nichts anmelden?«
»Ja, es handelt sich um ihr Privateigentum.«
»Für den Zustand des Frachtguts kann ich nicht garantieren«, warnte er sie. »Möbelstücke werden auf Reisen immer in Mitleidenschaft gezogen.«
»Na schön«, stimmte Alys zu.
»Nichts Gefährliches«, hakte der Kapitän nach. »Keine Gifte oder Waffen oder Kanonen oder irgendetwas anderes, was ich nicht auf meinem Schiff haben will. Auch keine Tiere«, fügte er hinzu. »Nichts, worum man sich kümmern muss. Keine Sklaven. Kein Gemüse und keine Pflanzen. Bloß Frachtgut.«
»Hauptsächlich ist es Stein«, versicherte Alys ihm. »Statuen und dergleichen.«
»Also schwer«, sagte er pessimistisch.
»Übernehmt Ihr den Auftrag?«
»Ja.«
»Wir zahlen die Hälfte jetzt und die Hälfte bei Erhalt der Ware.«
Er überlegte einen Moment. »Fünf Pfund pro Tonne«, sagte er. »Wisst Ihr, wie viel das Mobiliar wiegt?«
Alys verzog das Gesicht. »Mit Sicherheit weiß ich es nicht. Aber es können nicht mehr als sechs Tonnen sein. Ich zahle Euch fünfzehn Pfund jetzt und den Rest, je nach Gewicht, beim Entladen.«
»Abgemacht.«
»Das hier ist das Lagerhaus.« Alys schob Livias Brief mit den Anweisungen an ihren Verwalter über den Tisch.
»Russo!«, rief der Kapitän beim Anblick der Adresse. »Oh, den kenne ich. Ich habe schon früher Waren für ihn verschifft. Mehr als

einmal.« Er hob die sandfarbenen Augenbrauen und warf ihr einen Blick zu. »Ich habe gar nicht gewusst, dass er Verwalter von irgendjemandem ist. Ich dachte, es sei ganz allein sein Geschäft – und zwar ein höchst florierendes.«

»Meine Schwägerin vertraut ihm«, antwortete Alys. »Er war ihr Verwalter.«

»Wenn er ihr genehm ist«, räumte der Kapitän ein. »Und wenn Ihr Euch sicher seid, Mrs Stoney? Es ist nicht Euer übliches Gewerbe, und er ist nicht der Schlag Mann, mit dem Ihr gewöhnlich Handel treiben würdet.«

»Er ist der Verwalter meiner Schwägerin«, wiederholte Alys. »Er hat ihre Güter in seinem Lagerhaus. Sie vertraut ihm.«

»Wie Ihr wünscht.« Er nickte. »Aber wenn in Venedig alles fehlschlägt und ich mit leeren Händen von dannen ziehen muss, werde ich mir eine Guinee für meine Zeit bei Euch abholen kommen.«

»Abgemacht«, willigte Alys ein. »Aber ich rechne damit, dass Ihr die Kisten liefern werdet. Es sollten ungefähr zwanzig Stück sein.«

»Platz habe ich«, sagte er. »Ich transportiere Kaffee.«

»Wie lange?« Alys stellte die Frage, die jeder Kaufmann immer stellte, wohl wissend, dass es nie eine konkrete Antwort geben würde.

»So lange es eben dauert«, erwiderte er. »Was haben wir jetzt? Juli? Ich steche diese Woche in See, komme Anfang August dort an, dann wird alles verfrachtet, dann geht es zurück. Auf der Hinfahrt mache ich einen Abstecher nach Lissabon und auf dem Rückweg nach Cádiz. Ich sollte Ende September wieder bei Euch sein.« Er klopfte abergläubisch mit den Fingerknöcheln auf den Tisch. »So Gott will.«

Alys stand auf, spuckte in die Hand und streckte sie aus, der Kapitän tat das Gleiche. Ohne Ekel spürte sie den warmen Speichel und seine raue, rissige Handfläche. »Geht mit Gott«, sagte sie.

»Jawohl«, antwortete er wortkarg.

Dann steckte er die Bestellung in seine Dokumentenmappe und trank einen Schluck Dünnbier.

August 1670, Hadley, Neuengland

Als die sengende Sonne am Ende des Tages abkühlte und die Hitze endlich nachließ, brachte Mrs Rose, die Haushälterin des Pfarrers, einen Brief für Ned zum Fährhaus.
»Vielen Dank, dass Ihr Euch die Mühe gemacht habt«, sagte Ned, überrascht, sie zu sehen.
»Mr Russell wollte einen der Sklaven schicken, aber ich dachte mir, ich mache einen Spaziergang.« Sie betrachtete den Hund, den Garten, alles, nur nicht Neds Gesicht. »Da nun die Sonne gerade untergeht und es ein wenig kühler ist. Ist er von Eurer Schwester?«
»Ja«, erwiderte er mit einem Blick auf die Handschrift. »Zur falschen Jahreszeit. Gewöhnlich beantwortet sie meine Briefe im Frühling und im Herbst.«
»Ihr schreibt nach den Gezeiten?«, fragte sie. »Obwohl Ihr jetzt so weit im Landesinneren seid?«
»Die großen Monde«, sagte er. »Ich sehe sie, und sie erinnern mich daran, ihr zu schreiben.«
»Nun, ich werde Euch in Ruhe den Brief lesen lassen.« Sie wandte sich zur Stadt zurück.
»Nein! Geht nicht gleich«, lud er sie ein. »Es freut mich so, dass Ihr gekommen seid.«
»Nun, mir stand eben der Sinn danach«, erwiderte sie.
»Möchtet Ihr etwas trinken?« Ned wies auf den Pfad durch den Garten in Richtung Fluss. »Ihr könntet Euch setzen und etwas trinken? Sumach? Oder Milch? Ich habe Milch.«
Sie zögerte.
»Bitte«, sagte Ned. »Setzt Euch und seht Euch den Fluss an. Ihr müsst doch nicht gleich wieder zurückgehen, oder?«
»Ein Weilchen kann ich wohl bleiben«, sagte sie verhalten und nahm Platz.
Ned verschwand im Haus und kehrte mit zwei wunderschön geschnitzten Holzbechern und einem Krug mit Sumachbeerenwasser zurück. »Hier.« Er schenkte ihr einen Becher ein.
Sie nippte daran. »Sehr gut«, lobte sie. »Wie lang lasst Ihr die Beeren einweichen?«
»Über Nacht«, erwiderte Ned.

»Seid Ihr hier draußen nicht einsam?«, fragte sie, während sie das jäh aufblitzende Rot eines Kardinals betrachtete, der gerade über den Fluss flog.

»Es gibt immer jemanden, der die Fähre braucht«, sagte er. »Oder etwas tauschen will. Und die Kanus kommen vorbei, recht häufig halten sie auf einen Plausch an, oder sie haben mir etwas zu zeigen oder zu verkaufen, oder sie bringen eine Botschaft, die ich jemandem ausrichten soll, der nach ihnen kommt.«

Sie erschauderte. »Ihr meint Indianer? Ich weiß nicht, woher Ihr den Mut nehmt, mit ihnen zu reden«, erklärte sie. »Was für Botschaften könnt Ihr schon für sie ausrichten? Ich hätte Angst.«

Neds Brust schwellte angesichts ihrer Bewunderung ein wenig. Doch er riss sich zusammen. »Wir sind Nachbarn«, sagte er. »Es gehört sich, gutnachbarlich zu sein.«

»Nicht denen gegenüber«, widersprach sie ihm. »Ich bin hierhergekommen, um ein neues England zu gründen, nicht um wie ein Wilder zu leben.«

»Ich hatte auch Hoffnungen auf ein neues England«, pflichtete er ihr bei. Er suchte unwillkürlich nach Gemeinsamkeiten mit dieser Frau, die so starke Meinungen vertrat, auch wenn sie sie ihm gegenüber noch nie geäußert hatte. »Eines ohne Herren oder Lords oder gar einen König.«

Jetzt blickte sie lächelnd zu ihm auf. »Ihr und ich, wir wissen beide, dass man sich zwar eines Königs entledigen kann, es aber immer Herren und Diener geben wird«, sagte sie. »Und selbst wenn wir einen König losgeworden sind, so ist doch sein Sohn zurückgekehrt.«

»Betet darum, dass er nicht auch noch hierher kommt«, sagte Ned, der sich ein Lächeln erhoffte.

»Wir können darauf vertrauen, dass der Gouverneur uns vor ihm bewahrt und vor seinem Ketzertum. Gottes Gesetz steht über dem des Menschen – selbst dem eines Königs –, und außerdem haben wir unsere Charta.«

»Amen«, sagte Ned höflich, wohl wissend, dass Neuengland rechtschaffen fromm war und die Haushälterin des Pfarrers ganz besonders.

»Aber wie kocht Ihr hier?«, erkundigte sie sich.

»Wie jeder andere auch, über dem Feuer. Bei diesem heißen Wetter habe ich es ausgehen lassen. Vielleicht entfache ich später ein kleines Feuer im Freien und brate einen Fisch am Spieß. Falls Ihr bleiben möchtet, könnte ich noch einen fangen.«
Sie zögerte. »Ich muss zurück, um das Abendessen zu kochen. Vielleicht ein andermal.«
Ned nickte.
»Und wie wascht Ihr Eure Wäsche?«
»Da habt Ihr mich ertappt!«, gab Ned zu. »Ich bezahle eine der Frauen dafür, dass sie zum Waschen herkommt.«
»Keine Wilden?«, fragte sie, ein wenig schockiert, und als er nickte, schüttelte sie den Kopf. »Wilde werden Euer Leinen nicht weiß bekommen. Ihr könnt Eure Hemden zum Haus des Pfarrers bringen, und ich wasche sie an unserem Waschtag mit.«
»Ich bin Euch sehr dankbar«, erwiderte Ned höflich. »Aber ich werde Euch nicht zur Last fallen. Nicht jetzt, da Ihr endlich ein wenig freie Zeit habt, weil Eure Gäste über den Sommer fort sind.«
»Sie machen keine Mühe«, sagte sie. »Es sind Männer Gottes, alle beide, und für eine große Sache im Exil.«
»Habt Ihr schon immer im Dienst gestanden?«, wollte Ned scheu wissen.
»Schon als Mädchen in Devon. Mein Herr wurde von Gott dazu berufen, hierher zu kommen, und er brachte uns, seine Dienstboten, mit sich. Er verstarb auf der Überfahrt, mein Ehemann ebenfalls, und wir Übrigen mussten neue Anstellungen finden. Es war nicht schwierig – hier drüben will jeder einen Dienstboten, und ich entschied mich dazu, für den Pfarrer zu arbeiten, weil er mir eine Parzelle Land in seiner neuen Siedlung versprach, falls ich bis zum Ende meiner Dienstzeit bei ihm einen Ehemann fände.«
»Ihr wollt Euer eigenes Land?«, fragte Ned.
»Natürlich«, antwortete sie schlicht. »Das will doch jeder.«
»Ihr würdet es selbst bewirtschaften?«
Sie riskierte einen Blick in sein Gesicht. »Ich hoffe, einen guten Mann zu heiraten, und wir werden es gemeinsam bewirtschaften«, antwortete sie freiheraus.
Ned zögerte, da er nicht wusste, wie er ihr antworten sollte. Im Nu hatte sie ihren Becher ausgetrunken und erhob sich.

»Ich lasse Euch dann mal Euren Brief lesen.«
»Ich würde Euch zurück in die Stadt begleiten ...«
»Ich weiß doch, dass Ihr die Fähre nicht im Stich lassen könnt.«
Nach einem kurzen Zögern sagte sie ihm, was sie sich schon vom ersten Tag an dachte, als sie gesehen hatte, wie das Fährhaus gebaut wurde und Ned Schilf für das Reetdach ausbreitete. »Ihr könntet hier ein gutes Geschäft machen. Ihr könntet ein größeres Haus bauen und es als Gasthaus für nach Norden Reisende eröffnen. Ihr könntet Männer anheuern, die Eure Parzelle bewirtschaften, und Dienstmädchen als Kellnerinnen. Wenn Ihr eine Ehefrau hättet, die sich in der Küche auskennt, könnte dies das beste Haus am Fluss sein.«
Ned verschwieg, dass er auf kein gutes Geschäft aus war und auch kein Gastwirt sein wollte. Er schenkte ihr ein Lächeln. »Ihr seid eine geschäftstüchtige Frau.«
»Deshalb bin ich hergekommen«, stimmte sie ihm zu. »Gott hat mich dazu berufen, ein neues Leben in dieser neuen Welt zu beginnen, und ich dachte, es könnte ein besseres Leben als das alte sein.« Sie zögerte. »Daran ist doch wohl nichts Verkehrtes? Wenn man ein besseres Leben haben möchte?«
»Nein«, versicherte Ned rasch. »Und ich wollte es auch. Ich wollte auch ein besseres Leben. Bloß nicht ... auf Kosten anderer.«
Wie ein Mann streckte sie ihm die Hand entgegen. »Auf Wiedersehen.«
Er nahm ihre schwielige Hand in seine und schloss die andere Hand fest darüber. »Ich sehe Euch übermorgen«, versprach er ihr. »Morgen pflücke ich Obst. Soll ich etwas für Euch aufheben? Ich werde Heidelbeeren von meinen Sträuchern haben und die ersten wilden Weintrauben.«
»Ich nehme drei Pfund Heidelbeeren zum Einmachen.« Sie zögerte, löste ihre Hand allerdings nicht aus seinem warmen Griff. »Ich freue mich schon darauf, Euch zu sehen, Mr Ferryman. Der Pfarrer hat nichts dagegen einzuwenden, dass Ihr ins Haus kommt, um mich zu besuchen.«
Ned war sich ganz sicher, dass John Russell nichts gegen einen Besuch oder eine Heirat einzuwenden hatte. Das gesamte Dorf Hadley ging auf den Pfarrer zurück. Er war mit seiner Gemeinde von den

Flusssiedlungen in Connecticut hergezogen, hatte die Parzellen selbst ausgemessen und andere Siedler eingeladen. Ned hatte die Fähre im Norden und eine Landparzelle übertragen bekommen, weil er William Goffe und Edward Whalley begleitet und beschützt hatte. Doch selbst Ned musste sich laut dem geltenden Stadtrecht niederlassen, und das bedeutete, sofern er seine Parzelle behalten wollte, Kirchgänge, eine gottselige Heirat und eine Familie. Mrs Rose war eine in Schuldknechtschaft stehende Bedienstete, eine Witwe. Auch sie musste sich am Ende ihrer Dienstzeit häuslich niederlassen und heiraten.

Ned folgte seiner Besucherin zum Stadttor und öffnete es für sie. Mit einem kleinen Lächeln schlüpfte sie hindurch.

»Bis bald, Mr Ferryman«, sagte sie und begann, den breiten, grünen Hauptweg entlangzugehen.

Ned überlegte, dass dies nicht die Freiheit war, die er sich bei seiner Ozeanüberquerung erhofft hatte. Er hatte von einem Leben geträumt, das sie sich bei den abendlichen Vorträgen in Cromwells Armee voller Leidenschaft ausgemalt hatten – ein Land, wo jeder Mann seine eigene Parzelle haben würde, seinen eigenen Glauben und seine eigenen Rechte. Jeder Mensch würde seinen Moment strahlender Gottseligkeit erlebt haben, der ihn sein restliches Leben lang leiten würde, jeder Mensch würde seine eigene Stimme in der Regierung haben, und jeder Mensch jeder Hautfarbe würde frei und gleich sein. Doch auch hier in dem Land, das in seiner Vorstellung frei gewesen war, gab es Gesetze, die jeden an seinem Platz hielten, es gab auch hier Herren und einfache Männer, Landbesitzer und Diener.

Er hätte wohl auf ihre Absicht, sich einen Ehemann zu suchen, etwas Herzlicheres, etwas Freundlicheres erwidern sollen, doch ihm hatten die Worte gefehlt. In Gegenwart von Frauen war er schon immer ein Narr gewesen. Seine Ehefrau war jung verstorben, und die einzige Frau, die er je verstanden hatte, war seine Schwester gewesen, und sie hatte alles verraten, woran er je geglaubt hatte, und hatte dafür beinahe mit dem Leben bezahlt. Also ließ er Mrs Rose gehen, und sie spazierte davon, ihre weiße Haube den ganzen Weg entlang sichtbar.

Ned ging ins Haus, um Alinors Brief zu öffnen, und zog bei der ersten Zeile den Schemel an seinen einfachen Tisch, um die Worte zu lesen und abermals zu lesen. Er hielt das Papier in den Lichtstrahl von der offenen Tür, um die hingekritzelten Sätze entziffern zu können. Sobald er begriffen hatte, dass sein Neffe ertrunken war, ließ er den Kopf in die Hände sinken und betete für Robs Seele, für den intelligenten Jungen, der die größte Hoffnung seiner Familie gewesen war und der nun in Untiefen versunken war. Mit einem leisen Ächzen glitt Ned von dem Schemel auf die Knie, um für Alinor zu beten und darum, dass sie diesen erneuten Schicksalsschlag überstehen würde und lernte, ihn als einen weiteren tragischen Verlust zu akzeptieren.

»Amen«, sagte er leise. »Herrgott, du kennst den Schmerz, den diese Familie erlitten hat. Verschone uns fortan. Lass meine Schwester begreifen, dass ihr Sohn in dieser Welt verloren und in eine andere gegangen ist. Lass sie Frieden in ihrem Zuhause finden und mich in meinem.«

August 1670, London

Der Schiffsverkehr auf der Themse hatte bei dem schönen Wetter seinen Höchststand erreicht. Die großen Galeonen aus Ostindien, die von einem frühen Monsunwind profitiert hatten, fuhren auf dem Weg zu ihren eigenen tiefen Anlegeplätzen und großen Lagerhäusern an dem kleinen Kai vorüber. Alys machte weiter ihre Runden, traf sich mit Kaufleuten, bahnte Geschäfte für den Kai an und überwachte die Anlieferung und Abholung von Waren sowie das Entrichten der Zollgebühren.

Der Reekie-Kai war der bevorzugte Anlegeplatz eines Lastboots aus Kent, das im Winter feinen schwarzen Wollstoff brachte und zur Erntezeit Weizen und Obst. Der Kapitän – ein alter Kamerad von Ned – legte im August an. Alys stieg die Treppe zum Zimmer ihrer Mutter hinauf, wo diese gerade Kräutersträuße gegen Fieber zusammenband, und brachte ihr eine Schüssel mit frischen Pflaumen.

»Pflaumen aus Sussex«, sagte sie. »Kapitän Billen hat sie gebracht.«

Alinor schloss die Augen, während sie hineinbiss, als sähe sie den Baum, den von einer Mauer umgebenen Garten des Fährhauses und ihr kleines Haus am Rand des Sumpfes.
»Es muss ein guter Sommer in Foulmire gewesen sein, wenn sie so süß sind«, war alles, was sie sagte.
Der einzige untätige Mensch im Lagerhaus war Livia, die an nichts anderes als die Rückkehr des Schiffes mit ihren Gütern aus Venedig dachte. Allerdings konnte sie nichts tun, um diese Rückkehr zu beschleunigen. Sie säumte ihr eigenes erlesenes Leinen, spielte ein wenig mit dem Kind und ließ es dann den ganzen Nachmittag bei Alys oder Alinor, während sie in den Feldern und Obstgärten im Süden spazieren ging. Sie klagte über Langeweile und über die Hitze, über das monotone Leben im Lagerhaus, über die Wahrscheinlichkeit, dass sie alle durch den stinkenden Fluss Neckinger, der sich neben dem Lagerhaus in die Themse ergoss, erkranken würden. Ihr einziges Interesse galt dem Entwerfen und Bestellen von kleinen eleganten Karten, wie Geschäftskarten, aber auf festerem, qualitativ hochwertigem Papier. Darauf befanden sich eine Zeichnung vom Kopf einer klassischen Statue und darunter die Adresse von Avery House.
»Aber sie erwecken den Anschein, als gehöre das Haus Euch«, protestierte Alys, als Livia ihr die Vorderseite der Karten in ihrer Schachtel zeigte.
»Ich kann meine Adresse nicht als Reekie-Kai angeben, nicht wahr?«, entgegnete Livia scharf. »Hierbei handelt es sich um Antiquitäten von großem Wert. Kein Mann von Vermögen und Geschmack hätte Interesse daran, wenn er wüsste, dass sie von hier stammen.«
»Ihr schämt Euch für uns?«, fragte Alys tonlos.
»Ganz und gar nicht! Dies ist eine geschäftliche Angelegenheit. Es geht nicht darum, wie die Dinge sind, sondern wie sie aussehen.«
»Und hat er keine Einwände? Dazu, wie die Dinge aussehen? Dass Ihr sein Haus benutzt, seinen Namen?« Wie üblich erwähnte sie James' Namen nicht.
»Er wird keine Einwände haben«, entschied Livia.
Alys starrte die jüngere Frau entgeistert an. »Er wird? Ihr sagt: Er wird? Er weiß noch nichts davon?«
»Er weiß, dass ich meine Antiquitäten in seinem Haus ausstelle.

Selbstverständlich muss ich seine Adresse angeben. Wie sonst sollen Leute wissen, wohin sie kommen müssen?«

»Ich dachte, es seien seine Freunde und sie wüssten, wo er wohnt?«

»Das hier wird sie daran erinnern, zurückzukehren.«

»Womit habt Ihr sie nur bezahlt?«

Livia wandte den Kopf ab. »Sie waren nicht sehr teuer, und ich musste sie haben, Alys.«

Angst durchzuckte Alys. »Ihr habt doch nicht etwa Geld von ihm geborgt?«

»Nein! Das würde ich niemals tun!«

»Wie denn dann?«

Livia ließ den Kopf hängen. »Ich habe meine Ohrringe verkauft.«

»Oh! Meine Liebe!« Alys war schockiert. »Das hättet Ihr nicht tun sollen. Ich hätte Euch das Geld leihen können.«

»Ich konnte Euch nicht darum bitten.« Livia tupfte sich die Augen mit ihrem schwarz gesäumten Taschentuch. »Wie denn? Ihr habt mir ja schon mit der Verschiffung ausgeholfen. Ich ertrage es nicht, Euch zur Last zu fallen ...«

»Habt Ihr sie verpfändet? Können wir sie zurückbekommen?«

»Man hat mir drei Schilling dafür gegeben.«

Alys ging sofort ins Kontor, öffnete die Geldkassette und kehrte mit den Münzen in der Hand zurück. »Da!«, sagte sie. »Das Geld ist knapp, aber es ist immer knapp, und ich werde niemals zulassen, dass Ihr Euren Schmuck verkauft. Holt sie zurück und tut so etwas nie wieder. Kommt wegen allem, was Ihr sonst noch braucht, zu mir. Rob hätte nicht gewollt, dass Ihr Eure Schmuckstücke verkauft.«

»Aber er ist nicht hier!«, entfuhr es Livia, der Tränen übers Gesicht strömten, mit zitternder Unterlippe. »Ich muss ohne ihn meinen Weg machen, und ich kann es einfach nicht! Ich weiß nicht, wie!«

»Ich bin doch hier!«, rief Alys. »Ich bin hier! Ich werde mich um Euch kümmern, und um den kleinen Matteo auch. Das werde ich immer tun.«

Livia warf sich in Alys' Arme. »Ihr seid so eine gute Schwester«, hauchte sie. »Ich werde mich wegen allem an Euch wenden, und ich werde nie wieder so etwas tun. Roberto schenkte sie mir zu unserer Verlobung, es hat mir das Herz gebrochen, sie zu verkaufen.«

Alys hielt sie an sich gedrückt. »Natürlich müsst Ihr Euch wegen allem, was Ihr braucht, an mich wenden. Ihr gehört zur Familie, dies ist ein Familienbetrieb, unser Vermögen ist Eures.«

Livia trat zurück, trocknete sich die Augen und steckte die Münzen in die Tasche. Alys rieb sich mit den Händen übers Gesicht, strich ihre Schürze glatt, und ihr Blick fiel abermals auf die Karten. »Aber ich wünschte, Ihr hättet sie nicht so drucken lassen.«

»Ich kann sie neu drucken lassen, aber das würde noch einmal drei Schilling kosten. So eine Verschwendung werde ich nicht zulassen.«

»Es sieht aus, als würdet Ihr dort wohnen.«

»Es sieht nicht so aus, als würde ich dort wohnen«, widersprach Livia. »Es sieht aus, als könne man Avery House einen Besuch abstatten, um sich meine Antiquitäten anzusehen, und als könne man sich per Briefpost an diese Adresse wenden, falls man etwas käuflich erwerben möchte. Avery House ist mein Schaufenster, genauso wie Sarah ein Schaufenster für ihre Hüte hat. Kein Mensch glaubt, sie würde in dem Fenster wohnen.«

August 1670, London

Sir James zog nur die Augenbrauen in die Höhe, als er sah, dass auf den Visitenkarten für Livias Antiquitäten als Adresse Avery House angegeben war.

»Ihr seid sehr organisiert«, erklärte er nur. »Tragt Ihr Euch in der Hoffnung, dass ich diese Karten für Euch verteile? Als wären wir Straßenverkäufer und Avery House unsere Marktbude? Sollen die Leute bei mir Antiquitäten bestellen, als wenn ich ein Gemischtwarenhändler wäre?«

»Nein, nein«, erwiderte sie. »Das käme niemals infrage. Um so etwas würde ich Euch niemals bitten! Ich selbst würde mich nie dazu herablassen, Handel zu treiben! Seht doch, Euer Name steht hier nicht drauf und meiner auch nicht. Lediglich die Adresse. Diese Karten sind für mich, damit ich sie Leuten geben kann, die bei mir anfragen. Ich möchte nur, dass Ihr Eure Freunde zu einem kleinen Fest einladet, damit sie sich unsere Antiquitäten ansehen können.

Ich werde ihnen die Stücke zeigen, und dann werde ich ihnen die Karten geben. Auf jede Karte werde ich notieren, welches Stück ihnen gefällt, sowie den Preis. Damit sie nicht vergessen, dass die Antiquitäten zum Verkauf stehen und über mich erworben werden können.«
»Ihr möchtet, dass ich Leute einlade?«
»Gentlemen und Ladys aus Eurem Bekanntenkreis.« Sie sagte dies, als käme niemand sonst in London infrage. »Keine Geschäftsleute. Wir wollen keine Händler oder Krämer oder dergleichen.«
»Da stimme ich zu«, versicherte er rasch. »Aber ich habe keinen solchen Freundeskreis. Mit meiner Gattin und meiner Tante habe ich auf Northside Manor in Yorkshire gelebt, und wir sind nur selten nach London gekommen. Nach dem Tod meiner Gattin habe ich Avery House schließen lassen. Ich habe es erst dieses Jahr wieder bezogen, um ...« Er brach ab.
Eifersucht flackerte in Livia auf, als ihr klar wurde, dass er es für Alinor geöffnet hatte. Allerdings gab sie sich Mühe, dass ihr Lächeln keine Sekunde nachließ. »Ihr müsst doch Freunde der Familie haben?«, erkundigte sie sich. »Verwandte?«
»Selbstverständlich.«
»Und Leute, die mit Euren Eltern befreundet waren.«
»Natürlich. Auch wenn nicht jeder aus dem Exil heimgekehrt ist.« Kopfschüttelnd dachte er an diejenigen, die nie zurückgekommen waren.
»Aber es muss doch ein paar Leute geben, die auf Eurer Seite für den zurückgekehrten König waren und die Euch einen Gefallen schulden?«, bohrte Livia weiter. »Viele Leute. Leute, deren Geheimnisse Ihr bewahrt habt? Wart Ihr nicht königstreu? Seid Ihr jetzt nicht ein Sieger?«
Resigniert zuckte er mit den Schultern. »Na schön. Ich werde Einladungskarten zu einem Frühstück verschicken.«
»Falls Damen kommen, werdet Ihr eine Gastgeberin benötigen«, ermahnte sie ihn.
Er zögerte. »Ich kann wohl meine Tante fragen, ob sie aus Northallerton nach Süden kommen würde ...«
»Ich werde es übernehmen«, bot Livia an. »Es bereitet mir keine Umstände, und ich muss ohnehin hier sein, um über die Antiquitä-

ten zu reden. Ihr könnt den Leuten sagen, dass ich die Witwe Eures ehemaligen Schülers Walter Peachey bin. Sie sollen ruhig denken, dass wir seit Jahren miteinander befreundet sind.«

Er war entsetzt. »Ich kann Euch doch nicht den Namen eines anderen Mannes geben!«

Sie lächelte zu ihm empor. »Es macht doch nichts, nicht wahr, mein lieber Sir James? Es versorgt Euch und mich mit einer Herkunft, die wir benötigen. Wir können schlecht sagen, dass wir uns in einem dreckigen kleinen Lagerhaus begegnet sind und dass Ihr dort wart, um der Mutter einer armen Kaimeisterin einen Heiratsantrag zu machen und Euren unehelichen Sohn anzuerkennen, nicht wahr?«

»Nein, natürlich können wir das nicht sagen. Es wäre eine Schande!« Er war fassungslos.

»Also müssen wir erklären, wie wir einander begegnet sind«, stellte sie fest. »Und warum Ihr mir eine Galerie zur Verfügung stellen solltet, damit ich meine erste Sammlung ausstellen kann. Ich sage nichts weiter, als dass wir ein wenig Schliff benötigen.«

»Schliff?« Er ließ sich das Wort durch den Kopf gehen.

»Ein wenig Schimmer, um das Auge zu täuschen.« Sie lächelte. »Wie wir es in der Werkstatt tun. Um Glanz hinzuzufügen. Einen gewissen Schliff. Ich werde mich Nobildonna da Picci nennen, versteht Ihr? Eigentlich überhaupt keine Veränderung, bloß ein klitzekleiner Buchstabe. Und dann kann niemand Zweifel daran hegen, dass hinter unserer Freundschaft nichts weiter steckt, als dass Ihr gütigerweise der Witwe Eures verstorbenen Schülers Walter Robert Peachey, meines verstorbenen Gatten, unter die Arme greift. Ich finde sowieso, dass es ein eleganterer Name ist. Wir wahren meinen guten Ruf vor bösen Zungen, und Euch ersparen wir jegliche Verbindung zu dem Kai. Ihr wollt mich doch nicht der Gerüchteküche aussetzen, oder?«

August 1670, London

Sarah, die wie üblich am Samstagabend zu Hause war, half ihrer Großmutter zu Bett, richtete das Bettzeug, strich das Kopfkissen glatt und wollte die Vorhänge vor dem Nachthimmel zuziehen.

Doch der Erntemond hing über dem Fluss, und Alinor bat sie, die Vorhänge offen zu lassen, damit sie das warme gelbe Licht sehen konnte.

»Du hast keine Angst, dass er dir böse Träume beschert?«, neckte das Mädchen.

»Ich träume gern. Manchmal träume ich, dass ich wieder ein Mädchen in Foulmire bin, und die Schreie der Möwen sind die Schreie der Vögel aus dem Sumpf. Und manchmal träume ich, dass es die Vögel sind, die Rob immer in der Lagune von Venedig liebte, und dass er ihnen in diesem Moment lauscht.«

»Du hast Wunschträume von ihm?«, fragte das Mädchen sogleich voller Mitgefühl.

»Nein«, antwortete Alinor bestimmt. »Ich träume voller Gewissheit von ihm.«

Sarah zog den kleinen Schemel heran und setzte sich neben das Bett. »Gewissheit? Was meinst du damit?«

»Mein Sohn ist immer sicheren Fußes gewesen, so viel ist gewiss. Er war ein guter Schwimmer, so viel ist gewiss. Was sie uns erzählt hat ...«

»Was Livia gesagt hat?«

»Jawohl. Was sie uns erzählt hat, kann nicht stimmen, so viel ist gewiss. Sie hat uns gesagt, er sei immer mit einem Boot auf die Lagune hinausgefahren und auf den Sandbänken und Inseln gewandert. Dort wäre er also nicht ertrunken. Nicht mein Rob, nicht in dem Wasser, das kam und ging, das manchmal Land war und manchmal Meer.«

Mit großen Augen lauschte Sarah.

»Wenn sie mir erzählt hätte, er sei in einer Schlägerei umgebracht worden oder erkrankt, hätte ich ihr vielleicht geglaubt. Plötzlich und ohne Zeit, an mich zu denken. Wenn sie uns erzählt hätte, er sei begraben, hätte ich es vielleicht mit der Zeit geglaubt. Aber ich kann mir nicht vorstellen, dass er ertrunken ist und es keinen Grabstein mit seinem Namen gibt. Außerdem hätte ich es gewusst, wenn er ertrunken wäre. Ich hätte es in dem Augenblick gewusst, als es passierte. Es ist unmöglich, dass Rob ertrunken ist – und ich an einem sonnigen Tag im Hof Lavendel zerkleinerte, Thymian pflückte, sang ... es kann sich einfach nicht zugetragen haben.«

Sarah nickte.

»Ich sehe, wie du dort sitzt und denkst, dass ich den Verstand verliere.« Alinor lächelte ihre Enkelin an. »Aber ich wäre früher einmal selbst um ein Haar ertrunken. Könnte mein Sohn untergehen, ohne dass ich es spüre? In dem Wasser, das sich selbst jetzt noch in meiner Lunge befindet?«

Sarah erhob sich und zog den Vorhang noch ein Stück weiter auf, damit sie beide den Pfad des Mondscheins auf dem Fluss sehen konnten.

»Ich halte ständig nach ihm Ausschau«, gestand Alinor. »Ich sehe die Segel und denke mir, eines dieser Schiffe wird ihn zurück nach Hause bringen. Ich denke, er wird mit ihren Statuen herkommen.« Sie drehte sich lächelnd zu ihrer Enkelin um. »Für manche Menschen ist diese Welt nicht ganz ... wasserdicht. Die andere Welt dringt ein ... und manchmal können wir sie erreichen. Es ist wie mit Foulmire – manchmal ist es Land, und manchmal ist es Wasser. Manchmal kenne ich diese Welt, manchmal erhasche ich einen Blick in die andere. Du nicht auch?«

»Oh, Großmutter – ich weiß, dass du es dir erhoffst, und ich bilde mir gern ein, dass dem früher so war«, erwiderte sie leise. »Aber ich habe nicht die Gabe des zweiten Gesichts.«

»Ich weiß, dass du sie hast«, sagte Alinor herausfordernd.

»Nun, bei mir ist es nicht sehr deutlich ...«

»Es ist nur selten deutlich«, räumte Alinor ein. »Und ich habe nicht die geringsten Beweise. Nichts, was ich deiner Mutter sagen könnte. Nichts, was ich Livia fragen könnte.«

»Was würdest du sie fragen, wenn du könntest?«

»Ich würde sie fragen, warum sie Schwarz trägt, aber ihre ganze Zeit mit einem anderen Mann verbringt. Ist ihr kleines Herz gebrochen, aber schnell wieder geheilt? Und falls sie keine Witwe ist, wo ist dann mein Junge?«

September 1670, London

Es herrschte Ebbe, und die Seeschwalben, die über das Wasser hinwegglitten, schnellten mit einem Platschen in die Wellen und kamen mit winzigen silbrigen Fischen in den spitzen Schnäbeln wieder hoch.

Livia blieb mit Matteo auf dem Arm im Türrahmen von Alinors Schlafzimmer stehen und wandte sich an Alys, die gerade ein Tablett voller Kräutertrankbeutel vom Arbeitstisch ihrer Mutter holte. »Könnt Ihr ihn heute Vormittag nehmen?«, fragte sie. »Ich brauche Carlotta, sie soll mit mir über die London Bridge gehen.«

»Nicht jetzt«, antwortete Alys. »Ich erwarte ein Schiff.«

»Er kann den Vormittag bei mir verbringen«, bot Alinor an. »Er bereitet mir keine Umstände.«

»Ich gehe mit ihm spazieren, sobald sie ihre Ladung gelöscht haben«, versprach Alys. »Mittags habe ich Zeit, aber am Nachmittag sollte dann wieder Fracht eintreffen …«

Unten vom Kai, wo ein Leichterschiffer in seinem schaukelnden Boot stand, erklang Rufen. »Lieferung für das Lagerhaus Reekie!«, brüllte er.

Alys öffnete die Tür und trat auf den kleinen Balkon hinaus. »Reekie-Kai! Was habt Ihr?«, rief sie hinunter.

Er deutete auf die Kiste im Bug seines Bootes. »Aus Neuengland«, sagte er. Er wies auf das Schiff hinter ihm, das beigedreht hatte und Taue von einem Schleppkahn aufnahm, um weiter flussaufwärts zu fahren.

»Wartet! Ich komme nach unten.« Alys eilte aus dem Zimmer.

Livia sah Alinor mit hochgezogenen Augenbrauen an. »Wie sie läuft, wenn jemand nach ihr ruft!«

»Sie muss für seine Zeit bezahlen«, erklärte Alinor. »Natürlich läuft sie. Ich werde ebenfalls nach unten gehen und nachsehen. Bestimmt ist es etwas von Ned.«

»Noch mehr Kräuter?«, riet Livia und folgte mit Matteo an der Schulter Alinor die Treppe hinunter.

Der Leichterschiffer und zwei Hafenarbeiter trugen die Kiste ins Lagerhaus. Alys bezahlte die Frachtkosten und holte dann den Hammer von der Wand, um den Deckel zu öffnen.

»Das kann doch Tabby machen«, sagte Livia.
»Ich mache es schon.« Alys zog die Nägel an der oberen Seite aus der Kiste, bis sie sich öffnen ließ. Sie lächelte ihre Mutter an. »Ich weiß, dass du sie aufmachen willst.« Geschickt stemmte sie den Deckel hoch, ließ ihn jedoch oben aufliegen.
Alinor hob ihn behutsam an, und sofort durchströmte der satte, starke Geruch nach Sassafras den Raum.
»Es muss noch etwas drin sein«, sagte Alys. »Die Kiste war sehr schwer.«
Alinor schob die getrockneten Blätter beiseite und stieß auf den kühlen runden Felsbrocken. »Es fühlt sich wie Kieselsteine an.«
»Könnte es Erz sein?«, erkundigte sich Livia mit schlagartigem Interesse. Sie reichte Alys das Kind und trat vor, um besser sehen zu können. »Goldhaltiges Erz?«
»Er würde kein Gold in einer Kiste verschicken.« Alinor holte den Stein heraus und wog ihn in der Hand. Es war ein großer Stein, von der Größe eines Kopfsteins, außen grau und uninteressant, doch er war zweigeteilt und öffnete sich in ihren Händen. Sie stieß ein leises Keuchen aus.
Innen verbarg sich ein Schatz, eine glitzernde Juwelenhöhle voller scharfer Zähne, purpurn und dunkel wie Indigo, die dennoch gleichzeitig durchscheinend wirkten. »Schaut euch das nur an!«
»Sind es Diamanten?«, hauchte Livia »Hat er Diamanten gefunden? Purpurne Diamanten?«
»Er hat geschrieben.« Alys zog das Blatt Papier hervor, das in die Kiste gepackt war.

»Liebe Schwester und Nichte Alys«, las sie laut vor. *»Hier ist eine Kiste mit Sassafrasblättern, die Ihr, wie ich weiß, immer gebrauchen könnt, und ein Stein, den der Stamm der Norwottuck ›Donnerstein‹ nennt. Sie behaupten, ein Stein wie dieser leite Blitze gefahrlos hinab in den Erdboden. Ich habe dergleichen nicht gesehen, aber ich habe mir gedacht, es könnte bei den Türmen und Dächern von London hilfreich sein. Wenn Ihr sie mit Profit verkaufen könnt, kann ich mehr bekommen. Er hat mich 6 Pence in Tauschwaren gekostet, gebt mir also Bescheid, ob es sich rentiert. In Eile, um das Boot zu erwischen – Dein liebender Bruder Ned.«*

»Von mir schreibt er nichts? Und auch nicht von seinem Neffen?«, fragte Livia.

»Das hier wird sich mit meinem Brief überkreuzt haben«, erklärte Alinor. »Es dauert lange, bis ihn Nachrichten erreichen – anderthalb Monate, manchmal mehr.« Sie fügte den Donnerstein zusammen und öffnete ihn dann wieder. »Er ist wunderschön.« Sie wandte sich an Alys. »Bringst du ihn zum Apotheker und schaust, ob er ihn verkaufen kann?«, fragte sie. »Du kannst ihm ausrichten, dass wir auch eine neue Lieferung Sassafras haben. Ich werde ein wenig zurückbehalten, um Beutel und Heiltränke damit zu machen, aber du könntest ihn fragen, was er pro Pfund bezahlen würde?«

»Ich gehe heute Nachmittag hin«, setzte Alys an, schnalzte dann jedoch verärgert mit der Zunge. »Nein, ich kann ja nicht, ich erwarte eine Lieferung Obst aus Kent.« Sie wandte sich an Livia. »Könntet Ihr das übernehmen? Ihr könntet doch von The Strand aus mit Carlotta hingehen.«

»Ich?« Livia blickte von einer Frau zur anderen, als handelte es sich um eine unerhörte Bitte, die sie nicht recht verstand.

»Warum nicht?«, fragte Alinor leise.

Livia sah nur rasch zu Alys, die für sie antwortete. »Oh! Nein, Ma, natürlich kann sie das nicht.«

»Warum denn nicht?« Alinor richtete die Frage jetzt an ihre Tochter.

Alys errötete. »Sie ist eine Dame, sie kann nicht hingehen und Dinge in einem Laden verkaufen. Es schickt sich für sie nicht, in ein Geschäft zu gehen und um etwas zu feilschen ... auf Englisch ... mit Mr Jenkins, der immer so ... Es ist nicht ihre Sprache, es ist unpassend für sie.«

»Stimmt das?«, fragte Alinor Livia neugierig. »Unsere Arbeit ist unter Eurer Würde?«

»Nein! Nein! Natürlich werde ich dorthin gehen«, erwiderte Livia taktvoll. »Wenn Ihr mich darum bittet, *mia Suocera*, werde ich es tun. Natürlich. Ich kann es nicht so gut wie die liebe Alys, aber ich kann es versuchen. Wenn Ihr es wünscht, werde ich es versuchen. Ich möchte helfen und werde alles tun, worum Ihr mich bittet.«

Alinor wandte sich an ihre Tochter. »Geh du, sobald du kannst. Sieh zu, ob er weitere Donnersteine haben will und was er bezahlt.«

»Aber ich werde hingehen, wenn Ihr es wünscht!«, warf Livia ein. Alinor würdigte ihr fragendes Gesicht keines einzigen Blickes. »Nein, vergesst es.«

September 1670, Hadley, Neuengland

Am Ende des heißen, feuchten Sommers wucherte überall in Neds Garten Unkraut. Alles um ihn herum war grün: Der Fluss war breit angeschwollen und durchsichtig grün, der Wald am anderen Ufer eine dichte Mauer in Grün, die Weiden oberhalb von einem gelblichen Grün und die Kiefern darüber von einem satten Violettgrün. Selbst Neds Kleidung in seiner Truhe war vom feuchten Schimmel ganz grün.

Stundenlang bearbeitete er jeden Tag sein Feld mit der Hacke und schälte die Blätter von den reifenden Maiskolben, damit sie braun vertrockneten. Als die Bohnen gediehen und sich an den Maisstängeln emporwanden, und als seine Kürbisranken über den Boden krochen, kamen immer mehr Tiere aus dem Wald zu beiden Seiten der Anbaufläche, um seine Ernte zu plündern. Schwarze Krähenschwärme verdunkelten den Himmel und hätten das Feld abgegrast, wenn Red nicht bellend aus seiner Hütte gesprungen wäre. Eichhörnchen kamen hoch oben auf den Ästen der Bäume herangehuscht, Rebhühner führten ihre dicken Jungen herbei und duckten sich unter seinem Zaun hindurch, um in den kostbaren Samenbeeten zu scharren und zu picken.

Ned reparierte seinen Zaun, steckte Weidenruten in gewässerte Erde und verflocht sie, um seine halbe Parzelle von vier Morgen Land zu markieren. Er versuchte, eine kultivierte kleine englische Hecke heranzuziehen, zum Schutz vor der Wildnis aus Bäumen, größer als ganz England, vielleicht größer als die christliche Welt. Niemand ahnte, wie weit sich das Land erstreckte, soweit man wusste, reichte es möglicherweise bis nach Indien.

Wussausmon, der eines Abends den breiten Hauptweg aus südlicher Richtung entlangkam, war kaum zu erkennen: als Engländer gekleidet in Kniehose, Schuhen, Hemd und Jacke. Er öffnete das

Nordtor der Stadt und trat an Neds Gartenpforte mit den Worten.
»Ihr Engländer, Ihr könnt doch nichts in Frieden lassen.«
Ned blickte bei der freundlichen Stimme auf und sah noch einmal hin, als er den Pokanoket unter dem englischen Hut erkannte. »Ich habe Euch nicht wiedererkannt!«
»Dies ist die Kleidung meiner anderen Welt«, sagte er. »Hier lautet mein Name John Sassamon.«
Ned stand auf. »Kommt herein, wie immer Euer Name lautet.« Er öffnete das kleine Gatter.
»Ich will Euch nicht bei der Arbeit stören.«
»Ich mache einfach weiter. Setzt Euch hierher. Ich bin ohnehin gleich fertig.«
Ned formte die Gartenerde um eine Weidenrute zu einer niedrigen Mauer und bildete eine Pfütze um den nackten Stängel. »Jedes wilde Tier aus dem Wald glaubt, es kann in meinen Garten einfallen und meine Feldfrüchte auffressen«, beklagte er sich. »Ich wünschte, ich könnte eine Mauer dagegen errichten! Oder mithilfe des Flusses einen Graben erschaffen.«
Der Mann lachte. »Warum nicht den Wald zurückversetzen?«
»Die Niederländer halten in ihrem Land das Meer zurück«, erzählte Ned.
»Davon habe ich gehört. Wehrt sich das Meer nicht dagegen? Macht es den Flüssen nichts aus?«
»Das Meer wehrt sich tatsächlich dagegen«, räumte Ned ein. »Und vielleicht macht es dem Fluss etwas aus. Ich habe mir nie Gedanken darüber gemacht, was sie möglicherweise empfinden – die Flüsse und die Meere –, wenn wir sie bezwingen.«
»Natürlich macht es ihnen etwas aus – sind wir nicht aus dem gleichen Stoff wie sie? Das Blut in meinen Adern, das Wasser im Fluss? Wir alle fließen. Wir alle bewegen uns mit dem Mond.«
Ned setzte sich auf die Fersen zurück. »Als kleiner Junge dachte ich, die Flut würde den Mond aufgehen lassen und den Tag zur Nacht machen.« Schweigend beendete er die Bewässerung, den Finger über dem Hals der Steingutflasche, die er dafür verwendete. »Meine Schwester glaubt, dass die Stimmungen und Zyklen von Frauen mit dem Mond und den Gezeiten kommen und gehen.«
»Natürlich tun sie das«, erwiderte John schlicht. »Die da habt Ihr

vergessen.« Er deutete auf eine Weidenrute. »Und das hier ist die Arbeit einer Squaw. Ihr solltet eine Frau heiraten, damit sie diese Arbeit für Euch verrichtet.«
»Ihr denkt, es ist eines Mannes nicht würdig, zu hacken und Unkraut zu jäten?«
John lachte. »Nein! Nein! Es übersteigt unsere Fähigkeiten! Es ist eine Fertigkeit, die uns Männern abgeht. Nur die Frauen besitzen die Fertigkeit, uns zu ernähren. Sie lernen es von ihren Müttern und ihre Mütter von den Großmüttern, immer weiter zurück bis zu dem Tag, als Mutter Erde es den Frauen beibrachte. Alles, was wir Männer züchten, ist Tabak. Ein weißer Mann wie Ihr wird niemals eine Familie von Eurem Angebauten ernähren können. Ihr schafft es nicht, Euch um die Erde zu kümmern, wie eine Frau es kann.«
»Ich könnte sie mit dem Pflug bearbeiten«, stellte Ned fest. »Zwei Ochsen und ein Mann. Dann würdet Ihr eine Weizenernte sehen, die keine Squaw zustande bringt.«
»Innerhalb von vier Jahren wäre es eine Wüste. Und der Staub würde wie Schnee um Euch herumwehen. Dies ist kein Land zum Pflügen, es muss friedlich ruhen. Aber Ihr Engländer werdet nie etwas in Frieden lassen. Ihr versklavt alles.«
»Ich nicht«, widersprach Ned. »Ich nähre das Land so, wie Leises Eichhörnchen es mir erklärt hat. Ich bin doch schon längst ein halber Norwottuck!«, behauptete er und brachte den Mann wieder zum Lachen. »Die Leute in Hadley werfen mir vor, dass ich indianisch werde. Sie behaupten, ich wüsste nicht, was ich bin.«
»Zu Hause in zwei Welten, aber in keiner so richtig«, schlug John vor. Ned blickte zu dem dunklen, breitflächigen Gesicht unter dem englischen Hut empor.
»In keiner so richtig.« Ned wiederholte die Worte des Indianers und verlagerte die Füße in seinen unbequemen Schuhen. »Wie dem auch sei, keine Frau würde hier draußen mit mir leben wollen. Sie würde sagen, es ist zu weit von der Stadt entfernt und zu nahe am Wald.«
»Was ist mit der, mit der Ihr spazieren geht?«, schlug John vor.
»Mrs Rose? Ihr habt ihren Korb getragen.«
»Ihr habt mich beobachtet? Wo wart Ihr denn? Ich habe Euch nicht gesehen!«

John zuckte mit den Schultern. »Ich hatte meinen Hut nicht auf«, sagte er, als mache die indianische Tracht ihn unsichtbar.

Ned war seltsam beunruhigt. »Ich wusste nicht, dass Ihr mich beobachtet.«

»Wir beobachten Euch alle.«

Die beiden Männer gingen zu der einfachen Bank, die an der Rückseite von Neds Haus zum Fluss hin stand. Sie konnten die Pfähle des Landungsstegs sehen, das daneben schaukelnde Floß, die zum anderen Ufer führenden Seile, die mit der Strömung im Wasser versanken und wieder auftauchten.

»Weil Ihr uns nicht mehr vertraut?«, fragte Ned düster.

Vom Fluss abgelenkt, lachte John leise vor sich hin. »Neulich habt Ihr nachts meinen Vetter in Eurem Fährseil gefangen. Er hat das Seil quer über dem Fluss nicht gesehen und hat vergessen, dass es da war. Beinahe wäre sein Kanu gekentert. Er hat Euch und Euren Wassergänger verflucht.«

»Ich dachte, Ihr alle duckt Euch einfach unter den Seilen hindurch oder paddelt darüber hinweg.«

»Es war dunkel, er hat es vergessen.«

»Und wohin war er im Dunkeln flussabwärts unterwegs?«, wollte Ned wissen.

John ließ den Blick weiter schweifen, sah mit einem Achselzucken zu den Hügeln. »Er hat eine Botschaft überbracht … Ich weiß es nicht.«

»Der Massasoit ist immer noch unzufrieden mit dem Gouverneursrat in Plymouth?«, erkundigte sich Ned. »Er redet mit anderen Stämmen? Ich habe mit dem Pfarrer gesprochen, und er hat gesagt, er werde den Council warnen.«

»Euer Council redet mit ihm, als sei er einer seiner Dienstboten. Ich übersetze ihre Worte, ich höre sie sprechen, als könnten sie uns herumkommandieren. Sie brüllen Befehle, als wären wir Sklaven, als würde dieses Land nicht uns gehören. Dabei wissen sie, dass sie die Neuankömmlinge sind. Es gehört uns seit dem Aufgang der ersten Sonne, lange bevor die Engländer herkamen.«

Ned holte zwei Becher Wurzeltee. John gab ihm eine Prise Tabak aus dem Beutel an seinem Gürtel, und sie stopften beide ihre Pfeifen und rauchten schweigend. Die aromatische Wolke hielt die Insekten

von ihren Gesichtern fern, und sie waren sich bewusst, dass der Rauch in der Religion, die keiner von beiden praktizierte, heilig war. Gemeinsam beobachteten sie, wie die Sonne links von ihnen hinter den hohen Terrassen des Flusses unterging, während sich der Himmel langsam verdunkelte.
»Eure Freunde werden beim nächsten Mond zurückkehren«, sagte John. »Sie hatten keinen guten Sommer.«
»Was ist los?«
John zuckte mit den Schultern. »Wer weiß? Sie haben Unzufriedenheit im Blut.«
»Werdet Ihr sie zurückbringen?«
»Wie ich es versprochen habe.«
»Danke.« Ned zögerte. »Sie sind nicht zufrieden?«
Abermals ein Schulterzucken. »Sie essen eigentlich gut, und sie haben es warm und trocken. Die Frauen bringen ihnen manchmal zusätzliches Essen. Aber sie vermissen ihr Zuhause. Und sie sagen, sie werden niemals nach England zurückkehren, nicht, solange dieser König auf Eurem Thron sitzt.«
Ned nickte. »Sie waren zwei der Richter, die den Vater des jetzigen Königs hinrichten ließen. Er hat denjenigen vergeben, die kämpften – ich war in jener Armee –, aber er hat gesagt, die Richter müssen sterben.«
John nickte. Es gehörte auch zu seinem Gesetz, dass ein Leben mit einem anderen Leben zu bezahlen war. Der Teil der Geschichte überraschte ihn also nicht. Doch eine Rebellion gegen den Anführer war unerhört. »Ihr habt die Waffen gegen Euren eigenen König erhoben? Und man hat ihn umgebracht?«
»Er war ein Tyrann«, versuchte Ned zu erklären. »In meiner Heimat haben wir eine Vereinbarung darüber, was Könige tun dürfen. Obwohl sie Könige sind. Wir hatten ein Parlament – wie die Generalversammlung hier. Aber er respektierte es nicht, also kämpften wir gegen ihn und nahmen ihn gefangen, und dann richteten wir ihn hin.«
»Ich habe davon gehört. Haben Eure Freunde ihm den Schädel eingeschlagen? Mit einem Knüppel?«
Ned schluckte vor Entsetzen bei dem Bild, das John heraufbeschwor, und stieß ein verlegenes Lachen aus. »Nein, nein«, sagte er. »Wir haben ihn geköpft. Mit einer Axt.«

Es klang immer noch barbarisch. Ned wunderte sich, dass ihm das noch nie zuvor aufgefallen war. »Wir haben ein Schafott errichtet, vor seinem Palast«, sagte er und überlegte, dass alles, was er sagte, die Hinrichtung nur noch schlimmer klingen ließ. »Es war eine ordentliche Gerichtsverhandlung. Vor Richtern, vielen Richtern.«
John sah skeptisch aus. »Wir würden niemals einen König umbringen.« Ungläubig schüttelte er den Kopf. »Ihr seid ein überaus gewalttätiges Volk.«
»Ich erkläre es nicht gut«, sagte Ned. »Erzählt es nicht herum – es ist komplizierter, als ich es ausdrücken kann.«
»Aber Ihr habt auch Euren Gott gekreuzigt?«
Ned versuchte zu lachen. »Das waren wir nicht! Das war vor vielen Jahren!«
John schüttelte den Kopf. »In unseren Augen seid Ihr ein seltsames Volk«, sagte er. »Ich bin in einer englischen Familie aufgewachsen und habe in Harvard studiert, aber ich glaube nicht, dass ich Euch je verstehen werde. Ich übersetze zwischen meinem Volk und dem Volk meines Heranwachsens, dem englischen. Ich kenne zwar die Wörter, aber die Bedeutung ...« Er verstummte.
»Das Wort eines Engländers ist so gut wie ein Schwur«, sagte Ned steif.
John schüttelte den Kopf. »Wir wissen beide, dass das nicht stimmt.«
Ned spürte Zorn in sich aufsteigen, und dann klopfte er seinem Gast auf die Schulter. »Gott vergib uns«, sagte er. »Ihr habt recht. Wir sprechen falsch mit Euch und untereinander. Wir sind in der Tat Sünder.« Er stand auf und holte den Krug Dünnbier, hielt vor dem Einschenken jedoch inne. »Es ist mir verboten, Euch Alkohol zu geben«, sagte er, »aus Angst, dass ich Euch betrüge, während Ihr betrunken seid. Wir versuchen nämlich, gute Nachbarn zu sein.«
»Oh, macht mich ruhig betrunken und kauft mein Land.« John hielt ihm seinen Becher hin. »Ich habe eine Parzelle von acht Morgen in einer Gebetsstadt. Sie gehört mir nur, wenn ich mich an Eure Gesetze halte und den Glauben meines Volkes verleugne. Ich vermittle zwischen meinem wütenden Herrscher und Eurem. Macht mich betrunken, stehlt mein Land und werft mich auf die Straßen von Plymouth.«
Ned schenkte das Dünnbier ein. »Sie wollen nicht Eure acht Morgen in Natick. Ihr wisst, was sie wollen: die großen Ländereien in

der Nähe von Boston. Damit die Stadt wachsen und sich ausbreiten kann.«
John nickte. »Das weiß ich. Wir alle wissen es. Aber das hier ist schon immer unser Land gewesen, das unsere Füße durchquert haben, die Tiere, die wir erjagen, sind mit den Tieren verwandt, auf die unsere Ahnen Jagd gemacht haben. Sie sind mit uns verwandt. Wir gehören hierher. Wir können das Land nicht verkaufen.«
»Habt Ihr eine Vereinbarung?«, fragte Ned neugierig. »Schließt Ihr Euch zusammen, wie es heißt? Um Widerstand gegen uns zu leisten?«
John hob seinen Becher zu dem stillen Fluss. »Ihr wisst, dass ich das nicht sagen kann. Wäret Ihr nicht dazu verpflichtet, meine Worte Euren Gemeindeältesten weiterzusagen? Würden sie nicht dem Gouverneur Bescheid geben? Und dann den Massasoit zu sich bestellen, als wäre er ihr Dienstbote, ihn schelten und ihm eine Geldbuße auferlegen und mehr von unserem Land an sich nehmen und so tun, als wäre es nur eine Strafe und nicht Eure Gier? Ich warne Euch – ich möchte Euch warnen, aber ich will ihn nicht verraten.«
»Er darf die Stämme nicht zusammentrommeln«, sagte Ned entschieden. »Ich wiederum warne Euch: Es wäre das Ende all unserer Hoffnungen, hier frei und in Frieden zu leben.«
»Aber wir sind nicht frei«, gab John zu bedenken. »Es herrscht kein Friede. Als Euer König seine Rechte überschritten hat, habt Ihr ihn umgebracht. Was sollen wir tun, wenn Ihr Eure Rechte überschreitet? Die Pokanoket sind Euch und Eure gebrochenen Versprechen leid. Ich übersetze nichts außer Beleidigungen. Mich sind die Pokanoket auch leid.«
»Sind sie das? Ist der Massasoit Euch leid? Ist es gefährlich, zwischen beiden Welten zu vermitteln? Solltet Ihr besser in der Gebetsstadt bleiben und ein Engländer sein, wo wir Euch beschützen können?«
»Ihr könnt mich nicht beschützen, Ihr könnt noch nicht einmal Euch selbst beschützen. Eure Stadt ist mit Holz eingezäunt, das kein Wild abhalten würde. Ihr wisst, dass wir in einem Wald Feuer legen und ihm befehlen können, wohin es sich wenden soll! Wenn wir dem Feuer befehlen würden, nach Hadley zu kommen, würden Eure Dächer im Nu in Flammen aufgehen. Wir könnten durch die

Asche spazieren. Wenn wir alle vereint wären und uns vereint gegen Euch erheben würden, wäret Ihr nicht in der Lage, gegen uns standzuhalten.«

»Doch«, entgegnete Ned bestimmt. »Sagt niemandem, dass wir es nicht können.«

»Jetzt seid ihr also ganz Engländer? Ich dachte, Ihr wäret halb Norwottuck?«

Ned seufzte. »Ich bin ein Mann, der in Frieden leben will, in einem friedlichen Land«, sagte er. »Weder Indianer noch Engländer.«

»Am Ende des Friedens werden wir uns alle für eine Seite entscheiden müssen.«

»Gott bewahre«, erwiderte Ned verdrießlich. »Niemand in der Miliz weiß, wie man marschiert.« Dann fiel ihm wieder ein, dass er mit einem Pokanoket sprach. »Sagt das auch keinem weiter.«

September 1670, London

Alinor, Livia und Alys frühstückten oben in Alinors Zimmer. Die verglaste Tür stand offen, und die warme Luft wehte herein. Ausnahmsweise roch es nur nach Salz und Meer, der Gestank des Flusses war von der Flut fortgespült worden. Livia, die auf die Ankunft ihres Schiffes wartete, war zu nervös, um etwas zu essen. Sie trank ihren Kakao und knabberte an der Kruste eines Brötchens. Alys warf ihr einen Blick zu.

»Möchtet Ihr lieber Gebäck essen?«, fragte sie. »Ich kann Tabby etwas Süßes kaufen schicken?«

»Nein! Nein, ich esse das hier.« Sie brach ein kleines Stück ab.

»Was hat der Apotheker zu dem Donnerstein gesagt?«, erkundigte sich Alinor bei ihrer Tochter.

»Er hat gut dafür bezahlt. Dergleichen hatte er noch nie zu Gesicht bekommen. Drei Schilling pro Pfund, und er hat anderthalb Pfund gewogen. Wenn du Onkel Ned schreibst, dann sag ihm, dass wir mehr davon verkaufen können. Und jegliche Kuriositäten – er hat mir gesagt, die Herren Wissenschaftler interessieren sich derzeit für solche Dinge, ganz besonders aus Neuengland.«

»Und das Sassafras?«

»Er verkauft es für vier Scilling pro Pfund und hat angeboten, es mir für eine halbe Krone abzukaufen. Ich glaube, ich hätte mehr herausschlagen können, aber ich habe zugesagt, weil ...« Alys verstummte.

»Weil wir das Geld derzeit brauchen«, beendete ihre Mutter den Satz.

Livia aß eine winzige Brotkrume, den Blick auf den Fluss gerichtet.

»Die Geldkassette ist leerer, als mir lieb ist«, räumte Alys ein. »Aber das Geld wird schon hereinkommen.« Sie lächelte. »Vielleicht heute! Auf Livias Schiff!«

Wortlos trank Livia einen kleinen Schluck Milch.

»Nun, ich werde mal anfangen.« Alys erhob sich, küsste ihre Mutter auf die Wangen und verließ das Zimmer. Erst waren ihre Schritte auf der Treppe zu hören, dann das Schließen der Tür zum Kontor.

»Ich bin so nervös«, gestand Livia.

»Ach ja?«

»Seht doch: Ich kann nichts essen, ich kann nicht schlafen. Ich träume sogar nachts von meinem Schiff. Ich will es so sehr für uns alle. Ich habe das Gefühl, dass ich es Roberto schuldig bin, seinem Sohn mein Witwengut als Erbe zu vermachen, da sein liebender Vater nichts mehr für ihn tun konnte.«

»Ihr träumt davon?«, fragte Alinor.

»Ja! Das tue ich!«

»Träumt Ihr auch, dass Rob vielleicht zusammen mit dem Schiff herkommen könnte?«

Livia musste schlucken, erholte sich aber rasch von ihrem Schock über die Frage. »Herrje, nein!«, antwortete sie. »Nein. Es ist nicht möglich, *mia Suocera*. Davon träume ich nicht.«

Alinor nickte. »Man rechnet diese Woche damit, wie ich glaube?«

»Ja. Aber ein Schiff kann sich oft verspäten, denke ich, nicht wahr?«

»Es kann sich um viele Tage verspäten«, bestätigte Alinor. »Zahlreiche Umstände können sein Eintreffen verzögern.«

»Was denn beispielsweise?«, wollte Livia panisch wissen.

»Gegenwind oder eine Verzögerung beim Verlassen des Hafens«, zählte Alinor auf. »Oder – was schlimmer ist – es kann zwar pünktlich eintreffen, aber die Fracht wurde bei einem Unwetter auf See zerstört oder geraubt.«

Livia stöhnte leise hinter vorgehaltenen Händen und hob dann ihr strahlendes Gesicht zu ihrer Schwiegermutter. »Ach, jetzt nehmt Ihr mich aber auf den Arm! Ihr jagt mir Angst ein!«, sagte sie. »Meine Antiquitäten sind zu schwer, um auf See geraubt zu werden, und Salzwasser kann ihnen nichts anhaben. Solange sie nicht versinken, bin ich eine wohlhabende Witwe.«

»Erst wenn Ihr sie verkauft habt«, ermahnte Alinor sie. »Das Schiff bringt Euch nichts weiter als Eure Güter und Kosten.«

Mit einem Klappern stellte Livia die Tasse auf den Tisch. Die Hand an ihrem Spitzenkragen, starrte sie aus dem Fenster. »Seht! Ist sie das nicht? Da ist die Galeone. Ist das unsere Galeone? Die Galeone von Kapitän Soundso? Das Schiff, das da im Kanal vertäut liegt? Ist das nicht unser Schiff?«

Alinor beugte sich vor, um besser sehen zu können. »Von hier aus kann ich den Namen nicht entziffern. Aber es sieht aus, als könnte es Eures sein.«

Livia war schon auf halbem Weg zur Tür. »Darf ich?«

»Geht nur!«, erwiderte Alinor mit einem Lächeln. »Geht! Ich werde von hier aus zusehen.«

Die junge Frau eilte aus dem Zimmer. Alinor vernahm das schnelle Getrappel ihrer Füße auf der Treppe und konnte sie rufen hören: »Alys! Alys! Kommt! Kommt! Ich glaube, es ist mein Schiff.«

Alys stürzte aus dem Kontor und ließ die Tür hinter sich zuknallen. Livia zerrte sie nach draußen auf den Kai, wo sie mit ansahen, wie die Galeone ihre Segel strich und den Anker herabließ, während die junge Frau vor Ungeduld am Ufer tanzte. Alys musste Livia um die Taille fassen, um sie vom Rand des Kais fernzuhalten. Gemeinsam beobachteten sie, wie die Leichterschiffer sich in ihren flachbauchigen Ruderbooten um die Galeone versammelten und um die Arbeit feilschten. Der Kapitän rief, dass er flussaufwärts unterwegs sei, um sich zur Löschung seiner Fracht in die Schlange vor den Legal Quays einzureihen. Hier habe er nur ein paar Kisten, die für eine Dame abzuliefern seien: ihr eigenes Mobiliar, das aus Venedig zu ihr komme. »Aber es ist schwer!«, warnte er die Männer.

Drei Leichterschiffer einigten sich auf einen Preis und die Arbeitsaufteilung, und die kostbare Fracht wurde Stück für Stück in das schaukelnde Boot herabgelassen.

»Ich kann kaum hinsehen«, stöhnte Livia.

»Sie werden sie schon nicht fallen lassen«, versicherte Alys. »Sie verdienen sich ihren Lebensunterhalt auf dem Wasser.«

Arm in Arm sahen die beiden Frauen zu, wie die Leichterschiffer ihre Boote längsseits an den Kai brachten, vertäuten und dann die Hafenarbeiter eine schwere Kiste nach der anderen mit dem Flaschenzug der Reekies aus den schaukelnden Booten hievten.

»Lasst sie nicht auf dem Kai aufschlagen, lasst sie nicht gegen etwas prallen!«, wies Livia sie hektisch an.

Abermals schlang Alys die Arme um sie. »Lasst sie ihre Arbeit machen«, riet sie.

Hinter ihnen kletterte der Kapitän in das Beiboot des Schiffes und wurde zu den steinernen Stufen vor dem Haus gebracht.

»Habt Ihr alles? Habt Ihr alles hergebracht?«, wollte Livia wissen, noch bevor er das Kopfsteinpflaster betreten hatte.

Er sah an ihr vorbei zu Alys, die ihm die Hand gab.

»Guten Tag. Hattet Ihr eine gute Überfahrt, Kapitän Shore?«, erkundigte sie sich mit ausgesuchter Höflichkeit.

»Gutes Wetter, Mrs Stoney. Wir hatten gutes Wetter.«

»Habt Ihr alle meine Antiquitäten?«, fragte Livia abermals, diesmal ein wenig schriller.

Da er nun begrüßt worden war, wandte er sich ihr zu. »In den schweren Kisten? Jawohl.«

»Nicht fallen gelassen, nicht durchgeschüttelt? Alles heil?«

Seine verengten Augen in dem narbenübersäten Gesicht blickten an Livia vorbei zu Alys. »Ja, alles heil«, sagte er leise.

»Wir stellen sie ins untere Lagerhaus«, entschied Alys.

»Ihr müsst äußerste Sorgfalt walten lassen!«, verlangte Livia. »Sie dürfen nicht fallen gelassen werden, noch nicht einmal gerollt.«

»Bezahlt Ihr mir mehr für besondere Sorgfalt?«, wollte er von ihr wissen.

»Nein!«, antwortete Livia sofort. »Nur, was Ihr mit Alys vereinbart habt. Und sie bezahlt, nicht ich!«

Seine spröden Lippen verzogen sich zu einem grimmigen Lächeln. »Wie ich es mir dachte.« Er sah zur Seite und rief einen Befehl. Alys gab er die Rechnung für die Verladung, die Ausfuhrgenehmigung aus Venedig und seine Rechnung. »Es waren knapp über sechs Tonnen«, sagte er. »Aber ich berechne Euch sechs: fünfzehn Pfund schuldet Ihr mir.«

Alys biss die Zähne zusammen. »Ich habe das Geld, ich werde Euch morgen früh bezahlen.«

»Und ich werde Euch Nachricht zukommen lassen, falls ich noch eine Ladung benötigen sollte«, sagte Livia munter.

»Ihr habt noch mehr Möbel?«, fragte er überrascht.

»Es ist eine sehr große Sammlung«, erwiderte Livia.

»Nun, Ihr wisst, wo ich zu finden bin«, wandte der Kapitän sich an Alys. »Ich werde jeden Morgen im Paton's sein, bis ich wieder in See steche, wahrscheinlich nächsten Monat. Ich würde mich freuen, Euch dort zu sehen, Mrs Stoney. Einen guten Tag wünsche ich.«

»Ich werde die Rechnung dann begleichen«, versprach Alys. Unbewusst betastete sie die Schillinge des Apothekers in ihrer Tasche, während sie mit dem Kapitän zu den Horsleydown Stairs ging, wo sein Beiboot wartete, um ihn zum Schiff zurückzubringen.

»Seht, wie lang Ihr am Legal Quay mit Eurer Fracht warten müsst«, riet sie ihm. »Heute Morgen habe ich gehört, es dauert Wochen. Die Schlange, um hineinzukommen, reicht den ganzen Fluss hinunter. Ihr könnt das Schiff hierher zurückbringen, und wir können Eure Fracht löschen.«

»Das ist sehr freundlich, aber ich habe Kaffee an Bord, ich muss im Beisein von Beamten des Königs löschen und Kronzoll entrichten. Andernfalls würde ich zu Euch kommen, Mrs Stoney. Ich weiß, dass Eure Preise moderat sind und Euer Lagerhaus sicher ist.« Er neigte den Kopf. »Es ist immer ein Vergnügen, mit Euch Geschäfte zu machen, Ma'am.«

»Beim nächsten Mal«, sagte Alys freundlich und sah ihm nach, wie er die Stufen hinunter in sein Boot stieg. Er hob zum Abschied die Hand, und Alys ging zum Lagerhaus zurück. Einen Moment lang blieb sie stehen und sah zu dem kleinen Türmchen ihrer Mutter hoch. Alinor war auf den Balkon getreten und betrachtete, auf die Brüstung gestützt, die Galeone. Mit der Hand schirmte sie die Augen ab, ihr Kleid bauschte sich ein wenig in der Brise vom Fluss. Sie stand ganz reglos da, merkwürdig gespannt, als wartete sie auf jemanden.

»Ma?«, rief Alys vom Kai hoch. »Ist alles in Ordnung?«

Alinor blickte zu ihrer Tochter. »Ja«, antwortete sie. »Passagiere gab es keine?«

»Keine, die hier von Bord wollen würden«, fasste Alys das Offensichtliche in Worte.

»Nein«, sagte Alinor leise und trat durch die Glastür in ihr Zimmer zurück.

»Alys, kommt her!«, erklang Livias ungeduldiges Rufen aus dem Innern des Lagerhauses. Alys ging hinein und verriegelte die Flügeltür hinter sich.

Livia stand immer noch vor ihren in Kisten verpackten Waren, eine Hand auf einer Kiste, als sei ein Herzschlag zu spüren. »Ich kann es kaum glauben, dass sie hier sind«, sagte sie atemlos.

»Wann werdet Ihr sie in sein Haus schaffen?«, fragte Alys.

»Sobald Ihr mir den Wagen leihen könnt.«

Alys nickte, wohl wissend, dass der Wagen kein Geld einbringen, aber den ganzen Tag fort sein würde.

»Sobald ich sie dort habe, werde ich den Termin der Ausstellung vereinbaren. Ich möchte, dass sie in einwandfreiem Zustand sind.« Sie drehte sich zu Alys um. »Ihr werdet mir helfen, nicht wahr? Ihr werdet mir Euren Wagen und zwei Männer zur Verfügung stellen und gestatten, damit zu dem Haus zu fahren? Ihr wisst doch, dass ich das hier nur für Matteo tue, für Robertos Sohn? Damit er sein Erbe in Gold beim Goldschmied hat, anstatt in Form von Marmor in Venedig. Ihr wisst doch, dass ich hier helfen will? Etwas Geld einbringen, damit Ihr in einen weniger verdreckten Teil der Stadt ziehen könnt.«

»Und dann werdet Ihr uns verlassen?« Alys' Stimme war sorgfältig ausdruckslos.

Es entstand eine Pause, während Livia verarbeitete, was ihre Schwägerin da gerade sagte. »Euch verlassen?«

»Nach Eurem Verkauf?«

»Daran habe ich nicht gedacht«, sagte sie leise. »Möchtet Ihr, dass ich gehe? Ich weiß, dass es hier voll ist. Ich weiß, dass Matteo für alle zusätzliche Arbeit bedeutet ...«

»Nein«, stammelte Alys. »Überhaupt nicht ... aber ich habe gedacht ... ich würde wollen, dass Ihr bleibt! Ich würde wollen, dass Ihr ...« Sie konnte nicht sagen, was sie wollte. Sie wusste nicht, was sie wollte.

Doch Livia war schnell. Sie umfasste die Hände ihrer Schwägerin. »Nein! Meine Liebe! Denkt ja nicht, dass ich Euch verlasse! Habt Ihr das gedacht? Nicht einmal im Traum. Das hier ist für uns alle – für uns alle, die Roberto geliebt hat, sogar Eure Kinder werden davon profitieren! Wenn es mir gelingt, ein Vermögen zu verdienen, dann kaufen wir uns alle zusammen ein neues Haus und leben gemeinsam dort. Ihr verschifft meine Güter, wir besitzen ein Haus und eine Galerie mit Antiquitäten. Wir werden uns niemals trennen. Ihr seid doch meine Schwester, oder etwa nicht? Wir sind eine Familie, ich will niemand anderen! Wir werden für immer zusammenleben. Niemals sollen wir getrennt werden!«

Alys, die Hände fest ineinandergekrallt, traten unerwartet Tränen in die Augen. »Oh! Das freut mich so. Ich dachte, Ihr würdet ... Ich wollte nicht ...«

Livia zog ihre Schwägerin in die Arme, sodass ihre kleine Spitzenhaube an Alys' glatten goldenen Zöpfen vorbeistrich. »Wir werden niemals getrennt werden«, flüsterte Livia. »Ihr seid alles an Familie, was mir noch bleibt. Und das Kind und ich, wir sind alles, was von Eurem Bruder geblieben ist. Natürlich werden wir immer zusammen sein, und wir werden ein gemeinsames Los teilen. Ihr werdet mir helfen, und ich werde Euch helfen.«

September 1670, Hadley, Neuengland

Es fiel Ned leicht, an die Zeiten im Jahr für seinen Brief an Alinor zu denken, denn er war durch und durch ein Mann der angelsächsischen Küste, des Streifens aus Marschland zwischen tiefem Meer und überfluteten Feldern. Er schrieb zur Herbst-Tagundnachtgleiche, wenn das Wasser der Sümpfe unter einem riesenhaften Mond anstieg, der so nah am perlmuttartigen Himmel hing, dass er in seinem gelben Schein schreiben konnte.

Herbsttide

Meine liebe Schwester,

ich schicke Dir 1 Fass mit getrockneten Kräutern und beschrifteten Samen, die Ihr anpflanzen könnt. Sie mögen leichten Boden (wie Flussschlick) und Nahrung in der Erde (jeglicher Abfall. Wir nehmen Fische hier). 1 Kiste mit getrockneten Sassafrasblättern. 2 Kisten getrocknete Sassafrasrinde und -wurzeln und 1 Fass Trockenobst und Wurzeln. Ich habe zwischen jedes Paket ein Ahornblatt gesteckt, damit Du sehen kannst, dass sich niemand daran zu schaffen gemacht oder uns bestohlen hat.

Danke für Deine Post, die mich erreicht hat, auch wenn sie so schlechte Nachrichten enthielt. Zweifellos ist Rob jetzt im Genuss des Ewigen Lebens, und wir, die wir ihm folgen werden, sollten nicht betrübt sein. Die Wege des Herrn sind in der Tat unergründlich, warum wir Rob verloren haben und nicht andere, weiß ich nicht. Ich danke Gott, dass es Dir und Alys und Euren Kindern gut geht und dass Robs Witwe und das Kind zu Euch gekommen sind.

Bei mir läuft es gut. In dieser Saison habe ich ein Maislager gebaut, eine der Indianerinnen hat mir gezeigt, wie man eine große Grube in eine Sandbank gräbt, sie mit Lehm verputzt und versiegelt, und wie ich meine Maiskolben einwickele, damit sie nicht verderben. Ich habe meine Bohnen getrocknet und die Kürbisse eingelagert, ich habe Fisch geräuchert. Meine Freunde im Dorf werden mich auf eine Wildjagd für Winterfleisch mitnehmen. Ich habe Samen aus meinem Garten aufgehoben, um sie im Frühjahr anzupflanzen, und im Wald Nüsse und Samen gesammelt. Es gibt hier Pflanzen, die mir anfangs unbekannt waren, aber mittlerweile pflanze ich sie an und ernte sie. Die Squash-Kürbisse sind wie unsere Markkürbisse, bloß in seltsamen Formen und Farben. Die indianischen Frauen pflanzen sie neben Bohnen und Mais an, und sie nennen sie die Schwestern und sagen, man muss die drei gemeinsam anbauen und kochen.

Der Apfelbaumsteckling, den Du mir letztes Jahr geschickt hast, hat Wurzeln geschlagen, drei kleine Äpfel hervorgebracht, und ich habe die Kerne aufgehoben, um sie im Frühjahr anzupflanzen. Zu dieser Jahreszeit sind die Wälder voller Beeren, eine namens Cranberry wächst in den Sümpfen in ganz schlechtem Boden. Sie ist noch saurer als eine rote Johannisbeere, es lässt sich aber sehr gute Marmelade daraus machen. Wenn sie ganz reif sind, werde ich sämtliche Gläser, die ich besitze, damit füllen. Viele Gläser sind es nicht, denn sie kommen per Schiff aus England. Hauptsächlich benutze ich Küchengefäße, die die Indianerinnen aus Ton anfertigen. Sie sind so robust, dass man sie wie einen Eisenkessel in die Glut stellen kann. Sobald sie abgekühlt sind, versiegele ich sie mit Pergament und einer Schnur und Bienenwachs. Ja! Ich habe mir endlich einen Schwarm englischer Bienen einhandeln können. Sie sind sehr wild – ich wünschte nur, Du wärest hier und könntest sie zähmen.

Ich brauche keine Kerzen! Ich benutze Kienholz von Pechkiefern. Die Splitter brennen wie eine Kerze, und es gibt Terpentin her. Ich lagere Feuerholz für den Winter ein und repariere die Risse in der Hütte mit einer Mischung aus Lehm und Baumharz. Eine Wand habe ich mit Schindeln gegen die Kälte verstärkt. Wenn mir die Zeit bleibt, werde ich noch eine zusätzliche Schicht Schilf anbringen, das die Indianer von der Küste flussaufwärts bringen. Die Indianer erklären mir, ich soll es jedes Jahr doppelt so dick machen, weil das Schilf austrocknet und schrumpft und die Winter hier monatelang bitterkalt und verschneit sind. Ich bin jedes Jahr besser darauf vorbereitet.

Vom Winteranfang bis zur Tauzeit werde ich keinen Besuch haben, abgesehen von den Indianern, die sowohl durch Schnee als auch Hitze laufen. Ein oder zwei von ihnen werden kommen, um Trockenfleisch und eingelagerten Mais mit mir zu teilen, und ich werde ihnen ein oder zwei Eier abgeben, falls die Hennen in der kalten Jahreszeit welche legen. Ich muss sie ins Haus holen – genau wie Du sie in Deinem alten Zuhause gehalten hast. Ansonsten würden sie erfrieren. Sie halten es für richtig,

sich im Bett auf meinen Füßen niederzulassen, und wenn ich mich nachts umdrehe, gackern sie mich an, weil ich sie störe.
Ich vertraue darauf, dass der neue König sich nicht als Papist oder Tyrann entpuppt? Wir erhalten hier so wenige Nachrichten, und den meisten Siedlern ist er gleichgültig – solange er nur weit weg bleibt und nicht versucht, über uns zu bestimmen! Hier sind wir frei von allem, außer der Herrschaft der Gemeindeältesten, und wenn sie einem nicht zusagen, kann man sich seine Muskete und seinen Schlafsack schnappen und gehen – es gibt ein ganzes Land, in dem man umherziehen kann. Sie werden es vielleicht versuchen – aber niemand kann mich zum Militärdienst einziehen oder mir befehlen. Genau das wollte ich vor all den Jahren, als meine Kameraden in der Armee sagten, wir Männer könnten selbst über uns herrschen, unser eigenes Land besitzen und keinen anderen Menschen Herr nennen.
Ich denke bei Vollmond an Dich. Gott segne Euch alle,

In Liebe, Dein Bruder

Ned

September 1670, London

Als Johnnie und Sarah am Samstag nach Hause kamen, wollten sie unbedingt die noch ungeöffneten Kisten sehen. Sie verlangten so stürmisch, wenigstens eine solle aufgemacht werden, dass Livia sagte, sie könne es ihnen nicht abschlagen. »Aber sie sind so sorgfältig verpackt worden!«, klagte sie unter Gelächter.
»Wir werden sie wieder verpacken, Tante Livia«, versicherte Sarah. »Das hier ist eine seetüchtige Verpackung, damit sie vom Schiff an Land und im Wagen zu ihrem neuen Zuhause transportiert werden können!«
»Ich weiß, ich weiß!«, erwiderte Johnnie. »Aber wir wissen, wie man es macht! Wir sind auf einem Kai groß geworden. Wir werden sie wieder einpacken, wenn Ihr uns nur eine anschauen lasst. Nur eine!«
»Aber Ihr wisst doch längst, wie sie aussehen! Ihr habt derlei Dinge im Whitehall-Palast gesehen. Ihr werdet die Sammlung des Königs bewundert haben. Es sind bloß Marmorbüsten und solche Dinge.«
»Wir gehen nicht an den Hof!«, sagte Sarah wegwerfend. »Und überhaupt sind das hier Eure Marmorbüsten! Auf die Ihr gewartet habt, von denen Ihr jeden Samstag gesprochen habt, für die Ihr jeden Sonntag gebetet habt. Ich will sie sehen!«
»Lasst uns doch einen Blick darauf werfen«, drängte Johnnie sie. »Ich kann es danach wieder verpacken und die Kisten zunageln.«
»Ach! Ich kann Euch nichts abschlagen, Johnnie! Wenn Ihr mich mit diesem Lächeln bittet, muss ich einfach Ja sagen.«
Johnnie holte einen Klauenhammer von den Werkzeugen, die an der Seite des Lagerhauses hingen, und hebelte die Nägel aus dem Kistenholz. Mit äußerster Sorgfalt legte er eine Planke nach der anderen beiseite, bis sich vor den gebannten Zuschauern nur noch eine Packleinwand befand, gepolstert mit Schaffellresten, die für den Verkauf zu zerrissen und schmutzig waren.
Sarah und Livia traten zurück, während Johnnie und seine Mutter die Leinwand öffneten und zu Boden fallen ließen. Sie zogen die Felle fort und enthüllten die Säule, die hoch über den Verpackungsmüll aufragte. Der Lanolingeruch von den Schaffellen durchströmte das Lagerhaus, dahinter ein fremder Geruch: exotisch, verstaubt

und würzig. »Venedig«, seufzte Livia. »Genau das ist der Duft meiner Heimat.«
»Bloß das hier?«, fragte Johnnie. »Bloß eine Säule? Eine Steinsäule?«
»Aber gemeißelt«, stellte seine Mutter fest.
»Sie ist aus Marmor«, verteidigte Livia ihre Antiquität, »und sehr alt.«
»Ich dachte, es wäre ein Cäsarenkopf!«
»Ich habe Cäsarenköpfe. Aber Ihr öffnet nicht jede Kiste, um sie zu finden!«, entgegnete Livia.
Nur Sarah hatte keinen Ton gesagt. Jetzt wandte sie sich an Livia. »Darf ich sie anfassen?«
Livia lachte. »Ja. Sie ist umgestürzt und im Erdboden vergraben worden, dann hat eine Gruppe Bauern sie hochgehievt, bevor sie sauber geschabt und aufpoliert wurde. Natürlich könnt Ihr sie anfassen.«
Wie in Trance stieg Sarah über die Leinwand und die Schaffelle näher heran, um die Finger in die Rillen der Säule zu legen. »Der Stein ist glatt«, sagte sie. »Glatt wie Seide.«
»Der feinste Carrara-Marmor«, bestätigte Livia. »Ganz besonders wertvoll. Seht Euch die Farbe an, wie Schnee.«
Sarah fuhr mit den Fingern über die Furchen, als sei sie blind und könne die Form nur ertasten. Dann streckte sie sich, kam an Blattverzierungen und hielt inne. »Das hier ist Geißblatt«, sagte sie. »Es ist ein Geißblatt, seht Euch die Blüte an!«
»Ja«, stimmte Livia ihr zu.
»Es ist wie eine Blume, die gefroren ist, als sei sie zu Stein erstarrt. Sie wirkt so echt! Wie alt ist sie?«
Livia zuckte mit den Schultern. »Tausend Jahre?«
»Vor tausend Jahren ist in Italien Geißblatt gewachsen? Und ein Künstler hat es sich so genau angesehen, dass er es in diesen Stein gemeißelt hat? Sodass ich, tausend Jahre später, das Geißblatt erkennen kann?«
»Endlich einmal jemand, der meinen Schatz bewundert!«, sagte Livia mit einem Seitenblick auf Johnnie. »Ihr habt lautstark danach verlangt, ihn anzusehen, aber Ihr liebt ihn nicht so wie Sarah und ich.«
»Wenn wir sie uns nur alle ansehen könnten …«, deutete Sarah an.

»Nein, nein, nein!« Livia lachte. »Wenn ich sie in dem Haus für die Ausstellung auspacke, dürft Ihr hinkommen und sie Euch dort ansehen. Ihr nicht.« Sie funkelte Johnnie an. »Ihr nicht, da Ihr meine Schätze nicht mögt. Aber Sarah, Ihr dürft kommen, wenn ich beim Auspacken bin, und wir werden sie uns allein ansehen. Nicht auf dem Fest«, fügte sie mit einem beruhigenden Nicken in Alys' Richtung hinzu.

»Ich möchte gar nicht zu dem Fest kommen«, sagte Sarah. »Es geht mir nicht um die Menschen, sondern um die Statuen. Wann kann ich kommen? Mein nächster freier Nachmittag ist am Mittwoch.«

»Kommt am Mittwoch«, versicherte ihr Livia. »Und ich werde Euch alles zeigen.«

»Ich liebe diese Säule«, sagte Sarah, deren Hand sehnsuchtsvoll darauf verweilte. »Sie ist wie ein Hut, nur größer.«

»Ein Hut, nur größer?«, entfuhr es Johnnie, und alle lachten.

Das Mädchen errötete, wollte ihre Gefühle jedoch verteidigen. »Ein Hut, ein wahrhaft schöner Hut, ist gut gearbeitet und makellos vollendet. Man kann ihn von jeder Seite betrachten, und er ist etwas Schönes«, erklärte sie. »Man kann die Arbeit nicht sehen, die hineingesteckt wurde, es sieht leicht aus, nicht mühselig. Und bei diesem Stein ist es genauso.«

»Es ist ein Stück Handwerk und Kunst zugleich«, pflichtete Livia ihr bei. »Und – zu unserem Glück, genau wie Hüte – derzeit gerade in Mode. Aber ich bin froh, dass Ihr es seht, Sarah. Ihr seid in der Tat meine Nichte.« Sarah strahlte über das Lob, doch ihre Tante sah an ihr vorbei zu Johnnie. »Aber Ihr«, rief sie ihm kokett zu, »Ihr seid nichts weiter als ein Barbar!«

Am Abend ging Alys in das Zimmer ihrer Mutter, um ihr Gute Nacht zu wünschen, und fand sie im Dunkeln in ihrem Sessel, wie sie über das glänzende Wasser des Flusses zu dem tief am Horizont hängenden Mond blickte – ein goldener Erntemond mit einem schimmernden Spiegelbild unten im Wasser.

»Ma?«, fragte sie unsicher. »Ist alles in Ordnung?«
»Ja«, erwiderte die ältere Frau leise. »Ich schaue bloß. Ich träume bloß.«
»Bist du so weit, dich hinzulegen?«, fragte ihre Tochter. »Es ist schon spät.«
Behutsam half Alys ihrer Mutter zum Bett, zog die Vorhänge am Fenster vor und drehte sich dann zu dem blassen, schönen Gesicht auf dem weißen Kopfkissen um.
»Nun hat sie also ihre Schätze sicher in unserem Lagerhaus verwahrt«, sagte Alinor leise im Dunkeln.
»Wie wir es vereinbart haben.«
»Und sie bringt sie zu ihm und stellt sie in seinem Haus aus, als wären sie Partner?«
»Ja. Aber sie erwähnt mir gegenüber nie seinen Namen, und ich glaube, sie spricht nie mit ihm über uns. Sie weiß, dass wir ihn weder sehen noch von ihm sprechen wollen.«
»Bleibt er wegen ihr hier, was meinst du? Obwohl doch sein Zuhause im Norden ist? Warum kehrt er nicht dorthin zurück?«
»Das kümmert uns nicht, oder?«, platzte es aus Alys heraus, weil die träumerische Stimme ihrer Mutter sie beunruhigte. »Wir haben gesagt, dass wir ihn nie mehr wiedersehen wollen. Du willst ihn doch nicht zurück, oder?«
»Nein. Aber mich lässt die Frage nicht los, was sie über ihn denkt und er über sie.«
Alys war entsetzt. »Sie denkt gar nichts über ihn! Sie wird sich niemals von Robs Verlust erholen. Sie weint nachts immer noch um ihn. Ihr einziger Trost ist, bei uns zu sein, bei mir zu sein. Sie sagt, sie wird für immer bei uns bleiben. Wir sind jetzt ihre Familie. Sie denkt gar nicht über … ihn … nach.«
»Das freut mich«, sagte Alinor gelassen. »Wenn sie das sagt. Es freut mich, dass wir sie über ihren Verlust hinwegtrösten – falls wir es tun.«
»Tröstet es dich denn nicht?«, flüsterte Alys. »Robs Ehefrau und sein Kind unter unserem Dach zu haben?«
In das Schweigen hinein schüttelte Alinor den Kopf.
»Warum nicht?«, wollte Alys wissen. »Warum ist sie dir kein Trost, Ma?«

»Ach«, erwiderte Alinor. »Das kann ich nicht sagen. Ich bin mir noch nicht sicher genug, um es in Worte zu fassen.«

September 1670, Hadley, Neuengland

Ned wurde am Morgen vom Scheppern eines Hufeisens am anderen Flussufer gerufen. Als er zum Landungssteg ging und hinüberspähte, erkannte er Leises Eichhörnchen und ein paar Dorfbewohnerinnen. Eine von ihnen hatte ein kleines Mädchen dabei, ungefähr sechs Jahre alt, das sich an ihrem Hirschlederrock festklammerte.

»Ich komme!«, rief Ned, stieg vom Landungssteg auf die Fähre und zog sie über den breiten Fluss.

Unter Geplauder kamen die Frauen den Kiesstrand herunter und stiegen an Bord der auf die Steine gelaufenen Fähre. Leises Eichhörnchen kam als Letzte. Sie hielt eine Hand des kleinen Mädchens, dessen Mutter die andere.

»*Netop*«, sagte Ned zu dem Kind, und alle Frauen auf der Fähre antworteten: »*Netop, Nippe Sannup!* Hallo, Fährmann.«

Die Kleine blickte zu dem großen Engländer hoch, ihre dunklen Augen betrachteten sein freundliches, offenes Lächeln, sein weißes Leinenhemd, die grobe Hose. Ihr scheuer Blick musterte ihn von dem hohen schwarzen Hut bis zu seinem schweren Schuhwerk. Sie drehte sich zu ihrer Mutter um: »Er riecht ganz komisch«, sagte sie in ihrer Sprache. »Und warum starrt er mich an?«

»Er versteht ein wenig von unserer Sprache, weißt du?«, erklärte Leises Eichhörnchen ihr. »Sag besser nicht, dass er riecht. Außerdem kann er nichts dafür. Sie sind die ganze Zeit über in dicke Kleidung eingepackt, als wäre es Winter.«

»Ich finden dich komisch«, antwortete Ned dem Kind. Das Wort für »riechen« kannte er nicht.

Das kleine Mädchen lachte. »Warum redet er wie ein Kleinkind?«

»Er redet wie ein Kind, aber er ist ein Mann«, erwiderte Leises Eichhörnchen.

Ned griff nach dem Seil, brachte das Floß leicht zum Schaukeln, um es vom Strand wegzubekommen, und zog es dann gleichmäßig über den Fluss.

»Können wir mit Trockenfleisch bezahlen?«, fragte Leises Eichhörnchen. »Du willst bestimmt Trockenfleisch für deine Wintervorräte, Fährmann.«

»Ja, gerne«, bestätigte Ned. Er lächelte auf das Mädchen hinunter. »Sie ist zu schwer! Muss doppelt zahlen!«

Die Frauen lachten im Chor. »Bezahl nach Gewicht!«, riefen sie.

»Leises Eichhörnchen kostet nichts!« Die Kleine wand sich vor Lachen neben ihrer Mutter und barg das Gesicht in deren Lederrock.

»Du sehr dick!«, erklärte Ned ihr. »Du versenken mein Fähre.«

Das Kind musste sich auf die Planken setzen, da seine Beine vor Lachen unter ihm nachgaben.

»*Nippe Sannup*, du bist sehr lustig«, sagte Leises Eichhörnchen. »Das ist meine kleine Enkeltochter, Rote Beeren im Regen.«

»Nicht klein«, widersprach das Kind, den Blick auf Neds lächelndes Gesicht gerichtet.

»Sehr groß«, sagte Ned in ihrer Sprache. »Verheiratet?«

Das Kind bebte vor Lachen. »Ich werde dich heiraten!«

Sämtliche Frauen lachten lauthals. »Nein! Nein! *Sannup!* Du musst mich heiraten!«, rief eine besonders Forsche, gefolgt von einem Chor von Heiratsanträgen. »Heirate mich! Heirate mich!«

»Heiratest du nicht die Dünne ohne eigenes Haus? Die nie den vollen Preis zahlt?«, fragte Leises Eichhörnchen.

»Du weißt alles?«, fragte Ned, der Mrs Rose anhand dieser Beschreibung ohne Weiteres erkannte.

»Das meiste«, antwortete Leises Eichhörnchen selbstzufrieden.

»Vielleicht heiraten«, sagte Ned. »Vielleicht nicht. Was denkst du?«

Die Fähre erreichte das andere Ufer und stieß sanft gegen den Landungssteg. Sie schaukelte, als die Frauen ausstiegen, und Leises Eichhörnchen und ihre Tochter hielten das kleine Mädchen behutsam an den Händen.

»Ich glaube, du würdest einen guten Ehemann abgeben«, erklärte sie ihm ernsthaft. »Aber wenn du heiratest und eine Familie hast, wirst du zu einem gierigen Bauern werden, genau wie alle anderen. Und du wirst nicht dein eigener Herr sein. Und ich glaube, du willst dein eigener Herr sein, genau wie wir.«

Sie sprach zu schnell und benutzte zu viele unbekannte Wörter, als dass Ned sie ganz verstanden hätte. Ohne den geringsten Erklärungsversuch reichte sie ihm getrocknetes Wildfleisch, das in geflochtene Rohrkolbenblätter eingewickelt war. »Verpacke es fest, halte es trocken.« Sie klopfte ihm auf die Schulter. »Und bloß nicht heiraten.«

September 1670, London

Sarah stieg die vom Putzen noch feuchten Stufen zur Küchentür von Avery House hinunter und klopfte an.
»Wer kommt denn jetzt noch?«, erklang von drinnen ein ärgerliches Rufen.
»Sarah Stoney«, sagte sie kaum hörbar. Mit lauterer Stimme wiederholte sie: »Sarah Stoney.«
»Nie von gehört«, ertönte die entmutigende Antwort.
Sarah trat vor und spähte über die halbe Tür. »Sarah Stoney für die Nobildonna da Ricci«, sagte sie. »Ich bin hier, um mir die Antiquitäten anzusehen. Sie hat es mir gestattet.«
»Kommt rein, kommt rein!«, wurde gerufen. »Ich kann hier nicht weg.«
Sarah öffnete die Tür und betrat die Küche, wo sie eine stämmige Frau mit rotem Gesicht erblickte, die in der Mitte der Küche an einem Tisch einen gewaltigen Berg Teig knetete, das Mehl ging ihr bis zu den Ellbogen. Kupferpfannen glänzten über dem geschlossenen Herd in der kalten Feuerstelle, aus einer Pumpe über der Spüle lief eiskaltes Wasser. Ein Hund in der Ecke knurrte die Fremde an und ließ sich dann wieder nieder.
»Kommt herein. Für Lady Peachey, ja?«
Verwirrt von dem fremden Namen erwiderte Sarah: »Um mir die Statuen anzusehen.«
»Glib wird Euch hinbringen.« Die Frau nickte. »Ruft aus der Tür da. Das ist bloß die Hintertreppe. Ruft nach Glib.«
Überaus verlegen durchquerte Sarah die Küche und öffnete die Tür, auf die die Köchin gezeigt hatte. »Glib!«, rief sie.

Ein Getrappel von Schuhen auf der Holztreppe kündigte Glib an, einen spindeldürren Jüngling.
»Bring die junge Dame zu Lady Peachey, sie ist in der Galerie«, befahl die Köchin. »Und dann komm schnurstracks wieder her. Du musst mir das Obst aus der Vorratskammer holen.« Sie wandte sich an Sarah. »Folgt ihm«, kommandierte sie. »Ihr hättet sowieso nicht durch diese Tür hereinkommen sollen, die ist nur für Lieferanten. Was Ihr natürlich sein könntet. Genau wir Ihre Ladyschaft, Ihre Hoheit. Wer weiß das schon.«
Sarah folgte Glib mit seinen dünnen Schultern in der übergroßen Livree die wenigen Treppenstufen von der Küche im Souterrain zu der grün bespannten Tür in die erschreckend hohe und helle Eingangshalle. Er überquerte die schwarz-weißen Marmorfliesen und führte sie eine steinerne Treppe hoch in die Galerie. Diese erstreckte sich über die gesamte Vorderseite des Hauses, und am Ende, vor einer Säule aus reinem weißem Marmor, erkannte Sarah die dunkle Silhouette der italienischen Witwe.
»Tante Livia!«
»Ach, Sarah.« Sie drehte sich um und bot ihr die kühle Wange zum Kuss. »Dann habt Ihr den Weg hierher gefunden.«
»Es ist sehr herrschaftlich«, flüsterte Sarah und drehte sich nach Glib um, der den Rückweg die Treppe hinunter angetreten hatte. »Ich habe nicht damit gerechnet, dass es so ...«
»Ja, schön«, unterbrach Livia sie. »Schau mal, hier ist die Säule, die Euch so gut gefallen hat. Hier sieht sie einfach wunderbar aus, nicht wahr? Ich habe sie hierhergestellt, und zu beiden Seiten der Galerie habe ich sechs Cäsarenköpfe, nur sechs auf jeder Seite, mehr nicht hier oben – ich will nicht, dass es vollgestopft wirkt. Es darf nicht aussehen ...«
Doch das Mädchen hörte ihr längst nicht mehr zu. Sarah war zurückgetreten und reckte den Hals nach den Statuen. Überlebensgroß starrten die Bronzeaugen blind in die Galerie. Jeder Steinkopf befand sich auf einer Säule aus cremeweißem Marmor, und jeder war von glänzenden Lorbeerblättern aus Bronze gekrönt. Die Gesichter, rundlich oder hager, nachsichtig oder streng, schienen den Blick des Mädchens zu erwidern, das entzückt zu ihnen emporblickte, von einem zum anderen ging und die Hand ausstreckte, um die kühlen Säulen zu berühren.

»Sie sind außergewöhnlich«, flüsterte das Mädchen. »Sind sie echt?«

Die Witwe warf rasch einen Blick nach hinten, als befürchtete sie, Glib könnte etwas gehört haben. »Was um alles in der Welt meint Ihr nur?«, wollte sie mit scharfer Stimme wissen. »Was sagt Ihr da? *Sind sie echt?* Was ist das für eine Frage?«

»Waren sie wirklich so? War der hier im Leben wirklich so dick? Hat es ihm nichts ausgemacht, mit so einem runzeligen kleinen Mund dargestellt zu werden?«

»Oh! Ich habe Euch missverstanden. Nun, ich weiß es nicht. Ich glaube, sie wurden später angefertigt, nicht zur damaligen Zeit. Vielleicht anhand der Münzen, oder nach einer Zeichnung? Sie müssen zur gleichen Zeit angefertigt worden sein, denn sie sind als Satz konzipiert.«

»Wer hat sie gemacht?«

»Oh, es ist zu lange her, als dass wir es noch wissen könnten. Aber sie sind alle zusammen an einem Ort gefunden worden, der einmal ein großer Saal war. Vielleicht wollte also ein wohlhabender Mann in der Antike mit allen Cäsaren speisen. Und jetzt wird sie, wie ich hoffe, ein anderer wohlhabender Mann erblicken und das Gleiche erleben wollen.«

»Schön sind sie ja nicht ...« Es fiel der jungen Frau schwer, ihre Ehrfurcht zu begreifen.

»Das ist nicht so wichtig«, stellte Livia fest, trat zurück und betrachtete nicht die Cäsaren, sondern das nach oben gerichtete Gesicht ihrer Nichte. »Es ist nicht so wichtig.«

»Schönheit ist nicht wichtig?«

Livia war verblüfft. »Habt Ihr denn nichts begriffen? Wichtig ist nur, dass sie sich verkaufen! Hat die Arbeit in einem Geschäft Euch nichts gelehrt?«

»Aber Euer Ehemann, Euer erster Ehemann?«

»Was ist mit ihm?«

»Hat er sie nicht um ihrer Schönheit willen gesammelt?«

Livia warf den Kopf zurück, fasste sich dann jedoch schnell wieder. »An ihn denke ich ja«, sagte sie ausgesprochen nüchtern. »Er hätte nicht gewollt, dass ich so weit sinke und an einem kleinen Kai an der Themse hause. Er hätte nicht gewollt, dass ich an einem solchen

Ort lebe. Er hätte gewollt, dass seine Sammlung mein Witwengut ist – damit ich so lebe, wie es meiner würdig ist, als Nobildonna di Picci.«

»Reekie«, verbesserte Sarah.

Die Witwe zuckte mit ihren in schwarzen Satin gehüllten Schultern und stieß ihr glockenhelles Lachen aus. »Ich kann es nicht aussprechen, so sehr ich es auch versuche. Roberto hat mich immer ausgelacht. Ich werde es Picci aussprechen müssen. Es ist ein hübsches Kompliment an die Familie aus Sussex. Würdet Ihr nun gern die Statuen im Garten anschauen?«

»Aber war Peachey nicht der Name des Lords in Foulmire? Onkel Robs Gönner?«

»Ja, wie schon gesagt, ein hübsches Kompliment an ihn, findet Ihr nicht? Und amüsant, nicht wahr, dass es sich so anhört, wenn ich meinen Namen aus dem Italienischen ins Englische übersetze?«

»Ich weiß nicht ...«

»Möchtet Ihr Euch die Statuen im Garten ansehen? Ich habe keine Zeit zu vergeuden.«

»Ja, ja, das möchte ich, bitte.«

Die Witwe stieg die prächtige Treppe hinunter in die schwarz-weiß gefliste Eingangshalle, ihre Röcke raschelten auf dem Marmor. Sarah ging durch den Kopf, wie gut sie zu der klassischen Schönheit des Hauses passte. Im Lagerhaus wirkte sie immer zu exotisch, ihr Teint zu leuchtend.

»Kommt Ihr gern hierher?«, fragte Sarah, als sie durch die hohen verglasten Türflügel auf die Terrasse traten. Dann keuchte sie beim Anblick des Gartens auf, der sich unter ihnen erstreckte und mit Statuen dekoriert war, und ganz am Ende das Silber des Flusses. »Oh! Es ist wunderschön!«

Livia lief die Stufen hinunter und führte Sarah von einer Statue zur nächsten. Eine war lediglich ein Fragment – ein Wasserkrug, der von einer marmornen Hand, deren steinerne Finger sich immer noch um den Henkel schlossen, gehalten wurde.

»Oh!«, hauchte Sarah. »Seht!«

Mit einem Lächeln deutete Livia weiter unten in den Garten. Dort war ein Teil eines Frieses auf den Boden gelegt worden, damit Besucher die Geschichte der in die Schlacht reitenden Pferde mit ihren

strengen und schönen Reitern, die sich an den wehenden Mähnen festhielten, betrachten konnten.
Die junge Frau kniete wie zum Gebet neben ihnen nieder. »Darf ich sie anfassen?«, fragte sie. Livia nickte, und Sarah beugte sich über die Figuren, fuhr Nüster und Schnauze nach, gespitzte Ohren, gebogenen Hals und die muskulösen Oberkörper der Reiter.
»Ihr könnt sie Euch alle ansehen«, sagte Livia. »Ich werde auf der Terrasse auf Euch warten.«
Sie drehte sich um und stieg wieder die Stufen hoch, um sich auf eine steinerne Bank an der von der Sonne gewärmten Wand zu setzen. Sir James trat durch die Glastür seines Arbeitszimmers und fand sie dort vor. Unten im Garten sah Sarah seine höfliche Verbeugung und auch, wie Livia sofort aufstand und ihm so nahe kam, dass er zurückwich. Livia warf einen verstohlenen Blick zurück in den Garten, als wolle sie von Sarah nicht mit ihm gesehen werden. Sie hakte sich bei ihm unter und zog ihn außer Sicht ins Haus, als wären sie ein heimliches Liebespaar.
»Eine Besichtigung?«, fragte James, als sie die Tür zur Terrasse hinter ihnen schloss.
»Nur das Kind aus dem Lagerhaus. Mir wäre es lieber, wenn sie Euch nicht sähe. Beziehungsweise – ihrer Mutter wäre es lieber, und ich kann ihr nicht zuwiderhandeln.«
»Ich will nichts mit ihr zu tun haben«, sagte er sanft. »Mir ist klar, dass sie nicht von mir ist. Ich kann keine Ähnlichkeit feststellen. Sie ist ein hübsches Mädchen mit ihren dunklen Haaren und Augen, aber mir fiele im Traum nicht ein, dass sie mein Kind sein könne.«
»So hübsch ist sie auch wieder nicht«, widersprach sie. »Alle beide sind arme kleine Dinger. Sie arbeitet bei einem Modewarenhändler und hat keine Schulbildung. Aber sie besitzt einen Sinn für Schönheit, den sie durch Spitze und Flitter erlernt hat und aus dem ich etwas machen könnte.«
»Würdet Ihr denn etwas aus ihr machen wollen?«, erkundigte er sich neugierig.
Sie blickte zu ihm hoch, ihre cremefarbene Haut ein wenig vom Sonnenschein gerötet. »Nein«, sagte sie. »Ich habe keine Zeit für ein fremdes Kind von gemeiner Abstammung aus einem Lagerhaus.

Weshalb sollte ich so ein Kind wollen, wenn ich ein Adeliges bekommen und großziehen kann?«
Er verneigte sich, seine Zustimmung verbergend. »Ich habe ein paar Antworten auf die Einladungen erhalten.«
»Hat jemand zugesagt?«, fragte sie begierig.
Er nickte. »Etwa zehn Leute haben mich wissen lassen, dass sie kommen werden, und hier ...« Er wies auf den Schreibtisch. »Da sind noch mehr Antworten, die noch zu öffnen sind.«
»Oh, lasst sie mich öffnen!«, flehte sie. »Heutzutage schreibt mir keiner mehr, ich erbreche niemals ein Siegel auf gutem Papier. So lasst mich doch!«
Er lachte mit einem Gefühl von Zärtlichkeit. »Dann kommt.« Er zog den Stuhl zurück, damit sie an seinem Schreibtisch Platz nehmen konnte.
Auf den Stufen vom Garten zur Terrasse beobachtete Sarah, wie Livia an James vorbeistrich, sich auf einen Stuhl an seinen Schreibtisch setzte und nach seinem silbernen Brieföffner griff, als sei sie die Hausherrin und seine Ehefrau.

»Sarah war hingerissen von Euren Statuen«, sagte Alys zu Livia, als sie am folgenden Sonntagabend zu Bett gingen. »Sie konnte heute Morgen von nichts anderem reden.«
»Sie hat ein Auge für Schönheit«, räumte Livia ein, während sie ihr Nachthemd vorn zuband.
»Sie hat gesagt, dass sie ihn gesehen hat.«
»Er war dort, aber ich habe ihn in sein Arbeitszimmer geschickt«, erwiderte Livia. »Ich wusste, dass es Euch nicht recht wäre, wenn sie ihm begegnet.«
»Danke dafür. Ihr werdet mich für eine Närrin halten, aber ...«
Livia legte den Arm um Alys und zog sie eng an sich. »Ich halte Euch nicht für eine Närrin.« Sie strich eine Locke aus dem von Fältchen durchzogenen Gesicht der anderen. »Ich weiß, was er Eurer Familie angetan hat. Und ich freunde mich nicht mit ihm an. Ich

benutze ihn, um unser Vermögen zu verdienen. In dem Moment, als ich begriff, wie Ihr fühlt, war ich nicht mehr seine Freundin. Eure Freunde sind meine Freunde, Eure Feinde die meinen. Eure Gefühle sind meine Gefühle.«

Alys spürte Livias Körperwärme durch das seidene Nachthemd hindurch. »Ich hoffe, Ihr seid sicher in seiner Gegenwart. Er ist kein Mann, dem ich vertrauen würde. Er hat uns ruiniert.«

»Es wird schon gut gehen«, sagte die jüngere Frau zuversichtlich. »Nervös soll er ruhig sein. Ich werde diejenige sein, die hieraus Profit schlägt.« Sie schob sich noch näher heran und legte den Kopf auf Alys' Schulter. »Bin ich auch nicht zu schwer? Ich liebe es, wenn Ihr mich haltet und ich in Euren Armen einschlafen kann.«

»Ihr seid nicht zu schwer«, sagte Alys leise und ließ zu, dass Livia ihre Wange an ihren Hals drückte und sich anschmiegte. »Werdet Ihr auch morgen den ganzen Tag in seinem Haus verbringen?«

»Natürlich! Ich habe so viel zu tun!«

Oktober 1670, Hadley, Neuengland

Als es kälter wurde, verloren die Bäume ihre Blätter in einem Strudel aus herumwirbelnden Farben in feurigen Gold-, Bronze- und Rottönen.

Ned hatte beschlossen, sein Reetdach neu zu decken, da die Nächte bereits länger und kälter wurden, und bald würde der Schnee kommen und alles weiß und still machen. Er saß gerade rittlings auf seinem Dachfirst und befestigte die Bündel, die er von den Nipmuc bekommen hatte, die mithilfe ihrer Kanus große Flöße voller Schilf von den Marschen an der Küste flussaufwärts zogen.

Da hörte er das Scheppern des Hufeisens am anderen Flussufer. Als er hinüberspähte, die Augen gegen die tief stehende rote Herbstsonne abgeschirmt, erkannte er die Gestalt eines Indianers, die unverkennbaren Umrisse von Hirschlederbeinlingen und einer nackten, halb von einem Lederumhang bedeckten Brust. Ned stieß ein verärgertes Ächzen aus, weil er die Arbeit unterbrechen musste, stieg

dann aber vorsichtig von seiner Dachleiter und kletterte anschließend die einfache Holzleiter hinunter, die an der Wand lehnte.
Er ging durch sein Gartentor, erklomm die Stufen auf der landwärts gerichteten Seite der Uferböschung und kletterte auf der Flussseite zu dem mit weißem Raureif überzogenen Landungssteg hinunter. Das Wasser wurde von Tag zu Tag kälter. Er rieb die Hände aneinander, als er auf die Fähre stieg, machte sie los und zog an dem kalten, hart gefrorenen Seil. Während die Fähre schaukelnd über den Fluss setzte, sah er, dass es sich bei dem Indianer um Wussausmon handelte, und hinter ihm, im Schutz der Bäume des Waldes, standen die puritanischen Lords: William Goffe und Edward Whalley.
Erfreut sprang Ned an Land, begrüßte Wussausmon und wandte sich dann an seine Kameraden. »Schön, Euch zu sehen! Geht es Euch gut? Seid Ihr wohlbehalten? Lief alles gut?«
Die drei Engländer umarmten sich. »Gott segne Euch, Ned, hier sind wir wieder«, sagte William.
»Ist alles ruhig hier?«, wollte Edward wissen, während er über den Fluss zu Neds Haus spähte.
»Alles ruhig, alles sicher«, bestätigte Ned. »Ich kann Euch jetzt hinüberbringen. Ihr könnt bis zum Abend in meinem Haus abwarten, dann gehen wir in der Dämmerung durch den Wald zum Haus des Pfarrers.«
»Ich kann ihm Bescheid geben, dass Ihr kommt«, erbot sich Wussausmon. »Ich bin auf dem Weg in die Stadt.«
»So?« Ned deutete auf die Hirschlederbeinlinge und den Umhang.
»Ja, so«, bestätigte er. »Auf diese Weise falle ich weniger auf.«
»Gut, gut«, stimmte William zu. Gefolgt von Edward und Wussausmon ging er den Strand hinab und betrat die auf Kies gesetzte Fähre. Ned stieß ab und begann damit, sie ans andere Ufer zu ziehen.
»Ihr seht gut aus«, stellte er fest.
Das taten sie. Der Sommer an der Küste hatte ihnen Sonnenbräune und Fleisch auf den Rippen beschert. Sie waren gelaufen und hatten gejagt, hatten sich ausgeruht und Nahrung gesammelt. Sie hatten geangelt und waren geschwommen. Die benachbarten Pokanoket hatten ihnen ein Kanu geliehen, und sie waren die Küste entlang und den Kittacuck River auf und ab gepaddelt. Sie hatten mit Einheimischen gebetet, die sich das Evangelium zwar höflich angehört

hatten, sich jedoch nicht hatten bekehren lassen, und sie hatten keine Engländer gesehen: nicht einen Siedler, nur ein weißes Segel in weiter Ferne am Horizont.

»Wir haben uns nach Neuigkeiten verzehrt«, sagte William. »Gibt es irgendetwas Neues aus England, Ned?«

»Es heißt, es werde wieder Krieg gegen die Niederlande geben«, rückte Ned heraus. »Sie erlauben keinen niederländischen Schiffen, unsere Waren mitzunehmen.«

Beide Männer blickten auf der Stelle missbilligend drein. »Ein Krieg gegen gottselige Menschen?«, fragte William.

»Der König wird sich wahrscheinlich mit den Franzosen gegen sie verbünden«, erklärte Ned. »So heißt es jedenfalls.«

Die Fähre stieß an den Landungssteg, und Ned machte sie fest.

»Gott hilf unserem Land, das im Kampf ist gegen ein gottseliges Reich und im Bunde mit Papisten. Ein Land, das einen König hat, der mit einer Ketzerin verheiratet ist. Gott zeige ihnen einen besseren Weg!« Kurz schloss William zum Gebet die Augen. »Und was wird das für uns hier bedeuten? Müssen wir Siedler ebenfalls in den Krieg ziehen? Vor den Augen der Wilden in der Neuen Welt? Es ist das Schlimmste, was wir machen könnten.«

»Der Herr gebe, dass er ein Einsehen hat«, schloss Edward sich dem Gebet an.

Wussausmon blickte von einem Mann zum anderen. »Ihr betet gegen Euren König?«, fragte er.

»Wir haben schon viel Schlimmeres getan.« Lächelnd öffnete William die Augen.

Oktober 1670, London

Am Tag der Ausstellung saß Livia um halb zehn Uhr in einem Lehnstuhl in der Eingangshalle von Avery House. In der Küche im Souterrain richteten die Dienstboten auf silbernen Tabletts Kekse, Gebäck und Obst an. Weinflaschen wurden in Eimern voll kaltem Brunnenwasser gekühlt. Große Krüge frisch gepresster Limonade kühlten im Spülstein. Alles war bereit.

Sir James stand in der Tür zum Arbeitszimmer und betrachtete Livia, wie sie in der Eingangshalle saß. Die breiten hölzernen Armlehnen und die hohe Rückenlehne des Stuhls ließen sie winzig wirken, doch sie strahlte Selbstbeherrschung und eine ureigene, einnehmende Würde aus. Er wusste, dass sie nervös war, doch sie verbarg ihre Nervosität hinter einem gelassenen Lächeln, und nur das Heben und Senken ihres schwarzen Spitzenmieders verriet, wie schnell ihr Herz schlug.
»Sie werden kommen.« Er trat in die Eingangshalle, um Livia zu beruhigen. »Aber sie werden im Laufe des Tages kommen. Wir können nicht erwarten, dass jeder beim Schlag der Glocke um zehn Uhr eintrifft.«
Das Gesicht, das sie zu ihm reckte, war entspannt. »Ich weiß«, sagte sie. »Und abgesehen davon habt Ihr ein schönes Haus, das ein jeder gern besuchen würde, und ich zeige echte Antiquitäten mit Seltenheitswert. Ich weiß, dass wir gemeinsam das Beste zu bieten haben. Es müssen Leute kommen, und wenn sie kommen, dann müssen sie in Bewunderung ausbrechen.«
Seiner Meinung nach offenbarte Livia ihr wahres Format in ihrer Selbstbeherrschung. Sie war – genau wie sie es von ihren Antiquitäten sagte – eine rare Schönheit. Er war froh, dass er ihr die Türen zu seinem Haus geöffnet hatte. Seine Erinnerungen an das ständige, unbehagliche Schweigen seiner Gattin wurden von dieser zierlichen kleinen Frau und der Veranstaltung, die sie eigenhändig aus dem Boden gestampft hatte, überlagert. Die Zehnuhrglocke von St Clement Danes schlug, und im ganzen Haus erklangen helle Schläge zur zehnten Stunde von den Standuhren im Arbeitszimmer und im Salon, zusammen mit dem Geläute sämtlicher Kirchen der Gegend.
»Möchtet Ihr ein Glas Limonade?«, bot er an. »Wir können nicht erwarten, dass jemand um Punkt ...«
In dem Moment erklang das Geräusch einer Kutsche draußen und kurz darauf ein Hämmern an der Tür. Mit einem triumphierenden Lächeln in seine Richtung bedeutete Livia Glib, die Tür zu öffnen, und dem dazu abbestellten Dienstmädchen, bereitzustehen und Hüte und Stöcke entgegenzunehmen. Als die Tür aufging, erhob sie sich und wartete wie eine Königin auf ihren ersten Gast.

Sir James erkannte Lady Barton und ihre Tochter, alte Freundinnen seiner Mutter. Er trat vor, um die Damen miteinander bekannt zu machen. Als er sie vorstellte, vollführte Livia einen makellosen Knicks in genau der richtigen Tiefe, reichte ihrer Ladyschaft die Hand und führte die beiden nach oben. Sie blickte nicht strahlend in seine Richtung, wie er es befürchtet hatte. Sie war vollkommen würdevoll. Noch während sie die Treppe emporstieg und ihr schwarzer Seidenrock an dem schmiedeeisernen Geländer vorbeistrich, klopfte es abermals an der Tür, und ein bekannter Grundbesitzer, berühmt für seinen Park und die Gartenanlagen, stand dort, Hut und Stock in der Hand, um sich die Antiquitäten anzusehen. Sir James ertappte sich dabei, dass er selbst strahlend wie ein Schuljunge zu Livia emporblickte.

Um drei Uhr nachmittags schlossen sie hinter dem letzten Gast die Türen. »Kommt in den Salon«, sagte Sir James. »Ihr müsst erschöpft sein.«
Livia sank in einen Sessel. »Wie viele Leute waren es?«, fragte sie nur. »Ich habe nicht mehr mitzählen können.«
»Es waren um die hundert«, bestätigte er, während er ihr gegenüber Platz nahm. »Gab es konkrete Bestellungen?«
Sie zeigte ihm ein kleines Notizbuch, das an einer silbernen Kette um ihre Taille befestigt war. »Drei feste und zwei weitere, die ihr Esszimmer ausmessen werden, um sicherzustellen, dass sie genug Platz haben. Die meisten Leute haben mir zugesichert, sie würden innerhalb von ein paar Tagen schreiben. Aber drei haben fest versprochen, etwas zu kaufen.«
James schüttelte den Kopf. »Ihr wart großartig!«, sagte er. »Und so ruhig!«
»Weil Ihr da wart«, versicherte sie ihm. »Und weil ich in Avery House war. Wie könnte ich nicht ruhig sein, wenn doch das Haus so wunderschön ist und so wunderbare Frauen vor mir an diesem Ort gewesen sind? Ich habe daran gedacht, was Ihr mir von Eurer Mut-

ter erzählt habt, und ich wollte, dass sie stolz auf das Haus ... und ein wenig auf mich ... wäre«, fügte sie hinzu.

»Das wäre sie gewesen«, sagte er. »Sie hätte genau wie ich gesehen, wie emsig Ihr arbeitet und wie leicht Ihr es aussehen lasst.«

Freudestrahlend sprang sie auf und kam durch das Zimmer auf seinen Sessel zu. Sie bückte sich rasch und brachte die Lippen an seine Wange. »Danke für diese Worte«, sagte sie. »Das ist für mich die Krönung dieses Tages. Es war ein wunderbarer Tag, aber das ist die Krönung.«

Er roch ihr Parfüm nach sonnengewärmten Rosen, und einen Augenblick dachte er, er könne die Hände an ihre schmale Taille legen, sie auf seinen Schoß ziehen und auf den Mund küssen. Doch er zögerte, halb aus Angst vor seinem eigenen Begehren, wohl wissend, dass sie eine schutzlose Frau in seinem Haus war und die Schwiegertochter der Frau, die er sein ganzes Leben lang geliebt hatte.

»Verzeiht mir ...« Er erhob sich, doch sie war bereits zur Tür getreten. »Ich werde Euch in Ruhe zu Abend essen lassen«, sagte sie, als sei er ihr einerlei. »Ich muss ins Lagerhaus zurückkehren und ihnen berichten, wie erfolgreich wir waren. Ich werde ihnen helfen, neue Geschäftsräume zu erwerben und ein besseres Leben zu führen. Wartet, bis sie es hören!«

»Wollt Ihr ihnen bitte meine besten Grüße ausrichten, dass ich mich über Euren Erfolg für sie freue und froh bin, dabei behilflich sein zu können?«

Sie kehrte zu ihm zurück und legte ihm die Hand auf den Arm. »Nein, das kann ich nicht tun«, sagte sie zärtlich. »Herrje, sie wollen Euren Namen nicht hören. Sie warnen mich sogar davor, Euch zu vertrauen.« Sie hielt inne, und ihr hübsches Gesicht blickte zu ihm auf. »Ich hoffe, ich bereite Euch keinen Schmerz, wenn ich Euch sage, dass sie Euch aus ihrem Leben verbannt haben. Ihr solltet Euch als frei von ihnen betrachten.«

»Ich bin vergessen?«

Sie zeigte ihm ein zögerliches Lächeln. »Ist es nicht am besten so? Da es nichts gibt, was Euch an sie bindet?«

Sein Verstand sagte ihm das Gleiche. »Dann darf ich ebenfalls vergessen?«, fragte er.

»Ihr vergesst ebenfalls«, versicherte sie ihm leichthin. »Es ist vergangen und vergessen. Es war vor langer Zeit. Ein jugendlicher Fehltritt. Ihr erschafft hier ein neues England, Ihr könnt frei sein von den Gespenstern und Sorgen der Vergangenheit! Der Krieg ist vorbei, die Pest ist vorüber, das Feuer ist gelöscht. Sämtlicher alter Kummer ist verheilt. Es besteht kein Grund für alten Schmerz.«

Er wusste, dass sie recht hatte. Sie lud ihn dazu ein, eine neue Welt zu betreten, die schon die ganze Zeit über hier, zu seinen Füßen gelegen hatte, doch ihm war nicht klar gewesen, dass sie ihm offenstand.

Er hob ihre Hand an die Lippen und küsste sie. »Endlich ist es vorbei.«

James schickte den Lakaien Glib los, Livia zum Boot zu bringen, zusammen mit ihr über den Fluss zu setzen und sie zur Tür des Lagerhauses zu begleiten. Der Bursche wartete in der Hoffnung auf ein Trinkgeld, doch sie schlüpfte wortlos ins Haus, schloss die Tür und lehnte sich mit dem Rücken dagegen, ihren erfolgreichen Tag – bei den Antiquitäten, bei den Käufern und bei James selbst – auskostend.

Alys kam mit gerunzelter Stirn aus dem Kontor. »Ihr kommt sehr spät«, sagte sie tonlos. »Ma und ich haben bereits gegessen, aber ich habe Euch etwas Suppe aufgehoben.«

Livias Ärger über die glanzlose Frau in ihrer winzigen Diele, mit dem Angebot aufgewärmter Suppe und der Klage über ihr Zuspätkommen brach sich mit einem Mal Bahn. »Ich will keine Suppe. Ich hatte einen ganz wunderbaren Tag, ich will ihn mir nicht mit Suppe verderben!«

Alys' Begrüßungslächeln verschwand aus ihrem Gesicht. »Möchtet Ihr etwas anderes? Vielleicht haben wir ...«

»Nein, ich möchte nichts! Ich hatte ein überaus erlesenes Frühstück, ein wunderbares Essen. Es war ein herrlicher Tag!«

»Eure Sachen haben sich gut verkauft?«

»Besser, als ich es mir je erträumt hätte! James sagte ...« Sie biss sich auf die Zunge. »Es war ein Triumph. Hundert Leute sind gekommen!«

»Wenn Ihr mir das Geld gebt, lege ich es in die Geldkassette.« Alys streckte die Hand aus. »Ich werde es morgen früh zum Goldschmied bringen.«

Livias Wut über die Ärmlichkeit dieses Hauses und den Kontrast zu ihrem Triumph in Avery House sprudelte in einem Wortschwall aus ihr heraus. »Seht Euch nur an, mit Eurer ausgestreckten Hand! Wie eine Bettlerin! Selbstverständlich habe ich jetzt kein Geld! Glaubt Ihr, ich betreibe eine Marktbude? Glaubt Ihr, ich feilsche und verhandele und spucke mir zum Einschlagen in die Hand? So mache ich keine Geschäfte.«

Alys lief tiefrot an, während sie verlegen die Hand sinken ließ. »Welche andere Art gibt es denn? Man verkauft etwas, und man nimmt das Geld entgegen. Wie sonst betreibt man Geschäfte? Habt Ihr überhaupt kein Geld eingenommen?«

»Natürlich habt Ihr keine Ahnung! Ich wecke ein Interesse, ich setze eine Mode in Gang, jeder in London redet über meine Antiquitäten. Verkauft habe ich nichts! Ich wäre verrückt, wenn ich es täte! Aber ich habe mit allen gesprochen. Innerhalb des nächsten Monats werden die Bestellungen eintrudeln und miteinander im Wettstreit liegen. Natürlich wechselt heute kein Geld den Besitzer! Haltet Ihr mich für irgendeine schmutzige Krämerin? Eine jämmerliche Arbeiterin?«

Vor Verblüffung verschlug es Alys die Sprache. Livia setzte den Hut ab und reichte ihn ihr wie einer Dienstbotin. »Oh, sagt Tabby, sie soll mir meine Suppe bringen, wenn das alles ist, was es gibt«, befahl sie. »Und ein Stück Brot? Und ein Glas Wein?«

»Natürlich.« Alys' Stimme war tonloser denn je. Sie marschierte den Gang in Richtung Küchentür davon, steckte den Kopf in die Küche und erteilte Tabby den Befehl.

Vor der Stube blieb sie stehen. Verletzt von Livias Worten und gleichzeitig wütend über die ihr widerfahrene Ungerechtigkeit, brachte sie es nicht gleich über sich, einzutreten. Schließlich öffnete sie die Tür mit dem Vorsatz, etwas zu sagen, sah jedoch auf der Stelle, dass sich Livias Stimmung gewandelt hatte. Sie saß ausgestreckt im Sessel, den Kopf zurückgeworfen, die Augenlider geschlossen, ein Lächeln auf den Lippen.

»Ihr solltet eine Glocke für Tabby haben«, stellte sie fest. »Es ist lächerlich, für alles, was man will, in die Küche gehen zu müssen.« Als Alys nicht antwortete, schlug sie die Augen auf. »Es war ein ganz wunderbarer Tag«, wiederholte sie träumerisch.

»Das kann ich nicht nachvollziehen, wenn Ihr so arm nach Hause kommt, wie Ihr gegangen seid«, versetzte Alys.

In Livias dunkle Augen trat ein Funkeln. »Das weiß ich, meine Liebe«, sagte sie. »Deshalb betreibt eine Frau wie Ihr diesen unbedeutenden Kai – wo der Handel nur geduldet wird, wo das Leben nur geduldet wird –, ich hingegen bin seit heute die anerkannte Quelle der besten und schönsten aus Stein gemeißelten Antiquitäten in ganz London.«

»Es ist ein unbedeutender Kai«, räumte Alys ein, bei der sich in ihrem Ärger der Sussex-Dialekt stärker bemerkbar machte. »Ehrlich geführt, mit stetem Handel. Ihr habt recht, dass wir in dieser Welt nur geduldet werden. Man hat nicht geduldet, dass meine Mutter sie selbst war, stattdessen wurde sie auf schreckliche Weise verfolgt und bestraft. Die Familie meines Ehemanns wollte meine Gegenwart nicht dulden, und ich wurde aus meinem Zuhause vertrieben. Ich mache es Euch nicht zum Vorwurf, dass Ihr auf uns herabschaut, aber Rob hätte es niemals getan. Er hat es niemals gestattet, dass jemand etwas gegen seine Ma oder mich sagt. Rob war stolz auf uns, stolz auf unser Überleben: Selbst wenn wir arme Frauen sind, selbst wenn wir unmodische Frauen sind!«

Sie drehte sich um und ging leise nach oben, während Tabby die Suppe, frisches Brot und ein Glas Wein hereinbrachte.

Viel später betrat Livia das dunkle Schlafzimmer. »Alys«, sagte sie zum Bett in den Schatten. Keine Antwort.

In der Finsternis zog sie ihr schönes Kleid und das seidene Unterkleid aus. Alys hörte das Rascheln des Stoffes, doch sie lag still da, die Augen geschlossen, und stellte sich schlafend. Livia tastete nicht unter dem Kopfkissen nach ihrem Nachthemd, sondern hob die Bettdecke und schlüpfte nackt ins Bett. Die Seile des Bettes knarzten unter ihrem Gewicht. Alys lag weit drüben auf ihrer Bettseite, zwischen ihnen klaffte eine kalte Lücke.

Livia glitt zu Alys' teilnahmslosem Rücken. Sanft legte sie eine Hand auf Alys' hochgezogene Schulter. »Verzeiht mir, Alys. Meine Schwester, meine Liebste. Verzeiht mir. Ich habe gemein dahergeredet. Ich kann nichts dafür, dass ich nicht wie Ihr bin und nicht wie Eure Mutter und auch nicht wie Eure Tochter. Einer Frau wie mir seid Ihr noch nie begegnet. Ich kann mich nicht herabsetzen lassen, Alys. Ich würde sterben, wenn man mich herabsetzen würde.«

Alys sagte kein Wort, doch Livia spürte, dass sie den Atem anhielt, um zu lauschen.

»Ich ertrüge es nicht, wie Ihr zu sein, eine zur Arbeit gezwungene Frau, aus ihrem Zuhause vertrieben. Ich würde mich nicht dazu erniedrigen. Lieber würde ich sterben, als arm zu sein, Alys.«

Alys sagte immer noch nichts.

»Ich bin keine ehrliche Frau und auch keine redliche, nicht auf die Art, auf die Ihr und Eure Mutter es seid. Und ich weiß auch, dass ich eitel und launisch bin.« Ihre Stimme bebte vor Emotionen. »Heute Abend war ich eitel. Ich habe Euch grausam behandelt. Ich bin eine schöne Lügnerin, wenn Ihr so wollt. Ich bestehe nur aus Drehungen und Wendungen und falschen Richtungen. Mir ist nicht zu trauen. Ich rate Euch, mir nicht zu trauen. Eigentlich bin ich nicht böse, aber ich bin nicht redlich. Ich bin nicht einfach gestrickt.«

Alys atmete aus, und Livia fuhr fort: »Ihr glaubt, eine Frau sollte ehrenwert sein. Ich habe gesehen, wie Ihr mit den Kapitänen, den Lagerhausarbeitern, selbst den Hafenarbeitern geredet habt. Ihr redet respektvoll mit ihnen und verlangt, dass sie Euch respektieren: eine gute Händlerin. Ihr glaubt, eine Frau habe Erfolg, indem sie wie ein Mann ist. Ihr glaubt, wenn Ihr Euch wie ein guter, ehrlicher Mann verhaltet, werdet Ihr in einer Männerwelt aufsteigen. Ihr glaubt, Eure Verdienste werden Euch Erfolg bescheren. Ihr glaubt, fleißige Arbeit und Gottes Segen werden belohnt werden.«

»Ich bin ehrlich.« Alys konnte nicht länger schweigen. »Ich habe es gelernt – und es war alles andere als einfach.«

»Ich bin es nicht«, erwiderte Livia rasch. »Ich bin viel interessanter als ehrlich. Ich bin viel erfolgreicher, als Ehrlichkeit es jemals sein könnte. Ich bin nur mir gegenüber jemals ehrlich. Mein Gesicht im Spiegel ist das Einzige, dem ich meine Geheimnisse anvertraue. Ich belüge mich nie selbst, Alys, ich weiß, was ich tue, selbst wenn es sonst niemand weiß. Und ich mache nichts zufällig. Ich tue nie etwas, ohne zu wissen, warum ich es tue. Ich werde nie von einem unbekannten Verlangen angetrieben, ich laufe nie in die eine Richtung, während ich mich nach der anderen sehne. Ich weiß immer, wer ich bin und was ich will, und ich gehe meinen Weg auf weitschweifige Art, damit niemand es mir verweigern kann. Das einzige ehrliche Wort aus meinem Mund ist an mich selbst gerichtet.« Sie hielt inne. »In gewisser Weise ist das bewundernswert. Auf seine ganz eigene Art. Ich bin bewundernswert, auf meine ganz eigene Art.«

»Aber was wollt Ihr hier?«, stieß Alys aus. Sie setzte sich auf und drehte sich um, sodass ihre Schwägerin im Licht des Mondscheins sehen konnte, dass ihre Augen rot geweint waren und ihr Gesicht vor Qual verzerrt war. »Was wollt Ihr hier, wenn Ihr uns so sehr verachtet? Warum wohnt Ihr in unserem Haus, wenn es so erbärmlich ist? Warum benutzt Ihr unser Lagerhaus, zieht aber los, um mit unserem Feind gemeinsame Sache zu machen? Warum seid Ihr hergekommen? Um uns zu peinigen? Warum arbeitet Ihr mit ihm zusammen? Was wollt Ihr? Was habt Ihr im Schilde geführt, als Ihr hier ankamt, ganz klein und am Boden zerstört und in Trauer? Als Ihr so schön ankamt, dass einem bei Eurem Anblick schier das Herz brach? Und Eure erste Handlung war, die Hand nach ihm auszustrecken? Ihr habt Euch das Taschentuch an die Augen gehalten und habt die Hand nach ihm ausgestreckt! Wie könnt Ihr Euch mit Eurem Stolz brüsten, wenn Ihr Euch ihm an den Hals werft?«

Livia drehte Alys zu sich herum, küsste ihr heißes, tränennasses Gesicht, schmiegte sich an ihren schlanken Leib. »Ich will dich«, flüsterte sie ihr ins Ohr. »Das ist es, was ich will. Ich wusste es seit dem Moment, als ich dir begegnete. Ich möchte wie du sein: einfach und ehrenhaft und tapfer. Ich möchte, dass du mich so liebst, wie ich bin: seltsam und falsch, wie ich bin. Ich möchte hier zu dir gehören. Ich möchte dir gehören: mit Herz und Seele. Ich möchte, dass du

mich als Schwester anerkennst, ich möchte die große Liebe deines Lebens sein. Ich möchte, dass du durch meine schöne Oberfläche hindurchsiehst, vorbei an meinem Glanz, und mich siehst, wie ich bin.«
»Glanz«, wiederholte Alys das seltsame Wort.
»Das Glitzern von schönem Marmor, das Glänzen bronzefarbener Haut. Das Schimmern meiner makellosen Haut.« Sie stieß ein leises Lachen aus.
»Ich ertrage keine Lügen«, flüsterte Alys zurück. »Du weißt nicht, was sie mich gekostet haben, was sie meine Ma gekostet haben. Du weißt nicht, dass wir beide Lügen erzählt haben, bis so ein Durcheinander aus Täuschung entstanden war, dass wir unter der Last erstickten. Wir wurden nicht für unser Verbrechen bestraft. Unsere Lügen haben uns vernichtet. Ich kann nicht von Lügen umgeben leben. Ich ertrage es nicht.«
»Du musst ... du musst mich ertragen«, drängte Livia, die ihre warmen Brüste an Alys' kühles Nachthemd drückte. »Denn du bist der einzige Mensch auf der Welt, dem ich die Wahrheit sage. Der einzige auf der ganzen Welt, den ich liebe und dem ich vertraue. Ich *muss* bei dir sein. Und du musst mich auch lieben. Bitte, Alys! Ohne dich habe ich niemanden! Ich habe kein Zuhause, ich habe keinen Freund. Ich bin eine Waise, allein auf der Welt. Ich bin Witwe. Wie kannst du mich nicht lieben? Wie kannst du kein Mitleid mit mir haben? Du bist meine Schwester: Sei mir eine Schwester!«
Alys zögerte und musterte eingehend das schöne Gesicht in den Streifen des Mondlichts. »Kann ich darauf vertrauen, dass du mich nicht belügst?«, wollte sie wissen. »Selbst wenn du alle anderen anlügst? Kannst du mir gegenüber ehrlich sein, hier, wenn wir allein sind, in diesem Zimmer? Selbst wenn du den ganzen Tag über alle anderen belügst?«
Zwei Tränen kullerten Livias Wangen wie Perlen hinunter, ihre Lippen bebten.
»Ja«, sagte sie. »Ich schwöre, dass ich dir gegenüber aufrichtig sein werde. Wenn du mich liebst.«
Die beiden Frauen sahen einander an, lange Zeit, ohne sich zu rühren, dann öffnete Alys die Arme, und sie küssten sich innig.
Irgendwann schliefen sie eng umschlungen ein, Alys' Gesicht in

Livias dunklem Haar vergraben, Livias Hände hinter Alys' Rücken verschränkt.
So hielt Livia sie die ganze Nacht fest.

Oktober 1670, London

Sarah und Johnnie gingen gemeinsam von der Kirche nach Hause, während Sarah über Avery House berichtete und über Livias Gebaren als Dame des Hauses unter dem Namen Lady Peachey.
»Du meinst, dass sie ihn in ihren Bann gezogen hat?«, murmelte Johnnie, seine Mutter im Blick, die vor ihm Arm in Arm mit Livia ging.
»Sie hat ihn um den kleinen Finger gewickelt«, sagte Sarah. »Sie geht in dem Haus ein und aus, als wäre es ihr eigenes.«
»Dann wird sie bald eine wohlhabende Frau sein und kann uns ihre Schulden zurückzahlen.«
»Geld gibt es dort reichlich«, bestätigte Sarah.
Sie folgten Livia und Alys durch die Eingangstür und trennten sich in der kleinen Diele. Sarah ging nach oben, um mit Alinor zu nähen, während Johnnie mit seiner Mutter ins Kontor trat.
Ein Blick in die Bücher verriet ihm, dass das Lagerhaus die Kosten des Beladens, der Verschiffung und des Löschens getragen hatte, dass Livia nichts für die Unterbringung ihrer Güter im Lagerhaus bezahlt hatte und auch nichts für deren Transport mit dem Wagen der Reekies nach Avery House, wobei der Fluss hin und zurück auf der teuren Pferdefähre überquert worden war. In den Büchern des Lagerhauses hatten noch niemals so hohe Schulden gestanden, die Geldkassette war fast leer.
»Hat sie versprochen zu zahlen, sobald sie verkauft?«, erkundigte er sich. Er betrachtete die Auslagen und fragte dann hoffnungsvoller: »Oder bezahlt sie uns mit einem Anteil am Profit, sind wir Partner?«
Alys schüttelte den Kopf. »Um eine Partnerschaft habe ich nicht gebeten«, antwortete sie. »Ich habe bloß für die Verschiffung bezahlt, und dann natürlich für den Wagen. Sie weiß, dass es mehr ist, als

wir eigentlich stemmen können. Sie wird uns das Geld erstatten, sobald sie ihren Verkauf tätigt.«
»Ich dachte, der Verkauf sei bereits über die Bühne gegangen?«
»Das war die Ausstellung. Sie hat Bestellungen bekommen, aber noch kein Geld eingenommen.«
»Bezahlen sie nicht bei Bestellung?«, fragte er.
Alys zuckte unbehaglich mit den Schultern. »Es ist kein Geschäft, wie wir es kennen, Johnnie. Wir müssen darauf vertrauen, dass sie weiß, wie man es macht.«
Der junge Mann war beunruhigt. »Das begreife ich, Ma, aber wir haben noch niemals derartige Kosten gestemmt. Und wo ist das Zollpapier für ihre Waren? Hat sie den Zoll selbst entrichtet und die Bescheinigung behalten?«
»Sie hat keinen Zoll zu bezahlen, da es sich um ihr privates Mobiliar handelt, das an ihr Zuhause geliefert wurde, hierher.«
Der junge Mann blickte zu seiner Mutter auf. »Eigentlich ist es kein privates Mobiliar«, sagte er. »Und auch wenn es hier angeliefert wurde, hat sie es nicht bei sich behalten, in ihrem Zuhause. Sie hätte sie als zum Verkauf stehende Antiquitäten verzollen müssen. Denn sie verkauft sie, und zwar nicht gerade hinter verschlossenen Türen.«
»An Gentlemen, Adelige«, erwiderte seine Mutter. »An niemanden, der nach einer Zollbescheinigung fragen wird.«
Johnnie war schockiert. »Ma, wir bezahlen doch immer die Steuern. Was redest du denn da?«
»Sie hat darauf bestanden, dies sei eine Art der Geschäftsführung, bei der wir uns nicht auskennen …«
»Darauf möchte ich wetten!«, unterbrach er sie. »Denn es verstößt gegen das Gesetz, es ist kriminell, Ma! Wenn die Zollbehörden sich dafür interessieren sollten, sind wir offensichtlich im Unrecht und haben uns strafbar gemacht. Wir hätten es als Import melden müssen, und Kapitän Shore hätte damit zu den Legal Quays fahren oder sich hier mit dem Steuereinnehmer treffen müssen. Als ich bei euch stand und sie uns voller Stolz die Säulen gezeigt hat – da hatte ich ja keine Ahnung! Es ist so gut wie Schmuggelware. Wie konntest du ihr das durchgehen lassen?«
Er verstummte, als ihm ein weiterer Gedanke, ein schlimmerer Gedanke, in den Sinn kam. »Was hat Kapitän Shore dazu gesagt?«

»Das Gleiche wie du«, gestand sie, mit ganz leiser Stimme.
»Warum hat er die Kisten nicht direkt zu den Legal Quays gebracht?«
»Mir zu Gefallen«, flüsterte sie. »Ich habe ihm gesagt, es wäre ihr Mobiliar, und er hat sich bereit erklärt, es hier abzuladen.«
»Du hast ihn belogen?«
Widerwillig nickte sie. »Aber wie dem auch sei, Johnnie, wir hätten die Steuer nicht entrichten können. Du siehst doch selbst, wie knapp wir diesen Monat bei Kasse sind.«
Der junge Mann sah entsetzt aus. »Du hast die Sachen nicht verzollt, weil du wusstest, dass du es nicht bezahlen konntest?«
Ihr Schweigen verriet ihm, dass er recht hatte. »Warum hast du sie das Verschiffen und die Steuern nicht selbst bezahlen lassen?«, fragte er leiser. »Es sind doch ihre eigenen Waren?«
»Wie könnte eine Lady wie sie ins Paton's gehen und einen Kapitän anheuern?«, wollte sie wissen. »Und überhaupt, bis die Stücke verkauft sind, hat sie kein Geld.«
Er erhob sich von dem Bürostuhl und wandte sich seiner Mutter zu. »Wir drehen uns im Kreis«, sagte er kategorisch. »Immer weiter nach unten. Wenn sie es sich nicht leisten kann, ihre Waren zu verschiffen und zu versteuern, dann kann sie es sich nicht leisten, Geschäfte zu machen. Das hast du mir selbst beigebracht. Sie hätte sich das Geld für den Verkauf vom Goldschmied leihen können. Sie hätte das mit einem rechtmäßigen Schuldschein und einer Frist für die Rückzahlung tun können. Aber stattdessen hat sie einfach in die Geldkassette gegriffen: unsere Geldkassette.«
Seine Mutter war bleich geworden. Sie spielte am Zipfel ihrer Sonntagsschürze herum. »Johnnie, ich konnte es ihr nicht abschlagen. Sie ist Robs Ehefrau! Und sein Kind ist in unserem Haus! Ich *musste* Kapitän Shore den Auftrag erteilen und ihn bezahlen, ich *musste* ihr unseren Wagen leihen, damit sie die Güter nach Avery House bringen konnte.«
Die beiden schwiegen. Johnnie klappte das Hauptbuch zu, als ertrüge er den Anblick der Zahlen nicht. Er legte die Hand darauf, als sei es eine Bibel und als wolle er gleich einen Eid darauf schwören.
»Ma, jede einzelne Zeile in deinen Büchern ist immer korrekt gewesen. Du hast es mir selbst beigebracht – dass alles rechtmäßig sein

muss, dass die Bilanz stimmen muss. Alles muss belegbar sein und nichts – *nichts* – darf je unter den Teppich gekehrt werden. Keine Bestechung, keine Schmiergelder, keine Winke, keine Betrügereien. Kein Steinstaub im Mehl, kein Sand im Zucker, kein Wasser im Wein. Kein Wein im Brandy. Wir löschen Fracht, und wir lagern Waren, und wir verschiffen sie. Wir entrichten unsere Steuern – vollständig. Deshalb haben wir den Ruf des besten kleinen Kais diesseits des Flusses.«
Alys sagte nichts.
»So bleiben wir im Geschäft. Wir sind ein winziger Kai, aber wir sind ehrlich. Die Leute vertrauen uns. So konntest du mit nur drei Pence ins Geschäft einsteigen. So bist du all die Jahre im Geschäft geblieben, und so hast du das hier aus dem Nichts aufgebaut.«
Alys nickte.
»Was hat sich also geändert, Ma?«, fragte er mit seiner üblichen Direktheit. »Warum hast du für sie betrogen?«
»Weil sie Robs Witwe ist«, wiederholte seine Mutter. »Mit Robs Säugling in den Armen. Sie muss ihre eigenen Waren verkaufen können, ihr Witwengut, um ihren Lebensunterhalt zu bestreiten. Rob hätte gewollt, dass wir ihr helfen. Uns bleibt keine andere Wahl. Und Johnnie ... ich hege so zärtliche Gefühle für sie.«
»Ich erinnere mich nicht mehr sonderlich gut an meinen Onkel«, erwiderte Johnnie nachdenklich. »Aber hätte er dich darum gebeten, für ihn zu betrügen?«
Es herrschte Schweigen. Widerwillig sagte Alys ihrem Sohn die Wahrheit. »Nein. Das hätte er nicht getan.«
»Dann ist das hier also ihre Art und ihre Idee.«
Alys sagte nichts, sondern dachte daran, wie Livia zugegeben hatte, eine Lügnerin zu sein, und wie sie versprochen hatte, nur in ihrem gemeinsamen Schlafzimmer die Wahrheit zu sagen, im Dunkeln, Alys gegenüber.
»Mir gegenüber ist sie ehrlich«, sagte sie leise. »Sie belügt mich nicht.«
»Du vertraust ihr.« Da seine Worte als Vorwurf gemeint waren, überraschte ihn das jähe Strahlen auf dem Gesicht seiner Mutter. »Ja, ich vertraue ihr«, stimmte sie zu. »Ich vertraue ihr.«

An dem runden Tisch in ihrem Schlafzimmer zerstampfte Alinor mit einem kleinen Mörser getrocknete Kräuter. Das Fenster stand trotz der frostigen Luft offen. Unter dem Türmchen begann die Ebbe einzusetzen.

An der gegenüberliegenden Seite des Tisches nähte Sarah eine abgemessene Menge der Kräutermischung in winzige Baumwollbeutel, um sie als Heiltee für die berüchtigte Bucht von Benin vor der Fieberküste Afrikas zu verkaufen. Ein Viertel der Besatzungen von Sklavenschiffen starb an dem Fieber, das der morastige Fluss Niger verströmte. Alinors Tees waren ein bekanntes vorbeugendes Mittel. Sarah plauderte während der Arbeit und erzählte ihrer Großmutter von der Woche in dem Modewarengeschäft. Eine der jungen Frauen hatte einen Gönner gefunden und war in ein kleines Haus in der City gezogen mit einer eigenen schwarzen Sklavenbediensteten. Sie würde nie wieder ihren eigenen Boden fegen müssen.

»Aber von nie wieder kann keine Rede sein«, stellte Alinor fest. »Es sei denn, sie spart ihr Geld und muss nicht mehr arbeiten.«

»Ich weiß«, sagte Sarah. »Ich weiß. Aber sie ist genauso alt wie ich – stell dir nur mal vor, ich hätte mein eigenes Haus und eine Sklavin!«

»Lieber nicht!«, sagte Alinor mit einem Lächeln. »Denk nur an deinen Gönner! Ist der Mann alt und dick und hässlich?«

»Ja«, gab Sarah zu. »Die Sache ist es wahrscheinlich nicht wert.«

»Für eine Frau ist es ein schlechtes Geschäft«, stimmte Alinor zu. »Mal ganz abgesehen von der Sünde: Wenn man ein oder zwei Kinder bekommt, ist es ein schlechter Anfang für die armen kleinen Engelchen – und nicht ihre Schuld.«

»Nein, ich weiß. Ich bin sehr tugendhaft, weißt du, Großmutter?«

Alinor lachte. »Da du aus einem Haus wie diesem stammst und mit einer Mutter wie deiner, ginge es kaum anders. Du könntest gar nicht falsch sein.«

»Falsch?«, wiederholte das Mädchen.

»Unecht«, antwortete ihre Großmutter. »Als das eine erscheinen, aber etwas ganz anderes sein.«

»Du hältst Livia für falsch?«, fragte das Mädchen eindringlich.
»Schau sie dir doch an! Ihr unterläuft nie ein Fehler, sie schlägt nie den falschen Ton an. Sie ist nie unsicher. Es ist, als wäre alles … einstudiert … wie eine Vorstellung. Und jeder Schritt ist zu ihrem eigenen Besten, was auch immer sie deiner Ma verspricht.«
»Die Menschen tun seltsame Dinge. Wie könnten wir es herausfinden? Wenn du glaubst, dass sie etwas im Schilde führt, sollten wir sie dann nicht offen darauf ansprechen? Sie danach fragen?«
Die ältere Frau schüttelte den Kopf. »Wir lassen sie besser so weitermachen – unser Haus als ihre Heimstatt benutzen, ihr Geschäft und sich selbst etablieren, vom Kai deiner Ma aus Geld machen, einen Fremden für ihre Zwecke einspannen. Weit von hier weggehen und doch jeden Abend zurückkehren.«
Sarah stieß ein leises Zischen aus, und ihre Hand verkrampfte sich unwillkürlich zum alten Zeichen, um Hexerei abzuwehren: der Daumen zwischen den ersten beiden Fingern. »Aus deinem Mund hört sie sich böse an.«
»Ich weiß nicht, was sie ist.«
»Wie sollen wir es also herausfinden?«
Die alte Frau erwiderte nichts.
»Wie, Großmutter? Wie werden wir es je erfahren?«
Langsam drehte Alinor sich vom Fenster weg und zu Sarah herum. Ihr Gesicht war nicht mehr gequält, sondern hatte sich zu einem schelmischen Lächeln verzogen, als sei sie immer noch eine ungestüme junge Frau am Rand des Sumpfes, mit Gaben, die einzusetzen sie nicht wagte, und einem Beutel voller wertloser Münzen. »Ich habe darüber nachgedacht, wie diese Fragen beantwortet werden können«, räumte sie mit funkelnden grauen Augen ein. »Und ich habe eine Idee. Ich halte es für eine gute Idee. Willst du es wirklich wissen?«
»Ja! Natürlich. Ich misstraue ihr, seitdem ich sie zum ersten Mal gesehen habe.«
»Also, Sarah. Warum reist du nicht nach Venedig?«
»Was?«
»Reise nach Venedig, besuche Livias Lagerhaus, mache ihren Verwalter ausfindig, sieh nach, ob er der vertrauenswürdige Großvater ist, als den sie ihn beschreibt, der Rob wie seinen eigenen Sohn lieb-

te. Sieh dir an, wo sie lebten, schau dir an, welche Familie Livia in dem großen Palast zurückließ, von dem sie spricht. Rede mit Robs Patienten, frage sie, was sie von dem jungen Paar hielten.«
Sarahs Lippen öffneten sich. »Nach Venedig reisen?«
»Warum nicht?«
»Und Livias wahre Vergangenheit enthüllen?«
»Möchtest du das nicht?«
»Ja! Ja, das möchte ich. Aber meine Lehre ist noch nicht abgeschlossen.«
»Ich weiß. Geh, wenn du damit fertig bist.«
»Ich wüsste nicht, wo ich ...« Langsam versiegte ihre Widerrede, und sie schwieg, während sie sich das Abenteuer ausmalte, zu dem sie vielleicht aufbrechen würde.
»Natürlich!«, sagte sie schließlich. »Was für eine Gelegenheit! Was für ein Abenteuer! Natürlich werde ich die Reise unternehmen!«
Alinors Lächeln war so sonnig wie die Freude des Mädchens. »Um des Abenteuers willen«, sagte sie. »Weil das Leben aus mehr als Hüten besteht.«
Unwillkürlich musste Sarah lachen. »Mehr als Hüte?«
»Das weißt du doch.«
»Sobald ich die Lehre beendet habe«, versprach das Mädchen. »Am Ende des Monats, wenn ich meinen Lehrbrief erhalte. Ich werde hinreisen, und dann werden wir Bescheid wissen.«

Oktober 1670, Hadley, Neuengland

Mit einem Korb voller im Wald gesammelter herbstlicher Köstlichkeiten ging Ned den breiten Hauptweg ins Dorf und pries seine Waren an: »Pilze! Erdnüsse! Beeren! Nüsse aller Art!«
Er blieb an jeder Tür stehen, zu der man ihn rief, bis er das Haus an der Kreuzung in der Dorfmitte erreichte. Dort trat er durch das Eingangstor des Pfarrers und ging um das Haus herum.
Die Küchentür stand halb offen. Ned klopfte an.
»Herein!«, rief Mrs Rose aus dem Innern. Bei seinem Eintreten nahm er den süßlichen Geruch in der Küche wahr und sah, dass

Mrs Rose, ganz erhitzt und rot im Gesicht, in einem Kessel mit Cranberrymarmelade rührte. »Wie Ihr seht, kann ich Euch leider nicht ins Haus führen.«

»Ich wollte nicht nur zu den anderen, sondern auch zu Euch«, sagte er verlegen. »Ich habe Nüsse mitgebracht, Kastanien und Walnüsse.«

»Danke«, sagte sie, ohne in ihrer Arbeit innezuhalten. »Schüttet sie nur da aus, auf die Arbeitsfläche.«

Er tat, wie ihm geheißen, und stand dann verlegen vor ihr, während sie etwas Marmelade auf einen kalten Teller tropfen ließ, um zu sehen, ob sie fest wurde.

»Ich werde nicht sehr oft in die Stadt kommen können, wenn der Schnee einsetzt«, sagte er.

Sie blickte zu ihm auf. »Natürlich«, erwiderte sie. »Ihr werdet den ganzen Winter über in Eurem Fährhaus bleiben?«

»Jawohl«, sagte Ned. »Ich habe es wetter- und winterfest gemacht.«

»Das wäre nichts für mich«, sagte sie. »Werdet Ihr eingeschneit werden?«

Ned nickte. »Ein paar Tage lang«, sagte er. »Ich werde einen Weg ums Haus freiräumen, um die Tiere zu füttern, aber bis zum Hauptweg kann ich mich wohl nicht durchschaufeln. Wenn ich in die Stadt kommen möchte, werde ich durch die Schneewehen klettern müssen.«

Sie stellte den Kessel aufs Feuer zurück. »Ich könnte da draußen nicht leben«, erklärte sie. »Nicht das ganze Jahr über. Wenn der Pfarrer mir am Ende meines Vertrags eine Parzelle zuweist, wie er es versprochen hat, würde ich ihm sagen, dass ich keine so weit draußen haben will. Ich wäre lieber näher am Dorfkern, in der Nähe des Versammlungshauses, damit ich jeden Sonntag beten kann, im Winter wie im Sommer. Ganz am Rand, halb im Wald, mit Wilden, die an meinem Haus vorüberziehen, hätte ich zu große Angst. Ich bin hierhergekommen, um unter meinen Landsleuten zu leben, um ein neues England zu erschaffen, nicht, um wie ein Tier im Wald zu leben.«

»Ich verstehe«, erwiderte Ned. »Man gewöhnt sich allerdings daran, müsst Ihr wissen. Ich hatte noch nie Nachbarn. Als Fährmann muss man immer am Rand des Wassers sein. Das Haus ist auf dem Land, aber der Lebensunterhalt auf dem Wasser. In England war es auch so gewesen für mich. Und damals, während des Kriegs, war ich natürlich für das Volk, für das einfache Volk, während alle um mich herum auf der Insel oder in der Stadt Chichester für den König waren. Ich habe das Gefühl, als sei ich immer schon ein Außenseiter gewesen.«

»Ihr seid für das Volk, schön und gut – aber das gilt ja wohl nicht für das Indianervolk!«, sagte sie im Scherz.

Ned ging nicht darauf ein. »Ich weiß nicht mehr, für wen ich bin.«

»Für uns«, sagte sie, als sei es offensichtlich. Ernst blickte sie von ihrer Arbeit auf. »Für die Auserwählten, die hier eine neue Welt erschaffen, für diejenigen, die sich der Tyrannei des Königs widersetzen, für dieses Dorf, wo wir alle unseren Beitrag leisten, damit die Siedlung sicher und stark ist, für Mr Russells Gemeinde. Für Eure Ehefrau, falls Ihr eine bekommt, für Eure Familie, falls Ihr eine haben werdet, für Euch selbst.«

»Ja«, stimmte Ned zu. »Natürlich. Ja.«

»Ihr dürft keine Zweifel hegen, Mr Ferryman«, erklärte sie kategorisch. »Wir können kein neues Land erschaffen, ohne sicher zu sein, dass wir das auserwählte Volk Gottes sind. Ich würde keinen Mann heiraten, der Zweifel hat.«

»Ja«, wiederholte Ned. »Natürlich. Ja.«

Oktober 1670, London

Livia traf Sir James in der schwarz-weißen Marmorhalle von Avery House an.

»Ich wollte eben ausgehen«, sagte er, seinen Hut in der Hand.

»Ich wollte eben vorbeischauen, um zu sehen, ob Briefe für mich eingetroffen sind.« Sie drehte sich zu dem prunkvollen Spiegel mit dem vergoldeten Rahmen und nahm ihren eleganten Hut ab.

Unwillkürlich kam ihm in den Sinn, dass ihr Antlitz das schönste sein musste, das der Spiegel je reflektiert hatte. Er hielt einen Moment inne, um zu beobachten, wie sie ihr eigenes herzförmiges Gesicht mit den großen dunklen Augen betrachtete, die Hutnadel ent-

fernte und sie in den Hut steckte. Dann wanderte ihr Blick zu ihm, und er sah weg.
»Sind Briefe gekommen?«, fragte er verlegen.
»Ich weiß es nicht«, erwiderte sie mit einem Lächeln. »Ich bin eben erst eingetroffen. Ich habe noch nicht danach geschaut.«
»Sie werden dort auf den Tisch für Euch gelegt«, sagte er. »Man bringt sie nicht zu mir.«
»Ich weiß.« Livia war so gelassen, als wäre er ein Besucher in ihrem Haus und nicht umgekehrt. Mit nonchalanter Anmut trat sie an den kleinen Tisch, auf den er wies, nahm die Briefe und ließ sich auf dem Stuhl daneben nieder.
»Falls Ihr etwas schreiben müsst, könnt Ihr mein Arbeitszimmer benutzen«, bot er an. »Dort gibt es Stifte und Papier.«
Sofort erhob sie sich und folgte ihm ins Arbeitszimmer. Er bedeutete ihr, an dem großen Schreibtisch Platz zu nehmen. Zwar war er aufgeräumt, doch es lagen ein geschlossenes Hauptbuch mit der Kennzeichnung »Avery House« und noch eines mit der Beschriftung »Northside Manor« und ein drittes mit der Kennzeichnung »Douai« darauf. Rasch huschte ihr Blick über alle drei, doch als sie sich auf den großen Stuhl setzte und zu ihm aufblickte, wirkte sie teilnahmslos und desinteressiert.
»Federhalter«, bot er an. »Papier. Wenn Ihr etwas zurücklasst, das mit der Post verschickt werden soll, kann ich es für Euch frankieren.«
»Frankieren?«
»Freimachen, ja. Ich werde den Briefumschlag signieren, und dann werden Eure Briefe kostenlos verschickt, unter meinem Freibriefvermerk, da ich Abgeordneter im House of Commons bin«, erläuterte er.
Sie neigte den Kopf, um ihr triumphierendes Lächeln zu verbergen. »Danke. Falls sich jemand die Antiquitäten noch einmal ansehen möchte, darf ich ihn einladen?«
»Selbstverständlich«, antwortete er. »Ich kann hier sein.«
»Ich würde Euch nicht die Zeit stehlen wollen«, sagte sie höflich.
»Es würde mir keine Umstände bereiten, und ... falls es sich um Bekanntschaften meinerseits handeln sollte, wäre es nicht richtig von mir – es wäre sogar unhöflich –, nicht zu Hause zu sein.«

»Wie recht Ihr habt!«, rief sie. »Die Leute würden sich fragen, was ich hier ohne Euch treibe. Man würde mich für eine Einbrecherin halten!«
Er fiel nicht in ihr Lachen ein.
»Sollen wir also Dienstag in einer Woche sagen?«, fuhr sie sanft fort. Mit einem derart baldigen Termin hatte er zwar nicht gerechnet, doch er verbeugte sich. »Gewiss. Selbstverständlich.«
Ihr Lächeln war bezaubernd. »Und könnten wir ihnen – ich weiß auch nicht – Tee servieren? Oder sonst irgendetwas?«
»Ja, natürlich. Ich gebe der Köchin Bescheid, sie soll sich bereithalten.«
»Oh, bitte lasst das mich tun«, sagte sie. »Ihr solltet Euch keine Sorgen um Dinge wie Tee für die Damen machen.«
»Ich empfange durchaus Leute.« Er war gekränkt. »Das hier ist keine reine Junggesellenbude. Ich bin kein Barbar.«
Mit ihren in schwarzen Handschuhen steckenden Händen deutete sie eine entschuldigende Bewegung an und legte sie zu beiden Seiten an ihr Gesicht, sodass sein Blick unwillkürlich auf ihren warmen, rosigen Mund gelenkt wurde. »So etwas ist mir nicht eine Minute in den Sinn gekommen«, protestierte sie. »Ich wollte Euch lediglich weitere Mühe ersparen.«
Er nickte. »Es ist mein Wunsch, Euch zu helfen. Tee zu bestellen, ist wirklich nicht der Rede wert.«
Lächelnd griff sie nach den drei Briefen. »Es freut mich so sehr, dass wir das hier gemeinsam tun können«, sagte sie. »Die Familie im Lagerhaus würde niemals Hilfe von Euch annehmen, aber auf diese Weise wissen sie gar nicht, was Ihr für sie tut. Ich bin Euer Zugang, um ihnen unter die Arme zu greifen. Wir tun es gemeinsam. Ich hege große Hoffnungen, dass wir ihnen vielleicht ein besseres Lagerhaus flussaufwärts kaufen können, in einem saubereren Stadtteil, und dass sie vielleicht glücklich sein können.«
»Ihr seid sehr großzügig«, räumte er ein, auch wenn ihm etwas an ihrem Tonfall gegen den Strich ging. »Und zu wissen, dass ihnen das Geld zugutekommt, bedeutet mir viel.« Er sah aus dem Fenster in den Garten, der sich zum Fluss hin erstreckte, und wandte sich dann wieder zu ihr um. »Ich würde gern die Statue von dem Rehkitz kaufen. Sie macht sich dort draußen so gut.«

Sie nickte ohne den geringsten Eifer. »Ach, Ihr seid der Zweite, der sie bewundert. Nun, ehrlich gesagt der Dritte. Aber ich werde sie Euch verkaufen. Zum vereinbarten Rabatt.«
»Ich will keinen Rabatt«, sagte er verärgert. »Wenn Ihr ein Haus für Mrs Reekie kauft, möchte ich meinen Beitrag leisten. Ja, ich möchte, dass Ihr mich wissen lasst, ob ich mit den Kosten des Hauses oder der Anstellung der Dienstboten helfen kann, oder den Umzugskosten, oder mit irgendetwas, was sie benötigt.«
»Ihr würdet das Geld mir geben müssen«, erläuterte sie. »Von Euch würden sie es niemals annehmen.«
»Ich verstehe.«
»Ihr würdet mir also eine gewaltige Geldsumme anvertrauen müssen«, fuhr sie fort.
»Ich vertraue Euch selbstverständlich. Ich weiß, dass Eure Pläne für die Damen ausschließlich großzügig und gut sind. Ich weiß, dass Ihr sie liebt.«
»Genau wie Ihr«, sagte sie leise. »Wir können uns in unserer Wohltätigkeit ihnen gegenüber zusammentun. Wir werden Partner sein.«
Er bewegte die Füße, als wolle er vor ihrer Rede über eine wohltätige Partnerschaft davonlaufen.
Es entging ihr nicht. »Ich werde meinen Käufern Bescheid geben, dass der Termin Dienstag in einer Woche ist«, sagte sie, und er verließ mit einer Verbeugung das Zimmer.
Als sie hörte, wie Glib die Eingangstür hinter ihm schloss und träge zur Dienstbotentreppe zurückschlenderte, zog sie das Hauptbuch mit der Aufschrift »Douai« zu sich und blätterte darin. Es schien sich um eine Liste von Spenden für ein religiöses Haus in Frankreich, ein Seminar für römisch-katholische Priester, zu handeln. Livia ging davon aus, dass er der Schatzmeister seiner alten Schule war, und hatte kein weiteres Interesse daran. Sie legte es genau an seinen ursprünglichen Platz zurück und schlug das Hauptbuch mit dem Titel »Avery House« auf. Mit weit aufgerissenen Augen las sie die Kosten, die es bedeutete, ein großes Haus in London zu unterhalten, und spitzte ärgerlich die Lippen darüber, dass James so viel für Kerzen ausgab, während sie die Schillinge vom Boden ihrer Reisetruhe zusammenkratzen und Alys jede Kleinigkeit abschwatzen musste.

Das »Northside Manor«-Buch war länger und komplizierter, denn es enthielt die Pacht von Bauernhöfen, Gewinne aus Vieh- und Warenverkäufen, Pacht von der Mühle, von der Bäckerei, von der Brauerei und Löhne, Geschenke und Käufe. Anfangs verstand sie nicht, dass eine Seite Kosten zeigte und eine Seite Gewinne und dass am Ende jeder Seite der Saldo stand. Ein solches Rechnungsbuch hatte sie noch nie zu Gesicht bekommen, und es verwirrte sie. Sie konnte lediglich erkennen, dass es sich um gewaltige Summen handelte und dass James tatsächlich sehr wohlhabend war.

Auf ein Geräusch aus der Eingangshalle hin schlug sie das Buch zu, schob es von sich und beugte sich über ihre eigenen Briefe. Dann klopfte Glib an und fragte, ob sie ihre Briefe persönlich ausgeliefert haben wolle.

»Ich lasse sie Sir James da, damit er sie für mich frankieren kann«, erwiderte sie.

Glib nickte. »Das hat Ihre Ladyschaft auch immer getan.«

»Ich weiß.« Livia winkte ihn fort. »Deshalb mache ich es ja.«

Nachdem Livia durch die heißen, dreckigen Straßen ins Lagerhaus zurückgekehrt war, war Alys gerade dabei, zu den Kaffeehäusern aufzubrechen, um sich wie üblich zur Mittagszeit mit Kapitänen und Kaufleuten zu treffen. Da sich die Wartezeit an den Legal Quays an diesen kürzeren Herbsttagen immer länger hinzog, hatte sie die Hoffnung, dass einige von ihnen vielleicht den Kai benutzen würden.

»Soll ich dich begleiten?«, fragte Livia und ergriff ihren Arm.

Beinahe lachte Alys. »Du bist viel zu vornehm gekleidet«, sagte sie. »Niemand würde mit mir reden, wenn ich mit dir unterwegs wäre. Sie würden denken, ich sei aufgestiegen und hätte kein Interesse mehr daran, für ein paar Pennys Äpfel zu löschen.«

»Ich bin zu vornehm?«, fragte Livia so überrascht, als habe sie sich noch nie Gedanken über ihr Erscheinungsbild gemacht.

»Viel zu schön«, sagte Alys und versetzte ihr einen kleinen Schubs

weg von der Haustür. »Geh und setz dich zu Ma. Sie plant ein großes Festessen am Sonntag, um Sarahs Tag der Freiheit zu feiern. Sie wird eine ausgebildete Hutmacherin sein, und im Dezember wird auch Johnnie mit seiner Lehre fertig.«
»Natürlich ist es ein Vergnügen, bei deiner Mutter zu sitzen, aber wann wirst du wieder zu Hause sein?«
»Sobald ich unsere Geschäfte für den nächsten Monat gesichert habe«, erwiderte Alys. »Ganz gleich, wie lange es dauert.«
»Und du stundenlang über Äpfel geredet hast?«, neckte Livia sie. »Aber wirst du den Kapitän wiedersehen? Der nach Venedig gefahren ist?«
»Ja, er wird dort sein. Er wird wieder nach Venedig fahren.«
»Er ist vertrauenswürdig?«, fragte Livia.
»Er ist immer zuverlässig.«
»Frag ihn, ob er Platz für noch ein paar Antiquitäten hat«, sagte Livia. »Ungefähr die gleiche Ladung. Sagen wir, zwanzig Kisten? Zum gleichen Preis und zu den gleichen Konditionen? Ich werde noch einmal die Adresse aufschreiben, er kann meinen alten Verwalter aufsuchen und sie abholen.«
Stillschweigend folgte Alys ihr ins Lagerhaus, wo Livia sich einen Federhalter griff und hinten aus dem Hauptbuch eine Seite herausriss, um die Adresse ihres Verwalters aufzuschreiben.
Alys griff nicht danach, obwohl Livia ihr die Adresse hinhielt. Ihr Gesicht war vor Scham ganz rot. Sie schob die Hände hinter den Rücken. »Es tut mir leid, meine Liebe, es tut mir so leid ... aber ich kann ihm keinen Auftrag erteilen. Ich weiß nicht, wie ich es sagen soll ...«
»Was ist denn los?«, fragte Livia mit einem Lächeln.
»Ich habe nicht das Geld, um ihn zu bezahlen. Ich kann ihn nicht beauftragen, bis wir etwas eingenommen haben.«
Livia riss die Augen auf. »Aber du musst ihm doch gewiss nichts bis zu seiner Rückkehr zahlen? Du zahlst jetzt nur ein bisschen?«
»Ich muss jetzt die Hälfte bezahlen, und wir haben wirklich nicht ...«
»Bezahle ihm jetzt seinen Preis, und bei seiner Rückkehr werde ich das Geld aus dem Verkauf haben, um ihm die andere Hälfte zu geben. Ich werde sie selbst bezahlen. Mach dir keine Sorgen.«

Alys zögerte. »So haben wir das Lagerhaus nie geführt«, sagte sie. »Wir hatten immer genug in der Kasse, um die ganze Rechnung zu begleichen, bevor wir etwas in Auftrag gaben.«
»*Allora!*«, stellte Livia fröhlich fest. »Und jetzt lebt ihr über eure Verhältnisse, wie ihr es tun solltet, wie *wir* es tun sollten, wie ich es schon immer getan habe. Denn wir wissen, dass wir mehr verdienen werden, als ihr jemals verdient habt! Aber wir müssen die Waren hierher schaffen, bevor wir sie verkaufen können. Wir können kein Geld verdienen, ohne Geld auszugeben. Wir brauchen mehr Antiquitäten, um sie zu verkaufen, und du musst den Kapitän dafür bezahlen, dass er sie heranschafft. Worin besteht die Schwierigkeit? Ist denn gar nichts in der Geldkassette?«
»Er will Pfund, keine Schillinge! Ich habe ungefähr vierzehn Pfund. Ich kann gerade eben so die erste Hälfte bezahlen, aber den Rest habe ich nicht.«
»Aber das macht doch nichts!« Lächelnd nahm Livia Alys' ängstliches Gesicht in beide Hände und küsste sie auf den Mund. »Schick ihn mit euren bescheidenen Ersparnissen los, und bei seiner Rückkehr werde ich die Antiquitäten verkauft haben und ihn bezahlen.«
»Es ist nur so, dass wir nie …«
»Ihr hattet noch nie so ein profitables Geschäft.«
»Es ist ein solches Risiko!«
»Nein, ist es nicht«, widersprach Livia. »Du vertraust mir, darauf haben wir uns doch geeinigt. Du musst mir vertrauen.«

Alinor erstellte in ihrem hellen, hohen Zimmer eine Liste von Sarahs Leibspeisen für das Festessen am Sonntag. Sie hatte ihr ein Geschenk vorbereitet, ein weiches Kissen mit Lavendel und Rosmarin gegen Motten und mit Katzenminze und Kamille gegen Flöhe. »Man drückt es in einen Hut, damit er seine Form behält.« Sie zeigte es Livia. »Und es hält die Motten fern. Ihre Mutter besorgt ihr eine Hutschachtel, und wir werden einen Schildermaler beauftra-

gen, ihren Namen in Schnörkelschrift darauf zu schreiben, wie eine richtige Hutmacherin.«
»Aber sie kann kein eigenes Geschäft eröffnen, oder?«, erkundigte sich Livia. »Sie wird nie ihre eigenen Hutschachteln haben?«
»Ach, nein, wir könnten es uns nicht leisten, sie ihren eigenen Modewarenladen gründen zu lassen. Die Mieten sind unerschwinglich, denn ein Modewarenladen muss in der City sein. Sie wird dort, wo sie gerade ist, als angestellte Hutmacherin arbeiten müssen. Sie wird ein Jahr bleiben und sich erst dann vielleicht nach einer anderen Stelle umsehen.«
»Es ist die reinste Sklaverei!«, entfuhr es Livia, die jünger, als Sarah es jetzt war, verheiratet worden war. »Ihre einzige Hoffnung besteht in einem gütigen Meister. Und was ist mit Johnnie? Soll er auch versklavt werden, der arme schöne Jüngling?«
»Er wird an Weihnachten mit seiner Lehre fertig, und dann wird er fertiger Buchhalter sein. Sein großer Ehrgeiz ist es, Schreiber für die East India Company zu werden – aber wir haben keine Kontakte.«
»Seine Fähigkeiten reichen nicht aus? Wenn er mit der Lehre fertig ist?«
»Nein. Es geht nicht um Fähigkeiten – man muss die richtigen Leute kennen, und die schlagen einen dann vor. Selbst der niederste Schreiber hat einen Gönner. Ohne Gönner wird Johnnie nie in die Company hineinkommen.«
»Was Ihr braucht, ist ein wohlhabender und gut situierter Freund«, stellte Livia fest.
Alinor bedachte sie mit einem strengen Blick. »Wir haben keinen«, war alles, was sie dazu sagte. »Johnnie und Sarah werden ihren eigenen Weg gehen müssen. Wie es ihr Onkel Rob getan hat.«
»Ach, ja.« Sofort legte Livia die Hand aufs Herz. »Mein Roberto verdiente sich seinen Erfolg, indem er fleißig studierte und viel lernte.«
»Er hätte diesen Mann, den Ihr als Freund bezeichnet, nicht eines Wortes gewürdigt.« Alinor war eisern. »Sie trennten sich in einem Schweigen, das Rob niemals gebrochen hätte.«
»Er ist kein Freund von mir«, sagte Livia ernst. Sie ergriff Alinors Hand und hielt sie in der ihren. »Ich benutze sein Haus, ich benutze seinen Namen, um ein Vermögen für uns zu verdienen«, versprach sie. »Sobald ich kann, werde ich ein Haus kaufen, um meine Kunst-

werke selbst auszustellen, und ich werde ihn nie mehr wiedersehen. Ihr werdet nie wieder einen Gedanken an ihn verschwenden müssen.«

Alinor entzog ihr die Hand. »Ich würde schon jetzt nicht an ihn denken, wenn Ihr nicht jeden Tag bei ihm wäret«, entgegnete sie leise.

Livia griff nach dem Speiseplan für Sonntag. »Aber das ist ja ein Festessen!«

Alinor ließ den Themenwechsel zu. »Heutzutage feiern wir so selten. In meiner Kindheit gab es ständig Feiertage. Erntedank und Weihnachten und Mittsommertag und Ostern, und auch die Quartalstage und die Tage der Heiligen, Pflugmontag und ...«

»Sind sie jetzt nicht alle wieder eingeführt worden?«, fragte Livia. »Da nun der König nach London zurückgekehrt ist und alle wieder glücklich sind?«

»Es waren Feste auf dem Land. In der Stadt lassen sie sich nicht feiern.« Alinor sah auf den Fluss hinaus, als könne sie den langen Horizont des Sumpfes sehen und die Prozession aus Menschen, die mit Blumen an den Hüten zu der kleinen Kirche gingen.

»Würdet Ihr gern wieder auf dem Land leben?«, erkundigte sich Livia. »Roberto hat immer von seinem Zuhause gesprochen und von der Flut, die das Land überschwemmte. Das hat er an Venedig geliebt – das Marschland vor der Stadt und die Sandbänke und das Schilf. Er sagte, es sei wie das Land seiner Kindheit, halb Meer, halb Wasser, und immer ungewiss.«

»Er kannte die Lagune?«, fragte Alinor. »Er kannte sich dort gut aus?«

»Aber ja. Er hätte sich mit verbundenen Augen zurechtgefunden. Er war ständig dort draußen unterwegs.«

Oktober 1670, Hadley, Neuengland

Es war bitterkalt. Ned hielt es für unwahrscheinlich, dass jemand aus Hatfield jenseits des Flusses die Überfahrt mit der Fähre auf dem eisigen Wasser riskieren würde, nicht einmal, um den sonntäg-

lichen Gottesdienst im Versammlungshaus von Hadley zu besuchen.
Er schob die Glut des Feuers unter eine irdene Abdeckung und malte, selbst über seine Torheit lächelnd, die kleinen Zeichen in die Asche, die seine Mutter immer gemacht hatte, um das Haus in ihrer Abwesenheit vor einem versehentlichen Brand zu schützen. Sie hatte sie Alinor und ihm beigebracht, und Alinor hatte sie an Alys und Rob weitergegeben. Er hegte keinen Zweifel daran, dass Sarah und Johnnie sie ebenfalls kannten, und er fragte sich, wie weit diese Tradition in der Familie Ferryman zurückreichte. Wie viele noch ungeborene Kinder würden noch gesagt bekommen, sie könnten – wie die Pokanoket – dem Feuer vorschreiben, wann es auflodern solle und wann nicht.
Er ließ den Blick durch die karge Hütte schweifen, zog seinen dicken Wintermantel an und rieb rasch mit dem Ärmel über seine abgetragenen Schuhe. Den Hund ließ er an der Kette in der Hundehütte. »Nein, du kannst nicht mitkommen«, erklärte er Red. »Draußen kannst du nicht warten, dazu ist es zu kalt, und vielleicht werde ich nach dem Gottesdienst noch Mrs Rose einen Besuch abstatten.«
Mit hängenden Ohren kehrte Red in die Hundehütte zurück.
»Bis später«, verabschiedete Ned sich, zog die Mütze über die Ohren und spazierte durch das Nordtor den Hauptweg entlang zum Versammlungshaus. Aus jedem Tor und jeder Haustür strömten die Einwohner auf die Kirche zu, begrüßten einander und riefen Kinder zur Ordnung, weil Sonntag war und man stiller und nachdenklicher zu sein hatte.
Ned bemerkte einen der anderen ledigen Männer von Hadley, Tom Carpenter, neben sich.
»Guten Tag«, grüßte Ned. »Kalt.«
»Ja«, lautete die Antwort.
Einen Moment gingen sie schweigen weiter. »Werdet Ihr bis zum Frühjahr nicht mehr mit der Fähre übersetzen?«, ergriff Tom Carpenter das Wort. »Ihr werdet keinen Penny einnehmen.«
»Nein«, pflichtete Ned ihm bei. »Es ist ein Schönwettergewerbe.«
»Ein Vermögen werdet Ihr damit nicht machen«, stellte der Mann fest.
»Ich weiß«, antwortete Ned. »Aber ich brauche kein Vermögen, ich will bloß meinen Lebensunterhalt verdienen.«

Sie standen jetzt vor dem Versammlungshaus. Mütter riefen nach ihren Kindern. Der Pfarrer John Russell trat durch das Tor, gefolgt von seiner Frau mit den Kindern, seine Haushälterin Mrs Rose hinter ihnen, und zum Schluss die drei Sklaven.

»Sie wird Euch nie nehmen, wenn Ihr nichts als eine halbe Parzelle und eine halbjährliche Fähre zu bieten habt«, sagte Tom Carpenter, dessen Blick auf Mrs Rose ruhte. Sie nickte beiden zum Gruß zu, und ihr stieg eine leichte Röte ins Gesicht, als wüsste sie, dass über sie gesprochen wurde, während sie hinter ihrem Herrn folgend an ihnen vorüberging.

»Woher wollt Ihr das wissen?«, fragte Ned neugierig.

Tom grinste ihn an. »Diese Stadt!«, sagte er. »Jeder weiß alles. Jeder weiß, dass Ihr sie besucht, dass sie Euch im Sommer Euren Brief gebracht hat. Und jeder weiß, dass sie eine ganze Parzelle will und ein Leben mit ihren eigenen Dienstboten. Sie will ihre eigenen Sklaven!«

»Ich weiß«, entgegnete Ned. »Aber ich sehe nicht, wie ich etwas an meiner Situation ändern soll.«

»Genau deshalb sind wir hierhergekommen!«, rief Tom Carpenter. »Wir sind hergekommen, um unsere Situation zu verändern. Um in einer Gemeinschaft zu sein, ein Volk vor Gott. Um gut zu leben, nicht einen kargen Lohn zusammenzukratzen. Um zu heiraten und eine Familie zu gründen, eine Stadt zu erbauen und ein Land zu erschaffen. Für mich ist das hier die größte Chance, mir ein neues Leben aufzubauen, in einem neuen Land, und es besser als das alte zu machen!«

»Gott segne Euch«, sagte Ned, als sie sich umdrehten und der Familie des Pfarrers von der eisigen Helligkeit draußen in die kalte, dunkle Kirche folgten. »Das sind großartige Ambitionen.«

»Aber Ihr teilt sie nicht?«, fragte der Nachbar mit gesenkter Stimme, während die beiden ihre Plätze einnahmen, als ledige Männer mit nur einer halben Parzelle ganz hinten in der Kirche, vor den Dienstboten und Lehrlingen, aber hinter den Meistern und Plantagenbesitzern.

»Ich will ein neues Leben«, stimmte Ned ihm zu und senkte ebenfalls die Stimme. »Ich will genau wie Ihr eine Gemeinschaft und eine Stadt und ein neues Land. Ich dachte, dies würde ein Paradies auf Erden sein, ein Ort ohne Sünde. Ich habe nicht damit gerechnet, meine Nachbarn für meinen Lebensunterhalt zur Seite zu drängen. Es ist einfach zu viel, was ich aufgeben müsste, wenn ich hier richtig dazugehören wollen und heiraten würde.«

»Was müsstet Ihr denn aufgeben?«, flüsterte Tom Carpenter, als John Russell seinen Platz vor der Gemeinde einnahm und das Gebetbuch aufschlug.

Ned zuckte mit den Schultern. »Zu leben, ohne jemand anderem zu schaden«, murmelte er. »Mich selbst zu ernähren. Niemandes Verderben zu sein.«

»Ja, Ned, Ihr seid schon ein komischer Kauz.« Tom richtete seine Aufmerksamkeit auf den Gottesdienst, als John Russell zu den Eröffnungsgebeten ansetzte.

Der Gottesdienst war winterlich kurz. Selbst mit dem kleinen Ofen an einem Ende war das Versammlungshaus zu kalt für eine lange Predigt, und diejenigen, deren Häuser am anderen Ende der Stadt standen, waren sich bewusst, dass sie noch einen anstrengenden Heimweg gegen den kalten Wind vor sich hatten. Sobald die Gebete gesprochen waren, einigte sich die Gemeinde auf die Namen der Stadträte und die unterschiedlichen Beamten, die bei der Wählerversammlung ernannt werden würden. Dann erwähnte noch jemand, im Pfandstall der Stadt befände sich eine Kuh, auf die umgehend Anspruch erhoben werden müsse. Ein junger Vater verkündete die Geburt seines Kindes, das zu Hause ohne das papistische Drumherum, das in der Kirche in England wieder eingeführt worden war, getauft werden würde.

Als die Gemeinde danach ins Freie trat, gesellte Ned sich zu Mrs Rose.

»Ist es Euch kalt genug?«, fragte sie lächelnd. »Draußen an der kalten Flussböschung neben diesem kalten Fluss?«

»In der Tat«, antwortete er. »Aber ich glaube, es wird noch schlimmer, bevor es besser wird.«

»Ganz bestimmt.« Sie zögerte. »Würdet Ihr ein Glas heißes Ale trinken, bevor Ihr wieder nach Hause geht?«

Etwas an der befangenen Art, mit der sie ihn einlud, etwas an der Art, wie Tom Carpenter sie beobachtete und wie die ganze Stadt innezuhalten schien, während alle aus dem Versammlungshaus auf den Weg strömten, schreckte Ned ab.

»Ich muss zum Quinnehtukqut«, hörte er sich selbst sagen.
»Connecticut«, verbesserte sie ihn mit unnachgiebiger Stimme.
»Vergesst nicht, dass wir Connecticut sagen.«
Ned neigte zum Abschied den Kopf.

Oktober 1670, London

Johnnie und Sarah folgten ihrer Mutter, Livia und den beiden Dienstbotinnen den schlammigen Weg entlang zur Kirche St Olave's.
»Die Lehrzeit beendet!«, beglückwünschte er seine Schwester. »Fertige Hutmacherin.«
»Ein paar Pennys mehr pro Woche«, stellte sie fest. »Vielleicht eine eigene Kundin, wenn sie von niederem Stand und arm ist. Ein Platz weiter oben am Tisch, und ich bekomme mein Essen nicht mehr ganz zum Schluss. Viel ist es nicht.«
»Regelmäßige Arbeit«, riet Johnnie. »Ein Lohn, der einmal im Quartal pünktlich gezahlt wird, und deine Dienstherrin zieht dir nichts mehr ab, da du nun nicht mehr dort wohnen musst. Was würdest du denn lieber tun? Den Kai führen?«
Die junge Frau legte die Hand auf seinen Arm. »Ich werde dir verraten, was ich tun werde, aber es ist ein Geheimnis.«
»Was denn?« Er blickte nach vorn zu seiner Mutter, Livia, Carlotta und Tabby, die gerade die Kirche betraten. »Was? Wir dürfen nicht zu spät zur Kirche kommen.«
Sie ließ die Hand sinken. »Na schön. Aber beschwer dich später nicht, ich hätte dich nicht eingeweiht.«
»Du führst eine Dummheit im Schilde«, sagte er voraus, während sie weiterging. »Du verlässt doch wohl nicht das Modewarengeschäft? Du gehst dort doch nicht weg, ohne eine andere Stelle zu haben, sondern nur irgendeine verrückte Idee im Kopf, wie das Nähen von Kräuterteebeuteln mit Großmutter? Oder die Statuen ... O Gott, Sarah ... nicht die Statuen ...«
Als sie sich zu ihm umdrehte, brach er in schallendes Gelächter aus. »Ich weiß immer, was du denkst. Du wirst dich mit Tante Livia zusammentun und Statuen verkaufen!«

Sie packte seine Hände, um ihn zum Schweigen zu bringen, auch wenn sich in der schmalen Gasse, die zur Kirche führte, niemand in ihrer Nähe aufhielt. »Kein Wort! Wage es ja nicht, auch nur ein Wort zu verraten, Johnnie!«
»Erzähl mir, was du vorhast.«
»Es ist ein Geheimnis«, erklärte sie ihm abermals.
Er vollführte die Henkergeste ihres Schwures aus Kindertagen, die besagte, dass beide lieber am Galgen auf dem Savoury Dock gehängt werden würden, ehe einander zu verraten. Sie beugte sich so dicht zu ihm, dass ihn die Feder an ihrem Hut im Gesicht kitzelte. Er lauschte gebannt, bis sie zu Ende gesprochen hatte.
»Du kannst nicht dorthin reisen«, sagte er kategorisch.
»Großmutter selbst schickt mich.«
»Es ist gefährlich.«
»Wieso?«
»Es ist gefährlich für ein Mädchen«, verbesserte er sich.
»Ich werde mit Kapitän Shore reisen«, sagte sie. »Und dann gehe ich direkt zu Livias Verwalter. Sie sagt, er habe Onkel Rob wie einen Enkelsohn geliebt. Er spricht Englisch, und ich kann ein wenig Italienisch. Er war der Verwalter ihrer Familie. Sie sagt, er habe zehn Kinder. Wahrscheinlich wird er mich bei sich aufnehmen. Warum nicht?«
Er verzog das Gesicht, nahm den Hut ab und kratzte sich am Kopf. »Ich sollte mitkommen.«
»Wirklich, Johnnie, du weißt doch, dass du das nicht tun kannst. Du musst deine Lehre beenden, und dein Meister würde deinen Lehrvertrag in der Luft zerreißen, wenn du dich einfach aus dem Staub machst.«
»Ich kann dich nicht allein fahren lassen.«
»Doch, kannst du wohl. Du weißt, dass ich keine Närrin bin. Ich kann auf mich aufpassen. Und wenn Großmutter damit einverstanden ist, kannst du keine Einwände haben.«
Er nickte. »Du läufst schneller als jedes Mädchen, das ich kenne. Und kämpfst wie ein Gassenbengel. Aber Venedig! Den ganzen weiten Weg?«
Sie ergriff seinen Arm, und sie schritten gemeinsam auf die Kirche zu. Über ihnen beugten sich die Fenster im ersten Stock aufeinan-

der zu und machten aus der Straße eine Art Tunnel. Ihre Schritte hallten an den Hauswänden wider, und Sarah senkte die Stimme.
»Wenn mir je irgendetwas zustoßen sollte, glaubst du, du würdest es wissen?«, fragte sie. »Würdest du es wissen, ohne es gesagt zu bekommen?«
»Oh, ja«, erwiderte er auf der Stelle. »Aber so ist das bei Zwillingen, nicht wahr?«
»Großmutter sagt, sie wüsste es, wenn ihr Sohn tot wäre. Ich glaube ihr. Ich glaube, so wäre es.«
Das ließ ihn innehalten. »Großmutter glaubt Livia nicht, dass er ertrunken ist?«
Sarah nickte.
»Das ist eine schreckliche Anschuldigung«, sagte er langsam. »Tante Livia soll eine Betrügerin sein? Heißt das, dass sie nicht Robs Witwe ist? Vielleicht noch nicht einmal unsere Tante?«
»Ich weiß«, sagte das Mädchen. »So wichtig ist die Sache. Deshalb unternehme ich diese Reise.«

Während des gesamten Gottesdienstes und der langen Predigt fragte sich Johnnie, ob er seiner Mutter von Sarahs Plan erzählen sollte, doch eine lebenslange Treue zu seiner Zwillingsschwester durch all die kleinen Abenteuer des Kaimeisterlebens hindurch hielt ihn davon ab. Als sie der Reihe nach die Kirche verließen und mit dem Pfarrer nach Hause gingen, hatte Johnnie sich bereits entschieden. Nachdem Mr Forth nach oben gegangen war, um mit Alinor zu beten, trat Johnnie mit seiner Mutter ins Kontor, um die Buchführung der Woche zu erledigen, fest entschlossen, nichts verlauten zu lassen. Sobald er auf dem Bürostuhl saß, erblickte er die Adresse von Signore Russo in Livias ausladender, theatralischer Handschrift. Auf der Stelle war ihm klar, dass es sich um eine Wegbeschreibung zum Haus des Verwalters in Venedig handeln musste, und ohne ein Wort zu verlieren, steckte er den Zettel ein, während seine Mutter die Hauptbücher aufschlug.

Ein Blick hinein bestätigte seine Befürchtungen. »Wie ich sehe, hat sie weitere Schulden gemacht und uns noch immer nichts für die erste Verschiffung bezahlt«, stellte er fest. Er erwähnte nicht namentlich, wer dem Lagerhaus Geld schuldete. In den beiden Jahrzehnten, die sie im Geschäft waren, war nur eine Schuld je offengeblieben.

»Sie schickt nach weiteren Antiquitäten«, erklärte seine Mutter gepresst. »Sie ist sich so sicher, dass sie diese verkaufen wird, dass sie mehr will. Wir legen wieder die Kosten aus. Sie tut es für uns, für uns alle. Sie möchte ein größeres Lagerhaus kaufen, etwas Besseres für deine Großmutter, und wir werden dort alle gemeinsam leben. Es wird ein Zuhause für dich sein, wenn du mit deiner Lehre fertig bist, und für Sarah.«

»Wir benötigen nur mehr Schlafgemächer, weil sie hier ist«, stellte er fest. »Früher haben wir kein größeres Haus gebraucht. Es ist seit zwanzig Jahren gut genug für uns gewesen.«

»Sie hat Pläne für uns ...«

»Wie kommt es, dass sie Pläne für uns schmieden darf?«

Seine Mutter errötete. »Sie gehört zur Familie, Johnnie. Sie ist deine Tante. Es steht ihr zu ...«

»Sie ist überhaupt nicht wie Familie«, sagte er ernst. »Sie trägt nichts bei. Keiner in der Familie ist untätig. Sarah hat seit dem Tag, an dem sie zu arbeiten begann, ihre Pennys nach Hause gebracht. Du hast schon immer meinen Lohn bekommen. Sogar Großmutter baut Kräuter an und stellt ihre Tees her. Onkel Ned ist auf der anderen Seite der Welt, und trotzdem schickt er uns Waren. Niemand nimmt sich Geld. Niemand gibt das Familienvermögen aus. Wir setzen es nie aufs Spiel. Wir haben es immer redlich verdient, nicht spekuliert.«

»Livia verdient keine Pennys mit Lavendelsäckchen, sie ist auf dem besten Weg, ein Vermögen zu machen.« Seine Mutter war gekränkt. »Und als Robs Witwe und unsere Verwandte sollten wir sie unterstützen. Sie glaubt, wir könnten ein größeres Lagerhaus erwerben und die Antiquitäten direkt aus Venedig verkaufen.«

»Wird sie das Geld für ein größeres Lagerhaus berappen?«

»Wenn sie die Schulden bezahlt hat ...«

»Oder meint sie, dass wir ihre Bank sein sollen?«

»Es wäre eine Partnerschaft«, erwiderte Alys abwehrend. »Es wäre

ein Familienunternehmen. Ich vertraue ihr. Mittlerweile ist sie für mich tatsächlich wie eine Schwester. Ich glaube ihr aufs Wort. Ich glaube, dass sie sich mit den Statuen auskennt. Sie sagt, sie wird ein Vermögen verdienen, sie sagt, sie wird ein Haus kaufen und es mit uns teilen, sie wird bei uns wohnen. Wenn ich mir vorstelle, mit ihr zusammenzuleben, mein restliches Leben lang, mit ihr an meiner Seite ...« Sie verstummte. »Es würde mein Leben völlig verändern«, fügte sie leise hinzu.
»Du willst einen größeren Kai?«
»Einen größeren Kai, ein besseres Haus mit einem Garten für deine Großmutter. Und eine Gefährtin, eine Freundin für mich. Jemand, mit dem ich meine Sorgen teilen kann.«
Johnnie spürte schmerzlich die langen Jahre der Einsamkeit seiner Mutter. »Ich sollte mehr für dich tun.«
»Nein, mein Sohn, du tust alles, worum ich dich bitte. Doch jemanden an meiner Seite zu haben als Schwester, nun, da ihr beide ausgezogen seid. Das wäre ...«
»Aber Ma, ist sie ... zuverlässig?«, fragte er, indem er versuchte, die richtigen Worte zu finden. »Sie ist so plötzlich aufgetaucht. Mit nichts als dem, was sie auf dem Leib trug. Wir wissen nichts über sie. Und was wir wissen, ist das, was sie uns erzählt hat.«
»Ja«, antwortete Alys entschieden. »Wir wissen, dass sie Robs Witwe ist und die Mutter seines Kindes. Was müssen wir mehr wissen? Sie hat ein ehrliches Herz, das weiß ich, Johnnie. Und sie hat in uns eine Familie gefunden. Wir werden sie nicht im Stich lassen.«
Der junge Mann fühlte sich zwischen Sarahs Geheimnis und dem Vertrauen seiner Mutter hin- und hergerissen.
»Das hoffe ich«, sagte er unsicher.

Alinor kam nach dem Gebet mit Mr Forth zum Essen nach unten. Tabby servierte der Familie im Salon mehrere Speisen und einen Krug Wein aus dem Paton's mit deren besten Empfehlungen an Miss Stoney am Tag des Abschlusses ihrer Lehre.

Es gab gebackene Austern und Roastbeef aus dem Ofen, und Alinor hatte Sussex-Pond-Pudding mit gezuckerter Butter in der Mitte gemacht. Nach dem Essen spielten sie Rätselraten, und dann gaben Johnnie und Sarah die rhythmischen Lieder der Hafenarbeiter zum Besten, die diese beim Löschen der Boote sangen, allerdings mit stark abgeänderten Texten, um die üblichen Obszönitäten zu vermeiden. Alinor sagte ein ländliches Gedicht aus Sussex auf, das ihre Mutter ihr beigebracht hatte, und Livia sang ein italienisches Volkslied mit einem wirbelnden Tänzchen, das sie in der Ecke auf den abgenutzten Dielenbrettern aufführte. Erst spät löschten sie in der Stube das Feuer und gingen mit ihren Kerzen die Treppen hoch zu Bett.

Johnnie hielt Sarah mit einer Hand am Arm zurück und ließ wortlos den Zettel mit der Adresse in ihre Tasche gleiten. Es fiel niemandem auf, und die Zwillinge bewegten sich im Gleichschritt: Sarah ging in ihr Schlafzimmer, das sie sich mit Carlotta und dem Säugling teilte, Johnnie die schmale Stiege hoch zu seiner Dachkammer.

»Hast du die Runen gezeichnet?«, erkundigte sich Alinor auf dem Weg in ihr Zimmer bei Alys.

»Natürlich, Ma.« Die jüngere Frau half ihrer Mutter zu Bett und ging dann in ihr eigenes Zimmer.

Livia war bereits im Bett, die Kerze ausgeblasen. »Es ist traurig, wenn ein Mädchen seine Kindheit hinter sich lässt«, sagte sie in das dunkle Schlafzimmer hinein.

»Für sie ist es nicht traurig! Sarah ist heilfroh, dass ihre Lehrzeit vorbei ist.«

»Aber jetzt wird sie heiraten müssen, und man wird für sie über ihr Leben entscheiden. Kinder und ein Ehemann, und sie wird nie tun können, was sie will.«

»Nicht in England.« Alys hob die Bettdecke hoch und schlüpfte ins Bett.

Livia drehte sich zu ihr und legte den Kopf in Alys' warme Halsbeuge. »Ach, das ist gut.«

Alys zog die jüngere Frau an sich und streichelte über die glatten Zöpfe an ihrem Kopf, atmete das warme Rosenparfüm tief ein. »Weißt du, in England kann eine Ehefrau ihr eigenes Geschäft haben, selbst Geld verdienen, sie kann sich von ihrem Ehemann unab-

hängig machen — als eine *feme sole,* eine unabhängige Ehefrau –, und ihr Geld gehört dann ihr, und ihr Geschäft auch.«
»Ist das so?«, fragte Livia, mit einem Schlag hellwach. »Ein Ehemann bekommt bei der Eheschließung nicht alles?«
»Sie müssen sich natürlich darauf einigen, ohne sein Einverständnis geht es nicht. Die Frau muss zu den Stadtvätern gehen, und sie müssen ihr eine Urkunde aushändigen, die besagt, dass sie eine unabhängige *feme sole* ist. Aber wenn sie sich dazu erklärt und jeder einverstanden ist, dann kann sie ihr eigenes Haus besitzen, ihr Vermögen behalten und ein eigenes Geschäft betreiben. Ma ist Witwe, ich bin eine *feme sole,* das Geschäft gehört uns.«
»Aber das Kind aus einer Ehe zwischen einer solchen unabhängigen *feme sole* und einem Mann von Geld beerbt trotzdem seinen Vater?«
»Ja. Und seine Mutter kann ihm ihr Vermögen hinterlassen, wenn sie möchte. Es steht in ihrer Macht.«
»Und sie sind trotzdem verheiratet – sie würde ihr Witwengut erhalten, falls der Ehemann verstirbt?«
»Ja. Livia – warum interessiert dich das? Was schwebt dir vor?«
»Nichts! Gar nichts«, erwiderte die jüngere Frau rasch. »Es ist nur so anders als in meiner Heimat. In Venedig endet das Leben einer Frau am Kirchtor. Ich war ein Nichts. Bis Roberto mich sah, und dann kam ich wieder ans Licht.«
»Sein Verlust muss schrecklich für dich gewesen sein«, sagte Alys voller Mitgefühl.
»Es war das Ende von allem. Aber er hat mir gezeigt, was ich sein könnte, und jetzt bin ich in England bei dir und deiner Familie, und ich kann wieder hoffen.«
»Hoffst du denn?«, fragte Alys, und in ihrem Innern regte sich ein Gefühl wie Verlangen.
Livia schob sich ein wenig näher an sie heran. »Ich habe mehr als nur Hoffnung«, flüsterte sie, die Lippen an Alys' Schulter. »Ich habe mein Herz und meine Heimstatt gefunden.«
»Meine Liebe.« Alys zog die jüngere Frau an sich, sodass sie einander berührten, von den Lippen abwärts die lange Linie ihrer Körper entlang bis zu den miteinander verschlungenen Füßen.
»Und muss der Ehemann einer *feme sole* ihre Schulden begleichen?«, flüsterte Livia.

Mit einem Seufzen löste Alys sich aus der Umarmung. »Nein, sie ist für ihre eigenen Schulden verantwortlich.«
»Interessant«, stellte Livia fest, drehte sich auf die Seite und schlief ein.

Oktober 1670, London

Johnnie war am Montagmorgen früh auf, um rechtzeitig zur Arbeit bei dem Kaufmann in der City zu sein. Zu seiner Überraschung traf er Sarah in der Küche an, die sein Dünnbier erhitzte und das Brot für sein Frühstück schnitt.
»Keine Tabby?«, fragte er.
»Ich habe ihr gesagt, dass sie ausschlafen kann«, antwortete Sarah. »Ma wird gleich nach unten kommen. Ich wollte dich sehen. Bevor ich aufbreche.«
Er verzog das Gesicht ein wenig, was sie sogleich als schlechtes Gewissen deutete, weil er sie nicht begleitete, und als Schmerz über ihre Trennung. Sie trat zu ihm, packte ihn, und sie hielten sich eng umschlungen.
»Pass auf dich auf!«, sagte er eindringlich. »Stell keine Dummheiten an. Und komm um Gottes willen wieder zurück nach Hause. Noch einen Verlust ertragen wir nicht. Es würde Großmutter umbringen – zumal sie dich losgeschickt hat.«
»Himmel! Daran hatte ich gar nicht gedacht«, entfuhr es ihr. »Ich werde wohlbehalten zurückkehren. Keine Sorge!«
Bei den Schritten ihrer Mutter auf der Treppe stoben die beiden auseinander, und Sarah wandte sich dem Feuer zu.
»Du bist aber früh auf, Sarah«, stellte Alys fest.
Sarah drehte sich lächelnd um. »Ich weiß. Ich konnte nicht schlafen.«
Nachdem Johnnie fort war und die beiden Frauen das Geschirr abgeräumt hatten, umarmte Sarah ihre Mutter mit überraschender Herzlichkeit. Dann lief sie die Treppe zu ihrer Großmutter hoch. Die ältere Frau drückte ihr eine Guinee in die Hand. »Hüte sie«, sagte sie. »Falls du etwas brauchen solltest.«

Das Mädchen zögerte. »Woher hast du die?«, fragte sie. »Eine ganze Guinee?«
»Es ist das Geld für meine Beerdigung«, antwortete Alinor. »Ich habe es über die Jahre angespart und für mich behalten. Um für mein Begräbnis in Foulmire zu bezahlen, neben meiner Ma, auf dem kleinen Friedhof von St Wilfrid's.«
»Ich sollte nicht das Geld für deine Beerdigung nehmen, Großmutter.«
»Nimm es nur. Ich werde es nicht brauchen. Ich werde nicht sterben, bevor ich meinen Sohn wiedergesehen habe«, sagte Alinor zuversichtlich. »Du hast im Geschäft Bescheid gegeben, dass du fortgehst?«
Das Mädchen nickte. »Ich habe ihnen gesagt, dass ich ein Quartal weg sein würde. Glücklich waren sie nicht, aber sie nehmen mich bei meiner Rückkehr wieder auf. Ma denkt, ich gehe wie üblich zur Arbeit.«
»Und du hast das Geld für die Schiffspassage?«
Sarah nickte. »Ich habe genug. Es fühlt sich falsch an, es nicht Ma auszuhändigen. Und Johnnie hat mir auch etwas zugesteckt.«
»Du hast Johnnie eingeweiht?«
»Ich kann ihm vertrauen. Aber, Großmutter, erzähl vielleicht Ma nichts davon, denn sie wird es nur Livia weitererzählen.«
Alinor nickte. »Sie vertraut ihr alles an. Ich werde sagen, dass du für eine Woche zu einer Freundin aufs Land gefahren bist. Und dann, am Ende der Woche, sage ich es ihr. Das wird dir einen Vorsprung verschaffen, damit Livia keine Nachricht schicken kann, um jemanden zu warnen.«
Die junge Frau runzelte die Stirn. »Du glaubst, sie hat Leute, die für sie arbeiten? Aber was tun sie?«
»Ich weiß es nicht. Aber sie soll nicht wissen, dass du losgezogen bist, um hinter ihr herzuspionieren.«
Zum ersten Mal traf Sarah die Erkenntnis, wie immens wichtig ihre Aufgabe war. »Großmutter! Wenn ich Onkel Rob finde, was soll ich dann tun?«
»Berichte ihm einfach, was hier vor sich geht«, riet ihr Alinor. »Erzähl ihm, dass Livia hier ist und was sie macht. Sag ihm, dass sie deine Mutter um den Finger gewickelt hat und dass wir wegen ihr

Schulden machen. Er wird wissen, was zu tun ist. Sobald du ihn gefunden hast, kann er entscheiden, was das Beste ist.«
»Ich muss ihn nicht nach Hause bringen?«
Alinor lachte. »Ein kleines Ding wie du? Nein. Er ist ein erwachsener Mann. Er muss selbst entscheiden, was er tun will. Du sollst ihn nur finden. Damit ich weiß, dass er am Leben ist. Und nimm das hier ...« Sie nahm einen alten, abgewetzten Ledergeldbeutel vom Tisch. »Ich weiß nicht, ob er dir von Nutzen sein wird. Aber du solltest ihn haben.«
»Was ist das?«, fragte Sarah, die trotz des Klimperns von Münzen im Innern des roten Leders davon ausging, dass es sich nicht um noch mehr Geld handeln konnte.
»Kleine wertlose Münzen, winziges altes Geld, das ich früher sammelte, als ich noch ein Mädchen in Foulmire war. Rob würde sie auf Anhieb erkennen. Falls er Zweifel daran hegt, dass du von mir kommst, zeig sie ihm.«
Das Mädchen sagte nichts. Voller Mitgefühl dachte sie, dass ihre Großmutter allmählich den Verstand verlieren musste, wenn sie sie mit einem Geldbeutel voller wertloser Münzen in die reichste Stadt der Welt schickte, wo sie nach einem ertrunkenen Sohn suchen sollte, als könnte sie ihn aus der Unterwelt zurückkaufen. »Und, Großmutter, wenn ich ihn nicht finde?«, fragte das Mädchen zögerlich. »Wenn ich herausfinden sollte, dass es stimmt, dass er ertrunken ist?«
»Ach, wenn er tot ist und im Meer begraben, dann bring, wenn du kannst, etwas zurück, das ihm gehört hat.« Auf einmal wirkte Alinors Gesicht verhärmt. »Ich werde es bei meiner Beerdigung in meinem Sarg haben, damit etwas von ihm in christlicher Erde begraben werden kann, damit seine Seele nicht unruhig in dunklen Gezeiten umhertreibt. Und wenn ich nur eine närrische alte Frau bin, die die Wahrheit nicht erträgt und sich eine dumme Geschichte ausdenkt, dann bring mir die Wahrheit zurück – so bitter sie auch ist, Sarah. Ich hätte lieber eine bittere Wahrheit als eine sanfte Lüge. Wenn er ertrunken ist, dann fahr mit einem Boot zu der Stelle, wo er untergegangen ist, wirf ein paar Blumen aufs Wasser und sprich ein Gebet für ihn. Sag seinen Namen. Sag ihm, dass ich ihn liebe.«
»Das mache ich«, flüsterte Sarah. »Wenn ich sonst nichts tun kann, das kann ich. Du kannst Ma und Livia sagen, dass ich losgezogen

bin, um seinem Grab die letzte Ehre zu erweisen.« Einen Moment hielt sie inne. »Was für Blumen? Bestimmte Blumen, Großmutter?« »Vergissmeinnicht.«

Livia ging zu Fuß durch die St Olave's Street zur London Bridge. Carlotta, das Kindermädchen, blieb unwillig hinter ihr zurück, Matteo auf dem Arm. Während Livia sich gewaltsam durch das Gewimmel auf der Brücke drängte, fuhr sie Carlotta über die Schulter hinweg an, sie solle Schritt halten. Gepäckträger mit Tabletts auf dem Kopf oder Säcken auf dem Rücken rempelten die beiden Frauen an, Fuhrleute forderten die Leute brüllend dazu auf, Platz zu machen, Ladenbesitzer riefen ihnen Angebote zu, und Bettler zupften an ihren Röcken. Oft war das Gedränge so groß, dass sie überhaupt nicht vorankamen, sondern einfach in der Menge eingequetscht dastehen und darauf warten mussten, dass alle weitergingen.
»Das ist unerträglich!«, rief Livia, während Matteo unglücklich schrie. Doch es war unmöglich, die Reihen aus sich langsam fortbewegenden Menschen zu umgehen.
Auf halbem Weg über die Brücke lichtete die Menge sich ein wenig vor der nicht mehr genutzten Kirche, doch dann wurde der Weg wieder schmaler, und die Frauen mussten sich weiter die Zugbrücke entlangdrängen, bis sie schließlich auf die Thames Street traten.
»Mir nach!«, befahl Livia und ging eine Meile die Thames Street entlang, kämpfte sich durch das rußgeschwärzte, halb zerstörte Tor zur City, über die Fleet Bridge auf die Fleet Street. Sie drängten sich um das halb fertiggestellte Tor Temple Bar, um schließlich mit einem Seufzer der Erleichterung auf den gepflasterten Weg von The Strand zu treten.
Es war ein langer Weg, während dem man über Abfall auf der Straße stieg, das neugierige Starren von Menschen ignorierte und den unverschämten Armen auswich. Es galt, Bettlern aus dem Weg zu gehen und Straßenverkäufer abzuweisen, die alles von Aalen über Blumensträuße bis hin zu Obst vom Land im Angebot hatten.

Als sie die Stufen von Avery House erreichten und Livia ungeduldig an der gewaltigen eisernen Türglocke zog, war Carlotta durcheinander und völlig aus der Fassung.
»Warum haben wir kein Boot genommen?«, fragte Carlotta. »Was wollen uns all diese Leute verkaufen?«
»Wir haben kein Geld mehr für ein Boot.« Livia stieß ihre Antwort unfreundlich hervor, doch sie setzte ein Lächeln auf, als Glib den beiden die gewaltige Tür öffnete.
»Ist Sir James zu Hause?«, fragte Livia kühl, ging an ihm vorüber zu dem Spiegel und nahm den Hut ab. Sie hielt kurz inne, um das Spiegelbild ihres makellosen Gesichts zu betrachten.
»In seinem Arbeitszimmer. Soll ich Euch melden?«
»Ich werde selbst hineingehen«, erklärte Livia. Sie bedeutete Carlotta mit einem Nicken, sich auf den Stuhl in der Eingangshalle zu setzen und das quengelige Kind zu beruhigen. »Sorg dafür, dass er ruhig ist!«, fuhr sie das Kindermädchen an.
Glib warnte sie nicht vor, dass Sir James Besuch hatte, doch als er die Tür für Livia aufschwang, erblickte sie einen Fremden in dem Zimmer. Sie zögerte auf der Türschwelle, bevor sie mit einem bezaubernden Lächeln eintrat. »Verzeiht mir, ich dachte, Ihr wäret allein. Stören wollte ich nicht.«
»Nein, tretet nur ein, tretet ein. Ich weiß, dass Ihr um diese Zeit immer nach Euren Briefen seht.« Sir James winkte sie ins Zimmer. »Tatsächlich ist das hier jemand, der uns beraten kann. Ich habe ihm bereits die Statuen in der Galerie gezeigt. Darf ich vorstellen? Mein Schwager, George Pakenham.«
Livia streckte ihre in einem schwarzen Handschuh steckende Hand aus, machte einen Knicks und schlug ihre dunklen Wimpern zu dem Gentleman auf. »Ich werde Euch nicht stören. Ich nehme nur meine Briefe mit und überlasse Euch Euren Gesprächen.«
»Ganz im Gegenteil, bitte nehmt doch Platz. Wir wollten gerade ein Glas Rotwein trinken, nicht wahr, George?«
George, ein rundlicher Mann um die fünfzig, holte einen Stuhl von der Wand und stellte ihn an den Tisch. »Bitte wollt Ihr nicht Platz nehmen, Ma'am?«
»Lady Peachey«, korrigierte sie ihn leise.
»Eure Ladyschaft.«

»Ich werde mich setzen.« Sie ließ sich auf den Stuhl sinken und strich ihre schwarzen Seidenröcke glatt. »Aber ich möchte Euch nicht aufhalten. Ich bin nur hergekommen, um sicherzugehen, dass alles bereit ist.« Zur näheren Erläuterung wandte sie sich an George Pakenham. »Es soll eine Teegesellschaft mit Ausstellung geben, für diejenigen, die sich die Statuen noch einmal ansehen möchten.« Sie legte den Kopf schief. »Gefallen sie Euch? Sie sollen zu den schönsten in Venedig, in ganz Italien zählen.«

»Ich habe sie mir angesehen«, erwiderte George freundlich. »Und ich muss sagen, ich fand sie bemerkenswert.«

Auf das Lob hin schlug Livia die Hände zusammen und lächelte Sir James an.

»Bei manchen handelt es sich natürlich um moderne Kopien, und bei anderen um originale Bruchstücke, die zusammengefügt wurden. Aber ein oder zwei sind echt.«

Sie erstarrte. Er sah das krampfartige kleine Beben an ihrer Kehle, während sie schluckte. Dann wandte sie sich an James. »Es sind keine Kopien«, stieß sie nur mit brüchiger Stimme hervor.

»George ist ein echter Kenner. Er ist Diplomat, er war schon überall. Er war in Venedig und Florenz, und er hat ein paar wunderbare Statuen an den niederländischen und den deutschen Höfen gesehen, nicht wahr? Es gibt dort große Sammler, wie er mir versichert hat ...« Unbeholfen verstummte James.

»Meine Antiquitäten sind keine Kopien«, wiederholte sie tonlos. Sie wandte sich an George. »Ihr könnt sie Euch nicht genau angesehen haben, Sir. Ich habe nichts, was nicht alt und wunderschön wäre. Dies war die Sammlung meines verstorbenen Gatten, und er war berühmt für seinen erlesenen Geschmack. Dies ist mein Witwengut. Ihr erweist mir einen schlechten Dienst, wenn Ihr etwas gegen sie sagt.«

»Ich würde ebenso wenig den Ruf einer Lady verunglimpfen, wie ich etwas gegen ihre Antiquitäten sagen würde – nicht, dass ich je zuvor einer Lady begegnet wäre, die Antiquitäten verkauft!« Er schenkte ihr ein wissendes Lächeln, beinahe zwinkerte er ihr zu. »Ich verstehe sehr gut, dass es sich um eine Frage des Wertes handelt.«

Glib klopfte an die Tür und betrat mit einer Flasche Ratafia, einer verstaubten Rotweinflasche und drei Gläsern das Zimmer.

»Gießt ein.« Der beunruhigte James bedeutete dem Dienstboten, sich zu beeilen. »George – Ihr habt gar nichts davon gesagt, als wir uns umgesehen haben ...«
»Nein, denn was versteht Ihr denn schon davon, mein Bester? Ich wollte natürlich mit der Besitzerin reden, Ihrer Ladyschaft hier.«
Livia sagte nichts, bis das kalte Glas Wein in ihrer Hand war und Glib das Zimmer verlassen hatte. Sie trank einen Schluck. »Natürlich ist es für mich eine Frage des Wertes«, sagte sie leise. »Als Maß des Urteilsvermögens des Conte – meines verstorbenen Gatten, eines berühmten Kunstmäzens. Wert für mich in Form meines Witwenguts. Und Wert für Sir James als Möglichkeit, einer höchst verdienstvollen Familie zu helfen, armen Cousinen der Familie meines Gatten. Arme, aber stolze Witwen, die Hilfe von mir annehmen werden, aber von niemandem sonst. Wenn Ihr den Wert meiner Antiquitäten mindert, Sir, schadet Ihr meinen Lieben. Einschließlich Eures Schwagers, der die Kunstwerke bei sich beherbergt.«
»Herrje, Madam! Ich muss doch etwas sagen, wenn ich sehe, wie das Haus meiner geliebten verstorbenen Schwester als Geschäft benutzt wird für Güter, die ganz definitiv ...«
Sie erhob sich und nahm all ihren Mut zusammen. Mit keinem Blick sah sie zu James, wusste allerdings, dass er sie nicht aus den Augen ließ. »Das hier ist Avery House«, ermahnte sie Sir George eisig. »Nicht Pakenham House — falls es so ein Haus geben sollte? Es ist das Haus von Sir James, nicht von Euch. Eure verstorbene Schwester ist hier nicht mehr die Hausherrin. Wenn Sir James die Statuen bewundert und er sie als gut befindet, wenn er will, dass sie mit Profit verkauft werden, weil er mit dem Gewinn wohltätige Ziele verfolgt, was macht Ihr dann hier anderes, Sir, als Sir James in die Quere zu kommen, den Gewinn für einen wohltätigen Zweck zu mindern und mir Kummer zu bereiten?«
Sie war großartig. James verschlug es die Sprache. Linkisch stellte George sein Glas ab und erhob sich zum Gehen. »Wir sehen uns im Kaffeehaus«, sagte er über die Schulter zu James. Er ergriff Livias Hand und beugte sich tief darüber. »Ihr weist mich zurecht, Madam ...«, setzte er an.
»Lady Peachey«, verbesserte sie ihn, ohne mit der Wimper zu zucken.

»Ihr weist mich zurecht, Eure Ladyschaft, und ich bitte um Verzeihung, falls ich Euch gekränkt haben sollte. Ich werde kein Wort mehr gegen Eure Antiquitäten sagen. Weder hier noch sonst wo. Ich wollte nur wissen, mit welcher Absicht Ihr diese … diese Gegenstände zum Verkauf hierhergebracht habt. Was Ihr Euch davon erhofft habt? Und jetzt glaube ich, dass ich eine sehr gute Vorstellung davon habe!«

Er ging auf die zweiflüglige Tür zu, öffnete sie, drehte sich auf der Türschwelle um und verließ das Zimmer unter einer Verbeugung.

Livia wagte es kaum, James anzusehen. Er kam rasch um den Schreibtisch herum zu ihr, doch ihr fehlten die Worte, um die Situation zu entschärfen. Mit bleichem Gesicht und bebendem Mund wandte sie sich zu ihm. Ohne ein Wort streckte er die Hand nach ihr aus und zog sie in seine Arme. »Verzeiht mir, verzeiht mir, dass ich ihn so mit Euch habe sprechen lassen. Ich hatte ja keine Ahnung …«

»Ooooh«, hauchte Livia, an ihn gelehnt. Ihre Gedanken überschlugen sich.

»Ich hätte sie ihm nie zeigen sollen … Ich hätte niemals zulassen sollen …«

Livia zitterte ein wenig, während sie mit den Tränen kämpfte.

»Er trauert wohl um seine Schwester, meine verstorbene Gemahlin. Aber er hat kein Recht zu sagen, dass Ihr Eure schönen Statuen nicht hier ausstellen dürft! Er hat nichts in meinem Haus zu sagen. Ich werde tun, was mir beliebt, und er soll nie mehr wieder einen meiner Gäste beleidigen. Er treibt es zu weit. Ich kann mich nur entschuldigen.«

»Er war so unfreundlich!« Vor Erleichterung atmete Livia bebend aus. »Und ich war so entsetzt!« Die Tränen, die auf ihre Wangen rannen, waren vollkommen echt. Ihre Knie waren ganz weich, weil sie so knapp davongekommen war. Er spürte, dass sie ein wenig zusammensackte, und hielt sie fester, um sie zu stützen. Dann küsste er die Tränen fort, eine nach der anderen. Ein Schauer aus Küssen regnete auf ihr Gesicht nieder, als er sie eng an sich zog, ein Arm um ihre Taille, seine Hand an ihrer Brust.

»Ich kann nie wieder hierherkommen.« Sie zitterte. »Ich kann nie wieder mit Euch allein sein. Meine Ehre … Er hat Dinge über mich gesagt …«

»Heiratet mich«, flüsterte er. »Dies soll Euer Haus sein, und Ihr werdet tun, wonach Euch verdammt noch einmal der Sinn steht. Ich möchte kein Wort gegen Euch hören! Heiratet mich, Livia!«
»Ja!«, stieß sie keuchend hervor. »Ja, Sir James, das will ich.«
Er wusste kaum, was er gesagt hatte, als sie sich schon von ihm losriss, auf der Stelle, und nach dem Kind in der Eingangshalle rief, es Carlotta erzählte – die einzige Zeugin, die sie herbeizitieren konnte – und mit einem Glas Ratafia auf die Verlobung anstoßen wollte. Carlotta nahm ein Glas und trank auf ihren neuen Herrn.
»Wir werden glücklich sein«, versprach Livia ihm. »Das weiß ich. Wir werden so glücklich sein.«
Mit schwirrendem Kopf nahm Sir James hinter seinem Schreibtisch Platz. »Aber was ist mit den Damen im Lagerhaus?« Unwillkürlich übernahm er Livias Bezeichnung für die Frau, die er einst geliebt hatte.
»Dort werde ich noch nichts bekannt geben«, entschied Livia. »Sie lassen sich gar nicht gern aus der Ruhe bringen. Wir warten ab, bis meine Statuen verkauft sind und ich ihnen den Gewinn geben kann, und ich werde noch eine Fuhre bestellen, die sie dann verkaufen können. Ich werde Importeure schöner Künste aus ihnen machen, anstatt Kaimeisterinnen für Getreide und Äpfel. Wir werden ihnen ein Haus kaufen, ein Lagerhaus, in einem besseren Bezirk – Ihr werdet wissen, wo! –, und sie können meine Antiquitäten verkaufen. Wir werden sie in einem besseren Gewerbe unterbringen, mit einem besseren Haus.«
»Ihr werdet Ihnen nicht gleich davon erzählen?«
»Erst, wenn sie ohne mich über die Runden kommen.« Da fiel ihr wieder ihr Plan für Johnnie ein. »Aber in der Zwischenzeit können wir ihrem Sohn eine gute Stellung verschaffen.«
»Das können wir?«
»Ach ja, er will für die Company arbeiten, kennt Ihr sie? Die East India Company?«
»Ja, natürlich kenne ich sie, ich bin dort Anteilseigner.«
»Dann könnt Ihr ihm ein Empfehlungsschreiben geben, und er kann eine Stellung bekommen?«
»Ich kann den Brief schreiben. Aber ich dachte, seine Mutter würde nichts von mir annehmen …«

»Von mir! Es wird von mir kommen! Ich werde ihn auf Geheimhaltung einschwören. Und dann, wenn ich sie verlasse, um Euch zu heiraten, werden wir für sie alle gesorgt haben, für das Mädchen in seinem Geschäft, für den Jungen in der Company und für die beiden Frauen mit angenehmerer Arbeit. Es wird keine Vorwürfe geben. Ihr wisst doch, wie Alys sein kann! So zornig und traurig! Und Alinor so ausgesprochen schwach und so alt. Lasst mich dafür sorgen, dass sie ihr kleines Geschäft bekommen, und dann wird es uns freistehen, selbst glücklich zu werden.«

»Meine Liebe, selbstverständlich. Ihr wisst ja nicht, wie sehr ich ...«

»Aber in der Zwischenzeit können wir heiraten«, fiel sie ihm mit einem Funkeln ins Wort. »Ich verlange von Euch, nicht zu warten! Verheiratet und so glücklich wie Schwalben im Flug. Der kleine Matteo wird Euer Sohn sein und Euren Namen annehmen. Und bald – vielleicht schon nächstes Jahr – werden wir unser eigenes gemeinsames Kind haben.«

»Ihr wollt sofort heiraten? Und Matteo soll ... ähm ... mein Sohn sein?« Ihm drehte sich der Kopf, und er stellte sein Glas mit dem starken Wein ab, da er das Gefühl hatte, für den frühen Vormittag schon recht viel getrunken zu haben. »Ich dachte, Ihr wolltet abwarten ... Heiraten, ohne ihnen davon zu erzählen? Heimlich? Ich meine – warum?«

»Natürlich«, sagte sie verführerisch. »Wir werden auf der Stelle heiraten. Ihr habt mir völlig den Kopf verdreht.«

November 1670, London

Die zweite Verschiffung aus Venedig wurde von Alys und Kapitän Shore an seinem üblichen Tisch in Paton's Kaffeehaus vereinbart.

»Ich hatte mir die Adresse für Euch aufnotieren lassen ...« Alys schlug ihr Buch auf, konnte allerdings den Zettel nicht finden, auf den Livia die Adresse des Lagerhauses geschrieben hatte. »Es tut mir leid, ich dachte, ich hätte sie parat ...«

»Derselbe Ort wie beim letzten Mal?«

»Ja, der Verwalter der Dame.«

»Dann brauche ich die Adresse nicht. Ich kenne den Mann. Ich werde zum selben Haus gehen wie letztes Mal.« Er zögerte. »Es ist nur so, Mrs Stoney ... Ihr seid zufrieden mit ihm, ja? Denn Ihr seid nicht seine einzige Kundschaft. In seinem Lager steht nicht nur ihr Mobiliar. Er treibt viel Handel.«

»Er war früher der Verwalter ihres verstorbenen Ehemannes«, erwiderte Alys kühl. »Eine sehr solide Stellung. Sie vertraut ihm.«

»Dann werde ich nichts mehr sagen. Die gleichen Konditionen?«

»Ja, noch einmal zwanzig Kisten abholen und verschiffen. Fünf Pfund pro Tonne.«

Sie holte einen Geldbeutel hervor und zählte fünfzehn Pfund mit einem Schuldschein eines Kaufmanns und in Münzen ab.

»Kratzt Ihr den letzten Rest aus der Geldkassette zusammen?«, riet der Kapitän. Er griff nach dem Wechsel. »Ist der gut?«

»Ja«, sagte sie kurz angebunden. »Und Ihr werdet noch einmal zwanzig Kisten liefern?«

»Wie viele hat sie bloß dort versteckt?«, fragte er neugierig.

»Es ist ihr Witwengut. Ihr Privateigentum.«

Der Kapitän sah sie mürrisch an. »Und dieser Verwalter wird wieder eine Ausfuhrgenehmigung für zwanzig Kisten besorgen, für Privateigentum? Keine Antiquitäten zum Export, sein übliches Geschäft, wofür man eine ganz andere Genehmigung benötigt, sondern ›Privateigentum‹? Und Ihr wollt, dass ich es als ›Privateigentum‹ bei Eurem Lagerhaus an Land bringe? Und in London auch keine Steuern entrichte?«

»Ja«, bestätigte Alys.

»Gehörte ihr denn früher ein Palast, den sie jetzt leert?«

»Ja, in der Tat«, antwortete Alys.

Seine Augen unter den buschigen, vom Salz gebleichten Brauen musterten sie eingehend. »Bei meinen ganzen Geschäften mit Euch habe ich Euch noch nie eine falsche Erklärung für die Verbrauchssteuer abgeben gesehen«, sagte er. »Alle anderen machen es ständig – aber Ihr nie.«

»Das hier ist nicht falsch«, wehrte Alys ab.

»So falsch wie die Tränen einer Hure«, entgegnete er heftig. »Aber ich bin nicht derjenige, der meinen Hals für ein dunkles Augenpaar und ein ungezügeltes Temperament riskiert.«

»Ich bin nicht …«, setzte Alys an und war überrascht, als er eine schwielige Hand auf ihre legte.
»Ich frage nicht nach«, sagte er freundlich. »Aber wenn ich zurückkehre und dieses Geschäft erledigt ist, werde ich mit Euch reden, Mrs Stoney«, erklärte er. »Und ich werde Euch eine Frage stellen, und Ihr werdet mir die Wahrheit sagen. Aber erst dann.«
»Ich sage immer die Wahr…« Der Druck seiner warmen Hand brachte Alys zum Schweigen.
»Ich weiß«, versicherte er. »Ich weiß, dass Ihr immer grundehrlich wart. Im Moment seid Ihr nicht Ihr selbst. Aber ich werde Euch eine Frage stellen. Bei meiner Rückkehr.«

November 1670, Hadley, Neuengland

Der Winter stand zweifellos vor der Tür. Ned hatte das Gefühl, als hätte die kalte Jahreszeit es nur auf ihn abgesehen, wie ein persönlicher Feind. Jeder Tag war kürzer als der davor, jede Nacht kälter. Mittags ging er in den Wald und sammelte so viele Nüsse wie möglich, schälte Rinde vom Sassafrasbaum, sammelte das letzte Moos, suchte nach essbaren Pilzen, grub Erdnüsse aus, wohl wissend, dass die Dunkelheit nahte, wohl wissend, dass der Schnee kommen und alles überdecken würde. Er verkaufte das Kalb an einen der anderen Siedler, damit er es nicht den Winter über füttern musste, und erhielt im Gegenzug verschiedene Käse und zwei Räucherschinken. Er brachte die Kuh und das Schaf gemeinsam in einem Stall unter, damit sie einander warm hielten, und wenn er sie unter dem schwarzen, mit Sternen gespickten Himmel einsperrte, ließ die Eiseskälte des Metallriegels seine Handschuhe am Eisen festkleben.
Das zusätzliche Schilf auf seinem Haus war alles, was zwischen ihm und dem gewaltigen Bogen des eisigen Himmels lag. Ned, der sein ganzes Leben lang den Elementen ausgesetzt gewesen war und sich niemals vor einem englischen Winter gefürchtet hatte, überlegte, dass dies hier eine Jahreszeit war, die einen Mann an den Rand der Angst trieb.
Es graute ihm so sehr vor den einsamen Winternächten, dass er er-

freut mit ansah, wie sich Wussausmons Kanu an den Landungssteg heranschob, der Mann herauskletterte und die Stufen zur Böschung erklomm.

»Herrgott! Es tut gut, Euch zu sehen!«, begrüßte er ihn. »Ich bin meine eigene Gesellschaft jetzt schon leid, und es ist erst November.«

Wussausmon ließ sein bedächtiges Lächeln sehen. »Warum nicht über den Winter in die Stadt ziehen? Würde man Euch im Haus des Pfarrers kein Bett zur Verfügung stellen?«

Ned zuckte mit den Schultern. »Ich kann die Tiere nicht zurücklassen«, sagte er. »Und Mr Russells Haus ist ohnehin zu voll. Ich werde mich schon daran gewöhnen, wenn der Winter hereinbricht – ich gewöhne mich jetzt schon daran. Bleibt Ihr über Nacht?«

Der Mann schüttelte den Kopf. »Ich fahre flussabwärts. Heute Morgen war ich in Norwottuck, und Leises Eichhörnchen schickt Euch die hier. Sie sagt, Ihr könnt sie für einen Käse haben.« Er hielt ihm ein Bündel entgegen, das nach einem Arm voll halb fertiger Korbwaren aussah.

»Kommt trotzdem aus der Kälte nach drinnen«, sagte Ned. »Was treibt Ihr in dieser Jahreszeit in Norwottuck? Ich hätte gedacht, Ihr wäret an Eurem Feuer zu Hause in Natick?« Er führte ihn ins Haus und zog die dicke Wolljacke aus.

»Zu Besuch«, antwortete Wussausmon beiläufig.

»Angelegenheiten der Pokanoket?«, fragte Ned interessiert.

»Eigentlich Angelegenheiten der Kolonie«, erwiderte Wussausmon. »Der Gouverneur und sein Rat in Plymouth haben mich gebeten, Botschaften an sämtliche Stämme zu überbringen, die keine Verbündeten der Pokanoket sind.«

»Gibt es da denn welche?«, wollte Ned wissen. »Diejenigen, die nicht verwandt sind, haben doch gewiss einen Freundschaftspakt geschlossen?«

»Kaum. Das habe ich ihnen auch gesagt. Aber der Gouverneursrat ist gewillt, die eigenen Freunde und Verwandten des Massasoit gegen ihn aufzuwiegeln.«

Ned zögerte. Am liebsten hätte er weiter nachgefragt.

»Seht Euch an, was Leises Eichhörnchen Euch schickt!«, drängte Wussausmon.

Während Ned sich auf einen Schemel setzte, ging Wussausmon einfach nur in die Hocke. Ned entwirrte die Gabe. Zuerst hielt er es für eine Fischfalle. Er sah zurechtgebogene Stücke biegsamer Stöcke, die mit Fellschnüren aneinandergebunden und mit gespaltenen Weidenruten verflochten waren. Es wirkte auf ihn wie zwei große flache Körbe. Hilfe suchend blickte er Wussausmon an.
»Schneeschuhe!«, erklärte der Mann ihm. »Leises Eichhörnchen hat sie für Euch angefertigt, weil sie dachte, Ihr könntet damit in den Wald gehen, wenn es schneit. Habt Ihr schon welche?«
»Nein!«, rief Ned. »Ich kenne niemanden, der welche hat. Bisher habe ich nur einen französischen Trapper welche tragen gesehen. Ich habe mir immer meinen Weg freigeschaufelt und bin mühsam durch die Gegend gestapft. Ist es nicht schwierig, auf ihnen zu gehen?«
»Es ist ganz einfach.« Wussausmon lächelte. »Mantelmänner können doch gehen? Hebt nur die Fußspitzen.«
»Wie ziehe ich sie an?«, fragte Ned.
»Das ist der andere Teil ihres Geschenks«, erklärte Wussausmon. »Ihr werdet Eure Schuhe aufgeben müssen, Ihr werdet Mokassins wie das Volk der Dawnlands tragen müssen.«
»Sie hat meine Schuhe noch nie ausstehen können«, klagte Ned. »Und meine Füße werden gefrieren!«
»Nein, werden sie nicht. Das hier sind Wintermokassins, sie bestehen aus Elchfell. Eure Füße werden warm sein. Viel besser als in Euren Stiefeln, und sie gibt Euch Hirschlederbeinlinge, die Ihr hineinstecken könnt.«
Ned betrachtete die wunderschön bestickten Mokassins, die mehr wie englische Kinderschühchen wirkten als wie Schuhwerk für einen Mann. Doch er sah, dass sie dick mit Fell gefüttert waren und aus zwei Häuten bestanden, richtige Indianerstiefel.
»Probiert sie an!«, schlug Wussausmon vor.
Ned zog seine klobigen Schuhe und die feuchtkalten Strümpfe aus und ließ einen nackten Fuß in den pelzgefütterten Mokassin gleiten. Auf der Stelle war ihm behaglich und warm zumute. Wussausmon lachte lauthals über Neds Gesicht.
»Soll ich ihr sagen, dass Ihr ihr einen Käse dafür geben werdet?«
»Sie sind zwei wert!«, schwor Ned. »Und richtet ihr aus, sie ist eine gute Freundin, weil sie in dieser kalten Zeit an mich gedacht hat.«

November 1670, London

Alys und Livia winkten den vorüberfahrenden Masten von Kapitän Shores Galeone nach, als das Schiff mittags, unter einem sich verdunkelnden Himmel, flussabwärts fuhr.
»Gute Reise!«, rief Livia ihr nach. »Behüt dich Gott.«
»Hoffentlich wird es keinen Sturm geben«, sagte Alys.
»Gott gebe ihnen gutes Wetter«, stimmte Livia zu. »Besonders auf der Rückfahrt mit meinen Gütern.«
»Amen«, murmelte Alys, während die beiden Frauen durch die Eingangstür des Lagerhauses traten und sie hinter sich schlossen. »Aber vor seiner Rückkehr müssen wir Geld verdienen! Für die Rückreise und die Lieferung kann ich nicht bezahlen. Ich habe so gut wie nichts mehr in der Truhe, nachdem ich Kapitän Shore bezahlt habe. Ich werde ein paar Gläubiger bitten müssen zu warten.«
Die jüngere Frau schlang den Arm um Alys' Taille und schmiegte die glatte Wange und die duftenden Locken an ihre Schulter. »Bring sie dazu, zu warten«, riet sie. »Es sei denn, du willst, dass ich mir etwas von Sir James borge?«
»Nein! Nein, natürlich nicht. Wir brauchen nichts von ihm. Wir kommen schon über die Runden. Tabby kann auf ihren Lohn warten. Wenn es hart auf hart kommt, kann ich mir etwas im Paton's leihen, mit der nächsten Fracht als Sicherheit.«
»Natürlich kann Tabby warten«, stimmte Livia ihr zu. »Schließlich stellt ihr ihr Kost und Logis! Und könntet ihr euch nicht so viel leihen, dass wir ein größeres Lagerhaus kaufen können? Wäre es nicht sinnvoll, ein größeres Lagerhaus zu erwerben, damit ich nicht mehr im Haus von Sir James verkaufen muss? Damit ich nie wieder sein Haus betreten muss?«
Sofort sah Alys beunruhigt aus. »Mir wäre es lieber, wenn du dort nicht ein und aus gingest – aber so eine Summe würden wir nicht zusammenbekommen, das wäre viel zu viel.«
»Und wenn wir dieses Lagerhaus verkaufen würden?«
»Das Haus können wir nicht verkaufen!«
»Aber meine Liebe, wie sollen wir denn mehr Geld verdienen, wenn wir Gelegenheiten nicht beim Schopfe packen? Du willst doch nicht, dass ich für immer hier festsitze, oder? Wäre es nicht wunder-

bar, ein neues Lagerhaus zu kaufen, in einem eleganteren Viertel, wo wir die Antiquitäten ausstellen könnten und ihr das Lagerhaus führen könntet, während ich die Kostbarkeiten in einer Galerie verkaufe?« Livia packte Alys um die Taille und wiegte sich mit ihr, als würden sie zusammen tanzen. »Es wäre eine echte Partnerschaft, unser eigenes Geschäft.«

»Ich … ich … glaube nicht, ich könnte nicht …« Alys verstummte angesichts der verführerischen Vorstellung von einem florierenden Lagerhaus und einem Geschäft, das Livia an ihrer Seite führen würde, einer Partnerschaft der Arbeit und der Liebe. »Es klingt so wunderbar … aber ich könnte keinen solchen Betrag auftreiben. Ich könnte unser Zuhause nicht aufs Spiel setzen … und Johnnie wäre niemals damit einverstanden.«

Livias hübsches Lachen erlosch. »Ach, Johnnie! Ebenso gut könnten wir Matteo um Erlaubnis bitten. Meine Liebe, wir werden uns doch von unseren Kindern nichts vorschreiben lassen! Wir werden uns überlegen, was wir tun wollen. Wir beide gemeinsam. Und sieh nur! Wir haben eben mit angesehen, wie unser Schiff losgefahren ist, wir werden auch sehen, wie es zurückkehrt. Du weißt nicht, du hast ja keine Ahnung, was für einen Gewinn ich einstreichen werde! Du weißt nicht, du hast ja keine Ahnung, welche Pläne ich für uns habe! Vor allem hast du keine Ahnung, wie glücklich wir sein werden!«

Sarahs Händlerboot erreichte Kapitän Shores Galeone, die vor Anker lag und auf die Flut wartete. In Greenwich bestiegen oft noch Passagiere die Schiffe, Kaufleute schickten häufig ihre letzte Ladung los. Kapitän Shore half ihr persönlich dabei, über die Schiffsreling an Bord zu klettern.

»Huch – eine junge Dame?«

»Ich bin das Dienstmädchen im Lagerhaus der Reekies«, stellte sie sich vor. »Die Nobildonna hat mich losgeschickt, damit ich ihre Güter in Venedig aussuche und verpacken lasse.«

»Ich habe den Auftrag bereits von Mrs Stoney erhalten«, protestierte er.

»Ich soll dafür sorgen, dass man ihn dort auch erfüllt«, erklärte sie leichthin. »Und dann mit den Sachen nach Hause zurückkehren.«

»Warum?«, fragte er einfach. »Wieso lässt man sie mich nicht holen, wie letztes Mal?«

Sarah zuckte mit den Schultern. »Ihr wisst ja, wie sie ist«, sagte sie, in der Zuversicht, dass er es nicht wusste. »Sie will, dass ich sie aussuche. Ich kann mich nicht weigern. Sie hat mir einfach befohlen mitzufahren, also bin ich hier.«

»Sie hat nichts davon gesagt, dass sie ein Dienstmädchen schicken würde, um meine Arbeit zu erledigen. Ich dachte, sie vertraut mir, ich habe schließlich schon oft für sie gearbeitet!«

Sarah lächelte ihn an. »Oh, nein, nein! Nicht Mrs Stoney! Die ist in Ordnung – es ist die andere. Die Italienerin. Die hat mich geschickt.«

»Ach«, sagte er mürrisch. »Die.« Er führte Sarah in eine kleine Kajüte und verstaute ihre Hutschachtel unter der Koje. »Wir machen allerdings noch in Lissabon halt«, warnte er sie.

»Schon gut«, erwiderte Sarah. »Eigentlich wollte ich gar nicht fahren. Ich bin hier, um ihre Waren zu begleiten und mich mit meinem Ehemann zu treffen.«

»Was macht er in Venedig?«, fragte er, auf der Stelle misstrauisch.

»Er ist krank«, fabulierte Sarah.

»Wie krank denn? Denn wenn man ihn ins *Lazzaretto* geschickt hat, werden wir ihn noch nicht einmal zu Gesicht bekommen. Ihr werdet Euch erst am Ende seiner Quarantäne treffen können, wenn er überhaupt noch lebt.«

»Nein, nichts dergleichen! Es ist ein Beinbruch«, sagte sie schlagfertig. »Nichts Ansteckendes. Er ist Händler … Seidenhändler. Ich soll ihre Waren aussuchen und werde ihn dann nach Hause zurückbringen.«

Er sah sie an, die blauen Augen durchdringend unter seinen sandfarbenen Brauen. »Ich hoffe, Ihr erzählt mir die Wahrheit, junge Dame?«

»Oh, ja«, log sie fröhlich. »Das tue ich.«

November 1670, London

Am nächsten Morgen erzählte Alinor ihrer Tochter, Sarah habe eine Nachricht vom Modewarengeschäft geschickt, sie sei aufs Land gefahren, um jemanden zu besuchen, und werde innerhalb einer Woche zurück sein. Die drei Frauen waren gerade dabei, oben in Alinors Zimmer Kräuterbeutel zu nähen. Unter dem Turm kam die Flut herein, eine Brandung aus Abfall auf den hereinkommenden Wellen, cremefarben dank des Schaums von den Gerbereien und Färbereien, der aufs Meer hinausgespült worden war und jetzt wieder hereinwogte. Möwen schrien und schossen in den Unrat hinab. Alinor hielt nach gegen die Wellen ankämpfenden Kormoranen und aufsteigenden Möwen Ausschau und sagte geistesabwesend: »Es war Ruth aus dem Modewarengeschäft. Sie heiratet in ihrem Dorf und wollte, dass Sarah ihr Hochzeitsfrühstück zubereitet.«
»Und das dauert eine Woche lang?«
»Oh, meine Liebe, sie arbeitet seit sieben Jahren, ohne je frei zu haben! Sie hat ihre Lehre abgeschlossen, lass sie ein paar Tage freinehmen.«
»Alys, sei keine strenge *Mamma!*«, warf Livia ein und legte ihre Arbeit in den Schoß. »Lass unser hübsches Mädchen flügge werden. Sie wird die Flügel noch früh genug gestutzt bekommen und auf ihrem Nest hocken.«
Schweigend beobachtete Alinor, wie Livia Alys zurechtwies, wie sie ihre eigene Tochter zu behandeln habe.
»Von dieser Ruth habe ich noch nie etwas gehört«, klagte Alys.
»Du glaubst, dass sie mit einem Liebsten durchgebrannt ist?«, fragte Livia herausfordernd und lachte sie aus. »Nein, das tust du nicht! Also lass sie ziehen. Sie wird in ein paar Tagen wieder da sein, nicht wahr?«
Alinor lächelte. »Ihr wisst es bestimmt am besten«, sagte sie mit leicht angespanntem Unterton. »Und führt Euch Euer Weg heute zu The Strand, meine Liebe?«
Livia strahlte vor Stolz. »Für meine Teegesellschaft mit Ausstellung«, sagte sie selbstzufrieden. »Um mich mit den Käufern zu treffen. Und ein Geschäft ist unter Dach und Fach: Ich habe meine Cäsarenköpfe verkauft!«

»Für wie viel?«, wollte Alys begierig wissen. »Sind sie so wertvoll, wie du dachtest?«
»Einhundert Pfund«, sagte Livia, indem sie die Summe ohne zu zögern halbierte.
»Einhundert?«, wiederholte Alys ungläubig. »Einhundert Pfund?«
»Das habe ich dir doch gesagt!«, triumphierte die jüngere Frau. »Und Sir James verlangt nichts für die Nutzung seines Hauses!«
Bei der Erwähnung seines Namens warf Alys ihrer Mutter einen Blick zu. Alinor war ausdruckslos, ihre Augen ruhten auf dem strahlenden Gesicht ihrer Schwiegertochter.
»Du wirst das Geld heute Abend nach Hause bringen?«, drängte Alys. »Du weißt, wie dringend wir es im Lagerhaus benötigen.«
»Es ist nicht dazu da, das Lagerhaus zu führen«, bestimmte Livia. »Es ist dazu da, dass wir uns ein schönes neues Zuhause kaufen.«
»Wir kaufen ein neues Haus?«, fragte Alinor.
Alys blickte von ihr zu Livia. »Es ist ein Plan von Livia«, erklärte sie kurz. »Und natürlich wäre es wunderbar, in ein anderes Haus umzuziehen, auswärts in Richtung Land, mit einem Garten. Aber, meine Liebe, du stehst in der Schuld für die Lagerung und für zwei Verschiffungen, und wir können keine derart große Summe offenstehen lassen.«
Alinor beobachtete die beiden jungen Frauen, während Livia die Hände vor ihrer Freundin ausbreitete wie ein Magier, ein Trickbetrüger an einer Straßenecke, der demonstrierte, dass er nichts in den Ärmeln hatte. »Setz mir nicht ständig wegen Geld zu. Denn siehst du? Noch ist nichts da! Aber heute Abend werde ich ein Vermögen nach Hause bringen.«
Alys lächelte, auf der Stelle besänftigt.
»Und wir werden kein anderes klitzekleines Häuschen weit draußen vor der Stadt kaufen«, erklärte Livia. »Du weißt doch, was mir vorschwebt.«
»Tut sie das?«, fragte Alinor.

November 1670, Hadley, Neuengland

Als Ned morgens erwachte, drang bläuliches Licht durch sein frostüberzogenes Fenster. Ein Nachhall von Schneegeflüster aus der Nacht lag in der Luft. Er öffnete die Tür einen Spalt und stellte fest, dass an der Schwelle eine beinahe kniehohe Wehe entstanden war. Es hatte wieder die ganze Nacht hindurch geschneit. Ned würde sich einen Weg aus der Tür hinaus freischaufeln müssen.
Bei schlechtem Wetter, wenn der Wind in einem Schneesturm heulte, band er ein Seil um seine Taille und an der Haustür fest, dann ließ er das Seil abrollen, während er die Kuh und das Schaf, die in ihrem gemeinsamen Stall zusammenkauerten und sich gegenseitig wärmten, füttern ging. Auf dem Rückweg nahm er jedes Mal einen Arm voll Holzscheite mit und folgte dem Seil zurück zu seiner Haustür. Ohne das Seil wäre er nicht in der Lage gewesen, den Weg über seinen eigenen Hof zu finden, so blendend grell waren die Schneemassen, so ohrenbetäubend das Kreischen des Windes. An manchen Tagen, mitten in einem Sturm, konnte er sein eigenes Haus nicht sehen, obwohl er gerade einmal einen Meter davor stand. Die Welt war dann ein Wirbel aus eisiger Blindheit, und wenn er nach unten blickte, lag der Schnee so dicht um seine Knie, dass er seine eigenen Füße in den neuen Mokassins nicht sehen konnte.
Doch dieser Tag war so ruhig und der Himmel so klar, dass Ned sich entschieden hatte, seine neuen Schneeschuhe auszuprobieren und in die Stadt zu laufen, um etwas von seinen Wintervorräten zu verkaufen. Er setzte sich auf den Schemel, band die neuen Mokassins zu und schob dann die Füße in die Riemen der Schneeschuhe. Unbeholfen und mit einem törichten Gefühl schlurfte er zur Tür und zog seinen schweren Wollmantel und den geölten Umhang über.
Er hatte sich selbst eine Pelzmütze aus Kaninchenfellen angefertigt, die er sich jetzt über die Ohren zog. Wie er mit den großen Körben an den Füßen zurechtkommen sollte, wusste er allerdings nicht. Die erste Herausforderung bestand bereits darin, von der Türschwelle auf die Wehe zu steigen, die seinen Eingang blockierte. Hier war der Schnee am weichsten. Er sank ein, geriet ins Straucheln und fiel der

Länge nach hin. Vor Anstrengung keuchte und schwitzte er, während er versuchte, wieder aufzustehen, doch sobald er einmal den dichteren Schnee erklommen hatte, stellte er fest, dass er stehen konnte, ohne einzusinken. Schließlich setzte er sich in einem langsamen, mühsamen Watschelgang in Bewegung. Ein Blick zurück zeigte ihm, dass er, obwohl er in über einem Meter hohem Schnee lief, eine nur wenige Zentimeter tiefe Spur hinterließ.

Es war berauschend, auf dem Schnee zu laufen, statt sich einen Pfad freischaufeln zu müssen. Zwar war es Schwerstarbeit, doch er erkannte, dass er auf diese Weise zum Stadttor gelangen und sogar den breiten Hauptweg, der ein Schneefeld aus verwehtem Weiß war, entlanglaufen konnte.

Es war ein herrlicher Tag für dieses Abenteuer mit den neuen Schneeschuhen. Der Himmel war hellblau, die Schatten auf dem funkelnden Schnee von einem tiefen, dunklen Indigo. Langsam kam Ned voran, einen Korb in jeder Hand, bis er schließlich am Nordtor ankam, das halb unter den Schneewehen vergraben war.

Er schwang die Körbe hinüber und kletterte dann selbst hinterher. Auf der Stadtseite des Tores, auf ebenerem Boden, war der hohe Schnee glatter unter seinen Schneeschuhen, und er konnte größere Schritte machen, ein wenig linkisch zwar, doch an seinem Vorankommen bestand kein Zweifel.

Auf dem Weg sah er, dass auch die Häuser in der Stadt eingeschneit waren. Die meisten Leute hatten einen schmalen Pfad von ihren Türen zu den Kuhställen oder Stallungen geschaufelt und einen schmalen Pfad zum Hauptweg freigelegt. Ned stand hoch oben auf den Schneewehen, als die in Felle eingemummelten Leute ins Freie traten, um zu kaufen, was sie benötigten. Er verkaufte Trockenfrüchte, Beeren, Pilze und etwas gedörrtes Wildbret sowie Maiskörner aus seinen Wintervorräten.

Die Leute hatten etwas Derartiges wie seine seltsamen Schneeschuhe noch nie gesehen. Ned erläuterte, dass eine Indianerin sie angefertigt und bei ihm eingetauscht habe und dass bestimmt weiterer Handel vonstattengehen könnte, falls jemand ein Paar haben wolle. Doch die Männer sagten, sie würden lieber die Wege zu ihren Vorratslagern und Stallungen freischaufeln, als wie betrunkene Indianer in der Gegend herumzutorkeln, und außerdem würde Ned bestimmt Frostbeulen bekommen und seine Füße verlieren, wenn er so weitermachte.

John Russell hielt eine Andacht in seinem Haus ab, ein gutes Dutzend Dorfbewohner in seinem Arbeitszimmer und der Eingangshalle, wo er mit ihnen um Führung betete, für sie als Pilger in dem kalten Land. Ned zog die Schneeschuhe und den geölten Umhang, den Pelzmantel und die Fellmütze aus und neigte zusammen mit den anderen den Kopf. Als die Andacht zu Ende war, tauschten die Männer und Frauen Neuigkeiten aus, bevor sie die Haustür öffneten und in die eisige Welt hinaustraten. Eine von Neds Stammkundinnen erblickte ihn und kam auf ihn zu.

»Habt Ihr frischen Fisch, Ned Ferryman?«

Ned neigte entschuldigend den Kopf. »Es ist zu kalt dazu«, sagte er. »Vielleicht lerne ich im Laufe des Winters, wie man Fische durchs Eis fängt.«

»Würdet Ihr das wagen?«, fragte sie.

Ned schluckte und verbarg seine Beklommenheit. »Eigentlich ist es ganz sicher, das weiß ich.«

Sie nickte und entfernte sich, und Ned sah sich nach Mrs Rose um. Sie trat an seine Seite. »Ich nehme etwas getrocknetes Wildbret, Mr Ferryman«, sagte sie. »Und was ist das hier?«

»Getrocknete Cranberrys, und das hier sind Blaubeeren. Ich habe sie selbst gepflückt. Sie sind sehr gut.«

»Ich verwende sie zum Kuchenbacken«, erwiderte sie. »Ich nehme ein Viertelpfund.«

»Ich bringe sie Euch in die Küche«, bot er an.

Sie legte den Kopf schräg. »Möchtet Ihr etwas erhitztes Ale gegen das kalte Wetter?«

»Sehr gern.«

Sie führte ihn in die Küche im hinteren Teil des Hauses.

»Die Nächte sind sehr lang für unsere Gäste«, wies sie leise auf die versteckten Männer hin. »Zu kalt, um hinauszugehen, also bleiben sie oben und lesen. Sie bekommen kaum je die Sonne zu Gesicht.«

»Ich werde ihnen einen Besuch abstatten, bevor ich wieder gehe«, sagte Ned. »Sie müssen sich wie Gefangene fühlen.«

»Ich an ihrer Stelle würde in die alte Heimat zurückkehren und es darauf ankommen lassen«, erklärte sie.

»Man würde sie gleich beim Einlaufen ihres Schiffes auf dem Kai hinrichten«, sagte er leise. »Es gibt keine Rückkehr für diejenigen, die den alten König zum Tode verurteilt haben. Dort wartet der Henker auf sie. Vergesst nicht, sie haben John Barkstead, John Okey und Miles Corbet gefangen genommen und hingerichtet – gehängt, gestreckt und geviertelt. Und sie waren noch nicht einmal in England – der neue König Charles ließ sie in Holland aufspüren und dann zurück nach England schleifen, wo sie getötet wurden.«

»Hier könnten sie genauso den Tod finden«, stellte sie fest. »Es gibt keine Sicherheit, dass wir alle durch den Winter kommen – mit den Wilden, diesem Wetter und dem Hunger. Kein Arzt, kein Apotheker, wenn man erkrankt. Überhaupt keine Sicherheit.«

»Warum seid Ihr dann hiergeblieben, Mrs Rose?«, fragte Ned. »Wenn es Euch solche Angst einjagt? Warum kehrt Ihr nicht nach Hause zurück, sobald Eure vertraglich vereinbarte Zeit abgelaufen ist?«

Sie drehte den Kopf weg, sodass ihre Miene von den Flügeln der Haube verdeckt wurde. »Aus dem gleichen Grund wie alle anderen«, presste sie hervor. »Ursprünglich bin ich hergekommen, weil ich die Hoffnung auf ein besseres Leben hatte. Gott rief mich, und mein Herr befahl es mir. Dass es so sein würde, wusste ich nicht. Ich habe mir Besseres erhofft, und die Hoffnung hege ich immer noch. Das Geld für die Schiffspassage zurück nach Hause habe ich sowieso nicht.«

November 1670, London

Livia war fest entschlossen, bei ihrer Ankunft in Avery House fantastisch auszusehen. Sie bezahlte einen Fährmann mit den Schillingen, die Alys ihr für ihre Ohrringe gegeben hatte, und er brachte sie zur privaten Wassertreppe von Avery House. Sie gab ihm ein Trinkgeld, damit er sie die grünen, nassen Stufen hinauftrug und ihre schwarzen Seidenschuhe nicht nass wurden.

»Überstiefel«, riet er griesgrämig.

Wortlos kehrte sie ihm den Rücken zu, um durch den Obstgarten zu gehen, vorbei an den Gartenstatuen und dem hübschen Marmorrehkitz, die Steinstufen hinauf auf die prächtige Terrasse und zu der großen Glastür an der Rückseite des Hauses.

Sir James wartete bereits auf sie und wollte sich verbeugen, doch sie glitt in seine Arme und hob das Gesicht zum Kuss, ohne auch nur den Hut abzunehmen. Die breiten Flügel ihres Hutes hinderten ihn daran, ihr einen Kuss auf die Wange zu geben. Ihm blieb nichts anderes übrig, als ihren Kuss zu erwidern und mit erstauntem Begehren zu spüren, wie sich ihre warmen Lippen öffneten, während er ihren Mund schmeckte und die feuchte Weichheit ihrer Zunge. Zölibatär aufgewachsen, traf ihn Livias schamlose Sinnlichkeit wie ein Schlag. Auf der Stelle loderte Begehren in ihm auf, das jegliche Zweifel unterdrückte. Er packte sie fester und spürte, wie sie sich in seinem Arm zurückbog, als könne er sie sich nehmen, gleich dort, auf der Terrasse.

Er zwang sich dazu, sie loszulassen und zurückzutreten, obwohl ihm das Verlangen den Atem geraubt hatte. Ihre Augen funkelten, und sie lachte. »*Allora!*«, rief sie entzückt. »Wie ich sehe, müssen wir auf der Stelle heiraten! Wir werden sonst noch die Dienstboten schockieren. Ist das die Art, wie Ihr Engländer Eure Verlobten begrüßt?«

»Verzeihung!« Schlagartig schämte er sich für sein Auftreten.

Lachend band sie die Bänder ihres Hutes auf. Die breite Seidenschleife löste sich und fiel herab, was ihn an einen Unterrock erinnerte, der beim Öffnen nackte Haut entblößte. Bei dem Gedanken errötete er und hoffte, dass es ihr nicht auffiel.

»Nein, es gibt nichts zu verzeihen!«, versicherte sie ihm. Sie hob den Hut vom Kopf und hielt ihn achtlos in der Hand, ließ ihn an den Bändern schwingen, dass die schwarze Feder über den Boden strich. »Ich bin so froh, wieder eine englische Ehefrau zu sein, bei uns Italienern heißt es nämlich, die einzige Nation, die ihre Ehefrauen wahrhaft liebe, sei die englische. Ich kann unseren Hochzeitstag gar nicht erwarten.« Sie trat ein wenig näher, damit er ihr Flüstern vernahm: »Und ich kann unsere Hochzeitsnacht nicht erwarten.«

Sein Verlangen nach ihr vertrieb jegliche Wachsamkeit aus seinen Gedanken. »Oh, Livia ... ich ...«

Sie drehte sich um, öffnete die Glastür in sein Arbeitszimmer, trat uneingeladen vor ihm ein und nahm auf seinem persönlichen Lehnstuhl am Schreibtisch Platz, als wäre sie bereits seine Gattin. Dann griff sie nach den Antwortbriefen bezüglich der Teegesellschaft und sah sie durch.

James ließ sich auf dem Besucherstuhl nieder, erleichtert, dass nun der Schreibtisch zwischen ihnen stand. »Möchtet Ihr etwas Ale? Oder Wein und Wasser? Oder Tee?«

»Sollen wir wieder Ratafia trinken?« Sie lächelte ihn an. »Ich glaube, ich werde den Geschmack für immer lieben, weil er mich stets an meinen letzten Besuch hier erinnern wird, als Ihr mir Eure Liebe gestanden und Euren Heiratsantrag gemacht habt.«

Er schenkte ihnen beiden aus der Flasche auf der Anrichte ein und sprach, während er ihr den Rücken zuwandte. »Mein Schwager George hat mir geschrieben«, sagte er. »Er hat sich für das Gesagte entschuldigt.«

»Das sollte er auch«, erwiderte sie sanft. »Ich könnte mir denken, dass wir ihm verzeihen werden, aber vergesst niemals sein ungehobeltes Betragen mir gegenüber.«

Um ihr das Glas zu reichen, musste er sich umdrehen. Er war ernst. »Er hat seinen Zweifel an der Echtheit der Statuen nicht wiederholt, aber, meine Liebe, ich fürchte ...«

Ihr Lächeln war herzlich, doch ihre Augen glänzten sehr aufmerksam. »Ihr fürchtet?« Sie lachte. »Ich will keinen furchtsamen Ehemann!«

»Jeglicher Zweifel an ihrer Echtheit wäre äußerst peinlich«, sagte er, indem er seine Worte mit Bedacht wählte. Er wusste kaum, was er sagen sollte. Insgeheim hoffte er, sie würde verstehen, dass ihm der Gedanke unerträglich war, in seinem Elternhaus fragwürdige Waren an seine eigenen Freunde zu verkaufen. »Ich kann es nicht deutlich genug unterstreichen. Falls auch nur der geringste Zweifel besteht ...«

»Es ist nur eine Meinung«, gab sie zurück. »Und wenn er sagt, dass er sich nicht wiederholen wird ...«

»Falls auch nur der geringste Zweifel an irgendeiner der Antiquitäten bestehen sollte, müssen sie alle aus dem Verkehr gezogen werden«, sagte er bestimmt. »Ich kann nicht in die Lage gebracht wer-

den, meinen Freunden etwas mit Gewinn zu verkaufen, das eventuell ...«
»Eventuell was sein könnte?«, fragte sie herausfordernd.
»Zweifelhaft.«
»Was meint Ihr damit?«, wollte sie tonlos wissen.
Er schluckte. »Gefälscht.«
Das Wort fiel in das Zimmer wie ein Stein in einen tiefen Brunnen. Sie sah ihn mit weit aufgerissenen Augen an, blieb ihm jedoch eine Antwort schuldig.
»Selbstverständlich ohne Euer Wissen ...«, fuhr er stockend fort.
»Kein Mensch behauptet, dass Ihr ...«
»Ihr seht doch selbst, dass es alles Werke von höchster Schönheit sind«, erklärte sie.
»Allerdings. Aber sind sie ...?«
»Strahlend«, erwiderte sie. »Mit dem Glanz ihres Alters.«
»Sie sind in überraschend gutem Zustand. Für derart alte Werke ...«
»Ausgesucht wurden sie von meinem ersten Gatten, einem berühmten und höchst geschmackssicheren Kunstmäzen, aus sämtlichen Dingen, die er mit seinem gewaltigen Vermögen hätte kaufen können. Jedes Kunstwerk, das Ihr hier vor Euch habt, hat er sich angesehen, hat es erwogen und als wert für seine Sammlung befunden.«
»Könnte er getäuscht worden sein?«
»Nein.«
»Hätte jemand sein echtes Kunstwerk durch eine Fälschung ersetzen können, durch die Kopie des Originals, vielleicht nach seinem Tod? Oder als die Werke eingelagert wurden? Oder als sie zu Euch verschifft wurden?«
»Nein«, wiederholte sie ausdruckslos, auch wenn beiden klar war, dass sie das unmöglich wissen konnte.
»Es ist unwahrscheinlich, dass sich mein Schwager täuscht«, sagte er sehr leise. »Er ist eine Autorität. Wenn er behauptet, ein paar der Cäsarenköpfe seien Kopien, wenn auch sehr gute, dann müssen wir auf ihn hören. Meine Liebe, er hat wahrscheinlich recht.«
»Nein, hat er nicht«, widersprach sie kategorisch. »Es ist unmöglich, dass meine Antiquitäten nicht echt sind. Und überhaupt müs-

sen wir sowieso nicht auf ihn hören. Ich werde ganz gewiss nicht auf ihn hören. Er spricht mit Euch, nicht mit mir. Ihr werdet Euch entscheiden müssen, wem Ihr Glauben schenken wollt. Dem Bruder Eurer verstorbenen Frau, der Euch Euer neues Glück übel nimmt? Oder Eurer versprochenen Frau? Eurer Verlobten?«

Sie sah die Zwickmühle, in der er steckte, und legte noch eins drauf. »Ihr habt mir Euren guten Namen und Euer Vermögen angeboten, und ich bringe Euch das meine. Dies sind jetzt Eure Antiquitäten. Sollen sie falsch sein, sollt Ihr falsch sein, wo Ihr doch Euer ganzes Leben lang darum gekämpft habt, ehrlich zu sein? Es ist eine Frage Eurer Ehre, meint Ihr nicht?«

»Eine Frage der Ehre?« Er konnte ihr kaum folgen. »Inwiefern ist es eine Frage meiner Ehre?«

»Es sind Eure Antiquitäten!«, rief sie ungeduldig. »Ihr seid mein Ehemann! Was mir gehört, gehört Euch. Würdet Ihr mit Dingen zu schaffen haben, die nicht echt sind? Seid Ihr zu so etwas wie einem Scharlatan geworden?«

»Natürlich nicht!«, rief er. »Natürlich bin ich das nicht!«

»Nun denn! Da habt Ihr's!«, erwiderte sie schlicht, als sei die Diskussion damit beendet und als habe er ihr zugestimmt.

Schweigend tranken sie den Wein aus, und sein Blick huschte zu ihrem Gesicht, weil er sehen wollte, ob sie wie seine erste Gattin war: unter eisigem Schweigen schmollend. Doch sie schenkte ihm ein strahlendes Lächeln, als sei alles in bester Ordnung, und dann bat sie ihn, sie durchs Haus zu führen. Als zukünftige Hausherrin wollte sie sich von den Schlafkammern unter dem Dach bis zu den Kellern alles ansehen, und seine Laune hob sich, als er ihr die Weinvorräte im Keller zeigte, jede Flasche sorgfältig abgefüllt und nummeriert. »Von meinem Vater und meinem Großvater und dessen Vater gesammelt«, erklärte er.

In den Weinbergen um ihr Zuhause, wo man seit Jahrhunderten Wein herstellte und nur den besten behielt, hatte sie schon viel herrlichere Keller gesehen, doch sie nickte, als sei sie zutiefst beeindruckt. »Und kein Mensch sagt Euch, sie seien zweifelhaft!«, sagte sie, als handelte es sich um einen gemeinsamen Scherz.

Er zeigte ihr die Prachträume im Erdgeschoss, die von der großen Marmoreingangshalle abgingen: das Speisezimmer, den Salon und den Empfangsraum mit der Flügeltür, die sich zur Eingangshalle hin vollständig öffnen ließ.

»Das hier ist das ideale Haus für prächtige Feste!«, rief sie.

»Meine Mutter und mein Vater luden sogar den König hierher ein«, sagte er. »Den König und den ganzen Hof.«

»Oh, das werden wir auch tun«, sagte sie sofort.

»Das war der alte König«, verbesserte er sich. »König Charles, nicht sein Sohn. Ich glaube nicht, dass der Hof heutzutage ein passender Ort für eine Dame ist.«

Sie blickte ihn an, hob die Hand und tätschelte seine Wange. »Wir werden groß sein«, sagte sie. »Und wir werden den König hierhaben. In Eurem Haus wird nichts Ungehöriges geschehen, aber wir werden den Rang einnehmen, der uns gebührt.«

In ihm erwachte jäh die Hoffnung, sie werde sein Haus zu dem machen, was es sein sollte, dass der König und das Land irgendwie so sein würden, wie sie sein sollten, dass die alte Zeit wahrlich restauriert werden würde, dass er nicht mehr so viele Zweifel über diese oberflächliche, aufpolierte Kopie seines alten Lebens würde hegen müssen. Er nahm sie bei der Hand, um sie nach oben zu führen und ihr die Schlafgemächer zu zeigen. Sie waren allesamt gegen Motten und Staub mit Leinentüchern verhängt. Nur in seinem eigenen Schlafzimmer, das auf den Garten und den Fluss hinausging, waren das Bett gemacht und die Läden geöffnet, um den Sonnenschein hereinzulassen.

»Ihr schlaft hier?«, fragte sie und lehnte sich ans Bett.

»In der Tat.«

»Nicht in dem großen Schlafzimmer mit dem Himmelbett?«

»Das war das Zimmer, das ich mir mit meiner Ehefrau geteilt habe. Es ist zu groß für einen allein, und ich komme nicht oft nach London.«

»Aber wir werden es benutzen, das große Schlafzimmer?«

»Ja«, sagte er. »Wenn wir London besuchen. Und wir müssen entscheiden, wann unsere Hochzeit stattfinden soll. Wir werden in meinem Zuhause auf Northside Manor in Yorkshire heiraten. Ich werde nach Hause fahren und nach Euch schicken, und wir werden das Aufgebot in meiner Pfarrkirche verkünden.«

»Ich dachte, wir würden gleich heiraten!«, sagte sie. »Haben wir uns nicht darauf geeinigt, gleich zu heiraten?«

»Ja, aber das geht nicht«, setzte er an.
Ihr Blick war messerscharf. »Ihr habt es mir versprochen.«
»Ich muss in meiner eigenen Pfarrei heiraten«, erklärte er sanft.
»Ich kann nicht heimlich heiraten, Hals über Kopf, als hätten wir etwas zu verbergen. Ich muss in der Kirche heiraten, wo meine ganze Familie getauft und verheiratet und begraben worden ist.«
»Sollen wir dann gleich zu Euch nach Hause fahren?«
»Ich werde es vorbereiten müssen ...« Auf einmal stockte er, als ihm ein Gedanke in den Sinn kam. »Ihr seid doch protestantisch? Ihr seid vom reformierten Glauben?«
Daran hatte sie nicht gedacht. »Ich bin römisch-katholisch«, gab sie zu. »Aber ich habe nichts dagegen einzuwenden ...«
»Wo war ich nur mit meinen Gedanken? Bevor wir heiraten können, werdet Ihr in der anglikanischen Kirche unterwiesen und konfirmiert werden müssen«, sagte er. »Ich werde einen Pfarrer für Euch suchen, hier in London, der Euch Religionsunterricht erteilt. Wenn er die Taufe und Konfirmation an Euch vollzogen hat, werdet Ihr zu mir nach Northside Manor kommen, und wir können heiraten.«
»Es ist unnötig ...«
»Meine Liebe, es muss geschehen.«
»Ich kann mich sofort taufen lassen. Ich kann doch bestimmt morgen getauft werden!«
»Nicht ohne Unterricht. Bei der Religion geht es um Verständnis, nicht einfach um Glauben.«
Sie konnte ihren Ärger nicht verbergen. »Aber wie lange wird das alles dauern?«, wollte sie wissen.
James dachte einen Moment nach. »Sechs Monate? Nicht länger als ein Jahr.«
»Wir können doch kein Jahr mit unserer Hochzeit warten!«, rief sie schrill.
»Warum nicht? Wir sind jung.«
»Aber wir wollen auf der Stelle ein Kind!«
Er nahm ihre Hand und küsste sie. »Einen echten Avery, von einem protestantischen Vater und einer protestantischen Mutter, getauft in der Pfarrkirche von Northallerton.«
»Aber ich dachte, Ihr wäret sowieso Katholik?«

»Herangezogen wurde ich im wahren …« Er verkniff sich den ketzerischen Ausdruck. »Zwar habe ich Euch erzählt, dass ich als Katholik aufgewachsen bin, aber meine Eltern und ich mussten unseren Glauben aufgeben, um nach Hause zurückkehren und unsere Ländereien zurückfordern zu können. Dieser Akt war sehr schmerzhaft für mich, sehr verlustreich für meinen Stolz und meine Seele. Es fühlte sich falsch an, es zehrt immer noch an mir. Aber ich werde keinen Zweifel an meinem Anrecht auf meine Ländereien und bezüglich des Erbes meines Sohnes zulassen. Als Katholik wäre mir jegliches öffentliche Amt verwehrt, aber ich bin dazu geboren, meiner Gemeinde zu dienen und sie anzuführen. Meine Ehre gebietet es mir, diese Pflichten zu erfüllen. Also dürfen meine Ehefrau und mein Erbe niemals infrage gestellt werden. Ihr werdet sofort konvertieren müssen – selbst der kleine Matteo wird durch eine Taufe in die Kirche von England aufgenommen werden müssen. Ich kann keinen Zweifel an der Zugehörigkeit irgendeines Haushaltsmitglieds dulden.«

Sie hob die Hände. »Halt! Halt!«, bat sie eindringlich. »Seid nicht so ernst, mein Schatz, so feierlich angesichts einer solch glücklichen Angelegenheit! Wir werden heiraten, in welcher Kirche auch immer Ihr wollt, und Matteo kann gleichzeitig getauft werden. Er kann Euren Namen annehmen und Euer Sohn sein. Aber ich kann nicht ewig warten. Wir müssen in diesem Jahr heiraten, noch vor Weihnachten. In dem schrecklichen kleinen Lagerhaus überlebe ich den Winter nicht – Ihr habt ja keine Ahnung, wie unbequem und voll es dort ist. Ich würde ganz bestimmt krank werden, es würde mich krank machen. Vor Wintereinbruch muss ich Lady Avery sein.«

»Könnt Ihr nicht umziehen?«, fragte er unbehaglich. »In ein anderes Haus, wenn es dort so unerträglich ist? Warum benötigt Ihr meinen Namen? Weshalb würde es einen Unterschied machen? Und Matteo muss doch wohl gewiss den Namen seines Vaters behalten, meine Liebe. Würden sie nicht glauben, dass ich ihn ihnen wegnehmen will?«

Sofort erkannte sie, dass sie zu schnell für ihn gewesen war, und verbarg ihre Ungeduld. Sie trat näher und legte die Hände an den prachtvollen Samt seines Jackettrevers. »Ich will Eure Liebe und Euren Schutz, ich möchte an einem warmen Ort sein«, flüsterte sie.

»Das ist alles, was mir durch den Kopf geht. An einem warmen Ort mit Euch. Wollt Ihr mich nicht dort haben, in Euren kalten Nächten im Norden? Wenn draußen der Wind heult und der Schnee bis an die Tür geweht wird, werdet Ihr mich dann nicht zur Gesellschaft haben wollen? Zu Eurem Vergnügen?«
Sie legte die Hände in seinen Nacken, und ein Schauder lief seine gesamte Wirbelsäule hinab, als hätte sie sein Innerstes berührt. Auf der Stelle vergaß er jegliche Vorsicht. Sie zog seinen Kopf zu sich wie zum Kuss, doch als er sich vorbeugte, lehnte sie sich zurück, zog seinen Mund an ihren entblößten Hals und ließ sich nach hinten aufs Bett fallen. Im nächsten Moment lag er auf ihr. Instinktiv wollte er sich erheben, sich entschuldigen, doch sie hielt ihn fest gepackt, schlang die Arme um ihn, öffnete den Mund und bog den Rücken durch, bis er mit einem Aufkeuchen entschied, dass er sich nicht zurückhalten konnte. Während er sich verzweifelt danach sehnte, in sie einzudringen, hantierte er an seiner Kniebundhose herum und zog gleichzeitig ihr Trauerkleid aus dunkler Seide hoch, ihren seidenen Unterrock. Mit einem freudigen Stöhnen drang er in sie ein. Sogleich schob sie sich an ihn und drängte ihn weiter.
»Mein Gott! Verzeiht mir!«, sagte er in dem Moment, in dem er wieder einen klaren Gedanken fassen konnte. »Verzeiht mir! Niemals hätte ich das tun dürfen! Ich wollte nicht ...«
Im ersten Moment lag sie ganz reglos da, dann wandte sie ihm träge den Kopf zu. Als sie die Augen öffnete, erblickte sie sein verstörtes Gesicht und merkte, dass sie ihn beruhigen musste. Sogleich fand sie die richtigen Worte: »Oh, es war ebenso meine Schuld«, erklärte sie reuevoll. »Denn ich habe Euch geküsst. Ich habe so ein Verlangen verspürt ...«
Zutiefst beschämt über sich selbst stand er schnell auf und richtete seine Kleidung. »Und das noch in meinem Haus! Wo Ihr doch mein Gast seid!«, sagte er fast zu sich selbst. »In meiner Obhut. Unter meinem Schutz! Gott verzeih mir ...«
»Ach, ja.« Sie setzte sich auf und rückte ihre Haube zurecht. »Schließlich sind wir verlobt. Eine große Sünde war es nicht.«
Er verstand ihre Gelassenheit über diesen Angriff auf ihre Ehre nicht. »Vielleicht keine Sünde! Aber ein derartiger Bruch ... Verzeiht mir, Livia. Habe ich Euch wehgetan?«

Ihr war klar, dass er zutiefst erschüttert war und sie ihm zustimmen musste. Sie sprang vom Bett auf, als beschäme es sie, dort zu liegen. Dann senkte sie den Kopf, sodass er nur noch die bezaubernde Linie ihrer dunklen Augenbrauen und die dunklen Wimpern auf ihren Wangen sehen konnte. »Natürlich habt Ihr mir ein wenig wehgetan. Etwas anderes war nicht zu erwarten. Ein Mann wie Ihr ...« Sie wandte das Gesicht ab, wie um ihr Erröten zu verbergen.
»Ich bin ein Rohling.« Er sank vor ihr auf die Knie, und sie beugte sich vor und drückte seinen Kopf zwischen ihre vollen Brüste, sodass er ihr Rosenblätterparfüm und die Wärme ihrer Haut wahrnahm. Wieder regte sich Begehren in ihm.
»Aber jetzt müssen wir auf der Stelle heiraten«, flüsterte sie ihm zu. »Es kann keinen Aufschub mehr geben.«
»Ja, ja«, stimmte er zu, seine Lippen an der glatten Haut ihres Halses, während sie seine Hand unter dem engen Seidenmieder zu ihrer Brust führte.
»Denkt doch nur! Vielleicht haben wir bereits ein Kind gezeugt!«, flüsterte sie. »Wir werden jetzt heiraten müssen.«
»Mein Gott! Ja«, sagte er. »Selbstverständlich. Livia, vertraut mir! Euer Name, Eure Ehre, sie sind bei mir in Sicherheit. Glaubt mir! Ich werde sofort nach Northallerton abreisen und das Aufgebot verkünden lassen. So bald wie möglich lasse ich nach Euch schicken. Und in der Zwischenzeit werde ich einen Pfarrer bestellen, der Euch hier in London unterweist, und ihm sagen, dass Ihr auf der Stelle konvertieren müsst. Ich muss nicht sagen, warum: Es gibt viele Leute, die übertreten, um die Strafen zu umgehen. Und Matteo kann, wie Ihr sagt, bei unserer Hochzeit getauft werden ...«
Sie stand auf und strich ihr zerknittertes schwarzes Kleid glatt. »Sehr schön«, sagte sie lächelnd. »Natürlich soll es ganz so sein, wie Ihr es wünscht, mein Lieber. Wir werden es genauso machen, wie Ihr wollt. Solange es sofort geschieht. Vor Weihnachten.«
Er griff nach ihrer Hand und drückte Küsse hinein. »Ihr verzeiht mir?«
Anmutig senkte sie das Gesicht auf ihre miteinander verschränkten Hände und küsste zur Antwort seine Finger. »Ihr seid mein Ehemann«, flüsterte sie. »Ich werde Euch immer verzeihen, alles.«

Alles war für die Ankunft ihrer Gäste bereit. Es handelte sich nur um ein halbes Dutzend Gentlemen, und sie hatten keinerlei Interesse an dem Tee, auf dem Livia bestanden hatte. Zwei von ihnen nahmen Brandygläser mit, als sie in den Garten spazierten und sich die Statuen, die über Fallobst gebeugten Apfelbäume und den Fluss dahinter ansahen. Die Übrigen tranken kalten Rheinwein und unterhielten sich in der Galerie mit Livia.
Niemand erwähnte Geld, und ein Blick auf James zeigte ihr, dass er unfähig war, das Thema seinen Freunden gegenüber anzusprechen, obwohl sie zwecks Abschluss eines Kaufes zu ihm nach Hause gekommen waren.
Sie hakte sich bei Sir Morris unter, einem hässlichen Mann mittleren Alters in einem überaus teuren Mantel, und lächelte zu ihm empor. »Ihr müsst mir meine Kühnheit verzeihen«, sagte sie. »Aber diese Antiquitäten sind mein Witwengut. Ich muss sie zugunsten meines kleinen Sohnes verkaufen. Ich kann es keinem sonst überlassen, denn niemand in England, außer seltene Kenner wie Ihr, versteht etwas von Marmor, niemand außerhalb Italiens würde ihren Wert begreifen. Also muss ich ganz unverblümt mit Euch sprechen.«
»Mit Vergnügen.« Er grinste anzüglich. »Ich habe überhaupt nichts dagegen, mit einer Dame Geschäfte zu machen. Auch wenn es zum ersten Mal um Marmor geht!«
»In der Tat«, erwiderte sie kühl. »Ihr seid an den Cäsarenköpfen interessiert?«
»Ich habe meinen Verwalter das Speisezimmer ausmessen lassen. Sie passen allesamt hinein, sagt er. Wenn ich sie will. Und ich habe einen Mann, der Kunst für mich erwirbt, er wird herkommen und einen Blick darauf werfen, bevor ich einen Vertrag abschließe.«
Mit einer ruckartigen Bewegung faltete sie ihren schwarzen Fächer auf und sah ihn darüber hinweg an. »*Perdono!* So kühn bin ich nicht!«, protestierte sie. »Ich kann nicht mit Maklern und Vertretern verhandeln. Ihr müsst mich entschuldigen.«

Sie hatte ihn überrascht. »Zu dem Preis würde ich kein Pferd ohne Beratung kaufen.«
»Dies sind Cäsaren, keine Pferde.«
»Es ist eine Frage der Provenienz«, sagte er.
»Genau. Sie stammen aus der Sammlung der Familie Fiori, der Familie meines ersten Gatten. Ihre Provenienz ist tadellos.«
»Ja, wohl wahr. Aber es ist selten, einen vollständigen Satz zu haben, nicht wahr?«
»Äußerst selten«, sagte sie, ohne mit der Wimper zu zucken. »Deshalb sind sie so teuer.«
»Ihr haltet sie für teuer?«
»Wäre es Euch lieber, wenn sie billig wären?«
Unwillkürlich musste er über ihre Verachtung für das Wort »billig« lachen.
»Nobildonna, ich gebe mich geschlagen. Ich werde sie kaufen, ohne jemanden zu bitten, sie sich anzusehen.«
»Aber nur, wenn ich sie Euch auch verkaufen werde …«, entgegnete sie über ihren Fächer hinweg. »Vielleicht bin ich mir nicht sicher, ob Ihr sie ausreichend wertschätzt?«
»Wenn Ihr so gütig sein wollt«, erwiderte er. »Flehe ich Euch jetzt also an, mir mein Geld abzuknöpfen? Sagten wir zweihundert Pfund?«
»Wir sagten zweihundert Guineen.«
Er griff in eine Jacketttasche und zog ein gefaltetes Blatt Papier hervor. »Ein Zahlungsversprechen«, sagte er. »Bei meinem Goldschmied. Sofort.«
Sie nahm es entgegen, ohne einen Blick darauf zu werfen, als verachte sie gewöhnliche Geschäftspraktiken.
»Ihr überprüft es nicht?«, fragte er.
Sie sah ihn mit aufgerissenen Augen an. »Muss ich das? Würde ich die Worte eines Gentlemans infrage stellen?«
Er verbeugte sich leicht. »Ihr seid großartig«, lobte er, als sei sie eine Schauspielerin in einem der neuen Theater.
»Soll ich Euch die Antiquitäten schicken, oder werden Ihre Leute sie abholen?«, fragte sie.
»Ich werde jemanden schicken«, sagte er. »Ich lasse sie in mein Haus auf dem Land bringen. Es ist ein Vergnügen, mit Euch Geschäfte zu machen, Lady Peachey.«

Sie legte den Kopf schräg und trat ein wenig näher. »Und ich habe noch mehr«, flüsterte sie. »Ich habe eine liegende Frauenfigur im schönsten Marmor, völlig nackt, eine ruhende Venus, mit einem Delfin unter den Füßen, sein Kopf zwischen ...« Sie drehte sich zur Seite und hob den Fächer, um ihr Erröten zu verbergen. »An ihren Schenkeln. Der Kontrast zwischen der Haut des Delfins und ihrer ... es ist sehr schön. Die großen antiken Künstler stellten Schönheit über alles ...«, fing sie sich wieder. »Wir Modernen, wir sind von den Grenzen der Sittsamkeit eingeschränkt. Aber nicht blind, wie ich hoffe. Dies ist ein privates Kunstwerk, für das Arbeitszimmer eines Gentlemans oder seine private Galerie.«

»Ich würde die Venus gern sehen«, sagte er begierig. »Ganz nackt, ja?«

»Ich müsste veranlassen, dass sie vom Lager meines verstorbenen Gatten in Venedig verschifft wird«, erklärte sie. »Ich könnte Euch eine Zeichnung zeigen, und Ihr könntet sie bestellen. Ohne garantierten Käufer könnte ich es nicht auf mich nehmen, sie zu importieren. Ich würde sie Euch direkt liefern müssen, denn ich könnte sie nicht in Sir James' Haus ausstellen. Dieses Werk ist derart ...«

Er neigte den Kopf, um ihr Flüstern zu verstehen.

»*Infiammando*«, hauchte sie.

»Feurig?«

Livia nickte nur, die dunklen Mandelaugen sittsam zu Boden gesenkt.

»Ganz gewiss für eine Lady, aber für einen Mann von Welt wie mich?«

»Es ist für jedermann *indecente*«, versicherte sie ihm mit abgewandtem Kopf, zutiefst verschämt. »Sie käme auch dem König selbst unanständig vor, und wir wissen alle, dass er ein Auge für Kunst hat.«

»Wie viel?«, fragte er, ein wenig schwer atmend.

»Ach, meine Venus, meine unanständige Venus, würde fünfhundert kosten.«

»Guineen?«

Sie wandte den Kopf zurück und lächelte. »Genau.«

Während der letzte Gast das Haus verließ, wartete James in seinem Arbeitszimmer auf Livia. Lächelnd trat sie ein und zeigte ihm Sir Morris' Schuldschein. »Wollt Ihr das hier für mich aufbewahren?«, fragte sie. »Ich wage es nicht, ihn ins Lagerhaus mitzunehmen. Ich habe solche Angst vor Diebesgesindel oder Feuer!«

»Ich werde ihn morgen einlösen«, sagte er. »Soll ich das Gold für Euch bei meinem Goldschmied aufbewahren?«

»Ja«, sagte sie. »Das wäre am besten, danke.«

Er betrachtete die Summe. »Ihr müsst erfreut sein«, sagte er nur.

»Das bin ich«, stimmte sie ihm zu. »Für die armen Frauen.«

Er wartete, während sie ihren Hut aufsetzte und sich einen leichten Umhang gegen die kalte Abendluft um die Schultern legte. Dann ergriff sie seinen Arm und ließ sich von ihm durch den Garten zum Fluss führen. Glib lief voraus, um ein Boot an den Landungssteg von Avery House zu rufen.

»Was für ein schöner Abend.« Sie seufzte. »Was für einen wunderbaren Tag wir verlebt haben.«

Sie wartete auf eine Antwort, und als er schwieg, blieb sie oben an den Stufen zum Steg stehen. »Oh! Das war mir ganz entfallen! Wie töricht von mir. Alys wird für die Verschiffung und den Wagen bezahlt werden wollen.«

»Sofort?«, fragte er überrascht.

»Mein Lieber, sie leben so ärmlich, sie mahnt mich nun schon seit Wochen. Ihr habt ja keine Ahnung! Es ist recht ungemütlich für mich gewesen ...«

»Ich werde morgen Euer Geld vom Goldschmied schicken lassen ...«, schlug er vor.

»Nein, nein, ich brauche es gleich. Sie wird auf mich warten, um meine Tasche zu leeren. Sie wird heute Abend damit rechnen.«

»Ihr wird doch wohl klar sein, dass man Euch in Form eines Wechsels bezahlen würde?«

»Mein Lieber, sie handeln ausschließlich in Münzen«, antwortete sie. »Sie verwahren all ihre Einnahmen in einer Truhe in ihrem Kontor. Ich bezweifle, dass sie je einen Schuldschein zu Gesicht bekommen haben!«

»Natürlich ...« Zögerlich griff er in die tiefen Taschen seines Jacketts. »Soll ich Euch jetzt etwas Geld geben?«

»Das wäre so lieb«, sagte sie. »Ich sollte auch meiner Schwiegermutter etwas für die Haushaltsführung geben.«
Er zog einen schweren Geldbeutel hervor und schüttete fünf Goldguineen heraus. »Reicht das?«
Sie griff danach und hauchte: »Danke, Ihr seid sehr aufmerksam. Vielleicht zehn? Ich möchte mich auf keinen Fall vor Alys in Verlegenheit bringen. Sie ist sehr habsüchtig.«
»Das war sie schon immer«, versicherte er ihr und reichte ihr den ganzen Geldbeutel, der in dem Schlitz verschwand, der in das Taillenband ihres Rockes genäht war. Er verbeugte sich und küsste ihre Hand, bevor er ihr die Treppe hinunter ins Heck des wartenden Bootes half, während Glib auf den Sitz im Bug kletterte. Der Bootsführer nickte Sir James zu und ruderte los.
Dank der tief über dem Fluss stehenden Sonne glitt das Boot auf dem immer dunkler werdenden Wasser an seinem eigenen Schatten entlang. Der Wind kam vom Meer her, und das Boot schaukelte sanft auf den kleinen Wellen. Livia achtete nicht auf die an ihr vorüberfliegenden Vögel, die sich für die Nacht niederließen, oder auf die Schönheit des Mondes, der vor ihr aufging. Sie blickte zurück zur Wassertreppe von Avery House, zu den Baumkronen des dahinter verborgenen Parks und dachte dabei nur an das herrschaftliche Haus und das Vermögen der Averys, von dem es erbaut und aufrechterhalten worden war. Und an die zehn Guineen in ihrer Tasche.
Der Fährmann legte an den Horsleydown Stairs an, und Glib zahlte mit Sir James' Geld und stieg zuerst aus dem Boot, um Livia die glitschigen Stufen hochzuhelfen. »Ihr könnt gehen«, entließ sie ihn, sobald sie oben ankam.
Er zögerte. Ihm war aufgetragen worden, sie bis ins Lagerhaus zu bringen, und er hoffte, dass sie ihn vielleicht für seine Rückfahrt mit dem Boot bezahlen werde.
Sie schnippte mit den Fingern vor seinem Gesicht. »Habt Ihr mich nicht gehört? Los!«
Er verbeugte sich und machte sich zu Fuß auf den Rückweg nach Avery House, während Livia die armselige Haustür öffnete und die dunkle kleine Diele betrat.
Alys wartete auf sie. »Ich habe dir etwas vom Abendessen aufgehoben«, sagte sie eifrig. »Ich habe auf dich gewartet!«

»Ich bin sehr müde«, sagte Livia verdrossen. »Ich will nichts.«
»Oh! Möchtest du etwas Suppe? Oder ein Glas ...«
»Ich habe gesagt: Ich will nichts! Ich glaube, ich gehe gleich zu Bett.«
»Wie war es?«, fragte Alys. »Ist es gut gelaufen? Hast du ...?«
»Du willst wohl Geld«, sagte Livia unfreundlich.
»Nun, natürlich! Aber ich habe auch gehofft, dass du einen guten Tag hattest. Ich habe auf dich gewartet. Ich habe an dich gedacht. Als es dunkel wurde, hatte ich schon Sorge, dass du nicht ...«
»Was?«, entgegnete Livia. »Dass ich keine Tasche voll Schillinge nach Hause bringe, wie es dein Sohn und deine Tochter machen müssen? Natürlich nicht! Ich habe meine Einnahmen in die Obhut von Sir James gegeben, der sie bei seinem Goldschmied hinterlegen wird! Dachtest du, ich würde wie eine Diebin einen Geldbeutel in mein Mieder stecken?«
»Ich habe tatsächlich darauf gehofft, dass du heute Abend Geld mit nach Hause bringen würdest«, räumte Alys ein. »Meine Liebe, wir brauchen es! Das Lagerhaus hat Geld für die Verschiffung ausgelegt, für den Wagen und für die Leichterschiffer. Außerdem haben wir eine zweite Schiffsreise in Auftrag gegeben. Ich kann die Schulden nicht stehen lassen! Das habe ich dir doch gesagt? Und du hast gesagt, du würdest ...«
Livia stellte den schwarzen Seidenschuh auf die unterste Treppenstufe. »Ich habe heute ein Vermögen verdient, mehr, als ihr in einem Jahr verdienen könntet, ja, in zehn Jahren! Ich habe dir gesagt, dass ich das tun würde, und natürlich werde ich meine Schulden begleichen, aber ich werde mein Geld nicht dafür berappen, deine Kinder durchzufüttern, und auch nicht für ein Dienstmädchen, das noch nicht einmal kommt, wenn es gerufen wird.« Sie öffnete den Geldbeutel in ihrer Tasche und zog fünf Münzen heraus. »Hier sind fünf Guineen, den Rest bekommst du später. Ich hätte es dir beim Frühstück gegeben, es war nicht nötig, dass du aufbleibst und mir deswegen an der Türschwelle auflauerst.«
»Ich wollte mich nur vergewissern, dass du sicher nach Hause kommst!«
»Du wolltest dich vergewissern, dass das Geld sicher nach Hause kommt! Dir liegt nur am Geld. Bleib nicht noch einmal wach und warte auf mich, es sei denn, ich bitte dich darum.«

November 1670, London

Johnnie ordnete sein Stehpult im Kaufmannskontor, während die frühe Abenddämmerung die hohen, schmutzigen Fenster verdunkelte. Die anderen Schreiber zogen gerade ihre Jacken und Hüte an und brachen gleichzeitig auf, doch er ging nicht mit ihnen zum Bäcker oder ins Kaffeehaus. Stattdessen ging er nach unten zum Fluss und stellte sich an eine Treppe. Die Ebbe schlug auf den grünen, unkrautüberwucherten Stufen gegen seine Füße, eine Brühe aus Abfällen, Stofffetzen, einer zerrissenen Haube, einer Seite aus einem Katalog, ein paar Holzstückchen, etwas Stinkendem und Totem. Doch er blickte an dem Treibgut vorbei zum Horizont. Der Fluss erschien ihm selbst in der Abenddämmerung wie ein Wald aus schwankenden Masten, während Schiffe mit eingeholten Segeln von arbeitsamen Lastkähnen stadteinwärts geschleppt wurden oder mitten im Kanal vor Anker lagen, wo sie abwarteten, bis sie an der Reihe waren, an den Legal Quays ihre Fracht zu verzollen und zu löschen.

Als Kind des Lagerhauses zählte Johnnie gewöhnlich die Schlange aus wartenden Schiffen und hielt nach den Namen derer Ausschau, die oft an den Reekie-Kai kamen. Doch heute Abend hatte er keine Augen für sie, sondern blickte weiter nach Osten, wo die dichten grauen Wolken den Himmel am dunklen Horizont mit dem Meer verschmelzen ließen.

Er war zuversichtlich, dass Sarah auf Kapitän Shores Schiff in Sicherheit sein und mit allem fertigwerden würde, was ihr in Venedig begegnete. Zwar war sie erst einundzwanzig Jahre alt, doch sie beide waren auf den Straßen, in den Hintergassen und auf den Kais von St Olave's aufgewachsen, und er wusste, dass sie keine Närrin war. Sie hatte genug Wüstlinge gesehen, die im Modewarengeschäft Tand für ihre Geliebten kauften, um sich nicht durch ein paar geschickte Worte täuschen oder verführen zu lassen. Sie hatte mit angesehen, wie andere Lehrmädchen die Werkstatt in einer Kutsche verlassen hatten und barfuß zurückgekommen waren. Als Kind des Küstenhandels hatte er keine Angst um sie auf dem Meer. Er hatte großes Vertrauen in die Weisheit seiner Großmutter und war sicher, dass seine Schwester auf eine Mission geschickt worden war, die sie gut erfüllen konnte. Doch er war die eine Hälfte eines Zwillingspaars und hatte, während Sarah sich immer weiter entfernte, das Gefühl, als fehle ein Teil seiner selbst.

Er ging am Kai von einer Treppe zur nächsten, ohne zu wissen, wohin ihn sein Weg in der sich zusammenbrauenden Dämmerung führte. Ihm wurde gewahr, dass er eine Art Mahnwache abhielt, dass seine Familie bis zu ihrer Rückkehr zerstreut sein und er keinen Trost kennen würde, bis er wusste, dass sie in Sicherheit war. Jetzt begriff er, wie es für seine Mutter gewesen war, als ihr Bruder Rob fortgegangen war; für seine Großmutter, als ihr Bruder Ned in die Neue Welt aufgebrochen war.

Da er nun durch die Dämmerung spähte, als könnte er Sarah über die weite Entfernung hinweg auf dem Meer sehen, wusste er, dass seine Großmutter mit Sicherheit sagen konnte, ob ihr eigener Sohn tot war oder ob er lebte.

November 1670, London

Sarah war beinahe eine Woche von zu Hause fort, als Alinor die schmale Stiege hinunterkam und Alys im Kontor auf der anderen Seite der engen Diele aufsuchte.

»Alys, ich muss mit dir sprechen.«

Sofort glitt Alys von ihrem Schemel an dem Stehpult, an dem sie arbeitete. »Ma? Bist du krank?«

»Nein.« Alinor lächelte. »Nein, mir geht es gut. Aber ich habe dir etwas zu sagen.«

»Sollen wir in die Stube gehen?« Alys streute etwas Sand über das Hauptbuch, um die sorgfältig notierten Zahlen zu trocknen, markierte die Stelle mit einem Lesezeichen, schlug das Buch zu und durchquerte die Diele. Sie ließ ihre Mutter in der Nähe des Kamins sitzen. »Soll ich Feuer machen?«

»Nein, ich gehe gleich wieder nach oben.«

Keine von beiden Frauen hätte ein Feuer entfacht, das in einem leeren Zimmer brennen würde. Es war eine der zermürbenden Sparmaßnahmen, die sie ihr ganzes Leben lang praktiziert hatten.

»Schließt du die Bücher ab?«, fragte Alinor. »Stimmt wieder alles? Nach Livias Zahlungen?«
»Ja! Endlich können wir unsere Schulden begleichen«, sagte Alys. »Sie hat uns gerade noch rechtzeitig bezahlt, es war sehr knapp.« Sie schloss die Tür zur Wohnstube, wie um die bedrohliche Möglichkeit des Bankrotts auszusperren. »Ich habe mit Tabby abgerechnet und ihr etwas extra für ihre Geduld gegeben, und ich werde Kapitän Shore bezahlen können, wenn er mit der Ladung zurückkehrt. Aber wir haben keinen Überschuss. Es ist knapp – zu knapp«, gestand sie.
»Und wo ist Livia jetzt?«, wollte Alinor wissen.
»Bei ... bei den Statuen«, erwiderte Alys. Ihrer Mutter gegenüber erwähnte sie Sir James niemals namentlich.
»Schon wieder?«, fragte Alinor verblüfft. »Ich dachte, sie seien verkauft?«
»Jetzt überwacht sie das Verpacken und die Verschickung an die Käufer.«
»Wird sie uns an ihrem Gewinn beteiligen?«, fragte Alinor neugierig.
Alys errötete leicht. »Sie hat bezahlt, was sie uns für die Verschiffung der ersten Ladung geschuldet hat, sie schuldet uns immer noch das Geld für den zweiten Auftrag«, erklärte sie. »Um eine Gewinnbeteiligung habe ich nicht gebeten. Schließlich ist es ihr Witwengut aus ihrer ersten Ehe, wir haben keinerlei Ansprüche darauf. Außerdem hat sie sowieso vor, ein Haus zu kaufen, in dem wir alle wohnen können. Darauf spart sie. Wir werden Partner sein.«
»Müssten *wir* nicht das Lagerhaus kaufen?«, fragte Alinor. »Ein neues Lagerhaus, in dem sie ihre Antiquitäten ausstellen kann?«
Alinor lief rot an. »Als Partner, ja. Ich weiß, dass sie ehrgeizig ist, Ma, aber das könnte uns ein besseres Haus und einen besseren Lebensstandard bescheren, als wir es uns je erträumt haben.«
Durch die Fenster, deren Läden nicht geschlossen waren, drang kalte Zugluft. Alinor zog ihr Tuch fester um die Schultern.
»Du frierst. Ich mache Feuer für dich.« Alys erhob sich, um etwas Glut aus der Küche zu holen.
»Nein, nein, ich bleibe nicht unten. Ich bin heruntergekommen, um dir etwas zu sagen.«
Alys nahm auf einem Schemel zu Füßen ihrer Mutter Platz und

blickte auf in das mitgenommene, aber immer noch schöne Gesicht. »Ja, Ma?«
»Sarah ist nicht zu Besuch bei einer Freundin. Ich habe ihr einen Auftrag erteilt.«
»Ach ja?«
»Einen langwierigen Auftrag, fürchte ich. Ich habe sie nach Venedig geschickt, meine Liebe. Um Rob zu suchen.«
Im ersten Moment konnte Alys nicht glauben, was sie da hörte. »Was?«
»Ich wusste, dass es dir nicht gefallen würde, also habe ich ihr befohlen, es geheim zu halten. Sie wollte unbedingt fahren, da habe ich sie mit etwas Geld losgeschickt ...« Sie brach ab und lächelte. »Und dem roten Geldbeutel mit den alten Münzen. Sie ist mit Kapitän Shore in See gestochen, und sie wird im neuen Jahr mit ihm zurückkommen.«
Alys stand auf. »Du hast Sarah nach Venedig geschickt? Meine Tochter? Ohne mir Bescheid zu geben?«
»Ja, es tut mir leid.«
»Ma ... Ich fasse es nicht ... Du hast Sarah fortgeschickt?«
»Ja.«
»Aber wozu?«
Alinor verschränkte die schmalen Hände im Schoß. »Weil ich nicht glaube, dass Rob tot ist«, sagte sie sehr leise. »Ich glaube es nicht. Also habe ich Sarah losgeschickt, damit sie sehen kann, was sie herausbekommt. Und wenn es nichts gibt und er tot ist, dann habe ich sie darum gebeten, etwas von ihm zurückzubringen, was man mir in den Sarg legen kann, wenn ich dereinst auch tot bin.«
Alys sprang auf, war in zwei Schritten am Fenster und kehrte dann zu ihrer Mutter zurück. »Ich weiß gar nicht ... Ma, was hast du getan?«
»Sarah empfindet wie ich – beide Kinder tun es. Dass mehr hinter Livias Geschichte steckt, als sie uns preisgibt. Und ich weiß – ich weiß tief im Herzen, dass Rob nicht tot ist. Ich weiß es einfach. Er ist kein junger Mann, der im Wasser stirbt, nicht, wenn er an Land schwimmen konnte, nicht wenn er auf verborgenen Pfaden nach Hause finden konnte. Herrgott, Alys – denk doch nach! Er ist in Foulmire herangewachsen, er wäre niemals in seichtem Wasser er-

trunken. Wenn es mir gut genug ginge, wäre ich selbst hingefahren. Aber Sarah hat die Chance gern ergriffen.«

»Wie konntest du sie nur schicken? Meine Tochter im Geheimen schicken? Nach Übersee? Ma, wie konntest du nur?« Alys blickte aus dem Fenster, als erwartete sie, dass die Segel von Sarahs heimkehrendem Schiff auftauchen würden.

»Meine eigene Tochter! Und du hast sie dazu gebracht, es geheim zu halten!«

»Wir haben es dir nur nicht erzählt, weil wir wussten, dass es dir nicht gefallen würde ...«

»Womit ihr recht hattet!«, fiel Alys ihr ins Wort.

»Und weil wir Livia nicht vertrauen«, sagte Alinor unbeirrt. »Sie hat dich um den kleinen Finger gewickelt.«

Alys lief hochrot an. »Ma!«

»Sie behandelt dich, wie es noch nie jemand getan hat. Sie redet verächtlich mit dir, als wärest du ihre Dienstbotin, und dann gibt sie dir Geld, als könnte sie deinen Stolz kaufen.«

»Ich habe schon gehört, wie Leute schlimmer mit dir geredet haben«, entgegnete Alys.

»Ja. Viele. Aber sie haben nie im nächsten Atemzug behauptet, dass sie mich lieben. Sie haben mich herumkommandiert, und ich habe es gehasst. Ich habe sie nicht dafür geliebt.«

»Sie ist Robs Witwe ... Was ist nur los mit dir? Warum vertraust du ihr nicht? Sie hat ihre Schulden beglichen, sie wird uns ein Zuhause verschaffen! Sie ist dir eine wahre Tochter. Sie wird ein neues Haus für uns suchen, wo es Platz für uns alle geben wird, und einen Garten, und saubere Luft. Sie ist die Retterin unserer Familie! Sie ist hierhergekommen, obwohl sie überallhin hätte gehen können. Sie ist hiergeblieben, obwohl es hier so ärmlich und heruntergekommen und so unter ihrem Niveau ist. Und sie hat unser Lagerhaus und unseren Kai benutzt, um ihr wertvolles Witwengut zu importieren, und hat es zu unserem Nutzen verkauft. Sie liebt uns! Sie liebt mich!«

Ohne etwas zu erwidern, betrachtete Alinor unverwandt ihre Tochter, bis Alys die Wörter ausgingen und sie unter wütendem Schweigen dastand.

»Selbst wenn das alles wahr wäre, wäre ich immer noch eine Mutter,

deren Sohn vermisst wird«, sagte Alinor schließlich mit fester Stimme. »Selbst wenn alles wahr wäre, würde ich immer noch tief im Herzen, in meinen Knochen spüren, dass mein Sohn noch lebt, Alys. Selbst wenn alles wahr wäre, würde ich nicht glauben, dass Rob tot ist. Nichts davon riecht für mich nach der Wahrheit, ich spüre es nicht im Herzen, ich spüre es nicht in meinen Knochen.«
»Wie solltest du es auch wissen?«, rief Alys wütend. »Wie solltest du es in deinem Herzen spüren? In deinen Knochen? Du bist als Hexe der Wasserprobe unterzogen worden – hast du nichts daraus gelernt? Das sind falsche Gaben. Du hast nicht das zweite Gesicht! Es ist nichts als das Hirngespinst einer kranken Frau. Du bist früher einmal aus Liebe zur Närrin geworden! Wirst du es nun aus Bosheit?«
Alinor keuchte leise auf und legte die Hand aufs Herz, als wolle sie den Atemzug in ihrem Körper behalten. Im ersten Moment konnte sie nichts sagen. Dann erhob sie sich aus ihrem Sessel und ging zur Tür. Eine Hand am Riegel, drehte sie sich um und atmete bebend ein. »Es ist keine Hexerei, das ist es auch nie gewesen. Es ist die Gabe meiner Ma. Ich hatte sie von ihr und habe sie an meine Kinder weitergegeben. Rob hatte sie und wurde davon in den Heilkünsten angeleitet. Du hattest sie, aber du hast sie von dir gewiesen. Jetzt hat Sarah sie von mir. Und ich sage dir eines – wenn mein Sohn nicht mehr auf der Welt wäre, wüsste ich es. Genau wie ich es wüsste, wenn Livia mir eine wahre Tochter wäre. Und wenn ihr Sohn mein Enkel wäre: Ich wüsste es.«
»Diese Dinge kann man nicht wissen«, protestierte Alys, die von der aschfahlen Gewissheit ihrer Mutter eingeschüchtert wurde. »Aber Geld beim Goldschmied ist real.«
»Es ist nicht bei deinem Goldschmied«, sagte Alinor mit der peniblen Genauigkeit einer armen Frau.
»Ma, setz dich. Verzeih mir, ich habe im Zorn gesprochen … ich war …«
Alys führte Alinor wieder zu dem Sessel, wo diese reglos saß, bis sie wieder zu Atem gekommen war. Eilends holte Alys ein Schlückchen Brandy in einem kleinen Glas aus der Küche und sah zu, wie ihre Mutter davon trank und wieder ein wenig Farbe in ihr abgezehrtes Gesicht stieg.
»Ich hätte nicht so sprechen dürfen«, flüsterte Alys.

Die ältere Frau schenkte ihr ein gequältes Lächeln. »Nimm es nicht zurück, bloß weil ich nicht atmen kann. Ich werde keine dieser Tyranninnen sein, die in Ohnmacht fallen, damit die Leute ihnen gehorchen.«
Alys stieß ein zittriges Lachen aus. »Du bist keine Tyrannin, und ich hätte dich nicht beschimpfen sollen. Aber du hast mir ein großes Unrecht angetan, Ma.«
»Das habe ich nicht«, erwiderte Alinor unbeirrt. »Ich habe etwas getan, wovon ich weiß, dass es richtig ist. Und erzähl du bloß nicht Livia, wohin Sarah gefahren ist. Und auch nicht, was sie macht.«
»Ich würde mich schämen, es ihr zu erzählen!«, entgegnete Alys leise. »Was könnte ich ihr schon sagen? Dass ihre geliebte Schwiegermutter ihr nicht glaubt? Dass sie ihre Enkelin meilenweit weggeschickt hat, auf eine lange Seereise, um ihr hinterherzuspionieren? Ohne mir Bescheid zu geben?«
Alinors Mund verzog sich zu einem kleinen Lächeln, Reue hingegen zeigte sie nicht. »Sehr gut. Wir beide werden nichts sagen. Falls sie fragt, kannst du ihr erzählen, dass Sarah einen Monat lang auf dem Land bleibt. Und in einem Monat denken wir uns eine andere Ausrede aus.«
»Du willst, dass ich sie belüge«, warf Alys ihr vor. »Der einzige Mensch, der mich liebt, seitdem mein Ehemann mich sitzen gelassen hat?«
Alinor nickte. »Glaubst du denn, dass sie dich nicht belügt?«

November 1670, Hadley, Neuengland

An einem eiskalten Tag gegen Ende November klopfte es an Neds Tür. Red hob den Kopf und stieß ein kurzes Begrüßungsbellen aus. Ned öffnete die Tür für Wussausmon, der seine dickste Winterjacke trug und ihn unter einer Mütze aus Moschusrattenfell angrinste.
»Kommt!«, sagte der Indianer. »Ich nehme Euch zum Fischen mit!«
»Der Fluss ist voller Eis«, widersprach Ned.
»Ich weiß, ich bringe Euch zu einem See. Wart Ihr je Eisfischen?«
»Nein«, antwortete Ned, nicht sonderlich begeistert. »Noch nie.«

Wussausmon zögerte. »Was ist los?«
»Nichts«, log Ned, der seinen großen Mantel anzog und den geölten Umhang darüber zuband.
»Nein – sagt es mir!«
»Nein, nein.« Ned verbarg seine Verlegenheit hinter Gereiztheit. »Nichts. Nichts, sage ich Euch.«
Wussausmon lachte über Neds schlechte Laune. »Ach, *Nippe Sannup!*« Er legte den Arm um Neds Schultern. »Erzählt mir, was los ist, denn ich sehe doch, dass Ihr nicht mit mir fischen gehen wollt, obwohl ich dachte, es würde Euch Freude bereiten. Und Ihr könntet Eurer Frau, dieser Mrs Rose, einen Fisch bringen.«
»Sprecht nicht so von ihr«, warnte Ned ihn.
»Kein Wort! Kein Wort!«, versprach sein unerschütterlicher Freund. »Aber was ist los, *Nippe Sannup?* Fährmann? *Netop?* Freund?«
Ned nahm zum Schnüren seiner Mokassinstiefel Platz und beugte sich tief darüber, um seine Scham zu verbergen. »Ich bin kein Indianer«, räumte er ein. »Ich bin nicht einer von Euch. Ich bin keine so harten Winter gewohnt, dass das Eis gefriert und man darauf gehen und ein Loch hineingraben kann.« Seine Stimme wurde leiser. »Es macht mir Angst«, gestand er. »In manchen Wintern haben wir zwar Frostjahrmärkte auf der Themse, aber man kann sehen, dass das Eis hart gefroren ist, und andere Leute spazieren zu Dutzenden herum. Ich halte die Vorstellung nicht aus, ganz allein auf einen tiefen See zu steigen und es unter mir knacken zu hören. Ich ertrage es nicht, ganz allein auf dem Eis zu sein.«
Es herrschte Schweigen. Er hob den Blick und rechnete mit mehr Gelächter, doch Wussausmons Gesicht war voller Mitgefühl. »Natürlich«, sagte er. »Warum habt Ihr das nicht gleich gesagt?«
Ned zuckte mit den Schultern. »Es steht einem Mann nicht zu, Angst zu haben.«
»Oh, doch«, versicherte Wussausmon. »Wir bringen unseren Jungen und Mädchen bei, ihre Angst zu kennen und darauf zuzugehen wie auf einen Freund. Sie als Warnung zu nutzen. Es ist viel mutiger, sich ihr zu stellen, als wegzulaufen. War das nicht der Weg des Herrn? In der Wüste? Sich seiner Angst zu stellen?«
»Ich weiß es nicht«, sagte Ned. »Da ist Mr Russell der Experte. Ich weiß es nicht.«

»Wovor habt Ihr hier noch Angst, in diesem Land, das nicht das Eure ist und das Euch so fremd ist?«, fragte Wussausmon ihn.
»Vor dem Wald ... und dem Winter«, gab Ned zu. »Gott stehe mir bei, ich will kein Feigling sein, aber ich denke ständig: Und wenn ich stürze? Oder ein Ast herunterfällt und mich unter sich begräbt, oder auch nur eine Kleinigkeit, wie wenn ich falsch auftrete und mir das Bein verrenke und es nicht nach Hause schaffe? Es könnte eine absolute Nichtigkeit sein, doch bei dieser Witterung würde ich sterben, bevor mich jemand vermisst.« Er atmete durch. »Vor dem Frühjahr würde man mich nicht finden«, fuhr er fort. »Sie würden noch nicht einmal wissen, dass ich da draußen bin.«
Sanft legte Wussausmon eine Hand auf Neds Schulter. »Fährmann, das ist keine Feigheit, das sind echte Ängste vor Dingen, die wirklich passieren könnten. Mir geht es genauso: wenn ich auf fremden Pfaden durchs ganze Land geschickt werde. Wie Ihr denke ich dann: Und wenn mir hier ein Fehler unterläuft und ich mich in mir unbekanntes Land verirre? Und wenn meine Feinde auf mich warten?«
»Was macht Ihr dann?«
Der Mann ergriff Neds Hand und zog ihn über die Türschwelle und die große Schneewand hoch, half ihm, auf den Schneeschuhen das Gleichgewicht zu finden. »Seht Euch um«, sagte er. »Das mache ich. Ich sehe mich um und denke ständig darüber nach, was ich tue – nicht darüber, was ich später oder morgen tun werde. Ich bin wie ein Vogel, der seine Kreise am Himmel zieht und immerzu nach unten schaut, wie der Wolf, der leise durch den Wald schleicht, die Ohren gespitzt, die Nackenhaare gesträubt, und in den Wind wittert. Also unterläuft mir kein Fehltritt, und ich lasse auch keinen Ast auf mich fallen, denn ich schaue die ganze Zeit, wohin ich trete, was der Wind in den Bäumen treibt, was um mich herum ist, jeden einzelnen Augenblick.«
»Ihr haltet nach Gefahren Ausschau, als wären es Feinde?«, fragte Ned.
»Als wären es Gefährten. Sie begleiten mich überallhin, alles kann jederzeit schiefgehen. Ich bewege mich durch eine Welt, wo ich im Moment sicher bin, aber wer weiß schon, was als Nächstes passiert? Ich halte die Augen offen, damit Gefahren mich nicht überraschen –

aber ich weiß, dass sie immer da sind. Ich stelle sicher, dass sie sich nicht an mich heranschleichen, während ich von etwas anderem träume.« Er sah in Neds Gesicht. »Macht Ihr es genauso. Seid nicht in Eile, wie es die Mantelmänner immer sind. Haltet inne, schaut, lauscht, riecht, schmeckt, hört und benutzt diesen anderen Sinn, den Wolfssinn, der Euch sagt, dass sogar in einer Entfernung von hundert Meilen etwas Seltsames vor sich geht, den Vogelsinn, der Hunderte von ihnen leitet, sich im Einklang zu bewegen und in einem unsichtbaren Moment die Richtung zu ändern. Man muss die eigenen abschweifenden Gedanken ignorieren, darf nicht daran denken, was vorbei ist oder was nächstes Jahr kommt. Man muss den letzten Schritt oder den nächsten vergessen, man muss im Hier, im Jetzt gefangen sein.«

Ned dachte nach. »Jetzt? Der Wind jetzt und die Bäume jetzt?«

»Jetzt, und jetzt, und das nächste Jetzt danach. Wo Eure Füße sind, und der Schnee darunter, was ist über Eurem Kopf, und ist jemand hinter Euch?«

Mit einem Nicken nahm Ned die Welt um sich herum wahr, die auf einmal lebhaft und hell schien.

Wussausmon packte ihn am Arm und sah ihm ins Gesicht. »Kann ich Euch jetzt das Fischen beibringen?«

Ned grinste. »Ja. Und bringt mir bei, wie ich ständig die Augen offen halte, so wie Ihr es tut.«

»Ihr könnt es versuchen«, erklärte der Mann. »Aber Ihr seid ein Volk, dessen Gedanken nie bei einer Sache verweilen. Es sei denn, es handelt sich um Geld.«

»Ich werde es versuchen«, versprach Ned.

»Dann folgt mir«, befahl Wussausmon. »Und folgt in meinen Spuren, wandert nicht herum wie ein Kind.«

Den Tadel spürend, folgte Ned genau seinen Spuren durch den tiefen Schnee, um Bäume herum, über Lichtungen, über gefrorenen Morast, der unter den Schneewehen glatt und weiß dalag, bis sie an eine Waldlichtung mit einem kleinen gefrorenen See kamen.

»Das ist ein guter See zum Fischen«, erklärte Wussausmon.

»Ich komme im Sommer hierher«, sagte Ned unbehaglich, während er daran dachte, wie tief und still das Wasser war, selbst im heißesten Sommer.

»Im Winter sind die Fische immer noch hier, unter dem Eis.«
Ned nickte. »Das stimmt wohl. Darüber habe ich mir nie Gedanken gemacht.«
»Natürlich. Dann schaut zu: Auf diese Weise fangen wir sie.«
Ned blieb zurück, während Wussausmon seine Angelausrüstung, eine Wildledertasche, auf das verschneite Eis fallen ließ. Er wählte ein Werkzeug aus, das wie eine Hacke mit einem langen Stiel aussah, zeigte Ned die Knochenklinge am Ende, und kratzte und hieb dann los. Bei den ersten Hieben zuckte Ned zusammen und lauschte ängstlich auf ein warnendes Knacken unter den Füßen, doch das Eis war dick und still. Während Wussausmon ein Loch durch das Eis grub, beobachtete Ned fassungslos, wie in einigen Zentimetern Tiefe schwarzes Wasser in das Loch schwappte. Die Seiten des Eisloches waren durchsichtig und dick, kleine Eisstücke brachen ab und sammelten sich unten. Wussausmon kniete auf seiner Tasche und schöpfte sie mit einer Kelle heraus.
»Reicht mir den Lockvogel«, sagte er über die Schulter, und Ned kramte im offenen Ende des Beutels herum, bis er ein Stück Holz mit einer darumgewickelten Schnur und einer kleinen Fischattrappe aus Muscheln fand, die auf wunderbare Weise so miteinander verbunden waren, dass Schwanz und Flosse beweglich waren. Er reichte alles Wussausmon, der die Schnur aufwickelte.
»Speer«, verlangte er.
Ned zog einen dreizackigen Speer an einem langen Stab heraus und legte ihn in Wussausmons Hand.
»Erst schaut man«, unterwies ihn Wussausmon, während er aufstand und zurücktrat, damit Ned seinen Platz einnehmen konnte. Er kniete auf der Ausrüstungstasche und spähte in das nasse, dunkle Loch. Erkennen konnte er nichts. Der eisige Atem des Wassers ließ sein Haar gefrieren, und Ned blinzelte gegen die Kälte auf seinem Gesicht an. Dann erkannte er langsam, während seine Augen die Schatten in der Dunkelheit unterschieden, die Umrisse schlafender Fische am Seegrund, die bleiche Flanke von einem, den Umriss eines anderen. Der stille Schlaf der ruhenden Geschöpfe hatte etwas außerordentlich Schönes an sich.
»Da sind Fische!«, flüsterte er und hob das Gesicht zu Wussausmon. »Ich sehe sie.«

»In der Tat«, bestätigte der Mann mit einem Lächeln. »Jetzt werde ich einen fangen, und dann Ihr.«

Er nahm abermals seinen Platz ein, beugte sich über das Loch und ließ die Fischattrappe ins Wasser, während er immer wieder an der Schnur zog, damit sich der Fisch im Wasser bewegte, als schwämme er. Im nächsten Augenblick kamen die großen Fische aus der Tiefe emporgestiegen. Wussausmon hielt den Speer bereit, und in völliger Stille, kaum auch nur atmend, stieß er ruhig zu und tauchte den Speer ins Wasser, holte ihn zurück, zog ihn wieder heraus und legte ihn zu Neds Füßen auf das Eis. In der Mitte des Speeres war ein dicker, sich windender Barsch mit großem Maul aufgespießt.

»Sagt Dank und tötet ihn«, lautete Wussausmons knappe Anweisung.

Ned, dem auf die Schnelle kein Gebet einfiel, sagte bloß: »Danke, Fisch, danke, See, danke, Wussausmon.« Dann schlug er dem Fisch auf den Kopf, sodass dieser reglos dalag.

»So«, sagte Wussausmon lächelnd. »Da habt Ihr Euren ersten Fisch des Winters. Jetzt könnt Ihr Euren eigenen fangen.« Er erhob sich von dem Beutel, bedeutete Ned, sich hinzuknien, und wartete, reglos, eine gute Stunde lang, während Ned den Lockvogel zappeln ließ, mit dem Speer in die Dunkelheit stieß, fluchte, sich die Hände nass machte und es wieder von vorn versuchte.

November 1670, auf See

Vor ihrer Abreise hatte Sarah Angst vor Seekrankheit und Heimweh gehabt. Doch an Bord stellte sie fest, dass die Bewegung des Schiffes sie einlullte, und so lag die erste Nacht schnell hinter ihr. Als sie morgens aufwachte, konnte sie sich ohne Probleme auf dem schaukelnden Deck bewegen, und das Knarren der Segel und das endlose Wogen der Wellen unter dem Schiff fand sie berauschend. Kapitän Shore gestattete ihr, am Schiffsbug zu sitzen, solange sie die Matrosen nicht von der Arbeit ablenkte, und sie verbrachte die Tage damit, sich über die Seite zu beugen und zu beobachten, wie die Wellen unter dem Kiel hindurchglitten.

Auch die Verpflegung war gut. Sarah durfte sogar eine Leine zum Angeln auswerfen. Nach den ersten paar Tagen gab es zwar kein Gemüse und kein Obst mehr, aber in Lissabon nahmen sie zusätzliche Vorräte an Bord. Der Seegang auf dem Atlantik war rau, und ein peitschender Wind trieb die Galeone durchs Wasser, sodass sich die Segel blähten und die Schoten knarrten. Doch als sie ins Mittelmeer einfuhren, wurde es ruhiger, und obwohl im fernen England Winter herrschte, gab es hier helle Sonnentage. Sarah lieh sich Kapitän Shores großen Tropenhut aus, wenn sie an der Seite des Schiffes saß und zusah, wie Delfine in den Bugwellen spielten.

Sie dachte kaum darüber nach, was vor ihr lag, und vermied es regelrecht, sich darüber den Kopf zu zerbrechen. Die gewaltige Lüge ihrer Mutter gegenüber, die heimliche Reise und die vor ihr liegende Aufgabe überstiegen ihre Vorstellungskraft. Sarah gestattete es sich, die Zeit auf hoher See zu genießen und sich keine Sorgen bezüglich ihres Zieles zu machen.

Dezember 1670, London

Johnnie, der mit einem halben Dutzend anderer Schreiber zu seinem wöchentlichen freien Abend aus dem Kontor seines Dienstherrn trat, stieß dort zu seiner Verblüffung auf Livia, die vor der Tür des Kaufmanns wartete, die langmütige Carlotta hinter sich.
»Tante Livia!«, rief er.
»Pah!«, rief einer der Schreiber. »So eine Tante hätte ich auch gern.«
Johnnie stieg die Röte bis zu den Wurzeln seines blonden Haares, doch Livia lachte über die Unverschämtheit. Einen Moment lang dachte Johnnie entsetzt, sie werde zurückrufen.
»Achtet nicht auf sie!«, bat er rasch. »Ist Großmutter krank? Meine Mutter?«
Ihm fiel kein anderer Grund ein, weshalb seine exotische Verwandte nach Bishopsgate kommen sollte, als um ihn wegen eines Notfalls nach Hause zu holen. »Habt Ihr von Sarah gehört?«, wollte er wissen, auf einmal in Sorge um seine Zwillingsschwester, die so weit fort auf hoher See war.

»Nein.« Sie lachte fröhlich. »Wäre ich quer durch London in eine solche Straße gekommen, voll von diesen grässlichen jungen Männern, um Euch eine Botschaft von Eurer Schwester auszurichten? Nein, zu Hause ist alles in Ordnung. Nichts ist passiert. Ja, ich glaube, dass zu Hause nie etwas passiert, abgesehen vom Umdrehen der kleinsten Pennys. Ich habe ihnen Matteo dagelassen, damit sie mit ihm spielen. Ich bin wegen Euch hier. Ich habe eine Überraschung für Euch.«
»Was denn?«
Selbstsicher ergriff sie seinen Arm und führte ihn die dunkle und schmutzige Straße entlang, während Carlotta missmutig hinter ihnen hertrottete.
»Wohin gehen wir?«, wollte er wissen.
»Bloß ein kleines Stück, denn ich habe gute Neuigkeiten für Euch. Aber zuerst muss ich Euch den Preis dafür nennen.«
Auf der Stelle überkam ihn Argwohn, als werde jeglicher Preis, den sie verlangte, unerschwinglich hoch sein – so charmant sie auch sein mochte. »Ich habe kein Geld«, erklärte er schroff. »In der Tasche habe ich genug fürs Abendessen, aber meinen ganzen Lohn gebe ich meiner Ma für den Haushalt und das Lagerhaus. Und in letzter Zeit ist das Geld sehr knapp gewesen, wie Ihr wohl wisst.«
»Sie ist bezahlt worden«, sagte sie. »Sie kann nicht klagen. Und außerdem will ich Eure Pennys nicht, liebster Junge, ich will Eure Freundschaft.«
»Nun, die ist Euch selbstverständlich gewiss«, erwiderte er vorsichtig.
»Lasst es mich erklären«, fuhr sie fort. »Ihr wisst doch, dass ich geschäftlich tätig war und im Haus unseres alten Familienfreundes Sir James Avery Antiquitäten verkauft habe?«
Johnnie nickte wortlos und hielt den Blick auf ihr makelloses Profil gerichtet, während sie auf ihre Füße sah und auf der schmutzübersäten Straße vorsichtige Schritte machte.
»Sir James steht in meiner Schuld«, erklärte sie. »Ich habe sein Haus geöffnet und es zu einem Zentrum für Menschen mit Interesse für antike und schöne Dinge gemacht. Er hat von einigen der größten Männer bei Hofe Besuch bekommen. Ich habe seinen Namen wieder zu etwas Bedeutendem gemacht.« Sie bogen in die Leadenhall Street ein. »Ihr sagt gar nichts?«

Johnnie hatte das Gefühl, dass sie zu kokett und schlau für ihn war.
»Ich weiß nicht, was ich sagen soll.«
»Ach, dann ist es klug von Euch, zu schweigen. *Allora* – er schuldet mir einen Gefallen, und ich habe ihm gestattet, seine Schuld bei mir in Form eines Empfehlungsschreibens zu begleichen.«
»Ach ja?«
»Ja. Ich hätte ihn um alles Mögliche bitten können, für mich selbst, für Matteo, aber das habe ich nicht getan. Stattdessen habe ich das hier!« Mit einer schwungvollen Bewegung zog sie den Brief von Sir James unter ihrem Umhang hervor und drückte ihn Johnnie in die Hand. »Ein Empfehlungsschreiben für Euch, mein liebster Neffe.«
»Ich will kein Empfehlungs…«, setzte er an, verfiel jedoch in Schweigen, als sie ihn herumdrehte und er vor der herrlich prunkvollen Fassade des Hauptsitzes der East India Company stand. Das Erdgeschoss, die Straßenfront, war recht konventionell gehalten, eine Tür von doppelter Höhe auf der rechten Seite des Gebäudes. Doch im nächsten Stockwerk gab es schwere, mannshohe Fenster, die auf einen reich verzierten Balkon aus geschnitzten Holzbalustraden hinauszeigten, mit einem Bild der berühmten Schiffe der Company in der Mitte. In der nächsten Etage gab es ebenfalls ein Schiffsporträt zwischen hohen Bleifenstern, und die gesamte Fassade des obersten Stockwerks bedeckte ein gewaltiges Gemälde von einem Schiff mit vollen Segeln. Ganz oben, auf dem Dach des Hauses, stand mit Blick nach Osten die riesige Statue eines Matrosen, Stock in einer Hand, die andere Hand in der Hüfte, als wolle er sich die Welt untertan machen.
»Die East India Company«, flüsterte Johnnie. »Ihr habt mir doch wohl kein Empfehlungsschreiben für die East India Company besorgt?«
Sie legte den Brief in seine Hand. »Die East India Company«, bestätigte sie. »Einer der Schreiber wird Euch empfangen. Das da auf dem Brief ist sein Name. Ich habe einen Termin für Euch vereinbart, und zwar jetzt. Geht hinein und sagt ihm, dass Sir James Avery Euer Gönner ist und Eure Bewerbung um eine Stelle unterstützt.« Sie versetzte ihm einen kleinen Schubs. »Los, ich habe das alles für Euch getan.«
Er trat einen Schritt auf das imposante Gebäude zu. »Und der Preis?«, fiel ihm gerade noch zu fragen ein.

Sie lachte. »Nicht der Rede wert. Ihr sollt mir ein Freund sein, Johnnie. Es ist unnötig, die Bücher durchzugehen und Eurer Mutter Sorgen wegen meiner Schulden einzureden. Es ist unnötig, Eure Mutter zu fragen, ob ich nicht Verbrauchssteuern entrichten sollte. Ich bin am Schicksal Eurer Familie beteiligt – ich nehme mir, aber ich gebe auch. Seht Ihr, was ich für Euch tue?«

Er lief rot an, als ihm wieder einfiel, dass seine Großmutter sie für eine Hochstaplerin hielt und dass Sarah hoffte, sie zu entlarven. »Ich sage nichts gegen Euch …«

»Es gibt nichts gegen mich zu sagen«, erklärte sie ihm. »Mein Ruf als ehrenwerte Witwe muss makellos sein, perfekt.«

»Das ist er bestimmt«, stotterte er.

»Und ich habe einen Plan, der der gesamten Familie viel nutzen wird.« Sie hielt einen Moment lang inne. »Ich werde ein Lagerhaus kaufen, ein sehr großes Lagerhaus in einem guten Stadtviertel. Eure Mutter und Eure Großmutter werden darüber wohnen, es wird ihr neues Zuhause sein. Und Eure Mutter und vielleicht auch Sarah werden die Waren verkaufen, schöne Antiquitäten, die ich von meinem Lager in Venedig herbestellen werde.«

Er war verblüfft. »Von dem Gewerbe verstehen wir nicht das Geringste«, sagte er. »Wir sind Kaimeister, wir verschiffen kleine Frachten und …«

»Ich weiß, was Ihr macht. Das hier ist etwas völlig anderes. Ihr würdet für mich arbeiten.«

»Ich dachte, Ihr kauft Großmutter ein Haus auf dem Land?«

»Ein besseres Haus in sauberer Luft«, korrigierte sie ihn. »Es wird besser sein. Eure Mutter kann im Erdgeschoss arbeiten und den ganzen Tag in der Nähe ihrer Mutter sein.«

Seine Gedanken überschlugen sich. »Gibt es denn genug Kundschaft für derlei Dinge?«

»Ja«, antwortete sie. »Ich hätte meine Cäsarenköpfe unzählige Male verkaufen können. Ich biete Eurer Familie eine große Chance, Johnnie. Ich verlasse mich darauf, dass Ihr ihnen ratet, sie zu nutzen.«

»Was soll ich tun?«, fragte er schlicht. »Würde ich trotzdem hier arbeiten können?« Er warf einen sehnsüchtigen Blick zu dem Gebäude.

»Natürlich, und Sarah könnte in ihrem Modewarengeschäft blei-

ben, wenn sie möchte. Eure Mutter soll ein leichteres, einträglicheres Geschäft erhalten, und Eure Großmutter ein behaglicheres Zuhause. Von Euch will ich nur Euren Rat, wenn Eure Mutter es Euch gegenüber anspricht. Sagt Ihr, dass es eine gute Idee ist.«
»Aber …«
»Haltet Ihr es denn für keine gute Idee? Dass Eure Mutter ein einträglicheres Geschäft hat und Eure Großmutter ein besseres Zuhause? Dass sie mit seltenen und wertvollen Gütern Handel treiben statt mit billigem, dreckigem Kram?«
»Ja, natürlich.«
Sie streckte ihre Hand in dem schwarzen Spitzenhandschuh aus. »Dann haben wir eine Abmachung.«
Er musste ihr die Hand geben, und sofort zog sie ihn zu sich, so dicht, dass er den Rosenduft an ihrem Hut roch, an ihren dunklen Locken. »Wir sind Partner«, sagte sie. »Ich werde Euch den einen Posten verschaffen, den Ihr in ganz London haben wollt, und Ihr werdet mir dabei helfen, den Kai zu veräußern und das neue Haus zu kaufen. Ihr gebt mir Euer Versprechen.«
Er errötete heftig, sich bewusst, dass er ein undankbarer Narr war, ein Jüngling, vielleicht ein dummer Jüngling. »Natürlich kann ich Euch meine Unterstützung versprechen«, sagte er, zutiefst verlegen. »Ihr seid meine Tante – auch wenn Ihr nicht wie eine ausseht. Und alles, was ich tun kann, um Euch zu helfen … natürlich werde ich es tun.«
»Dann ist es abgemacht.« Endlich ließ sie seine Hand los. »Geht und lasst Euch einstellen. Ihr sollt Ostern anfangen. Ich bin sehr gut zu Euch gewesen, Johnnie.«
»Ja«, versicherte er inbrünstig.
»Und noch eine Sache.«
»Ja?«
»Lasst nichts hiervon im Lagerhaus verlauten. Gar nichts. Nichts von unserer Abmachung, nichts von Eurer Ernennung, nicht vor dem Tag, an dem Ihr Ostern mit der Arbeit anfangt.«
»Aber warum?« Er war verwirrt. »Sie werden sich so freuen!«
»Ich habe meine Gründe«, antwortete sie. »Ich muss Vorkehrungen mit Venedig treffen und meine zweite Schiffsladung verkaufen. Ich möchte nicht, dass Eure Mutter das Gefühl hat, ich würde die Dinge

überstürzen. Sie muss das Lagerhaus verkaufen und sich Geld leihen. Ihr wisst doch, wie sie ist – nicht in der Lage, gute Gelegenheiten zu erkennen. Stimmt Ihr mir nicht zu?«

Ihm fiel kein Grund ein, warum er nicht einwilligen sollte. Die Angelegenheit war von so großem Vorteil für ihn, und es bestand keine Notwendigkeit, seiner Mutter davon zu erzählen, bevor er mit der Arbeit anfing. Doch mit einem gewissen Unbehagen war er sich bewusst, dass es nun Geheimnisse im Lagerhaus gab, wo es bisher noch nie welche gegeben hatte. Die nicht ausgeglichenen Bilanzen in den Kassenbüchern, Sarahs Abwesenheit, die nicht bezahlte Verbrauchssteuer, Livias Freundschaft mit Sir James, dieser Plan, zu verkaufen und sich Geld zu leihen, und – am schlimmsten von allem – der Verdacht seiner Großmutter Livia gegenüber.

»Es wird meiner Mutter oder Großmutter nicht schaden, wenn wir es geheim halten?«, hielt er sie hin, und sie sah ihn mit weit aufgerissenen dunklen Augen an, der Inbegriff der Unschuld.

»Wie könnte ich ihnen schaden wollen? Nein! Ich wäre der letzte Mensch auf Erden, der ihnen Schaden zufügen würde«, versicherte sie. »Es ist ein kleines Geheimnis, bloß eine Verzögerung. Um mir Peinlichkeiten zu ersparen.« Sie hielt inne. »Ihr wisst doch, dass sie Sir James nicht ausstehen können. Sie halten nichts von meiner Freundschaft mit ihm. Aber sie bringt uns Wohlstand, und sie bringt Euch diese Gelegenheit. Ich möchte nicht, dass sie mit mir streiten, wenn ich doch nur versuche, ihnen Gutes zu tun, und ganz besonders Euch.«

»Oh, ich verstehe!«

»Dann haben wir also eine Abmachung? Ich erweise Euch diesen großen Gefallen, Ihr erzählt keinem davon, und Ihr vergesst nicht, dass Ihr mir verpflichtet seid.«

»Das bin ich!«, versprach er.

»Dann könnt Ihr jetzt gehen«, sagte sie. Er sah nicht, dass sie das Gesicht zu einem Kuss hob, sondern stürzte, Wagen ausweichend, über die Straße und eilte im Laufschritt durch die hohe Eingangstür des East India House.

Dezember 1670, Venedig

In einer kalten, dunklen Morgendämmerung im Dezember, nach über einem Monat auf See, vernahm Sarah den Befehl, die Segel einzuholen, und das Schiff verlangsamte seine Fahrt. Sie warf sich ein Tuch um die Schultern und lief gerade noch rechtzeitig barfuß zum Oberdeck hinauf, um ein flaches Boot zu erblicken, das wie eine Gondel von einem stehenden Ruderer an die Seite des Schiffes gebracht wurde, wo der Passagier geschickt eine heruntergelassene Leiter hinaufkletterte. Er begrüßte Kapitän Shore mit einem kurzen Handschlag und trat ans Steuer. Die Segel wurden wieder gehisst, und das Schiff nahm unter dem Kommando des Fremden Fahrt auf.
»Wer ist das?«, fragte Sarah den Schiffskoch, der mit zwei Bechern Grog für den Kapitän und den Steuermann vorüberging.
»Der Lotse«, sagte er. »In seinem *sandolo*. Keiner kennt die Kanäle und Sandbänke wie die *pedotti*. Sie leben in Rovigno und lotsen die Schiffe an den Zollkai.«
»Das hier ist Venedig?«, fragte Sarah, enttäuscht über die niedrigen Sandbänke und armseligen Inseln. »Ich dachte, es sei eine prächtige Stadt? Ich dachte, es gäbe große Häuser, nicht bloß diese Bauernhöfe? Zum Teil handelt es sich nicht einmal um Inseln, es sind bloß Sandbänke.«
Lachend ging der Mann weiter zum Steuerrad. »Haltet nur weiter Ausschau«, riet er. »Wir sind noch Stunden entfernt.«
Sarah trat an die Seite und spähte durch den sich allmählich auflösenden Nebel. Eine Reihe von Inseln tauchte auf, eine nach der anderen, und wurde langsam von einer trüben, purpurnen Landmasse abgelöst.
Die marschigen Inseln und kleinen Landzungen wurden größer, ragten höher aus dem Wasser heraus und wiesen Mauern auf mit Kais und Pieren. Dann erblickte sie Häuser, erst einzelne auf kleinen Inseln mit einem vorn am Landungssteg vertäuten Boot, dann wurden es mehr Inseln, die durch kleine Brücken und Kais miteinander verbunden waren. Die Häuser wurden größer, prunkvoller, und sie erspähte über die hohen Mauern hinweg sich wiegende Baumkronen in schönen Gärten. Dann gab es allmählich weniger Gärten, und die Häuser standen Seite an Seite mit großen Wasser-

toren auf die Lagune hinaus, die sich jetzt vor ihnen verjüngte und zu einem breiten Kanal wurde. Nun war sie nicht mehr auf See, sondern in einer Stadt, die nicht aussah, als sei sie auf Wasser erbaut worden, sondern als sei sie, immer noch tropfnass, daraus emporgestiegen.

Sarah war völlig verblüfft. Als Kind Londons war sie weder von den Menschenmengen auf den schmalen, landeinwärts führenden Kais überwältigt noch von dem Bootsverkehr auf der breiten Wasserstraße, doch sie konnte nicht glauben, dass es überhaupt keine Pferde und Kutschen und Wagen gab: Da waren keine Straßen, kein Knirschen von Rädern oder Hufgeklapper, kein Geruch von Tieren, die zum Markt getrieben wurden. Unwillkürlich spähte sie in die Abzweigungen des Kanals, in der Annahme, es müsse hinter den Häusern versteckt Gassen und Felder und Stallungen geben. Doch wo in London vielleicht eine Hintergasse gewesen wäre, begrüßte sie hier der dunkle Glanz eines weiteren Kanals mit schmalen steinernen Kais an den Seiten und Dutzenden tief hängender Brücken, manche nicht mehr als eine an einem Seil befestigte Planke, die für einen Fußgänger heruntergelassen und dann für ein vorüberfahrendes Boot wieder hochgezogen werden konnte.

Immer weiter fuhren sie, ein kleines Boot vor und eines hinter sich. Außerdem gab es kleine Fähren, die immer wieder von einer Seite zur anderen übersetzten; Gondeln, die das Wasser des Hauptkanals durchpflügten und dann in geheimnisvolle Seitenkanäle abbogen; Kähne mit gewaltigen Holzpfählen, die zum Teil spitze Enden hatten, mit denen man sie ins Lagunenbett rammen konnte, um die Grundlage für neue Häuser und neue Kais zu legen; Galeeren, die von vornübergebeugten Männern gerudert wurden; kleine Boote und Jollen in sämtlichen Formen und Größen.

Sarahs nackte Füße wurden allmählich eisig kalt, doch sie konnte sich nicht von der Seite des Schiffes losreißen, von wo aus sie beobachtete, wie sich diese außergewöhnliche Stadt entfaltete. Sie fuhren an einem Palast vorbei, weiß wie Alabaster auf einem marmornen Kai, gebleicht und unbezahlbar, die gewaltigen Torflügel weit geöffnet. Männer in dunklen Umhängen gingen durch den inneren Marmorhof, die schneeweißen Mauern um sie herum wurden von tausend Fenstern durchbrochen, die auf den Kanal blickten und denen nichts entging. Neben dem Palast stand ein hoher Glockenturm aus Backstein auf einem riesigen öffentlichen Platz, der auf allen Seiten von weiteren weißen Gebäuden mit noch mehr dunklen Fenstern gesäumt wurde.

Kapitän Shore brüllte einen Befehl, die Standarte zum Zeichen des Respekts vor dem Palast zu senken, während das Schiff weiterfuhr, den breiten Kanal entlang zwischen schönen Häusern zu beiden Seiten, die steil in das funkelnde Wasser abfielen.

Vor ihnen erblickte Sarah einen gewaltigen steinernen Kai, der den Kanal in zwei Hälften teilte. Am überaus spitzen Bug des Kais befand sich ein hoher Wachturm aus Backstein mit einem Zeltdach und einem sich drehenden Wetterhahn. Die Lagerhausmauern, mit Zinnen wie bei einer Burg, erstreckten sich die weißen Marmorkais entlang; die Lagerhaustüren erhoben sich zu beiden Seiten in prächtigen Reihen, dem Wasser zugekehrt. Auf beiden Seiten der Kais lagen drei oder vier hochseetaugliche Schiffe wie ihr eigenes, mit offenen Ladeluken, und an den gewaltigen Türen wurde Fracht geladen und gelöscht.

Kapitän Shore rief den Befehl, die Segel einzuholen, der Lotse ließ das Schiff langsam an die Anlegestelle fahren, und die Besatzung warf den wartenden Hafenarbeitern Taue zu, die diese auffingen und festmachten. Der Lotse versiegelte das Steuer, zum Zeichen, dass das Schiff ohne Lotsen an Bord nicht wieder losfahren durfte, salutierte beiläufig vor Kapitän Shore, steckte seine Gebühr ein und ging als Erster den Landungssteg hinunter, um in einem Boot die Rückfahrt auf dem Canale Grande anzutreten. Er verschwand in der Menge aus Hafenarbeitern mit Schlitten und Wagen zum Entladen, Amtspersonen und Zollbeamten.

»Hört besser mit der Gafferei auf und zieht Eure Stiefel an«, riet Kapitän Shore, als er an ihr vorüberging. »Man wird Euch sehen wollen.«

Sarah eilte nach unten in die Kajüte, zwängte die Füße in die Stiefel, packte ihre wenigen Sachen in die Hutschachtel, steckte das Geld in ihre Tasche, band sich den roten Ledergeldbeutel mit den wertlosen Münzen ihrer Großmutter um den Hals und ging an Deck. Kapitän Shore, der mit der Vertäuung seines Schiffes beschäftigt war, winkte ihr zu, sie solle warten.

»Ihr könnt noch nicht gehen, sie werden Euch auf Krankheiten hin untersuchen müssen.« Er nickte zu den venezianischen Beamten in der Livree des Dogen, die eben den Landungssteg heraufkamen. »Ihr braucht Eure Papiere, bevor Ihr von Bord gehen könnt.«
Sarah trat zurück, als sie beiden Männer an Bord kamen und sich von Kapitän Shore die Fracht- und Besatzungsliste reichen ließen.
»Diese Passagierin?«, fragte der erste Mann in makellosem Englisch.
»Mrs Bathsheba Jolly«, wiederholte Sarah den Namen einer ihrer Arbeitskolleginnen, den sie Kapitän Shore genannt hatte. »Aus dem Dorf Kensington, in der Nähe von London.«
»Bei guter Gesundheit?« Der unerbittliche Blick des Beamten musterte sie nach einer fiebrigen Röte in den Wangen oder einem Zittern. »Keine Schwellungen oder Wunden?«
Sie schüttelte den Kopf.
»Wart Ihr mit Kranken zusammen?«
»Nein«, sagte Sarah. »In London geht die Pest Gott sei Dank nicht um.«
»Wenn auch nur die geringste Möglichkeit einer Pesterkrankung bestünde, wäret Ihr auf die Insel Lazzaretto Vecchio geschickt worden«, sagte er grimmig. »Zusammen mit der gesamten Schiffsbesatzung. Für vierzig Tage Quarantäne, ganz gleich, wie hübsch Ihr seid.«
»Ich leide nicht an der Pest«, versicherte sie. »Ich kenne niemanden, der daran erkrankt war. Wirklich.«
»Zweck Eures Besuches?«
»Die Möbel meiner Herrin aus ihrem Lager abholen.«
»Adresse?«
»Palazzo Russo«, erwiderte Sarah. »Ca' Garzoni.«
»Beruf?«
»Ich bin Hutmacherin und diene Nobildonna da Ricci.«
»Die Sicherheit der Republik Venedig liegt in der Verantwortung eines jeden Bürgers und Besuchers«, erklärte der Beamte streng. »Falls Ihr irgendetwas erfahren solltet, was der Republik schaden würde, so müsst Ihr es unverzüglich melden. Wenn Ihr es nicht anzeigt, geltet Ihr als Mitschuldige. Ebenso werdet Ihr angezeigt und einem Verhör unterzogen, wenn jemand glauben sollte, dass Ihr gegen die Republik arbeitet. Habt Ihr verstanden?«

Sarah schluckte ihr Unbehagen hinunter und nickte gehorsam.
»Das Verhör findet im Dogenpalast statt«, fuhr der Mann fort. »Keiner bleibt je eine Antwort schuldig. Die Bestrafung für Fehlverhalten erfolgt rasch und ist sehr hart.«
»Ich habe verstanden«, flüsterte Sarah. »Aber ich versichere Euch, ich verspreche, dass ich niemandem Ärger bereiten möchte. Ich bin Hutmacherin!« Sie führte ihren Beruf an, als sei sie so unwichtig wie eine kleine Feder an einer Kopfbedeckung. »Bloß Hutmacherin! Auf einem Botengang.«
»Trotzdem seid Ihr dazu verpflichtet, die Sicherheit der Republik zu wahren«, wiederholte er. »Während Ihr beim Dogen zu Gast seid, seid Ihr seine Augen und Ohren.«
Sarah nickte abermals.
»Erklärt ihr, wie man eine Anzeige macht«, befahl der Beamte Kapitän Shore. »Dann kann sie an Land gehen.«
Er zog ein Papier mit einem roten Siegel in der Ecke hervor, kritzelte seine Unterschrift darauf, reichte es Sarah und drehte sich weg, um mit seiner Inspektion der Besatzung und der Waren zu beginnen.
Sarah zeigte Kapitän Shore das Papier. »Ich muss eine Anzeige machen?«, fragte sie.
»Das sind Eure Landepapiere«, antwortete er. »Man nennt sie *permesso*. Man wird nach Eurem *permesso* fragen. Ihr zeigt ihn jedem Beamten, der danach fragt. Ihr müsst ihn ständig bei Euch tragen. Sie wissen genau, wer hier ist, in der Stadt. Dies ist Euer Pass, den Ihr zurückgebt, wenn Ihr für die Rückreise wieder an Bord kommt. Ihr müsst ihn vorzeigen, sonst lassen sie Euch nicht fort. Bewahrt ihn gut auf, denn ohne ihn könnt Ihr nicht abreisen.«
»Was meint er damit, ich müsse eine Anzeige machen?«
»Wenn Ihr irgendetwas seht oder hört, was Ihr für eine Gefahr für die Republik haltet, schreibt Ihr den Namen der Person, und was sie gesagt oder getan hat, auf ein Blatt Papier, und dann füttert Ihr den Löwen damit.«
»Was?«
Ihre ansteigende Besorgnis entlockte ihm ein grimmiges Lächeln. »Seht Ihr den Löwenkopf dort am Frachthafen? In die Mauer eingelassen?«

Sarah drehte sich um und erblickte einen in Marmor gemeißelten Löwenkopf, wie ein Mauerbrunnen, mit weit aufgerissenem Maul.
»Ja?«
»Es ist ein Briefkasten. In der Gestalt eines Löwen oder eines wilden Mannes oder sonst irgendetwas. Ihr werdet sie überall sehen. Ihr steckt Eure Anzeige in das Maul des Löwen – die *Bocca di Leone* –, und einer der Beamten sammelt sie ein. Sie sammeln sie täglich ein und lesen alles, was behauptet wird. Und diejenigen, bei denen davon ausgegangen wird, dass sie womöglich schuldig sind, werden verhaftet und abgeführt.«
»Aber jeder könnte alles Mögliche behaupten!«, protestierte Sarah.
»O ja, das kommt vor.«
»Aber sie müssen Hunderte Menschen verhaften!«
Kapitän Shore lächelte verbittert. »Ganz genau.«
»Wohin bringen sie die Gefangenen?«, fragte Sarah nervös.
Er deutete zurück auf den Canale Grande.
»Zum Dogenpalast. Ihr habt den prächtigen Palast gesehen, an dem wir vorbeigekommen sind?«
Sarah nickte.
»Er residiert dort wie ein König, aber er ist kein König. Er ist einer der wichtigen Männer Venedigs, doch er rühmt sich, ein Diener des Volkes zu sein. Er arbeitet mit dem Rat der Zehn zusammen. Gemeinsam herrschen sie über die Republik, die größte Macht in ganz Europa. Hunderte, Tausende arbeiten für ihn, wie ein Hof, aber doch ist es kein Hof. Sie tanzen nicht oder singen oder spielen oder gehen auf die Jagd wie bei uns. Es ist kein Hof aus Narren. Sie arbeiten, den ganzen Tag, die ganze Nacht, völlig im Geheimen. Sie gehen Handelsverträge und Vereinbarungen mit jedem Land unter der Sonne ein, sie spionieren sämtliche Nationen der Welt aus, sie verkaufen an alle und jeden, und sie überwachen ihr eigenes Volk, Tag und Nacht. Beim kleinsten Anzeichen von Ärger kassieren sie die Leute ein. Die Einwohner von Venedig haben die reichste, sicherste Stadt der Welt, weil sie Tag und Nacht von sich selbst überwacht werden.«
»Eine Stadt der Spione?«
»Genau. Ihr habt dem Beamten gegenüber nicht erwähnt, dass Ihr Euren Ehemann treffen wollt?«

»Er fragte nach dem Grund meines Besuches – also habe ich ihm von meiner Arbeit erzählt.«
»Wie Ihr wünscht. Aber wenn er mich fragt, werde ich nicht für Euch lügen.«
»Nein«, sagte sie. »Es ist kein Geheimnis. Ich habe es bloß nicht erwähnt.«
Er lachte kurz auf. »So etwas gibt es in dieser Stadt nicht.« Er griff nach einem Tau und zurrte den Knoten an dem Pfosten an Deck fester. »So, Ihr habt Eure Papiere, Ihr seid offiziell als gesund eingestuft worden, ich habe Euch gesagt, wie man Anzeige erstattet, Ihr könnt jetzt gehen. Willkommen in der Stadt der Spione.« Er betrachtete die junge Frau. »Dieser Verwalter – er wird Eure Auswahl an Gütern hierher an den Kai bringen lassen? Und wie letztes Mal den Papierkram erledigen? Er muss die Ware verzollen. Wenn er sagt, es handele sich um privates Mobiliar, sind das seine Worte, nicht meine.«
Sarah nickte. »Könnt Ihr mir sagen, wie ich zu ihm komme?«, fragte sie demütig. »Ich habe zwar seine Adresse und dachte, es würde leicht zu finden sein – aber ich habe nicht damit gerechnet, dass überall Wasser ist …«
Der Kapitän lachte auf. »Ihr habt die Anschrift seines Hauses?«
»Ich dachte, ich könnte einfach eine Straße entlanglaufen!«
Er deutete auf eines der herumlungernden Kinder auf dem Kai. »Lasst Euch von einem von denen hinführen.«
»Sind sie ungefährlich?«, fragte Sarah skeptisch mit einem Blick auf die Menge bettelnder Kinder.
»Das hier ist Venedig«, erwiderte er. »Niemand begeht ein Verbrechen, es sei denn ungesehen im Stockdunkeln, und dann arbeitet er wahrscheinlich für den Staat. Niemand wagt es. Bezahlt dem Burschen einen Viertelpenny. Und bezahlt dem Bootsführer, was er verlangt. Sie betrügen auch nicht.«
»Sie betrügen nicht?«, fragte sie ungläubig.
»Sie wagen es nicht. Man würde sie auf der Stelle melden. Und kommt innerhalb von zwei Wochen zurück. Wir stechen in See, sobald verladen ist, länger dürfen wir nicht bleiben. Sie haben uns bereits die Papiere ausgestellt. Wenn Ihr nicht hier seid, werde ich ohne Euch losfahren. Bringt die Waren so schnell wie möglich her. Man wird sie inspizieren wollen.«

»Das mache ich.«
»Und falls Ihr hofft, Euren Ehemann mit nach Hause zu nehmen, muss er über gültige Papiere verfügen.«
»Ja, ja«, sagte sie.
»Und nehmt Euch in Acht«, warnte er sie. »Jeder hier ist entweder ein Spion oder ein Bösewicht. Oder beides.«
Sie zögerte oben auf dem Landungssteg. »Bei Euch hört sich die Stadt wie ein wahrer Albtraum an.«
»Das ist sie auch«, erwiderte er mürrisch. »Euer eigener Ehemann wird Euch anzeigen. Falls er noch am Leben ist.«

Dezember 1670, London

In Ermangelung von Sarah und deren ordentlicher Nadelkunst nähte Alys zusammen mit ihrer Mutter Beutel für Sassafrastee. Sie arbeiteten an dem runden Tisch in Alinors verglastem Balkon, um das Winterlicht nutzen zu können, während der graue Nebel gegen die Fenster waberte und die niedrigen Wolken sich über dem Himmel bauschten.
»Siehst du gut genug zum Arbeiten?«, fragte Alys. »Soll ich Kerzen holen?«
»Wir können nicht mitten am Tag Kerzen anzünden«, erwiderte Alinor. »Es geht schon.« Sie griff nach ein paar Kräutern und legte sie auf ein neues Baumwollquadrat. »Ist sie mit dem Verkauf ihrer Güter fertig? Sind sie alle weg?«
Alys fiel auf, dass ihre Mutter Livia mittlerweile nicht mehr beim Namen nannte, genau wie sie Sir James nie namentlich erwähnte.
»Ja, sie sind alle verkauft. Ich glaube, er fährt über den Winter in sein Haus im Norden. Bei seiner Rückkehr nach London wird sie wohl auch die neue Lieferung in seinem Haus zum Verkauf anbieten.«
»Hat sie dir das Geld gegeben, das sie verdient hat?«
»Nein, es liegt bei seinem Goldschmied in Verwahrung«, sagte Alys ohne die geringste Emotion in der Stimme.
»Er ist ihr Partner? Und du hast keine Einwände?«, fragte ihre Mutter neugierig.

»Wie kann ich Einwände haben? Ich habe kein schönes Lagerhaus, in dem sie ihre Werke ausstellen kann, ich habe kein Konto bei einem Goldschmied, wo sie ihr Geld aufbewahren kann. Ich kann nichts von ihr verlangen oder sie auf unser Niveau herabziehen ...«
»Du bist vernarrt in sie«, sagte Alinor leise und sah die tiefe Röte, die sich auf dem Gesicht ihrer Tochter ausbreitete.
»Ich liebe sie wie eine Schwester«, sagte Alys steif.
»Und liebt sie dich?«
»Ja, ich glaube, sie ist am glücklichsten, wenn sie nicht in seinem Haus sein muss oder seinen Freunden nachjagt, damit sie ihre Kunstwerke kaufen. Wenn da nur sie und ich sind, findet sie ihren Frieden. In Zukunft – falls wir unser eigenes Lagerhaus kaufen und das Geschäft gemeinsam führen können – werden wir rundum glücklich sein.«
»Du willst ihr ein Lagerhaus kaufen?«
»Wenn es geht, werde ich es tun«, sagte Alys. »Es ist unsere Zukunft.«
»Und wenn sich herausstellen sollte, dass sie uns getäuscht hat?«, fasste Alinor ihre größte Sorge in Worte.
»Das hat sie nicht«, erklärte Alys. »Sie würde mich nicht täuschen.«

Dezember 1670, Venedig

Der Kai war von harten, weißen Pflastersteinen umsäumt. Selbst Venedigs Bürgersteige bestanden aus unbezahlbarem Stein.
Im Gedränge von Gepäckträgern und Gondolieri, Passanten und Straßenverkäufern kam Sarah nur langsam voran und fühlte sich nach so langer Zeit auf hoher See unsicher, als spürte sie immer noch den Wellengang. Vor dem Zollhaus wollte sie lieber nicht zu lange verweilen, unter den wachsamen Blicken der Beamten, die so geschäftig und streng waren. Ein Wächter an einem der verriegelten Lagerhaustore starrte sie an, und sie entfernte sich, seine Blicke im Rücken.
Nachdem sie ihre Hutschachtel an der Seite einer steinernen Brücke abgestellt hatte, blickte sie einen Kanal entlang stadteinwärts. Sie

staunte, wie steil die Mauern der Häuser ins Wasser reichten, als seien es bunt bemalte Klippen. Jedes große Haus hatte ein Wassertor mit einem hoch aufragenden, gestreiften Vertäupfahl für die private Gondel. Ein oder zwei Häuser hatten die Flügel ihres Wassertors weit zu dem Kanal hin geöffnet und ließen den im Schatten liegenden Vorhof erkennen, wo das Wasser in sanften Wellen die Marmortreppe emporkroch, als wolle die Lagune das Haus betreten.

Sarah kramte in der Tasche ihres Umhangs nach der Adresse von Livias altem Verwalter. Als Johnnie sie ihr in die Hand gedrückt hatte, war sie davon ausgegangen, dass das Haus leicht zu finden wäre. Doch jetzt, mit Straßen aus Wasser und einem Spinnennetz aus schmalen Gassen, rechnete sie damit, dass sie sich bestimmt verirren würde.

»Hallo!« Sarah winkte einem der Bettelkinder, und zwei kleine Jungen kamen auf sie zu. Sie zeigte ihnen das Blatt Papier, aber keiner von beiden konnte lesen. »Ca' Garzoni«, sagte sie. »Signor Russo. Russo!«

Der eine Junge wandte sich zu dem anderen und redete, für Sarah völlig unverständlich, in einem Schwall aus venezianischem Italienisch auf ihn ein. Sie packte die Hutschachtel mit festem Griff, und der kleine Junge nickte ihr zu und ging in schnellem Tempo los, blickte zurück und winkte ihr, sie solle ihm folgen. Er ging zum Kai hinunter, wo eine Fähre Passagiere für die Überfahrt an Bord nahm. Der Fährmann zeigte ihr eine offene Handfläche, die internationale Geste für Geld. Sie gab ihm einen englischen halben Penny für sie selbst und die beiden Jungen, und stieg vorsichtig von den nassen Stufen in das schaukelnde Fahrzeug. Der Fährmann stakte sie zur anderen Seite, indem er sich durch den Verkehr auf dem Kanal bis zu den gegenüberliegenden Stufen schlängelte. Die kleinen Jungen sprangen heraus, und Sarah folgte ihnen, indem sie sich an Frauen mit Einkaufskörben, Marktfrauen mit großen Tragekörben voller Waren und den Wasserträgerinnen mit Jochen voll schwappender Eimer mit frischem Wasser auf den Schultern vorbeizwängte.

Sarah ging hinter den Jungen eine schmale Gasse entlang, Häuser zu beiden Seiten, von denen manche als kleine Geschäfte genutzt wurden, mit einem über einem offenen Fenster aufgestellten Fensterladen und dem Fensterbrett als Ladentheke für Waren. Manche waren Werkstätten, mit einem im Licht des Fensters sitzenden Schneider oder einem über seinen Leisten gebeugten Schuster. Vor einem Hutladen trödelte sie herum und bestaunte die feinteilige Arbeit und die kostbaren Stoffe. Am liebsten wäre sie hineingegangen und hätte sich das Geschäft, die Mädchen und die exquisiten Muster genauer angesehen.

Jede Straße führte ans Wasser, jeder Bürgersteig verlief am Rand der glatten Oberfläche eines Kanals oder führte zu einer hölzernen Brücke, die eine winzige Gasse mit der nächsten verband. Auf den Kanälen wimmelte es von kleinen Booten mit Händlern, die mit Obst und Blumen und Fisch zu den Märkten der Stadt fuhren. Einheimische transportierten ihre Güter und lieferten ihre Erzeugnisse, und durch das Ganze hindurch schlängelten sich die eleganten, pechschwarzen Gondeln mit den Gondolieri, die in ihrer ungezwungenen Schönheit hoch auf dem Heck standen und sich und ihre Passagiere rasch voranbrachten, indem sie ihr Gefährt durch den Kanal stakten und an jeder Ecke wie ein seltsamer Meeresvogel einen Warnschrei ausstießen: »*Gondola! Gondola! Gondola!*«

Die Häuser hatten auf die schmale Straße hinaus eine winzige Tür für Lieferanten oder Dienstboten, aber die prächtige Tür, der Eingang für Besucher, Bewohner und Gäste, ging aufs Wasser hinaus und öffnete sich in den plätschernden Kanal, sodass ein Boot hineinfahren konnte wie ein Pferd, das in einen Stall trottete, und Besucher am privaten Kai im Hofinnern von Bord gehen konnten. Sarah spähte durch die offenen Wassertore und sah ein oder zwei Gondolieri in Hauslivree, die auf ihre Herren warteten, Strohhut in der Hand, die andere Hand am aufragenden Bug des Gefährts, wie ein Knecht, der ein Pferd hielt. Jemand rempelte Sarah an, und sie hörte auf zu starren und setzte ihren Weg fort.

Die Jungen gingen durch immer neue Gassen, auf und ab über Brücken und erreichten schließlich einen großen, von hohen Gebäuden umgebenen Platz, in dessen Mitte sich ein überdachter Brunnen in einem Käfig aus schweren Eisengittern befand. Die kleinen Jungen deuteten auf ein Haus mit einer kleinen dunklen Tür und dem in Stein gemeißelten Schriftzug »RUSSO« darüber.

Als die Jungen wieder mit ausgestreckten Händen auf sie zukamen, gab Sarah jedem noch einen Viertel Penny und bedeutete ihnen dann mit einer Geste, dass sie gehen durften. Sie protestierten nicht, wie Londoner Straßenkinder es getan hätten, sondern vollführten eine kleine Verbeugung und verschwanden im nächsten Moment in einer Gasse.

Sarah richtete ihren Hut und schritt auf die Tür zu, klopfte an, trat zurück und wartete. Lange herrschte Stille, und sie klopfte abermals und fragte sich, was sie tun sollte, falls Livia sie alle getäuscht hatte und dies das Haus eines Fremden war oder gar ein leer stehendes Haus. Dann vernahm sie das Geräusch von Riegeln, die im Innern aufgeschoben wurden, die Tür ging knarrend auf, und ein gutaussehender Mann Anfang dreißig stand schweigend im Türrahmen. Sarah, die andere Menschen gern einschätzte und dabei auf die Erfahrung aus ihrer Lehre in dem Modewarenladen zurückgreifen konnte, musterte ihn von seinen teuren Schuhen, seinem kunstvoll gefertigten Samtanzug bis hin zu seinen dunklen, schönen Gesichtszügen. Sie nahm den Siegelring an seinem Finger wahr und den leichten Duft nach Lorbeer und Vanille. Ihr fielen die dunklen Augen auf und das langsame, fast unwillige Lächeln, das herzlicher zu werden schien bei ihrem Anblick, als freue er sich, sie an seiner Türschwelle vorzufinden. Unwillkürlich erwiderte sie sein Lächeln.

»Nun, Signorina!«, rief er auf Englisch und öffnete die Tür weit. »Ich bin Signor Russo, zu Euren Diensten, und wie kann ich Euch behilflich sein?«

Sarah machte einen kleinen Knicks und überlegte, dass dies gewiss nicht der betagte Verwalter war, der Rob wie einen Enkel geliebt hatte.

»Verzeihung«, sagte sie. »Ich bin auf der Suche nach Signor Russo.«
Er verbeugte sich. »Ihr habt ihn gefunden.«
»Ich suche Signor Russo senior.«
»Ich bin der Älteste in meiner Familie«, erwiderte er. »Und wer seid Ihr?«
»Ich bin Bathsheba Jolly aus London«, sagte sie. »Das Dienstmädchen von Nobildonna da Reekie. Woher wusstet Ihr, dass ich Engländerin bin?«
Er zuckte mit den Schultern. »Euer Hut«, sagte er. Sarah hatte das

Gefühl, dass es sich keineswegs um ein Lob der englischen Mode handelte. »Und Eure makellose Haut.«
Jetzt errötete sie. »Ich habe eine Nachricht von Ihrer Ladyschaft.«
Er zögerte einen Moment, als dächte er hektisch nach, und öffnete die Tür dann noch ein Stück weiter. »Vergebt meine Überraschung. Ihr kommt mit einer Nachricht der Nobildonna? Natürlich! Dann müsst Ihr hereinkommen. Tretet ein. Verzeiht den Zustand meines Eingangs, aber meine Gäste kommen meist mit der Gondel ans Wassertor. Nur Engländer würden in Venedig zu Fuß gehen. Niemand sonst benutzt den Straßeneingang.«
»Natürlich, ich bin viel zu englisch«, sagte Sarah aufs Geratewohl. »Mylady lacht mich immer deswegen aus.«
»Sie ist wohlauf?«, fragte er und führte sie durch die Eingangshalle, die mit diagonal angeordneten rot-weißen Steinplatten gefliest war. Abgesehen von zwei gewaltigen Statuen zu beiden Seiten der Halle, die einander mit blinden Augen wütend anstarrten, war sie so gut wie leer. Er führte Sarah eine breite Marmortreppe hinauf. Sie folgte ihm in einen Salon im ersten Stock, wo die prächtigen Fenster auf den grünliche Wellen schlagenden Kanal hinaussahen.
»Es geht ihr sehr gut, ausgesprochen gut«, schwärmte Sarah und begutachtete den Marmorboden und den gewaltigen Marmortisch, der von wuchtigen Mahagonistühlen mit goldenen Samtbezügen umgeben war. Der Raum wurde von Statuen gesäumt, und hinter jeder einzelnen hing ein Spiegel mit Goldrahmen an den seidenbeschlagenen Wänden, um jede Seite der polierten Marmorfiguren zu zeigen. Der Reichtum ließ Sarah blinzeln, und sie hob den Blick und sah eine prächtig bemalte Decke und einen gläsernen Kronleuchter, der von dem glänzenden Tisch reflektiert wurde und dessen leuchtend buntes Glas in blumenhafte Formen geblasen worden war. »Oh! Was für ein wunderschönes Zimmer!«
Signor Russo verbeugte sich anerkennend. »Darf ich Eure Schachtel nehmen? Euren Umhang, Miss Jolly?« Er zögerte. »Eine schöne Hutschachtel. ›Sarah‹ ist der Name Eurer Hutmacherin?«
Sie ließ sich den Umhang von den Schultern nehmen und spürte die leichte Berührung seiner Hände. »Ja, ich meine, nein!«, antwortete sie. »Das heißt – ich habe keine Hutmacherin – ich habe früher selbst dort gearbeitet.«

»Ist dies Euer erster Besuch in Venedig? Euch muss alles sehr fremdartig vorkommen.«

»Ich komme aus dem Starren nicht mehr heraus. Wohin ich auch schaue, überall ist etwas noch Reizvolleres.«

»Die Engländer lieben unsere Stadt«, pflichtete er ihr bei. »Manche wegen der Häuser, manche wegen der Menschen. Aber Ihr habt ein Auge für Schönheit.«

Sie deutete auf die Statuen, die das Zimmer säumten. »Ihr habt ständig schöne Dinge vor Augen.«

»Aber ich betrachte sie nie als selbstverständlich«, versicherte er ihr. »Das ist eine Kunst, die erlernt sein will – findet Ihr nicht? Von Schönheit umgeben zu sein und nie blind dafür zu werden. Die Kunst eines guten Ehemanns? Nie aufzuhören, etwas Kostbares zu schätzen zu wissen!«

»Oh, ja«, sagte Sarah. »Natürlich gewöhnt man sich zwangsläufig daran, aber manchmal trifft es einen von Neuem.«

»Und was liebt Ihr am meisten?«, fragte er, als sei es ihm wichtig. »Ich besitze nämlich ein Lagerhaus mit schönen Dingen. Was soll ich Euch zeigen, damit es Euch von Neuem trifft?«

Sie lachte, bemühte sich um Nüchternheit, doch angesichts seiner intensiven Aufmerksamkeit schwindelte ihr. »Ich habe als Hutmacherin gearbeitet«, gestand sie. »Ich war von hübschen Stoffen umgeben. Aber am meisten liebte ich die Federn.«

Er lachte lauthals. »Ihr liebt Federn?«, fragte er. »*Allora!* Ich werde Euch zum Federlagerhaus bringen, und Ihr sollt jede Feder von jedem Vogel auf Gottes weiter Erde sehen.«

»Es gibt hier Federmärkte?«

»In Venedig kann man alles auf der Welt kaufen, solange es kostspielig und schön ist«, erklärte er und lächelte beim Anblick ihres strahlenden Gesichts. »Ich werde Euch zum Federmarkt bringen und zum Samtlagerhaus, außerdem zu den Seidenmärkten. Es gibt einen Spitzenmarkt und schönes Tuch aus Indien für Saris. Aber ich vergeude Eure Zeit, Verzeihung. Ihr werdet zum Arbeiten hier sein. Hat die Nobildonna Euch zu mir geschickt?«

»Ja.« Sarah spürte während der Lüge den musternden Blick seiner dunklen Augen auf ihrem Gesicht. »Sie braucht mehr Skulpturen. Sie haben sich so gut verkauft, dass sie mehr braucht.«

Er zog die dunklen Augenbrauen in die Höhe. »Warum hat sie nicht den Kapitän hergeschickt?«

»Sie wollte, dass ich sie mit Euch aussuche.« Auf diese Frage war Sarah vorbereitet. »Ich bin mit ihrem Kapitän hergesegelt, und sie will, dass ich mit ihnen zurückfahre und dafür sorge, dass sie sicher verwahrt werden und unbeschadet ankommen.«

»Sie vertraut ihm nicht? Hat er sie beim letzten Mal übers Ohr gehauen?«

»Nein! Nein! Es gibt keine Klagen, aber sie befürchtet Missgeschicke, falls Ihr besonders zerbrechliche Stücke mitschickt.«

Er betrachtete sie einen Moment lang forschend. »Und bei ihrer Suche nach einem Kurier ist ihre Wahl auf Euch gefallen? Da Ihr so stark seid und die Skulpturen hochheben könnt? Und so grimmig verteidigen?«

Sarah versuchte ein Lachen, wusste allerdings, dass sie nervös klang. »Ich bin ihre einzige Wahl, denn sie hat kein Geld, um noch jemandem Lohn zu zahlen. Ich bin in dem Haus, wo sie wohnt, in Mrs Reekies Haus, als Dienstmädchen angestellt. Ich bin das Dienstmädchen von Mrs Reekie. Also haben sie mich ihr kostenlos zur Verfügung gestellt, und sie hat gesagt, ich soll Euch dabei helfen, die Gegenstände zu verpacken, und sie nach Hause bringen.«

»Sie glaubt, dass Ihr mir vertrauen könnt?«, fragte er.

»Ja«, stotterte Sarah, die das Gefühl hatte, hinter der Frage stecke etwas für sie Unergründliches.

»Und ich soll Euch vertrauen?«

»Warum nicht?«, fragte sie kühn, während ihr das Herz in den Ohren hämmerte.

»Ihr habt ein Empfehlungsschreiben?«

Mit besorgter Miene umklammerte Sarah ihre Schachtel. »In meiner anderen Tasche, zusammen mit dem Geld«, sagte sie reuevoll. »Aber auf dem Weg zum Schiff in London wurde ich ausgeraubt! Es tut mir so leid. Es war ein versiegelter Brief, also weiß ich noch nicht einmal, was sie Euch geschrieben hat.«

»Habt Ihr Euer Geld auch verloren?«

Sie nickte. »Ich habe genug zum Überleben hier, das hatte ich in der Tasche meines Kleides. Aber ein kleiner Bengel hat mir meine Tasche entrissen und ist davongelaufen.«

Er lächelte sie an. »Arme Miss Jolly«, sagte er. »Wenn Ihr also noch nicht einmal Eure eigene Tasche verteidigen konntet, wie wollt Ihr dann die Schätze vor Piraten bewahren?«

»Ich bin mir sicher, dass der Kapitän sein Schiff verteidigen wird.« Es kam ihr so vor, als sei jede seiner lächelnden Bemerkungen eine Falle.

»Ganz bestimmt. Und wie ich sehe, seid Ihr … unerschrocken. Ich will euch Miss Jolie die Tapfere nennen, denn das seid Ihr.«

»Tapfer?«, fragte sie.

»Und *jolie*.«

»Ihr meint, ich sei hübsch?«

»Sehr«, antwortete er.

Es entstand ein Schweigen, während sie zu dem Schluss kam, dass sie nichts zu erwidern hatte.

»Sagt mir bloß nicht, dass ich der erste Mann bin, der Euch das sagt.«

Ihr Erröten verriet ihm, dass er der erste Mann war, dem sie zugehört hatte.

»*Allora!* Dann bin ich ein Glückspilz!«, sagte er. »Nun, was kann ich für Euch tun? Möchtet Ihr etwas essen? Wo wohnt Ihr?«

»Ich bin vom Schiff direkt hierhergekommen«, erwiderte sie. »Ich werde mir eine Herberge für die Nacht suchen und morgen zurückkommen, wann immer es Euch passt. Sollen wir dann zu Eurem Lagerhaus gehen?«

»Ihr seid bereits da«, erklärte er. »Dies hier ist meine Werkstatt und auch mein Palazzo. Wir Venezianer arbeiten alle, wir sind nicht wie Eure englischen Lords. Mein Esszimmer ist der Ort, an dem ich meine Antiquitäten ausstelle. Alles, was Ihr hier seht, steht zum Verkauf.« Er deutete aus dem Fenster. »Alles in Venedig steht zum Verkauf: von einem Flüstern bis hin zu einem Berg aus Gold.«

Sarah nickte und versuchte, nicht überwältigt zu wirken.

»Ihr bleibt hier«, entschied Signor Russo. »Keine Widerrede. Ihr werdet bei meiner kleinen Schwester Chiara im Zimmer schlafen. Meine Mutter wird Euch begrüßen und Euch das Zimmer zeigen. Und dann werden wir, Ihr und ich, zum Abendessen ausgehen, es ist gleich um die Ecke und völlig angemessen. Wir essen früh zu Abend wie der Doge. Und nach dem Abendessen werde ich Euch

die Kunstwerke zeigen, die ich hierhabe, und Ihr trefft Eure Wahl, was La Nobildonna haben möchte. Wenn Ihr einverstanden seid?«
Sarah lächelte. »Natürlich«, sagte sie. »Danke. Aber ich kann mir ohne Weiteres eine Herberge suchen und zurückkommen.«
»Das würde meine Mutter mir niemals verzeihen«, versicherte er ihr.
Er öffnete die Tür und rief die Treppe hoch. »In Venedig haben wir die Küchen unter dem Dach. Das ist besser, falls ein Feuer ausbricht, wisst Ihr? Und hier ist auch schon meine Mutter.«
Eine Frau mit einem breiten Lächeln kam die Treppe herunter, erfuhr Sarahs falschen Namen und küsste sie herzlich auf beide Wangen. Ihr Sohn unterwies sie in schnellem Italienisch, dem Sarah nicht folgen konnte, und die Frau griff nach der Hutschachtel. Sie führte Sarah in ein Zimmer, das auf den Kanal hinausging und dessen Einrichtung aus einem von Vorhängen umgebenen Bett und – selbst hier – etlichen Marmorstatuen bestand.
»Ja, die hier stehen auch zum Verkauf!«, sagte Signor Russo vom Türrahmen aus. »Seht sie Euch genauer an, wenn Ihr Euch ausgeruht habt. Aber wir werden Euch allein lassen, damit Ihr es Euch bequem machen könnt, und in ungefähr einer Stunde werde ich Euch abholen. Ruht Euch jetzt aus.«
»Ich kann allein zu Abend essen«, protestierte Sarah. »Ich möchte Euch keine Umstände bereiten.«
»Nein, ich werde Euch begleiten. Es ist die herrlichste Stadt der Welt, aber unangemessen für eine schöne junge Frau ohne Begleitung.«
»Es gibt Diebe?«, fragte sie mit einem Blick auf die Schachtel, die sicher auf dem Bett lag.
»Sogar welche von legaler Couleur, und Lustmolche«, antwortete er. »Spieler und Spione. Zu meinem Bedauern muss ich sagen, dass wir dekadent sind, Miss Jolie. Wir sind Sünder in dieser überaus engelsgleichen Stadt. Ihr werdet feststellen, dass Ihr heiß begehrt sein werdet.«
Sarah versuchte, wie eine Dame von Welt achtlos zu lachen, brachte allerdings nur ein Kichern zustande.
Er lächelte sie an, scheuchte seine Mutter aus dem Zimmer und schloss die Tür, sodass Stille eintrat.

Dezember 1670, Hadley, Neuengland

Dunkelheit beherrschte bis zum späten Vormittag den Himmel. Eis bedeckte die Seen und Tümpel, Schnee hielt Neds Tür geschlossen, sodass er jeden Morgen wie aus einer Belagerung ausbrechen musste. Den Pfad zu den Tieren im Stall musste er fast jeden Tag freischaufeln, da es ohne Unterlass schneite. Er versuchte noch nicht einmal auszumisten, sondern schichtete lediglich Stroh auf Stroh, sodass die Tiere auf einem dicken Bett aus Streu lagen.

Neds Lebensmittelvorräte waren von einer hohen Schneeschicht bedeckt und mussten ausgegraben werden, doch der Mais und die Gläser mit den getrockneten Beeren hielten sich gut. Er hatte genug, um etwas davon auf seinen wöchentlichen Besuchen in Hadley für zusätzliche Vorräte einzutauschen. Ned schleppte sich den Hauptweg entlang, der jetzt eine verschneite weiße Fläche war, versorgte seine Kundschaft mit Trockenware, demonstrierte seinen frommen Glauben im Versammlungshaus und seine Loyalität gegenüber den Männern in ihrem Versteck im Pfarrhaus.

Bei dieser Witterung wurde niemand an der Fähre gebraucht. Kein Engländer würde sich im Winter in den Wald trauen, keiner würde es wagen, bei diesem Wetter mit dem Boot auf dem Fluss zu fahren. Die Siedler waren schon an Sommertagen keine sicheren Kanufahrer, selbst im flachen Wasser. Keiner von ihnen würde sich den winterlichen Fluten anheimgeben, wenn Eisschollen auf dem tiefen Wasser heranschossen und ein Sturz den beinahe sicheren Tod bedeutete. Im tiefen Winter würden die Flüsse gefrieren, und die kalte Strömung würde sich dunkel unter einer heimtückischen Eisdecke bewegen. Jeglicher Unfall in dieser Witterung, ob nun im Haus oder im Freien, endete mit Sicherheit tödlich.

Ned erwachte jeden Morgen voller Erleichterung, dass das Feuer nicht erloschen war, dass er eine weitere Nacht überlebt hatte. Seine Tage waren von ermattender Angst überschattet – der Angst vor einem Sturz, als sei er ein alter Mann, der sich vor der Kälte fürchtete, als sei er ein Mädchen, das sich vor der Dunkelheit und dem Heulen der Wölfe am anderen Ufer ängstigte.

Eines Morgens vernahm er zu seiner Verblüffung das Scheppern von Eisen an der Stange neben der Anlegestelle, als wollte jemand

einen Fährmann an einen gefrorenen Fluss rufen. Er musste erst die Fellmütze, den Hirschlederumhang, die Hirschlederbeinlinge, die dicken Fäustlinge, die Mokassins und den geölten Umhang anziehen, bevor er die Tür öffnen, die Schneewehe wegstoßen und mit seinen Schuhen aus Korbgeflecht durch die hohe Wand aus Schnee steigen konnte. Er stapfte ums Haus und dachte schon, er habe sich das Läuten eingebildet, doch da, oben auf der Böschung, spazierte Wussausmon auf ihn zu, leichtfüßig wie ein Schneehase auf seinen Schneeschuhen. Ned sah unter der Krempe seiner dicken Fellmütze hervor seinen Freund an, der halb nackt zu sein schien.
»Gütiger Himmel, Mann! Friert Ihr denn nicht?«
»Ich bin warm genug eingepackt«, antwortete Wussausmon fröhlich. »Passt Ihr nur auf, dass Euch niemand mit einem Bären verwechselt und auf Euch schießt. Woher habt Ihr die Mütze?«
»Die habe ich selbst gemacht«, erwiderte Ned. Es waren zwei gegerbte Kaninchenfelle, die unbeholfen zusammengenäht waren und Kopf und Nacken bedeckten. Einen gestrickten Wollschal, den Alinor ihm aus London geschickt hatte, hatte er sich um den Mund gewickelt, dem von seinem Atem ein rasant wachsender Eisbart wuchs. Wussausmon verkniff sich ein Lachen. »Ich habe frisches Fleisch für Euch«, sagte er. »Ich war im Wald vor Norwottuck auf der Jagd, und Leises Eichhörnchen sagte, Ihr würdet Euch darüber freuen.«
»Allerdings«, sagte Ned, dem bei dem Gedanken das Wasser im Mund zusammenlief. »Ich habe seit Wochen nichts mehr geschossen.«
»Es heißt, Ihr wäret seit Tagen nicht mehr draußen gewesen.«
Ned wich Wussausmons freundlichem Blick aus. »Ich gehe nicht gern allein auf die Jagd«, erwiderte er kurz angebunden.
»Warum nicht?«
Zögernd setzte Ned zu einer Erläuterung an. »Wenn es sich zuziehen sollte …«
Wussausmons Verständnislosigkeit war nicht vorgetäuscht. »Was?«, fragte er. »Was würde passieren, wenn es sich zuziehen sollte?«
Verlegen vor Scham zog Ned den Kopf ein und senkte die Stimme, obwohl die beiden Männer ganz allein waren, abgesehen von den nackten schwarzen Bäumen mit ihren vom Schnee gestriften Stämmen. »Ich würde nicht mehr nach Hause finden.«

»Nach Hause finden? In Eurem eigenen Wald? Zu Euch nach Hause? Warum denn nicht?«
Ned schüttelte peinlich berührt den Kopf. »Ich werde schneeblind«, erklärte er. »Ich weiß nicht, in welche Richtung ich blicke. Wenn es heftig schneit – bin ich verloren.«
»Wie könnt Ihr auf Eurem eigenen Land nicht wissen, wo Ihr seid? Das ist so merkwürdig.«
Es war merkwürdig, nicht den Weg zur eigenen Haustür zu kennen, dem konnte Ned nicht widersprechen. Verlegen zuckte er mit den Achseln. »Ja, aber ich weiß es eben nicht.«
»Wollt Ihr mit mir nach Norwottuck kommen? Wir grillen Wild.«
Ned zögerte, denn er sehnte sich nach Gesellschaft, einem warmen Feuer, gutem Essen und dem Klang anderer Stimmen. Doch sein Blick wanderte zu der grauen Eisschicht und den mitten im Fluss gestrandeten und fest gefrorenen Eisschollen. »Wie würden wir dorthin gelangen?«
»Zu Fuß.«
Ned schmeckte Angst in der Kehle. »Auf dem Fluss? Woher wisst Ihr, dass es sicher ist?«
Wussausmon streckte die Hand aus. »Ich weiß es einfach. Kommt schon. Ich werde Euch nicht einbrechen lassen.«
Ned griff nach der ausgestreckten Hand. »Das will ich Euch auch geraten haben.« Er versuchte ein Lächeln. »In diesen Mänteln würde ich wie ein Stein untergehen.«
Wussausmon ging auf dem schneebedeckten Steg voran, setzte sich dann am Ende hin, schwang die Beine vor und kletterte auf den verschneiten Fluss. Er ging ein halbes Dutzend Schritte in Richtung Flussmitte. »Seht Ihr?«, fragte er Ned. »Es trägt mein Gewicht. Es wird Euch tragen.«
Ned biss die Zähne zusammen, um seine Angst zu unterdrücken, und folgte seinem Freund, indem er genau in Wussausmons Fußspuren trat. Das Eis ächzte, und er erstarrte, da er sich auf der Stelle ausmalte, wie sich ein langer Riss im Eis bildete und er in das tödliche schwarze Wasser stürzte.
»Es ist nichts«, versicherte Wussausmon. »Das ist nichts. Es gibt nur unter Euch nach. Das Warnzeichen ist, wenn es splittert, viele kleine Risse auf einmal.«

Ned konnte nicht antworten, sondern glitt so behutsam wie möglich auf den anderen Mann zu. »Weiter, weiter«, sagte er. »Ich will Euch nicht zu nahe kommen. Ich wage nicht, stehen zu bleiben.«
Wussausmon drehte sich um und ging voran, stieg über Neds Fährseil, das mit herunterhängenden Eiszapfen steif gefroren war, vorbei an der schneebedeckten Anlegestelle der Fähre, flussaufwärts dorthin, wo der weiße, verwehte Schnee des Ufers auf den weißen, verwehten Schnee auf dem Fluss traf. Es ließ sich unmöglich genau bestimmen, wann sie am Ufer sein würden, bis Wussausmon Ned anstrahlte.
»Und da sind wir!«, rief er. »Fester Boden. Wir sind auf der anderen Seite.«
Ned grinste und lachte glucksend über seine eigene Angst. »Dank sei dem Herrn! Ihr werdet mich für einen Feigling halten.«
»Nein«, sagte Wussausmon. »Ich werfe Euch nicht vor, dass Ihr Angst davor habt.« Er stieg die Böschung hoch und führte Ned in einem gleichmäßigen, gleitenden Tempo vom Fluss weg, tiefer in den Wald hinein, auf einem Pfad, den Ned nicht sehen konnte. Er blieb nur einmal stehen, als sie eine seltsame Furche überqueren mussten, wie die Spur eines Wagenrads, fünfzehn Zentimeter tief in den Schnee gegraben, die sich aus südlicher Richtung durch den Wald schlängelte und in Richtung Dorf nach Norden verlief. Daneben befand sich ein an ein Seil gebundener Holzblock, und im Vorübergehen griff Wussausmon nach dem Seil, ließ den Klotz in die Spur fallen und zog ihn hinter sich her, um sie von verwehtem Schnee zu befreien.
»Was ist das? Diese Spur?«, wollte Ned wissen. »Was ist das?«
Wussausmon blickte hinter sich, während er immer noch den Holzklotz, der ohne Probleme durch die Spur aus dichtem Schnee glitt, hinter sich herzog. »Es ist für eine Schneeschlange«, erklärte er.
Ned wich zurück. »Eine Schneeschlange?«, wiederholte er. »Hier gibt es Schlangen? Im Schnee?«
Wussausmon lachte. »Nein. Nein, Mantelmann! Seid Ihr verrückt? Alle echten Schlangen schlafen gerade, sie würden erfrieren. Das hier ist unsere Spur, die wir machen, sobald es zu schneien anfängt. Auf diese Weise verschicken wir im Winter Botschaften. Wir ziehen eine tiefe, vereiste, schmale Spur von einem Dorf zum nächsten, wie

diese hier. Und wenn wir dann eine dringende Botschaft haben, werfen wir einen Speer mit der Botschaft in den Eingang der Spur. Er ist schnell, gleitet davon, und jemand hebt ihn auf und wirft ihn weiter. Wie Eure Briefe, die Ihr einander schickt.«

Er bemerkte Neds verblüfften Gesichtsausdruck. »Bloß dass unsere Nachrichten durch verschneite Wälder gelangen, und Eure nicht.«

Ned betrachtete die schmale, am Boden vereiste Spur und stellte sich vor, wie ein Speer vorüberpfiff. »Er ist schnell?«

»So schnell ein Mann ihn am Anfang werfen kann – mit tödlicher Geschwindigkeit –, und er rattert hier entlang, windet sich wie eine Schlange, wenn er langsamer wird. Wenn ihn dann jemand sieht, hebt er ihn auf, liest die Botschaft und wirft ihn weiter. Von Dorf zu Dorf.« Wussausmon lachte über Neds erstaunte Miene. »Wir sind nicht so primitiv, wie Ihr glaubt.«

»Also könnt Ihr selbst im Winter, wenn wir Siedler eingeschneit sind, untereinander Botschaften verschicken, im ganzen Land«, sagte Ned langsam.

Wussausmon nickte. »Und Rauchsignale«, stellte er fest. »Wir können durch Rauch Botschaften aussenden. An einem klaren Tag kann man auf dem Montaup ein Feuer entfachen, und das Signal ist bis nach Accomack sichtbar.«

»Montaup? Accomack?«

»Ihr nennt ihn Mount Hope. Accomack nennt Ihr Plymouth.«

»Und Ihr könnt im Winter auch reisen«, fuhr Ned fort. »Während wir nicht auf den Fluss oder in den Wald können.«

»Im Winter ist es nicht Eure Heimat, nicht wahr?«, stellte Wussausmon fest. »Im Winter gehört es wieder uns, als wären das Land und die Menschen nie voneinander getrennt worden, als wäret Ihr nie hergekommen.«

Wussausmon drehte sich um und ging weiter. Ned gab sich Mühe, mit seinem gleichmäßig knirschenden Tempo Schritt zu halten. Vor ihnen kam das Dorf in Sicht, eine Ansammlung länglicher, niedriger Hütten mit Wänden aus Schilfmatten und Dächern aus dickeren Matten, die Fläche um sie herum vom Schnee freigeräumt, in der Mitte eine Feuerstelle mit einem gewaltigen Feuer und einem ganzen Hirsch, der an einem Spieß gegrillt wurde. Daneben stand ein Rahmen, an dem das Fell gesäubert wurde, in der Glut brodelte eine große Schüssel mit Succotash. Kämpfer sortierten in einer Ecke des Dorfes Speere und Waffen, und ein Mann, der wegen der Hitze des Feuers den Oberkörper entblößt hatte, hielt kleine Metallbolzen mitten in die heiße Glut, zog sie wieder hervor und hämmerte dann darauf herum. Mit aufwallender Angst sah Ned, wie er Teile für eine Muskete anfertigte.

»Seht Ihr das?« Wussausmon zeigte auf die halb gebaute hölzerne Rückseite einer gewaltigen Palisade.

»Ihr baut eine Mauer um das Dorf! Ihr erbaut hier ein Fort!«, sagte Ned vorwurfsvoll.

»Ja«, erwiderte Wussausmon. »Damit niemand dieses Dorf einnehmen und uns niederbrennen kann.«

»Ihr meint, wie es die Engländer in der Schlacht von Mystic Fort gemacht haben? Aber das ist schon Jahre her. Niemand würde Euch hier niederbrennen!«

»Und warum führt dann die Miliz in Hadley Militärübungen durch?«

»Sie führen derzeit keine Übungen durch«, sagte Ned.

»Bloß weil Ihr im Winter nichts tun könnt, heißt das nicht, dass unser Leben auch ins Stocken geraten muss.«

»Während wir also in diesem Winter wie Bären Winterschlaf halten, trefft Ihr Kriegsvorbereitungen«, warf Ned ihm vor. »Ihr verschickt Botschaften auf Arten, die wir nicht nachvollziehen können, von denen wir noch nicht einmal etwas ahnen! Ihr bringt die Stämme zusammen: gegen uns. Ihr baut eine Mauer um das Dorf, Ihr sammelt Waffen – ich habe gesehen, was er angefertigt hat! Ihr bereitet Euch auf einen Krieg vor.«

»Ja«, bestätigte Wussausmon. »Deshalb habe ich Euch hergebracht – damit Ihr es mit eigenen Augen sehen könnt. Wir bereiten uns vor – hier, und auf dem Montaup, im ganzen Land. Alle anderen Stämme machen sich auch bereit. Ich habe den Gouverneur immer wieder gewarnt, aber er will keinen neuen Friedensvertrag mit den Pokanoket schließen, er will sich unsere Beschwerden nicht anhören. Doch wenn Ihr, ein Siedler, ein Soldat, ihm erzählt, dass Ihr das hier gesehen habt, dass Ihr uns bewaffnet und kampfbereit gesehen habt, wird er Euch glauben. Ich bringe ihn nicht dazu, mir Gehör zu schenken.«

Leises Eichhörnchen trat aus einem der Häuser und stellte sich neben Wussausmon, ihre dunklen Augen auf Ned gerichtet.

»Kommt zum Essen zu uns, nehmt Geschenke mit nach Hause, Ihr seid uns willkommen«, sagte Wussausmon. »Und gebt in Plymouth und Boston Bescheid, dass sie so nicht weitermachen können. Sie müssen an unseren Grenzen haltmachen, unsere Beschränkungen respektieren. Ich zeige Euch das hier, damit Ihr es ihnen erzählen könnt, Ned.«

»Erzähl es ihnen, Mantelmann«, wandte Leises Eichhörnchen sich an ihn. »Sei ein Friedensstifter. Bring sie dazu, es zu begreifen.«

Dezember 1670, London

Sir James befand sich im Aufbruch nach Northallerton, nervös darauf bedacht, nach Hause zu gelangen, bevor der Winter noch strenger wurde. Avery House sollte bis zur Frühjahrssaison geschlossen bleiben. Livia schob sich an Glib vorbei, als dieser die Haustür öffnete, und marschierte in die Eingangshalle, weil sie hoffte, James zu einem Aufschub der Reise überreden zu können.

»Es tut mir leid, hier ist bereits alles verpackt«, erklärte James. »Ich hatte nicht mit Euch gerechnet.« Er kam ihr in der Halle mit dem Fußboden aus Schachbrettmuster entgegen, während Glib die Treppe hochstieg und dann langsam Kisten nach unten und durch die Haustür schleppte, um sie hinten auf die gemietete Kutsche zu schnallen. Die letzten Statuen standen beschriftet und abholbereit neben ihnen in der Halle. Durch die offene Salontür sah Livia, dass das Mobiliar unter Stoffbahnen verborgen war.

»Aber ich erwarte eine neue Lieferung mit Antiquitäten«, sagte sie und legte die Hand auf seinen Arm. »Wo soll ich sie ausstellen?«

»Meine Liebe!« Er sah aufrichtig beunruhigt aus. »Warum werden denn noch mehr geschickt? Ihr wisst, dass ich sie nicht wieder ausstellen kann. Das habe ich zum ersten und letzten Mal gemacht!« Er versuchte zu lächeln, doch ihr Griff an seinem Arm wurde fester.

»Es ist mein Witwengut, die allerletzten Dinge!«, sagte sie. »Ich

dachte, Ihr würdet es mir gestatten. In diesem Haus, das mein Zuhause werden soll?«
»Ich kann nicht noch eine Sammlung verkaufen«, sagte er mit Nachdruck. »Eine war schon schlimm genug. Die Leute, die kamen, und ihre Überzeugung, immer wieder herkommen zu können, bis sie sich entschieden hatten, die Art, wie Ihr mit ihnen handeln und feilschen musstet! Ich fand es unerträglich – Ihr doch auch, würde ich meinen? Die zukünftige Lady Avery wird nicht wie eine Straßenverkäuferin Waren verhökern.«
»Es ist mein Witwengut!«, flüsterte sie stur und mit zitternder Unterlippe. »Es ist alles, was ich auf der Welt noch habe.«
Er zögerte und fand dann eine Lösung. »Ich weiß! Was von Eurem Witwengut übrig ist, sollt Ihr mit in die Ehe bringen. Ihr könnt die Kunstwerke im Haus und im Garten aufstellen, hier und in Northallerton. Es kann das Vermögen sein, das Ihr mir bringt, meine Liebste. Nicht Euer Witwengut, sondern Eure Mitgift! Wie wäre das? Ihr sollt einen Sammler aus mir machen, ganz wie Euer erster Gatte! Wie ist das?«
»Großzügig!« Sie versuchte zu lächeln. »Und so typisch für Euch! Danke, mein Liebster. Gebt Ihr mir also die Schlüssel zum Haus, damit ich meine Kleinigkeiten herbringen und es für Eure Rückkehr vorbereiten kann?«
James schüttelte den Kopf. In Gedanken war er bereits auf Reisen. »Stellt sie im Lagerhaus unter«, riet er. Dann braucht Ihr Euch nicht um den Transport zu kümmern.«
Livia versuchte ein Lachen. »Das macht mir doch nichts aus!«
»Nein«, sagte er. »Avery House wird für die Wintersaison dichtgemacht. Ich möchte Euch sicher bei den Damen im Lagerhaus wissen, wo Ihr Euch um ihren Umzug in ein neues Zuhause kümmert, mit dem Geld, das Ihr so klug für sie verdient habt, während Eure kleinen Schätze sicher eingelagert sind. Ich werde nach Norden reisen und dort alles für Euch vorbereiten.«
»Es gefällt mir nicht, wenn Ihr so weit wegfahrt!«
»Ich werde so bald wie möglich wieder zurück sein.«
»Wir sollten unsere Verlobung jetzt bekannt geben«, drängte sie.
»Vor Eurer Abreise.« Sie hegte die abergläubische Furcht, er werde, wenn er London ohne sie verließ, niemals zurückkehren.

»Bei meiner Rückkehr«, versprach er. »Aber ich muss meine Tante in Northside Manor aufsuchen und sie davon in Kenntnis setzen, dass sich meine Umstände geändert haben. Ich muss beim Pfarrer das Aufgebot bestellen, erst dann können wir unsere Verlobung bekannt geben, und ich werde nach Euch schicken.«
»Aber das alles wird so lange dauern!«
»Es gibt eben so viel zu tun.«
»Ich werde Euch so vermissen!« Sie versuchte, sich an ihn zu drücken, um ihm sein Begehren in Erinnerung zu rufen, doch die Eingangstür stand offen, Glib kam und ging, und James dachte nicht im Traum daran, sie in aller Öffentlichkeit zu umarmen. »Oh, James, fahrt nicht! Lasst sie schriftlich wissen, was zu tun ist! Ihr könnt es doch bestimmt einfach per Brief erledigen?«
»Meine Liebe, wenn es ginge, würde ich es tun. Aber ich muss meiner Tante von unserer Verlobung erzählen – das muss ich wirklich. Solche Neuigkeiten kann ich ihr nicht schreiben, es würde sie zu sehr bekümmern. Ich werde es ihr persönlich sagen, ich muss sie sehen und es ihr erklären. Sie würde es mir nie verzeihen, wenn ich Euch ihr aufdrängen sollte, ohne ihr Zeit zu geben, sich vorzubereiten. Sie wird neue Vorhänge bestellen wollen und neue Teppiche für den Salon von Lady Avery, und neue Laken für das Bett. Gebt uns Zeit, Euer neues Zuhause für Euch herzurichten.«
»Aber ich will meine eigenen Sachen aussuchen!«
Er lächelte. »Ihr sollt es ändern, falls Euch etwas nicht zusagen sollte«, versprach er. »Abgesehen davon müsst Ihr Euch um Matteo kümmern und mit Eurer Unterweisung in die Kirche von England weitermachen, und vor allem müsst Ihr ein neues Haus für die Damen finden. Ihr habt jetzt schon zu viel zu tun!«
»Ohne Euch komme ich nicht an mein Geld beim Goldschmied«, gab sie zu bedenken. »Und ich brauche Geld, um ein neues Lagerhaus für sie anzuzahlen.« Sie legte die Hand auf seinen Ärmel. »Ohne Euch geht es nicht«, sagte sie sanft.
Er zögerte. Auf dem Kopfsteinpflaster ertönte das Donnern von Rädern, als die Kutsche vorfuhr.
»Bleibt wenigstens noch einen Tag und bringt mich zum Goldschmied«, drängte sie. »Ich benötige mein Geld, um für die Verschiffung aus Venedig zu bezahlen.«

Er warf einen gequälten Blick zur Eingangstür, die offen stand, davor die Kutsche. »Wie viel braucht Ihr?«
»Fünfzig Pfund für die Verschiffung«, log sie rasch, da sie davon ausging, dass er es nicht besser wusste. »Und ein Pfund für Alys' Haushalt.«
Glib trug ein paar kleinere Kisten an ihnen vorbei, und James gebot ihm Einhalt. »Stellt die da ab.«
Der Lakai stellte die kleinste Truhe auf den Boden und trat zurück. »Die anderen könnt ihr aufladen«, ordnete James an. Als Glib sich wegdrehte, nahm er einen kleinen Schlüssel aus der Westentasche und öffnete die Truhe.
Livias Blick wanderte begierig über die Truhe, die mit Schuldscheinen und ein paar Beuteln Münzen gefüllt war. »Habt Ihr keine Angst vor Dieben?«, fragte sie.
»Ich brauche in Yorkshire Geld.« Er holte einen kleinen Beutel aus der Truhe und zählte die Münzen ab. »Einundfünfzig Pfund«, sagte er. Sie beobachtete, wie er den Beutel an seinen Platz zurücklegte.
»Und Ihr werdet nach mir schicken?«
»Ja«, versprach er. »Selbstverständlich.« Er sperrte die Truhe zu und gab Glib ein Zeichen, sie in die Kutsche zu laden. »Ich kann die Pferde nicht warten lassen.«
»James!«, flüsterte sie eindringlich.
Doch er war ihr gegenüber blind und taub, in Gedanken schon auf der langen Reise in seine geliebte Heimat. »Glib wird Euch zum Lagerhaus zurückbringen«, erklärte er.
Ein flüchtiger Kuss auf die Hand, nicht den Mund, und schon verbeugte er sich vor ihr und verließ die Eingangshalle, stieg die drei flachen Stufen zur Straße hinunter und kletterte in die Kutsche. Die Tür wurde hinter ihm geschlossen, die Pferde stemmten sich in ihr Geschirr, und im nächsten Moment war er verschwunden.

Glib begleitete Livia zur Wassertreppe, rief mit einem schrillen Pfiff ein Boot herbei und fuhr mit, als der Bootsführer sie flussabwärts

zum Kai ruderte. Die Ebbe hatte eingesetzt, und am Fuß der Horsleydown Stairs hielt er das Boot ruhig. Gefolgt von Glib erklomm sie die schmierigen Stufen und ließ das stinkende Niedrigwasser hinter sich, als entstiege sie einer nasskalten Hölle. Vor dem Lagerhaus drehte sie sich zu ihm um. »Kommt sofort zu mir, wenn Euer Herr dem Haushalt mitteilt, dass er zurückkehrt«, sagte sie. Ein Silberschilling wanderte von ihrer behandschuhten Hand in seine.
Er nahm die Münze entgegen, die erste, die sie ihm je gegeben hatte. »Wird er nicht selbst nach Euch schicken?«, fragte er.
»Ich befehle Euch hiermit, vor seinem Eintreffen herzukommen und mir Bescheid zu geben«, wiederholte sie mit scharfer Stimme. »Natürlich wird er nach mir schicken, aber ich will bereit sein. Ich will es auf der Stelle wissen, wenn er plant, nach London zurückzukehren. Tut, wie Euch geheißen, und ich werde Euch wieder bezahlen.«
Glib verbeugte sich und steckte die Münze ein.
»Und bringt mir jegliche anderen Neuigkeiten«, fügte sie hinzu. »Wenn er schreibt, dass das Haus hergerichtet werden soll. Wenn er schreibt, dass er sein gesellschaftliches Leben wieder aufnehmen will. Berichtet mir von seinen Plänen.«
»Wird er Euch nicht selbst schreiben?«, fragte Glib noch einmal, verlor dann jedoch den Mut unter dem finsteren Blick, den sie ihm zuwarf.
»Wenn ich erst einmal Lady Avery bin, und Ihr könnt Euch darauf verlassen, dass ich Lady Avery sein werde, wollt Ihr dann eine Stellung in meinem Haushalt innehaben? Denn ich werde Lady Avery sein, und ich werde diejenige sein, die das Dienstpersonal einstellt. Oder entlässt.«
Er ließ den Kopf hängen. »Ja, Euer Ladyschaft. Natürlich möchte ich meine Stellung behalten.«
»Dann wisst Ihr jetzt, wie Ihr sie Euch verdienen könnt.« Sie drehte sich zur Tür des Lagerhauses, schob den Riegel auf und trat ein.

Alys befand sich im Kontor am Schreibpult. Livia kam herein, legte ihren Umhang ab und lehnte sich Trost suchend an die Schulter ihrer Schwägerin. Alys legte einen Arm um sie, ließ das Buch jedoch aufgeschlagen, um ihre Arbeit zu beenden. Livias Blick glitt die Zahlenkolonne hinunter. »Ist das alles?«
»Ja, das ist alles.«
»Das lohnt sich ja kaum!«
»Wir leben davon.«
»Das hätte in Venedig nicht für meine Schuhe gereicht!«
»Du hattest bestimmt ganz wunderbare Schuhe«, sagte Alys mit einem Lächeln. »Wir verdienen genug, um einen Haushalt zu ernähren, aber viel Profit wirft es nicht ab. Wir sind zu weit von den Legal Quays entfernt, um wartende Schiffe abzubekommen, und ich kann es mir nicht leisten, die Leichterschiffer zu bestechen, damit sie uns Kundschaft herbringen.«
»Wir müssen ein neues Lagerhaus kaufen. Du wirst dir das Geld leihen, Alys. Wir müssen flussaufwärts ziehen. Du weißt doch, dass ich euch helfen werde.«
»Ich weiß.« Alys drehte sich um und küsste ihre Schwägerin auf die Lippen. »Du bist das größte Gut in meinem Leben, in jeder Hinsicht.«
»Meine zweite Ladung Antiquitäten wird bald eintreffen«, stellte Livia fest. »Wir sollten das Lagerhaus jetzt kaufen und sie dort ausstellen.«
»Livia ...« Alys holte Luft, fest entschlossen, ihr zu erzählen, dass Sarah mit den Antiquitäten nach Hause kommen würde. »Livia, ich muss dir etwas sagen ...«
Livia trat noch näher heran und legte die Wange an die von Alys. *Mia amica del cuore.*
»Was bedeutet das?« Alys beugte sich von dem Stehpult hinab in Livias Arme.
»Mein Schatz«, flüsterte Livia. »Mein Herz.«

Dezember 1670, Venedig

Sarah und Signor Russo aßen in einem kleinen Restaurant am Kanal zu Abend. Danach brachte er sie mit der Gondel nach Hause. Er ließ sie im Heck sitzen und lächelte angesichts ihres Entzückens. Hinter ihr ragte der Gondoliere empor, der sie mit lässiger Anmut den Kanal entlangstakte. Als sie in den Canale Grande einbogen, zeigte sich, dass ganz Venedig an dem klaren, kühlen Abend mit dem Boot unterwegs war. Manche Gondeln verfügten über kleine Kajüten, und wenn die Türen geschlossen waren und die Lichter durch die Fenster flackerten, vermutete man drinnen verborgene Liebespaare bei einem Stelldichein. Andere Gondeln, die sich auf dem überfüllten Fluss drängelten, beförderten einzelne Damen, in Umhänge gehüllt und mit Masken vor den Gesichtern, um Freunde zu treffen oder einfach nur Aufmerksamkeit zu erregen. Einzelne adelige Herren lehnten im Bug ihrer Gondeln und musterten die Boote nach neuen Schönheiten, dem Reiz des Unbekannten. Junge Männer teilten sich eine Flasche Wein, und jemand sang, eine klare Tenorstimme, die über das Wasser hallte.

»Sie treffen sich? Die Leute treffen sich?«, fragte Sarah, die versuchte, ihr Entsetzen angesichts der offen ausgelebten Lasterhaftigkeit zu verbergen.

Signor Russo lächelte sie an. »Ich sagte Euch doch, alles steht zum Verkauf«, erwiderte er. »Und jeder.«

Sie bogen in den Kanal, der am großen Tor des Hauses Russo vorbeispülte, und mit lässigem Geschick wendete der Gondoliere sein Gefährt und wirbelte sie an den hauseigenen Kai. Signor Russo half Sarah aus dem schaukelnden Boot und führte sie die Treppe hoch zur Eingangshalle. Im Haus lag der leichte Geruch nach sauberem, kaltem Wasser.

»Und jetzt? Seid Ihr müde, möchtet Ihr gern zu Bett gehen? *Mamma* wird Euch eine heiße Schokolade kochen, damit Ihr besser einschlafen könnt. Oder würdet Ihr Euch lieber noch die Sammlung der Nobildonna ansehen?«

»Ich würde mir ihre Sammlung sehr gern ansehen«, antwortete Sarah. »Wenn es Euch nicht zu spät ist?«

Er lächelte. »Ach, ich bin eine Nachteule. Wie die Gerechtigkeit

schlafe auch ich nie.« Er strahlte sie an. »So sagt man im Dogenpalast, wisst Ihr? Dass die Gerechtigkeit nie schläft. Es soll uns alle daran erinnern, dass sie jeden jederzeit verhaften können.«
»Es muss ...« Sarah fand nicht die richtigen Worte. »Ungemütlich sein?«
»Das Foltern erledigen sie nachts«, erklärte er. »Um die Angestellten nicht zu stören, die tagsüber in den benachbarten Büros arbeiten.«
»Sie foltern?«
»Nachts. Wir vergessen nie, dass wir überwacht werden«, erwiderte er. »Wir vergessen nie, dass sie uns belauschen. Venezianer zu sein bedeutet, ständig unter Verdacht zu stehen. Aber es ist eine gewisse Befriedigung, zu wissen, dass der Nachbar, der Freund, sogar der eigene Gatte ebenfalls ständig unter Verdacht steht.« Er lachte über ihr entsetztes Gesicht. »Tja! Wir trauen eben niemandem.«
Er öffnete seine Jacke und zog einen Schlüssel hervor, der um seinen Hals hing. Dann durchquerte er die Eingangshalle und schloss hinten eine kleine Tür auf. »Die Sammlung der Nobildonna«, sagte er. »Und mein bescheidenes Lager.«

Der längliche, gewölbte Raum lag im Schein der Kerzen kalt und gespenstisch da. Überall – auf dem Boden, auf Tischen und auf efeuumrankten Säulen – standen Leiber oder auch Stücke von Leibern. Schönen Leibern. Die blinden Augen betrachteten Sarah, als handelte es sich um einen Ballsaal voller erstarrter Tänzer.
Sarah wich zurück, dann drehte sie sich um, zur Rückwand, wo gespaltene und angeschlagene Rümpfe auf Regalen lagerten oder einzelne Arme mit feingliedrigen Fingern und makellosen Nägeln nach rechts und links zeigten. Am Fuß der Regale lehnten wohlgeformte Waden, die zierlichen Füße von Nymphen und Heldenfüße mit hohem Spann in Sandalen. Auf dem obersten Regal lagen abgeschlagene Köpfe mit geflochtenem Steinhaar, mit ewig in einem antiken Wind flatternden Bändern und dem einen oder anderen aristokratischen Profil oder dem Lächeln eines Helden.

Steinstaub färbte den Boden schneeweiß, Geister erfüllten den Raum wie Steinnebel.

»Das waren einmal echte Menschen?«, flüsterte Sarah.

»Ich weiß es nicht«, antwortete er beiläufig, als sei es gleichgültig. »Sie sind schön. Und alt. Das ist alles, was uns jetzt kümmert.«

»Aber diese Frau ...« Sarah deutete auf die obere Hälfte eines Gesichts, das von einem Pflug gespalten worden war und dessen Augenlider sich immer noch in einem Lächeln kräuselten. »Wir wissen nicht, wer sie war oder woher sie kam? Und auch nicht, wen sie ansieht, der sie so zum Lächeln bringt?«

Kurzzeitig war Signor Russos Interesse geweckt. »Sie blickt nach unten, also lächelte sie vielleicht auf ein Kind in ihrem Schoß hinunter. Venus mit Amor? Aber wir wissen es nicht. Es ist nicht unsere Aufgabe, den Schleier der Zeit zu lüften. Unsere Aufgabe besteht darin, das Verlorengegangene zu finden, es zu zeigen, zu bewundern. Und natürlich zu verkaufen!«

»Und wie viel hiervon ist ... das Witwengut der Nobildonna?«

Er machte eine ausladende Bewegung. »Sie kann Anspruch auf alles erheben!«, erklärte er. »Ihr Gatte war ein herausragender Sammler antiker Skulpturen. Ich lagere die Werke für sie. Ich habe natürlich meine eigene Sammlung, und ein Stockwerk tiefer befindet sich meine Werkstatt, wo ich erschaffe, restauriere und poliere. Aber im Vergleich zu ihrer Sammlung ist es nichts. Ihr habt hier die freie Auswahl.«

»All diese Dinge gehören ihr?«, hakte Sarah nach.

Er zuckte mit den Schultern. »Wir streiten nicht darüber, was wem gehört. Wir haben eine Abmachung.«

»Eine Abmachung?«

»Eine Partnerschaft. Aber Ihr wisst, was sie verschiffen möchte? Oder ist die Liste zusammen mit dem Empfehlungsschreiben gestohlen worden?«

Sarah wählte ihre Worte mit Bedacht. »Die Liste wurde mit dem Brief an Euch gestohlen. Aber ich weiß, was sie will.«

In dem kalten Lager, voller eisigem Marmor und so nah an dem dunklen, langsam fließenden Kanal, zitterte sie. »Die Cäsarenköpfe haben sich gut verkaufen lassen, und die kleineren Stücke, wie das Rehkitz.«

Er lächelte mit unverminderter Herzlichkeit, und sie wusste nicht zu sagen, ob er ihr glaubte.
»Dann lasst mich Euch ein paar Dinge zeigen, und Ihr könnt Eure Wahl treffen.«
Er führte sie tiefer in das Lager, wo die Regale mit kleinen Bruchstücken gefüllt waren: Köpfe von Säuglingen, Engelsflügel, ein dicker kleiner Fuß eines Kindes, das noch nicht laufen konnte, eine geballte Faust, die vor einen kichernden Mund gehalten wurde. Je weiter sie in das Dunkel vordrangen, desto mehr hatte Sarah das Gefühl, dies seien echte Kinder, schrecklich erstarrte Säuglinge.
»Nichts hiervon«, sagte sie matt. »So etwas kann sie nicht verkaufen.«
»Ihr findet es beunruhigend?«, fragte er eindringlich. »Reihenweise steinerne Säuglinge?«
Sarah hatte das Gefühl zu ersticken, als atme sie den Staub der Kinderknochen ein. Sie nickte.
Er lachte, als fände er sie hinreißend. »Dann lasst mich Euch das hier zeigen ...« Er führte sie um die Regale zu einem anderen Ständer, wo kleine Tiere miteinander zu spielen schienen. »Hauptsächlich von Friesen. Wir glauben, die Landbewohner haben sie von den Fassaden alter Paläste und Tempel abgesägt. Sie haben sie zu kleinen Göttern gemacht. Die Menschen sind solche Toren. Aber sie sind hübsch. Nicht wahr?«
Es war, als sei man in das Wunderland eines englischen Waldes geraten. Kleine Kaninchen richteten sich auf den Hinterläufen auf, die Ohren gespitzt, Eichhörnchen zeigten ihre buschigen Schwänze. Nester voller Jungvögel sperrten die Schnäbel auf, und geplagte Muttervögel beugten sich zum Füttern mit einem in Stein gemeißelten, sich windenden Wurm hinab. Es gab sogar einen Steintümpel mit steinernen Wellen und einem in die Höhe springenden Lachs.
»Oh! Das ist exquisit!«, rief Sarah und wandte sich dann den Vögeln zu: Amseln, Rotkehlchen und eine gesprenkelte Drossel, Meisen mit langen Schwänzen und hochgereckten Köpfchen, und das reizende Nest einer Mehlschwalbe mit dem Muttervogel am Rand und einem halben Dutzend Nestlingen, die ihre Schnäbel hochreckten.
»Das gefällt Euch? Das würde sie wollen? So etwas trifft den Geschmack in England?«

»Ich liebe es!«, erklärte Sarah. »Wir sollten viele kleine Stücke verschicken. Aber sie will auch große. Herrschaftliche Prachtstücke.«
»Herrschaftlich?«
»Der König sitzt wieder auf dem Thron, und alle wollen Porträts von Cäsaren und großen Männern haben«, versuchte Sarah zu erklären. »Alle Lords lassen riesige Paläste erbauen, sie wollen sich wie heimkehrende Helden fühlen. Sie wollen glauben, dass sie an den Griechen Anteil haben, an den Römern, dass sich große Macht auf sie herabsenkt, obwohl keiner von ihnen je etwas riskiert hat und keiner in die Schlacht gezogen ist.«
»Ihr klingt, als würdet Ihr sie verachten!«
»Allerdings!«, antwortete Sarah. Dann fiel ihr wieder ein, dass sie eigentlich eine Bedienstete war, und verbesserte sich: »Nicht, dass es mich etwas anginge, ich weiß. Ich bin bloß eine Hutmacherin.«
»Und wer sind dann also die wahren Helden in England? Laut der Meinung einer hübschen Hutmacherin?«
»Menschen wie Mrs Reekie«, sagte sie ihm die Wahrheit. »Menschen mit einer Vision, die an dieser Vision festhalten. Nicht, weil sie sich für etwas Besseres halten als alle anderen, sondern weil sie tief im Herzen wissen, was richtig ist. Menschen wie Mrs Stoney, ihre Tochter, die zu ihrem Wort steht, die zwar nur selten lächelt, aber die voller Liebe ist, auch wenn sie es nicht zeigt. Sie ändert sich auch nie. Menschen wie Mr Ferryman, der England verlassen hat und vielleicht nie mehr zurückkehrt, weil er nicht wieder unter einem König leben will, nachdem er einmal frei gewesen ist.«
»Ihr klingt, als würdet Ihr sie lieben, Eure Dienstherren?«
»Ja!«, sagte Sarah und verbesserte sich dann mit einem Schulterzucken. »Es sind gute Herrinnen. Und so etwas findet man nicht leicht.«
»Wir leben in unbeständigen Zeiten«, stellte er fest. »Die meisten Menschen ziehen es vor, nicht ihr Herz zu verschenken, und finden es leichter, sich mit den Gezeiten zu verändern.«
»Gute Menschen wissen, was richtig ist«, widersprach sie. »Und sie – Mrs Reekie – ist wie ein Magneteisenstein. Sie kann nicht anders, sondern zeigt immer in die richtige Richtung.«
Er schwieg einen Moment. »Hat sie Euch hierhergeschickt?«
Sarah fasste sich wieder und lächelte in sein schönes Gesicht. »Sie

hat mir erlaubt herzufahren, aber es war natürlich im Auftrag von Lady Reekie, der Nobildonna.«
»Sie mögen sie? Diese guten Frauen in dem großen Londoner Kaufmannshaus? Sie bewundern sie? Ist sie glücklich? Sagt sie, wann sie hierher zurückzukommen gedenkt?«
»Sie vergöttern sie«, erklärte Sarah mit Nachdruck. »Alle vergöttern sie.«
»Sie hat viele Freunde?«
»Nur Sir James, der ihre Statuen bei sich zu Hause ausstellt.«
»Ach, sie hat einen Verehrer? Einen jungen Mann?«
»Nein, er ist recht alt.«
»Und was haltet Ihr von ihr? Was ist die Meinung der Hutmacherin von der Nobildonna, ihrer italienischen Herrin?«
»Ich halte sie für eine absolut wunderbare Frau«, versicherte sie, wobei sie völlig ehrlich klang. »Aber ich kann nicht behaupten, dass ich sie verstehe.«
Er lachte kurz auf. »Ach, sie ist eine Frau!«, erklärte er. »Wenn Ihr sie nicht versteht, Ihr als Frau und als ihr Dienstmädchen, dann würde ich es gewiss noch nicht einmal versuchen. Nun, seht mal hier ...«
Er führte sie in einen zweiten Raum, der vom ersten abging und voller sorgfältig angeordneter und aufgeschichteter Kostbarkeiten war, manche für den Transport eingepackt, manche auf dem Boden liegend. Säulen lagen wie geschnitzte Holzstämme aufeinandergestapelt. In der Zimmermitte befanden sich die größeren Objekte, viele von ihnen sitzende Frauen. Manche waren als Brunnen entworfen und gossen aus leeren Gefäßen in die Dunkelheit. Auf dem Boden verstreut lag eine willkürliche Ansammlung von Stücken aus Stein, manche zur Hälfte gemeißelt, bei anderen handelte es sich um zurechtgeschnittene Blöcke oder von einem größeren Werk abgebrochen Stücke, wie ein gewaltiges Puzzle. Außerdem gab es Köpfe großer Männer, die strengen Häupter von Lorbeerkränzen gekrönt, und Schilde mit poetischen Inschriften, die Heldentum verkündeten.
»Ich hatte keine Ahnung, dass sie so viel besitzt!«, entfuhr es Sarah. »Wie will sie jemals ...«
»Alles verkaufen?«, fragte er. »Es ist die Sammlung eines ganzen

Lebens, für ein lebenslanges Vermögen. Sie kann nur etwa ein Dutzend Werke auf einmal verkaufen. Die englischen Sammler wollen ihre Statuen eine nach der anderen, nicht in Hundertschaften. Einem Kunden würde ich niemals all das hier zeigen, alles auf einmal. Dies ist nur für Euch. Wenn wir uns erst einmal einen Namen gemacht haben, wird sie die Werke nicht mehr Stück für Stück verkaufen müssen. Die Händler werden aus England und Frankreich und Deutschland zu uns kommen. Wir werden einen Ausstellungsraum mit wenigen großen Stücken haben, und sie werden bestellen, was sie benötigen. Die Käufer sehen gerne nur ein paar Stücke auf einmal, das verleiht ihnen Seltenheitswert.«
»Sie sind nicht selten?«
Er hielt die Lampe hoch, sodass sie sehen konnte, dass das Zimmer bis in den letzten Winkel voll war. »Sie sind über Jahrhunderte in großer Zahl gemeißelt worden«, sagte er. »Für Grabmäler und öffentliche Orte, für Häuser und Tempel, für Bibliotheken und Regierungsbüros, für Straßen und zum Schmuck von Häfen. Wir sind ein Land, das seit Anbeginn der Zeit Stein behaut. In Venedig gibt es mehr Statuen als Menschen! Nun, da sie bewundert werden, da ihnen Wert beigemessen wird, suchen wir sie heraus und treiben Handel damit.«
»Und Ihr repariert und poliert sie?«
»Nein! Sagt das niemals!«, erwiderte er lachend. »Wir säubern sie lediglich, und manchmal stellen wir sie auf einen Sockel, damit sie gesehen werden können. Aber wir verändern sie nicht im Geringsten. Sie müssen authentisch sein.«
»Ihr kopiert sie nicht? Oder meißelt selbst welche?«
»Diese Fertigkeiten sind verloren gegangen«, sagte er mit Bestimmtheit. »Das trägt zum Wert dieser Objekte bei: dass sie so alt sind und nie wieder angefertigt werden können. Moderne Steinarbeiten als antike Werke auszugeben wäre Betrug. Diese hier sind ein Vermögen wert, weil es Antiquitäten sind. Eine moderne Kopie wäre nur den Preis des Steins und den Lohn des Steinmetzes wert. Eine antike Statue ist zehnmal so viel wert. Wir achten sehr darauf, dass unsere Objekte wahrhaft alt sind, wahrhaft schön.«
»Und Ihr beide teilt alles?«
»Sagen wir, wir sind Partner. Wir waren Partner, als sie die Statuen

zum ersten Mal im Palazzo Fiori erblickte, wir waren Partner, als wir ihren Anteil retteten, und wir sind jetzt Partner, wo wir sie verkaufen.«

»Ihr Palast muss sehr schön gewesen sein«, mutmaßte Sarah.

»Er war einer der prächtigsten.«

»Und dann hat sie Mrs Reekies Sohn geheiratet. Das war doch bestimmt ein Abstieg für sie?«

»Ach, der Arzt? Der kleine Roberto? Kanntet Ihr ihn?«

Insgeheim fand Sarah das beiläufige Abtun ihres Onkels empörend.

»Nein, ich habe ihn nie kennengelernt. Er war nach Venedig gereist, bevor ich bei Mrs Reekie in Stellung trat. Ich habe von ihm gehört, denn es wird oft von ihm gesprochen. Sie haben ihn geliebt, sie trauern um ihn ... Aber ich würde ihn nicht erkennen, wenn ich ihm begegnete.«

»Und natürlich werdet Ihr ihm nie begegnen«, rief er ihr sanft in Erinnerung.

»Nein, natürlich. Es war ein großer Schlag für den Haushalt, als die Nobildonna schrieb und uns von seinem Tod unterrichtete.«

»Für uns war es auch ein großer Schlag«, sagte er. »Eine Tragödie. Und? Ihr habt unser Lager gesehen. Ihr könnt Eure Wahl treffen. Wie viele Stücke wollt Ihr?«

»Ungefähr zwanzig«, sagte Sarah. »Und Kapitän Shore soll sie nach England verschiffen, wie beim letzten Mal.«

»Wollt Ihr sie jetzt auswählen?« Er reichte ihr den Kandelaber und lehnte sich an die Wand, während sie in dem vollgestellten Raum herumging, sich ein Stück ansah, sich um ein anderes Objekt reckte und ein anderes begutachtete, sich bückte, um die abgelegten Säulen zu bewundern.

»Ich sollte Säulen mitnehmen«, sagte sie. »Ich weiß, dass sie vier oder fünf haben will. Ein paar der größeren Tiere – die Leute mögen sie für ihre Gärten. Besonders Löwen. Ein paar Vasen, und ich glaube – die Cäsarenköpfe, noch ein Satz. Und ein paar Kleinigkeiten, um sie auf Tischen zur Schau zu stellen.«

»Gefällt Euch die Chimäre?« Er zeigte ihr einen Löwen, aus dessen Rückgrat der Kopf einer Ziege hervorbrach und vom Schwanz des Löwen, der eine Schlange war, gebissen wurde. Sarah wich zurück.

»Sie ist schrecklich!«

Er lachte. »Kleine Jolie – nichts ist schrecklich. Nichts ist schön. Es ist nur, was die Menschen eben mögen. Und dies hier ist amüsant, denn es zeigt ein Untier, das Jagd auf sich selbst macht. Vielleicht wie der Mensch. Reizend ist es nicht, aber es ist in Mode. Uns geht es nur um die Mode. Uns geht es nur ums Geld. Ihr könnt morgen anfangen, sie einzupacken. Euer Geschmack ist sehr gut, ich hätte genau die gleiche Auswahl getroffen.«

Er führte sie aus dem Zimmer und schloss die Tür hinter sich. Ihre Nachtkerzen brannten auf dem marmornen Beistelltisch in der schattendunklen Eingangshalle. Auf einmal war Sarah sich deutlich bewusst, dass das Haus still dalag und sie beide allein miteinander waren und dass sein dunkler Blick auf ihrem Gesicht ruhte.

»Nun«, sagte er leise. »Möchtet Ihr in Eurem Schlafzimmer schlafen? Oder würdet Ihr lieber in meines mitkommen?«

Sarah warf einen entsetzten Blick in sein lächelndes Gesicht. »Nein!«, antwortete sie. »Ich bin nicht ... ich bin nicht ...«

»Nicht diese Art von Hutmacherin«, sagte er verständnisvoll, allerdings ohne den geringsten Anflug von Verlegenheit. »In dem Fall werde ich Euch Eure Kerze geben und eine gute Nacht wünschen, Miss Jolie.«

Dezember 1670, Hadley, Neuengland

Ned machte sich an die mühsame Prozedur, seinen Korb mit Waren zu befüllen, die Schneeschuhe anzuschnallen, Red aus der Tür zu scheuchen und in Richtung Stadt aufzubrechen.

Red lief durch den Schnee, versank immer wieder und sprang weiter, das dichte Fell eisüberzogen. Ned musste sein Gartentor nicht freischaufeln, denn die Schneewehen waren so hoch, dass sie darüber hinweg auf die weite, strukturlose Schneefläche treten konnten, in die sich der Hauptweg verwandelt hatte. Zu beiden Seiten erblickte Ned die Dächer und die mit Läden verschlossenen Fenster im Obergeschoss der Häuser. Ein oder zwei Siedler hatten ihre Haustüren freigeschaufelt, doch die meisten hatten die Vorderseiten ihrer Häuser dem Schnee überlassen und schaufelten nur im Hof

Schnee, um ihre Tiere füttern und zu ihren Vorräten gelangen zu können. Jedes Haus trug eine Haube aus Schnee und hatte eine Säule aus Rauch am Schornstein, wie zum Zeichen, dass das Dorf darum kämpfte, warm zu bleiben, und täglich gewaltige Holzvorräte verbrannte, um zu versuchen, durch den qualvollen Winter zu kommen.

Ned tauschte auf seinem Weg Wildbret aus Norwottuck, bekam einen kleinen Käse von einer Sennerin, deren Kuh noch Milch gab, und bewunderte ein Paar gestrickter Wollhandschuhe. Doch obwohl seine Finger von der Kälte rot und aufgesprungen waren, wollte er es sich nicht leisten, Lebensmittel gegen Handschuhe einzutauschen.

Er ging die Straße hinunter zum Haus des Pfarrers, wo die Sklaven unter Mühen einen Pfad zur Vorder- und Hintertür und zum Versammlungshaus freigeschaufelt hatten. Den Korb in der Hand, ging Ned ums Haus und klopfte an die Küchentür.

»Ihr müsst sie kräftig aufstoßen, das Holz hat sich verzogen!«, rief Mrs Rose von drinnen.

Ned stemmte die Schulter gegen die Tür und stolperte in die Küche. »Verzeihung.« Ihr wütender Blick, als Schnee von seiner Mütze auf den sauberen Boden fiel, ließ ihn zusammenzucken. Er trat wieder ins Freie, zog die Schneeschuhe aus, schüttelte sich wie ein Bär und ging dann hinein, wobei er seinen geölten Umhang, den Mantel, die Mütze und Fäustlinge an den Haken neben der Tür ließ. »Es tut mir leid.«

»Schon gut, jetzt seid Ihr da«, sagte sie. »Ist es kalt draußen?«

»Sehr. Ich habe meinen Hund in einem Eurer Ställe gelassen.«

»Ist es dort warm genug für ihn?«

»Ja, ich werde auch nicht allzu lange bleiben. Ich habe Euch Fleisch mitgebracht.«

Sie warf einen Blick in den Korb. »Danke. Sie sind alle oben«, erklärte sie. »Der Keller ist bei dem Wetter zu kalt. Und zu dieser Jahreszeit kommen sowieso keine Fremden her.«

Ned zögerte und fragte sich, ob er ihr etwas Persönlicheres sagen sollte. »Ich freue mich, Euch zu sehen«, sagte er schließlich. »Ihr seht gut aus.«

Sie schenkte ihm ein kleines Lächeln. »Ich mich auch«, erwiderte

sie. »Ich denke an Euch, dort neben dem Eisfluss, in dem letzten Haus der Stadt.«
»So weit weg ist es nicht«, protestierte er, wie er es immer tat.
»Seht Euch doch an!«, entgegnete sie. »Ihr tragt einen halben Bären, bloß um zum Haus des Pfarrers zu gelangen.«
Er nickte. »John Sassamon kam neulich vorbei und trug höchstens die Hälfte von dem, was ich anhabe, und trotzdem war ihm warm. Ich muss ihn dazu bringen, mir seine Pelze zu verkaufen.«
»Er hätte lieber einen roten oder blauen Mantel«, sagte sie. »Das hätten sie alle gern. Sie wollen richtige Kleidung, aber nicht arbeiten, um sie sich zu verdienen. Ihr solltet seine Felle nicht kaufen. Und er sollte eine richtige Hose und ein Hemd tragen. Warum läuft er in Hirschleder herum, wenn er doch ein anständiges, richtiges Haus in Natick besitzt? Eine Ehefrau? Ein Pfarramt? Was treibt er überhaupt so weit im Norden?«
»Darüber muss ich mit dem Pfarrer sprechen«, sagte Ned.
Sie nickte und verkniff sich mit zusammengepressten Lippen eine Antwort. »Er wird bestimmt spionieren«, sagte sie schließlich nur. »Im Wald herumlaufen und uns ausspionieren.«
»Er hat mich ganz offen besucht«, widersprach Ned. »Es ist genau umgekehrt. Er hat mich mitgenommen, um bei ihnen zu spionieren.«
»Nun, Ihr könnt nach oben gehen«, beendete sie das Gespräch. »Sie sind alle drei oben.«
Ned nickte ihr auf dem Weg aus der Küche verlegen zu und stieg die Treppe hoch. Auf dem Weg rief er: »Hier ist Ned Ferryman!«, woraufhin die Tür am Kopf der Treppe aufging, und der Pfarrer herausschaute.
»Schön, Euch zu sehen!«, sagte er. »Geht es Euch gut?«
»Jawohl, ich bin gekommen, um zu sehen, ob es Euch gut geht.«
»Gelobt sei der Herr, ja. Tretet ein.«
John Russell öffnete die Tür ganz, und Ned schob sich in das Zimmer. Die Männer saßen auf harten Lehnstühlen, und das schmale Bett war an die Wand gerückt, damit sie mehr Platz hatten. Im Rost brannte ein niedriges Feuer, an der Innenseite des Fensters hatten sich Eisblumen gebildet. Auf dem Tisch lag eine bei den Psalmen aufgeschlagene Bibel.

»Ned!«, sagte William herzlich. »Guter Mann!«
»Es ist schön, Euch zu sehen, Ned Ferryman«, sagte Edward.
Ned schenkte ihnen ein Lächeln. »Ihr müsst derzeit ganz bestimmt nicht auf der Hut sein«, sagte er. »Bei dem Wetter geht niemand vor die Tür. Aber ich habe mir gedacht, ich will Euch einen Besuch abstatten, und habe Euch etwas frisches Fleisch zum Abendessen mitgebracht, Wild von meinen Nachbarn auf der anderen Flussseite.«
»Ihr habt doch wohl nicht etwa den Fluss überquert?«
»John Sassamon hat mich hinübergeführt. Ich will gern zugeben, dass ich mich gefürchtet habe.«
»Ist er wieder so weit in den Norden gekommen?«, fragte John Russell.
»Ja«, antwortete Ned. »Wieder. Ich bin hergekommen, um mit Euch über ihn zu sprechen, und über die Pokanoket. Ja, er hat mich gebeten, mit Euch und mit diesen Gentlemen zu reden.«
»Was ist los?« Der Pfarrer nahm Platz und winkte Ned zu einem Schemel am Feuer. »Was will er?«
Ned hockte sich auf den Schemel. »Die Sache ist so«, setzte er an. »Er vertraut Euch, Sir, als Mann Gottes, als weit höherstehendem Pfarrer und als Mann, der die eigene Sicherheit für seine Freunde aufs Spiel gesetzt hat.«
»Mit Recht«, sagte William.
»Und er vertraut Euch beiden«, wandte Ned sich an seine ehemaligen Befehlshaber, »nachdem er Euch letzten Sommer fort von hier und dann wieder zurück nach Hadley gebracht hat. Er weiß, dass manche großen Männer Euch im Council Gehör schenken und dass Ihr den Gouverneur und die anderen großen Männer kennt: den Sohn des Gouverneurs, Josiah Winslow, und Mr Daniel Gookin, der Euer Vieh hält. Und er weiß, dass Ihr Freunde im ganzen Land habt.«
»Woher weiß er das alles?«, erkundigte sich Mr Russell überrascht.
William nickte, ohne Ned aus den Augen zu lassen. »Wir sind mit guten Freunden gesegnet«, sagte er. »Na und?«
»John Sassamon sagt, die Siedler halten sich nicht an die vereinbarten Grenzen«, erklärte Ned ernst. »Sie kaufen Land, obwohl der Council es ihnen verboten hat. Die Indianer verkaufen es ihnen, obwohl die Häuptlinge es ihnen verboten haben. Das Land wird

vom Grundstückskauf beherrscht, und kein Gesetz scheint dem Einhalt gebieten zu können.«

»Amen. Das ist wahr«, sagte William ernst.

»Amen«, sagte Edward. »Die Indianer haben ein Recht, sich zu beschweren, wenn wir sie nicht Gott näherbringen, sondern dem Mammon.«

»Der Massasoit hat sein Königreich so gut wie verloren«, fuhr Ned fort. »Es heißt, er sehe von jeder Seite des Mount Hope, wo es einst nichts außer Wald gab, ein Dach und einen Kamin. Er kommt noch nicht einmal ans Meer, ohne Farmland von Siedlern durchqueren zu müssen. Das ist sehr bitter für die Indianer – ihre Gebete am Morgen sollen mit Blick auf die über dem Meer aufgehende Sonne gesprochen werden.«

»Er wird das Land selbst verkauft haben«, stellte Mr Russell fest.

»Nicht freiwillig«, sprach Ned weiter. »Sie sagen, wir lassen sie Schulden machen, und dann kommen wir auf einmal mit der Zwangsvollstreckung.«

»Das ist gesetzeswidrig, der Council ist strikt dagegen. Alle Verträge müssen solide sein und ohne böse Absicht unterzeichnet werden. Sie sollten förmlich Beschwerde einlegen, und wir werden die Siedler strafrechtlich belangen«, sagte John Russell mit Nachdruck.

Verlegen wandte Ned den Blick ab. »Ja, aber es geht um den Sohn des Gouverneurs«, sagte er kläglich. »Er hat einen Indianer wegen einer Schuld von zehn Pfund verklagt. Dafür will er Land, das zwanzig Pfund wert ist!«

»Sagt wer?«, fragte William empört.

»Sie sagen es«, räumte Ned ein. »Der Schuldner ist der Neffe des Massasoit. Der Vater, der Häuptling seines Stammes ist, übergibt dem Händler hundert Morgen Land, damit die Schulden erlassen werden.«

»Josiah Winslow macht das?«, fragte Edward.

»Es kommt noch schlimmer: Der Massasoit selbst hat Schulden bei ihm.« Ned blickte von einem ernsten Gesicht zum anderen. »Wenn sie den Massasoit zwingen, Land zu verkaufen, obwohl er geschworen hat, dass er es nicht tun wird ...«

»Dann lässt ihn das schlecht dastehen«, ergänzte John Russell. »Es zwingt ihn, sein eigenes Wort zu brechen. Es erniedrigt ihn.«

»Sie sagen, als sie noch die ganze Macht besaßen und die Engländer frisch eingetroffen waren und Hunger litten, waren sie gut zu uns. Sie waren großzügig. Sie sagen, da wir jetzt Gewehre und Kanonen und Milizen haben und stärker als sie sind, sollten wir ihnen gegenüber auch großzügig sein.«
»Sind wir denn stärker als sie?«, wollte Edward, der alte Befehlshaber, wissen. »Wenn es zum Krieg käme?«
Ned sah ihn an, unfähig zu lügen. »Ich weiß es nicht«, sagte er. »Ich war nicht am Mount Hope – Montaup, die heilige Heimat der Pokanoket –, und ich habe noch nie einem ihrer Stammestreffen beigewohnt. Aber ich weiß, dass sie große Treffen abhalten und dass andere Stämme auch daran teilnehmen.«
»Um Bündnisse zu schließen? Um in den Krieg zu ziehen?«, fragte John Russell.
»Sie sagen, es seien Treffen zum Tanzen. John Sassamon ist nur hergekommen, um mich zu warnen. Er hat mir aufgetragen, Euch zu warnen. Er hat mir ein Dorf gezeigt, das sich bewaffnet und Verteidigungsanlagen errichtet, ein Dorf der Norwottuck, gleich jenseits des Flusses, so nah wie Hatfield. Sie bewaffnen sich und bauen Palisaden, die Kanonenfeuer standhalten würden. Ich schwöre, sie legen ein Waffenarsenal an, vielleicht sogar Musketen. Er hat es mir gezeigt, damit ich Euch berichte, was ich mit eigenen Augen gesehen habe. Er hat darum gebeten, dass Ihr es den Männern, die Ihr im Council kennt, weitergebt. Diesen Herbst und Winter habe ich ihn viele Male gesehen, und er ist offensichtlich für den Massasoit unterwegs. Er spricht mit Verwandten und Stämmen, und es sieht auf jeden Fall so aus, als würden sie Krieger um sich sammeln. Wenn die Gouverneure sich nicht mit dem Massasoit treffen und einen Vertrag darüber schließen, dass die Ländereien der Indianer in Ruhe gelassen werden, fürchte ich, dass es Krieg geben wird.«
Die beiden älteren Männer, die in ganz England und sogar in Irland Krieg gegen ihre Landsleute geführt hatten, blickten düster drein.
»Ein Krieg der Pokanoket und ihrer Verbündeten gegen uns wäre tödlich«, urteilte Edward.
»Es würde unsere ganze Arbeit zunichtemachen«, sagte John Russell. »Wir haben es bereits nach Boston und nach Plymouth übermittelt. Aber wir werden sie abermals warnen müssen. Wir werden

sie dazu bringen müssen, dass sie es begreifen. In den Städten könnten sie vielleicht einen Krieg gegen die Pokanoket überleben, wir hingegen nicht!«
»Und für welche Seite würdet Ihr Partei ergreifen, Ned?«, forderte William ihn heraus. »Ihr und Euer indianischer Freund? Sitzt Ihr, er und Ihr, nicht im selben Boot? Warnt Ihr nicht beide Seiten voreinander? Ihr könnt nicht Euer ganzes Leben lang von einer Seite des Flusses zur anderen übersetzen. Ihr werdet Euch entscheiden müssen.«

Dezember 1670, Venedig

Sarah erwachte aus seltsamen, gespenstischen Träumen von ihrer Tante Livia als steinernem Ungeheuer, als gemeißelte Seeschlange, als weiße Marmorwitwe, als ausgegrabene Göttin. Blass und mit dunklen Augen kam sie die Treppe herunter, um im Salon von *Mamma* Russo, die nicht mehr so liebenswürdig wie am Abend zuvor war, Frühstück serviert zu bekommen. Der Salon mit seinem Marmorboden war kalt, das gesamte Haus bestand aus kühlem, auf eisigem Wasser aufgeschichtetem Stein.
Sarah versuchte, ihr Unbehagen abzuschütteln, und verbrachte den Vormittag damit, die kleineren Statuen in Fetzen von Schaffellen zu wickeln und sie dann in grobes Segeltuch einzunähen. Dann übergab sie sie Russos Diener, der sie für sie in Kisten packte, indem er kleine Holzkisten um die unregelmäßigen Formen baute. Sie würde das Gefühl nicht los, in einer Leichenhalle zu arbeiten: Ab und zu sah sie sich um, und die blinden Augen beobachteten sie. Selbst die kleinen Steintiere schienen sich insgeheim nach einer Sonne zu sehnen, die ihnen abhandengekommen war.
Um vier Uhr, als das Licht, das durch das Fenster des Lagerhauses drang, nachließ und die Kanäle von den Gondellaternen glänzten, die sich auf dem stillen Wasser spiegelten, versammelte sich die ganze Familie zur Abendmahlzeit im Esszimmer im ersten Stock: die Mutter der Familie, Signora Russo, ihr erwachsener Sohn, ihr kleiner Sohn und die mürrische Tochter Chiara. Als Gast saß Sarah am Fuß der Tafel gegenüber von Signor Russo, und als die Kinder

sich nach dem Essen zurückzogen und seine Mutter eine Flasche Brandy vor ihn stellte, brachte sie auch drei Gläser und setzte sich zu ihm und Sarah, als sei Sarah ein Gentleman auf Besuch, ein Adeliger, der ehrenvoll bedient werden wollte.

»Ihr habt Euch heute mit den Antiquitäten vergnügt?«, fragte der junge Mann.

Sie sagte ihm nicht, dass sie den ganzen Tag nach ihm Ausschau gehalten und sich gewünscht hatte, er werde zu ihr ins Lager spazieren und sich mit ihr unterhalten.

»Ja«, erwiderte sie. »Es sind so schöne Dinge. Ich habe mich gründlich umgesehen und war ganz hingerissen.«

»Wenn Ihr mögt, werde ich Euch zum Federmarkt bringen, und einen Hutmacherladen können wir auch besuchen. Vielleicht möchtet Ihr Euch ja ansehen, wie hier gearbeitet wird. Sie fertigen nicht nur Hüte an, sondern auch Masken und fantastischen Kopfputz, schöne Kreationen, die Gesicht und Haar bedecken, für diejenigen Damen, die unerkannt bleiben möchten.«

»Ihr würdet mich mitnehmen?«, fragte Sarah, und ihr schoss die Röte ins Gesicht, als er sie anlächelte.

»Es wäre mir ein Vergnügen.«

»Bei meiner Ankunft habe ich maskierte Damen gesehen, die auf sehr hohen Holzschuhen gingen, die Schuhe so hoch, dass sie auf die Hilfe von Zofen angewiesen waren.«

»Das sind unsere Kurtisanen«, erklärte er. »Die Kurtisanen von Venedig auf ihren Chopinen. Holzschuhe, wie Ihr sagt, aber so hoch, dass es beinahe Stelzen sind. Sehr teuer, sehr berühmt, sehr schön.«

Sarahs Gesicht wurde noch heißer. »Das wusste ich nicht. Natürlich gibt es in London, besonders bei Hofe ...«

Er trank einen Schluck Wein. »Die ganze Welt weiß Bescheid über den Londoner Hof und die Damen, die für den König herumhuren. Aber Ihr entstammt nicht dieser Welt?«

»Nein«, sagte sie und fiel wieder auf ihr übliche Ausrede zurück. »Ich weiß nichts davon. Ich bin bloß Hutmacherin.«

»Ich glaube, Nell Gwyn, die Mätresse des englischen Königs, war nur Orangenverkäuferin. Doch das hinderte sie nicht daran, durch Gunst ein Vermögen zu machen. Stellt Ihr Euch nie so ein Leben vor? Ihr seid so schön, dass Ihr bestimmt erfolgreich wäret.«

Sarah wusste, dass sie heftig errötete. »Nein«, sagte sie. »Meine Mutter ist eine Frau von großer ...« Sie fand nicht die richtigen Worte. »Großer ...«
»In der Tat eine Puritanerin«, half er nach.
»Ja«, stieß sie keuchend aus. »Sehr ehrenwert. Ich würde niemals ...«
»Aber Ihr habt etwas für Freude übrig? Ihr mögt schöne Dinge?«
»Ja doch ...«
»Und Ihr hofft zu heiraten? Vielleicht seid Ihr verlobt?«
»Ich verschwende keinen Gedanken an Heirat.« Sarah kämpfte um ihre Fassung. »Ich bin gerade erst mit meiner Lehre fertig geworden. Ich muss meinen eigenen Weg gehen. Luxus kann ich mir nicht leisten.«
»Ihr nennt einen Ehemann Luxus?« Er lachte.
»In meiner Welt ist ein Liebster oder ein Ehemann ein Luxus«, brachte sie hervor. »Und zwar einer, den ich mir nicht leisten kann.«
»Ich trinke auf Euch!« Er hob sein Glas. »Eine junge Schönheit, die Männer für kostspieligen Luxus hält. Ihr kommt tatsächlich aus einem Land, das alles auf den Kopf gestellt hat. Die Engländer stürzen ihre Könige und setzen sie dann wieder ein, und sie ziehen junge Frauen groß, die es sich nicht leisten können zu heiraten! Welch Neuheit! Gott segne Euch, Bathsheba Jolie!«
Lächelnd hob seine Mutter das Glas. Dann stellte sie ihrem Sohn rasch eine Frage auf Italienisch.
»Sie fragt mich, was ich gesagt habe, auf dass die englische Rose derart errötet ist?«, übersetzte er.
Sarah schüttelte lächelnd den Kopf. Doch sie wusste, dass dies nicht die Worte gewesen waren. Zwar hatte die Frau zu schnell für sie gesprochen, aber die Wörter »Rose« und »englisch« hätte Sarah verstanden. Sie war sich fast sicher, in dem Schwall aus schnellem Italienisch Livias Namen vernommen zu haben.
»Wenn Ihr so aufgezogen worden wäret wie ich, würdet Ihr genauso denken«, erklärte sie ihm unerschrocken.
»Kein Vater?«, fragte er. »Ich auch nicht.«
»Kein Vater, aber die fleißigste Mutter, mit der je ein Zuhause gesegnet wurde, und eine Großmutter, die sich nie beklagt und mehr von dieser Welt und dem Jenseits versteht als jeder geweihte Pfarrer. Ein

Zuhause, wo wir uns alle aneinanderklammern, während die Welt sich ständig überschlägt.«

»Ihr habt ein kleines Geschäft?«, fragte er mitfühlend.

»Das gerade einmal so über die Runden kommt«, sagte sie. »Also mussten mein Bruder und ich uns unseren Lebensunterhalt selbst verdienen. Johnnie schlägt sich gut, er hat ein Talent für Zahlen. Er macht eine Lehre bei einem Kaufmann und wird dort geschätzt, und ich habe meinen Lehrbrief als Hutmacherin. Bei meiner Rückkehr werde ich mir eine Anstellung als Hutmacherin suchen.«

»Und das wollt Ihr?«, fragte Signor Russo, die dunklen Augen auf ihr lebhaftes Gesicht gerichtet. »Da Ihr nun so weit gekommen seid und Venedig gesehen habt? Ist das alles, was Ihr wollt – zu einem neuen Hutladen heimkehren, mit einer Schachtel voller Federn?«

Sie zögerte. »Es ist schwer, nicht mehr zu wollen«, räumte sie ein. »Da ich nun hier bin, auch wenn ich erst den Hafen und die Straßen auf dem Weg hierher gesehen habe … da ist es tatsächlich schwer, sich nicht mehr zu wünschen.«

Er erhob sich, trat an den Fuß der Tafel und beugte sich über sie, um ihr noch ein Glas Wein einzuschenken. »Stellt Euch mehr vor«, riet er ihr leise ins Ohr. »Dies ist eine Stadt, in der Wünsche wahr werden können. Marco Polo zog von hier auf dem Landweg bis zum Hof von China: bloß weil er träumte, es sei möglich. Wir leben hier ohne König, ohne Kaiser: weil wir glaubten, dass es machbar ist. Dies ist eine Republik, die Bestand haben wird. Jede Wand hier ist von einem Meister bemalt worden: weil wir Schönheit lieben. Hebt den Blick beim Spazierengehen, und jede Ecke ist wunderschön. Selbst die Kurtisanen verdienen ein Vermögen: weil wir wissen, dass Schönheit vergänglich und deshalb so kostbar ist. Stellt Euch mehr vor, Bathsheba, und seht, wohin Euch Eure Träume bringen.«

Unwillkürlich lächelte sie. »Ich muss bereits betrunken sein.« Sie widerstand dem Zauber, den seine Worte um sie webten. »Vorstellungen und Träume sind nichts für mich. Es gibt zu viel zu tun. Ich muss die Güter meiner Herrin verpacken und nach Hause fahren.«

Er lachte. »Dann entzünde ich Euch eine Kerze, damit Ihr zu Bett gehen könnt, Ihr Trunkenbold! Gute Nacht, Bathsheba.«

»Gute Nacht, Signor Russo, gute Nacht, Signora«, erwiderte sie, stand von der Tafel auf und trat an den Beistelltisch mit Marmorplatte, wo ein kunstvoll geschmiedeter goldener Kerzenständer für sie bereitstand.

Signor Russo zündete ihre Kerze an, und als sie danach griff, hielt er ihre Hand. »Ihr könnt mich Felipe nennen«, sagte er leise. »Ihr könnt sagen: *Buonanotte, Felipe.*«

Sie sah zu seiner Mutter, die lächelnd nickte, und wandte sich dann wieder seinem eindringlichen Blick zu. »*Buonanotte,* Felipe«, wiederholte sie, nahm ihre Kerze und verließ das Esszimmer.

Den ganzen Weg bis zum Fuß der Steintreppe spürte sie seinen Blick auf sich, und er folgte ihr auch, als sie hocherhobenen Hauptes, stolz wie eine Königin und schön wie eine Statue, die Treppe bis ganz nach oben emporstieg, während die Kerzenflamme aufgeregt neben ihr flackerte.

Dezember 1670, London

Als Johnnie am Sonntag vor Weihnachten nach Hause kam, traf er seine Mutter in der Stube an, wo sie gefährlich hoch auf einem Stuhl stand und grüne Zweige über dem Eckschrank feststeckte.

»Weißt du, dass es in meiner Jugend verboten war, an Weihnachten freizunehmen?« Sie streckte sich, um die Zweige noch einmal zu richten. »Das hier ist so ein Vergnügen.«

»Aber warum war es verboten?«, fragte er.

»Oliver Cromwell«, lautete die knappe Antwort. »Und der Pfarrer behauptete, es sei heidnisch. Aber jetzt ist alles wieder anders.«

»Der Hof feiert zwei Wochen lang«, sagte er. »Vierzehn Tage lang im Vollrausch. Und dann geht es gleich wieder los für die Dreikönigsnacht.«

Alys lachte. »Du bist ein Puritaner wie dein Onkel Ned«, sagte sie, während er ihr vom Stuhl half. »Unser Pfarrer, der puritanische in St Wilfrid's, sagte immer: ›Wo steht in der Bibel geschrieben, dass man sich betrinken soll, um die Ankunft des Herrn zu feiern?‹ Die alte Ellie aus East Beach rief dann von hinten: ›Er hat ja wohl nicht Wasser in Wein verwandelt, um ihn sich über den Kohl zu gießen!‹«

»Das hat sie gesagt?«

»Jawohl, sie wurde an jedem Dreikönigsabend für das eine oder andere Vergehen bestraft. Aber als ich eine junge Frau war, wurde es noch nicht mal Dreikönigsnacht genannt. Wir hatten keine Heiligen Drei Könige und auch kein Weihnachten.«
»Gab es Geschenke?«
Sie drehte sich von ihm weg, um Beeren an den Mantelhaken an der Rückseite der Tür zu hängen. »Für Geschenke hatten wir kein Geld. Aber Rob und ich suchten immer nach den kleinen wertlosen Münzen, die eure Großmutter so liebt. Wir haben das ganze Jahr über danach gesucht und schenkten sie ihr zu Weihnachten. Und sie schenkte uns etwas vom Jahrmarkt, irgendeine Süßigkeit. Himmel, wir haben alles mit Zucker geliebt.«
»Du und dein Bruder Rob«, vergewisserte er sich.
»Ja, Gott hab ihn selig.«
»Und Sarah ist fort und sucht nach ihm, an Weihnachten?«
Sie sah ihren Sohn fest an. »Oh – dann weißt du also auch Bescheid? Du hast es die ganze Zeit über gewusst? Und es vor mir geheim gehalten? Ihr drei: deine Großmutter und Sarah und du?«
Er nickte. »Es tut mir leid, Ma.«
»Du hättest es mir sagen sollen, Johnnie. Aus uns ist eine Familie voller Geheimniskrämer geworden.«
Er zögerte. »Wir sind schon immer eine Familie mit Geheimnissen gewesen.«
Sie schüttelte den Kopf. »Warum wollte sie mir nicht davon erzählen?«
Er blickte verlegen drein. »Sie dachte, du würdest es Livia sagen.«
»Das hätte ich auch getan!«, rief Alys. »Ich hätte es tun sollen! Wer könnte besser als sie deiner Großmutter und meiner Tochter erklären, dass sie einem Phantom nachjagen? Was glaubt sie denn? Dass Livia nicht Robs Witwe ist? Dass er nicht tot ist?«
»Sie sind sich ganz sicher, dass etwas nicht stimmt«, sagte Johnnie sanft. »Großmutter ist davon überzeugt.«
»Sie hat es sich in den Kopf gesetzt, dass Rob am Leben ist und Sarah ihn irgendwie finden wird. Und Sarah hat es als Vorwand genommen, um zu einem Abenteuer aufzubrechen. Natürlich ist da nichts dran. Gott beschütze meine Tochter und bringe sie sicher wieder heim.«

»Amen«, sagte Johnnie. »Ich vermisse sie.«
»Ich vermisse sie auch«, bestätigte seine Mutter. »Und was werden wir Livia sagen, wenn Sarah von dem Schiff aus Venedig herunterspaziert? Habt ihr euch das auch überlegt?«

Dezember 1670, Venedig

Der Federmarkt wurde in einem der großen Lagerhäuser nicht weit von der Rialtobrücke abgehalten.
Sarah und Felipe gingen zu Fuß durch die schmalen Straßen und überquerten dann den Markt, wo die Geldwechsler und Verleiher ihre Stände unter den Bögen des Hofes aufgebaut hatten. Jeder von ihnen hatte eine Waage und ein Rechenbrett an seinem Stand, eine Schreibfeder und Papier, um die Schulden aufzuschreiben, und eine Truhe mit Münzen, die sicher unter dem Tisch stand. Sie wurde bewacht von einem jungen Mann, der hinter dem Geldwechsler stand und die Kiste keine Sekunde aus den Augen ließ.
»Ihr solltet besser Euer englisches Geld in Gold umtauschen«, riet Felipe. »Seid Ihr Euch sicher, dass es eine echte Münze ist?«
Sie nickte. »Werden sie mir das richtige Gewicht dafür geben?«
»Sie würden es nicht wagen, eine Christin zu betrügen«, sagte er. »Es sind Juden. Sie verleihen Geld, wechseln Gold und gehen mit der Erlaubnis des Dogen ihrem Gewerbe des Zinswuchers nach. Wenn einer von ihnen auch nur im Traum daran dächte zu betrügen, würde er denunziert und noch vor Sonnenuntergang öffentlich hingerichtet werden. Wahrscheinlich sind sie die ehrlichsten Menschen von ganz Venedig. Ganz bestimmt sind sie diejenigen mit der größten Angst.«
»Man müsste ein waghalsiger Mensch sein, um in dieser Stadt gegen das Gesetz zu verstoßen«, stellte Sarah fest.
»Nur für einen sehr großen Profit«, pflichtete er ihr bei.
»Wie entscheide ich mich für einen Geldverleiher?« Sarah zögerte vor den Männern in den langen schwarzen Gewändern, alle mit einem gelben Stern, der vorn auf die schwarzen Mäntel genäht war. »Sie sehen alle gleich aus.«

»Ich nehme für gewöhnlich diesen Mann in Anspruch«, verriet Felipe. »Mordecai.« Er führte sie an den Stand. »Englische Guinee gegen Gold«, forderte er knapp.
Der Mann verbeugte sich und griff zu seiner Waage. »Darf ich um die Münze bitten, Eure Ladyschaft?«, bat er Sarah in einwandfreiem Englisch.
»Woher wusstet Ihr, dass ich englisch bin?«, fragte sie verblüfft.
Er hielt den Kopf weiter geneigt, doch sie konnte sein Lächeln sehen. »Euer helles Gesicht verrät Euch, Ladyschaft«, erklärte er leise. »Alle Engländer haben diese helle Haut.« Er warf Felipe einen Blick zu und ergänzte auf Italienisch: »Ganz wie der Milord Doktor.«
»Gebt ihr einfach das Geld«, befahl Felipe leise auf Italienisch.
Sarah verzog keine Miene, während sie beobachtete, wie der Gehilfe des Geldverleihers die Truhe unter dem Stand öffnete und Goldmünzen und kleine Stücke von Goldketten hochreichte. Dass sie den kurzen Wortwechsel verstanden hatte, ließ sie sich nicht anmerken. Sie steckte die Hand in den Seitenschlitz ihres Rockes, zog Alinors Guinee hervor und händigte sie nach kurzem Zögern aus.
Der Geldverleiher Mordecai legte die Münze auf eine Seite der Waage und fügte auf der anderen Schale Münzen und Goldkettenglieder hinzu, bis die Waagschalen sich genau im Gleichgewicht befanden.
»Und noch etwas als Glücksbringer«, sagte Felipe auf Englisch, mit einer gewissen Schärfe in der Stimme.
»Signor ... es war gerecht abgewogen und ein vereinbarter Preis.«
»Ihr werdet eine gute englische Guinee mit Gewinn verkaufen, das wisst Ihr ganz genau, alter Sünder. Gebt der Dame eine Kleinigkeit als Glücksbringer.«
»Ich brauche nicht ...«, setzte Sarah an.
»Wie ich es sage.«
Ohne ein weiteres Wort fügte Mordecai drei Glieder einer Goldkette hinzu, und die Waage senkte sich bebend zu Sarahs Gunsten.
»Haltet Euren Geldbeutel auf, und er wird es hineinkippen«, wies Felipe sie an.
Sarah tat, wie ihr geheißen. »Na bitte«, sagte er, als sie die Schnur des Geldbeutels zuzog und ihn sorgfältig an ihrem Gürtel festband. Felipe führte sie von dem Stand weg, und sie verließen den Platz

und erklommen die steil abgeschrägte Rialtobrücke. Zu beiden Seiten standen kleine Buden, die schöne Glaswaren und emaillierte Dolche verkauften, die mit Juwelen besetzt waren. Gewürzhändler hatten farbige und aromatisch duftende Pulver, die Sarah noch nie gesehen hatte, an einem anderen Stand gab es parfümierte Seifen und Puder und Öle, während wieder ein anderer im Schatten eines gewaltigen Sonnenschirms ellenweise Seide und Samt feilbot. Sogar die Luft roch fremd und exotisch, Düfte von Patschuli und Zitrone und Rosenblüten umwaberten sie auf Schritt und Tritt. Sarah blieb stehen, um den scharfen Winterduft von Myrrhe einzuatmen.
»Bringt es Euch zum Träumen?«, fragte Felipe leise.
»Ich glaube, es ist eine Stadt der Träume«, sagte sie. »Es ist mir unverständlich, wie Liv… wie meine Herrin es über sich bringt, an einem anderen Ort zu leben.«
»Ach, sie fuhr schwarz gekleidet davon, ihre Träume waren ertrunken«, sagte er voller Mitgefühl. »Trägt sie in London immer noch Trauer?«
»Ja.«
»Sie ist die Art Frau, die es nie ablegen wird. Sie hat ihren Gatten sehr innig geliebt. Sie trauerte um ihn wie eine Frau, die vor Kummer den Verstand verloren hat.«
»Und Schwarz steht ihr«, stellte Sarah fest, was ihn zum Lachen brachte.
»Ja, das tut es.«
»Sie waren sehr verliebt?«
»Anfangs waren sie unzertrennlich. Sie ging mit ihm in die Marschgebiete und begleitete ihn auf seinen Visiten. Er bestand darauf, die Armen zu besuchen – er hatte ein wissenschaftliches Interesse am Wechselfieber –, die beiden waren geradezu furchtlos. Sie gingen zusammen hin, in Arztmasken, wie ein Paar schwarzer Reiher.« Er lächelte.
»Reiher?«, wiederholte sie.
»Sie trugen die langen Gewänder und großen Masken der Ärzte, zum Schutz vor Ansteckung die langen Schnäbel voller Kräuter, die Augen wie Löcher. Die Gewänder schwarz. Ich habe sie immer ausgelacht, wenn sie wie ein Vogelpärchen mit großen Schnäbeln wie Silberreiher über die Marschen gingen.«

»Hat sie ihm die Antiquitäten gezeigt?«
»Als er sie kennenlernte, sah er sie in ihrem alten Zuhause. Sie thronte zwischen ihnen, eine Schönheit inmitten von Schönheiten, in ihrem Palazzo. Sie war eine wohlhabende Ehefrau, reich an allem, außer an Lebensglück. Als ihr erster Mann verstarb und sie sich dazu herabließ, den Arzt zu heiraten, brachte sie die ganzen Schätze als Aussteuer mit in die Ehe ein. Natürlich hatte er keine Ahnung, was wir noch alles im Lager hatten.« Felipe führte Sarah die letzten paar Stufen hoch zu dem großen Lagerhaus.
»Hat er ihre Sammlung nie gesehen? War er nie bei Euch zu Besuch?«
Felipe drückte die Klinke der Tür für Fußgänger in dem großen Tor. Sogleich drang lautes Getöse nach draußen. Er lächelte. »Hört! Das ist der Klang von Menschen, die Geld verdienen!«
Sarah lachte.
»Das hier ist also der Wochenmarkt für Federn«, erklärte er. »Die großen Jäger und Sammler reisen durch ganz Europa, durch ganz Asien und Afrika, sie liefern Millionen von Federn. Die Federhändler kaufen sie hier, ungeschönt, und verarbeiten sie dann, färben sie, reinigen sie, modellieren sie, und bringen sie wieder hierher, um sie an Hutmacher und Kostümverleiher zu verkaufen. Hier verkaufen Federhändler Säcke mit Federn an Händler, die sie nach London und Paris bringen, zu ihren eigenen Märkten. Ihr werdet hier also alles zu Gesicht bekommen – von dreckigem Vogelbalg bis hin zu einer völlig fertigen einzelnen Feder. Man kann jegliche Mengen kaufen.«
Sarah machte schon Anstalten, durch die Tür zu gehen, doch er legte ihr eine Hand auf den Arm. »Aber nicht mit diesem Gesicht«, sagte er.
Überrascht drehte sie sich zu ihm um. »Bin ich schmutzig?« Sie fuhr sich mit der behandschuhten Handfläche über die Wange.
Er lächelte. »Ihr seid aufgeregt«, erwiderte er. »Seht in Venedig niemals aufgeregt aus! Man erhöht allein durch die Art, wie man einen Markt betritt, den Preis. Dies ist ein Markt zum Feilschen, in einer Stadt, die Gleichgültigkeit bewundert. Ihr werdet mir zeigen, was Euch gefällt – und zwar diskret –, und ich werde den Preis halbieren. Aber das gelingt mir nicht, wenn Ihr wie ein Kind beim Auspacken der Weihnachtsgeschenke aussht.«

Lachend setzte sie eine andere Miene auf. Unwillkürlich imitierte sie Livia, wenn diese ganz besonders geringschätzig dreinblickte. »So? Sehe ich gleichgültig genug aus? Schön gelangweilt?«
»Wie eine Königin«, sagte er und trat zurück, um ihr den Vortritt in die Halle zu lassen.

Sarah war froh, dass er sie vorher gewarnt hatte. Eine Seite der Halle war wie das heillose Durcheinander bei einem Metzger, hohe Stapel an blutenden Vogelbälgen, manche nach dem Kot der toten Vögel stinkend, manche unzureichend gesäubert und bereits am Verwesen, und über allem hing der scharfe Gestank nach Essig, der während der Quarantäne darübergegossen worden war, um die Ausbreitung von Krankheiten zu verhindern. Flügel, die grausam von verendenden Vögeln abgehackt worden waren, lagen in gewaltigen Stapeln herum, Vögel mit erlesenen Schöpfen waren brutal geköpft worden, sodass die Köpfe makellos waren, die Hälse jedoch nur noch blutverkrustete Stümpfe. Vogelleiber mit schönem Brustgefieder und langen bunten Schwanzfedern lagen stapelweise auf dem Boden. Sarah wandte den Kopf ab. »Das ist ja ekelhaft.«
»*Allora*, jedes Gewerbe hat seine schmutzige Seite«, sagte Felipe philosophisch. »Und alle hier sind auf der Isola del Lazzaretto Nuovo in Quarantäne gewesen. Alles, was möglicherweise eine Infektion nach Venedig einschleppen könnte, muss auf die Insel gebracht und gereinigt werden – gelüftet oder geräuchert oder in Essig getränkt. Erst wenn es sauber ist, darf es hierhergebracht werden.«
»Oh, der Kapitän, Kapitän Shore auf meinem Schiff hat davon erzählt.«
»Ja, natürlich. Wenn es in London Krankheiten gäbe, müssten der Kapitän, seine Besatzung und sogar Ihr vierzig Tage lang warten, bevor man Euch Zutritt in Venedig gewähren würde. Alle Güter, die Ihr mitgebracht habt, würden gereinigt werden, während Ihr abwartet, ob sich irgendwelche Infektionen zeigen. Die Kaufleute hassen die Verzögerung, aber es bewahrt uns vor Krankheiten.«

»Und nach vierzig Tagen werden sie freigegeben?«
»Natürlich«, sagte er sanft. »Also ist hier alles sauber. Es mag stinken, aber ansteckend ist es nicht.«
»Aber es ist ...« Sie fand nicht das passende Wort. »Grausam?« »Ein abgetrennter Kopf? Von einem Vogel? Und das von der Nation, die einen König enthauptet hat? Ich dachte, Ihr wäret tollkühner! Es kommt immer jemand zu Schaden, wenn Profit gemacht wird, das wisst Ihr doch. Aber wenn Ihr so zimperlich seid, dann kommt doch und seht Euch die fertigen Federn an. Hier gibt es keine gebrochenen Genicke!«
An den Seiten der langen Halle standen zahllose Stände aus Planken auf Stützböcken, dazu zwei Gänge in der Mitte, und an jedem einzelnen Stand stapelte sich eine andere Spezialität. Sarah erblickte ganze Bündel aus Pfauenschwänzen, die seltsam geformten Federn von Paradiesvögeln. Es gab schneeweiße Reiherfedern und – wie Bronzetupfer auf Marmor – bezaubernd gesprenkelte Schleiereulenfedern. Kormorangefieder glänzte in schillerndem Grün-Schwarz, ein Haufen Papageienfedern zeigte ein kräftiges, beinahe leuchtendes Blau. Es gab Säcke mit winzigen Federn, die nach Gewicht verkauft wurden, nach Farben sortiert, tiefrötlich braune Tafelentenfedern, schwärzlich kobaltfarbene von Stockentenerpeln.
Bei den mittleren Ständen waren die Federn gesäubert und gefärbt worden. Pechschwarze Federn – die am schwersten zu erreichende Farbe – füllten nach Größe sortiert einen Sack nach dem anderen. Es gab Federn, die fachkundig gestaltet und bearbeitet waren, mit gezackten Rändern. Manche waren mit Gold bestäubt, sodass sie glänzten und glitzerten, andere waren mit Pailletten bestückt, allesamt wunderschön verarbeitet und gebürstet, sodass die Federäste in schimmernder Perfektion aneinanderlagen.
»Oh«, hauchte Sarah angesichts der Reichtümer um sie herum.
»Euer Gesicht«, mahnte Felipe.
Sarah verkniff sich ein Kichern und fasste sich wieder. »Aber ich kann nicht mehr als meine halbe Guinee ausgeben«, flüsterte sie eindringlich.
»Seid Ihr auf Quantität oder Qualität aus?«, fragte er.
Er sah ihren sehnsuchtsvollen Blick zu den makellosen Einzelfedern, dann kehrte sie entschlossen zu dem Sack mit Eisvogelfedern

zurück. »Wie viel würde ich hiervon für meine halbe Guinee bekommen?«, fragte sie.
Er drehte sich um und sprach mit der Standbetreiberin in schnellem Italienisch.
»Sie verlangen das Gewicht in Gold«, sagte er. »Möchtet Ihr für eine Guinee von dieser Sorte?«
Sarah schluckte, wusste allerdings, dass sie die Federn in London für den fünffachen Preis verkaufen könnte. »Eine halbe«, sagte sie. »Ich muss etwas zurückbehalten, falls es Schwierigkeiten geben sollte.«
Er lachte. »Ich werde Euch schon beschützen! Ihr werdet keine Schwierigkeiten bekommen! Aber dann eben für eine halbe Guinee.«
Die Frau hinter dem Stand deutete auf eine große Waage mit einer Schale für Geld auf der einen Seite und einem Korb auf der anderen. Mithilfe von venezianischen Münzen auf beiden Seiten demonstrierte sie, dass die Waage korrekt wog, und dann legte Sarah eine Handvoll Gold in die Schale. Die Frau kippte eine Lawine aus türkisfarbenen Federn in den Korb, bis die Waage erzitterte, sich in Bewegung setzte und dann ins Gleichgewicht kam.
»Und als Glücksbringer?«, ermahnte Felipe sie, und sie warf noch eine Handvoll hinein.
»Seid Ihr zufrieden mit Eurem Kauf?«, fragte er Sarah.
Geblendet von der Farbe, der Schale aus Saphirblau, nickte sie, und die Frau schüttete die Federn wie einen Lichtstrahl in ein Bündel aus weichem Tuch, band es oben zu einer Schlaufe, damit es sich gut tragen ließ, und schaufelte das Gold in eine Tasche ihrer Schürze.

Dezember 1670, London

Johnnies Meister rief ihn Heiligabend in sein Privatbüro. Er stand vor dem gewaltigen Schreibtisch, auf dem sich die Hauptbücher stapelten, während Mr Watson eine Zahlenkolonne fertig kontrollierte und ihn dann über den Rand seiner kleinen Brille hinweg betrachtete.

»Aha, Master Stoney«, sagte er geschraubt. »Eure Zeit bei uns ist nun um.«
»Ja, Sir«, erwiderte Johnnie.
»Ihr habt Euren Lehrvertrag dabei?«
Johnnie entrollte das Papier mit den dicken roten Siegeln am Ende und Alys' schlichter Unterschrift neben dem Gekrakel seines Meisters.
»Auf den Tag«, sagte Mr Watson. »Ihr unterschreibt dort.«
Johnnie setzte seine geschwungene Unterschrift an den unteren Rand des Blattes, und Mr Watson unterzeichnete mit einem Schnörkel.
»Ihr werdet bei uns bleiben?«, erkundigte sich Mr Watson. »Buchhalter für fünf Schillinge die Woche?«
»Sehr gern«, sagte Johnnie. »Bis Ostern, wenn ich darf?«
»Ihr hofft, in einer anderen Firma unterzukommen?«
»Ich hatte Glück«, erklärte Johnnie. »Mehr Glück, als ich zu hoffen gewagt hätte. Ich habe einen Gönner, der meinen Namen erwähnt hat. Ich war in der East India Company, und man hat mir eine Stelle angeboten. Es heißt, ich könne Ostern dort anfangen.«
»Gütiger Himmel!« Johnnies Meister ließ sich in seinem Stuhl zurücksinken. »Ihr wollt hoch hinaus«, sagte er mit einem Hauch von Verbitterung. »Wer hat Euch dort untergebracht?«
»Meine Tante aus Venedig kennt einen Anteilseigner«, antwortete Johnnie. »Er war so gut, mich zu empfehlen.«
»Ihr habt eine Tante aus Venedig?«
»Ja, Sir.«
»Das ist neu, nicht wahr?«
»In der Tat, Sir, und unerwartet. Aber mein Onkel ist vor Kurzem verstorben, und seine Witwe ist angereist und wohnt jetzt bei uns.«
»Und was müsst Ihr für sie tun? Für Eure Wohltäterin? Denn das hier ist ja wohl mehr als ein vetterlicher Gefallen?«
Johnnie lachte, ein wenig verlegen. »Anscheinend muss ich ihr ein Ratgeber und Freund sein«, sagte er. »Sie lebt bei meiner Mutter und Großmutter im Lagerhaus, und – es scheint, als brauche sie meine Unterstützung bei einem Plan, den sie für das Geschäft hegt.«
Mr Watson betrachtete den jungen Mann verdrossen. »Nun, Ihr könnt nach Hause zu Eurer Familie gehen und Euch über die Feier-

tage mit Eurer Tante anfreunden. Falls sie Geld in Frachtgut anlegen möchte, verlasse ich mich darauf, dass Ihr sie hierher bringt. Denkt daran, was ich für Euch getan habe, Bursche. Ich erwarte, sie im neuen Jahr zu sehen.«
»Sie besitzt nur ihr Witwengut«, sagte Johnnie. »Sie ist keine wohlhabende Frau.«
»Sie hat wohlhabende Freunde«, erwiderte der Kaufmann tonlos. »Die möchte ich auch gern kennenlernen.«
»Ich werde es ihr ausrichten«, sagte Johnnie verlegen. »Ich werde Euren Namen ganz bestimmt erwähnen.«
»Jawohl. Also schön. Fort mit Euch! Am Tag nach Weihnachten fangt Ihr wieder an, und Gott segne Euch alle.«
Johnnie zögerte, in der Hoffnung, dass es ein Weihnachtspäckchen geben sollte – und zog schließlich ohne Geschenk von dannen.

Dezember 1670, Venedig

Bevor sich etwas im Haus regte, erwachte Sarah und zog sich leise im Dämmerlicht des Mondes an, dessen Schein sich im Kanal spiegelte und ihre Zimmerdecke sprenkelte. Als sie das Zimmer verlassen wollte, bewegte sich Felipes kleine Schwester Chiara, die immer noch in ihrem Bett schlief, und murmelte etwas. Sarah erstarrte und schlich dann auf den knarrenden Dielen zur Tür. Auf der Steintreppe verursachte sie nicht das geringste Geräusch, und mit den Schuhen in der Hand glitt sie wie ein Gespenst zur Straßentür, die unverschlossen war. Die Küchenmagd war bereits hereingekommen und die Treppe zur Küche hochgestiegen, um das Feuer zu entfachen und mit dem Backen zu beginnen. Sarah schwang die Tür auf und trat auf die still daliegende Straße.
Venedig war wach – denn Venedig schlief nie. Straßenkehrer schwangen ihre Besen und schoben den Schmutz in den Kanal, wo er wie blasser Schaum trieb, Straßenbewässerer schöpften Wasser aus dem Kanal und kippten es auf die Gehwege. Die Verkäufer gingen zu den Märkten, und ihre Waren schwangen in ausbalancierten Körben an ihren Schulterjochen. Auf dem Kanal fuhren schlichte

Holzgondeln und Fähren mit Fracht hin und her. Die Abfallsammler hievten die Körbe des Viertels in ihr Boot. Ein oder zwei glänzende schwarze Gondeln mit Betrunkenen trieben, auf dem Heimweg von einer durchzechten Nacht, tief im Wasser. Eine Gondel mit einer geschlossenen Kabine, wo ein heimliches Liebespaar noch den Tag zurückhielt, ließ flackernden Kerzenschein erkennen.
Sarah ging den gleichen Weg zur Piazza di Rialto wie am Vortag, wo die Geldverleiher ihre Tische hatten. Sie war zu früh dran, doch ein Junge, in Schwarz gekleidet, mit einer Kippa auf dem Kopf und einem gelben Stern, der auf sein kleines Hemd genäht war, wartete am Brunnen auf seinen Vater. Sarah trat auf ihn zu.
»Ich bin auf der Suche nach Mordecai dem Geldwechsler.«
Er verbeugte sich tief, die zitternden Hände vor sich verschränkt, zu eingeschüchtert von der Christin, um seine Stimme zu finden.
»Mordecai der Geldwechsler«, wiederholte sie.
»Er kommt hier entlang«, antwortete er widerwillig. »Er wird um acht Uhr eintreffen.«
»Kann ich ihm entgegengehen?«
»Eure Ladyschaft muss tun, was Euch beliebt«, sagte er in seinem Kleinjungensopran.
»Führst du mich hin?«
Sein ängstlich über den Platz huschender Blick verriet ihr, dass er nicht mit ihr gehen wollte, doch er wusste, dass er einer christlichen Dame niemals einen Wunsch abschlagen durfte.
»Natürlich, Eure Ladyschaft.«
Er trottete von dem Platz, und Sarah schritt neben ihm her. »Wohin gehen wir?«
»Zum Getto, Eure Ladyschaft.«
»Was ist das?«
»Die alten Eisengießereien ... wo unser Volk der Schrift leben muss, alle zusammen. Nachts sind wir eingesperrt.«
Sie wollte schon nachfragen, da blickte der Junge auf und sagte sichtlich erleichtert: »Da ist ja Mordecai!« Sarah sah den Mann in ihre Richtung kommen, den tiefen Kanal auf der einen Seite, die dunkle Mauer auf der anderen. Sein Lehrling folgte ihm mit der Geldtruhe.
»Signor Mordecai?«

Der Junge warf dem älteren Mann einen flehenden Blick der Entschuldigung zu. »Es tut mir leid, Signor«, sagte er auf Italienisch. »Sie hat darauf bestanden, und ich konnte mich nicht weigern.« Damit verschwand er in den Schatten der Gasse.

»Eure Ladyschaft«, sagte Mordecai auf Englisch, ohne überrascht zu wirken.

»Nicht wahr, Ihr habt gestern erkannt, dass ich Engländerin bin?«

Er verbeugte sich. »In der Tat.«

»Ihr sagtet, ich sähe wie der Milord Doktor aus.«

Er machte eine bejahende Verbeugung. »Ihr habt mich verstanden, als ich italienisch gesprochen habe?«

»Ja. Dann habe ich mich also nicht geirrt.«

»Ich habe mir nichts Böses dabei gedacht, Signora.«

»Das weiß ich. Ich bin zu Euch gekommen – weil ich glaube, dass Ihr ein ehrlicher Mann seid.«

»Ich sollte mich nicht mit Euch unterhalten.«

»Wir können sagen, dass ich Geld wechsele. Meintet Ihr Roberto Reekie? Den englischen Arzt?«

»Ich kannte ihn«, sagte er widerwillig. »Aber ich wusste nichts über ihn. Das habe ich ihnen gesagt.«

»Wem habt Ihr es gesagt?«

»Den Männern, die sich nach ihm erkundigten.«

»Wer hat sich nach ihm erkundigt?«, fragte Sarah.

Er runzelte leicht die Stirn. »Die Behörden«, sagte er nur.

»Signor Mordecai, darf ich Euch ein Geheimnis anvertrauen?«

»Nein«, sagte er mit Nachdruck. »Es ist gefährlich für mich, in Geheimnisse eingeweiht zu sein. Und Ihr solltet niemandem trauen.«

Kopfschüttelnd wandte er sich zum Gehen, doch Sarah lief ihm hinterher und trat ihm in den Weg. »Ich muss Euch aber vertrauen«, sagte sie. »Ich kann niemanden sonst fragen. Signor Roberto war mein Onkel. Deshalb sehe ich ihm ähnlich. Wie Ihr sagt. Ihr habt es sofort gewusst. Er war mein Onkel, und meine Großmutter trauert um ihn. Ich muss Erkundigungen nach ihm einziehen!«

Er drehte sich um. »Ihr steht unter Signor Russos Schutz. Von allen Männern in Venedig kennt er die meisten Geheimnisse. Fragt ihn!«

»Ich kenne ihn nicht«, sagte sie hastig. »Und ich stehe nicht unter seinem Schutz. Ich habe ihm einen falschen Namen genannt und eine Ausrede für meinen Aufenthalt hier. Ich habe keine Freunde in Venedig, und ich weiß nicht, wo ich anfangen soll. Meine Großmutter hat mich auf die Suche nach Robert Reekie geschickt. Sie ist eine weise Frau ... sie weiß Dinge ... und sie sagt, sie weiß ohne Zweifel, dass er noch am Leben ist.«

Sein Gesicht war von kummervollen Falten durchzogen. »Dann ist sie gesegnet«, erwiderte er. »Zu wissen, dass der eigene Sohn am Leben ist, ist für jede Mutter ein Segen. Viele Frauen besitzen diese Zuversicht nicht.«

»Wenn Ihr Mitleid mit ihnen habt, dann habt auch welches für meine Großmutter. Lasst mich ihr sagen, dass ihr Sohn am Leben ist.«

Er seufzte und schwieg dann, damit sie sprechen konnte.

»Wann habt Ihr ihn das letzte Mal gesehen?«, fragte Sarah eindringlich.

Er überlegte kurz. »Vor einem Dreivierteljahr. Vor fast einem Jahr.«

»Wo habt Ihr ihn gesehen?«

»Wir begegneten uns im Haus eines Freundes. Er ist auch Arzt. Er und Euer Onkel waren Freunde, sie arbeiteten zusammen. Sie hatten ein Interesse an Medizin und ihrer Wirkungsweise. Sie hatten ein Interesse daran, Fieber vorzubeugen – Marschenfieber. Sie arbeiteten mit Patienten, und sie glaubten, vielleicht ein Heilmittel zu finden.«

»Ein Kräuterheilkundiger?«, riet sie, und als er noch ernster dreinblickte, fuhr sie fort: »Schlimmer? Schlimmer als das? Ein Alchemist? Ein jüdischer Alchemist?«

»Ich weiß nicht, was sie gemacht haben«, sagte er ausdruckslos. »Manchmal habe ich ihnen Metall für ihre Arbeit verkauft. Ich hatte immer eine Lizenz. Nie habe ich gegen das Gesetz verstoßen. Darf ich jetzt gehen, Eure Ladyschaft? Ich sollte meinen Stand aufbauen.«

»Wartet.« Sie legte eine Hand auf seinen Arm, und er wich vor ihrer Berührung zurück, als könne sie ihm gefährlich werden.

»Es ist mir verboten, Euch anzufassen«, sagte er. »Schadet mir nicht, Signora, ich flehe Euch an.«

»Aber ich habe doch Euch angefasst! Was ist daran verkehrt?«

Er zuckte mit den Schultern, als erwarte er nicht Gerechtigkeit, sondern nur den langen Arm des Gesetzes. »Ich darf es nicht.«

»Bitte! Wo ist er?«, fragte sie schlicht, während sie auf ihn zutrat und in sein Gesicht emporblickte. »Wo ist der englische Milord? Mein Onkel?«

Sein Mitleid war groß genug, dass er den Kopf zum Flüstern neigte. »Herrje, er ist so gut wie tot. Seine Mutter hat gleichzeitig recht und unrecht. Er ist nicht tot, aber er ist im Brunnen.«

Sie beugte sich näher zu ihm, da sie glaubte, ihn falsch verstanden zu haben. »Im Brunnen? Sagtet Ihr, er sei im Brunnen? Was ist das? Was meint Ihr damit – der Brunnen?«

»Man nennt die Zellen unter dem Dogenpalast den Brunnen«, erwiderte er. »Wo sie die Gefangenen verwahren. Diejenigen, die darauf warten, gefoltert und verhört zu werden, diejenigen, die beschuldigt wurden, während Beweise gegen sie gesammelt werden. Diejenigen, die hingerichtet werden sollen.«

»Sie werden umgebracht?« Sarah war atemlos vor Entsetzen.

»Sie sterben an Kälte und Feuchtigkeit. Sie befinden sich unter dem Kanal und liegen auf dem nassen Stein, ganz ohne Licht. Im Sommer sterben sie durch die Hitze, und im Winter, wie jetzt, vor Kälte und Durst und Irrsinn.«

»Durst?«

»Sie lecken das Wasser von den Wänden, und sie werden ausgehungert.«

»Das Gefängnis des Dogen?«

»Ein Gefängnis, das an sich schon ein Todesurteil ist. Höchstwahrscheinlich ist er längst tot.«

Sie war weiß wie ein Gespenst, doch ihre Hand umfasste seinen Ärmel. »Aber ist er nicht ertrunken? Ist er nicht bei einem Unfall ertrunken? In einer stürmischen Nacht in dunklen Gezeiten?«

»Er wurde denunziert.« In seinem Gesicht spiegelte sich Mitleid. »Viel schlimmer als ertrunken. Denunziert.«

Dezember 1670, London

Bei Johnnies Eintreffen war der Tisch in der Stube gedeckt, die Wände waren mit Nadelzweigen geschmückt, das Feuer loderte im Kamin, und seine Mutter, seine Großmutter und seine Tante Livia warteten auf ihn.

»Es ist schön«, sagte er und ließ den Blick über die frisch polierte Kupferkohleschaufel und die an Wachskerzen züngelnden Flammen schweifen. »Es ist so schön! Ihr müsst die ganze Woche über fleißig gewesen sein!«

»Das war deine Mutter«, erklärte Alinor. »Sie hat jeden Tag Sachen herangeschleppt, und Livia hat die Zweige angebracht.«

»Ich habe nichts gemacht.« Livia legte die Hand auf sein Knie und lächelte ihn an. »Ich habe bloß Tabby gesagt, was zu tun war. Ich bin eine überaus faule Schwiegertochter.«

»Sie wusste, wie man alles schön herrichtet«, kam Alys zu ihrer Verteidigung.

»Ich dachte, Ihr würdet zu unserem Abendessen wenigstens ein paar Cäsarenköpfe aufstellen«, scherzte Johnnie.

Livia schlug ihm aufs Bein, und ihre Berührung ließ ihn erröten. »Ungezogener Junge, mich so zu necken!«, sagte sie. »Wir werden warten müssen, bis Eure *Mamma* ein prächtiges Esszimmer hat, und dann werde ich es mit Marmor vollstellen. Findet Ihr nicht, dass wir das hier verkaufen und ein größeres Haus flussaufwärts erwerben sollten?«

Er öffnete den Mund zu einer Antwort, die ihm jedoch erspart blieb, als im Hof hinter dem Haus ein Rufen erklang. Sie hörten Tabby antworten und die Lagerhaustür öffnen. »Mrs Stoney!«, rief sie. »Hier ist ein Mann vom Custom House.«

»Ein Zollbeamter?« Alys zuckte zusammen. Auf einmal war sie ganz blass. Sie stand auf und öffnete die Tür.

Johnnie wechselte einen erschrockenen Blick mit seiner Mutter. Alinor erbleichte und umklammerte die Armlehnen ihres Stuhles.

»Nein!«, sagte Tabby wegwerfend in der Diele. »Ein Dienstmann vom Custom House. Er hat eine Kiste für Euch.«

»Oh, natürlich, natürlich.« Alys legte die Hand auf das hämmernde Herz und lachte erleichtert auf.

Sie durchquerten alle die schmale Diele zum Lagerhaus, wo sie den Dienstmann antrafen, der seine mit Fässern und Kisten beladene Schubkarre durch den Torflügel schob. Die Winterluft blies mit ihm herein. »Lieferung für Reekie«, wiederholte er und stellte die Schubkarre ab. »Und zu zahlende Zollgebühren für die Waren.« Alys kramte in ihrer Tasche nach einem Schilling und bezahlte ihn für die Lieferung. »Ich komme nach Weihnachten vorbei und entrichte die Zollgebühren«, sagte sie.
»Ja, es ist kein Geschenk!«, scherzte er.
Alys brachte ein angespanntes Lächeln zustande, während Johnnie ein Brecheisen von der Wand holte und begann, den Deckel von der ersten Kiste zu stemmen. Auf der Stelle war das Lagerhaus von dem berauschenden Duft fremdartiger Kräuter erfüllt. Alinor beugte sich über das Fass und atmete das Aroma ein.
»Sassafras«, sagte sie. »Kein Wunder, dass es so gesundheitsfördernd ist.«
»Kein Wunder, dass es so teuer ist«, jubilierte Alys. »Onkel Ned hat uns ein Vermögen geschickt, gerade zum rechten Zeitpunkt. Wirst du Kräuterbeutel damit machen?«
Alinor durchwühlte eine Kiste mit Rinde und Wurzeln. »Und hier sind Samen, die wir einpflanzen können, und noch ein paar andere Kräuter.«
Johnnie lockerte den Ring eines Fasses und nahm den Deckel ab. »Trockenobst«, sagte er.
»Gott segne ihn«, sagte Alys. »Es hätte zu keinem besseren Zeitpunkt kommen können.«
»Lies du seinen Brief vor.« Alinor wischte den Staub von dem Umschlag und reichte ihn Alys, während Johnnie die Deckel sorgfältig wieder verschloss und seiner Mutter und Großmutter in die warme Stube folgte. Livia eilte ihnen voraus und nahm am Feuer Platz.
Alys schnitt das Siegel auf, öffnete das einzelne Blatt Papier und las den Brief vor, in dem er von seinen Wintervorbereitungen berichtete. Alinor sah aus dem Fenster zum Fluss und lauschte aufmerksam der Liste an Waren, seinen Vorbereitungen für die kalte Jahreszeit und seinem Segen. Als Alys fertig war, sagte sie lediglich: »Lies ihn noch einmal.« Nach der zweiten Lesung atmete sie langsam aus, als hätte sie fast die ganze Zeit über den Atem angehalten. »Ich habe

früher immer zusammen mit ihm den Garten bestellt. Die Vorstellung, dass er jetzt allein arbeitet, ist seltsam.«
»Es hört sich an, als gehe es ihm gut«, sagte Alys heiter.
»Ja – wie nennt er die Kürbisse?«
»Squash. Und die Beeren heißen Cranberrys. Aber andere Dinge klingen genauso — Schilf und Hennen, Ma, denk dir nur, er hat Bienen! Genau wie du früher! Manche Dinge klingen ganz genau wie in England. Und manches klingt besser. Frei zu sein, ohne einen Herrn und ohne einen König.«
Ihr Mutter nickte. »Das wird ihm gefallen«, sagte sie. »Und was er darüber schreibt, dass man sich einfach seinen Schlafsack und die Muskete schnappen und gehen kann. Er hat sich immer danach gesehnt, Foulmire verlassen zu können, und jetzt hat er diese Freiheit. Ich muss mich für ihn freuen, dass er frei ist.«
»Und er denkt an uns«, stellte Alys fest. »Er denkt an dich, wenn du an ihn denkst: bei Vollmond.«
Alinor lächelte. »Ich schätze, es ist derselbe Mond«, sagte sie. »Derselbe Mond, der auf mich herabscheint, scheint auf meinen Bruder. Er scheint auf uns alle, wo immer wir sind.« Sie griff nach dem Brief und drehte ihn in den Händen.
»Ich würde so viel darum geben, auf Reisen zu gehen!«, sagte Johnnie. »Aber ich würde nicht nach Westen, sondern nach Osten gehen.«
»Oh, tatsächlich?«, fragte Livia mit melodischer Stimme.
»Er wollte schon immer für die Honourable East India Company arbeiten«, erklärte Alys. »Aber man braucht einen Gönner, um an einen Posten in der Company zu kommen. So wird sie genannt – als bräuchte sie keinen anderen Titel: die Company.«
»Ein Gönner?«, fragte Livia, als sei ihr das neu, und Alinor warf ihr einen Blick zu. »Was für eine Art von Gönner denn?«
Johnnie war zutiefst verlegen, ihm blieb allerdings nichts anderes übrig, als ihr zu antworten. »Man erhält nur mit einem Gönner Zutritt zur Company, Tante Livia.«
»Jemand wie die Adeligen, die meine Antiquitäten erworben haben?«
»Ja, solche Gentlemen«, stimmte er ihr rasch zu und fragte sich, warum sie ihn dazu brachte, seiner Mutter etwas vorzulügen. »Ich denke mal, jemand wie sie.«
»Aber ich kenne solche Leute!«, rief Livia lächelnd. »Sie kaufen mei-

ne Waren – hier würden sie mir nichts abkaufen, aber sie kaufen meine Waren in The Strand.«

»Ich weiß«, erwiderte er betreten. »Aber Euch Antiquitäten abzukaufen, ist weit davon entfernt, einen jungen Mann aus dem Nichts zu fördern. Es besteht kein Grund, warum sie mich empfehlen sollten, bloß weil ihnen eine efeuumrankte Säule gefällt.«

Livia sah ihn aus ihren dunklen Augen an, wie der heimliche Blick einer Geliebten. »So weit ist es nun auch wieder nicht davon entfernt«, sagte sie. »Und es war Geißblatt.«

»Wir kennen niemanden, dessen Hilfe wir haben wollen«, sagte Alys entschieden und blickte von Livias halb verborgenem Lächeln zu den grauen Augen ihrer Mutter, die fragend auf Livias gesenktes Gesicht gerichtet waren.

»Wir gehen lieber unseren eigenen Weg, als von jemandes Gunst abzuhängen«, unterstützte Alinor ihre Tochter. »Ihr nicht auch, Livia?«

»Oh, ganz recht«, pflichtete Livia ihr bei und sah zu Johnnie auf, als wollte sie ihm zuzwinkern.

Dezember 1670, Hadley, Neuengland

An Heiligabend in Hadley vernahm Ned zu seiner Überraschung das leise Knirschen von niedergetretenem Schnee und ein gedämpftes Klopfen.

»Wer da?«, rief er. Zwar griff er nicht nach der Muskete, aber er glaubte auch nicht, dass es Mrs Rose war.

»Ich weiß es nicht!«, antwortete eine tiefe Stimme lachend. »Bin ich John Sassamon oder Wussausmon?«

»Ich glaube, das hängt wohl davon ab, wie Ihr gekleidet seid«, antwortete Ned, der die Tür aufmachte und den großen Mann in indianischer Wintertracht in seine Stube hereinließ.

Der Besucher wischte sich Schnee vom Kopf, von den Schultern, von den vereisten Fransen seiner Hirschlederbeinlinge und trat dann ein. »Ich werde hier, wo ich schmelze, einen See bilden.«

»Ich sehe den See schon«, sagte Ned. »Aber kommt trotzdem herein und wärmt Euch auf. Bleibt Ihr über Nacht?«

»Wenn es Euch recht ist? Ich breche im Morgengrauen nach Hause auf. Ich habe gesagt, dass ich am ersten Weihnachtsfeiertag dort sein würde.«
»Himmel, ist morgen der erste Weihnachtsfeiertag?«, fragte Ned.
»Heide«, sagte Wussausmon behaglich. »Habt Ihr das nicht gewusst?«
»Für einen gottseligen Menschen macht es keinen Unterschied.« Ned folgte der alten Lehre von Oliver Cromwell. »Es ist kein in der Bibel vorgeschriebenes Fest, also ist es für mich und alle wahren Christen ein gewöhnlicher Tag des Gebets. Ganz bestimmt für uns alle hier in Hadley. Wer ist also hier der Heide?«
Wussausmon lachte kurz auf, schüttelte seinen Untermantel aus und trat ans Feuer. »Ach, Ihr habt den Hund ins Haus gelassen«, sagte er, als Red ihn beschnuppern kam. »Ich habe mich schon gefragt, ob er den Winter im Freien verbringt.«
»Er schläft draußen«, sagte Ned abwehrend. »Ich verzärtele ihn nicht. Er ist ein Arbeitshund.«
Der Indianer hob die Hände. »Was kümmert es mich?«, fragte er. »Ihr Mantelmänner seid so seltsam im Umgang mit Euren Tieren. Sowohl zärtlich als auch grausam. Ihr scheucht den Hund nach draußen, aber Ihr schlaft mit den Hühnern?«
Ned lachte. »Ja«, sagte er. »Verratet es keinem.«
»Es soll unser Geheimnis sein«, versprach Wussausmon. »Bitte, Gott mache, dass wir nie Schlimmeres miteinander teilen.«
»Möchtet Ihr ein Glas Most?«, bot Ned an. »Ein kleines Glas, ohne Euch zu betrinken und mir Eure Felder in Natick zu verkaufen?«
»Ein kleines Glas, und dann muss ich schlafen. Ich werde im Morgengrauen aufbrechen müssen.«
Ned goss sich und seinem Gast einen winzigen Schluck ein, und die beiden Männer streckten die Füße vor dem Feuer aus und nippten an ihrem Most.
»Kennt Ihr die Namen der Übersetzer von den Mantelmännern, die zuerst eintrafen?«, wollte Wussausmon von Ned wissen.
»Nein«, antwortete Ned. »Obwohl, Moment, jemand hat es mir gesagt. Ganz am Anfang, als die Engländer auf dem ersten Schiff, der *Mayflower,* eintrafen? Ihr meint, Übersetzer wie Ihr?«
Wussausmon lächelte. »Vielleicht waren sie wie ich. Ich hoffe bei Gott, dass sie es nicht waren. Einer hieß Squanto und einer Hobba-

mok. Sie waren Rivalen, beide erzählten den Engländern, der andere sei ein Judas, ein Verräter. Keiner konnte entscheiden, wem zu glauben war. Vielleicht waren beide Lügner, vielleicht waren beide Verräter an ihrem Volk und ihrem Geburtsrecht.«

»Ich habe John Russell von Euren Befürchtungen berichtet.« Ned erriet, dass Wussausmon von seinem Gefühl sprach, in zwei Welten zu existieren und zu keiner von beiden zu gehören. »Ich habe ihm von der Bewaffnung der Norwottuck erzählt, ich habe ihn gewarnt, wie Ihr es von mir wolltet.«

»Wird er die Warnung an den Council weitergeben? Werden die versteckten Generäle für uns mit ihren Freunden sprechen?«

»Ich glaube schon. Ich glaube, sie werden den Council davon überzeugen, im Frühjahr eine Vereinbarung mit den Pokanoket zu schließen. Ich habe versucht, ihnen von allem zu erzählen – sowohl von dem Unrecht gegenüber den Indianern als auch von ihrer Bewaffnung.«

»Sie haben Euch geglaubt? Sie haben mir geglaubt?«

»Ja, sie wissen, was vor sich geht. Sie haben es nicht gern gehört, als ich Josiah Winslow als einen der Kaufleute benannte, die bei Indianern Zwangsvollstreckungen durchführen, aber abgestritten haben sie es nicht.«

»Ich reise wie ein Geist von einer Welt in die andere und berichte davon, was ich gesehen habe. Aber dann gehe ich zurück und spreche davon, wo ich gewesen bin«, stellte Wussausmon fest. »Und jeden Tag befürchte ich, dass ich nicht von der einen Sprache in die andere übersetze, sondern das Missverständnis nur noch verschlimmere. Ich versuche, diese beiden Welten zusammenzubringen, doch das ist völlig unmöglich. Sie vertrauen sich nicht, niemand will hören, was ich zu sagen habe, und beide Seiten halten mich für einen Lügner und einen Spion.«

»Ist das wie bei Squanto? Und bei Hobbamok?«

Es entstand ein Schweigen, als brächte Wussausmon es nicht über sich, Ja zu sagen.

»Ihr wisst doch noch, wie Ihr Angst vor dem Wald hattet und ich Euch riet, Ihr solltet jeden Schritt wissend tun? Wissend, wo Ihr seid und was sich um Euch herum befindet?«

»Ja?«

»Ich habe das Gefühl, mein Wissen verloren zu haben«, sagte Wussausmon ganz leise. »Manchmal, wenn ich allein unterwegs bin, habe ich das Gefühl, beobachtet zu werden. Manchmal wache ich nachts im Dunkeln auf und glaube, dass jemand auf mich herabschaut. Ich habe das Gefühl, dass jemand hinter mir ist.«
»Wer?«, fragte Ned. »Vielleicht ein Indianer? Vielleicht ein englischer Spion?«
»Ein Geist«, flüsterte Wussausmon. »Vielleicht geht dieser Tage der Tod selbst neben mir her, folgt mir wie ein Freund in meinen Spuren.«
Ned zitterte. »Es sind düstere Zeiten, aber Ihr schafft es schon«, sagte er betont herzlich. Er goss einen weiteren kleinen Becher Most ein. »Das sind Winterängste. Zu viel Kälte und Dunkelheit!«
Wussausmon widersprach nicht. Er nippte an dem Getränk, die Augen auf die rote Glut des Feuers gerichtet. »Ich werde Euch etwas Seltsames über diese beiden erzählen.«
»Welche beiden?«
»Squanto und Hobbamok. Etwas, das kein Mantelmann weiß – es sei denn, er beherrscht unsere Sprache sehr gut. Squanto war als Junge entführt worden, das arme Kind. Er wurde nach Spanien gebracht, um dort als Sklave verkauft zu werden, und dann nach London. Er lebte unter Euch Engländern, wusste über Euch Bescheid. Er fand ein Schiff, das hierher segelte, und schaffte es an Bord. Er wusste, was er tat, und war fest entschlossen, in seine Heimat zurückzukehren. Die Engländer auf dem Schiff benutzten ihn als Führer, und er brachte sie zu seinem eigenen Dorf, in der Hoffnung, zu seinem Volk zurückzukehren. Doch als er sein Dorf fand, war es leer, vollkommen ausgestorben.«
»Warum?«, fragte Ned unbehaglich.
»Es war die Seuche, die die Mantelmänner anfangs mitbrachten. Sein ganzes Volk war tot, alle seine Freunde und seine Familie – verstorben an den Krankheiten der Mantelmänner, am Fluch der Mantelmänner. Er lotse das Schiff weiter zu einem Ort, wo sie auf ein paar Leute trafen, die noch am Leben waren. Er sagte ihnen, er sei ein Kind der Toten und sein Name laute Squanto.«
»Und?«, fragte Ned argwöhnisch.
»Sein Name lautete nicht Squanto.«

»Lautete er nicht?«
»Nein. Nie. Das war der Name, den er benutzte, als er zu seinem eigenen Volk zurückkehrte und sie tot vorfand, als er die Mantelmänner zu seinen Feldern brachte, wo sie ihre eigenen schmutzigen Tiere freilassen würden. Er nahm einen neuen Namen an, den die Mantelmänner nicht verstanden, und unter dem Namen ging er zu seinem eigenen Volk. Er sprach zu seinem Volk unter einem Namen, den sie verstanden. Als Warnung, damit sie wussten, was er war und dass er ihnen gegenüber falsch war.«
»Squanto?«
»Squanto ist der Name eines bösen Gottes: Ihr würdet ihn als einen Teufel bezeichnen. Einer, der Unfrieden und Verzweiflung bringt.«
Trotz der Wärme des Feuers zitterte Ned. »Wir wurden von einem Mann hierhergeführt, der sich selbst als Teufel bezeichnete?«
»Und von Hobbamok.«
»Was bedeutet *der* Name?«
Wussausmon zuckte mit den Schultern. »Beinahe das Gleiche. Hobbamok ist noch einer unserer Götter: ein betrügerischer Gott, einer, der Boshaftigkeit und grausames Spiel liebt.«
»Die Führer, die uns hierherbrachten, waren Teufel? Zogen durch die Welt, um uns gegeneinander aufzuhetzen?«
Wussausmon nickte, während die Männer schweigend dasaßen, als lauschten sie darauf, ob ein Geist ihnen eine Antwort geben würde.
»Es stimmt mich nachdenklich, Fährmann. Was wussten sie, diese Männer, die von einer Welt in die andere überwechselten, die versuchten, zwischen den Welten zu leben? Was wussten sie, dass sie sich beide nach den Überbringern von Kummer, Ärger und Tod benannten? Wussten sie mehr als Ihr und ich? Meint Ihr, sie wussten, dass man, wenn man von einer Welt in die andere geht, zwangsläufig beide zerstört? Meint Ihr, sie wollten damit sagen, dass ein Vermittler immer ein Übersetzer von einer Hölle in eine andere ist?«
»Habt Ihr irgendjemandem davon erzählt?«, fragte Ned.
»Ich habe niemandem außer Euch davon erzählt«, sagte Wussausmon leise. »Wer würde schon zuhören, außer ein anderer Mann, der von einer Welt in die andere geht und das Werk des Teufels verrichtet?«

»Ich verrichte nicht das Werk des Teufels«, widersprach Ned unerschrocken.
»Woher wisst Ihr das?«

Dezember 1670, Venedig

Sarah ging raschen Schrittes zu dem Kai, wo Kapitän Shores Schiff, die *Sweet Hope,* vor dem breiten Lagerhaustor vor Anker lag und Güter für die in zwei Tagen geplante Heimreise lud.
Wie sie erwartet hatte, befand sich Kapitän Shore am Hafendamm. Dort verhandelte er gerade gestenreich mit einem Kaufmann, der venezianisches Glas nach London verschickte. Sarah wartete in einiger Entfernung, während die beiden Männer miteinander feilschten. Als sie endlich einschlugen und der Kaufmann sich zum Zollhaus wandte, um seine Waren zu verzollen und eine Ausfuhrgenehmigung zu erhalten, trat Sarah vor.
»Wie?«, entfuhr es Kapitän Shore. »Ihr hier, Bathsheba? Alles in Ordnung? Habt Ihr Eure Antiquitäten gefunden?« Er senkte die Stimme. »Und wo ist der Ehemann?«
»Nein«, sagte sie verlegen. »Es gibt keinen Ehemann. Es tut mir leid, aber ich habe Euch angelogen, Kapitän Shore. Und Bathsheba Jolly heiße ich auch nicht.«
Er war entsetzt. »Ich bin nicht so wichtig, Kind! Aber Ihr habt die Hafenbeamten belogen? Die Papiere, die Ihr unterschrieben habt?«
»Einen Ehemann habe ich mit keiner Silbe erwähnt. Sie wissen nichts von ihm. Aber ich habe bezüglich meines Namens gelogen.«
Der Kapitän machte auf dem Absatz kehrt und kam dann zu ihr zurück. »Es ist gefährlich! Es ist gefährlich!«, rief er. »Venedig ist keine Stadt für amateurhafte Betrüger! Sie verbrennen Menschen in aller Öffentlichkeit wegen Falschmünzerei, köpfen sie wegen eines gefälschten Briefes – dies ist eine Kaufmannsstadt, auf Euer Wort muss Verlass sein. Der eigene Name muss für Ehrlichkeit bekannt sein. Wenn man lügt, darf man nie ertappt werden. Und jetzt sind meine Papiere auch nicht in Ordnung. Ihr gewaltige Närrin – mir

bleibt keine andere Wahl, ich werde Euch melden müssen. Wie lautet Euer richtiger Name?«

»Sarah Stoney.« Sie sah mit an, wie ihm die Zusammenhänge langsam dämmerten.

»Mrs Stoneys Mädchen, vom Reekie'schen Lagerhaus am Savoury Dock?«

Sie nickte.

»Himmelherrgott! Weiß Eure Ma Bescheid, dass Ihr hier seid?«

»Nein. Meine Großmutter weiß es. Sie hat mich geschickt.«

»Gütiger Gott! Seid Ihr von zu Hause weggelaufen? Und ich habe Euch geholfen? Gott bewahre mich! Ich würde alles dafür tun, um Eure Ma nicht zu kränken!«

»Nein, nein. Meine Großmutter hat mich gebeten herzufahren, sie wird meiner Mutter mittlerweile Bescheid gegeben haben. Sie hat mich gebeten, herzukommen und meinen Onkel Rob zu suchen. Es hieß, er sei ertrunken, aber meine Großmutter ist sich sicher … sie hatte das Gefühl …« Sarahs Stimme verlor sich.

»Eure Großmutter – die Heilerin?«

Sarah nickte.

»Und sie wollte, dass Ihr ihren Sohn sucht?«

Sarah nickte abermals.

»Der Ertrunkene!«, rief er.

»Ja, sie glaubt nicht, dass er ertrunken ist.«

»Aber warum hat sie nicht Euren Bruder geschickt? Oder Mrs Stoney selbst? Ich wäre stolz gewesen, sie zu befördern. Sie hätte kostenlos eine Kajüte haben können!«

Darauf hatte sie keine Antwort. »Nur meine Großmutter wollte, dass ich herfahre. Der Rest meiner Familie nicht. Sie war sich sicher, sie hatte das Gefühl, es einfach zu wissen.«

»Hat sie das zweite Gesicht?« Bei dieser Frage senkte er die Stimme. »Die Seeleute, die ihre Tees gegen Fieber kaufen, behaupten, sie habe eine Gabe. Besitzt Ihr sie auch?«

»Ich weiß es nicht«, sagte Sarah vorsichtig. »Es kommt darauf an, wer fragt.«

Unwillkürlich lachte er. »Ihr seid die Tochter Eurer Mutter«, sagte er. »Keine Närrin. Aber – Herrgott – Ihr habt uns hier in Schwierigkeiten gebracht. Wie wollt Ihr es anstellen, ihn zu finden?«

»Deshalb komme ich zu Euch«, sagte sie. »Jemand hat mir erzählt, dass mein Onkel nicht ertrunken ist, sondern sich im Brunnen befindet. Wisst Ihr, was das bedeutet?«
Das besorgte Gesicht des Kapitäns war auf einmal so ernst, als habe sie ihm von einem Todesfall berichtet. »Natürlich weiß ich, was das bedeutet. Es wird dafür gesorgt, dass jeder Bescheid weiß. Es bedeutet, dass er für Euch verloren ist, mein Kind. Der Brunnen ist der Steinkeller des Dogenpalasts, das schlimmste Gefängnis überhaupt. Niemand kommt da raus, außer zum Schafott.«
»Es muss doch Leute geben, die freikommen! Leute, die ihre Unschuld beweisen?«
Er sah sie an. »Mädchen, Ihr habt mein Mitgefühl. Das hier ist nicht England. Sie werden denunziert, sie werden festgenommen, man macht ihnen den Prozess, und dann verschwinden sie. Wenn sie überhaupt je herauskommen, dann, um auf dem Platz gehängt zu werden, aber hauptsächlich verschwinden sie einfach, und keiner redet je wieder von ihnen. Wenn sie in den *piombi* sind – den Zellen unter dem Bleidach –, sterben sie im Sommer. Im Winter erfrieren sie. Wenn sie im Brunnen sind, machen Nebel und Feuchtigkeit vom Kanal sie krank. Und wenn ihnen Ketzerei oder Verrat vorgeworfen wird, sperrt man sie in einen Käfig und lässt sie über dem Kanal baumeln. Wo sie in aller Öffentlichkeit verhungern.«
»Ein Ketzer war er bestimmt nicht«, sagte Sarah mit fester Überzeugung. »Keiner von uns würde für seinen Glauben sterben. Wir sind eine Familie, die leben will. Aber was könnte er getan haben, dass jemand ihn denunzieren würde? Er war ein Doktor, ein Arzt. Er hat Menschen geholfen und Leben gerettet! Ich habe mit jemandem gesprochen, der ihn kannte – anscheinend versuchte er, ein Heilmittel gegen das Wechselfieber zu finden. Wer würde einen solchen Mann denunzieren?«
Kapitän Shore zuckte mit den Schultern. »Dafür sind die *Bocca* da. Jeder hätte ihn für alles Mögliche denunzieren können. Ein unzufriedener Patient? Ein konkurrierender Arzt? Eine Frau? Jemand, der ihn für einen Spion hielt, weil er Engländer war? Wahrscheinlich werden wir es nie erfahren. Hat er sich Feinde gemacht?«
»Ich weiß nichts über ihn, abgesehen davon, dass er nach dem Tod ihres ersten Gatten die Nobildonna geheiratet hat«, rief sie.

»Nobildonna da Ricci, oder Peachey, oder wie auch immer sie sich heute nennt?«, fragte er. »Die mehr Mobiliar hat als jede andere Frau auf Gottes Erden?«

»Ihr nennt sie Peachey?«, vergewisserte sich Sarah.

Er zuckte mit den Schultern. »Ich nenne sie, wie sie genannt werden will. So lautet der Name, den sie auf die Frachtliste geschrieben hat.«

Sie nickte. »Ich wohne bei ihrem Verwalter. Er weiß nicht, dass ich ihre Nichte bin. Ich habe ihm meinen falschen Namen angegeben.«

»Signor Russo?«, fragte er und zog die sandfarbenen Augenbrauen in die Höhe. »Schön wie der Teufel und charmant wie eine Schlange?«

Sarah blinzelte angesichts der Beschreibung ihres einzigen Freundes in Venedig. »Eben der«, stimmte sie verunsichert zu.

»Das ist kein guter Ort für Euch«, sagte er kategorisch.

Sie trat näher. »Warum nicht, Kapitän Shore?«

Er zögerte. »Das zu erklären, steht mir nicht zu.«

»Ihr würdet doch nicht wollen, dass ich in Gefahr bin …«

»Ich will nicht, dass Ihr überhaupt hier seid!«, antwortete er verärgert.

»Meine Ma würde wollen, dass Ihr mich beschützt, wenn es irgendwie in Eurer Macht steht.«

»Ich weiß! Ich weiß!«, sagte er niedergeschlagen.

»Wenn wir nach Hause kommen, werde ich ihr sagen, wie zuvorkommend Ihr mich behandelt habt.«

»Falls wir überhaupt je nach Hause kommen!«

»Helft mir, bitte«, drängte Sarah. »Es ist der Bruder meiner Mutter.«

»Nun gut. Kommt mit.« Er führte sie zum Bug des Schiffes, und sie blickten aufs Wasser hinaus, sodass niemand am Kai ihre Gesichter sehen oder aufgrund der Bewegung ihrer Lippen erraten konnte, was sie sagten. »Dieser Russo – er ist nicht bloß Antiquitätensammler.«

Sarah wartete. »Er war der Verwalter meiner Tante«, sagte sie dann von sich aus und sah, wie er rasch den Kopf schüttelte.

»Er ist ein Taschenspieler, ein Betrüger. Er hat mehr Statuen, als je aus einem Haus hätten kommen können. Ich habe Hunderte großer Kisten für ihn verschifft, Steine, Friese, Statuen, eine so groß, dass sie an Deck liegen und wir um sie herumklettern mussten.«

Sarah blickte zum Deck der Galeone und versuchte, sich eine Statue vorzustellen, die so groß war, wie der Kapitän sie beschrieb.
»Er verkauft viel?«
»Das will ich damit sagen. Er ist ein Händler, der größte Händler in dem Bereich. Er schlägt sie zu Hunderten um.«
»Aber das ist doch bestimmt nicht gesetzeswidrig?«
»Nicht gesetzeswidrig, wenn er sie kauft und nicht stiehlt«, bestätigte er. »Nicht gesetzeswidrig, wenn er über die nötigen Papiere für den Export verfügt. Nicht gesetzeswidrig, wenn er die Papiere nicht fälscht und behauptet, er verschicke eine Sache, wenn er eigentlich etwas ganz anderes verschickt. Nicht gesetzeswidrig, wenn er sie nicht fälscht: sie nachahmt und ihnen dann Schäden verpasst und sie eindunkelt, um sie als alt auszugeben. Nicht gesetzeswidrig, wenn er nicht viele verschiedene Teile zusammenfügt und sie dann als Rarität ausgibt – eine ganze Figur.«
»Sind das alles Verbrechen?«
»Die Venezianer wollten nicht, dass ihre Statuen und Kunstwerke in den neuen Häusern von Frankreich und Deutschland und England verschwinden«, erklärte er. »Man darf nur eine gewisse Menge verschiffen. Man benötigt eine Genehmigung, und man bekommt nur eine Genehmigung, wenn man Botschafter ist. Hat Eure Mutter mir nicht selbst erzählt, es handele sich um das Mobiliar der Lady – keine Antiquitäten, sondern Möbel?«
Sarah nickte furchtsam. »Ich dachte, damit solle verhindert werden, dass die Nobildonna in England Zollgebühren bezahlen muss.«
»Sie hätte in beiden Ländern bezahlen müssen«, sagte er missmutig. »Sie begeht das Verbrechen in zwei Ländern. Und ebenso jeder, der für sie verschifft oder ihre Waren einlagert. Sie lässt Eure Mutter Schmuggelei betreiben.«
»Meine Mutter! Und Ihr habt sie nicht gewarnt?«
Er starrte sie wütend an. »Sie wollte kein Wort gegen die Witwe hören.«
Sarah zögerte angesichts des Vertrauens, das ihre Mutter Livia entgegengebracht hatte. »Sie sind Schwägerinnen.«
»Es ist nicht sehr schwägerinnenhaft, Eure Mutter in ein Verbrechen hineinzuziehen, das sie und ihr Lagerhaus in den Ruin treiben könnte. Die Strafen würden ihr den Konkurs bringen.«

Sarah war bleich geworden. »Aber das alles hat nichts mit meinem Onkel zu tun. Warum wurde er denunziert?«
Kapitän Shore zuckte die Schultern. »Hört mal, mein Mädchen: Der Himmel weiß, was sie und dieser Verwalter getrieben haben. Euer Onkel befand sich mitten in einem Diebesnest, wenn er nicht gar selbst ein Dieb war.«
»Warum wurde er dann denunziert, aber nicht die beiden? Livia und Signor Russo. Sie sind auf freiem Fuß! Sie in London, wo sie als seine Witwe lebt, und er hier in Venedig, ohne die geringsten Vorwürfe. Wie kommt es, dass mein Onkel im Brunnen unter Arrest steht, die beiden aber frei sind? Wie kann ich ihn ausfindig machen? Und wie kann ich ihn befreien?«
Er schüttelte den Kopf. »Eben das könnt Ihr nicht«, sagte er mit Bestimmtheit. »Es tut mir leid, mein Mädchen, dass Ihr den ganzen weiten Weg umsonst hergekommen seid. Aber Ihr werdet ihn niemals freibekommen. Beim Dogen kann man keine Berufung einlegen. Nicht in Venedig. Wenn ein Mann einmal dort landet, kommt er nie wieder heraus.«

Sarah wartete in der Eingangshalle des Palazzo Russo mit seinem rot-weiß karierten Boden, während Felipes Mutter die Treppe herunterkam und die innere Tür zu dem Lagerhaus mit den Statuen aufsperrte, ohne ein Wort, ohne ein Lächeln, mürrisch wie ihre Tochter. Schuldbewusst fragte sich Sarah, ob sie ihre Identität herausgefunden oder sie mit Mordecai reden gesehen hatten.
»*Grazie*«, sagte Sarah verlegen aus dem von Statuen gesäumten Raum. Die Frau nickte und stieg mühselig wieder die Treppe hinauf. Aus dem ersten Stockwerk starrte ihre Tochter auf Sarah herunter und folgte ihrer Mutter dann.
Allein im Lagerhaus, machte Sarah sich nicht gleich an die Arbeit, sondern besah sich mit frischem Blick die unzähligen Regale voller Statuen, von denen manche verpackt, manche zum Verkauf fertig poliert waren und manche voller Sprünge und von Schmutz be-

deckt. Ihre sorgfältige Musterung zeigte ihr, dass die Stücke ganz verschiedenen Stilrichtungen entstammten und dass manche älter und verwitterter waren als andere. Jetzt fand sie es offensichtlich, dass nicht alle aus derselben Sammlung kamen, sie mussten vielen verschiedenen Quellen entstammen. Verärgert über ihre frühere Naivität ging sie an der rückwärtigen Regalreihe entlang und sah, dass es keinen Versuch einer Ordnung gab – wie es gewesen wäre, wenn sie ordentlich gesammelt und zur Ausstellung angeordnet wären. Chaotisch waren sie in die Regale gestopft worden, gerade so, wie sie eingetroffen waren. Sie sahen aus, als seien sie gefunden, ausgegraben, willkürlich verschifft und auf einen Haufen geworfen worden, alle darauf wartend, sortiert und gesäubert zu werden. Es gab Flecken von Erde in unterschiedlichen Farbtönen, von dunklem Schlamm und rotem Lehm. Ein Figurenmarkt, wie der Federmarkt: ein Durcheinander, das einzig und allein zum Zweck des Geldverdienens angehäuft wurde, abgeschlagen, dreckig, an einen Ort geworfen zum Nutzen eines Käufers, der auf Profit, nicht auf Schönheit aus war. Dies war frisch gefundenes Material, an dem noch der Schlamm klebte.

Nur an einer Seite des Lagerhauses, wo Sarah dazu aufgefordert worden war, ihre Wahl zu treffen, waren die Skulpturen in präsentablem Zustand. Hier gab es eine Auswahl von Statuen im gleichen Farbton, gesäubert und poliert; hier herrschte eine Harmonie im Stil, die aussah, als hätte sie aus der Sammlung eines berühmten Mäzens stammen können.

Die Lagerhausregale verliefen an der Längsseite des Hauses entlang, unter den hohen Fenstern, die auf den Kanal hinausblickten. Die andere Seite war vom Boden bis zur Decke mit Regalen bedeckt, in denen sich Statuenfragmente und ein paar große Einzelstücke stapelten. Sarah lief sie der Länge nach ab, betrachtete die schönen alten Steine, manche angeschlagen und schmutzig, manche von ihren Sockeln gehauen, aber alle frisch in das Lagerhaus geliefert, denn der staubige Steinboden wies Spuren auf, wo sie auf Tüchern hereingezerrt oder auf Schubkarren hereingerollt worden waren. Am Ende der Reihe merkte Sarah, dass manche Spuren nicht von der inneren Tür des Hauses herführten, sondern von einem Vorhang aus Sackleinen am gegenüberliegenden Ende des Lagerhauses. Sa-

rah folgte der Spur zu dem Vorhang, und als sie ihn anhob, erblickte sie dahinter eine weitere Flügeltür, die in einen runden steinernen Turm, wohl einen Treppenaufgang, eingelassen war.
»*Signora?*«
Mit einem Aufkeuchen ließ Sarah den Vorhang fallen und drehte sich um. Die alte Signora Russo sah von der Tür zur Eingangshalle herein.
»*Sì, sì!*«, sagte Sarah und trat rasch vor, um wieder in Sicht zu kommen. Sie war hinter den Statuen verborgen gewesen, überlegte sie, die alte Frau konnte nicht wissen, dass sie an der Tür am anderen Ende des Lagerhauses gewesen war. Doch sie hatte bestimmt bemerkt, dass Sarah sich am gegenüberliegenden Ende von der Werkbank befand, in einem Teil des Lagers, wo sie nichts zu suchen hatte. Die Frau stellte wild gestikulierend dar, dass es anscheinend Zeit zum Essen war, indem sie zu ihrem Mund und zur Decke über sich deutete.
»Es ist Zeit fürs Abendessen oben? Ich komme sofort!« Sarah nickte, ging rasch nach vorne zur Eingangshalle und folgte der Signora die Treppe hinauf.
»Ich sollte mich waschen«, sagte sie, indem sie ihre staubigen Hände herzeigte. Sie schlüpfte in ihr Schlafgemach, goss Wasser aus der Kanne in den Krug und säuberte sich die Hände, um sie anschließend an einem Stück erlesenen alten Leinentuch abzutrocknen. Beim Betreten des Speisezimmers sah sie, dass Felipe nicht da war. Es war für eine Person gedeckt, und neben der Suppenschüssel stand ein Glas Wein.
»Nur ich?« Sie deutete auf sich selbst, und die ältere Frau nickte.
Verlegen nahm Sarah am Tisch Platz und löffelte schweigend ihre Suppe. Hinter ihr verließ die ältere Frau den Raum und kehrte mit einer Schüssel Nudeln und einem Teller mit frisch gewaschenem Obst zurück. Sie stellte beides ab und ließ Sarah allein essen. Offensichtlich kam Signor Russo heute Abend nicht nach Hause, und in seiner Abwesenheit aßen die Frauen in der Küche und machten sich nicht die Mühe, dem Gast Gesellschaft zu leisten. Sarah fragte sich, ob sie in Ungnade gefallen war, weil sie so früh am Morgen das Haus verlassen hatte, oder ob man sie verdächtigte, ihnen nachzuspionieren. Doch nichts an der schweigenden Bedienung durch die

Mutter oder dem verdrießlichen Benehmen des Mädchens verriet ihr das eine oder das andere. Die herzliche Freundlichkeit der ersten beiden Abende war verschwunden. Sarah war unbehaglich zumute, als stünde sie unter Beobachtung.
Bei Einbruch der Dunkelheit kam die alte Frau mit einem uralten, mit Wachskerzen bestückten Goldleuchter, doch Sarah wollte nicht in dem widerhallenden Speisezimmer mit den Statuen wie erstarrten Gefährten an den Wänden sitzen.
»Signor Russo?« Sarah unterstrich ihre Frage, ob er nach Hause käme, mit einem Winken.
Die alte Frau schüttelte den Kopf. »*Domani*«, sagte sie.
Sie deutete mit einer Geste ein Gebet an.
»Oh«, sagte Sarah. »In der Kirche. Weihnachten, schätze ich mal. Ach so. *Demain!*«, fügte sie hinzu, als spräche sie nur Französisch. »Morgen! Na schön. Also, gute Nacht, Signora!«
Sie griff nach ihrer einzelnen Kerze, entzündete sie an dem prächtigen Leuchter und stieg vorsichtig die Stufen hoch zu ihrem Schlafgemach. Chiara, die längst mit ihrer Mutter in der Küche zu Abend gegessen hatte, schlief bereits. Sarah entkleidete sich, schlüpfte neben ihr ins Bett und wartete darauf, dass es im Haus ruhig wurde.

Dezember 1670, London

Ein Bote kam den Kai entlang zum Lagerhaus Reekie, verächtlich einen Fuß vor den anderen setzend, als könnte er sich möglicherweise die Schuhe beschmutzen.
»Es muss für dich sein«, sagte Alys zu Livia, als die drei Frauen, die in der Stube saßen, den mit einem Abzeichen versehenen Hut am Fenster vorübergehen sahen.
Alinor blickte von ihren Baumwollbeuteln auf. »Ihr könnt an die Tür gehen«, sagte sie leise zu Livia, die erst zögerte und sich dann beeilte, die Haustür zu öffnen, bevor der Mann auch nur geklopft hatte.
»Nobildonna Reekie?«, fragte der Mann.
»Da Ricci«, verbesserte sie ihn. »Ja.«

»Ein Brief«, sagte er und reichte ihn ihr. Er war von Sir James mit seiner Unterschrift in der Ecke frankiert, also war nichts zu bezahlen.

»Ich werde ihn in der Küche lesen!«, rief Livia durch den Türrahmen. Sie wollte den anderen in der Stube nicht gegenübertreten und ging daher den Flur entlang in die Küche, wo Tabby Töpfe schrubbte. »Raus«, befahl sie kurz angebunden.

»Wohin denn raus?«, erwiderte Tabby aufrührerisch. »Raus in den Hof gehe ich nicht, es ist bitterkalt.«

»Oh, dann bleibt eben!«, sagte Livia erbost. Sie warf Carlotta, die Matteo vor dem Feuer Milch gab, einen Blick zu. »Ist es nicht an der Zeit, dass er ins Bett kommt?«

»Nein, Eure Ladyschaft.«

»Bringt ihn nach oben«, sagte sie gereizt. Sie merkte, dass sie vor Anspannung zitterte. Dies sollte seine Einladung sein, in das weit entfernte Haus in Yorkshire zu kommen. Unter dem Siegel sollte sich eine Guinee für die Reisekosten befinden. Besser noch wäre, wenn der Brief ankündigte, dass sie am nächsten Tag von der Kutsche abgeholt werden würde. Am besten, wenn er persönlich kommen wollte.

Sie setzte sich auf Tabbys Stuhl neben dem Feuer, nahm ein Messer vom Tisch und schlitzte das Papier auf.

Meine liebe Livia,

denn so will ich Euch nennen.
Zuerst Neuigkeiten! Ich bin eingeschneit und kann nicht nach London kommen oder nach Euch schicken, bis die Wege wieder frei sind. Ich weiß noch nicht einmal, wie lange es dauern wird, bis dieser Brief Euch erreicht. Wir hatten außergewöhnlich schlechtes Wetter, und meine Tante und ich sind seit Tagen ans Haus gefesselt. Wir hegen Zweifel daran, ob wir bis zum neuen Jahr noch einmal hinauskommen werden. Ein richtiges Abenteuer. Schnee ist hier nicht ungewöhnlich, aber es ist früh im Jahr, und er liegt außerordentlich hoch.
Ich hoffe, dass es Euch gut geht und dass Ihr nicht unter derart rauem Wetter zu leiden habt. Ich habe schon des Öfteren beobach-

tet, dass der Süden eines Landes wärmer als die nördlichen Regionen ist, und ich hoffe, das ist bei Euch in London der Fall.

Livia hielt im Lesen inne und biss die Zähne zusammen, um ihren Zorn über sein unpassendes Interesse für das Klima zu unterdrücken.

Sobald der Schnee sich lichtet, werde ich zu Euch kommen, und – gute Neuigkeiten – meine Tante ist fest entschlossen, ebenfalls die lange Fahrt auf sich zu nehmen, um Euch kennenzulernen. Sobald wir in Avery House eingetroffen sind, werde ich nach Euch schicken. Diese Verzögerung tut mir leid, aber ich bin mir sicher, Ihr verlebt eine glückliche Zeit bei Eurer Familie, und ich kann nur im Vertrauen darauf verbleiben, Ihr freut Euch auf ein Wiedersehen mit
Eurem gehorsamen Diener
James Avery

»*Cattive notizie?*«, fragte Carlotta, die ungehorsam im Türrahmen verweilte, das Baby auf dem Arm. »Schlechte Nachrichten?«
»Nein!«, log Livia. »Ganz und gar nicht. Sir James schreibt mir, dass er nach London kommt, sobald die Straßen frei sind.«
»*Un matrimonio?*«, fragte Carlotta strahlend.
Livia warf Tabby, die unverhohlen lauschte, einen Blick zu. »Mach dich nicht lächerlich«, sagte sie kalt. »Natürlich, um die Antiquitäten zu verkaufen. Sie werden bald hier sein.«

Dezember 1670, Venedig

Sarah schreckte aus dem Schlaf hoch, doch es war immer noch mitten in der Nacht. Die Fensterläden warfen Streifen aus Schatten und Mondschein auf den Boden. Der Kanal vor dem Fenster lag völlig ruhig, abgesehen vom Plätschern eines vorüberfahrenden Bootes oder dem Schrei einer aufgescheuchten Möwe.
Sarah schlüpfte unter der Decke hervor, zog sich ein Tuch um die

Schultern und schlich auf Zehenspitzen zur Tür und die Treppe hinunter in die Eingangshalle. Die Tür zum Lagerhaus war abgesperrt, doch sie wusste, dass der Schlüssel unter einer der Statuen auf einem Regal in der Eingangshalle aufbewahrt wurde. Sie ging die Reihe ab und tastete mit den Fingern unter jeden Sockel, bis sie den kalten Schaft berührte. Leise zog sie den Schlüssel hervor, ging zur Lagerhaustür, steckte ihn ins Schlüsselloch und drehte ihn um.

Im Mondschein, der durch die grünlichen Glasscheiben drang, sah das Lager gespenstisch aus. Sarah ging geräuschlos durch die Regalreihen, vorbei an den hoch aufragenden, bleichen Statuen, bis sie die Tür hinter dem Vorhang erreichte, die in die gewölbte Wand um die Geheimtreppe eingelassen war.

Sie war abgesperrt, doch die schief in den Angeln hängende Flügeltür konnte sie auseinanderschieben, indem sie sich gegen einen schweren Flügel lehnte und den anderen wegstemmte, bis die Lücke dazwischen gerade so breit war, dass das alte Schloss aufging und sie hindurchschlüpfen konnte. Dieser Dienstbotenaufgang führte in einer Spirale nach oben in die Küche und nach unten in die Dunkelheit. Der feuchtkalte Kanalgeruch stieg zu Sarah hoch. Sie blinzelte in die Finsternis und versuchte, etwas zu erkennen, doch sie konnte nur die blassen Steinstufen ausmachen, die im Kreis in das Schwarz hinabführten. Das einzige Geräusch war das gespenstische Plätschern von unsichtbarem Wasser an den untersten Stufen.

Sarah ließ auf jeder Stufe ihren nackten Fuß entlanggleiten, um sicherzugehen, dass sie ihren Weg ertasten konnte, die Hand am rauen Stein der gewölbten Wand des Treppenaufgangs. Auf diese Weise stieg sie hinab, eine Stufe nach der anderen, und das Geräusch von Wellen schlagendem Wasser wurde lauter, beinahe, als käme es ihr zur Begrüßung entgegen. Schließlich stand sie ganz unten vor einer Tür. Sie streckte ihre zitternde Hand aus. Die Tür war nicht abgesperrt.

Behutsam stieß sie die Tür auf und fand sich in einem Lager im Kellergeschoss wieder, das genau wie das im Erdgeschoss aussah und in beinahe völliger Dunkelheit dalag. Das Plätschern von Wasser an der Schleuse und das grünliche Licht vom anderen Ende des Raumes wiesen ihr den schmalen Pfad zwischen Werkbänken mit weiteren Marmorstücken. Die Tür am Ende zur Schleuse hin war von innen verriegelt, doch die Riegel waren geölt und glitten leise zurück. Sie gaben nicht mehr als ein kaum vernehmliches Klicken von sich, und dann öffnete sie die Tür und erblickte das auf dem Kanal tänzelnde Licht des Mondscheins. Sie stand auf einem kleinen Kai, innerhalb der Russo'schen Schleuse. Zu ihrer Linken führten die Marmorstufen zum Haupthaus hinauf; ihr gegenüber, neben dem größeren Kai, schaukelte die Gondel der Russos, deren Kopf wie ein gespenstischer Rappe auf und ab wippte.

Sarah stand auf dem schmalen Lagerhauskai gegenüber der großen Treppe, ein Ort zum Entladen von Haushaltsgütern. Sie drehte sich um und ging in das Lager zurück, wobei sie die Tür offen stehen ließ, um Licht hereinzulassen.

Auf den ersten Blick war es ein Spiegelbild der Lagerräume darüber. Unter den weit oben eingelassenen Fenstern lagen ein unordentlicher Haufen aus Statuen, ein paar große, rundliche Amphoren und ein Durcheinander aus kleinen Tieren mit unter die Pfoten gesteckten Schnauzen, die aussahen, als seien sie erstarrt und zu Stein verwandelt worden, während sie zusammen auf den breiten Regalen schliefen.

In der Mitte des Raumes stand eine große Werkbank, und darüber ragte, gestützt von einer Trosse an einem in den Deckenbalken eingelassenen Flaschenzug, ein gewaltiger Steinblock auf, dessen Unterseite grob behauen war, und darauf, die Arme ausgebreitet, wie um in den Abgrund zu springen und loszufliegen, ein Engel: ein Junge, nackt bis auf ein Paar kunstvoll gemeißelte Flügel, mit einem Gefieder wie ein Adler. Sarah blickte hoch in das gemeißelte Gesicht des Ikarus und sah ein Wesen, so schön wie Michelangelos *David*, gefiedert wie ein Erzengel.

Rechts von ihr befand sich ein kleines Gipsmodell, das zeigte, wie die fertige Statue aussehen würde, mit Rasterpunkten markiert, damit der Steinmetz von einem Punkt zum nächsten abmessen konnte, um das, was er von seinem Tonmodell in Gips gegossen hatte, in Stein nachzuerschaffen.

Im ersten Moment war Sarah von der Schönheit der Statue und ihrer schieren Größe völlig in den Bann geschlagen. Sie war mindestens von doppelter Lebensgröße, zu dem Zweck gemeißelt, auf seinem hohen Podest von weit her gesehen zu werden. Das schöne

Gesicht blickte auf sie herab, als messe der Jüngling seinen Abstand zur Erde ab, und etwas an diesen weit aufgerissenen Augen und den vollen Lippen weckte in Sarah den Wunsch, ihm eine Warnung zuzurufen, auch wenn er aus Stein war, dass er nicht springen, nicht den Federschwingen, die aus seinen muskulösen Schultern sprossen, vertrauen solle. Während sie sich den Impuls verkniff, wurde ihr klar, warum sie mit dem steinernen Antlitz sprechen wollte: Es war überzeugend echt. Sarah wurde bewusst, dass sie ein Kunstwerk von außergewöhnlicher Schönheit und Bedeutung betrachtete. Doch es war ein neues Werk, noch mitten im Prozess des Meißelns nach dem Gipsmodell. Dies war die Werkstatt, in der Signor Russos Steinmetz kunstvolle Fälschungen anfertigte.

Hinter ihr, an der Rückwand, befanden sich stapelweise Marmorplatten, eine jede so dick wie eine Tischplatte. In den Regalen lagen ganze Stapel, manche beinahe so lang wie die gesamte Wand, andere kürzer, manche mit Einkerbungen, wo der weiße innere Stein einen Kontrast zu der alten Patina der Oberfläche bildete. Diese Platten waren echt, sie waren alt, wahrscheinlich antik. Auf Zehenspitzen konnte Sarah oben auf einen Stapel aus Platten sehen und begriff, warum sie so lang und dünn waren – jede einzelne war die Seite einer Steinkiste, im Innern schlicht, an der Außenseite jedoch prächtig gemeißelt. Auf dem Weg das Regal entlang sah sie immer mehr Stücke, die gleich lang waren, zwei lange Stücke neben zwei kurzen. Sarah stellte sich vor, dass sie sich zu einem herrlichen Fries zusammensetzen ließen, ein Reiter nach dem anderen oder prächtige Pferde, die ihre Mähnen und Schwänze schüttelten. Der Marmor war braun verfärbt, als sei er in Lehm vergraben gewesen, und manche Pferde waren angeschlagen oder wiesen Risse auf. Anhand des einen oder anderen Nagels und eines kleinen Stücks Zügel ließ sich erraten, dass die Sättel reich geschmiedet, die Pferde mit Gold aufgezäumt und mit Bronze aufgeschirrt gewesen waren.

Sarah war so von der Schönheit fasziniert, dass sie Schritt für Schritt immer tiefer in das Lager ging, ohne recht zu wissen, wohin sie trat, bis das letzte Steinpaneel einer Sammlung Platz machte, die sie für weitere Statuen hielt. Es waren steife, reglose Gestalten, ohne ausgebreitete Arme oder Engelsflügel, die Füße zusammengebunden, nicht stolz und breitbeinig, sondern in Tuch eingehüllt oder lose eingewickelt, manche weiß vor Staub und manche verfärbt. Sarah sah sie sich genauer an und griff nach einem der Köpfe, um in das eingewickelte Gesicht zu schauen, hob das Ende eines Stücks Sackleinen an, um die gemeißelten Züge darunter zu betrachten, und erstarrte dann. Der Geruch warnte sie, dass etwas nicht stimmte, ganz und gar nicht stimmte. Es war nicht der Duft von Stein, sondern von Erde, von Verfall.

Sarah legte den Kopf, den sie für Stein gehalten hatte, auf seinen Platz zurück, oben an eine Linie aus weißen Wirbeln, und ihr fiel das Sackleinentuch aus der Hand. Krampfhaft wischte sie sich immer wieder die Hand an ihrem Nachthemd ab. Mit vor Entsetzen weit aufgerissenen Augen konnte sie jetzt das Durcheinander auf den offenen Regalen genauer erkennen. Es waren Leichen, menschliche Leichen, manche schon lange Zeit tot, andere neueren Datums, die aus ihren steinernen Särgen gezogen und in die Regale geworfen worden waren, als wären sie Abfall. Manche verharrten in ihrer Totenstarre, unbeweglich in der Form des Sarges, die umwickelten Arme auf die Brust gebunden, und mit Haar, das grotesk durch die Tücher wuchs, mit denen ihre Köpfe umwickelt waren. Andere waren zerstört worden, als man sie aus ihrer letzten Ruhestätte gehievt hatte, die Arme hingen schlaff herunter, die Leichentücher waren zerrissen und ließen graue, verwesende Zehen oder kraftlos herumliegende, schwärzlich verfärbte Köpfe erkennen. Manche waren sogar noch älter, das Fleisch verwest, und aus von Würmern zerfressenen Füßen stachen graue Zehenknochen hervor.

Sarah erschreckte selbst vor ihrem eigenen entsetzten Aufkeuchen, als würden die Leichen ihr zustöhnen, und sie schlug sich die Hand vor den Mund. Doch ihr leises, furchtsames Wimmern war immer noch zu vernehmen. Sie konnte die Augen nicht von dem grausigen Anblick losreißen, und sie konnte sich nicht an Leichnamen vorbeiquetschen, um den sicheren inneren Treppenaufgang zu erreichen.

Sie hörte ihren röchelnden Atem in der Kehle, während sie ein angeekeltes Würgen angesichts des Geruchs, des Anblicks der verwesenden Leichenteile niederkämpfte. Ihr war klar, dass sie sich bewegen musste, doch es war, als sei sie erstarrt, so reglos wie die Leichen vor ihr, die wie die Toten in einer Pestgrube übereinandergestapelt waren. Beim Gedanken an die Pest stieß sie abermals ein leises Stöhnen aus, ihre fieberhaften Gedanken gaben ihr ein, der Geruch nach Verwesung sei der Gestank von Krankheit, und dass sie tot zusammenbrechen und hier mit den übrigen Leichnamen aufgestapelt werden würde.

Sie konnte den Blick nicht von den Leichen wenden, denn sie war zu entsetzt, um den Kopf wegzudrehen. Sie hatte Angst, wenn sie sich einmal von ihnen abwandte, ihnen den Rücken zukehrte, würden sie sich hinter ihr erheben und sie durch die lange Werkstatt verfolgen. Sie fürchtete, dass sie sich umdrehen und sehen würde, wie die Toten sich ihr steif näherten, mit starrem Blick aus den verbundenen Augen, mit ausgestreckten knochigen Fingern an vertrockneten Händen, die nach ihr griffen. Statt sich umzudrehen und wegzulaufen – sie wusste, dass sie nicht laufen konnte, es wäre wie ein Albtraum von Langsamkeit –, ging Sarah rückwärts auf das andere Ende des Raumes zu, in Richtung Schleuse, indem sie sich mit einer Hand an den Regalen festhielt, in denen sich die Sarkophage der durcheinander hingeworfenen Toten befanden, und den Blick nie von den unbeholfen ausgestreckten Händen, den erbärmlich knochigen Füßen nahm.

Der weiche Vorhang aus Sackleinen ließ sie zusammenzucken und erschaudern, doch dann merkte sie, dass sie die Tür endlich erreicht hatte. Sie teilte den Vorhang, stieg über den Flutschutz auf den schmalen Kai, streckte die Hand aus und schlug die Tür der Werkstatt mit dem geheimen Beinhaus zu. Sobald die Tür geschlossen war, wurde ihr eigenes Wimmern zu verängstigtem Schluchzen, Tränen des Entsetzens strömten kalt über ihr Gesicht.

Sie wandte sich zu der Schleuse um, wo sich das Licht der Morgendämmerung auf dem plätschernden Wasser spiegelte. Dort, auf der gegenüberliegenden Seite, auf der prächtigen Marmortreppe, stand Felipe Russo in einem roten Samtumhang und mit einer Kerze in einem goldenen Halter, und beobachtete sie.

Sarah zögerte keinen Augenblick. Hysterisch weinend lief sie um den schmalen Kai hinter der Schleuse, und Felipe stellte seinen Kerzenständer auf den Stufen ab und empfing sie in seinen Armen.
»Ihr wisst Bescheid! Ihr müsst Bescheid wissen!«, schluchzte sie. Ihre Zähne klapperten so heftig, dass sie kaum sprechen konnte. »Ihr wisst darüber Bescheid, was da drinnen ist?«
»Schsch«, machte er. »Ihr habt Euch erschreckt. Ja, ich weiß Bescheid. Kommt.«
»Ihr wisst es!«, rief sie.
»Ja, ja.« Geschickt zog er sie die Treppe hoch, eine Stufe nach der anderen, obwohl ihre Knie weich wurden, bis sie die Eingangshalle erreichten, wo sie immer noch vor Entsetzen zitterte und ihren verkrampften Griff nicht von seinem Samtärmel lösen konnte. Sie legte das Gesicht an seine Schulter und atmete den Geruch von warmem Stoff, den Duft nach Vanille und Lorbeer ein, den Geruch seiner Haut, so warm und so lebendig.
»Mein Gott«, flüsterte sie. »Ihr wisst es? Aber Ihr müsst es wissen!«
»Kommt«, sagte er abermals und führte sie die innere Marmortreppe hoch ins Esszimmer, wobei er sie fest unter dem Ellbogen hielt, damit ihre Knie nicht unter ihr nachgaben. »Kommt herein«, wiederholte er sanft und führte sie in sein privates Arbeitszimmer neben dem Esszimmer.
»Ich habe ... ich habe ... ich bin ...«
»Schsch«, befahl er, drehte sich zur Anrichte und schenkte ihr ein großes Glas dunkelroten Wein ein. »Trinkt das, bevor Ihr etwas sagt.« Er drückte sie in einen Sessel und holte einen Schemel heran, um sich neben sie zu setzen. Unter den blinden Blicken der Statuen in dem Raum trank sie in kleinen Schlucken, bis er sah, dass die Farbe wieder in ihr weißes Gesicht zurückkehrte.
»Jetzt könnt Ihr es mir erzählen«, sagte er leise.
»Ich habe Euch nichts zu erzählen! Ihr seid mir eine Erklärung schuldig! Ihr müsst wissen, was ich gesehen habe!« Sie zitterte, und das Weinglas bebte in ihrer Hand. »Ihr müsst wissen, was sich dort unten befindet!«
Er neigte den Kopf. »Es tut mir leid, dass Ihr Euch so erschreckt habt.«
»Was sind das? Sie sind tot, nicht wahr? Sind sie aus ihren Gräbern geholt worden?«

Er breitete wie zu einer Entschuldigung die Hände aus. »Ach, wenn man Antiquitäten haben will, muss man sie leider bei den Alten suchen.«

Sie stellte das Glas ab und umklammerte die Hände unter dem Tisch, um sich zu beruhigen. Sie fühlte sich so allein, so weit weg von zu Hause, und es fiel ihr schwer zu begreifen, was hier vor sich ging. »Was meint Ihr? Was meint Ihr nur?«

Er trat an die Anrichte, schenkte sich ein Glas Wein ein und goss ihr nach. »Trinkt. Euch steckt der Schreck noch in den Gliedern.«

Gehorsam trank sie einen weiteren Schluck, verspürte aber immer noch das schreckliche Zittern im Magen, als werde sie sich übergeben müssen.

»Habt Ihr die schönen Platten gesehen?«, fragte er. »Die Steinplatten?«

Sie nickte.

»Sie wurden von Künstlern, Kunsthandwerkern gemeißelt – stimmt Ihr zu?«

Schweigend erteilte sie ihre Zustimmung.

»Sie sollten gesehen werden, findet Ihr nicht? Werke von solcher Schönheit sollten nicht versteckt werden.«

»Ich weiß n...«

»Es sind Steinsärge, Särge von Heiden, nicht von Christen. Es besteht kein Grund, weswegen sie nicht hochgeholt und Menschen gezeigt werden sollten, die sie lieben werden. Sammlern. Liebhabern. *Cognoscenti!*«

»Aber die Leichen!«, konnte sie nur flüstern.

»Selbstverständlich gibt es Leichen! Es handelt sich um Särge, jeder von ihnen beherbergte einst eine Leiche. Aber sie sind alle so alt. Es ist ja nicht so, als würde es sich um Familienangehörige handeln. Sie waren keine Christen, sie stammen nicht von einem kirchlichen Friedhof. Und ich sorge dafür, dass sie wieder begraben werden, ehrerbietig und respektvoll.«

Ihr fehlte die Stimme, um Widerspruch zu erheben, aber hinter ihren geschlossenen Lidern sah sie immer noch den chaotischen Leichenhaufen, das verwesende Fleisch.

»Nur hineingeworfen ...«, war alles, was sie wispern konnte.

»Es braucht Zeit, ein richtiges Begräbnis zu organisieren«, sagte er.

»Manchmal müssen wir die Leichen ein Weilchen lagern. Es tut mir leid, dass Ihr Euch so erschreckt habt.«
Sie schüttelte den Kopf, den Blick unverwandt auf sein Gesicht gerichtet. »Was?«
»Meine Liebe«, sagte er sanft. »Jeglicher Profit geht zulasten eines anderen. Wir verdienen mithilfe von Grabraub viel Geld. Ja – denn darum handelt es sich. Die Menschen, die für ihre schönen Bestattungen bezahlt haben, werden beraubt. Aber sie wissen nichts davon. Was schadet es schon?«
Wieder schüttelte sie den Kopf.
»Aber Ihr wart am Herumspionieren. In den Teil des Lagerhauses hatte ich Euch nicht eingeladen. Ihr wart dort nicht willkommen, niemand außer meinen Steinmetzen geht dorthin. Es ist nicht das Verhalten eines guten Gastes – wie sagt man doch gleich? –, in die Privatsphäre einzudringen.«
»Es tut mir leid«, sagte sie steif. »Ich wollte …« Sie hatte keine Ausrede parat. »Ich wollte mir das Witwengut der Nobildonna ansehen, ihre schönen Kunstwerke, um sie morgen einzupacken, und dann bin ich weiter durch das Lager gegangen und habe die Tür entdeckt.«
»Die abgesperrte Tür? Die hinter einem Vorhang verborgen ist?«, hakte er nach.
Sie fühlte sich ertappt. »Ich habe bloß gearbeitet …«
»Nein, das habt Ihr nicht«, sagte er kalt, und sie musste ein Aufkeuchen unterdrücken, weil er ihr auf einmal Angst einjagte.
»Und wenn Ihr mir die Wahrheit sagt?«, schlug er vor. »Es ist fast Morgen, und meine Mutter teilte mir mit, Ihr habt zu Abend gegessen und seid dann früh zu Bett gegangen. Ich weiß, dass Euer Gerede, Ihr würdet für die Nobildonna arbeiten, gelogen ist; aber ich weiß nicht, warum, oder was Ihr wirklich hier treibt?«
Sarah erzitterte abermals, und der neue Schreck lähmte ihren Verstand. »Ich lüge nicht.«
»Ganz offensichtlich doch.« Unter seinem freundlichen Tonfall lauerte Eiseskälte. »Ihr lügt mir ins Gesicht und spioniert mir hinterher. Erstens: Wie lautet Euer richtiger Name?«
Zitternd zermarterte sie sich das Gehirn nach einer Antwort.
»Sagt es mir besser.« Seine Stimme war seidig.

»Ich heiße Sarah«, sagte sie kleinlaut. »Sarah Stoney.«
»Und woher kennt Ihr die Nobildonna?«
Sie sah zur Tür, zu den Fenstern, die auf den Kanal hinausgingen. Es gab kein Entrinnen aus diesem Verhör. »Ich möchte zu Bett gehen«, sagte sie.
»Erst, wenn Ihr meine Fragen beantwortet habt. Vergesst nicht, dass Ihr unter falschem Namen in meinem Haus seid. Ich könnte Euch auf der Stelle als Spionin denunzieren und eine Belohnung für Eure Festnahme kassieren.«
»Ich bin nur Hutmacherin!«, protestierte sie.
»Nun, das glaube ich wohl«, stimmte er zu. »Eure Liebe zu den Federn war echt.«
»Ja. Ja, wirklich.«
»Seid Ihr also die Hutmacherin der Nobildonna?«
»Ja«, klammerte sie sich an die Lüge.
»Und warum hat sie Euch hergeschickt?«
»Damit ich ihren Ehemann finde«, fabulierte Sarah rasch. »Sie trauert so sehr – ihr Herz ist gebrochen –, und sie dachte, er könnte noch am Leben sein. Sie dachte, er könnte im Gefängnis sein: nicht tot. Also bat sie mich, herzufahren ...« Die Lüge erstarb, als er sich erhob, ans Fenster trat und nach draußen auf den Kanal blickte. Sein Gesicht war vor ihr verborgen, aber sie konnte sehen, dass seine Schultern bebten. Sie glaubte, er würde weinen, vielleicht vor Kummer um Robs Verlust – also stand sie ebenfalls auf, unsicher, was sie tun sollte. Vorsichtig näherte sie sich ihm und legte sanft die Hand auf seinen samtenen Ärmel. »Seid Ihr bekümmert, Felipe? Habt Ihr ihn gekannt?«, fragte sie.
Felipe Russo drehte sich um, und sie sah die Tränen in seinen dunklen Augen, doch sie rührten nicht von Trauer. Vor Lachen fiel es ihm schwer hervorzubringen: »Mein Kind, ich schwöre, Ihr bringt mich noch um! Um Himmels willen, hört auf, mich anzulügen! Das ist das Komischste, was ich je gehört habe. Ihr werdet nie begreifen, wie lächerlich es ist! Es ist eine schreckliche Lüge, eine dumme Lüge, eine unbeholfene Lüge. Sie würde niemals ein Mädchen wie Euch zur Rettung ihres Ehemannes aus dem Gefängnis schicken!«
»Aber warum denn nicht?«, wollte Sarah wissen. »Sie hat ihn geliebt. Sie würde wissen wollen, dass er in Sicherheit ist. Sie würde

doch gewiss wollen, dass man ihn findet? Warum sollte sie mich nicht hergeschickt haben, damit ich ihn heraushole?«
»Niemals! Niemals!«
»Aber warum nicht?«
»Weil sie diejenige war, die ihn denunziert hat! Kleine Närrin! Sie hat ihn ins Gefängnis gebracht, höchstpersönlich!«

Dezember 1670, London

»Und wo ist Sarah?«, stellte Livia die eine Frage, vor der Alys gegraut hatte. Die beiden Frauen waren im Bett, gegen die Kälte in Wolltücher gewickelt. An der Innenseite der Fenster hatten sich in der winterlichen Londoner Morgendämmerung Eisblumen gebildet.
»Immer noch bei ihrer Freundin.«
»Sie kommt nicht nach Hause? An Weihnachten? Kommt sie nach den Feiertagen? Wann kommt sie denn?«
Alys entzog sich Livias Umarmung und stützte sich auf einen Ellbogen, sodass sie das schöne Gesicht auf dem Kopfkissen betrachten konnte, den dunklen Zopf über der bronzefarbenen Schulter.
»Sie wird bald heimkommen«, sagte sie.
»Du schickst nicht nach ihr und befiehlst, dass sie nach Hause kommt?«
»Nein. Sie wird schon kommen … vielleicht nächsten Monat.«
»Sag mir doch die Wahrheit.«
Alys verspürte tief in ihrem Bauch Angst. »Die Wahrheit?«, wiederholte sie. Sie wusste, dass sie es nicht über sich bringen würde, Livia zu erzählen, wie heftig das Misstrauen ihrer eigenen Schwiegermutter ihr gegenüber war. Niemals würde sie von ihr Geld annehmen oder ihr Kind als ihren Enkel akzeptieren.
»Hast du sie weggeschickt, weil du nicht wolltest, dass sie uns sieht?«, flüsterte Livia.
»Uns sieht?« Alys hatte keine Ahnung, wovon Livia sprach.
»Uns zusammen sieht?«
»Warum sollte sie uns nicht zusammen sehen?«, fragte die ältere Frau.

Livia streckte sich lasziv wie eine träge Katze, die Arme über dem Kopf, das dunkle Haar in ihren Achseln verströmte einen erotischen Duft nach Moschus und Rosenöl. »Weil sie sehen würde – was deine Mutter bei all ihrer Weisheit nicht sieht –, dass wir Freundinnen sind, dass wir Liebende sind, die nie voneinander getrennt sein werden. Wir werden für immer zusammen sein.«
Alys spürte, wie sich die Welt um sie drehte. Sie legte eine Hand an das Kopfteil, als suche sie Halt gegen Seekrankheit. »Wir sind Schwestern«, erklärte sie. »Wir lieben einander als Schwestern.«
»Oh, meine Liebe, nenn es, wie du willst! Liebst du mich denn nicht und möchtest, dass ich für immer hierbleibe? Wartest du nicht den ganzen langen, kalten Tag darauf, dass wir abends allein sind? Haben wir nicht, gemeinsam, wahres Glück gefunden? Wir sind liebende Schwestern, die noch nie zuvor im Leben eine derartige Liebe gefunden haben. Kein Ehemann hat mich so wie du verstanden oder ist so zärtlich zu mir gewesen, und du hast gar keinen Ehemann gehabt. Bin ich dir nicht teurer als jeder andere, den du je kanntest?«
»Abgesehen von meinen Kindern«, sagte Alys, um Zeit zu gewinnen. »Abgesehen von meiner Mutter.«
Livia winkte ab. »Natürlich, natürlich, abgesehen von unseren Kindern. Ist das hier nicht die erste wahre Liebe, die dir widerfahren ist?«
Alys dachte an den jungen Mann, der sie an ihrem Hochzeitstag sitzen gelassen und mit angesehen hatte, wie ihre Mutter und sie allein der Katastrophe die Stirn boten. »Alles, was er mir gegeben hat, war ein Wagen«, sagte sie mit alter Bitterkeit. »Und ich habe ihn vergöttert, ich habe alles für ihn riskiert.«
Livia lachte. »Aber ich werde dir ein Vermögen geben«, versprach sie. »Wir werden an einen größeren, besseren Kai mit einem schönen Lagerhaus ziehen, wo ihr Kunst und antike Sammlungen ausstellen werdet und wir aufrichtig in der Liebe und im Geschäft sein werden. Die Welt wird uns als liebende Schwestern wahrnehmen, und wir werden unsere Leidenschaft geheim halten. Ich werde nie davon sprechen, und du wirst mein sein, mit Herz und Seele. Schick nach Sarah, sie kann nach Hause kommen. Wir werden diskret sein. Ich werde alle Welt glauben lassen, dass ich Sir James nachstelle –«

Sie hob die Hand, bevor Alys Einspruch erheben konnte. »Ich weiß, dass du ihn nicht magst, aber lass alle glauben, dass ich ihm wegen seines Geldes nachjage. Das glaubt deine Mutter ohnehin schon, nicht wahr?«
»Ja«, gestand Alys.
»Dann lass sie das glauben. Ich werde ihn besuchen und mit ihm zusammenarbeiten, aber das ist alles nur, um ein Vermögen zu machen, damit wir unser Geschäft haben können, unser Zuhause und unser gemeinsames Leben. Alles, was ich tue, geschieht, damit wir zusammen sein können.«
Alys überlegte, dass Livia ganz allein einen Grund für Sarahs Abwesenheit gefunden hatte. Sie beugte sich zu ihr und küsste sie auf den Mund. »Zusammen«, wiederholte sie.

Dezember 1670, Venedig

Nachdem Felipe aufgehört hatte, über Sarahs verblüfftes Gesicht zu lachen, herrschte in dem Raum Totenstille.
»Livia hat ihn denunziert?«, fragte Sarah. »Sie hat ihren eigenen Ehemann denunziert? Robert Reekie?«
»Moment mal«, sagte er. »Ich werde Eure Fragen beantworten, wenn Ihr meine beantwortet. Wir werden einander jetzt die Wahrheit sagen, nicht wahr? Sagt mir zuerst: Wer seid Ihr? Denn nie im Leben würde die Nobildonna ihre Hutmacherin losschicken, um ihren Ehemann zu retten. Nicht diesen Ehemann. Und Himmelherrgott! Nicht diese Hutmacherin! Sobald ich Euch an meiner Tür erblickte, war mir klar, dass Ihr nicht von ihr gekommen wart.«
Sarah atmete einmal durch. »Ich bin Sarah Stoney. Meine Mutter ist Alys Stoney, und meine Großmutter ist Alinor Reekie.«
»Reekie?«, wollte er wissen. »Reekie? Ihr meint Roberto Reekies Mutter?«
»Ja. Sie ist meine Großmutter. Sie hat mich auf die Suche nach ihm geschickt.«
»Hat sie nicht geglaubt, dass er tot ist?«
Sarah schüttelte den Kopf. »Keinen einzigen Moment.«

»Aber warum nicht? Livia war ganz in Trauer gekleidet. Es ist undenkbar, dass sie nicht überzeugend war.«
Sarah zuckte mit den Schultern. »Meine Großmutter ist eine sehr kluge Frau. Sie hat Livia nie getraut. Es gefiel ihr nicht, als Livia sagte, Matteo könne Roberts Platz einnehmen.«
»Herrgott! Dachte sie, dass er nicht Robs Kind ist?«, wollte er wissen.
»Nein, nein«, verbesserte Sarah sich. »Bloß dass er nicht Roberts Platz einnehmen kann. Sie war felsenfest davon überzeugt, dass Robert noch am Leben ist.«
»Sie hatte eine Vision?«, fragte er spöttisch. »Sie hat magische Kräfte, Eure Großmutter?«
Trotzig nickte Sarah.
»*Dio!*«, sagte er tonlos. »Ich habe Livia in ein Irrenhaus geschickt.«
»Warum hat Livia ihren Ehemann denunziert?«, fragte Sarah.
»Um ihn loszuwerden«, sagte er schlicht, als sei es offensichtlich.
»Sie hat einen Brief in die *Bocca* eingeworfen?«
»Ja, und ich habe ihn festgenommen.«
Als draußen ein Boot vorüberfuhr und das Kielwasser plätschernd gegen die Hausmauer schlug, wurde der stete Wellenschlag des Kanals ein wenig lauter, wie ein hämmerndes Herz. Sarah betrachtete Felipe, ihre Augen dunkel, ihr Gesicht ausdruckslos. »Hat Rob das Lager gesehen? War sie nicht nur in der Werkstatt oben, sondern auch in der unten Eure Partnerin? Hat Rob die Leichen gesehen?«
»Ja.« Er schenkte sich ein Glas Wein ein. »Leider. Er wollte eine Leiche kaufen, versteht Ihr? Für Forschungszwecke. Er und der jüdische Arzt mussten einen Toten untersuchen, um zu verstehen, wie die Muskeln arbeiten, wie der Atem funktioniert. Sein besonderes Interesse galt der Lunge – galt Menschen, die ertrunken sind.«
Sarah schlang die Arme um sich, um nicht zu erschaudern. »Ihr habt mir doch gesagt, Ihr würdet sie mit Respekt begraben.«
»Das tue ich auch, wenn es geht. Aber ich verkaufe sie auch an Krankenhäuser, an Ärzte und an Künstler.«
»Das ist legal in Venedig?«
»Nein«, räumte er ein. »Also bewahren wir gegenseitig unsere Geheimnisse. Der jüdische Arzt brachte Rob mit, damit er den Mann kennenlernte, der einen Leichnam beschaffen konnte, und da –

ecco! – war ich in meinem Lager!« Er verstummte. »Roberto hatte mich als Milords Verwalter gekannt und als Livias zuverlässigen Diener. Es hat ihn sehr überrascht, mich in einem derart prächtigen Palazzo anzutreffen, wo ich Leichname verkaufte. Er wollte unbedingt Bescheid wissen, er drängte sich in meine Werkstatt ... er sah ...«
»Er sah, was ich gesehen habe?«, flüsterte Sarah. »Die schrecklichen Toten? Die Unbegrabenen? Er war hier?«
Felipe nickte. »Er war hier. Er war genau wie Ihr – entsetzt, wie Ihr es wart. Er stürzte davon, ging schnurstracks nach Hause und beschuldigte seine Frau schrecklicher Verbrechen: ihren toten Gatten hintergangen zu haben, mit Grabesgütern Handel zu treiben, ihn zu belügen, ihn mit mir zu betrügen.«
»Als ihr Partner bei ihren Verbrechen?«, vergewisserte sich Sarah.
»Als ihr Liebhaber«, sagte Felipe sehr leise. »Das hat er auch erraten.«
»Hat sie ihn deshalb denunziert?«, fragte sie. »Damit er sie und Euch nicht dessen beschuldigen konnte, was Ihr hier getan habt?«
»Ihr blieb im Grunde keine andere Wahl. Und außerdem behauptete die Familie ihres ersten Gatten, er sei ermordet worden. Es war ganz offensichtlich, dass sie es dem Arzt in die Schuhe schieben sollte.«
Sarah war völlig entsetzt. »Sie hat Rob des Mordes bezichtigt? Und Ihr habt ihn in den Tod geschickt?«
»Er hat uns wirklich keine andere Wahl gelassen.«
Sarah erhob sich aus dem Sessel und presste die zitternden Hände auf den auf Hochglanz polierten Tisch, um sich nichts anmerken zu lassen.
»Was ist dann mit mir?«, fragte sie. »Jetzt bin ich auch im Bilde. Was müsst Ihr mit mir machen?«

Dezember 1670, London

Zweimal in der Woche unternahm Livia die lange, kalte Fahrt vom Südufer des Flusses nach Norden zu der eleganten Kirche, in der sie sich auf Sir James' Vorschlag hin mit dem Pfarrer treffen sollte.

Zweimal die Woche saß sie im büchergesäumten Arbeitszimmer des Pfarrers, im Beisein seiner Haushälterin, die als Anstandsdame in einer Ecke neben der Tür flickte, während er Livia Unterricht in den Grundlagen des Protestantismus, im Katechismus und in den Gebeten auf Englisch erteilte.

Der Pfarrer lobte Livia für ihre Beherrschung der englischen Sprache, ihre Pünktlichkeit und ihren Fleiß, doch er konnte sich nicht für die schöne junge Frau erwärmen, die gelegentlich mit einem langen Fingernagel auf den Schreibtisch tippte und »*Allora!*« murmelte, wenn es um besonders obskure Theologie ging. Er hegte die Befürchtung, dass sie sich um irdischer Güter willen – um Sir James heiraten zu können – auf Taufe und Konfirmation vorbereitete, und nicht, weil sie glaubte, dass die Religion ihrer Familie und ihrer Kindheit Ketzerei geworden war. Wenn er versuchte, sie behutsam nach ihrem Herzen und ihrem Gewissen zu befragen, riss Livia die dunklen Augen auf und schenkte ihm ihr bezauberndes Lächeln.

»Pater«, sagte sie dann. »Pater, meine Seele ist rein.«

»Die Welt ist voller Versuchungen …«, setzte er in der Hoffnung an, sie werde zugeben, dass der Reichtum und Sir James' gesellschaftliche Stellung eine Versuchung für sie darstellten.

»Nicht für mich«, sagte sie leise. »Alles, was ich will, ist Gnade.«

Livia erzählte niemandem, wohin sie ging oder was sie lernte. Sie behauptete, zum Zwecke ihrer Gesundheit spazieren zu gehen und dass sie nicht tagein, tagaus in dem kleinen Lagerhaus eingesperrt sein könne, besonders bei diesem schlechten Wetter, wenn der Nebel tief auf der eisigen Flut lag. Alys beklagte sich nicht und stellte sie bezüglich ihrer Ausflüge nie zur Rede.

Gelegentlich brachte Livia kleine Mitbringsel nach Hause: ein Band für Alys, ein Spielzeug für Matteo oder besondere Kräuter für Alinor. Dann sagte sie, sie sei einkaufen gewesen oder habe der Royal Exchange einen Besuch abgestattet, oder sie sei in Richtung City spaziert und stehen geblieben, um sich einen Markt auf der Straße anzusehen. Sie erklärte, man könne nicht von ihr erwarten, dass sie Tag für Tag nichts anderes zu Gesicht bekäme als das kalte Anschwellen und Absinken eines dreckigen Flusses im Winter.

An manchen Tagen ging sie an Avery House in The Strand vorbei, wobei sie darauf achtete, die Straße zu überqueren und im Schatten der imposanten Mauer zu gehen, um nicht von Dienstboten gesehen zu werden, die das unbewohnte Haus putzten und in Ordnung hielten. An der Ecke blieb sie jedes Mal stehen und sah zu dem Haus mit den geschlossenen Fensterläden zurück, stellte sich die Zimmer vor, wo das Mobiliar abgedeckt war und sogar die Kronleuchter verhängt und dunkel waren. Es gab keine Anzeichen, dass man Sir James erwartete, und sie konnte unmöglich die Straße überqueren und an der Haustür klopfen, um nach ihm zu fragen.

Sie hätte sich niemals erniedrigt, indem sie sich nach ihm erkundigte, nachdem er ihr geschrieben hatte, dass er in seinem Landhaus eingeschneit war. Abgesehen davon war der wertvolle Messingklopfer von der Tür abmontiert worden.

Dezember 1670, Venedig

Felipe stand auf und goss den Rest der Flasche in Sarahs Glas. »Natürlich werft Ihr eine sehr heikle Frage auf«, klagte er. »Vielleicht sollte ich Euch besser einfach erwürgen und Eure Leiche in die Schleuse werfen.«

»Kapitän Shore weiß, wo ich bin«, sagte sie trotzig, doch ihre Stimme bebte.

Er zuckte mit den Schultern. »Kümmert es ihn? Würde er nach Euch suchen?«

»Ich kann Euch eine Abmachung anbieten«, sagte sie unsicher. »Wenn Ihr mir helft, meinen Onkel zu retten, werde ich niemals über … all das hier … ein Wort verlieren. Ich werde einfach die Sache mit der Werkstatt und Eure Machenschaften hier vergessen. Wir werden es nie wieder erwähnen.«

Er zog eine Augenbraue in die Höhe.

»Und ich kann Euch bezahlen!«, sagte sie verzweifelt.

Er lachte sie offen aus. »Eine halbe Guinee? Oder werdet Ihr noch die Federn für eine halbe Guinee drauflegen?«

»Ich kann Euch Geld aus England schicken. Wenn Ihr mir nur helft.«

»Aus England werde ich tatsächlich Geld bekommen, und zwar viel mehr, als Ihr auftreiben könnt.«

»Und wenn nicht?«, fragte Sarah herausfordernd. »Und wenn Ihr gar kein Geld erhaltet? Und wenn Ihr Euch an Euren Plan haltet und alles aufs Spiel setzt, aber sie tut es nicht?«

Er drehte den Kopf und sah sie über den Rand seines Glases an. »Was meint Ihr damit?«

»Denn sie hat Euch kein Geld geschickt, nicht wahr?«, sagte Sarah aufs Geratewohl. »Und uns hat sie ganz gewiss nichts gezahlt. Ich glaube, sie behält alles für sich. Die Antiquitäten standen zum Verkauf – ich habe es mit eigenen Augen gesehen! Aber sie hat jetzt einen neuen Partner.«

»Wen denn? Sie sollte sie in Eurem Lagerhaus verkaufen. Und Ihr solltet die Kosten tragen.«

»Ihre Pläne haben sich geändert!« Sarah gewann an Selbstvertrauen. »Sie hat noch einen Partner. Wir haben die Kosten getragen, aber ausgestellt hat sie die Stücke in seinem Haus. Er ist ein englischer Lord, seit ihrer Ankunft in England hat sie es auf ihn abgesehen. Sie hat Euch abserviert, sie hat uns abserviert! Sie hat einen ganz anderen Gönner. Sie ist eine Hure, genau wie diese Frauen auf ihren Chopinen, und sie hat sich Eurer entledigt und ad acta gelegt.«

Mit einem selbstsicheren Lächeln schüttelte er den Kopf. »Sie würde mich niemals hintergehen.«

»Wie könnt Ihr Euch da so sicher sein?«

»Weil wir einander versprochen sind.«

»Niemals!«, schwor Sarah. »Sie wird Sir James Avery heiraten und ihm den Sohn schenken, den er sich wünscht. Matteo wird ein englischer Junge sein. Ihr werdet keinen von beiden je wiedersehen. Sie wird ihn heiraten – einen Engländer, der viel reicher und herrschaftlicher ist, als Ihr es je sein werdet –, und sie wird nie wieder zurückkehren.«

Dezember 1670, London

Livia zitterte bei der Flussüberquerung im Heck des kleinen Bootes. Vom Meer blies ein kalter Wind, die Wasserstufen bei Avery House glitzerten vor Frost. Die Baumstämme in den Gärten zeichneten ein

monochromes Bild, weiß auf der einen Seite und schwarz vor Feuchtigkeit auf der anderen, die Umrisse der Zweige und Äste deutlich erkennbar wie bei einem Scherenschnitt, als sei ein Künstler durch den Obstgarten gegangen, um aus jedem Ast etwas unglaublich Schönes zu machen.
»Hier«, sagte Livia und drückte dem Mann widerwillig einen Penny in die Hand.
»Gern geschehen, meine Süße«, verhöhnte er sie und brachte das Boot zum Schaukeln, als sie hinausstieg, um die Stufen zu erklimmen. Ihre Stiefel hinterließen dunkle Spuren im weißen Frost der Stufen.
»Ich bleibe nicht lang, Ihr könnt warten«, sagte sie.
»Ihr bezahlt mir die Wartezeit?«, fragte er hoffnungsvoll.
»Nein! Selbstverständlich nicht! Warum sollte ich Euch fürs Nichtstun bezahlen? Aber wenn Ihr wartet, werde ich gleich wieder da sein und Euch dafür bezahlen, dass Ihr mich zum Savoury Dock zurückbringt.«
»Ich werde warten, es sei denn, man ruft mich weg«, sagte er mürrisch. »Ich werde kostenlos warten und dann soll es mir bestimmt noch eine Ehre sein, Euch nach Hause zu begleiten. Zum Savoury Dock – bekannt für seinen Duft. Zum Reekie-Kai – bekannt für seine Eleganz.«
»*Chiudi la bocca*«, murmelte sie leise und drehte sich weg, um durch den Garten zu gehen. Vor ihr klammerte sich ein Rotkehlchen an einen schaukelnden Ast und sang ihr etwas vor, ein Klang von eindringlicher Lieblichkeit. Doch Livia hatte keine Ohren dafür, sah auch den hochgereckten, leuchtenden Kopf nicht. Die Statue des schlafenden Rehkitzes ruhte zusammengerollt am Fuß eines knorrigen Apfelbaums, verwehter Schnee lag weiß auf dem weißen Marmor seines Rückens. Livia schritt daran vorbei, die Augen auf die leeren Fenstern des Hauses gerichtet.
Glib, der Lakai, hatte sie informiert, das Personal sei angewiesen worden, Feuer zu entfachen, das Leinenzeug zu lüften und die Fensterläden zu öffnen, und dass der Herr im Laufe der Woche zurückkehren werde. Doch Livia hatte nichts von Sir James selbst gehört, weder hatte er ihr einen Brief noch eine Einladung geschickt.
Sie wusste nicht, warum er sie nicht in sein Haus eingeladen hatte,

ihr nicht noch einmal aus Northallerton geschrieben und kein Geschenk geschickt hatte. Sie hatte auf einen Diamantring als Weihnachtsgeschenk und zur Verlobung gehofft. Erhalten hatte sie nichts. Livia biss die Zähne zusammen und ging die schöne Terrasse entlang, die im unerbittlich grellen Wintersonnenschein vor Frost funkelte.

Sie verspürte keinerlei Freude beim Anblick der aufgezogenen Vorhänge in seinem Arbeitszimmer. Sie verspürte kein Entzücken beim Anblick seines Hinterkopfes und der Schultern, während er am Schreibtisch saß. Sie hob eine dunkle, behandschuhte Hand und klopfte ans Fenster. Das plötzliche Geräusch ließ ihn zusammenfahren, und als er sich umdrehte, erblickte er eine unheilvolle Gestalt in einem dunklen Kleid. Sie sah das Entsetzen auf seinem Gesicht, und dann erkannte er sie.

Er stand auf und öffnete die hohe Glastür. »Livia«, sagte er matt. »Welch Überraschung.«

Sie marschierte ins Haus.

Dezember 1670, Venedig

Sarah erwachte spät, in einem stillen Haus, und ging voller Sorge nach unten. Die schöne Eingangshalle lag wie immer da. Da beschlich sie das seltsame Gefühl, dass sie die Ereignisse der vergangenen Nacht geträumt haben musste, doch als sie sich umdrehte und einen Blick zur Eingangstür warf, sah sie, dass sie fest verriegelt war. Sie war in dem stillen Haus gefangen.

Felipes Mutter Signora Russo hatte im Esszimmer ein milchiges heißes Getränk für sie vorbereitet, dazu Brot und Marmelade, doch als Sarah am Tisch Platz nahm, stand die Frau da und beobachtete sie, als schöbe sie Wache. Felipe Russo kam die Treppe von der Schleuse hoch, direkt vom Gottesdienst in der benachbarten Kirche, die Stirn immer noch feucht vom Weihwasser, und auf ein leises Wort von ihm verließ seine Mutter das Zimmer.

Er nahm ihr gegenüber Platz. »Gestern Nacht habt Ihr mir erzählt, die Nobildonna werde nicht hierher zurückkehren«, fing er unvermittelt an. »Ihr habt mir erzählt, sie werde einen Engländer heiraten.«

»Ihr habt mir gestern Nacht erzählt, Ihr könntet mich ebenso gut in der Schleuse ertränken«, sagte sie trotzig.

Flüchtig schenkte er ihr ein warmes Lächeln. »Ihr wisst, dass ich das nicht tun würde. Aber was Ihr über Livia gesagt habt: War es eine verzweifelte Lüge, um Eure Haut zu retten?«

Sie zögerte, bevor sie ihm antwortete. »Nein. Es ist mehr dran. Ich bin noch nie im Leben jemandem wie Livia begegnet, also kann ich nicht sagen, was sie möglicherweise im Schilde führt. Ich weiß nicht, welche Versprechen sie Euch gegeben hat. Aber wahrlich, bei meiner Abreise sah es sehr danach aus, als habe sie vor, einen englischen Baronet zu heiraten – sein Name lautet Sir James Avery. Anfangs sagte sie, sie sei hergekommen, um bei uns zu leben, dass sie eine englische Familie wolle, nichts weiter, als an unserem Leben teilhaben. Dann fing sie an, sich darüber zu beklagen, dass wir ihr nicht wohlhabend genug sind, das Lagerhaus sei zu klein und läge in einem zu ärmlichen Stadtteil, weit weg von der City. Sie sagte, mein Onkel Rob habe ihr weisgemacht, wir seien herrschaftlicher, als wir es tatsächlich sind.« Sie errötete. »Wir sind einfache Arbeiter«, sagte sie. »Meine Großmutter verkauft Kräuter und Tränke an Apotheker, und Ma führt einen kleinen Kai.«

»Aber Ihr besitzt doch wohl ein Lagerhaus?«, vergewisserte er sich.

»Ich habe die erste Lieferung verschickt. Zum Reekie-Kai?«

»Es ist nur ein kleines Lagerhaus am Kai, wir verladen Getreide und Äpfel und das Frachtgut von Küstenschiffen, jeweils für wenige Schillinge. Wir verdienen nicht viel, wir konnten uns kaum die Frachtkosten ihrer ersten Lieferung leisten.« Er vernahm den Groll in ihrer Stimme. »Sie hat meine Ma beschwatzt, dafür zu zahlen.«

»Wir kamen überein, dass sie mittellos eintreffen sollte.« Er lachte kurz auf. »Wir dachten, es sei überzeugender. Wir glaubten, Ihr wäret wohlhabend und würdet ihr auf jeden Fall helfen, wenn sie in Tränen aufgelöst, mit dem Säugling in den Armen in Euer Haus käme.«

Mit gerunzelter Stirn erinnerte sich Sarah an Livias tragische Erscheinung. »O ja, das hat sie so gemacht, das hat sie alles so gemacht. Und wir haben ihr tatsächlich geholfen. Sie hat meine Mut-

ter um den kleinen Finger gewickelt. Sie setzt unser ganzes Geschäft aufs Spiel, indem sie die Waren nicht verzollt. Wenn man Waren nach England bringt, muss man Verbrauchssteuer entrichten – aber die Nobildonna hat sie nicht verzollt.«
Er lachte kurz auf. »Selbstverständlich nicht!«
»Der erste reiche Mann, dem sie begegnete, war Sir James, und im Nu brachte sie ihn dazu, die Antiquitäten in seinem großen Haus in The Strand zu verkaufen. Ich habe die beiden zusammen gesehen, so nah wie Liebende. Sie saß an seinem Schreibtisch, um ihre Briefe zu öffnen, und sie sah aus, als würde ihr das Haus bereits gehören. Wenn sie sich den Baronet angelt, wird sie bestimmt kein Interesse mehr am Antiquitätenhandel haben. Sie wird Euch nie mehr wiedersehen und weit hinter sich lassen wollen, und uns auch – sie wird nicht zu unserem Kai zurückkommen, wenn sie erst einmal Lady Avery ist. Dann wird sie eine englische Lady sein und nichts als ihre Kinder und ihre Hunde im Kopf haben.«
»Aber er ist ein alter Mann? Ihr sagtet, er sei alt?«
»Das ist er, er muss um die vierzig sein.«
»Vierzig ist doch kein Alter!«
»Mir scheint es sehr alt«, erwiderte sie. »Alt genug, um mein Vater zu sein.«
Er sah sie unter seinen dunklen Augenbrauen hervor an. »Ich bin vierunddreißig. Erscheine ich Euch alt?«
Unwillkürlich musste sie lachen. »Nein, natürlich nicht! Ihr seid ...«
Sie errötete, und er verstand ihr stammelndes Stocken und strahlte sie an. »Dem Himmel sei Dank«, stellte er fest. »Hat sie wirklich eine zweite Lieferung Antiquitäten bestellt? Das jedenfalls hat gestimmt?«
»Ja«, sagte Sarah, die sich von ihrer Verlegenheit erholte. »Sie sagte, sie habe an der ersten Lieferung ein Vermögen verdient. Hat sie Euch Geld geschickt? Der Kapitän hätte einen Brief dabeihaben können. Habt Ihr gar nichts von ihr gehört?«
Er stand vom Tisch auf und trat ans Fenster, sah auf den Kanal hinunter, als ließen sich in den grünen Wellen und den kreuz und quer herumfahrenden Booten Antworten finden.
Sarah erhob sich ebenfalls, stellte sich neben ihn und folgte seinem Blick. »Also ... da Ihr nun über sie Bescheid wisst, werdet Ihr mir

helfen, Rob freizubekommen? Jetzt besteht kein Grund mehr für Euch, ihn im Gefängnis zu lassen. Nicht jetzt, da sie im Begriff steht, Euch zu verraten. Ihr habt so viel getan: Ihr habt für sie gelogen und einen unschuldigen Menschen denunziert, habt für sie geschmuggelt, und jetzt ist sie mit Eurem Geld auf und davon und wird einen anderen heiraten.«

»Ihr redet wie ein Kind«, sagte er ärgerlich. Er wandte sich vom Fenster ab und warf sich auf seinen prunkvollen Stuhl am Kopf der Tafel.

»Meine Rede ist einfach«, räumte sie ein. »Und ich werde Euch sagen, warum. Ich bin keine Närrin. Sie hat mich zum Narren gehalten, und sie hält meine Mutter zum Narren und hält Sir James zum Narren, und sie hat – wie ich glaube – auch Euch zum Narren gehalten. Aber nicht meine Großmutter, die die Wahrheit kannte, sobald sie sie und ihr Kind erblickte. Wir müssen nicht alle nach Livias Pfeife tanzen. Ihr könnt mir helfen, Rob zu retten, das wird eine Sache sein, wo es nicht nach ihrem Kopf geht. Mein Onkel ist, wie ich glaube, ein guter Mann, und seine Mutter liebt ihn. Es besteht kein Grund, warum wir Livia dabei helfen sollten, dass er im Gefängnis sitzt und vielleicht dort stirbt und dass meiner Großmutter das Herz bricht.«

Schweigend ließ er sich ihre Worte durch den Kopf gehen. »Man sollte nie aus Gehässigkeit Geschäfte machen«, stellte er fest.

»Aber warum solltet Ihr so viel tun und so viel riskieren, nur um sie in das schöne Londoner Haus von Sir James zu bringen? Mit der nächsten Schiffsladung Antiquitäten werdet Ihr für sie lügen, sie mit gefälschten Gütern versorgen und ihr dabei helfen, einen anderen Mann zu heiraten, und Ihr werdet noch nicht einmal dafür bezahlt werden!«

Langsam nickte er. »Ich bin nicht gewillt, das zu tun.«

»Dann helft mir.«

»Vielleicht könnte ich Roberto retten«, räumte er ein. »Es sei denn, er ist bereits tot. Aber leicht wird es nicht sein, und warum sollte ich überhaupt?«

»Weil ich glaube, dass Ihr ein guter Mensch seid«, sagte sie feierlich und legte ihre Hand auf seine. »Ein guter Mensch, der schlechte Dinge getan hat. Aber dies lässt sich wiedergutmachen. Ihr könnt es wiedergutmachen, ja, Ihr solltet es wiedergutmachen.«

Seine dunklen Augen sahen sie freundlich an. »Um der Güte und Gerechtigkeit willen?«, fragte er. »Damit ich ein besserer Mensch werde? Ihr redet wie eine Protestantin!«
»Ja.« Sie störte sich nicht an seinem Zynismus. »Aber es gibt noch einen Grund.«
»Ich bin ganz Ohr.«
Sie lächelte ihn an, auf einmal ganz selbstbewusst. »Wenn Ihr Rob freibekommt und er mit mir nach England kommt, dann kann sie niemanden heiraten, nicht wahr? Sie ist schließlich immer noch seine Ehefrau. Ihr Plan, das Versprechen Euch gegenüber zu brechen, Eure Waren zu stehlen, einen anderen Mann zu heiraten und Matteo mitzunehmen – es wird alles misslingen. Sie kann Sir James nicht heiraten, denn sie ist bereits verheiratet.«
In dem kalten Zimmer herrschte Schweigen. Draußen auf dem Kanal fuhr ein Bootsführer vorbei, der ein Liebeslied sang. Sanft hob Felipe ihre Hand vom Tisch und küsste sie. Sie spürte die Wärme seiner Lippen an ihren Fingern.
»Was für ein schlaues Mädchen Ihr doch seid«, sagte er zärtlich. »Unter diesem direkten Blick, unter dieser hellen Haut arbeitet so ein schlauer, flinker Verstand! Ihr könntet fast Italienerin sein. Ihr könntet beinahe die Nobildonna selbst sein. Sie hat einen schwerwiegenden Fehler begangen, als sie Euch nicht zusammen mit dem Rest der Familie in ihren Bann schlug!«
Der Handkuss und seine lobenden Worte trieben Sarah die Röte in die Wangen. »Ich glaube nicht, dass sie mich überhaupt wahrgenommen hat«, erklärte sie. »Sie war viel zu sehr damit beschäftigt, meine Mutter zu bezirzen und meinen Bruder, und dann Sir James.«
»Wie töricht«, sagte der Signor. »Wie töricht, jemanden wie Euch nicht zu bemerken. Ich könnte mir vorstellen, dass Ihr so schlau seid wie sie alle zusammen.«

Dezember 1670, London

James Avery zog eilends einen Stuhl für Livia hervor. »Bitte, nehmt Platz!«, bat er.
Sie ließ sich ihm gegenüber auf den Stuhl sinken und brachte ihr süßestes Lächeln zustande. »Ich bin so froh, dass Ihr zu Hause seid!«, sagte sie. »Ich konnte es nicht erwarten, Euch zu sehen! Ich konnte keinen Moment länger darauf warten, dass Ihr nach mir schickt!«
Er errötete, kramte in Papieren, schichtete sie zu einem Stapel und legte sie dann in eine Schublade. »Ich hätte morgen die Kutsche losgeschickt«, sagte er. »Ich bin eben erst eingetroffen. Das Haus ist noch nicht bereit für Gäste.«
»Ich bin doch kein Gast!« Sie ließ ihren Blick warm auf seinem Gesicht ruhen, verharrte an seinem Mund, damit er ans Küssen dachte. »Ich bin die Hausherrin. Ich bin bereit, Liebster.«
»Zu Hause hat es Schwierigkeiten gegeben«, sagte er verlegen.
»Dies ist Euer Zuhause.«
»Nein, nein, dies ist mein Londoner Haus. Das Londoner Haus meiner Familie. Als mein Zuhause habe ich immer Northallerton betrachtet. Northside Manor, Northallerton. Und es gab Schwierigkeiten. Meine Tante ...«
Lachend zog sie ihre schwarzen Lederhandschuhe aus und ließ sie wie einen Fehdehandschuh auf den Schreibtisch fallen. Sie löste das Tuch aus schwarzer Spitze von ihrem Hals, als zöge sie sich vor ihm aus, als werde sie als Nächstes ihr Mieder öffnen. »Eure Tante?«, wiederholte sie, als lade sie ihn ein, über einen gemeinsamen Witz zu lachen. »Die englische Tante?«
»Sie erbittet sich, ja, sie besteht darauf, Euch kennenzulernen, bevor das Aufgebot bestellt wird. Also ist sie ...«
Sie riss die Augen auf. »Die Tante wünscht, mich zu begutachten? Als wäre ich ein Pferd?«
»Nein! Nein! Es ist nur so, dass sie mir wie eine Mutter gewesen ist, und sie sehnt sich danach, Euch als Tochter zu begrüßen.«
»Gleichfalls.«
»Und sie möchte Euch auf Euer Leben als Herrin von Northside Manor vorbereiten.«

»Weiß sie, dass ich eine Nobildonna bin und dass mir in Venedig ein Palast gehörte?«

»Ja, das habe ich ihr erzählt«, sagte er kläglich. »Ich habe es ihr durchaus erzählt.«

Sie hob ihre schön geschwungenen Augenbrauen und lächelte ihn an. Unter der Wärme ihrer Schönheit und ihres Selbstvertrauens spürte er, wie seine Sorgen dahinschmolzen. »Ich glaube, ich kann ein kleines Haus wie das Eure führen«, erklärte sie.

»Sie besteht darauf«, sagte er unglücklich.

»Dann werden wir sie willkommen heißen«, versicherte sie ihm. »Gemeinsam. Wann trifft sie ein?«

»Sie ist bereits hier. Wir sind zusammen in meiner Kutsche angereist.«

Sie hob einen weißen Finger, um ihn zu tadeln. Ihren Ärger ließ sie sich nicht anmerken. »Das war nun aber völlig verkehrt, mein Lieber, sie hierher einzuladen, ohne es mit mir zu besprechen. Aber – *ecco!* – ich vergebe Euch. Ich wäre gern hier gewesen, um sie willkommen zu heißen – aber egal. Die Engländer haben keine Manieren, und ich will nur hoffen, dass sie nicht gekränkt ist. Ich werde der Köchin befehlen, das Abendessen für uns vorzubereiten, und sie soll mit uns dinieren. Wo ist sie jetzt?«

»Unterwegs«, sagte er kurz angebunden.

»Wohin unterwegs, *cara mia?*«

»Sie ist meinen Schwager besuchen gefahren.«

»Der Bruder Eurer früheren Gattin?«, präzisierte sie, als hätte sie nicht sofort gewusst, wen er meinte.

»Ja.«

»Der Gentleman, der mich des Betrugs und der Pfuscherei bezichtigt hat?«

»Ihr erinnert Euch, dass er seine Worte zurückgenommen und sich entschuldigt hat?«

Sie warf ihm einen scharfen Blick zu, und dann sah sie nach unten, sodass ihre langen dunklen Wimpern ihre Wangen berührten. »Ich erinnere mich an alles«, flüsterte sie. »Ich erinnere mich daran, was Ihr getan habt. Ich erinnere mich daran, was Ihr mit mir gemacht habt – an dem Nachmittag in Eurem Schlafgemach. Ich erinnere mich daran, was Ihr mir versprochen habt.«

»Das habe ich«, sagte er verbissen. »Es war falsch von mir, aber ich vergesse es nicht.«

»Ich werde es niemals vergessen«, erklärte sie. »Für mich war es die glücklichste Marter, denn es bewies mir, dass Ihr mich liebt – so sehr, dass Ihr Euch nicht beherrschen konntet.« Sie ließ ihre Worte wirken. »Also werde ich der Köchin sagen, sie soll das Abendessen für später vorbereiten – wenn die Tante zurückkehrt. Ich gehe einmal davon aus, dass sie am Nachmittag diniert? Wird sie den Schwager mitbringen?«

»Vielleicht lädt sie ihn ein. Sie hat jedes Recht, ihn in dieses Haus einzuladen. Sie ist mein Ehrengast und lebt schon seit vielen Jahren bei mir. Dieses Haus ist wie ihr eigenes Zuhause.«

Livia erhob sich unter dem Rascheln von schwarzer Seide. »Natürlich. Wir werden ein erquickliches Abendessen haben!«

Dezember 1670, Venedig

Felipe Russo ging mit Sarah zum Schiff hinunter, um sich mit Kapitän Shore zu treffen.

»Ich werde diese junge Dame zu einem Beamten bei der Einwanderungsbehörde bringen, dem bei der Änderung ihrer Papiere vertraut werden kann«, sagte er, kurz nachdem sie die steile Landungsbrücke erklommen hatten. Oben hatte Kapitän Shore sie widerstrebend begrüßt, als wollte er sie nicht an Bord.

»Ich würde das lieber unter uns behalten.« Er warf Sarah einen entsetzten Blick zu. »Als wir von London aus in See stachen, hat sie mir nicht gesagt, dass sie ganz anders heißt. Wir brechen morgen auf. Es besteht kein Grund, die Behörden zu behelligen. Sie hat kein Unrecht begangen, außer einen falschen Namen anzugeben. Ein Mädchenstreich. Nicht wichtig. Wenn wir hinein- und wieder hinauskommen, ohne die Aufmerksamkeit der Behörden zu erregen, wäre mir das viel lieber.«

»Ganz im Gegenteil«, widersprach Felipe. »Sie wird ein großes Unrecht wiedergutmachen. Sie wird in den Dogenpalast gehen und eine eidesstattliche Aussage machen. Sie wird einen Unschuldigen befreien.«

»Das hat nichts mit mir zu tun«, sagte Kapitän Shore streng. »Hört mal, Signor, wir haben schon in der Vergangenheit zusammengearbeitet. Ich habe Kostbarkeiten für Euch verschifft und nie nach deren Ursprung gefragt oder nach einer Ausfuhrgenehmigung. Ich habe verschifft, was Ihr zu verfrachten hattet, habe die Beschreibung auf dem Lieferschein hingenommen und nie eine Kiste geöffnet, um es zu überprüfen. Wir sind beide nicht übertrieben pingelig gewesen, was die Papiere betrifft.«

»Wir haben immer gut zusammengearbeitet«, bestätigte Felipe.

»Ich möchte lieber keine Aufmerksamkeit erregen.«

»Ich ebenso wenig«, pflichtete Felipe ihm bei. »Aber es ist ja nicht so, als würden wir schmuggeln ...«

»Sch! Sch!« Kapitän Shore warf einen gequälten Blick auf den Kai, wo einige Männer untätig herumlungerten. »Ich doch nicht! Nie aus diesem Hafen! Am Nächsten bin ich dem mit Euren Geschäften gekommen! Euren eigenen Geschäften! Wenn Ihr riesige Kisten losschickt und mir erzählt, es sei das Privateigentum eines Botschafters. Wenn Ihr eine Tonne Statuen einpackt und mir erzählt, es sei das private Mobiliar der Dame. Und nun schon wieder! Ich muss schon sagen, sie hat viele Möbel. Und alle befinden sich in Kisten, die schwer wie Stein sind! Dies ist das zweite Mal, dass ich ihren ärmlichen Witwenbesitz nach London verschiffe. Wisst Ihr überhaupt, was sie dort damit macht?«

Felipe zuckte mit den Schultern. »Sie sitzt darauf? Isst davon? Da es sich um ihre Möbel handelt?«

»Ihr wisst sehr gut, was sie damit macht.«

»Ihr habt nichts zu befürchten. Das kann ich Euch versichern. Ich bin selbst ein Repräsentant des Staates. Ich werde die Registrierung dieser Dame hier abändern ...«

»Eigentlich bin ich bloß Hutmacherin«, fügte Sarah hinzu.

»Ich werde sie in den Dogenpalast begleiten, und sie wird eine eidesstattliche Aussage machen.«

»Warum seid Ihr denn auf einmal so korrekt?«, knurrte Kapitän Shore.

»Diese Dame hat mich überzeugt«, sagte Felipe, der auf Sarah hinablächelte. »Ich bin bekehrt worden.«

»Wollt Ihr es so?«, fragte Kapitän Shore Sarah mit verzweifelter Ehrlichkeit. »Denn wenn es sich hier wieder um ein *Banbury game* handelt, sagt es jetzt.« Er setzte darauf, dass der elegante Italiener den umgangssprachlichen Londoner Ausdruck für »Lüge« nicht verstünde.

Felipe blickte zwischen den beiden hin und her. »Sprecht ruhig unter vier Augen miteinander.« Er winkte die beiden vorwärts. »Ihr müsst nicht in Eurer barbarischen Sprache reden, um mir auszuweichen. Sprecht frei.«

Kapitän Shore trat mit Sarah zwei Schritte beiseite. »Was ist los?«

»Er ist, was er sagt«, erklärte sie atemlos. »Ein staatlicher Spion. Er hat meinen Onkel ins Gefängnis gesteckt, und er kann ihn wieder herausholen.«

»Himmelherrgott!«, entfuhr es dem Kapitän. »Aber warum sollte er das tun?«

»Er ist jetzt auf meiner Seite«, erklärte sie. »Ich werde meinen Namen auf den Schiffspapieren ändern und als ich selbst in den Dogenpalast gehen. Dort werde ich meinen Onkel freibekommen.«

»Kind«, sagte der Kapitän. »Ihr wisst nicht, was Ihr tut. Wenn Ihr dort hineingeht, werdet Ihr nie wieder herauskommen. Eure Großmutter wird um zwei Tote trauern, und Eure Mutter wird mir nie verzeihen. Ihr werdet Eure letzten Atemzüge in der eisigen Luft unter den *piombi* tun, wie so viele gute Männer und Frauen vor Euch.«

Doch mutig und entschlossen, die Kinnpartie fest, sah sie wie ihre Mutter aus, wenn diese eine Rechnung erhielt, die sie nicht begleichen konnte. »Nein, das werde ich nicht. Denn ich werde meinen Onkel befreien und ihn nach Hause bringen.«

»Warum sollte er Euch helfen? Ein Halsabschneider wie er?«

Ihr ganzes Gesicht erstrahlte, als sie sich zu ihm beugte, um ihm etwas zuzuflüstern. »Er ist mir hold.«

»Himmel!«, stöhnte er. »Das macht es auch nicht ungefährlicher!«

»Ich muss es riskieren«, sagte Sarah, ihre Augen immer noch glänzend. »Er ist die einzige Chance, die ich habe.«

»Hört mal«, sagte er. »Wenn Ihr dort hineingeht, mit ihm oder nicht, hold oder nicht, werde ich Euch nicht herausholen können. Ich werde ohne Euch in See stechen müssen. Glaubt ja nicht, dass ich Euch helfen kann, denn das werde ich nicht, das kann ich nicht. Euer Onkel ist höchstwahrscheinlich längst tot, Gott lasse seine

Seele in Frieden ruhen. Wie soll ich diese Nachrichten Eurer Mutter überbringen? Wie um Himmels willen soll ich ihr sagen, dass auch Ihr verstorben seid.«

Sie kniff die Lippen zusammen. »Ich tue es«, sagte sie. »Ich gehe dort hinein.«

Sein Widerstand entwich in einem gemurmelten Fluch, und er drehte sich wieder zu dem Italiener um, der am Kopf des Landungsstegs wartete und den Kai unten beobachtete, wo eine Ladung Teppiche geräuschvoll für den Export in Kisten verpackt wurde.

»Wie ich höre, seid Ihr ein geläuterter Mensch«, sagte der Kapitän unverblümt. »Durch Liebe verwandelt. Ihr seid ihr hold?«

»Glaubt Ihr das?«, fragte Felipe Sarah, ein Lachen in der Stimme.

Sie sah ihm in die Augen. »Ja. Stimmt es nicht?«

»Hold?«, vergewisserte er sich des englischen Wortes. »Ihr wollt ihm damit sagen, dass ich in Euch verliebt bin?«

Sie warf ihm einen koketten Blick zu. »Noch nicht«, sagte sie bedächtig. »Doch es ist, als stände Euch der Sinn danach, Euch in mich zu verlieben.«

Er nickte. »Das ist ganz richtig. Mir steht der Sinn danach, Miss Jolie. Und Ihr? Seid Ihr mir hold?«

»Wenn Ihr das ein andermal fortsetzen könntet«, unterbrach ihn der Kapitän. »Dann könnte ich mit dem Beladen meines Schiffes fortfahren.«

Kichernd wandte Sarah den Blick von Felipe ab. »Es tut mir leid. Natürlich. Ich werde nur meine Schiffspapiere mitnehmen, und wir ändern meinen venezianischen Pass.«

»Ich komme mit Euch«, versprach Kapitän Shore. »Ich bringe Euch hinein und werde draußen warten. Wenn Ihr nicht innerhalb einer Stunde wieder da seid, gehe ich zum englischen Botschafter.«

»Was kann der ausrichten?«, fragte Signor Russo mit Interesse.

»Nichts«, antwortete Kapitän Shore unglücklich. »Wie Ihr sehr gut wisst. Aber er ist der einzige Mann in dieser ganzen Stadt, der ein Interesse an dieser Frau – jung genug, um meine Tochter zu sein – haben sollte, und daran, dass sie dabei ist, in diesen Höllenkreis zu spazieren. Und Ihr bringt sie auch noch dorthin. Woher wissen wir, dass Ihr sie nicht verhaftet und die Belohnung für ihren unschuldigen Hals einstreicht?«

»Dieser unschuldige Hals ist ganz gewiss dazu geboren, gehängt zu werden«, erklärte ihm Felipe. »Abgesehen davon sind wir alle übereingekommen, dass ich ihr hold bin. Habt Ihr ihre gefälschten Papiere?«
Kapitän Shore schlug das Logbuch des Schiffes auf und reichte ihm Sarahs Papiere.
»Zuerst verbessern wir sie im Zollhaus und dann gehen wir zum Palast.«
»Jawohl«, sagte der Kapitän. »Und Gott gebe, dass Ihr wieder herausspaziert kommt. Ich werde am Tor sein und nach ihr Ausschau halten. Und ein Auge auf Euch haben.«
Sarah und Felipe stiegen den Landungssteg hinab. Während der Kapitän folgte, murmelte er leise: »Und ich bin nicht der Einzige, der hofft, dass sie Euch verhaften und in irgendein ganz tiefes Loch werfen.«

Die Korrektur der Papiere war ein Leichtes mit Felipe Russos gewandter Erklärung, Sarah habe ihren Namen geheim halten müssen, bis sie unter seinem Schutz stand.
»Eine Freundin der Familie«, murmelte er, als die Papiere gestempelt und mit Wachs versiegelt wurden.
Die drei nahmen eine Fähre über den Kanal und gingen dann weiter zu Fuß zum Eingang des Dogenpalasts, wobei Kapitän Shore ein Stück zurückblieb. Sarah erschauderte ein wenig, als der Schatten des großen Tores auf sie fiel. Felipe ergriff ihren Ellbogen und führte sie hinein.
»Hier, um mit Seiner Exzellenz Giordano zu sprechen«, erklärte er freundlich. »Signor Russo und ein Gast.«
Der Pförtner trug ihre Namen in ein Register ein und stempelte einen Pass ab. »Ihr wisst, wohin Ihr gehen müsst?«, erkundigte er sich.
»Selbstverständlich, wir sind alte Freunde«, sagte Felipe und führte Sarah quer über den Hof durch die Flügeltür und die Marmortreppe hinauf.

»Sind all diese Räume Gefängniszellen?«, flüsterte sie.
Als er lachte, hallte seine Stimme auf der stillen Treppe wider. »Oh, nein! Das hier sind alles Büros. Tausend Schreiber arbeiten hier wie die Maden im Speck und verfassen über alles Berichte: den Handel, die Pest, die Religion, über Erfindungen, die Osmanen – wir behalten die Osmanen für den Rest der Welt im Auge –, über Seidenstoffe, Meeresströmungen, Ketzereien. Was auch immer sich in der Republik abspielt, wir beobachten es, notieren es auf und schreiben Berichte. Der Rat der Zehn weiß alles, was es zu wissen gibt, und ihre Empfehlungen fließen in das Urteil des Dogen ein, das nie falsch ist.«
»Es war falsch, meinen Onkel zu verhaften«, sagte Sarah beherzt, obwohl sie vor Angst ganz wackelig auf den Beinen war.
»Damals war die Empfehlung falsch«, stimmte Signor Russo ihr zu. »Meine Empfehlung, in der Tat. Doch der Doge kann sich nicht irren. Vergesst das nicht. Es verstößt gegen das Gesetz, zu sagen, dass er es tut.«
Sarah blieb stehen und blickte ihn ungläubig an.
»Vergesst es nicht«, sagte er nur.
»Was wird man mit Euch machen?«, fragte Sarah nervös, während sie die Stufen immer weiter hochstiegen. »Wegen der schlechten Empfehlung?«
»Oh, sie werden von mir verlangen, dass ich meinen Bericht neu schreibe«, sagte er lässig. »Und mich beauftragen, den wahren Mörder zu schnappen.«
»Daran hatte ich gar nicht gedacht!« Auf einmal hielt sie inne. »Der Gatte der Nobildonna wurde tatsächlich ermordet? Es ist also ein echter Mörder auf freiem Fuß?«
»Höchstwahrscheinlich«, sagte er gelassen. »Jetzt kommt. Sie wissen, wie lange es dauert, vom Tor zu dem Büro zu gelangen. Wir dürfen uns nicht verspäten.«
»Sie beobachten uns in diesem Moment?«
Sein Gesicht war absolut ernst, als er in Richtung der dunklen Fenster entlang des gesamten Korridors nickte. »Oh, ja. Sie beobachten uns in diesem Moment.«

Dezember 1670, Hadley, Neuengland
Ned ging früh auf der Straße aus Schnee zum Haus des Pfarrers, nur

etwas Trockenobst in einer kleinen Schachtel in seinem Korb. Er wollte auf dem Weg nicht zum Handeln oder für ein Gespräch stehen bleiben, denn in seinem Kopf spukten Wussausmons Worte herum: dass die Engländer von Männern, die sich selbst als Teufel bezeichneten, in ihre Neue Welt geführt worden waren. Er wollte unbedingt mit dem Pfarrer sprechen und sich bestätigen lassen, dass die Ankunft der Engländer in der Neuen Welt Gottes Wille war, dass es ihr Schicksal war, Neds eigenes Schicksal, das Land zu erobern und dem Rest der Welt zu zeigen, was eine göttlich inspirierte Nation sein könnte.

Für seinen Besuch visierte er die Zeit des Morgengebets im Haus des Pfarrers an. Er wollte die schlichte Klarheit der Gebete, die trostreiche Predigt hören. Da Winter war und jeder eine Menge Arbeit zu erledigen hatte, brachte John Russell es auf den Punkt: Dies seien die härtesten Tage in einem harten Jahr, die dunkelsten Nächte in unsicheren Zeiten, aber Gott leite sie, und sie dürften niemals Zweifel daran hegen, dass Gott ihnen beistand.

»Amen«, schloss John Russell die Gebete und verabschiedete sich von seinen Gemeindemitgliedern, als sie nach draußen in die Kälte traten.

Ned blieb in der Diele stehen. »Herr Pfarrer, ich hege Zweifel«, sagte er ganz leise.

»Gott sei mit Euch, Ned. Zweifel kommen vom Teufel«, erwiderte John Russell schlicht. »Zweifelt Ihr daran, dass Ihr auserwählt seid, einer von Gottes Erwählten?«

»Nein«, sagte Ned unsicher. »Ich hege Zweifel an unserer Mission hier, an meinem Werk auf der Welt.«

Der Pfarrer nickte. »Kommt nach oben«, lud er ihn ein. »Wir alle hegen Zweifel an unserer Mission, und jene von uns, die besiegt worden sind und die Verunglimpfung der Welt zu ertragen haben, wandern auf einem harten Weg.«

Er ging vor Ned die Treppe hinauf. Die Tür des Gästezimmers stand offen, damit William und Edward dem Gottesdienst folgen konnten, indem sie schweigend lauschten. Ned begrüßte sie.

»Habt Ihr meine Warnung an den Council weitergeleitet?«, erkundigte er sich. »Oder wird es bis zum Frühjahr warten müssen?«

»Ich habe geschrieben und einen Brief flussabwärts geschickt«, sagte John. »Der Fluss ist weiter unten nicht zugefroren, und ein Indianer in einem Kanu ist gefahren, selbst bei diesem kalten Wetter. Er sagte, er werde ihn zur Küste bringen. Die Schiffe für den Küstenhandel sollten segeln, zwischen den Stürmen, also müsste er nach Plymouth und dann Boston gelangen. Es wird Tage oder sogar Wochen dauern. Aber gestern habe ich eine Botschaft vom Council auf dem Landweg erhalten, die von der Miliz überbracht wurde, weil sie unbedingt Nachrichten an die entlegenen Städte übermitteln wollten. Es sind schlechte Nachrichten. Sehr schlechte. Sie bestätigen, was Ihr sagt, Ned.«

Ned betrachtete die ernsten Gesichter der anderen drei Männer.

»Ihnen wurde aus allen Landesteilen berichtet, dass der Massasoit Festmähler und Tänze in seinen Winterquartieren abgehalten hat«, sagte John Russell grimmig. »Noch nicht einmal dieses Wetter kann ihn daran hindern.«

Ned nickte schweigend.

»Sie wussten nicht, dass er Späher aussendet. Wie verschicken sie ihre Botschaften überhaupt?«

»Sie haben Wege.« Ned dachte an die Schneeschlangenspur und die Rauchzeichen. »Sie fürchten den Wald nicht, sie laufen auf dem gefrorenen Fluss. Sie sitzen nicht wie wir wegen der Kälte in ihren Häusern fest.«

»Der Council sagt, jemand habe gesehen, dass der Massasoit ein Waffenarsenal anlegt und seine bewaffneten Krieger schwarze Kriegsbemalung tragen.«

»Was bedeutet das?«, fragte Edward.

»Es bedeutet, dass sie Kriegsvorbereitungen treffen«, sagte Ned unglücklich. »Wenn der Council nur mit ihm reden würde ...«

»Sobald der Schnee schmilzt, werden sie ihn nach Plymouth zitieren, und er wird für seine Handlungen Rede und Antwort stehen müssen. Sie schwören, dass sie ihm diesmal eine Lektion erteilen werden, die er nicht wieder vergisst. Kriegsvorbereitungen sind ihm nicht gestattet – das ist Rebellion gegen unsere Herrschaft. Wir werden ihn der Rebellion anklagen, und er wird die Höchststrafe erhalten.«

William nickte. »Den Strang«, sagte er knapp.

Entsetzt blickte Ned von einem zum anderen. »Wir können ihn nicht wegen Rebellion erhängen. Er unterliegt nicht unseren Geset-

zen, er steht nicht unter unserer Herrschaft. Er ist ein Anführer auf seinem eigenen Land. Der Vertrag ...«
»Der Vertrag besagt, dass er auf seinem Land bleiben soll und wir auf unserem«, unterbrach ihn John Russell. »Dass wir in Frieden leben sollen. Dass seine Feinde die unseren sein würden und unsere die seinen.«
»Und sie legen ein Waffenarsenal an«, stellte William fest.
»Wir verkaufen ihnen Waffen!«, sagte Ned in verzweifeltem Tonfall. »Wir verkaufen ihnen eben die Waffen, über die wir uns beklagen!«
»Wir verkaufen sie für die Jagd«, entschied Edward. »Nicht dazu, dass sie gegen uns gerichtet werden.«
Ned wandte sich an John Russell. »Das Ganze ließe sich friedlich lösen«, sagte er. »Aber wenn sie den Massasoit zu sich zitieren und ihn wie einen Verräter behandeln, werden sie ihn vor seinem Volk beschämen. Das wird ihn verärgern, die Lage wird sich verschlimmern. Wenn sie sich mit ihm irgendwo auf halber Strecke treffen, ihm Geschenke darbringen und ihn wie den Freund behandeln würden, der sein Vater war. Wenn sie mit ihm wie mit einem Gleichgestellten reden und ihm versprechen würden, kein Land mehr zu kaufen und sein Volk nicht um dessen Land zu betrügen! Wenn sie den Anlass für einen Krieg aus der Welt schaffen würden, dann wird es nicht zum Krieg kommen. Ganz bestimmt! Liegt das denn nicht in unserem Interesse? Ist das nicht das Beste für uns alle?«
William schüttelte den Kopf. »Es ist zu spät, Ned. Denkt doch an den alten König, Bloody Charles! Man kommt an einen Punkt, wo man jemanden einfach nicht mehr bitten kann, dass er sein Wort gibt und sich ändert. Man kommt an einen Punkt, wo man ihn gefangen nehmen, verhaften und töten muss.«
»Bei diesem König wird es das Gleiche sein«, pflichtete Edward ihm bei. »Er wird allmählich übermächtig. Wir müssen ihn jetzt aufhalten.«
»Er bezeichnet sich noch nicht einmal als König!«, protestierte Ned. Grimmig schüttelten die drei Männer die Köpfe. »Es ist Gottes Wille«, sagte John Russell schlicht. »Wer sind wir, das anzuzweifeln?« Er ließ eine Hand schwer auf Neds Schulter sinken. »Sind das Eure Zweifel, Ned?«, fragte er sanft. »Hegt Ihr Zweifel an Gottes Absichten mit uns?«

Ned wusste, dass er sich nicht mit Gott anlegen konnte. »Erbarmen ...«, sagte er leise. »Erbarmen mit dem Massasoit ...«
»Sobald der Schnee schmilzt, lautet unser Befehl, die Stadtmiliz antreten zu lassen und sie auszubilden«, erklärte John Russell. »Ihr werdet einberufen, Ned, und wir werden Euch mehr als jeden anderen brauchen. Ihr seid einer der wenigen Männer, die im Kampfeinsatz gewesen sind. Ihr werdet zum Captain ernannt.«
Edward beugte sich vor und klopfte Ned auf die Schulter. »Ihr werdet Befehlshaber sein, Ned! Und wir werden Euch beraten. Wir bleiben im Verborgenen, aber wir ordnen die Drills und die Ausbildung an und planen die Verteidigungsanlagen.«
Ned dachte an Wussausmons Worte, die Zäune hielten noch nicht einmal Wild ab und dass die Indianer dem Feuer befehlen konnten, wo es sich hinwenden sollte.
»Wir haben nur Viehzäune«, sagte er. »Nichts, was uns Schutz vor einem Angriff bieten könnte.«
»Sie werden uns nicht direkt angreifen«, sagte John Russell. »Das würden sie nicht wagen. Ich rechne damit, dass sie sich an ein paar verlassene Farmhäuser anschleichen. Sie würden uns genauso wenig angreifen, wie sie in Springfield einfallen würden. Sie wissen, dass wir zu stark für sie sind.«
»Aber Ihr solltet in die Stadt kommen, Ned«, sagte William. »Ihr seid zu abgelegen da draußen am Fluss. Sie könnten Euch nachts skalpieren und mit dem Kanu entkommen, und wir wüssten noch nicht einmal Bescheid. Ihr solltet besser in die Stadt kommen, und dann könnt Ihr die Verteidigungsanlagen überwachen.«
Kurzzeitig glaubte Ned, er müsse Fieber haben, denn er spürte auf einmal eine heftige Übelkeit und Müdigkeit in sich aufsteigen. »Ich kann die Fähre nicht im Stich lassen«, sagte er unglücklich. »Wenn die Einwohner von Hatfield im Frühjahr übersetzen wollen, besonders, wenn sie sich in Gefahr wähnen, muss ich dort sein und sie herüberbringen. Außerdem kann ich meine Tiere im Winter nicht allein lassen, und durch den Schnee kann ich sie nicht treiben.«
»Die Leute aus Hatfield müssen in den Schutz unserer Palisade, sobald sie reisen können«, ordnete Edward an. »Und die Seile der Fähre müssen zerschnitten und das Gefährt versenkt werden, damit der Feind es nicht benutzen kann.«

Ned schüttelte den Kopf. Seine Fähre sollte zerstört werden, Leises Eichhörnchen und ihr Volk wurden als Feinde bezeichnet, und ihn beschlich das Gefühl, dass die Welt aus den Fugen geriet, dass statt Gottseligkeit Angst und Krieg in ihr herrschen sollten.
»Ihr werdet in die Stadt kommen müssen«, erklärte ihm sein alter Kommandant, und Ned hörte den Befehl heraus. »Euer Platz ist hier, bei Eurem eigenen Volk. Nun herrscht Krieg.«

Dezember 1670, London

Das Abendessen mit seiner Tante und Livia übertraf James' schlimmste Befürchtungen. Von Anfang an war es ein Desaster.
»Darf ich Euch die Nobildonna da Ricci ...«, setzte er an.
»Peachey«, verbesserte Livia ihn.
»Ihr kennt ihren Namen nicht?«, wandte seine Tante sich an ihn.
»Mein *fidanzato* täuscht sich«, sagte Livia mit einem Lächeln und vollführte einen tiefen Knicks. »Es liegt an meinem Akzent! Ich lerne gerade Englisch, müsst Ihr wissen. Mein Name wird Peachey ausgesprochen.«
James' Tante, die Sir William Peachey aus Sussex in der Zeit vor dem Krieg gekannt hatte, bedachte ihren Neffen mit einem langen, abwägenden Blick und deutete einen Knicks vor der Witwe an. »Seid Ihr in irgendeiner Weise mit den Peacheys aus Sussex verwandt?«
»Sehr entfernt«, antwortete Livia vage.
»Dies ist meine Tante, die verwitwete Lady Eliot«, sagte James.
Livia erwiderte den Knicks. »Ach! Ihr seid wie ich Witwe?« Livia legte den Kopf schräg, um Mitleid auszudrücken, und lächelte mitfühlend.
»In der Tat«, erwiderte Ihre Ladyschaft, immun sowohl gegen Mitleid als auch das Lächeln.
»Und Ihr habt Kinder?«
»Vier: mein Sohn Sir Charles, meine Tochter Lady Bellamy und meine Tochter, Lady de Vere, und noch eine Tochter.«
»Unverheiratet?« Livia war schnell wie ein Jagdhund auf der Fährte

der einzigen Enttäuschung in dieser Liste gesellschaftlicher Triumphe.
»Verheiratet, aber nicht mit einem Adeligen. Sie heißt Mrs Winters.«
»Es überrascht mich, dass Ihr nicht bei ihnen wohnt?«
»Ein Glas Wein?«, warf James ein. »Vor dem Abendessen?«
»Ich lebe auf Northside Manor. Um James nach seinem Verlust Gesellschaft zu leisten.«
»Ab jetzt werde ich ihn trösten«, versicherte Livia. »Und Ihr seid frei für Ihre Ladyschaften und die kleine Mrs.«
»Ich gehe davon aus, dass ich auf Northside bleiben werde«, sagte Ihre Ladyschaft mit Nachdruck. »Ich habe mit der guten Agatha sehr einvernehmlich zusammengelebt.«
»Agatha?« Livias Lachen verklang glockenhell. »Ach, verzeiht mir, das kann ich nun gar nicht aussprechen. Wer ist die gute Athaga? Agatta?«
»Lady Agatha Avery, James' verstorbene Gattin, die mir so lieb war wie eine Tochter.«
Abermals legte Livia den Kopf schräg. »Und endlich könnt Ihr zu Euren eigenen Töchtern zurückkehren«, sagte sie. »Wie sie Euch vermisst haben müssen, während Ihr immerzu im Haus meines lieben Sir James geblieben seid!«
»Wenn Ihr Euch eingelebt habt und Bescheid wisst, wie die Dinge geregelt sind, in einem der großen Häuser Yorkshires, werde ich vielleicht umziehen. Aber nur ins Witwenhaus ganz in der Nähe«, erwiderte Ihre Ladyschaft entschieden. »Darauf habe ich mich mit Sir James geeinigt.«
»Mein *fidanzato* kann nicht irren«, erklärte Livia und lächelte ihm leicht zu. »Seine Urteilskraft ist einwandfrei. Wenn ihm das lieber ist, sollte es gewiss unverzüglich geschehen. Vielleicht solltet Ihr besser gleich ins Witwenhaus übersiedeln?«
»Man wird doch wohl bald das Abendessen servieren!«, warf James ein.
»Es kommt verspätet?« Livia war ganz Sorge. Sie lächelte Lady Eliot an. »Haltet Ihr auf diese Weise Ordnung in dem großen Haus in Yorkshire? Ich werde mich in Geduld üben müssen! Bei mir zu Hause, im Palazzo Fiori, war ich sehr streng mit dem Personal.«

Dezember 1670, Venedig

Der Dogenpalast war wie ein Labyrinth aus Stein. Felipe und Sarah betraten ein schmales steinernes Treppenhaus an der Seite des Gebäudes, das sich immer weiter nach oben wand und von dem endlose kleine Gänge in die eine oder andere Richtung führten. Felipe folgte dem Beamten, Sarah hinter ihm, und die Nachhut bildete ein Wächter. Der Beamte betrat eine Zimmerflucht, und sie folgten einem sich windenden, holzvertäfelten Korridor, der an einem winzigen Büro nach dem anderen vorbeiführte. Allesamt verfügten über doppelte Türen, sodass niemand, der davor herumlungerte, ein leises Gespräch im Zimmer belauschen konnte.
Sie kamen an eine Flügeltür. Felipe klopfte und führte Sarah durch die erste Tür in einen winzigen Vorraum und dann durch die zweite. Es war ein kleines Zimmer, nur mit Platz für einen Kamin und einen Schreibtisch. Ein Schreiber saß an einem Tisch, den Federhalter gezückt. Bei Felipes Eintreten erhob er sich und begrüßte ihn herzlich. Kurz erläuterte Felipe, dass seine Anschuldigung inkorrekt gewesen, dass Roberto Reekie unschuldig sei, und hier habe man nun seine Nichte, die gekommen sei, um seine Freilassung zu erbitten. Sarah entschuldigte sich dafür, bei ihrer Ankunft in Venedig einen falschen Namen angegeben zu haben, und sagte, sie sei auf der Suche nach ihrem Onkel, der irrtümlicherweise verhaftet worden sei.
Der Schreiber ließ sie das Dokument in dreifacher Ausführung unterzeichnen, dann öffnete Felipe Russo die beiden Türen, und sie wartete draußen auf dem Gang im Zwielicht, hoch über ihr ein schmaler Schlitz von einem Fenster. Durch die zwei dicken Türen konnte sie nichts hören, doch in dem Zimmer erklärte Felipe dem Schreiber, dass Roberto Ricci unschuldig sei und freigelassen werden solle. Er war über eine Stunde in dem Raum, und als er herauskam, war sein Gesicht todernst.
»Mein Onkel?«, wollte sie wissen, eine Hand Halt suchend an der geschnitzten Täfelung. »Er ist nicht ... er ist nicht ...«
»Er ist noch nicht tot«, sagte er tonlos. »Aber es tut mir leid, wir sind nicht rechtzeitig gekommen, um ihn zu retten.«
»Was?«

»Es tut mir leid ...«
»Bitte erzählt es mir«, flüsterte sie. »Bitte erzählt mir, was geschehen ist.«
Er griff nach ihrem Arm und machte sich auf den Weg den verwinkelten Korridor entlang, seine Stimme sehr leise. »Sie wussten, dass er Arzt ist und dass er mit Patienten mit Wechselfieber arbeitete, dass er mit jüdischen Ärzten und Übersetzern arabischer Doktoren alte Dokumente studierte.«
»Ist das verboten?«
»Nein, das ist gestattet – man braucht eine Genehmigung, aber er hatte eine. Doch man hat ihn auf die Isola del Lazzaretto Nuovo geschickt — die Quarantäneinsel für Menschen, die unter dem Verdacht stehen, an der Pest oder einem anderen Fieber erkrankt zu sein. Ihr werdet daran vorübergekommen sein, als Ihr hereingesegelt seid – habt Ihr die Schiffe mit gelber Flagge zum Zeichen von Krankheit gesehen?«
Sarah war immer noch verwirrt. »Ja, ja.«
»Die Schiffskapitäne haben größere Angst vor der Insel als vor der Pest selbst. Wenn eine Krankheit auf einem Schiff vermutet wird, muss es dort vor Anker gehen, man muss an Land gehen und dort leben, bis der Arzt einen freigibt.«
»Der Arzt?«
»Jetzt ist der Arzt Euer Onkel Roberto.«
»Aber wie lange muss man in Quarantäne bleiben?«
»Vierzig Tage lang – über einen Monat.«
»Dann wird Rob fortkönnen?«
»Nein, die ausländische Besatzung kann fort, aber Roberto ist zum Arzt ernannt, zum ständigen Arzt. Er wird dort bleiben und die Leute auf Krankheiten hin untersuchen müssen.«
»Wie lange?«, wollte sie wissen. »Wie lange muss er dort bleiben?«
Er sah sie voller Mitleid an und zögerte mit seiner Antwort, als wisse er nicht recht, wie er es ihr sagen sollte. »Es ist ein Todesurteil«, erklärte er sanft. »Obwohl sie ihn nicht als Mörder erdrosseln, wird er sein restliches Leben dort bleiben, bis er sich mit der Pest ansteckt und stirbt. Ihr müsst ihn jetzt als toten Mann betrachten. Vielleicht ist er bereits tot.«
Neugierig betrachtete er sie. Er sah, wie sie abwechselnd rot und

weiß wurde, und dann, wie ihre Augen ins Weite blickten, als lausche sie einer Musik aus weiter Ferne oder denke angespannt über etwas ganz anderes nach. Als sich ihr düsterer Blick wieder auf sein Gesicht richtete, war es, als sei sie aus dem Jenseits in diese Welt zurückgekehrt.

»Nein«, sagte sie mit jäher Klarheit. »Nein, er ist nicht tot.«

Er griff wieder nach ihrem Arm und führte sie die Treppe hinunter, denn er meinte, dass sie aufgrund der Neuigkeiten zu sehr unter Schock stand, um etwas Vernünftiges von sich zu geben. »Ihr seid aus der Fassung gebracht«, sagte er. »Aber es ist die Wahrheit. Ich habe meine Aussage zurückgezogen, aber sie wollen das Urteil nicht aufheben. Wir können nichts für Rob tun, da er nun auf die Insel geschickt wurde. Von dort entkommt keiner. Und falls er an der Pest erkrankt« – er verbesserte sich selbst —, »sobald er an der Pest erkrankt, oder an der Cholera, oder am Gelbfieber, oder an was auch immer die Seeleute zufälligerweise mitbringen, wird man ihn auf die Insel Lazzaretto Vecchio schicken – auf die alte Todesinsel –, und er wird dort sterben.«

»Ich fasse es nicht«, sagte sie.

Er führte sie aus dem Tor hinaus und nickte Kapitän Shore zu, der ihnen den Kai entlang zurück zu seinem Schiff folgte, ein paar Schritte hinter ihnen, als gehe ihn die finstere Miene des Italieners und der leere, trancehafte Blick des Mädchens nichts an. Die drei blieben am Kai unter dem Schiffsbug stehen, um Schutz vor dem eisigen Wind zu suchen, der den Canale Grande entlangwehte.

»Keine guten Neuigkeiten, nehme ich an?« Kapitän Shores Blick war auf das aschfahle Gesicht der jungen Frau gerichtet.

»Er ist zum Arzt auf der Insel Lazzaretto Nuovo ernannt worden«, sagte Felipe leise.

»Ach, Gott segne ihn und nehme ihn gnädig bei sich auf«, entfuhr es Kapitän Shore. »Nun, dann ist er für Euch verloren, mein Mädchen. Es tut mir leid. Dorthin könnt Ihr nicht, und er kann nicht fort.«

Sarah nickte.

»Es hat Euch schwer getroffen«, sagte der Kapitän leise zu Sarah. »Wollt Ihr an Bord kommen?«

»Ich werde sie zurück zu mir nach Hause bringen«, sagte Felipe.

»Sie wird morgen zu Euch kommen, und wir werden ihre Waren rechtzeitig verladen.«

»Das Mobiliar der Nobildonna?«, erkundigte sich Kapitän Shore.

»Das soll trotzdem vonstattengehen?«

»Selbstverständlich. Das ist geschäftlich«, erwiderte Felipe. »Es hat nichts zu tun mit dieser ... dieser ...«

»Dieser was?«, fragte Kapitän Shore. »Dieser kleinen Vorstellung, die Ihr für sie veranstaltet habt? Aus nur Euch bekannten Gründen? Aus welchem Grund eigentlich genau?«

»Dieser Tragödie«, verbesserte Felipe ihn. »Eine Nichte hat ihren Onkel verloren. Eine Mutter ihren Sohn. Es ist sehr traurig.«

»Aber Geschäft ist immer noch Geschäft.« Der Kapitän sah den schönen Italiener unter seinen sandfarbenen Augenbrauen hervor an.

Felipe verneigte sich und legte Sarahs Hand in seine Armbeuge.

»Geschäft ist immer noch Geschäft«, wiederholte er. »Werdet Ihr noch einen Passagier mitnehmen? Ich möchte die Antiquitäten der Nobildonna nach London begleiten.«

»Ihr?« Der Kapitän war überrascht. »Eine Lappalie für Euch, hätte ich gedacht?«

»Lappalie?«, wiederholte der Italiener.

»Eine Kleinigkeit im Vergleich zu den Ladungen ... den anderen Ladungen, die Ihr verschifft habt.«

»Ach, ich verstehe. Nein, die Kleinigkeit hat eine beachtliche Größe erreicht. Ich möchte die junge Dame begleiten, und die Waren der Nobildonna sind meine persönliche Angelegenheit. Ich möchte der Nobildonna einen Besuch abstatten und sehen, wie es ihr in London geht.« Er hielt inne. »Wie sie ihre Trauer bewältigt«, fügte er mit einem Lächeln hinzu.

Dezember 1670, London

Es fiel Sir James und Lady Eliot schwer, während des Abendessens Konversation zu betreiben. Livias Gelächter erklang glockenhell, doch nichts schien ihre Gefährten zu amüsieren. Mehr als einmal wirkte Lady Eliot verblüfft über ihre Lebhaftigkeit, und James sah ein wenig verlegen aus. Die Damen zogen sich nach dem Essen in den Salon zurück und saßen dort nur wenige Minuten, bevor Sir James sich zu ihnen gesellte. Es war, als wagte er nicht, sie allein zu lassen.

»Sind die Damen aus dem Lagerhaus mittlerweile umgezogen?«, fragte Sir James seine Verlobte.

Sie zuckte mit den Schultern. »Noch nicht, ich bin für sie auf der Suche.«

»Sie sind immer noch in diesem beengten kalten Lagerhaus! Bei dem Wetter?«

»Ich bin auch noch dort«, stellte sie fest. »Niemand spürt die Kälte schlimmer als ich.«

»Dann wird Euch Yorkshire nicht zusagen.« Lady Eliot lächelte.

»Und Sarah ist immer noch fort?«, fragte James weiter.

Livia breitete die Hände in einer adretten Geste der Verblüffung aus. »Anscheinend dürfen englische Mädchen von zu Hause weg, mit wem immer sie wollen, und nach Lust und Laune zurückkehren. Kein italienisches Mädchen würde es wagen. Schicklich ist es ja wohl kaum. Ich habe mit ihrer Mutter gesprochen, aber sie sagt nur, man könne Sarah vertrauen.«

»Wo ist sie?«, fragte Sir James.

»Bei einer Freundin auf dem Land. Sie sagte, sie wäre ein paar Tage fort, aber sie ist immer länger dortgeblieben. Ich glaube, da muss ein junger Mann im Spiel sein. Meint Ihr nicht? Aber ihre *Mamma* befiehlt ihr nicht, nach Hause zu kommen. Ich begreife es nicht.«

»Junge Mädchen genießen heutzutage viel mehr Freiheiten als in meiner Jugend.« Die Witwe fand endlich ein Thema, bei dem sie einer Meinung waren. »Geradezu schockierend.«

»Aber sie sind ganz arm«, erläuterte Livia, »also macht es nicht so viel. Das Mädchen ist Hutmacherin und die Damen – jedenfalls nenne ich sie so –, aber sie sind nichts weiter als ganz unbedeutende Kaufleute mit einem kleinen Lagerhaus. Es sind Arbeiterinnen.«

Dieser Wortwechsel ärgerte James. »Ich habe Euch Geld dagelassen, damit Ihr ihnen ein besseres Haus kauft!«

»Und ich habe es immer noch«, erwiderte Livia matt. »Aber Mrs Reekie will erst umziehen, wenn Sarah vom Land zurück ist,

und sie bestehen auf einem Lagerhaus flussaufwärts, wo sie Güter nicht nur importieren, sondern auch verkaufen könnten ... Zumindest habe ich eines erreicht: Der Junge, Johnnie, wird an Ostern bei der East India Company anfangen. Euer Empfehlungsschreiben hat ausgereicht.«
»Ach, ja?«, fragte James zerstreut.
Livia wandte sich mit einem leisen Lachen an die verwitwete Tante. »Ich möchte ihnen helfen, auch wenn ich fürchte, dass sie allzu gierig geworden sind, seitdem ich mein Witwengut mit ihnen geteilt habe.«
Die Tante nickte. »Es ist eine unglückliche Adresse für Euch«, sagte sie. »Das Flussufer, so weit außerhalb der Stadt. Besuchen könnte ich Euch dort nicht.«
Livia errötete. »Genau, und ich kann von dort aus nicht heiraten, das habe ich Sir James bereits gesagt. Wir müssen das Aufgebot im Norden, in Yorkshire, bestellen, nicht wahr?«
»Ihr könnt vor der Hochzeit nicht in Northside wohnen«, widersprach die Tante bestimmt. »Es sieht merkwürdig aus. Als hättet Ihr keine eigene Adresse.«
»Das habe ich mir auch schon gedacht«, sagte Livia sanft. »Wäre es also besser, wenn wir in London heiraten? In dieser Gemeinde?«
James ließ den Blick von seiner Tante zu dem reizenden Gesicht seiner Geliebten schweifen. »Ja, das stimmt wohl. Mit Mr Rogers könnt Ihr Euch erst – was? Ein Dutzend Mal getroffen haben?«
»Oh, ja!«, antwortete sie. »Ich habe mich zweimal die Woche von ihm unterweisen lassen, und ich bin auch zweimal die Woche in seine Kirche gegangen. Bei jeder Witterung habe ich den Fluss überquert! Ich bin so weit. Er ist auch der Meinung, dass ich so weit bin.«
»Ihr müsst mindestens vier Monate lang unterwiesen werden.«
»Ja, ja, das kann ich natürlich machen. Ich kann den Religionsunterricht zu Ende bringen, während das Aufgebot bestellt ist.«
»Aber das Kind muss nach Euch getauft werden«, sagte James. »Ihr müsst es in die Kirche bringen.«
Mit einem hübschen Lachen warf Livia die Arme in die Höhe. »*Allora!* Einverstanden! Einverstanden! Lasst mich nicht vor Eurer Tante auf meinen eigenen Hochzeitstag drängen. Sie wird mich für schamlos halten.«

Lady Eliot zog eine Augenbraue in die Höhe, sagte allerdings nichts, ganz so, als habe Livia den Nagel auf den Kopf getroffen.
»Matteo und ich können gemeinsam in Eurer Kirche getauft werden, wenn ich den Unterricht abgeschlossen habe«, bot Livia an.
»Wir können heiraten. Und zwar …« Sie zählte es an ihren langen Fingern in den schwarzen Seidenhandschuhen ab. »Ende Februar. Wie findet Ihr das?«
Sir James versuchte, über ihre kecke Herausforderung zu lachen. »Sehr gut«, sagte er.
»Herrje, nein«, sagte Lady Eliot mit leisem Triumph. Sie beugte sich vor. »Fastenzeit. Ihr könnt doch nicht in der Fastenzeit heiraten.«
Der Blick, den Livia ihr zuwarf, war alles andere als töchterlich. »Warum denn nicht? Es ist ja nicht so, als wäret Ihr vom wahr… vom katholischen Glauben.«
»Ja, aber trotzdem. Zur Fastenzeit könnt Ihr nicht heiraten. Oder, James?«
»Nein«, musste er ihr beipflichten. »Es wird nach Ostern sein müssen, meine Liebe.«
Livia versuchte zu lächeln. »Nein, nein, ich kann nächste Woche zusätzlichen Unterricht nehmen, und wir können noch vor der Fastenzeit heiraten. Anfang Februar.«
James zögerte.
»Für einen Aufschub besteht kein Grund«, erklärte Livia.
»Gewiss«, stimmte er zu. Er nahm ihre Hand, küsste sie und warf seiner Tante einen nervösen Blick zu. »Februar, in St Clement Danes.«
»Und habt Ihr überhaupt keine Familie in England?«, hakte Lady Eliot nach. »Niemand, der bei Eurer Taufe Pate sein kann? Niemand, der Euch bei der Hochzeit zum Altar führen wird? Ihr seid so allein wie … wie eine Waise?«
»Ich habe niemanden.« Livia blinzelte eine Träne weg, auf dass Lady Eliot es nicht wagen konnte, weiter nachzubohren. »Ich kenne niemanden in England außer der Familie meines verstorbenen Mannes, Kaimeisterinnen mit einem kleinen Lagerhaus. Ich mache keinen Hehl daraus! Ich habe unter meinem Stand geheiratet, als ich mich auf ihn und seine Familie einließ. Aber mit meinem lieben Sir James werde ich zu Menschen meines Schlages zurückkehren – der Aristokratie.«

»Oh, werdet Ihr das?« Verstohlen betrachtete Lady Eliot Sir James' Gesicht. Niedergeschlagen blickte der ins Feuer. Wie ein fröhlicher Bräutigam nur sechs Wochen vor der Hochzeit sah er nicht aus.

Dezember 1670, Venedig

Vor dem Zollhaus bestiegen Felipe Russo und Sarah eine Gondel. Sarah saß in ihren Umhang gewickelt auf dem Platz in der Mitte, während Felipe den Sitz im Bug einnahm.
»Ein Lied?«, fragte der Gondoliere freundlich. »Ein Lied für das junge Liebespaar?«
»Nein«, sagte Sarah gereizt und beachtete im Vorüberfahren kaum die schönen Häuser, die weiße Marmorkirche, die pittoresken Kanäle.
»Sind wir denn jetzt kein Liebespaar mehr?«, fragte Felipe neckend. Geistesabwesend schüttelte sie den Kopf. »Habt Ihr eine Karte der Lagune?«
»Um Euch Robertos Insel anzusehen?« In seiner Stimme schwang Mitgefühl mit. »Ja, ich werde eine für Euch heraussuchen. Aber Ihr wisst ...«
»Ich weiß, dass ich kein Schiff zu ihm schicken kann«, sagte sie.
Der Gondoliere ließ die Gondel herumwirbeln, um sie in die Schleuse des Hauses Russo schnellen zu lassen, wo er neben der Russo'schen Gondel anlegte. Auf diese Weise waren sie gezwungen, auf der Seite des Lagerhauses auszusteigen. Sarah wich vor der unteren Lagerhaustür zurück, da sie wusste, was sich dahinter verbarg. Sie umrundeten den Kai und erklommen die breiten Marmorstufen.
In der Eingangshalle zögerte Sarah vor der oberen Tür des Lagerhauses. »Werdet Ihr mir zeigen, was ihr gehörte, was aus ihrem Palast war? Nur die Dinge, die ihr tatsächlich gehören?«
»Das ist leicht«, erwiderte Felipe. »Kommt nach oben ins Esszimmer.«
Er ging voraus in das Zimmer, wo das kalte, wässrige Licht an der bemalten Decke spielte. Sarah sah zu den Wänden, die von den schönen, stummen Statuen gesäumt wurden.

»Die nicht.« Er schloss die Tür hinter sich.
Sie warf einen Blick zu dem kunstvollen Kronleuchter.
»Der auch nicht. Nichts. Nichts ist übrig. Sobald sie den alten Conte geheiratet und den Palazzo Fiori betreten hatte, fing sie an, Kunstwerke herauszuschmuggeln, damit meine Arbeiter sie kopieren konnten. Sie verkaufte von uns gefälschte Stücke an ihren Ehemann. Wenn er eine Säule hatte und wir etwas auftrieben, was darauf passte, haben wir sie zusammengefügt, aufpoliert und ihm als etwas Neues verkauft. Sobald er einmal bettlägerig war, stand es uns frei, Kopien seiner Sammlung anzufertigen. Wir liehen uns ein Original aus, gossen eine Form davon, stellten die Kopie in sein Haus und verkauften das Original.«
»Das ist Fälschung«, sagte Sarah ausdruckslos. »Und Diebstahl.«
Behutsam legte er eine Hand über die kalte weiße Wade der Statue einer Wasser ausgießenden Nymphe. Ihre blinden Augen blickten über den Kanal, das gemeißelte Wasser ergoss sich endlos aus der Vasenöffnung. Sie lächelte ein wenig, wie sie schon seit Jahrhunderten – oder vielleicht erst seit einer Woche – lächelte. »Für mich besitzt Schönheit etwas Wahres. Im Grunde ist es mir gleich, wer sie erschaffen hat, oder wie, oder wann. Wenn die Leute so töricht sind, mehr für etwas zu bezahlen, das alt ist und verachtet wurde, bis ich es fand – dann steht es ihnen frei.«
»Aber nicht, wenn sie Livia für Eure Arbeit bezahlen«, sagte Sarah schlau.
Er verneigte sich lächelnd. »Dann nicht«, pflichtete er ihr liebenswürdig bei. »Deshalb fahre ich ja auch mit den Antiquitäten nach England. Ich will mit eigenen Augen sehen, wo sie sie ausstellt und wie viel sie damit verdient. Und ich will mir diesen Sir James mit eigenen Augen ansehen.«
»Sehr gut«, stimmte Sarah ihm zu.
»Und im Gegenzug für meine Hilfe heute und in Zukunft werdet Ihr mich nicht denunzieren: nicht für Grabraub, nicht für den Export ohne Genehmigung, nicht für das Vertuschen eines Mordes oder eine fälschliche Verhaftung oder Diebstahl und Betrug ...« Er brach ab. »Das ist alles, oder?«, fragte er.
»Das ist alles, wovon ich weiß«, sagte Sarah vorsichtig. »Aber das will nicht heißen, dass das alles ist, was Ihr getan habt.«

Er lachte schallend. »Ach, Miss Jolie – Ihr tut gut daran, argwöhnisch zu sein, aber das ist wirklich alles, was Euch und mich betrifft. Wir werden also Partner sein? Da Ihr nun die Wahrheit über mich kennt? Ihr seid die einzige Frau, die je die Wahrheit über mich erfahren hat. Sie ist – zugegebenermaßen – in der Tat recht übel, aber ich habe meinen Herrn, den Milord, nicht umgebracht, ich habe Roberto nicht gehasst, ich selbst habe ihn nicht denunziert, und ich werde Euch nicht in der Schleuse ertränken.«

»Ihr wollt mein Partner sein?«, fragte sie misstrauisch.

Er führte ihre Hand an seine Lippen. »Partner, und vielleicht werden wir ein Liebespaar sein, da Ihr dem guten Kapitän gesagt habt, ich sei Euch ›hold‹.«

Er beobachtete, wie ihr die Röte in die Wangen schoss, und drehte ihre Hand, um ihr einen Kuss auf die Handfläche zu geben. »Es ist nichts als die Wahrheit«, sagte er. »Ich bin Euch sehr hold, *Miss Pretty*. Für mich werdet Ihr immer Bathsheba Jolie sein.«

Als Sarah am nächsten Morgen nach unten kam, bedeckte eine gewaltige Landkarte der Inseln Venedigs den Esstisch. Es war nur eine Ecke freigelassen, für etwas Gebäck und eine heiße Schokolade zum Frühstück. Felipe stand am Fenster und trank eine winzige Tasse Kaffee. Bei ihrem Eintreten drehte er sich lächelnd um und zog einen Stuhl vom Tisch hervor, damit sie Platz nehmen konnte. »Habt Ihr gut geschlafen, *cara*?«

Sarah nickte. »Ist das die Karte der venezianischen Lagune?«

»Ja.« Er deutete auf der Landkarte auf eine winzige Insel, die zum Zeichen, dass sie bei Flut über dem Wasserstand lag, grün markiert war. »Da wird Roberto gefangen gehalten, das ist die Isola del Lazzaretto Nuovo.«

Um die Insel befanden sich Sprenkel von Sandbänken, von Röhrichtzonen, von Watt und Sumpfgebieten und Untiefen. Es war eine Welt, die niemals unverändert blieb, es war eine Küste, die sich niemals kartografieren ließ. Bei jeder Flut wurde das Land zu Wasser.

Wenn ein Sturm aufzog, konnten sogar die Inseln mit Kais und steinernen Ufermauern überschwemmt werden. Doch jeden Tag wurden neue Häuser und Inseln geschaffen, indem man Pfähle in das Bett der Lagune rammte und Felsblöcke aufeinanderschichtete. Alte Inseln wurden vom Meer abgetragen und als Marschland wiedergeboren. Die Venezianer und das Meer handelten ständig miteinander aus, was Land war und was Wasser.

»Aber das ist genau wie seine Heimat.« Sarah betrachtete die Landkarte eingehend und sah, dass die kleine Insel von Marsch, Sandbänken, Schilfbetten und tiefen Kanälen umgeben war. »Die Menschen auf dem Festland nannten die Heimat meines Onkels früher den ›wandernden Hafen‹, da sie nie recht wussten, wo der Hafenkanal verlief, weil er sich mit jedem Unwetter veränderte. Nur meine Großmutter und ihre beiden Kinder, Rob und meine Ma, die ganz am Rand des Sumpfes lebten, kannten die Pfade, nur sie kannten die trockenen Stellen, den Treibsand und den Zischbrunnen.«

»Er hatte sich immer für die Lagune interessiert«, sagte Felipe. »Wir konnten es nicht nachvollziehen. Er war immer draußen, mit Gewehr und Angelleine in einem Kahn oder in einem Boot. Wenn er nicht seinen Studien nachging oder bei seinen Patienten war, trieb es ihn hinaus, und er ging an den Rändern entlang: der Küstenlinie zwischen Wasser und Land. Es gefiel ihm, dass es dort keinen festen Boden gab. Es gefiel ihm, dass es einsam war. Wir fanden es merkwürdig – wir ziehen marmorne Kaie vor, keine *barena*.«

»*Barena*?«

»Wie Ihr schon sagtet, Land, das den halben Tag lang Land ist und die andere Hälfte Wasser.«

»Und nun steht ihm nicht mehr frei, spazieren zu gehen oder mit dem Boot zu fahren? Er wird auf dieser winzigen Insel gefangen gehalten?«

»Er wird sie niemals mehr verlassen«, sagte Felipe leise. »Als Arzt der Insel wird er in einem kleinen Haus in dem von einer Mauer eingefassten Bereich wohnen, nicht in einer Zelle wie die gewöhnlichen Besatzungsmitglieder. Dennoch wird man ihn wie einen Gefangenen bewachen. Vielleicht hat er innerhalb der Mauern einen kleinen Garten für seine Kräuter. Aber den gesamten Gebäudekomplex umgibt eine hohe Mauer mit nur einem Eingang – ein riesiges,

verriegeltes Tor, das auf die Lagune hinausgeht, in Richtung Venedig, mit einem Kai, wo die Schiffe gelöscht werden. Das Tor ist nachts verschlossen und sogar bei Tag, es sei denn, am Kai liegt ein Schiff zum Entladen. Es gibt Wachen mit Schwertern und Piken, die Tag und Nacht aufpassen, dass keiner entkommt. In der westlichen und südöstlichen Ecke des Geländes befinden sich steinerne Kammern für schwarzes Schießpulver, die Venedig hier zur Sicherheit aufbewahrt. Es ist nicht nur ein Gefängnis, sondern auch eine Festung.«
»Wie groß ist die Insel?« Sarah knabberte an dem Gebäckstück und trank ihre heiße Schokolade, während sie das Tüpfelchen aus Land und Sandbänken im Blau der Karte betrachtete.
»Kaum größer als die Außenmauern«, antwortete er. »Man kann in einer halben Stunde außen herumlaufen, auch wenn es nur Schlamm und Abflussgräben sind.«
»Sie lassen ihn nie hinaus?«
Felipe schüttelte den Kopf. »Abgesehen davon, wohin sollte er denn gehen? Es handelt sich um eine Insel. Und kein Schiff würde jemanden vom *Lazzaretto* an Bord nehmen – das wäre, als würde man das eigene Todesurteil unterzeichnen, man würde nicht wissen, an welcher Krankheit er leidet. Jeder auf der Insel befindet sich nur dort, weil er unter dem Verdacht steht, eine tödliche Krankheit auszubrüten. Wer würde ihn an Bord nehmen?« Er zögerte. »Liebe Miss Jolie, wir wissen nicht, ob er nicht schon längst erkrankt ist. Er befindet sich seit Wochen, seit Monaten dort und behandelt Menschen mit blutigem Auswurf oder Cholera oder Scharlach oder der Pest. Vielleicht ist er selbst längst krank. Ihr müsst Euch darauf gefasst machen: Wahrscheinlich ist er bereits tot.«
Mit stummer Überzeugung schüttelte Sarah den Kopf.
Felipe sah sie an. »Ach, Ihr glaubt, Ihr seid wie Eure Großmutter – dass Ihr es mithilfe von Zauberei wissen würdet?«
»Wir sprechen niemals von Zauberei«, sagte sie rasch. »Aber meine Großmutter hätte für die Seele ihres Sohnes gebetet, wenn sie seinen Tod in ihrem Herzen gespürt hätte.«
Seine dunklen Augen waren voller Mitgefühl. »*Cara*, vielleicht solltet Ihr ihr raten, mit dem Beten zu beginnen.«
»Könnten wir ihm schreiben? Und sehen, ob er noch am Leben ist?«

»Ja, wir könnten ihm schreiben. Doch alles, was Ihr schreibt, würde vom Gouverneur des *Lazzaretto* gelesen werden. Man würde ihm wahrscheinlich nicht gestatten zu antworten – und jegliche Antwort würde ausgeräuchert oder in Essig getunkt werden, um sie zu reinigen, bevor sie Euch erreichen könnte. Es würde Tage dauern, Wochen. Falls er überhaupt noch am Leben ist.«
»Aber wir könnten ihm eine Botschaft zukommen lassen?«
Er zuckte mit den Schultern. »Wenn Ihr es wünscht. Aber was gibt es schon einem zum Tode verurteilten Mann zu sagen, der jeden Tag im Wissen um den nahenden Tod aufwacht? Was gibt es ihm zu erzählen? Er wird mittlerweile erfahren haben, dass seine Frau ihn denunziert und Venedig verlassen hat.«
»Er weiß nicht, dass sie nach London gefahren ist und meine Mutter bestiehlt!«, erwiderte Sarah scharf.
Mitleidig sah er sie an. »Warum ihn foltern?«, fragte er. »Er kann nichts tun, um seiner Schwester zu helfen oder seine Ehefrau zu bestrafen.«
Sie drehte sich zum Fenster und betrachtete das geschäftige Treiben unten auf dem Kanal. Er bemerkte, wie sie niedergeschlagen die Schultern hängen ließ.
»Ihr habt recht«, sagte sie schließlich. »Ihr habt recht. Es wäre Folter für ihn. Ich werde ihm das nicht erzählen. Ich werde ihm nur schreiben, dass wir ihn nicht vergessen haben, dass seine Mutter ihn liebt und dass wir alle ihn vermissen. Das ist alles, worum sie mich gebeten hat – herauszufinden, dass er nicht tot ist. Wenigstens kann ich heimkehren und ihr das berichten.«
»Niemand könnte mehr verlangen«, versicherte er. »Niemand könnte mehr tun. Und Ihr habt recht, wenn Ihr nicht gegen eine Gewissheit ankämpft. Schreibt einfach, um Euch zu verabschieden.«
Sie nickte mit düsterer Miene. »Wenn ich ihm zum Abschied schreibe, könnt Ihr mir versprechen, dass Ihr ihm den Brief zukommen lasst?«
»Ich kann es versuchen«, sagte er. »Schreibt nichts, was mich belasten würde. Und denkt daran, dass der Brief offen bleiben muss – jeder kann ihn lesen, und jeder wird ihn lesen.«
Er ging zur Anrichte, schob dann die Landkarte beiseite und reichte ihr einen Federkiel und ein Tintenfass.

Dezember 1670, London

Sir James schickte Livia in Begleitung von Glib zum Lagerhaus zurück. Schweigend nahmen die beiden ein Boot zu den Horsleydown Stairs, und verdrossen brachte er sie zu Fuß zur Tür des Lagerhauses.
»Wann reist sie ab?«, wollte sie wissen.
»Wer?«, stellte er sich unwissend.
»Die alte Hexe. Die Tante.«
Er schüttelte den Kopf. »Sie bleibt im Haus, bis wir alle in den Norden fahren.«
»Er hört auf sie? Sie berät ihn?«
Er zögerte.
»Dienstboten wissen alles«, erklärte Livia in scharfem Tonfall. »Denkt ja nicht daran, mich jetzt anzulügen.«
»Er hört auf sie«, stimmte er ihr zu. »Und Herrgott, ja! Sie ist eine Tyrannin! Wir alle tanzen nach ihrer Pfeife.«
»Richtet ihnen aus, dass sie in mir eine einfachere Herrin haben werden«, sagte Livia rasch und drückte ein silbernes Sixpencestück in seine Handfläche. »Sagt ihnen, dass es besser für uns alle wäre, wenn sie jetzt das Witwenhaus bezöge – und ihn in London allein ließe. Versprecht ihnen, dass ich eine neue Herrin sein werde, großzügig mit Speiseresten für die in der Küche und mit meiner alten Kleidung für die Dienstmädchen. Jeder wird besser dran sein, wenn ich nach Northside Manor und nach Avery House komme. Ihr ganz besonders.«
»Ich werde es versuchen«, sagte er, nicht überzeugt. »Aber in Yorkshire ist sie beliebt.«
»Pffft!« Livia winkte den Einwand beiseite. »Sie ist niemand. Ich bin die neue Herrin von Northside Manor. Richtet ihnen aus, sie sollten besser über mich nachdenken und darüber, wie sie mir zu gefallen sein können!«
»Und wann ist die Hochzeit?«, fragte Glib, als sie sich an der Lagerhaustür voneinander trennten.
Sie betrachtete ihn scharf, als verdächtigte sie ihn der Unverschämtheit, als fürchtete sie, dass die Dienstboten auch in dieser Hinsicht Bescheid wussten. »Vor der Fastenzeit«, schwor sie. »Schreibt Euch das hinter die Ohren!«

Dezember 1670, Venedig

Lieber Onkel Robert,

ich bin Deine Nichte, Sarah Stoney, und auf dem Schiff Sweet Hope nach Venedig gekommen mit einer Botschaft von Deiner Mutter. Sie schickt Dir ihren Segen – sie sagt, Du habest zur tiefsten Ebbe immer Deinen Weg gegen die Sonne gefunden.
Dies ist ein Abschiedsbrief, aber Deine Ma, meine Großmutter, weiß es am besten, und sie ist sich sicher, dass wir uns an einem himmlischen Strand wiedersehen werden.

Sarah

Sie reichte Felipe den Brief.
»Diese englische Ausdrucksweise!«, entfuhr es ihm. »Das ist ja die reinste Naturlyrik!«
»Meine Großmutter ist eine sehr naturverbundene Frau vom Land«, erwiderte Sarah. »Ich dachte, Rob würde sich freuen, die Worte so zu hören, wie sie sie geschrieben hätte. Könnt Ihr ihm den Brief zukommen lassen?«
»Sie bekommen jeden Tag Nahrung und Getränke geliefert«, erklärte er. »Ich werde ihn zum Anleger am Fondamente Nuove bringen und eines der Boote dazu bewegen, ihn mitzunehmen.«
»Und schickt das hier«, bat Sarah. Aus dem Schlitz in ihrem Rock zog sie einen alten, abgewetzten Geldbeutel hervor, der früher einmal rot gewesen war, jetzt allerdings rostbraun.
»Die Lieferanten werden jegliches Geld stehlen«, warnte er sie. Er wog den Geldbeutel in der Hand. »Der ist leicht«, sagte er sofort, obwohl er das Klimpern der Münzen vernahm.
»Es ist kein Geld. Es ist für niemanden außer Großmutter von Wert«, sagte Sarah. »Sie hat früher kleine, abgesplitterte alte Münzen gesammelt. Sobald er sie sieht, wird er wissen, dass ich die bin, für die ich mich ausgebe. Es wird ihm ein Trost sein.«
Felipe warf den Geldbeutel in die Luft und fing ihn wieder. »Ihr seid eine ausgesprochen merkwürdige Familie«, erklärte er. »Sind alle Engländer so verrückt?«

Sie lachte. »Das ist noch gar nichts«, sagte sie. »Ihr solltet meine Großmutter mit einem kranken Säugling erleben. Ihr würdet glauben, dass sie ihm das Leben wieder einhaucht.«
Er bekreuzigte sich. »Ich werde das hier jetzt abschicken«, erklärte er. »Und wir müssen die letzten Schätze der Nobildonna einpacken.«
»Ihr werdet Ihr alles schicken, worum sie gebeten hat?«, fragte Sarah neugierig. »Ihr tut immer noch, was sie Euch sagt?«
»Selbstverständlich. Geschäft ist Geschäft. Sie kann sie verkaufen und mir meinen Anteil auszahlen«, antwortete er. »Und außerdem stehen sie auf der Ladeliste. Ihr vergesst, wie die Venezianer in Bezug auf Dokumente sind. Kapitän Shore würde lieber auf den Boden der Lagune sinken, als ins Zollhaus zu gehen und sein Frachtverzeichnis abzuändern.«
Lachend faltete Sarah die Landkarte zusammen. »Darf ich sie behalten?«
»Wenn Ihr es wünscht.«
»Ich würde nur gern die Insel erkennen, wenn wir daran vorübersegeln«, sagte sie. »Um mich zu verabschieden.«

Dezember 1670, Hadley, Neuengland

Ned betrat die Küche, um Mrs Rose das getrocknete Obst zu geben. Sie kochte gerade einen Topf Succotash in der Feuerstelle, indianisches Essen in englischem Kochgeschirr.
»Ich habe Euch die hier mitgebracht.« Ned stellte den geflochtenen Korb mit dem Obst auf den Tisch.
»Vielen Dank.« Sie kippte das Trockenobst in die Vorratsdose und gab ihm den Korb zurück. Er bemerkte, dass ihre Hände vor Angst zitterten.
»Ihr werdet die Neuigkeiten vernommen haben?«, erkundigte er sich.
Sie sah angespannt aus. »Ich war anwesend, als der Pfarrer den Gästen den Brief aus Plymouth vorgelesen hat«, sagte sie. »Es ist genau, wie ich befürchtet habe. Nur schlimmer. Es ist Krieg, nicht wahr? Zwischen uns und den Indianern?«

»Sie haben mich in die Stadt zitiert«, sagte er. »Ich werde zur Schneeschmelze mein Zuhause und mein Land und meine Fähre verlassen müssen.«
»Wir werden hier draußen keine Chance gegen sie haben.« Sie versuchte, den Korkverschluss oben auf die Vorratsdose zu stecken, was ihren zitternden Händen jedoch nicht gelingen wollte.
Ned nahm ihr die Dose ab und verschloss sie mit dem Korken.
»Vielleicht geschieht gar nichts«, beruhigte er sie. »Es gab früher schon Warnungen, und es ist nichts passiert. Wir sind schon losmarschiert und ...«
»Wir haben mehr getan, als nur loszumarschieren, wir haben sie ausgelöscht«, sagte sie grimmig. »Immer wieder. Beim letzten Mal, gegen die Pequot, haben wir ihr Dorf niedergebrannt, mit ihnen darinnen. Die Kinder, die nicht bei lebendigem Leib verbrannt sind, haben wir in die Sklaverei geschickt. Wir schrieben ihnen vor, ihre Familien zu vergessen und nie wieder ihren Stammesnamen im Mund zu führen. Wir haben sie ausgelöscht, haben ihrer Blutlinie ein Ende gesetzt. Aber sie verschmelzen nur mit dem Wald, und dann kehren sie zurück. Sie kommen immer wieder, aus dem Westen, aus dem Süden, je mehr wir umbringen, desto mehr tauchen auf. Und sie lernen nie dazu, sie verweigern sich uns immer weiter und kommen uns in die Quere.«
»Nein, nein, sie sind genau wie wir«, widersprach Ned. »Sie wollen bloß ihr eigenes Land behalten, und wir sollen auf unserem bleiben. Sie wollen in Frieden leben.«
Sie schüttelte den Kopf. »Ich ertrage es nicht«, erklärte sie ihm. »Wenn meine Zeit um ist, werde ich den Pfarrer bitten, mir eine Dienstbotenstelle in Boston zu suchen und keine Parzelle hier. Ich will inmitten meines eigenen Volkes sein. Ich will in einer Stadt mit Steinmauer drum herum leben. Ich will an einem Ort sein, an dem man die Wilden Rede und Antwort stehen lässt, wo man sie auf dem Anger aufhängt, wo man sie versklavt, nicht an einem Ort, wo sie nach Lust und Laune die Straße entlangspazieren oder eine ihrer Behausungen auf unserem Gemeindeland aufschlagen können, als handele es sich um geteiltes Land.«
»Ihr wollt weg von hier?«
»Ihr könntet mitkommen!«, sagte sie kühn. »Ihr könntet eine Stelle

als Dienstbote antreten, als Lakai oder Knecht oder dergleichen. Oder vielleicht könntet Ihr für einen Sklavenhändler arbeiten? Männer in die Sklaverei auf die Zuckerinseln verschiffen und auf der Heimfahrt Zucker und Rum transportieren? Das ist ein gutes Geschäft! Ihr könntet Euch Arbeit bei einem Kommissionär suchen. Wir könnten gemeinsam Arbeit suchen.« Sie errötete, während sie versuchte, ihn zu überreden. Ihr Gesicht war vor Nervosität ganz angespannt. »Es wäre harte Arbeit, aber besser, als hier festzusitzen und darauf zu warten, skalpiert zu werden! Ihr müsst nicht den Oberbefehl über die Miliz haben, wenn Euch der Sinn nicht danach steht. Wir könnten in Boston in Sicherheit sein.«

»Ich fürchte mich nicht davor zu kämpfen!« Bestürzt sah Ned sich genötigt, Widerspruch einzulegen. »Es geht nicht darum, dass ich nicht dienen will! Es geht darum, dass sie nicht meine Feinde sind. Ich will keine Männer umbringen, die nicht meine Feinde sind.«

»Jetzt sind sie es nicht«, stellte sie fest. »Aber im Frühjahr werden sie es sein. Dann werdet Ihr keinem Freund die Tür aufmachen. Ihr werdet die Tür aufmachen und einen Pfeil in die Eingeweide bekommen. Ihr werdet spüren, wie Euch ein Tomahawk die Stirn spaltet.«

Dezember 1670, London

Auf den Knien vor dem Kamin entzündete Alys Feuer und legte sorgfältig die Kohlestücke auf das Anmachholz. Als die kleine Flamme an den Stöcken entlangleckte und sie schließlich Feuer fingen, setzte sie sich zufrieden zurück.

»Wenigstens werden die Abende heller«, sagte sie zu ihrer Mutter. »Das Jahr hat sich gewendet.«

»Und wer weiß schon, was das neue Jahr bringen mag«, sagte Alinor.

»Ma, du glaubst doch nicht, dass Sarah Rob nach Hause bringen wird, oder? Denn du weißt doch, dass das wirklich ...«

»Wirklich?«

»Es ist unmöglich, Ma. Was auch immer wir uns wünschen mögen.

Was auch immer du empfinden magst. Ich bete nur zu Gott, dass sie sicher heimkehrt.«
»Kapitän Shore wird sie beschützen.«
»Das weiß ich. Aber dass du sie den ganzen weiten Weg weggeschickt hast!«
»Sie ist sehr vernünftig, ich vertraue ihr.«
»Genau das Gleiche ließe sich über Rob sagen, und er ist nicht nach Hause zurückgekehrt.«
»Ich glaube, dass er jetzt heimkehrt. Ich habe von ihm geträumt. Ich bin mir sicher.«
»Ich weiß es«, fiel Alys ihrer Mutter ins Wort. »Ich weiß, dass du dir sicher bist. Aber ich warte und warte auf sie, doch ich habe deine Gewissheit nicht, ich habe deine Träume nicht. Ich bin zu irdisch, um deine Visionen zu haben. Ich will nur mein kleines Mädchen wieder bei mir haben.«
Alinor vernahm das Beben in der Stimme ihrer Tochter. »Sei tapfer«, sagte sie leise. »Hab Geduld. Und vertraue ihr.«
In dem Zimmer herrschte Schweigen.
»Wo ist Livia heute?«, wechselte Alinor das Thema. »Sucht sie immer noch das Haus auf, obwohl sie nichts zu verkaufen hat?«
»Nicht jeden Tag«, erwiderte Alys. »Bis zum Eintreffen ihrer Antiquitäten gibt es hier nichts für sie zu tun.«
»Und dann wird sie sie wieder verkaufen? Wie sie es zuvor getan hat?«
»Jawohl, und sie wird uns wieder für die Schifffahrt und die Einlagerung bezahlen.«
»Und dann wieder, und wieder?«
»Ja, so lautet der Plan. Und dann der Umzug in ein Lagerhaus, wo sie ihre Güter zeigen und sie dort verkaufen kann. Das weißt du, Ma. Warum fragst du mich?«
»Sie stellt mich eben jetzt vor Rätsel, wie sie es schon immer getan hat. Sie lässt ihr Kind bei uns: Du hast ihn an den meisten Vormittagen, und das Kindermädchen bringt ihn mir am Nachmittag. Was treibt sie den ganzen Tag? Wie kommt es, dass sie Robs Witwe ist, sich aber von uns aushalten und dich für ihre Verschiffung bezahlen lässt, obwohl sie Geld beim Goldschmied deponiert hat? Sie beklagt sich darüber, dass wir arm sind, dass Tabby kein richtiges Dienst-

mädchen ist, dass das Essen schlecht ist. Aber wir haben nichts von dem Geld aus ihrem Verkauf zu Gesicht bekommen. Sie sagt, sie will, dass wir ein anderes Lagerhaus beziehen, um ihre Güter zu verschiffen, aber nicht, wie viel sie investieren wird. Sie verlangt von dir, Schulden dafür aufzunehmen. Sie ist jung und könnte Ausschau nach einem weiteren Ehemann halten, und so frage ich mich, ob sie vielleicht eben das tut, wenn sie jeden Tag außer Haus ist?«

Alys errötete. »Sie ist eine ausgezeichnete Mutter. Sie liebt Matteo.«

»Wenn sie mal bei ihm ist.«

»Sie bringt der Familie mehr Geld ein, als sie uns kostet! Sie hat die Kosten für die erste Verschiffung und die Lagerung zurückgezahlt, und sie wird für die zweite bezahlen, wenn sie eintrifft. Und sie wird das neue Lagerhaus mit uns kaufen!«

»Was soll das werden? Ein Geschenk? Ihr Geschenk an uns?«

Alys biss sich auf die Unterlippe.

»Und sie wird bei uns bleiben und nicht wieder heiraten?«

Alys drehte sich zu ihrer Mutter um. »Ma, sie ist so eine gute Gefährtin für mich. Es bereitet mir so viel Vergnügen, sie hierzuhaben, und auch den kleinen Matteo. Es ist, als hätten wir einen schönen Vogel im Haus. Ich will, dass sie sich draußen frei bewegt und zu uns zurückkommt, ohne ausgefragt zu werden. Ich möchte, dass sie sich hier bei uns ganz zu Hause fühlt. Ich liebe sie wie eine Schwester, ich will nicht, dass sie darüber nachdenkt, erneut zu heiraten und fortzugehen. Ich möchte nicht, dass sie denkt, sie müsse Miete bezahlen oder finanziell für uns sorgen. Ich möchte, dass sie von uns lebt und mit uns lebt. Ich möchte, dass sie für immer bleibt. Ich sorge gerne für sie.«

»Meine Liebe, glaubst du wirklich, dass sie nicht wieder heiraten wird?«

»Du hast es nie getan! Und ich auch nicht!«

Alinor nickte, die Augen auf die Flammen gerichtet. »Ich glaube nicht, dass Livia eine Frau ist wie wir.«

Dann verfiel sie in Schweigen.

Dezember 1670, Venedig

Die *Sweet Hope* sollte am Abend bei Ebbe auslaufen.
Licht spendete ein gewaltiger, kalter Mond, der, hell wie ein glänzender Globus, am Horizont hing und den Kanal wie schwarzes Glas aussehen ließ. Die bunten Häuser waren in graue Schatten verwandelt.
Am Kanal herrschte reges Treiben. Menschen gingen nach der Arbeit nach Hause, und Feierlustige begannen auszugehen. Sämtliche Gondeln waren am Bug mit schaukelnden Laternen bestückt, und Lichter von den offenen Schleusen der großen Häuser glänzten auf dem Wasser.
Auf dem von Feuerschalen erhellten Kai vor dem Zollhaus begrüßte Kapitän Shore Felipe mit einem Nicken und Sarah mit einem Lächeln, während sie am Landungssteg auf die Überprüfung ihrer Papiere warteten. Doch er sprach mit keinem von ihnen, bis die Beamten sie freigegeben hatten und sie an Bord gehen konnten.
»Alles in Ordnung?«, fragte er knapp. »Denn wir segeln los, sobald es der Lotse anordnet. Wir holen auf Sant' Erasmo frische Vorräte an Bord und können uns keine Verspätung leisten.«
»Alles bestens«, erwiderte Felipe. Sarah nickte.
»Verstaut Eure Sachen«, befahl der Kapitän. An Sarah gerichtet sagte er: »Ihr könnt Eure alte Kajüte haben, meine Liebe.« Dann wandte er sich an Felipe. »Ihr werdet Euch die Kajüte mit dem Ersten Offizier teilen müssen, es sei denn, Ihr möchtet den Aufpreis für eine Privatkajüte bezahlen?«
Felipe neigte den Kopf. »Ich werde zahlen, Kapitän«, sagte er, ohne zu zögern.
Der Beamte vom Zollhaus erschien mit einem Bündel von Papieren und Siegeln. Kapitän Shore überprüfte sie sorgfältig, unterschrieb, tauschte Dokumente, entrichtete die Hafengebühr und den Zoll für die Waren, die er verschiffte, und stieg dann den Landungssteg hinauf. Hinter ihm folgte der Lotse, der sein Messer aus der Scheide zog. Er schnitt die offiziellen Siegel vom Steuerrad des Schiffes und nickte dem Kapitän zum Zeichen, dass sie startklar waren. Kapitän Shore schrie den Befehl, die Leinen loszumachen, der Landungssteg wurde an Bord geholt, die Vorleine wurde geworfen, gefangen und eingeholt.

Die Strömung drehte das Schiff, sodass es sich in den Kanal schob, als Sarah aus ihrer Kajüte kam, um sich anzusehen, wie die kleinen Schleppkähne ihre Taue an dem Schiff befestigten und es vorwärtszogen. Der Lotse rief den Befehl, die Achterleine zu lösen, und die Kähne zogen das Schiff in den Hauptkanal, wo die Ebbe es sanft den Canale Grande entlanggleiten ließ, vorbei an Palästen, ein kurzer Blick auf den Markusplatz, dann der Dogenpalast: Jedes Fenster war hell erleuchtet, da die Gerechtigkeit nie schläft. Dann ging es hinaus in die Lagune. Backbord fuhren sie an der Insel Vignole vorbei und sahen vor sich das Flackern der Fackeln, die am Ende des Kais von Sant' Erasmo brannten. Unter den lauten Befehlen des Lotsen zogen die Kähne die Galeone an den Kai, und die Bauern begannen, ihre Körbe mit Obst und Gemüse zum Schiff zu tragen.

Felipe gesellte sich an Deck zu Sarah, die in das zunehmende Dunkel starrte. »Ihr sucht nach dem Gefängnis Eures Onkels?«

Sie nickte. »Ist es das?« Sie deutete nach Norden über das flache Ackerland, dunkel vor dem ebenfalls dunklen Wasser, das es umgab, zum Dach des großen Gebäudes, das wie ein gewaltiger Getreidespeicher im Mondschein glänzte. Einstöckig mit einem riesigen Scheunentor, war es sogar noch größer als das Zollhaus von Venedig und lag blass im Mondlicht. »Ist es das Gebäude, das wie eine Burg aussieht?«

»Das ist es«, bestätigte er. »Aber das da sind Schornsteine, keine Zinnen. Jede Zelle hat ihr eigenes Feuer und einen Schornstein, damit diejenigen, die unter Quarantäne stehen, keinen Umgang miteinander haben. Euer Onkel Rob wird im Arzthaus leben oder gelebt haben, unter Bewachung. Die große Flügeltür führt in ein gewaltiges Lagerhaus für die Waren.«

»Gelebt haben?« Sie ging auf seine Wortwahl ein. »Ihr denkt, er könnte schon tot sein?«

Er breitete die Hände aus. »*Cara mia,* keiner von uns beiden weiß es, und die Leute, die es wissen, denen ist es egal. Wenn er jetzt noch nicht tot ist, wird er es bald sein. Wenn nicht jetzt, dann später. Sprecht ein Gebet für ihn, nehmt Abschied.«

Als die Lastkähne das Schiff entließen, wurde der Befehl erteilt, den Landungssteg einzuholen, abzulegen und die Segel zu hissen. Die Galeone bewegte sich auf das tiefe Wasser südlich von Sant' Erasmo zu. Ein Kahn nach dem anderen holte seine Leinen ein und machte sich auf den Rückweg nach Venedig. Sarah wartete, bis die Kähne fort waren, ging dann zur Treppe und rief nach oben, um die Erlaubnis zu erhalten, das Achterdeck zu betreten.

»Ja, Ihr könnt hochkommen«, sagte Kapitän Shore. Er stand hinter dem Lotsen, der immer noch den Befehl über das Schiff hatte. Der Kapitän blickte himmelwärts, wo sich die Segel entrollten und vom leichten Wind gebläht wurden. Der Mondschein war so hell, dass es wie eine silbrige Morgendämmerung wirkte, mit Nebel, der auf dem Wasser waberte.

»Kapitän Shore«, sagte Sarah leise.

»Ja?«, fragte er mit einer gewissen Ungeduld. Er rief einem Matrosen, der das Segel reffte, einen Befehl zu.

»Ich weiß, dass Ihr meine Mutter sehr schätzt.«

Damit hatte sie seine Aufmerksamkeit erregt. »Den tiefsten Respekt«, sagte er verlegen. »Nicht, dass sie es wüsste. Nicht, dass ich ihr gegenüber die geringste Andeutung gemacht hätte.«

»Ich weiß, Ihr würdet meiner Mutter sehr gern sagen können, dass Ihr mich sicher nach Hause gebracht habt, vom Dogenpalast sicher nach Hause zu ihr.«

»Jawohl«, sagte er mit einem Anflug von Argwohn.

»Wenn Ihr mich also verlieren solltet, zum Beispiel bei einem Unglück, bitte ich Euch, auf mich zu warten.«

»Wie?«

Unverhofft stellte sie sich auf die Zehenspitzen und gab ihm einen Kuss auf die Wange. »Lasst mich nicht im Stich.«

»Was?«, wollte er wissen, doch sie schlüpfte davon, lief hinunter vom Achterdeck und tauchte wieder an Felipes Seite auf.

»Ich möchte, dass Ihr Alarm schlagt, zwei Mann über Bord«, erklärte sie ihm eindringlich.

»Sarah?«

»Ich kann es nicht erklären. Gebt mir nur einen Moment und ruft dann: ›Mann über Bord – zwei Männer!‹«

Er drehte sich zu ihr um und sah, wie sie die Bänder ihres Umhangs öffnete. Ungläubig starrte er sie an, während sie ihn auszog. Jetzt hatte sie nichts außer ihrem Leinenunterkleid an, das ihren Hals und die Schultern freiließ; darunter trug sie eine Kniebundhose.

»Sarah?«, flüsterte er. »Was macht …?«
Bevor er ein weiteres Wort sagen konnte, lag ihr schwerer Reiseumhang in seinen Händen, sodass er nicht nach ihr greifen konnte. Sie legte beide Hände um die Reling und sprang, gelenkig wie ein Knabe, über die Schiffsseite. Er vernahm tief unten ein Platschen, als sie in das eisige Wasser eintauchte. »Sarah!«, rief er und beugte sich über die Reling. Er konnte ihren Kopf erkennen, im Mondschein dunkel wie eine Robbe, dann war sie verschwunden.
»Sarah!«, schrie er abermals. Er rannte zum Niedergang und griff nach einer Laterne, beugte sich hinaus übers Wasser. Er sah nichts außer den Wassermassen und den Schlammbänken und Röhrichtbänken und Sandbänken, einem Kanal, einem Tümpel aus Brackwasser und dann mehr Wasser.
»Allmächtiger«, stöhnte er. »Sarah!«
Er drehte sich um und lief zum Schiffsheck. »Kapitän Shore?«, rief er den Niedergang hoch.
»Jetzt nicht«, erwiderte der Kapitän grimmig, und als Felipe einen Fuß auf die Stufen setzte, starrte er ihn unter seinen beeindruckenden Augenbrauen hervor wütend an: »Niemand kommt ungeladen auf mein Achterdeck.«
»Ich flehe Euch an! Es ist Sarah! Sie ist weg!«, schrie Felipe. »Ins Wasser.«
»Das habt Ihr zugelassen?«
»Woher sollte ich es denn wissen?«
»Ihr habt sie gesehen?«
»Sie ist da lang!« Felipe deutete in Richtung des *Lazzaretto,* wo die Fenster ein paar Lichtstrahlen aus den verschiedenen Zellen erkennen ließen.
»Kann sie schwimmen?«
»Woher soll ich das wissen? Ja! Sie ist vom Schiff weggeschwommen.«
Die Miene des Kapitäns verfinsterte sich. »Das ist Irrsinn! Vollkommener Irrsinn! Und mir hat sie gesagt … was zum Teufel macht sie da?«
»Sie ist wohl auf dem Weg zu Roberto.«
»Himmelherrgott noch mal!«
»Ihr müsst das Schiff anhalten und ein Boot ausschicken!«

»Das geht nicht! Ich kann sie nicht wieder an Bord holen!«
»Ihr könnt sie doch nicht ertrinken lassen!«
»Allmächtiger!«
»Genau.«
Die beiden Männer starrten einander an. »Ach! Sie hat mir gesagt, ich soll auf sie warten«, sagte Kapitän Shore schließlich. »Das hat sie gesagt. Um ihrer Mutter willen.«
Felipe bemerkte, dass der Lotse den Kopf von seiner sorgfältigen Beobachtung des Kanals wegdrehte und ihnen einen Blick zuwarf.
»Mann über Bord!«, schrie Felipe. Er sprang hoch aufs Achterdeck. »Mann über Bord! Zwei Männer! Haltet das Schiff an! *Uomo in mare! Due uomini!*«
»Halt! Beidrehen!«, rief Kapitän Shore.
Sofort holten die Seeleute die Segel ein.
»Anker setzen!«
Der Kapitän wandte sich zu dem Lotsen um, und es entspann sich ein rascher, zweisprachiger Wortwechsel. Felipe stand neben Kapitän Shore und erklärte dem verärgerten Lotsen, dass zwei Besatzungsmitglieder über Bord gefallen seien, gleichzeitig, und dass der Kapitän ein Beiboot herunterlassen werde, um nach ihnen zu suchen.
»Auf keinen Fall lasse ich es zu der verdammten Quarantäneinsel rudern«, zischte der Kapitän Felipe fluchend zu.
»Das müsst Ihr nicht«, sagte Felipe. »Aber Ihr müsst es zu Wasser lassen, da Ihr nun beigedreht habt. Bitte, Gott, lass sie schnell zu uns zurückkommen.«
»Was macht sie nur? Ein junges Mädel wie sie, bei Ebbe ins Wasser?« Die Angst um sie quälte Felipe. »Woher soll ich das wissen? Woher zum Teufel soll ich wissen, was sie im Schilde führt? Lasst das Beiboot zu Wasser, ich werde zu ihr hinausrudern.«
»Ich warte nicht länger als eine Minute«, entschied der Kapitän. »Und wenn sie nicht kommt, segeln wir ohne sie weiter.«
»Wir können sie nicht zurücklassen!«
»Sie hat uns zurückgelassen«, knurrte der Kapitän.
»Kapitän, ich flehe Euch an, ein Boot für sie zu Wasser zu lassen. Ich werde allein hinausfahren, wir können sie nicht einfach im Stich lassen!«

»Wir wissen nicht, wo sie ist«, stellte der Kapitän wutentbrannt fest.
»Was werdet Ihr tun? Um das Schilf herumrudern? Sie könnte längst ertrunken sein.«
»Sie kann nicht ertrunken sein!«, rief Felipe entsetzt. »Es ist unmöglich, dass sie ertrunken ist!«
»Genau das hat sie über ihren Onkel auch gesagt!«, krächzte der Kapitän. »Als Eure Geliebte überall herumerzählte, er wäre von den dunklen Gezeiten erfasst worden. Es ist nicht so lustig, wenn es sich um jemanden handelt, den man liebt, nicht wahr? Keine so schlaue Geschichte, wenn man selbst auf See ist.«

Sarah, die in nördlicher Richtung gegen eine starke, verebbende Strömung anschwamm, wusste, dass sie in Schwierigkeiten steckte. Hinter ihr ragte massig das Schiff auf. Sie hörte sogar das laute Rasseln der Ankerkette, doch sie wurde von der Tide dorthin zurück und weg von der Insel gedrängt. Obwohl sie sich beim Schwimmen so gut wie möglich anstrengte, schienen sich die Lichter der Insel Lazzaretto Nuovo immer weiter zu entfernen. Die Mauern aus Stein und Backstein, die im Mondschein klar erkennbar waren, kamen nicht näher.
Als Sarah hinter sich blickte, sah sie eine Reihe von Sandbänken, manche gekrönt von Queller und Strandflieder. Also ließ sie sich von der Strömung darauf zutreiben, bis sie schließlich Schlick und Muscheln unter den Füßen spürte und aus dem Wasser kroch. Sie befand sich inmitten der Untiefen und Sandbänke, aus denen die Insel Sant' Erasmo bestand, und konnte sogar die Lichter der Insel Lazzaretto Nuovo erkennen. Doch zwischen ihrer Sandbank und der Insel befand sich ein breiter Streifen Wasser, über eine halbe Meile breit, mit Mondschein, der auf den Wellen der schnell strömenden Tide tanzte.
Vielleicht könnte sie beim Gezeitenwechsel hinüberschwimmen, wenn die Strömung zum Stillstand kam. Aber bis zum Gezeitenwechsel waren es noch Stunden – und der Lotse auf Kapitän Shores

Schiff würde ihn niemals so lange warten lassen. Sie begann, auf dem Sand entlangzugehen, um so nahe wie möglich an die Quarantäneinsel heranzukommen. Vorsichtig trat sie von einem Fleck mit Vegetation zum nächsten und wich zurück, wenn ihr Fuß versank. Aufgrund der Geschichten aus ihrer Kindheit über die wandernden Pfade von Foulmire hatte Sarah eine Todesfurcht vor Treibsand. Sie biss die Zähne zusammen, die vor Angst und Kälte klapperten, und machte einen Schritt nach dem anderen, in der Hoffnung, dass sich eine andere Sandbank an diese anschließen würde. Wenn sie Glück hatte, konnte sie sich watend einen Weg zum Lazzaretto Nuovo bahnen und einen flachen Übergang durch das tödlich schnell fließende Wasser finden.

In der Nachricht an Rob hatte sie ihm gesagt, er solle »gegen die Sonne« gehen, da sie darauf vertraute, er werde erraten, was sie meinte: Er solle aus dem Eingangstor des Lazzaretto kommen und sich nach links wenden. »Gegen die Sonne« war ein Ausdruck aus dem Dialekt der alten Heimat und bedeutete gegen den Uhrzeigersinn, nach Hexenart. Sie hatte ihm geschrieben, er solle bei Ebbe im Licht des Vollmonds gehen, dem Julmond, der jetzt über ihr schien. Sie hatte ihm den Namen ihres Schiffes verraten, des Schiffes, das ihn vor zehn Jahren nach Italien gebracht hatte. Ihre einzige Hoffnung bestand darin, dass ihn der Geldbeutel mit den Münzen dazu gebracht hatte, die verborgene Bedeutung aus dem Brief herauszulesen, und dass es ihm gelungen war, die Festung zu verlassen. Doch es war, wie sie wusste, ein verzweifeltes Unterfangen, eine aussichtslose Hoffnung.

Vorsichtig ließ sie den Fuß vorwärtsgleiten und sah vor sich etwas, das wie ein Pfad auf der nächsten Sandbank aussah. Sie planschte in das eiskalte Wasser, das zwischen den beiden Bänken floss, und stellte fest, dass es ihr nur bis zu den Knien reichte, und als der Schlick sich warnend unter ihren Füßen verlagerte, ließ sie sich auf alle viere fallen und krabbelte hinüber.

Auf der benachbarten Sandbank fand sie einen ausgetretenen Pfad. Er war schmal – so schmal, dass sie immer einen Fuß vor den anderen setzen musste, aber er verlief immerhin auf festem Boden und führte zur nächsten Schilfbank. Auf dem schmalen Pfad kam Sarah etwas schneller voran. Sie zitterte vor Kälte und schlang die Arme um sich, um sich aufzuwärmen. Ihre kalten Füße waren grün und blau und von scharfen Muscheln und Dornen zerschnitten. Im nächsten Moment erstarrte sie, als sie ein Pfeifen hörte, genau wie das eines Drosselrohrsängers – doch die Rohrsänger schliefen nachts.

Sie blinzelte in die Dunkelheit zum Lazzaretto Nuovo und sah im Schatten der Mauer, an der südöstlichen Ecke – genau dort, wo Rob auf sie warten sollte – einen einzelnen Lichtpunkt, der im nächsten Moment wieder verlosch, wie ein Funke einer Zunderbüchse.

»Rob!«, flüsterte sie, und ihre Stimme hallte auf dem Wasser wider. Im Dunkeln konnte sie vage ein kleines Boot ausmachen, einen Stechkahn für die Jagd von Wildgeflügel, der in den tiefen Kanal glitt und auf sie zukam. Der Bug lief an ihrem trockenen Fleckchen auf Grund.

»Rob Reekie?«, fragte sie.

»Bist du Sarah?«

»Ja. Ich glaube, ich sollte … nach so etwas wie einem Losungswort fragen.«

»Nur zu.«

»Wie lautet unser Name für Wandering Haven?«

»Foulmire«, sagte er sofort. »*Foul* wegen des fauligen Gestanks und *mire* für den Schlamm, in dem man für immer feststeckt. Und Gott weiß, warum wir es so sehr vermissen.« Er streckte die warme Hand aus, Sarah ergriff sie und ließ sich an Bord ziehen. »Dir muss eiskalt sein«, sagte er. »Nimm meinen Umhang.« Er riss ihn sich von den Schultern und legte ihn ihr um. Sarah schlang ihn fest um sich.

»Ich hätte dich wiedererkannt«, sagte Rob. »Auch wenn du gewachsen bist. Ich hätte dich als die kleine Sarah wiedererkannt.«

Sie betrachtete ihn und versuchte, ihre Erinnerung an ihn in dem dünnen, von der Haft blassen Gesicht wiederzufinden, die Gesichtszüge ihrer Mutter in seiner Hagerkeit.

»Wohin jetzt?«, fragte Rob. »Ich dachte, du hättest ein Schiff?«

»Ich hoffe, dass es auf uns wartet«, erwiderte sie. »Vor Sant' Erasmo.«

»Der Kapitän wird mich niemals an Bord lassen, wenn er weiß, dass ich von hier komme.«

»Doch«, versicherte sie. »Es ist Kapitän Shore. Er ist meiner Ma hold.«

»Alys?«
Sie nickte, immer noch schlotternd, während er sie mit der Stange von der Sandbank losstieß und dann den Stechkahn in Bewegung setzte, im Heck kauernd, damit sie tief im Wasser und im Mondschein nicht so deutlich zu erkennen waren.
»Wie bist du an das Boot gekommen?«
»Es ist das Boot des Gouverneurs«, sagte er. »Er leiht es mir zum Angeln und für die Jagd. Wir bekommen nicht gerade das beste Essen auf der Insel, also lässt er mich heimlich fischen.«
»Könntest du infiziert sein?«, fragte sie.
»Ich glaube nicht«, antwortete er. »Wir hatten bloß ein paar Fiebererkrankungen, seit ich dort bin, und überhaupt keine Pest. So Gott will, bin ich sauber. Jedenfalls weise ich keine Symptome auf.«
Sarah blieb stumm und betrachtete ihren Onkel, musterte auf der Suche nach Ähnlichkeiten mit ihrer Mutter sein kantiges Gesicht und das braune Haar, während er auf Knien das Boot voranstakte.
»Was machen wir, wenn er uns nicht an Bord lässt?«, teilte sie ihm schließlich ihre Befürchtung mit.
»Dann gehst du an Bord«, sagte er. »Zurück nach England. Und ich bitte ihn, mich so weit wie möglich aus der Lagune zu ziehen, in Richtung Festland. Du hast mir Hoffnung gemacht. Wenn ich es aus der Lagune schaffe und aus dem Herrschaftsbereich der Republik Venedig, werde ich schon irgendwie nach Hause kommen.«
Sie schwiegen, während er sie in den Hauptkanal stakte, und Sarah merkte, dass die Wasserströmung sie rasch vom *Lazzaretto* forttrieb.
»Da ist sie! Die *Sweet Hope*«, rief sie, als sie das Schiff erblickte, das massig in der Dunkelheit aufragte. »Er hat auf mich gewartet.«
Rob brachte den kleinen Kahn vorsichtig neben das Schiff und sah dann hoch. Eine Strickleiter fiel zu ihnen herunter, und Kapitän Shore lugte über die Schiffsseite. Vor ihm erkannten sie die Mündung einer Pistole.
»Wer da?«, fragte er leise, ein verärgertes Grollen in der Stimme.
»Ich bin's«, sagte Sarah, deren Zähne klapperten. »Kapitän Shore! Ich bin's! Und ich habe meinen Onkel Rob dabei. Ein Engländer, der Bruder meiner Ma – von Alys Stoney.«
»Ist er krank?«

»Das bin ich nicht«, antwortete Rob, der in dem schaukelnden Boot stand und das Gesicht hob. »Seht Ihr? Keine Male, keine Symptome, und ich bin bei keinem Pestkranken gewesen. Das schwöre ich. Außer ein paar Fiebererkrankungen gibt es keine Krankheiten auf der Insel, seit meiner Ankunft hat es nichts gegeben. Lasst mich an Bord, dann gehe ich direkt in eine Kajüte und komme vierzig Tage lang nicht heraus.«

»Sie kann an Bord kommen. Ihr nicht«, erwiderte der Kapitän. Sie vernahmen das Klicken, als er die Pistole lud, und sahen, dass die schwarze Mündung nach unten auf das kleine Boot gerichtet war.

»Ohne ihn komme ich nicht mit«, sagte Sarah kategorisch. »Er steigt zuerst hoch. Dann ich. Wenn Ihr uns nicht an Bord nehmt, fahre ich schnurstracks zurück zur *Bocca di Leone* und denunziere Euch.«

»Weswegen denn?«, erklang sein gedämpftes Grollen. »Weswegen, zum Teufel, du kleine Kanaille?«

»Wegen Schmuggelei«, sagte Sarah tonlos. »Schmuggelei von Antiquitäten. Und Ihr habt einen Fälscher bei Euch an Bord. Ihr bringt einen Verbrecher außer Landes, zusammen mit seinen gefälschten Waren.«

»Bathsheba!«, tadelte Felipe sie und spähte zu dem Boot herunter.

»Es sind Eure eigenen verdammten Antiquitäten!«, brüllte Kapitän Shore.

Sarah schüttelte den Kopf. »Die sind alle von ihm«, sagte sie. »Von ihm und seiner Komplizin, der Nobildonna. Fälscher, Meineidige und Grabräuber. Und jeder weiß, dass Ihr auch früher schon mit ihnen zusammengearbeitet habt, gefälschte Papiere bei Euch hattet und ohne Ausfuhrgenehmigung an ausländische Höfe verkauft habt, und jetzt leistet Ihr Beihilfe bei seiner Flucht vor dem Gesetz!«

»Ihr, Madam, seid eine kleine Hure«, fluchte der Kapitän. »Und sprecht gefälligst leise.«

Sarah, die wusste, dass sie gewonnen hatte, strahlte Kapitän Shore von unten an und hielt die Leiter für ihren Onkel.

»Ich bin nur eine Hutmacherin«, sagte sie.

Januar 1671, Hadley, Neuengland

Ned war in seiner Fährhütte eingeschneit. Seine Gedanken sprangen von einer verbitterten Schlussfolgerung zur nächsten. Er saß aufgrund eines gnadenlosen Schneesturms fest, der es sogar gefährlich machte, einen Pfad zu schaufeln, um die Tiere zu füttern, die es hinter der Wand aus Schnee warm hatten. In die Stadt zu gelangen, um seine alten Befehlshaber oder den Pfarrer zu besuchen, war unmöglich. In ihm tobte eine Unschlüssigkeit, die außerhalb seiner Hütte einen Widerhall in dem stürmischen Unwetter zu finden schien.

Er war verbittert und abgeschnitten, aber nicht einsam. Die Gesellschaft der Stadtbewohner fehlte ihm nicht, vielmehr hatte er das Gefühl, dass es ihm nichts ausmachen würde, nie wieder eine ihrer hasserfüllten Aussagen zu hören. Er wollte Mrs Rose mit den vor Wut heiß glühenden Wangen und dem angespannten Gesicht nicht sehen. Leises Eichhörnchen wollte er auch nicht sehen oder ihren ständigen Rat hören. Beim Gedanken an sie fragte er sich, ob der Schneeschlangenpfad ihr eine Botschaft übermittelt hatte, die Bewohner von Hadley in dem Moment zu überfallen, wenn der Massasoit den Befehl erhielt, nach Plymouth zu kommen und sich für seine Handlungsweise zu verantworten. Die Einwohner von Hadley glaubten vielleicht, sie könnten den Massasoit im Geheimen zu sich zitieren, ohne dass einer der verstreuten Stämme auch nur Wind davon bekäme. Doch Ned wusste, dass er niemals Leuten gehorchen würde, die er nicht als ebenbürtig betrachtete. Und er hatte überall um sie herum Freunde und Verbündete.

Die Hoffnung, dass andere Stämme nicht davon erfahren würden, war eine törichte Einbildung. Ned wusste, dass alle Stämme in der Gegend sofort Bescheid wissen würden. Sie hatten den ganzen Winter über miteinander kommuniziert, wahrscheinlich hatten sie ein Signal vereinbart. Sobald der Massasoit eine beleidigende Vorladung erhielt, würden die Engländer feststellen, dass sie sogar in den größten Städten isoliert und in der Unterzahl waren. Ein kleiner Ort wie Hadley konnte innerhalb einer Nacht ausgelöscht werden.

Nur einen Menschen wollte Ned sehen, die Meinung eines einzigen Menschen interessierte ihn, nur ein Mensch befand sich, wie er, zwischen den beiden Welten: John Sassamon, der christliche Indianer, Pfarrer der Gemeinde in Natick, und Wussausmon, derselbe Mann, aber in anderer Kleidung, der Berater und Übersetzer des Massasoit, der Übersetzer und Berater der Engländer: einziger Vermittler im Herzen dieser Krise.

Tagsüber, wenn erst am Vormittag die Morgendämmerung einsetzte und der Himmel dann oft vor Schneewolken dunkel blieb, war Ned so nervös, dass er dachte, er könnte Wussausmon rufen, indem er ihn einfach herbeiwünschte. Und tatsächlich, eines Tages, als Ned gerade im Kuhstall einen Krug mit kochendem Wasser in die irdene Schüssel voller Eis goss, vernahm er ein Rufen von der Stelle, wo das Gartentor unter dem Schnee vergraben war, und sah tatsächlich Wussausmon außerhalb des Gartens, wo eigentlich der Zaun sein sollte, höflich warten.

»Herein! Herein!«, rief Ned. »Bin ich froh, Euch zu sehen!«

»Bleiben kann ich nicht.« Wussausmon glitt auf seinen Schneeschuhen auf ihn zu. »Aber ich bin auf dem Weg flussabwärts und dachte mir, ich komme her, um mich zu verabschieden.«

Ned verschüttete Wasser auf das Stroh, da seine Hand zitterte. »Verabschieden? Wollt Ihr nicht hereinkommen und Euch aufwärmen?«

»Nein, mir ist schon warm. Aber ich würde nicht ohne Gruß an Eurem Haus vorübergehen, *Nippe Sannup*.«

»Das geht nicht«, sagte Ned rasch. »Ihr müsst mit mir essen! Ich habe Succotash auf dem Feuer.«

Wussausmons Hand verschwand in einer Tasche unter seinem Umhang, und er holte einen Streifen Trockenfleisch hervor. »Probiert das«, schlug er vor.

Er hielt es Ned hin, und Ned knabberte an einem Ende. Der üppige, warme Geschmack von getrockneter Elchzunge erfüllte seinen Mund. »Das ist gut«, sagte er. »Besser als mein Succotash!«

Großzügig riss Wussausmon einen Streifen herunter. »Tut es in das Succotash«, sagte er. »Es wird dem ganzen Topf Geschmack verleihen. Und vergesst das Danksagen nicht.«

»Aber wohin reist Ihr so eilig?«, fragte Ned. »Oh – Wussausmon, reist Ihr zum Montaup?«

»Viele versammeln sich dort«, antwortete Wussausmon. »Ihr habt ihnen Bescheid gegeben? Ihr habt Euer Volk gewarnt?«

»Das habe ich. Aber es hat nichts genutzt.« Ned wich dem direkten, dunklen Blick aus und starrte stattdessen zu den nackten schwarzen Stämmen der Bäume und den weißen Streifen aus Schnee auf ihrer Rinde, zu den zarten Linien aus Eis an jedem Zweig. »Es tut mir leid, ich habe alles getan, was ich konnte – aber sie sind fest entschlossen, dass der Massasoit sich vor ihnen verantworten soll. Sie wissen über die Versammlungen Bescheid, sie wissen, dass er ein Waffenarsenal anlegt. Ich habe ihnen all das gesagt, aber sie werden nicht Frieden schließen, sondern wollen ihn zu sich zitieren, um ihn zur Rechenschaft zu ziehen.«
»Ich werde sie warnen müssen«, sagte Wussausmon. »Ich werde selbst nach Plymouth reisen. Als Übersetzer des Massasoit muss man mir Glauben schenken. Ich werde ihnen sagen, dass man ihm seine Rechte unter ihrem eigenen Gesetz gewähren muss. Ich kenne das Gesetz, ich kann es lesen. Ich werde sie dazu bringen müssen, auf mich zu hören.«
»Sie haben Angst, sie werden Euch nicht zuhören.« Auf der Stelle verfluchte sich Ned, weil er einem Indianer gesagt hatte, die Weißen hätten Angst. »Herrgott, das hätte ich Euch nicht sagen sollen. Wussausmon, wir sind Freunde gewesen, wir können nicht kurz davor stehen, Feinde zu sein. Mrs Rose – die Haushälterin des Pfarrers –, sie redet davon, ganz von hier wegzuziehen, nach Boston zurückzukehren.«
»Werdet Ihr mit ihr gehen?«
Ned sah von den frostüberzogenen Bäumen zu dem breiten Fluss, der unter der dicken Eisschicht dahinfloss, dem Wald auf der anderen Seite und der Schneekappe auf seinem kleinen Haus, wo der Schornstein eine einzelne Rauchfahne in den farblosen Himmel schickte. »Wie denn? Wie kann ich von hier weggehen? Das hier ist mein Zuhause!«
Ein düsteres Lächeln huschte über Wussausmons Gesicht. »Ach, spürt Ihr es jetzt? Dass Ihr zu dem Land gehört, und das Land zu Euch? Dass Ihr nicht wegkönnt?«
»Ja ... ich glaube, ich spüre es«, sagte Ned zögerlich.
»Ich werde hier nach Euch Ausschau halten, wenn ich wieder vorbeikomme, falls ich je wieder vorbeikommen sollte«, erklärte Wussausmon. »Aber Mrs Rose hat recht: Keiner von Euch ist hier sicher.«

»Ich trage jeden Tag die Mokassins von Leises Eichhörnchen«, widersprach Ned. »Mein Dach ist mit dem Schilf gedeckt, das sie bei mir eingetauscht hat. Wollt Ihr damit sagen, dass mir jetzt Gefahr von ihr droht?«

»Wir alle, die wir zwischen den Welten gelebt haben, werden uns entscheiden müssen«, sagte Wussausmon. »Ihr seid hier ganz am Rand, *Nippe Sannup*, zwischen Wasser und Land, zwischen Stammesgebiet und englischem Dorf, zwischen der einen Welt und der anderen. Ihr werdet Euch entscheiden müssen.«

»Und Ihr?«, fragte Ned seinen Freund. »Zwischen der Gebetsstadt mit Eurer Frau und den Kindern und dem Kriegspfad am Montaup. Werdet Ihr Euch auch entscheiden müssen?«

Wussausmon wandte sich seinem Freund zu, das Gesicht reglos, doch in seinen Augen glänzten Tränen.

»Ich werde jemanden verraten müssen«, sagte er leise. »Ich bin Squanto.«

Januar 1671, London

Im neuen Jahr bemühte sich Livia, es zur Gewohnheit werden zu lassen, dass sie jeden Sonntag nach der Kirche gemeinsam mit ihrem Verlobten aß, und dann im Laufe der Woche jeden zweiten Tag. Doch er aß häufig auswärts, war manchmal geschäftlich unterwegs, und wenn sie ihn einmal zur Essenszeit zu Hause antraf, war immer auch Lady Eliot zugegen. Manchmal hätte Livia schwören können, dass die ältere Frau eigentlich im Begriff gewesen war, das Haus zu verlassen, doch bei Livias Eintreffen sogleich den Umhang ablegte und verkündete, sie werde zum Abendessen bleiben. Schlimmer noch, manchmal war Livia sich sicher, einen Blickwechsel zwischen Sir James und seiner Tante gesehen zu haben, der die Dame zum Bleiben veranlasste.

»Wir brauchen eine Anstandsdame, für Euren guten Namen«, erklärte er ihr eines Tages gegen Ende Januar.

»Wir brauchen keine. In zwei Wochen werden wir heiraten.« Sie trat ein kleines Stück näher an ihn heran, sodass er das Rosenparfüm in ihrem dunklen Haar riechen konnte. »Ich bin getauft und konfirmiert, das Aufgebot ist bestellt, warum sollten wir keine Zeit miteinander verbringen?«

Er wich zurück, spürte jedoch an der Rückseite seiner Oberschenkel die Schreibtischkante, die seinen Rückzug verhinderte, während Livia immer näher kam, bis sie in seine Arme glitt und sich an seinen Leib drückte.

»Wir brauchen keine Anstandsdame«, flüsterte sie. »Denn wir sind Freunde und Liebende, und wir sind miteinander verlobt. Befehlt ihr auszugehen und lasst uns zusammen sein!«

»Das kann nicht wieder geschehen«, sagte er, doch sie konnte seine Erregung spüren. »Nicht vor unserem Hochzeitstag.«

»Schickt sie heute Abend fort und lasst mich mit dem Mann, den ich liebe, allein zu Abend essen«, wisperte sie.

»Das geht nicht«, erwiderte James. »Bei aller Ehre, ich sollte nicht mit Euch allein sein, Livia. Es geht sowohl um Euren guten Namen als auch um meinen.«

Mit furchtsamen Augen blickte sie zu ihm auf. »Begehrt Ihr mich so sehr? Sollte ich vor Eurer Leidenschaft Angst haben?«

Die Art, wie sie mit ihm sprach, das Beben ihrer Stimme bei dem Wort »Angst« ließ ihn sofort erkalten. Sie hatte etwas Berechnendes an sich, der singende Tonfall ihres Akzents klang auf einmal affektiert. »Nein, in der Tat.« Er trat von ihr weg, sodass nun der Schreibtisch zwischen ihnen war. »Ich fände es schändlich, einer Dame Angst einzujagen. Der Vorfall unlängst war, wie Ihr sehr wohl wisst, ein Unfall, den ich nicht wiederholen werde.«

Sie wandte sich einen Moment zum Fenster, um ihren Ärger zu verbergen, dann sah sie James wieder lächelnd an. »Ach, ich weiß. Und Ihr müsst mir vergeben. Ich sehne nur die Zeit herbei, wenn wir einander ehrenhaft und wahrhaft lieben können. Wenn ich mich Euch hingeben kann«, flüsterte sie. »Wenn wir Eurem großen Namen einen Erben schenken können.«

Ein Klopfen ersparte ihm eine Antwort, und Lady Eliot riss die Tür auf. »Seht nur, wer zum Abendessen kommt!« Lady Eliot ließ den Blick rasch durch das Zimmer schweifen. »Der liebe George. George Pakenham.«

Livia trat vor, die Hand für seinen Kuss ausgestreckt. »Ach! Wie es

mich freut, Euch wiederzusehen!«, sagte sie, als sei sie aufrichtig entzückt. »Und diesmal kein Wort über meine schönen Dinge, denn sie gehören alle Sir James. Und er will keinen Ton gegen sie hören!« Lachend blickte sie sich zu James um, der hinter seinem Schreibtisch stand und grimmig blickte.
»Wie das?« Sir George küsste Livias Hand.
Es trat ein kurzes Schweigen ein. »Oh, wusstet Ihr das nicht? Wir werden heiraten!«, verkündete Livia. »Nicht wahr, *caro marito?*«
»Ja.« James kam um den Tisch herum, um seinen Schwager zu begrüßen. »Ja. Ihre Ladyschaft hat sich dazu herabgelassen, mich über alle Maßen glücklich zu machen.«
»Wirklich?«, wollte George wissen.
»Nächsten Monat«, erklärte Livia triumphierend. »In zwei Wochen! Ihr müsst unbedingt zu meiner Hochzeit kommen.«

Januar 1671, auf hoher See

Gegen Mittag stand Felipe am Kiel des Schiffes, gegen den kalten Wind in einen dicken Umhang gewickelt, und beobachtete fasziniert, wie die Wellen unter dem hölzernen Bug sanft geteilt wurden. Sarah trat an Deck und stellte sich neben ihn. Ohne ein Wort öffnete er die eine Seite seines Umhangs und legte ihn fürsorglich um ihre Schultern, sodass sie nun Seite an Seite in den Umhang geschlungen standen. Bei jedem Schaukeln des Schiffes strichen ihre Schultern aneinander.
»Ihr hättet ertrinken können.« Felipes Stimme klang wütend.
»Ich kann schwimmen«, sagte sie gelassen.
»Ihr hättet verhaftet werden können. Wir hätten Euch beinahe zurückgelassen. Fast hätte der Lotse uns nicht länger warten lassen.«
»Aber Ihr habt ihn überredet?«
»Ich musste ihm etliche Lügen auftischen.«
Sie lächelte zu ihm empor. »Das muss für einen ehrlichen Mann wie Euch die reinste Folter gewesen sein.«
»Ich finde das nicht amüsant«, erwiderte er wütend. »Ich dachte, Ihr würdet im Wasser umkommen. Ich …« Er brach ab.

»Was?«, fragte sie.
»Ich hatte eine Heidenangst«, sagte er, als würde ihm die Wahrheit mit Gewalt abgerungen. »Ich dachte, Ihr wäret ...«
Sie wartete.
»Ich dachte, Ihr wäret verloren. Ich dachte, ich hätte Euch verloren.«
Immer noch in den Umhang geschlungen, drehte sie sich zu ihm und legte die Hände an sein Gesicht. »Verzeiht mir«, sagte sie ernsthaft. »Ich musste Euch belügen, denn ich wusste, dass Ihr mich niemals fortgelassen hättet. Aber ich will versprechen, Euch nie mehr wieder zu belügen.«
Er legte die Hände an ihre schmale Taille, ohne sie jedoch an sich zu ziehen. »Ihr werdet ehrlich zu mir sein?«
»Ja«, versprach sie feierlich.
»Ihr wisst, dass ich nicht schwören kann, Euch gegenüber ehrlich zu sein? Ich bin das, als was Ihr mich bezeichnet habt – ein Fälscher, ein Kopist, ein Betrüger, ein Grabräuber, ein Dieb und ein Lügner.«
Sie nickte sehr ernst. »Ich weiß. Aber Ihr könntet Euch doch ändern?«
Er schüttelte den Kopf. »*Cara* – ich kann nicht versprechen, dass ich mich bessern werde, denn mein Leben – mein ganzes Leben ist unehrlich. Mein Geschäft ist die Fälschung.«
Der Blick, mit dem sie ihn bedachte, hätte jeden Sünder bekehrt.
»Aber Ihr könntet Euch ändern. Ihr könntet bereuen.«
Er neigte den Kopf. »Ich bin Eurer nicht wert. Selbst wenn ich frei wäre.«
»Ich sehe schon, ich werde Euch retten müssen«, sagte sie mit einem hoffnungsvollen Lächeln.
Er schluckte seine Erwiderung hinunter und ließ Sarah los. Sie drehte sich weg, sodass sie wieder Schulter an Schulter dastanden und aufs Meer hinaussahen.
»Unsere Welten sind Ozeane voneinander entfernt«, stellte er fest.
»Und schon bald wird ein ganzes Meer zwischen uns liegen. Werdet Ihr in England wieder als Hutmacherin arbeiten?«
»Venedig fühlt sich jetzt schon wie ein Traum an«, antwortete sie. »Ich glaube, ich werde in London im Laden mit den Hüten aufwachen, und die Mädchen werden mich fragen, wo ich gewesen bin

und was ich gemacht habe, und ich werde es ihnen niemals erzählen können.«
»Was würdet Ihr ihnen über mich erzählen?«
Sie schüttelte den Kopf. »Ich werde nie von Euch sprechen.«
Einen Moment lang schwiegen sie, den Blick auf die Wellen gerichtet.
»Werdet Ihr Eure Federn mit großem Gewinn verkaufen?«, fragte er.
»Ich werde einige verkaufen, aber ein paar werde ich zurückbehalten. Ich möchte meine eigenen Hüte und Kopfputz anfertigen und sie auf eigene Rechnung verkaufen.«
»Ich werde an Euch in Eurem Hutgeschäft denken, wenn ich wieder zu Hause bin«, sagte er. »Ich werde jeden Tag an Euch denken.«
Sie blickte zu ihm auf, und kurz glaubte er, er könne sie an sich ziehen und den traurigen Zug um ihren Mund wegküssen.
»Tut das nicht, denn ich werde gar nicht an Euch denken«, sagte Sarah mit Nachdruck. »Überhaupt nicht.«

Februar 1671, Hadley, Neuengland

Ned räucherte Fleisch im Schornstein seines Hauses, lange Streifen Wildbret, die Leises Eichhörnchen ihm früher am Tag gegeben hatte, als sie den Fluss zum Handeln überquert hatte. Sie sagte, sie brauche Stecknadeln zum Nähen, ein derart fadenscheiniger Vorwand, dass Ned noch nicht einmal die Nadeln zählte, die er in ihren Beutel schüttete, und sie auch nicht.
»Wollen Neuigkeiten?«, fragte er. Ihm kam in den Sinn, dass er die Sprache so schlecht beherrschte, dass er ihr unmöglich seine Angst vor dem, was kommen würde, erklären konnte, besonders seine Angst um sie und das kleine Dorf mit der neuen Palisade.
Sie nickte, den Blick auf sein Gesicht gerichtet. »Wenn du etwas weißt, Ned.«
»Massasoit muss nach Plymouth gehen, verstehen? Er muss antworten, er muss sagen: Entschuldigung.«
Sie seufzte. »Ich wünschte, ich könnte dir sagen, dass ich das alles

nicht weiß«, erklärte sie ihm in ihrer Muttersprache, obwohl sie wusste, dass er nur wenige Wörter davon verstand. »Aber ich weiß das alles! Wir haben es alle kommen sehen. Was ich von dir hören will, ist, wann die Männer aus Hadley, sogar die alten Soldaten, die zu verstecken wir geholfen haben, mein Volk angreifen werden? Ich weiß, dass sie es tun werden. Ich frage nicht, ob, sondern ich frage, wann.« Sie ergriff seine Hände und sah ihm ins Gesicht, um seine Aufmerksamkeit zu gewinnen. »Die Männer von Hadley?«, fragte sie. »Werden sie gegen uns losziehen? Gegen meine Kinder?«

Er begriff sofort, was sie meinte. »Nein«, sagte er, dann überlegte er es sich anders. Ihm stand nicht zu, sie zu beruhigen, sodass sie ihren Nachbarn vertraute, während diese sich bewaffneten und davon sprachen, dieser klugen alten Frau und dem Dorf eine Lektion zu erteilen. »Vielleicht«, sagte er daher mit grimmiger Miene. »Vielleicht.«

»Sie bewaffnen sich?«, fragte sie. »Exerzieren?«

Bevor er antworten konnte, fuhr ihr Kopf hoch, und sie lauschte auf ein Geräusch draußen. Im selben Moment hob Red den Kopf von den Pfoten und stieß ein Knurren aus.

»Ist da jemand an der Tür?« Ned drehte sich wieder zu ihr um, doch sie war bereits verschwunden. Sie war in den hinteren Teil des Raumes geschlichen, unter Neds großen Winterumhang an seinem Haken geschlüpft und stand nun völlig reglos da.

Das Hämmern einer Faust an der Tür hallte in der schneestillen Hütte wider. »Wer ist da?«, rief Ned.

»Der Stadtrat!«, ertönte die Antwort.

Ned öffnete die Tür und zog die Jacke gegen die Kälte um sich, als der Mann von der fest gefrorenen Schneewehe ins Haus sprang. Ned knallte die Tür hinter ihm zu.

»Ein langer Weg durch den Schnee«, stellte er fest.

»Ich dachte nicht, dass ich durchkommen würde.« Der Mann war von Kopf bis Fuß voller Schnee. Er hatte sich mühsam den ganzen Hauptweg entlang durch hüfthohe Schneewehen gekämpft. »Ich gehe zu allen Häusern an diesem Ende des Dorfes. Ihr seid einberufen: Stadtmiliz. Bei gutem Wetter sollt Ihr am ersten Samstag auf der Wiese antreten. Bei Schnee am folgenden Samstag. Einen später, wenn das Wetter dann immer noch schlecht ist. Ihr sollt Eure eigenen Waffen mitbringen. Habt Ihr eine Muskete?« Er blickte über die Tür, wo Neds Gewehr hing, und nickte. »Ihr sollt sie mitbringen.«

»Was machen wir?«, fragte Ned.

»Exerzieren«, antwortete er. »Wir üben Treffsicherheit, und wir üben das Marschieren.«

»Zur Verteidigung?«, fragte Ned. Es war seine letzte Hoffnung.

»Zum Angriff«, sagte der Mann. »Um mit anderen Milizen unter vom Council ernannten Befehlshabern zu marschieren. Eine Armee von ganz Neuengland, gemeinsam auf dem Vormarsch. Ihr sollt Captain sein.«

»Gegen wen werden wir marschieren?«, fragte Ned.

»Gegen die Wilden«, sagte der Mann allgemein.

»Wen genau?«, wollte Ned wissen. »Welchen Stamm?«

Der Mann winkte hochmütig. »Alle«, erwiderte er. »Einer ist schlimmer als der andere. Nehmt Ihr Eure Einberufung an?«

»Ja«, sagte Ned. »Selbstverständlich.«

Der Mann drehte sich um, öffnete die Tür und hievte sich ächzend auf die hohe Schneebank. Ohne Abschiedsgruß machte er sich wieder auf den Weg, mühte sich durch den hohen Schnee, stürzte, stand wieder auf. Ned schloss die Tür gegen die Kälte, und Leises Eichhörnchen trat unter seinem Umhang hervor.

»Was wirst du tun?«, fragte sie ihn, ihr Gesicht so zärtlich wie das einer Mutter, die mit ihrem Sohn sprach. »*Nippe Sannup* – was wirst du tun?«

Februar 1671, auf hoher See

Wie versprochen war Rob direkt in die Kajüte gegangen, die Felipe eilig geräumt hatte. Tatsächlich kam er vierzig Tage lang nicht heraus, eine selbst auferlegte Quarantäne, gegen die er nicht verstoßen wollte. Sein Essen und das Bier wurden vor der Tür abgestellt, und er kippte die Essensreste und den Eimer für die Notdurft aus dem Bullauge. Vor seiner Tür stand eine Schüssel Essig, wo er seine Teller und Becher einweichte, bevor man sie abholte. Ein alter Seemann, der den atlantischen Dreieckshandel an den mörderischen Küsten Westafrikas mit einem von Mrs Reekies Pestbeuteln um den Hals überlebt hatte, schwor, dass er sich mit nichts anstecken könne, und bediente Rob, weichte seine Kleidung in Meerwasser und Essig ein und kochte sie in heißem Wasser aus, um sie dann zum Abtöten der Läuse mit einem sengenden Bügeleisen zu behandeln.

»Er ist sauberer als ich«, stellte er am vierzigsten Reisetag zufrieden fest, als es für sicher befunden wurde, Rob aus seiner Kajüte zu lassen.

»Das ist wirklich nicht die höchste Auszeichnung der Welt«, sagte Felipe.

Sarah kicherte, klopfte allerdings an Robs Kajütentür. »Kommst du heraus?«, rief sie.

»Erlaubt es der Kapitän?«, fragte er von drinnen.

»Ja.«

Sie hörten, wie der Riegel aufgeschoben wurde, und dann öffnete Rob die Tür und stand vor ihnen, frisch gewaschen, frisch rasiert, in gebügelter schlichter Kleidung. Er war ein auffallend gut aussehender Mann von vierunddreißig Jahren, mit braunen Haaren, braunen Augen, einem kantigen, offenen, vertrauensvollen Gesicht und einem herzlichen Lächeln. Bei Sarahs Anblick erstrahlte er. »Mein kleiner Engel«, sagte er. »Du warst noch ein Kind, als ich von London wegging, und nun schau dich an!« Doch dann bemerkte er Felipe. Augenblicklich war das Lächeln von seinem Gesicht verschwunden, und er wich zurück.

»Ihr! Was macht Ihr hier? Verfluchte Schlange! Herrgott! Was für einen Streich habt Ihr mir gespielt?« Wütend wandte er sich an Sarah. »Was hast du getan? Mich hereingelegt? Wohin fahren wir? Wie konntest du nur?«

»Nein, nein«, versicherte Sarah hastig.

Rob wollte zurück in die Kajüte stürzen und ihnen die Tür vor der Nase zuschlagen, doch sie traten beide vor, und Felipe fing die Tür mit der Schulter auf.

»Sie hat Euch nicht verraten, Narr«, sagte er scharf. »Ihr beschuldigt die Falsche. Ihr täuscht Euch — wie gewöhnlich. *Dio!* Ich hatte vergessen, wie verbohrt und dumm Ihr seid!«

»Verräterin!«, beschuldigte Rob Sarah. »Du hast mir die Münzen meiner Mutter geschickt, und ich habe darauf vertraut ...«

»Ich habe dich befreit«, sagte Sarah rasch. »Das ist die Wahrheit. Das Schiff segelt nach London, und der Kapitän ist ehrlich. Ich bin deine Nichte und deine Freundin. Alles ist, wie du dachtest. Felipe ist derjenige, der anders ist. Er ist jetzt einer von uns.«
»Er ist mein Feind!«
»Jetzt nicht mehr. Er ist auf unserer Seite.«
»Er ist immer nur auf seiner eigenen Seite!«, schimpfte Rob.
Felipe deutete eine ironische Verbeugung an. »Ach, das war früher durchaus der Fall. Aber hört zu und lasst das Toben. Ich habe Sarah geholfen, Euch freizubekommen, auch wenn mir nicht klar war, dass sie derart« – er hielte inne, um das richtige Wort zu finden – »dramatisch vorgehen würde. Mir war nicht klar, dass sie sich vom Schiff stürzen, beinahe ertrinken, beinahe erfrieren und einen Pestüberträger zurückbringen würde. Aber ich habe ihr sehr wohl gesagt, wo Ihr wart, ich habe ihr geholfen, Euch zu finden.«
»Es war nicht sonderlich schwierig, mich zu finden!«, versetzte Rob. »Da ich in dem Gefängnis saß, in das Ihr mich gebracht hattet.«
»Stimmt«, räumte Felipe ein. »Nichtsdestotrotz haben wir Euch gefunden.«
»Ihr habt mich dort meinem Tod überlassen.«
»Ja, das habe ich, aber sie hat Euch gerettet. Ihr habt nichts von ihr zu befürchten. Sie ist hierhergekommen, um Euch zu suchen, und wollte keine Ruhe geben, bis sie Euch gefunden hatte.«
»Ja?« Rob wandte sich an Sarah, mit dem verzweifelten Wunsch, ihr zu glauben. »Du bist mir gegenüber ehrlich? Du bist meine Nichte? Du bist wegen mir hergekommen?«
Sarah nickte und legte eine Hand aufs Herz. »Ich bin tatsächlich hergekommen, um dich zu finden, ich habe dich gerettet. Ich habe deiner Ma versprochen, dass ich dich finden würde oder im Falle deines Todes Blumen auf dein Grab legen würde.«
Rob nickte. »Aber er? Weißt du, was dieser Mann ist? Dieser hartherzige Rohling?«
»Ja«, sagte sie kühn. »Ich weiß alles über ihn, sogar das Schlimmste. Aber er hat mir geholfen. Ohne seine Hilfe hätte ich dich nicht finden können. Und er kommt mit nach London, um Livia anzuklagen. Er hat sich gegen sie gewandt. Sie war diejenige, die die Stücke

aus der Sammlung ihres Gatten stahl, und jetzt benutzt sie unsere Familie, um die Waren zu verkaufen.«
»Ihr habt nichts von mir zu befürchten. Ich bin Euer Freund«, erklärte Felipe ihm fröhlich.
»Ihr werdet nie mein Freund sein«, versicherte Rob.
Felipe zögerte angesichts derart entschlossener Feindseligkeit. »Na schön, wie Ihr wünscht. Aber wir haben eine gemeinsame Feindin.« Sein Blick wanderte zu Sarah. »Und wir haben eine gemeinsame, überaus tapfere Freundin.«
Rob wandte sich von ihm ab und ergriff Sarahs Hände. »Du bist wahrhaft meine Nichte, Sarah?«
»Ja, das bin ich.«
»Und du bist nach Venedig gekommen, um mich zu suchen?«
»Ja. Deine Mutter hat mich darum gebeten.«
»Dieser Mann hat dich in die Irre geführt und verraten«, warnte Rob sie. »Er kann dir kein Freund sein.«
»Nein, ich glaube, er hat mir alles gesagt.«
»Sarah, er hat mich verhaftet und in den Brunnen geworfen. Niemand kommt wieder aus dem Brunnen heraus. Sie haben mich nur entlassen, damit ich auf der Insel Lazzaretto Nuovo den Tod finde.«
»Man hätte Euch auf die Insel Lazzaretto Vecchio schicken können«, stellte Felipe provozierend fest. »Dort ist es viel schlimmer. Ein viel sichererer Tod. Und das Leben ist immer ein Risiko, hier oder im Brunnen.«
Rob achtete nicht auf ihn. »Er hat meinen Tod geplant, um mit meiner Ehefrau Antiquitäten stehlen und damit Handel treiben zu können«, erklärte er Sarah. Er rechnete damit, dass sie entsetzt sein würde, doch das Gesicht, das sie ihm zuwandte, war völlig gelassen.
»Das weiß ich«, sagte sie. »Er hat es mir selbst erzählt. Und nun hat Livia ihn verraten. Sie ist in England, wo sie die Antiquitäten zu ihrem eigenen Profit verkauft und vorhat, einen englischen Lord zu heiraten.«
»Livia? Sie ist in England?«
»Sie kam zu uns«, erklärte Sarah. »Sie suchte deine Ma auf und sagte ihr, du wärest tot – ertrunken.«
Rob war entsetzt. »Sie hat Ma nicht erzählt, ich wäre ertrunken! Doch nicht ertrunken!«

»Es war nicht so boshaft gemeint, wie es scheint«, sagte Sarah einlenkend. »Sie wusste nicht, dass deine Ma einen solchen Gedanken nicht ertrüge. Sie wusste nicht, was sie Menschen wie uns, Menschen aus Foulmire, da sagte.«
Er schüttelte den Kopf, wie um einen klaren Gedanken zu fassen. »Wie hat Ma die Neuigkeiten aufgenommen?« Er warf Sarah rasch einen Blick zu. »Es hat sie doch nicht krank gemacht?«
Sie strahlte. »Das ist ja das Erstaunliche! Es traf sie überhaupt nicht, denn sie hat Livia nicht eine Sekunde lang geglaubt!«
»Nein? Aber warum denn nicht?«
»Livia hat etwas an sich, was Großmutter nicht mag«, sagte Sarah ehrlich. »Sie hat nie gesagt, was es ist. Aber sie hat ihr nie geglaubt, und zwar von Anfang an nicht. Livia ist schön, und so tragisch – du weißt das –, sie erzählte eine Geschichte, die jedem das Herz bräche. Aber Großmutter sah sie nur an und sagte: ›Oh, ja.‹«
»Oh, ja?«, wiederholte Rob.
Beim Gedanken an ihre eigenwillige Großmutter spürte Sarah ein glucksendes Lachen in sich aufsteigen. »So war es, als Livia Matteo in ihre Arme legte und sagte, er werde ihr Trost spenden und deinen Platz einnehmen.«
Jetzt lächelte Rob ebenfalls und stellte sich seine Mutter vor. »Das hat ihr nicht gefallen?«
»Eigentlich hätte es ausgesprochen rührend sein sollen, aber anscheinend hielt deine Ma ihn nur, blickte in sein Gesicht und sagte: ›Ich glaube nicht, dass es ganz so funktioniert.‹«
»Herrgott, ich kann sie hören! Ich kann sie sehen!«
»Aber warum?«, fragte Felipe. »Diese Frau hat ein Herz aus Stein!«
»Sie ist keine Närrin, die sich von einem Scharlatan hinters Licht führen lässt«, fuhr Rob ihn an. »Euch würde sie auf der Stelle durchschauen.«
»Später, als sie mich bat, nach dir zu suchen, sagte sie mir, sie wüsste, wenn ihr Sohn tot wäre, und ich habe ihr geglaubt«, fuhr Sarah fort. »Ich wusste, was sie meinte. Großmutter hat nie daran geglaubt, dass du tot bist, und sie war sich sicher, dass du nicht ertrunken bist. Daran gezweifelt hat sie nur ein einziges Mal, bei meiner Abreise, und damals hatte sie Angst. Sie bat mich, etwas von dir mitzubringen, das bei ihrem Tod in ihren Sarg gelegt werden könne.

Und Blumen auf dem Wasser zu verstreuen, wo sie dich verloren haben.«
»Welche Blumen?«
»Was macht das für einen Unterschied?«, fragte Felipe, der der schnellen Rede gefolgt war.
»Vergissmeinnicht.«
Rob verzog das Gesicht. »Ach, Gott, niemals wollte ich ihr Kummer bereiten! Und die ganze Zeit im Brunnen und auf der Insel habe ich geglaubt, Livia bräche es das Herz und sie würde alles versuchen, um mich freizubekommen.« Er warf Felipe einen Blick zu. »Ich dachte, Ihr würdet allein dahinterstecken und dass sie sich gegen Euch wehren und versuchen würde, meine Freilassung zu bewirken. Ich habe gedacht, dass Ihr sie gefangen hieltet und sie darum kämpfte, freizukommen.«
Felipe schüttelte den Kopf. »Nicht die Nobildonna! Ihr habt sie nie wirklich gekannt. Sie brach auf der Stelle nach England auf, in dem Moment, in dem Euer Haftbefehl erlassen wurde. Sie hatte Angst, man werde sie als Zeugin des Todes ihres ersten Ehemannes vorladen. An dem Tag, an dem Ihr verhaftet wurdet, stach sie in See. Sie fuhr wie eine Prinzessin von dannen, mit einer schönen Aussteuer an schwarzen Kleidern – aus ihrer Trauerzeit um den Conte –, und heuerte ein Kindermädchen für Matteo an.«
»Und wir nahmen sie bei uns auf«, erklärte Sarah. »Und Ma glaubte ihr. Livia stellte ihre Antiquitäten in London aus, sie verkaufte sie und behauptete, sie wolle das Geld darauf verwenden, ein größeres Lagerhaus für uns alle zu erwerben, in einem besseren Stadtteil, mit besseren Zimmern.«
»Ihre Antiquitäten?« Rob wandte sich an Felipe.
»In der Tat.« Er verneigte sich leicht. »Diejenigen, die sie ihrem Gatten stahl, und diejenigen, die ich für sie anfertigte. Und nun hat sie weitere Stücke aus meinem Lager bestellt. Wir haben sie mit an Bord. Wir bringen sie zu ihr.«
»Sie weiß nicht, dass Ma dich nach Venedig geschickt hat?«, fragte Rob Sarah.
Sarah nickte. »Sie weiß nicht Bescheid. Zumindest wusste sie es bei meiner Abreise nicht. Ich kann nicht sagen, was sie während meiner Abwesenheit aus Ma herausbekommen hat.«

»Sie weiß nicht, dass Ihr zusammen mit ihren Antiquitäten nach London kommt?«, wandte er sich an Felipe.
Der Italiener lächelte. »Das kann sie nicht wissen. Ich wusste es selbst nicht.«
»Warum hast du ihn mitgenommen?« Robs Frage galt Sarah.
»Vielleicht will sie mich retten?«, schlug Felipe provozierend vor.
»Im Grunde ist es ein Hinterhalt«, stellte Rob klar.
»Den sie verdient hat », erwiderte Sarah grimmig.
»Sie ist immer noch meine Frau.«
Es trat Schweigen ein. »Du kannst sie doch nicht immer noch lieben?«, fragte Sarah vorsichtig. »Wirst du ihr vergeben? Sie hat dich beinahe umgebracht.«
»Ich habe fast zehn Monate lang Tag und Nacht an sie gedacht. Ich kann sie nicht auf einmal als Feindin betrachten. Ich kann nicht glauben, dass sie getan hat, was du behauptest!«
Felipe sah Sarah mit hochgezogenen Augenbrauen an. »Wie ich schon sagte«, rief er ihr ins Gedächtnis, »verbohrt und dumm.«
»Ich begreife nicht, wie sie die Dinge getan haben kann, von denen du sprichst, wenn ich daran denke, wie sie zu mir war«, erklärte Rob Sarah, ohne auf Felipe zu achten. »Es ist, als würdest du von einer Fremden sprechen. Die Vorstellung, dass sie versuchte, mich zu retten, war alles, was mich am Leben erhalten hat. Ich wusste, dass sie niemals aufhören würde, auf meine Rettung hinzuwirken – und nun sagst du mir, sie sei diejenige gewesen, die mich dorthin gebracht hat?«
»Aber so ist sie!«, rief Felipe. »Das bewundere ich an ihr – eben das, was Ihr nie gesehen habt! Sie weiß, dass man nur Geld macht, wenn man ständig betrügerisch vorgeht – sie macht vor nichts halt.«
Rob schüttelte den Kopf, als könne er seinen eigenen Gedanken nicht folgen. »Als ich ihr zum ersten Mal begegnete, war sie eine junge Ehefrau, einsam und von der Familie ihres Gatten schlecht behandelt – eine wunderschöne Witwe, verloren in einem herrschaftlichen *Palazzo* mit einer Familie, die nur Hass für sie übrighatte. Ich verliebte mich heftig in sie. Ich rettete sie vor ihnen. Eine andere Livia kann ich mir nicht vorstellen.«
»Es gibt ein Dutzend anderer«, erklärte Felipe. »Und Ihr seid nicht der erste Mann, der das Antlitz liebte, das sie ihm zeigte.«

»Und nicht der Letzte!«, fügte Sarah hinzu. »Sie ist jetzt gerade wieder dabei!« Sie wandte sich Rob zu. »Es tut mir leid, dass du sie noch liebst, Onkel Rob. Aber ich glaube, sie hat vor, diesen englischen Lord zu heiraten. Derjenige, der ihr dabei geholfen hat, die Antiquitäten an andere Gentlemen zu verkaufen.«

»Wer ist es?«, erkundigte er sich.

»Sir James Avery«, antwortete sie.

Er dachte einen Moment nach und schüttelte den Kopf. »Nie von ihm gehört.«

»Er kam zum Lagerhaus«, erläuterte Sarah. »Es muss jemand von früher in Foulmire sein, denke ich. Ma hasst ihn, aber Großmutter hat ihn empfangen, nur einmal. War er nicht dein Tutor? Als du noch ein Junge warst? In Foulmire?«

»Das war James Summer!«, rief er. »James Summer war mein Tutor. Nicht Avery. Aber – könnte es derselbe Mann sein?« Er sah verblüfft aus. »Er kam zu Ma zurück? Aber woher kennt Livia ihn?«

»Livia hat ihn bei seinem ersten Besuch in die Finger bekommen. Er stellte ihr sein Haus für die Ausstellung ihrer Antiquitäten zur Verfügung. Bei meiner Abreise hatte sie ihn bereits dazu überredet, eine zweite Ausstellung zu organisieren. Deshalb diese Schiffsladung. Sie war sich seiner sehr sicher, in seinem Haus und seinem Garten, sie hat sich benommen, als gehörte alles ihr. Für mich sah es so aus, als habe sie vor, ihn zu heiraten.«

Felipe wartete, den Blick auf Robs entgeistertes Gesicht gerichtet. »Langsam«, flüsterte er Sarah zu. »Verbohrt und ...«

»Sie kann ihn nicht heiraten. Sie ist mit mir verheiratet!«, stellte Rob schlicht fest.

»*Ecco!*«, sagte Felipe triumphierend. »*Finalmente!* Genau.«

Februar 1671, London

Die Reihe aus Schiffen, die vor den Legal Quays warteten, zog sich den Fluss hinunter. Kapitän Shore starrte flussaufwärts, seine blauen Augen aufgrund des leichten Nieselregens an dem kalten Morgen zusammengekniffen, und rief nach einem Boot, das ihn zum

Custom House bringen sollte. Dort wollte er die Genehmigung einholen, direkt zum Reekie-Kai fahren und sich dort mit einem Zollbeamten treffen zu dürfen.

»Ihr müsst die Fracht nicht am Custom House löschen?«, erkundigte Felipe sich mit Interesse, während er zum Achterdeck und zum Kapitän hochsah.

»Nur bei besonderer Fracht. Fracht, auf die Kronzoll entrichtet werden muss, wie Kaffee oder Gewürze, Fracht aus Ostindien oder Fracht von hohem Wert. Auf unserem Lieferschein steht ›Privateigentum, Möbel und dergleichen‹.« Kapitän Shore blickte den attraktiven jüngeren Mann finster an. »Und ein paar Fässer Öl und Wein. Die können wir alle am Reekie-Kai löschen und dort den Zoll bezahlen. Wenn es sich wirklich um Privateigentum, Möbel und dergleichen handeln sollte, dann würde ich mir keine Sorgen machen. Ihr versichert mir, dass dem so ist?«

»Allerdings. Und Ihr habt eine Ausfuhrgenehmigung, die mein Wort bestätigt.«

»Dann bin ich natürlich beruhigt.«

»Müsst Ihr die Passagiere melden?«

»Selbstverständlich. Und ich werde es auch tun«, warnte der Kapitän. »Korrekte Papiere. Mrs Reekies Ruf ist unbescholten, ich werde an ihrem Kai kein Schurke sein. Korrekte Papiere, eine offene Meldung. Der Beamte wird Euch am Reekie-Kai treffen, dort könnt Ihr Eure Gebühren entrichten und werdet Euren Pass erhalten. Gebt mir Eure Papiere, damit ich sie im Custom House vorzeigen kann.«

Felipe reichte ihm ein Dokument mit vielen Unterschriften und vielen Bändern, das bestätigte, dass er Felipe Russo war, Antiquitätenhändler, Mitglied der Zunft der Steinmetze von Venedig, ein freier Mann der Stadt, dazu berechtigt zu reisen, wohin er wollte.

»Und was ist mit Roberto?«, fragte Felipe.

»Da er Engländer ist, braucht er nichts«, erwiderte der Kapitän. »Er kommt nur nach Hause. Wie Miss Reekie. Aber sie werden danach fragen, ob einer von uns in Kontakt mit Krankheiten war.«

»Dem ist nicht so«, sagte Felipe. »Wir kommen allesamt aus Venedig, das – *grazie Dio* – frei von Krankheiten ist.«

»Jawohl, Ihr habt auf alles eine Antwort«, sagte Kapitän Shore. »Wartet bis zu meiner Rückkehr an Bord.«

»Zu Befehl, Herr Kapitän«, sagte Felipe und sah zu, wie der ältere Mann die Leiter an der Seite des Schiffes hinunterkletterte und in das wartende Boot stieg.
»Was machen wir jetzt?«, fragte Sarah, die neben ihm auftauchte. »Ich kann mein Zuhause von hier aus fast sehen.«
»Wir müssen warten«, antwortete er. »Dachtet Ihr, Ihr könntet ins Wasser springen und hinüberschwimmen?«
»Nein«, räumte sie ein. »Das möchte ich nicht noch einmal machen.«
»Dann würde ich meinen, dass Ihr heute Nachmittag zu Hause sein werdet, sobald der Kapitän die Erlaubnis hat, an Eurem Kai anzulegen. Und was machen wir dann?«
»Ich werde Rob zu meiner Großmutter bringen.« Die Vorfreude brachte sie zum Lächeln. »Und dann treffen wir uns mit Livia – zu Hause, falls sie dort ist, und wenn nicht, gehen wir nach Avery House und suchen sie. Wenn Ihr Euch immer noch sicher seid?«
»Ich bin mir sicher«, erklärte er. »Ich bin mir sehr sicher.«
»Ihr werdet sie auffliegen lassen?«, wollte sie wissen.
»Ich werde sehen, was in ihrem Fall nötig ist«, antwortete er vieldeutig.
Sarah drehte sich weg, um wieder nach unten in ihre Kajüte zu gehen, doch er hielt sie am Zipfel ihres Tuches fest. »Bleibt«, lud er sie ein. »Erzählt mir von Eurem Zuhause. Ich war noch nie in London, erzählt Ihr mir etwas von der Stadt? Und zeigt mir die Wahrzeichen?«
Ihr Blick auf seinem Gesicht war sehr direkt. »Das werdet Ihr noch früh genug herausfinden«, sagte sie schroff. »Vorerst müsst Ihr nur wissen, dass hier das südliche Ufer ist, der arme Teil der City, wo die Nobildonna bei meiner Familie wohnt und unseren Platz und unsere Habseligkeiten in Anspruch nimmt, als wären wir dazu da, sie zu bedienen. Und auf der anderen Seite des Flusses ist der Ort, den sie anstrebt, wo schöne Häuser auf eine kultivierte und schöne Herrin warten, wo Leute Eure betrügerischen Waren kaufen und sie für echt halten, wo man ihre Gesellschaft genießt und sie für eine Adelige hält. Wir leben hier, auf dieser Seite, der armen Seite, der dreckigen Seite. Wir sind ehrlich auf dieser Seite. Aber Livia ist fest entschlossen, ihre Zeit auf der anderen Seite zu verbringen. Wie es

ein jeder wollen würde. Ihr wohl auch, würde ich meinen. Dort werdet Ihr sehen, ›was in ihrem Fall nötig ist‹. Die Seite dort drüben ist für den Adel und die Lügner, solche, denen der Schein mehr bedeutet als die Wahrheit. Leute wie sie. Leute wie Ihr.«
Er griff nach ihrer Hand und küsste sie, zu ihr aufblickend. »Nein«, war alles, was er sagte.
»Was nein?« Sarah entzog ihm ihre Hand.
»Ich bin bereit, ein ehrlicher Mensch zu werden, ich will nicht länger zum Adel und zu den Lügnern gehören. Ihr könnt Eure Hand ausstrecken und mich retten, Miss Jolie. Miss Pretty. Lasst mich auf Eure Seite.«
Sie sah ihn an, als traue sie ihm nicht ganz. »Ihr seid bekehrt?«
Strahlend lächelte er sie an. »Wenn Ihr mich retten wollt?«

Februar 1671, St Clement Danes Church, London

Livia schritt ganz allein den Mittelgang der Kirche entlang. Sie trug ein neues Kleid aus marineblauer Seide, dazu eine passende Jacke mit blauer Spitze, eine erlesene Haube mit Schleier, ebenfalls aus blauer Spitze und mit einer goldenen Nadel zurückgesteckt. Ihre neuen Schuhe verursachten ein Klickklack auf dem Boden, das sie zufrieden lächeln ließ. Hinter ihr kam Carlotta, die Matteo auf dem Arm trug, als müsse der kleine Junge die Hochzeit seiner Mutter bezeugen und sein Anrecht auf seinen Stiefvater persönlich erheben. Matteo war schläfrig und sah sich blinzelnd mit großen, dunklen Augen um. Livia ging steten Schrittes vorwärts, die Augen sittsam niedergeschlagen. Begleitet wurde sie von niemandem sonst.
Auf sie wartete Sir James, in seiner Familienbank auf der rechten Seite der Kirche, Lady Eliot neben ihm, Sir George Pakenham an ihrer Seite. In der Kirchenbank hinter ihnen saßen die höheren Dienstboten des Avery House, denen gestattet worden war, am Nachmittag in die Kirche zu kommen, um der Hochzeit ihres Herrn beizuwohnen. Als Livia den Mittelgang zum Traualtar entlangkam, reckten sie ihre Hälse und tuschelten.
Livia, die so tat, als höre sie nichts, hielt einen kleinen Strauß

Schlüsselblumen, der mit einem dunkelblauen Band zusammengebunden war, sowie ein Gebetbuch der anglikanischen Kirche. Sobald das Klacken ihrer Absätze auf dem frisch verlegten Steinboden zu hören war, erhob sich Sir James, der in seiner Familienbank gebetet hatte, und nahm seinen Platz vor dem Altar ein. Als sie zu ihm trat, stand er bereits dort, wie ein Mann auf der Anklagebank.
Sie fand ihn sehr blass und abgezehrt. Als sie den Blick zu ihm sittsam hob, wünschte sie sich, er sähe mehr wie ein Mann an seinem Hochzeitstag aus und weniger wie jemand, der sich einer langsam zuschnappenden Falle gegenübersah. Sie flüsterte ein Grußwort, er nickte ihr wortlos zu und drehte sich dann zum Pfarrer. Sir George trat aus der Kirchenbank neben ihn, während Lady Eliot sich widerwillig für die Trauungszeremonie erhob.
Livia zog den dunkelblauen Spitzenhandschuh von ihrer linken Hand. George legte den Ring auf das aufgeschlagene Buch, das ihm der Pfarrer entgegenhielt. Es war der Trauring von Sir James' erster Gattin, Georges Schwester, ein schmaler Goldring mit eingelassenen Diamanten. Livia hatte darauf bestanden. Sie wollte auf keinen Fall einen neuen Ring, sie wollte den alten. Sie wollte alles, was der ersten Lady Avery gehört hatte, als würden ihr Ring und ihr Stickrahmen im Salon, ihre Parfümflakons aus geschliffenem Glas in ihrer Reisetasche den Titel erst wirklich machen.
Der Pfarrer atmete durch, blickte von dem angespannten Gesicht seines Gemeindemitglieds Sir James zur erlesenen Schönheit seiner jungen Braut und begann den Traugottesdienst.
»*Liebe Anwesenden, wir sind heute hier versammelt, um im Angesicht Gottes und in Anwesenheit der Gemeinde diesen Mann und diese Frau im heiligen Stand der Ehe zu vereinen ...*«
Der Pfarrer hatte den Traugottesdienst mehrere Male mit Livia durchgesprochen, damit sie die Bedeutung eines jeden Wortes in einer Kirche, die nicht die Kirche ihrer Familie war, und in einer Sprache, die nicht die ihre war, verstünde. Er hatte den Eindruck gehabt, dass sie ihre Zeilen wie eine Schauspielerin lernte, statt sie als Gebet zu wiederholen. Selbst jetzt, da er die Einleitung des Traugottesdienstes anstimmte, fand er, dass die schöne Witwe etwas recht Theatralisches an sich hatte. Sie hielt sich den Schlüsselblumenstrauß ans Gesicht und atmete den Duft ein. Dann hob sie den

Blick, und ihre dunklen Augen betrachteten den Pfarrer gefühlvoll über die buttergelben Blüten hinweg.

»... *ein ehrenwerter Stand, eingerichtet von Gott im Paradies zur Zeit der Unschuld des Menschen, zum Zeichen der mystischen Union, die zwischen Christus und seiner Kirche besteht.*«

Ein Irrtum war ausgeschlossen: Ihr Lächeln strahlte ihn an, als habe sie ihn zur Beihilfe bei einem Streich herangezogen, wie ein Falschspieler auf der Straße einen Schaulustigen benutzen mochte, um einen Narren anzulocken und sich an ihm zu bereichern. Zwar fuhr der Pfarrer mit der Predigt fort, doch Livias lächelnden Blick ertrug er nicht.

»... *Und diesen heiligen Stand ehrte und segnete unser Herr Jesus Christus durch seine Gegenwart und sein erstes Wunder bei der Hochzeit zu Kana in Galiläa. Und der heilige Paulus rät, dass alle die Ehe ehren und hoch achten sollen: und deshalb solle niemand unberaten, leichtfertig oder selbstsüchtig eine Ehe eingehen, um die menschliche Fleischeslust und menschliches Begehren zu befriedigen, wie wilde Tiere ohne Verstand, sondern ehrerbietig, klug, mit Bedacht, nüchtern und in Gottesfurcht ...*«

Der Pfarrer blickte zu seinem anderen Gemeindemitglied, Lady Eliot, die starr vor Missbilligung in der Familienbank stand, sichtlich unglücklich über diese zweite Heirat und voller erbittertem Groll gegen die Ausländerin. An der Seite des Bräutigams starrte George Pakenham mit leerem Blick zu dem Buntglasfenster hinter dem Kopf des Pfarrers, als wäre er lieber an einem anderen Ort. Der Pfarrer zögerte und sah von dem bleichgesichtigen Engländer zu der lächelnden italienischen Witwe. Doch als er verstummte, hob Livia das hübsche Gesicht und zischte: »Weiter.«

Ihr Befehl ließ Sir James zusammenzucken. Dann bestätigte er ihn: »Ja, Mr Rogers, bitte fahrt fort.«

Der Pfarrer nannte die heiligen Gründe, weswegen die beiden im Stand der Ehe vereint werden sollten. Er wollte wissen, ob es irgendeinen Grund gebe, weshalb sie nicht verheiratet werden sollten? Und dass jeder jetzt sprechen oder für immer schweigen solle. Er legte die traditionelle Pause für eine Wortmeldung ein, und Livias Blick hoch zu Sir James war vertrauensvoll und lieblich.

Lady Eliot hielt die Luft an, betrachtete Sir George, öffnete den

Mund, als wolle sie etwas sagen, und sackte dann in sich zusammen. Sie konnte nichts vorbringen, um die Eheschließung zu verhindern. Niemand konnte etwas vorbringen.
Der Pfarrer hielt Sir James das Gebetbuch mit dem Trauring auf der aufgeschlagenen Seite entgegen, und James steckte Livia den Ring seiner verstorbenen Gattin an den Finger, während er das Ehegelübde aufsagte: »*Mit diesem Ring nehme ich Euch zu meiner angetrauten Frau. Ich werde Euch ehren und für Euch sorgen. Im Namen des Vaters und des Sohnes und des Heiligen Geistes. Amen.*«
Der Ring war ein wenig zu groß. Livia ballte die Hand zur Faust, damit er nicht herunterrutschte.
»Lasset uns beten«, sagte der Pfarrer dann. Er führte sie durch die Gebete für die Ehe und trat dann an den Altar, um die heilige Kommunion vorzubereiten. Die mittlerweile getaufte und firmierte Livia ging mit ihrem frisch angetrauten Ehemann zu den Altarstufen und erhielt Brot und Wein. Ihr folgten ihre neue Tante Lady Eliot, Sir George und der Haushalt. Am Ende des Gottesdienstes beteten sie abermals, und der Pfarrer sagte zu James: »Ihr könnt die Braut küssen.«
Livia reckte das Gesicht für seinen Kuss.
»Das wäre also erledigt«, sagte Lady Eliot säuerlich zu Sir George. Sie nahm ihr Gebetbuch von der Ablage in der ersten Kirchenbank und wandte sich zum Gehen, da wurde die große Tür am anderen Ende der Kirche polternd aufgerissen, und ein Wirbel aus kalter Luft blies herein. Eine Gruppe Fremder eilte den Mittelgang entlang, drei Männer in Reiseumhängen, und dazwischen Sarah und Alys Stoney – die letzten Menschen, mit denen Livia hier gerechnet hätte, die letzten Menschen, die sie auf ihrer Hochzeit sehen wollte.
»Haltet mit der Trauung inne«, sagte Rob Reekie laut, aber völlig gelassen. »Herr Pfarrer, ich bitte Euch, haltet mit der Trauung inne. Diese Frau kann diesen Mann nicht heiraten.«
Angesichts der unverschämten Unterbrechung blickte James Avery finster drein, und noch bevor er wusste, was vor sich ging, stieg die Angst vor einem Skandal in ihm hoch. Er erblickte Rob, seinen ehemaligen Schüler, erkannte ihn allerdings nicht in diesem herangewachsenen, selbstbewussten Mann, der ihn so grimmig ansah, mit zwei Fremden hinter ihm, und als Nachhut Alys Stoney und ihre Tochter Sarah.

»Haltet mit der Trauung inne«, wiederholte Rob. »Diese Frau kann diesen Mann nicht heiraten. Sie ist meine Ehefrau.«

In dem verblüfften Schweigen war es Lady Eliot, die die Zügel an sich riss. Sie trat vor und hob abwehrend eine Hand. »Kein Wort mehr«, befahl sie Rob, und als er Anstalten machte, zu widersprechen, fuhr sie fort: »Ich meine es ernst. Kein Wort mehr.«

Im ersten Moment glaubte Livia, eine unwahrscheinliche Verteidigerin gefunden zu haben. Doch Lady Eliot ging es lediglich darum, dass die Dienstboten so wenig wie möglich zu sehen und hören bekommen sollten. »Ihr könnt gehen.« Sie wandte sich an den Verwalter von Avery House, die Köchin und deren Untergebene. »Anscheinend gibt es hier eine Komplikation, einen Irrtum, den wir im Privaten aus der Welt schaffen werden. Kehrt jetzt nach Avery House zurück, und wir kommen später nach. Ihr könnt das Hochzeitsessen dann servieren. Sorgt dafür, dass es einwandfrei ist, ganz gleich, mit wie viel Verspätung wir kommen.«

Die Dienstboten trödelten hinaus, so langsam, wie sie es wagten. Doch die Aristokraten und die Fremden schwiegen, als seien sie wie Statuen an ihren Plätzen erstarrt, bis die Tür hinter der Dienerschaft zugefallen war und sie unter sich waren.

»Sollen wir ...?« Ratlos deutete Mr Rogers in Richtung Sakristei. »Ihr werdet allein sein wollen?«

»Nein«, sagte Livia kategorisch, als wäre jegliche Widerrede zwecklos. »Ich gehe nirgendwohin. Alles, was irgendjemand sagen will, kann hier gesagt werden. Es gibt kein Hindernis, weswegen ich diesen Mann nicht heiraten kann. So oder so sind wir jetzt verheiratet, und jeder, der etwas anderes behauptet, ist ein Lügner.« Sie sah Rob noch nicht einmal an, als sei er gar nicht da, als sei er immer noch in Gefangenschaft auf einer Pestinsel, als habe er nie existiert.

Eine leichte Handbewegung Felipes sprang ihr ins Auge, und zum ersten Mal sah sie ihn, bemerkte, dass er mit Rob gekommen war und dass es ein neues und gefährliches Bündnis gegen sie gab. Selbst jetzt ließ sie sich keine Angst anmerken. Sie zögerte nicht einen Augenblick. »Dies ist eine wahre Ehe«, erklärte sie trotzig, direkt an Felipe gerichtet. »Es ist in jedermanns Interesse, dass sie nicht angefochten wird. Ich spreche sowohl zu Euch Wildfremden als auch zu meinen Lieben, zu meinem neuen Ehemann und seiner Familie. Ihr

alle, Ihr *alle* tätet gut daran, diese Eheschließung nicht anzufechten. Ich bin die Ehe nicht leichtfertig eingegangen. Sie ist in unser aller Interesse.«
Felipe verbarg sein Lächeln. Er zog den Hut vor ihr und verneigte sich.
James Avery schluckte mit trockenem Mund. »Wer seid Ihr überhaupt?«, fragte er Rob, und dann fuhr er, ein wenig unsicher, fort: »Seid Ihr Rob? Rob Reekie? Guter Gott, Rob! Ich dachte, Ihr wäret tot. Sie alle hielten Euch für ...« Er trat einen halben Schritt auf den jüngeren Mann zu, als wolle er ihn umarmen. Doch als Rob überhaupt nicht reagierte und sich abgesehen von einer steifen kleinen Verbeugung nicht rührte, verschwand James' Freude im Ungewissen. »Ich fasse es nicht!«, sagte er leiser. »Was für ein Wunder! Und Eure Mutter!« Er wandte sich an Alys. »Habt Ihr es ihr erzählt, Mrs Stoney? Hat sie ihn gesehen? Weiß sie Bescheid?«
»Jawohl«, sagte Alys knapp.
»Das ist Euer erster Gedanke?«, fragte Livia ihn mit schneidender Stimme. »Eure erste Frage lautet – ob seine Mutter Bescheid weiß?«
Er hörte ihr noch nicht einmal zu. »Und ... Sarah? Miss Stoney? Ihr seid auch hier?«
»Wir kommen direkt vom Schiff«, erwiderte Sarah. »Wir sind eben am Reekie-Kai gelandet. Ich bin auf der Suche nach ihm nach Venedig gereist.«
»Ich dachte, Ihr hättet Freunde besucht?«
»Das dachte ich auch«, stimmte Livia ihrem Gatten zu. »Das haben sie behauptet. Das haben sie alle behauptet.« Sie blickte zu Alys. »Das hast du gesagt, Alys. Hast du mich angelogen?«
»Jawohl«, sagte Alys abermals, bevor sich ihr Mund wieder zu einer strengen Linie verschloss.
»Meine Großmutter hat mich nach Venedig geschickt. Sie hat ihr nie geglaubt ...« Sarahs verächtliches Nicken ging in Livias Richtung, die mit der Nase in ihrem Schlüsselblumensträußchen dastand.
»Aber die Eheschließung?«, mischte sich der Pfarrer ein. »Wir haben hier eine Hochzeit abgehalten. Ein feierliches ... Wollt Ihr damit sagen, dass diese Dame bereits vergeben ist?« Er drehte sich zu Livia um. »Nobildonna, das hättet Ihr mir sagen sollen ... entspricht

es der Wahrheit? Ihr habt feierlich geschworen, Ihr habt vor Gott Euer Wort gegeben, dass Eurer Hochzeit nichts im Wege steht. Ihr habt Euch seit Wochen unterweisen lassen, und Ihr habt nie …«
»Sie ist meine Ehefrau«, unterbrach ihn Rob. Er sah zu Matteo zurück, der in Carlottas Armen schlief. »Und das ist mein Sohn. Er trägt meinen Namen. Dieser Gentleman …«, er deutete auf Felipe, »war ihr Verwalter. Er kennt sie als meine Frau. Er war bei unserer Hochzeit in Venedig anwesend, er hat miterlebt, wie ich verhaftet wurde und sie aus Venedig floh. Sie hat bei meiner Familie als meine Witwe gelebt. Sie hat sie belogen. Sie hat meiner Mutter erzählt, ich wäre tot.«
»Das ist eine sehr ernste Angelegenheit«, setzte der Pfarrer an.
»Ich danke Gott, dass du am Leben bist«, sagte Livia mit stiller Würde zu Rob. Sie eilte nicht zu ihm, um ihn zu umarmen, ebenso wenig trat sie auf Sir James zu. Stattdessen stand sie da, souverän, und blickte von einem Mann zum anderen, als überlege sie, was zu tun sei. Kein einziges Mal blickte sie zu Felipe, als zähle sie auf sein Schweigen, während ein neuer Betrug ausgeheckt wurde.
»Ihr habt ihn wahrhaft für tot gehalten?«, fragte der Pfarrer Livia.
Sie fuhr mit dem Kopf herum, als habe er sie aus tiefen Gedanken gerissen. »Nun, natürlich. Man sagte mir, er sei tot!«, rief sie. »Man sagte mir, er sei ertrunken. Weshalb sollte ich es anzweifeln, wenn er doch jeden Abend bei den dunklen Gezeiten hinausfuhr? Ich legte Witwentracht für ihn an, ich verließ meine Heimat in tiefster Trauer, ich kam nach England und überbrachte seiner Familie die schrecklichen Nachrichten und versuchte, sie zu trösten.« Sie warf Alys einen Blick aus ihren dunklen Augen zu. »Meine Schwägerin wird bestätigen, dass ich versucht habe, sie zu trösten, dass wir unseren Kummer teilten. Wir haben uns in den Armen der anderen ausgeweint.«
Alys sagte nichts. Ihre Miene war wie versteinert.
»Dann seid Ihr nur eines aufrichtigen Irrtums schuldig«, versicherte Mr Rogers. »Wenn es denn ein aufrichtiger Irrtum war?«
»Was könnte es sonst sein? Man sagte mir ohne Zweifel, dass er ertrunken sei. Gottlob ist er am Leben.« Ihr Blick huschte kurz zu Felipe. »Man sagte mir, er sei ertrunken. Jeder in Venedig sagte es. Niemand würde mir widersprechen.«

Felipe widersprach ebenfalls nicht, obwohl Sarah ihm einen Blick zuwarf und erwartete, dass er das Wort ergriff. Sein Blick war unverwandt auf Livias schönes Gesicht gerichtet.

»Sie hat mich bei den Behörden denunziert«, sagte Rob tonlos. »Ich bin nicht ertrunken, sondern wurde verhaftet. Das hier ist ihr Liebhaber und Komplize.« Er wies auf Felipe. »Er war es, der mich verhaftet hat. Ich wurde des Mordes angeklagt und zu lebenslangem Arrest verurteilt.«

Ein entsetztes Schweigen trat ein. Sir George stieß ein leises Pfeifen aus. Livia neigte den Kopf.

Rob nickte. »Dies ist ihr Partner – im Geschäft und im Verbrechen: Felipe Russo.«

»Der steinalte Verwalter und Freund der Familie«, fügte Sarah gehässig mit einem Seitenblick auf Livia hinzu.

Livia betrachtete Sarah und bemerkte ihr neues Selbstbewusstsein. »Das ist ein Irrtum«, sagte sie, den Blick nun auf Felipe gerichtet, als sei dies sein Stichwort, etwas zu sagen. »Rob, du irrst dich. Vielleicht hat dich deine Gefangenschaft in den Wahnsinn getrieben, deinem Wort ist nicht zu trauen. Vielleicht bist du an einem Fieber erkrankt. Offensichtlich ist das nicht mein Verwalter, nicht mein alter Verwalter, es ist der Sohn meines alten Verwalters. Ich kenne ihn nicht gut, aber ich bin mir sicher, dass er meine Worte bestätigen wird.« Sie drehte sich mit zu Schlitzen verengten Augen zu ihm um und hielt seinem Blick stand, während der Anflug eines Lächelns ihre Lippen umspielte. »Er wird mir beistehen, er wird meine Geschichte bestätigen. Nicht wahr, Felipe? Nicht wahr?«

Alle warteten auf seine Antwort. Sarah ließ sein Gesicht nicht aus den Augen. Felipe Russo verneigte sich vor Lady Eliot und den Gentlemen. »Die Nobildonna hat mich hintergangen«, sagte er schlicht. »Sie war mit mir verlobt, wir waren Partner. Gemeinsam stahlen wir ihrem ersten Gatten Antiquitäten, kopierten sie und verkauften die Fälschungen. Sie heiratete Roberto, um unser Verbrechen zu vertuschen, und als er uns ertappte, denunzierte sie ihn.«

Sir George räusperte sich und beugte sich ein wenig näher zu James. »Vielleicht sollten wir jetzt gehen?«, schlug er leise vor. »Und die ganze Sache später zur Meldung bringen?«

Doch James stand reglos und schweigend da, den Blick auf Livias schönes, ausdrucksloses Gesicht gerichtet.
Der Pfarrer schüttelte den Kopf, als verstände er gar nichts mehr. »Hierbei handelt es sich um sehr ernste Behauptungen, um äußerst schwerwiegende Vorwürfe«, erklärte er. »Sie sollten vor einem Magistrat vorgebracht werden.«
»Ich bin Magistrat«, erbot sich Sir George ohne Umschweife.
»Jemand, der mit keiner der Parteien in Verbindung steht«, bestimmte der Pfarrer.
»Ich kann einen kommen lassen«, schlug Sir George vor.
Doch der Pfarrer hatte sich bereits Livia zugewandt. »Eure Ladyschaft, gegen Euch werden überaus schwerwiegende Vorwürfe erhoben. Ihr solltet jemanden haben, der Euch verteidigt ...«
»Es ist alles gelogen«, entgegnete sie kühl. »Aber bitte, wenden wir uns an einen Magistrat, damit ich meinen Namen reinwaschen kann.«
»Ihr solltet einen Berater haben, jemanden, der für Euch spricht! Ihr könnt Euch dem nicht allein stellen.«
»Ich habe jemanden«, sagte sie ruhig. »Mein Ehemann wird für mich sprechen.« Livia hakte sich bei James ein und legte den Kopf, der von der bezaubernden blauen Haube gekrönt war, an seine Schulter. »Sir James ist jetzt alles, was ich an Familie habe. Mein guter Name ist auch der seine. Ich bin Lady Avery von Northside Manor – wer wird das Wort gegen mich erheben wollen?«
»Aber ... aber ...« Der Pfarrer war sprachlos, während Lady Eliot und Sir George entsetzte Blicke tauschten.
Sarah beobachtete, wie Felipe Livia zulächelte, als bewundere er einen außergewöhnlich kunstfertigen Spieler bei einer Partie Schach.
»Ich?«, fragte James tonlos. »Ich soll für Euch sprechen?«
»Selbstverständlich nicht.« Lady Eliot trat aus der Kirchenbank der Averys. »Die Gentlemen müssen auf der Stelle einen Magistrat suchen, und er wird diese Frau verhören. Falls nötig, werden wir einen Anwalt für sie finden. Auch wenn ich glaube, dass sie sehr gut in der Lage ist, sich selbst zu verteidigen. Aber nicht in Avery House.«
»Selbstverständlich meinem Zuhause, wenn ich es wünsche«, trotzte ihr Livia. »Auf Northside Manor, falls ich es wünsche! Lady Eliot,

Ihr werdet lernen müssen, dass diese Häuser jetzt mein Zuhause sind und ich sie aufsuchen werde, wann immer es mir passt.«
»Kommt besser ins Lagerhaus«, schlug Sarah vor.
Lady Eliot keuchte auf. »Südlich des Flusses?«
Sarah sah zu ihrer Mutter, um deren Genehmigung einzuholen. mit stumpfen Augen nickte Alys.
»Nicht dort. Wir können Mrs Reekie keinen Kummer bereiten«, warf James mit Nachdruck ein. »Sie sollte nicht belastet werden.«
Livia streifte sein blasses Gesicht mit einem verächtlichen Blick. »Man wird ihr keinen Kummer bereiten. Warum sollte es sie interessieren, ob man Eure Eheschließung infrage stellt? Es ist schließlich nicht so, als könnte sie Euch je eine Ehefrau sein.«
Die Verachtung in ihrer Stimme ließ ihn zusammenfahren. »Ich möchte ihr keine Zeit stehlen«, sagte er matt.
»Der Friedensrichter in unserer Gemeinde ist Mr Peter Lucas, ein Mitglied der City Corporation«, erklärte Sarah.
»Schickt nach ihm«, wandte sich Lady Eliot an Alys.
Die zog eine Augenbraue in die Höhe, als sie von einer Fremden Befehle erhielt. »Sehr wohl«, sagte sie dann jedoch nur.

Der einzige Raum in dem Lagerhaus, der groß genug für den Magistrat, Alinors Familie, die Hochzeitsgesellschaft, Kapitän Shore und Felipe war, war das Kontor mit zum Lager hin aufgesperrter Flügeltür. Hinten im Lager waren die frisch entladenen, in Kisten verpackten Antiquitäten zu sehen, eine jede deutlich in Sarahs Handschrift mit »Nobildonna da Ricci« beschriftet. Carlotta, die den schlafenden Matteo trug, stand in der Nähe und wusste nicht recht, was sie von alldem halten sollte.
Johnnie, den man von der Arbeit gerufen hatte, umarmte seine Schwester innig und flüsterte: »Schön, dass du zurück bist!« Er ließ den Blick über die Versammlung schweifen, die vielen Fremden im Lagerhaus, wo Besucher sonst eine Seltenheit waren und in das Adelige niemals einen Fuß setzten. »Was ist los? Ich habe nur eine

Nachricht von Ma erhalten, dass du zu Hause bist, dass du Rob mitgebracht hast und dass ich auf der Stelle kommen soll. Ich dachte, wir würden feiern!«

Sie drückte seinen Arm. »Du wirst schon sehen. Alles kommt in Ordnung.«

Johnnie war beruhigt. »Und du? Geht es dir gut?«, fragte er rasch. Ihr jähes, strahlendes Lächeln überraschte ihn. »Moment mal! Was ist passiert?«

»Erzähl ich dir alles später«, flüsterte sie und schob ihn zu dem Pult neben dem Magistrat Mr Lucas, der bereits an dem hohen Kontorschreibpult bereitstand. Der korpulente Kaufmann aus der City schob Johnnie Federhalter und Papier hin. »Ihr werdet auf mein Zeichen hin das Gesagte aufschreiben«, befahl er. »Schreibt ordentlich, damit wir anschließend keine Reinschrift anfertigen müssen.«

Alinor war nach unten gekommen, um bei ihrem Sohn zu sein. Sie stand bei Rob untergehakt, leicht auf ihn gestützt, als wolle sie sich vergewissern, dass er tatsächlich da war. »Ich wusste immer, dass du noch am Leben bist«, flüsterte sie ihm zu. »Nichts ist wichtiger. Was immer sie hier sagen, nichts ist wichtiger, als dass du am Leben und zu uns heimgekehrt bist.«

»Nichts ist wichtiger«, stimmte er zu. »Aber Ma – sie muss für alles zur Rechenschaft gezogen werden: dass sie euch zur Last gefallen ist … dass sie behauptet hat, ich sei ertrunken … und …« Er senkte die Stimme. »Was ist mit Alys geschehen? Sie sieht so krank aus. Liegt es an Livia? Hat sie sie bestohlen?«

Alinor betrachtete quer durch das Lagerhaus hindurch die verschlossene Miene und den fest zusammengepressten Mund ihrer Tochter. »Ich glaube, Livia hat sie ebenfalls betrogen.«

»Die Antiquitäten? Hat sie Alys dazu gebracht, für die Frachtkosten aufzukommen? Hat sie Schulden?«

»Ja«, antwortete Alinor, obgleich sie wusste, dass es um sehr viel mehr ging.

James trat leise vor die beiden. »Darf ich mit Euch sprechen?«, fragte er Alinor, ohne auf Alys zu achten, die auf ihn zukam, als wolle sie ihre Mutter beschützen.

»Ja«, erwiderte Alinor. Sie wich nicht von Robs stützendem Arm, und James musste vor allen dreien sprechen.

»Ich wollte sagen, dass es mir sehr leidtut«, erklärte er leise. »Ich bin ein Narr gewesen, man hat mich zum Narren gehalten, und nun werde ich vor Euch als Narr vorgeführt, vor der einen Frau auf der ganzen Welt, deren Meinung mir etwas bedeutet. Ich hoffte, dass sie Euch helfen würde, ich gab ihr Geld zu Eurer Unterstützung, ich habe das alles – das Verschiffen der Antiquitäten, den Verkauf in meinem Haus – nur mitgemacht, um Euch zu helfen. Ich wollte Euer Leben verbessern, ich wollte, dass Ihr Euch Medikamente leisten könnt. Ich wollte, dass Ihr in einem besseren Haus, unter gesünderen Umständen leben könnt, ich wollte, dass Ihr wieder einen Garten habt ...« Seine Stimme verlor sich. »Ich dachte, ich würde Euch helfen, durch sie. Und dann ... wie ein Narr ... wurde ich kompromittiert ...«

»Es ist nicht wichtig.« Alinor sprach mit aufrichtiger Gleichgültigkeit über seine Schmach. »Mir ist nur wichtig, dass mein Sohn am Leben und zu uns zurückgekehrt ist.«

»Das freut mich«, sagte Sir James mit einem Seitenblick auf Rob. »Aber Alinor ...«

Robs Griff um den Arm seiner Mutter wurde fester. »Ich glaube nicht, dass Ihr noch etwas sagen solltet, Sir«, erklärte er ruhig. »Ich glaube nicht, dass Ihr mit meiner Mutter sprechen solltet.«

»Ich wollte ...« Ihm fehlten die Worte. »Ich wollte es wiedergutmachen.«

»Ich will nichts von Euch«, sagte Alinor fest. »Das wollten wir nie.«

Sir James neigte den Kopf wie ein Mann, der eine lebenslängliche Haftstrafe annimmt, und trat schweigend zurück. An der Seite des Lagers, neben ihren hoch aufragenden, eingepackten Antiquitäten, betrachtete Livia sie alle mit mattem Interesse, als handelte es sich um eine Theatervorstellung, die jeden Moment beginnen konnte. Der einzige Mensch, den sie nicht ansah, war Felipe, als sei sie zuversichtlich, dass er nichts mehr sagen würde.

»Schön«, sagte der Magistrat. »Gentlemen, wenn alle so weit sind, lasst uns anfangen.«

Sie traten näher und bildeten einen Kreis um das Schreibpult. Die Adeligen als die wichtigsten Menschen im Raum drängten sich wie immer vor. Lady Eliot stand neben Sir George, rechts von diesem Sir James. Livia trat neben ihren neuen Ehemann, die Hand selbst-

bewusst auf seinen Arm gelegt. Alys, Alinor, Rob und Sarah standen ihnen auf der anderen Seite gegenüber. Kapitän Shore war ein Stück hinter Alys getreten, Felipe neben ihm, direkt hinter Sarah. Der Pfarrer aus der Kirche, der sich insgeheim an einen anderen Ort wünschte, stand neben dem Magistrat und Johnnie am Schreibpult.
»Dies ist eine Voruntersuchung durch mich, den Friedensrichter der Gemeinde St Olave's, bezüglich des Vorwurfs der Bigamie gegen Nobildonna Livia Reekie beziehungsweise Lady Avery.« Er versetzte Johnnie einen Stoß. »Schreibt das auf.«
»Da Ricci«, stellte Livia fest. »Oder Peachey, wie es manchmal ausgesprochen wird.«
Der Magistrat nickte. »Nun, zur Beweisaufnahme ...«
Rob trat einen Schritt vor und erklärte, dass er als frisch zugelassener Arzt nach Venedig gekommen und dem betagten Signor Fiori zugewiesen worden sei. Auf diese Weise habe er dessen schöne Gattin, die Nobildonna, kennengelernt. Livia, anscheinend ohne jegliches Interesse an der Wiedergabe ihrer Geschichte, ließ Sir James los und schlenderte in den rückwärtigen Teil des Lagerhauses zurück, wo die Antiquitäten in ihren Kisten standen, als seien die stummen, verhüllten Steine in ihren Augen interessanter als das Geschehen vorne am Schreibpult und die schweigende Alys. Rob beendete seine Aussage mit den Worten, da er am Leben sei, sei Livia seine Frau und diese Eheschließung mit Sir James Bigamie.
»Stimmt das?«, wandte sich der Magistrat an Livia. »Madam? Würdet Ihr auf diesen Vorwurf antworten?« Er blickte von Johnnies Notizen auf und sah, dass Livia nach hinten getreten war. Verärgert wiederholte er: »Madam! Wir warten auf Euch! Dies sind überaus schwerwiegende Anklagepunkte.«
Selbstbewusst drehte sie sich um und ging auf das Schreibpult zu. Ihre Absätze klackten auf den Fliesen, wie sie es erst zwei Stunden zuvor in der Kirche auf dem Weg zum Traualtar getan hatten, und ihr dunkelblaues Kleid strich über den Boden. Im Bewusstsein ihrer eigenen Schönheit lächelte sie den Magistrat an.
»Es stimmt größtenteils«, sagte sie klug. Sie wandte sich an Rob. »Eines sollte ich vorausschicken, und du solltest es wissen. Ich habe dich nicht denunziert, mein Lieber. Das war Felipe. Damals liebte

ich dich, wie eine Gattin einen Ehemann nur lieben kann, der ihr mehr Glück widerfahren ließ, als sie je gekannt hatte. Ich hätte dir niemals geschadet oder dich verraten. Eher wäre ich gestorben.«
Sie beugte den Kopf zu dem Schlüsselblumenstrauß, den sie immer noch in der Hand trug, wie um abzuwarten, ob Felipe Einspruch erheben würde. Und als er stumm blieb, blickte sie auf wie eine schöne Schauspielerin, die den richtigen Zeitpunkt für ihre Rede wählte. »All unser Kummer geht auf Felipe zurück«, sagte sie sanft. »Er hat unser Leben ruiniert. Er hatte mich jahrelang vollständig unter seiner Kontrolle. Er zwang mich, für ihn zu arbeiten, als ich mit dem Conte verheiratet war – ja, dort ruinierte er mein Glück ebenfalls! Ich war durch hundert Geheimnisse an ihn gefesselt und hätte wissen sollen, dass er mich niemals gehen lassen würde. Als du die Sache mit seinem Geschäft herausfandst, wollte er dich loswerden. Ich war es nicht.« Schmachtend sah sie Rob an. »Niemals hätte ich das getan. Du weißt, dass ich dich liebte. Ich hätte dich nie, niemals denunziert. Doch als er dich verhaftete, sah ich die Gelegenheit, ihm zu entkommen. Ich verließ Venedig tatsächlich, ich lief davon. Ich hatte Angst ...« Sie senkte die Stimme. »Du weißt, wie viel Angst ich vor ihm hatte. Wir sprechen hier von einem Mann, der meinen ersten Gatten ermordet hat und meinen zweiten ins Gefängnis steckte! Ich hatte eine Heidenangst vor ihm, und ich war ganz allein und ohne Schutz. Natürlich lief ich davon.«
»Er ermordete Euren ersten Gatten!«, rief der Magistrat und sah von ihrem gelassenen Gesicht zu Felipe.
Livia machte sich nicht die Mühe, ihm zu antworten, sondern wandte sich an Alys. »Und natürlich kam ich zu Euch. Du weißt, wie unglücklich ich bei meiner Ankunft hier war«, sagte sie sanft. »Du weißt, wie groß mein Kummer über den Verlust Robertos, deines Bruders, war. Du weißt, wie sehr ich ihn liebte. Du wirst dich daran erinnern, wie ich des Nachts weinte, immerzu weinte, bis unser Kopfkissen tränennass war. Du weißt, wie du mich getröstet hast.«
Alys' Gesicht war hartherzig. »Jawohl, ich erinnere mich.«
»Du weißt, wie du mich getröstet hast«, wiederholte Livia. »Du hast mich gehalten, du hast meine Tränen getrocknet, du hast mich in die Arme genommen.«
Alys nickte, ohne etwas zu sagen.

»Niemand wird je wissen, wie gut du zu mir warst«, fuhr Livia fort. »Diese Zärtlichkeit wird immer nur eine Sache zwischen uns bleiben, unser Geheimnis.«
Alys' Mund war zu einer harten Linie geschlossen.
»Und nun habe ich Sir James in aller Ehre meine Liebe gelobt und bin mit ihm verheiratet.« Livia wandte sich wieder an Rob. »Mein Lieber, ich hielt dich für tot. Felipe versicherte mir, du seist tot, und es gäbe keine Möglichkeit, dass ich dich je wiedersehen würde. Natürlich erzählte ich deiner Familie, du wärest ertrunken! Ich hätte es nicht ertragen, ihnen zu sagen, du seist wegen des Mordes an meinem Gatten verhaftet und hingerichtet worden! Niemals hätte ich deinen Namen derart verunglimpft. Ich versuchte, ein neues Leben zu beginnen und diejenigen zu lieben, die du geliebt hattest. Ich tröstete und unterstützte sie.« Sie warf einen Blick zurück auf Alys. »Meine liebste Alys wird bezeugen, dass ich diesem Haus eine gute Tochter und ihr eine überaus liebevolle Schwester gewesen bin. Niemand hat dich je mehr geliebt – nicht wahr, meine Liebe?«
Alys sagte nichts.
»Aber hierbei handelte es sich um keine gültige Eheschließung«, warf der Pfarrer leise ein. »Aus welchen Gründen auch immer Ihr Venedig den Rücken zugekehrt habt, Ihr könnt nicht mit Sir James verheiratet sein, da Ihr einen früheren Ehemann habt, der noch am Leben ist. Da Ihr einen lebendigen Ehemann habt, war die Trauung, die ich eben vollzogen habe, ungültig und wird annulliert werden.«
»Annulliert?«, erkundigte sich Sir James.
»Als hätte sie nie stattgefunden«, bekräftigte der Pfarrer.
Livia vollführte eine kleine Handbewegung, als winke sie etwas Unwichtiges fort, als liege die Entscheidungsgewalt allein bei ihr. Sie sah in die Runde aus gespannten Gesichtern und erblickte niemanden, der sich ihr in den Weg stellen wollte.
»Nein«, sagte sie schlicht. »Sie wird nicht annulliert werden.«
Johnnies Federhalter verharrte, und er hob den Blick, um sie zu beobachten. Sie wechselte einen langen, bedeutsamen Blick mit ihm, als wolle sie ihm ins Gedächtnis rufen, dass auch er in ihrer Schuld stand, dass auch er Geheimnisse mit ihr teilte. Ihr gehörte die Aufmerksamkeit aller Anwesenden, während sie den Pfarrer ignorierte und sich direkt an den Magistrat wandte. »So nicht.«

Sie trat ein wenig näher an das Schreibpult, sodass sie auf halbem Weg zwischen den beiden Parteien stand, im Mittelpunkt, alle Aufmerksamkeit auf sich gerichtet. Johnnie stieg ihr Rosenparfüm in die Nase. Sie schenkte ihm ein herzliches, vertrauensvolles Lächeln.
»Meine Ehe in Venedig war diejenige, die ungültig war«, erklärte sie dem Magistrat langsam, mit ihrer klaren, tiefen Stimme. »Ich begriff das, als dieser brave Mann, Mr Rogers« – sie wies auf den Pfarrer, der blinzelte und krampfhaft schluckte –, »meine spirituelle Unterweisung übernahm und mich in die protestantische Kirche aufnahm. Da erst, erst da wurde mir klar, was alles getan werden musste, um eine gültige Ehe zu schließen. Bei meiner Trauung mit Rob in Venedig wurde auf Englisch rezitiert, was ich damals nicht verstand, eine Sprache, die mir fremd war. Also war die Heirat allein schon aus diesem Grund nicht gültig. Es geschah in der protestantischen Kirche in Venedig, wo ich keine Abendmahlsbesucherin war. Ich war noch nie dort gewesen. Ich hatte keine Kirchenbank, ich war nicht Teil der Gemeinde. Damals war ich Katholikin, eine Abendmahlsbesucherin und gefirmtes Mitglied der römisch-katholischen Kirche. Also war sie auch aus diesem Grund nicht gültig. Meine Kirche erkennt Eure Gottesdienste natürlich nicht an, sie erkennt Eure Pfarrer nicht an. In den Augen meiner Kirche war es niemals eine Eheschließung. Und da ich die Sprache nicht beherrschte, war es in Eurer Kirche auch keine gültige Eheschließung. Meine Ehe mit Roberto Reekie« – sie hielt inne, um ihm ein zärtliches Lächeln zu schenken – »mit meinem geliebten Roberto – sie war von Anfang bis Ende ungültig.«
Johnnie hatte aufgehört mitzuschreiben. Sein Federhalter hing in der Luft über der Seite, und an der Spitze bildete sich langsam ein Tropfen Tinte. Der Pfarrer starrte leeren Blickes vor sich hin, der Magistrat schwieg.
Livia wandte sich wieder an Rob. »Es tut mir so leid, Roberto. Aber wir hatten ja keine Ahnung. Wir waren so jung und so verliebt! Wie hätten wir es wissen sollen? Der Pfarrer eurer Kirche hätte es uns sagen und mich taufen sollen, damit wir wahrhaft hätten heiraten können. Er hätte mich vorbereiten und mich in seiner Gemeinde in eurer Kirche konfirmieren sollen, wie es dieser brave Mann so gewissenhaft getan hat. Ich hätte das für dich getan! Du weißt, dass ich

alles für dich getan hätte. Aber er ließ uns im Stich, und da ich kein Mitglied eurer Kirche war, da ich meine Eide nicht verstand, war der Traugottesdienst ungültig. Wir waren nie miteinander verheiratet.«
Der Magistrat richtete das Wort an Rob. »Stimmt das, Dr. Reekie?«
»Ja«, erwiderte Rob stockend. »Es stimmt, dass wir in meiner Kirche geheiratet haben … Ich wusste nicht …«
»Wenn das Paar nicht die gleiche Konfession hat, ist die Ehe ungültig«, bestätigte der Pfarrer. »Wenn sie nicht für die Kommunion in unserer Kirche vorbereitet war und die Eide nicht verstand, dann ist es wahr: Ihr wart nicht verheiratet. Die ganze Zeit über habt Ihr in Sünde gelebt, Gott vergebe Euch beiden. Und das Kind …«
»Gütiger Himmel«, entfuhr es Lady Eliot, wahrhaft schockiert. »Was hat sie gesagt? Will sie ihr eigenes Kind zum Bastard machen?«
Alle drehten sich zu Matteo um, der aufgewacht war und sich aus Carlottas Armen winden wollte, um auf dem Boden zu krabbeln.
»Oh, das Kind ist von mir«, mischte Felipe sich ein.
Rob drehte sich zu ihm um.
Sarah sah, wie Felipe leicht mit den Schultern zuckte, als sei es ihm gleichgültig, was sein Eingeständnis ihn kosten könnte. »Der Junge ist von mir.«
»Gott bewahre uns!« Lady Eliot geriet leicht ins Wanken.
Livia warf Felipe einen grimmigen Blick zu. »Das Kind ist getauft und ist der Sohn und Erbe von Sir James Avery«, verkündete sie. »Niemand sonst kann Anspruch auf ihn erheben.« Sie trat auf James zu und ließ die Hand in seine Armbeuge gleiten. »Er ist unser Sohn«, sagte sie. »Matthew Avery.«
»Ich möchte bezweifeln, dass Sir James ihn jetzt noch haben will«, stellte Felipe fest. »Ein italienischer Bastard als Erbe eines englischen Lords?«
Sir James blieb eine Antwort schuldig und reagierte auch überhaupt nicht auf Livias festen Griff um seinen Arm. Weder nahm er ihre Hand, noch schüttelte er sie ab. Er stand völlig reglos da, wie erstarrt, den Blick auf den Magistrat gerichtet, wie ein Mann, der auf seine Urteilsverkündung wartet.
»Wer war bei Eurer Hochzeit in Venedig mit Dr. Reekie als Zeuge anwesend, Madam?«, fragte der Magistrat.

»Ich«, erklärte Felipe im Plauderton. »Ich und ein Kollege von mir, ein Mitglied der Zunft der Steinmetze.«

»Obwohl die Frau Eure Geliebte war?«

Lady Eliot schloss die Augen, als werde sie gleich in Ohnmacht fallen, und öffnete sie dann wieder, um Felipes Gesicht bei dessen Antwort zu betrachten.

»Ja«, stimmte Felipe zu. »Würde das die Eheschließung in Eurer Kirche ungültig machen?«

»Es macht sie zu einem Skandal«, erklärte der Magistrat ihm angewidert. »Es macht sie zu einer Schande. Aber nicht ungültig. Ungültig war sie, weil die Braut nicht unserer Religion angehörte und sie jetzt erklärt, sie habe ihre Schwüre nicht verstanden. Sie war nie mit Dr. Reekie verheiratet, was immer Ihr als Zeuge miterlebt habt, es war nicht das Sakrament der Ehe in der Kirche von England. Sie war bei ihrer Ankunft in London in der Tat eine Witwe, wie sie selbst sagte, aber sie war die Witwe ihres ersten Gatten: des Signor Fiori.«

»In der Trauerkleidung, die sie für seine Beerdigung gekauft hatte«, bestätigte Felipe vergnügt. »Das war eine gültige Ehe. Da war ich auch zugegen.«

»Dann konnte sie mich also in der Tat heiraten?«, fragte Sir James kalt. »Unsere Eheschließung ist vor dem Gesetz und den Augen der Kirche gültig?«

»Das konnte sie«, bestimmte der Magistrat, und der Pfarrer nickte.

»Und sie hat mich geheiratet?«, vergewisserte sich Sir James, seine Augen wie Eis.

»Das hat sie«, stimmte der Magistrat zu.

»Der Fall von Bigamie ist also abgewiesen?«

»Es wird keine Anklage geben«, erklärte der Magistrat.

Sir George gab einen leisen Fluch von sich, und Lady Eliot atmete in einem bebenden Seufzer aus, doch niemand sonst zeigte eine Reaktion. Mr Lucas tippte Johnnie am Arm an, um ihn zu ermahnen, das Urteil aufzuzeichnen.

»Die zweite Eheschließung der Lady in Venedig mit Dr. Robert Reekie war ungültig, ihre Eheschließung hier ging rechtmäßig vonstatten.« Er senkte den Blick auf Johnnies Notizen. »Ihr seid ein verheirateter Mann, Sir James, ob es Euch nun gefällt oder nicht.«

Mit weißem Gesicht, den Arm in Livias besitzergreifendem Klammergriff, verneigte James Avery sich leicht. »Danke«, sagte er ohne ein Anzeichen von Dankbarkeit.

»Dies ist eine Schande!« Wutschäumend trat Lady Eliot auf das Schreibpult zu. »Nach allem, was über sie gesagt wurde? Sie ist nicht mehr als eine venezianische Hure! Eine Verbrecherin. Eine Fälscherin und Betrügerin! Sie kann nicht in die Familie Avery einheiraten!«

Der Magistrat sammelte Johnnies Notizen ein.

»Sagt besser nichts mehr«, riet er ihr leise. »Da sie in die Familie Avery eingeheiratet hat. Sie *ist* jetzt Lady Avery.«

»Aber die mutmaßlichen Verbrechen?«, fragte Sir George. »Der ... ähm ... der Betrug? Die falsche Denunzierung? Die gestohlenen und gefälschten Antiquitäten? Diese ganze Gaunerei?«

Der Magistrat schüttelte den Kopf. »Das liegt außerhalb meines Zuständigkeitsbereiches.« Sein trockener Tonfall deutete an, dass er diesen Umstand nicht bereute. »Ihr müsstet es bei den venezianischen Behörden vorbringen, falls Ihr das tun möchtet.« Er wandte sich an Alinor und Alys, die ganz reglos und stumm zwischen Sarah und Rob standen: eine Familie, die mit ansah, wie eine Flut bis an ihre Türschwelle stieg und ihre Existenzgrundlage bedrohte.

»Guten Tag«, sagte er. »Ich werde dies als meinen Bericht einreichen. Falls noch Zollgebühren für die Fracht der Lady unbezahlt sind, solltet Ihr sie umgehend entrichten. Jegliche falsch gemeldete Ware wird auffallen.« Er drehte sich zu James. »Und jegliche Klage gegen sie wegen Gütern, die gefälscht oder betrügerisch sind, wird auf Euch als ihren Ehemann zurückfallen. Ihr solltet vielleicht mit ihren Kunden sprechen. Womöglich wäre es besser, die Käufer zu entschädigen, um den Namen der Lady zu schützen, der jetzt der Eure ist.«

Lady Eliot erschauderte sichtlich.

Kapitän Shore warf Alys einen Blick zu. »Die Steuern werden morgen vor der Mittagskanone beglichen sein.« Dann wandte er sich an den Magistrat. »Ich bin Euch dankbar, Sir. Ich möchte nur feststellen, dass der gute Ruf des Lagerhauses unverändert besteht. Hiermit hatten sie nichts zu tun. Sie hatten ein gutes Geschäft, bevor sie das hier ... ereilte. Und sie werden im Anschluss wieder ein gutes Ge-

schäft haben. Es wird keine Gerüchte über das Lagerhaus Reekie geben. Sie haben sich keines Vergehens schuldig gemacht.«
»Dessen bin ich mir bewusst.« Der Magistrat sah zu Livia, die mit einem leichten Lächeln dastand, bei James untergehakt. »Man würde es beinahe als höhere Gewalt bezeichnen. Ich wünsche Euch einen guten Tag.« Mit diesen Worten ließ der Magistrat seinen Blick durch den stillen Lagerraum schweifen. Johnnie ging voran und führte ihn und den Pfarrer zur Eingangstür. Als er ins Lagerhaus zurückkehrte, ließ er die Tür zum Kai offen stehen, wie um den anderen nahezulegen, nun ebenfalls zu gehen.
»Wir sollten besser aufbrechen«, schlug Lady Eliot Sir James vor, während ihre starren Lippen sich kaum bewegten. »Ich weiß kaum, wohin wir gehen sollen. Sie wird wohl mitkommen müssen? Vielleicht wird sie eine Abfindung und ein Haus irgendwo auf dem Land akzeptieren? Es sei denn, wir können sie dahin zurückschicken, wo sie hergekommen ist?«
Livia lachte kurz auf, doch James schien taub zu sein. Er stand reglos da und blickte quer durch den Raum zu Alinor. Livias Hand war immer noch fest in seine Armbeuge geschoben, als wolle sie ihn nie wieder loslassen.
»James!«, hakte Lady Eliot nach.
Endlich drehte er sich zu ihr um. »Ich habe mich selbst ruiniert«, sagte er leise. »Ich habe meinem guten Namen Schande gemacht und mich ruiniert.« Behutsam löste er sich von Livia, indem er ihre Hand wegzog und sie sanft von sich stieß. Er ging zu Alinor hinüber, die immer noch blass und reglos dastand, umgeben von ihrer Familie. Er trat vor sie, als verfüge sie über weit mehr Autorität als jeder Magistrat, als sei sie für ihn Richterin und Geschworenenbank in einem.
»Als junger Mann, als törichter junger Mann, brach ich Euch gegenüber mein Wort«, gestand er mit ganz leiser Stimme. »Ich ergriff keine Partei für Euch. Ich liebte Euch und ließ zu, dass man Euch halb ertränkte, obwohl ich wusste, dass Ihr von mir in guter Hoffnung wart. Damals dachte ich nur an meinen guten Namen, und dass ich die Schande nicht ertrüge. Also fiel die ganze Schande auf Euch.«
Alinors dunkelgraue Augen waren unverwandt auf sein blasses Gesicht gerichtet, doch sie sagte nichts.

»Und jetzt«, fuhr er fort, »in einer Art von Gerechtigkeit ist mein Wort gegeben, obwohl es nicht hätte gegeben werden sollen, und diese Frau wird mich darauf festnageln. Ich habe mich viel schlimmer ruiniert, als ich es mit Euch riskiert hätte. Ich stand nicht zu Euch und heiratete Euch nicht, als ich es hätte tun sollen, weil ich meine Stellung in der Welt beanspruchen und behalten wollte. Und nun habe ich mich in die Gosse gestürzt, und mein Name ist nichts als Dreck.«
Alinor schwieg so lange, dass er schon glaubte, sie werde sich weigern, mit ihm zu sprechen. Doch dann atmete sie durch. »Ihr tut mir leid.« Ihre Stimme war voller Mitgefühl. »Ich wünsche Euch nur Gutes, James.«
»Darf ich …?«
Livia trat zu ihm und schob die Hand in seine Armbeuge.
»Nein«, sagte sie schlicht, ohne den geringsten Zweifel daran, dass ihr Folge geleistet werden würde. »Ihr werdet hier keine Besuche abstatten oder schreiben. Das hat sie Euch mehr als einmal gesagt, und sie kann es besser beurteilen, als Ihr es je können werdet. Außerdem bin ich jetzt Eure Gattin, und ich verbiete es. Wir werden augenblicklich nach Avery House fahren.« Sie brachte ein Lachen zustande, ein reizendes kleines Lachen. »Ich bezweifle, dass das Abendessen genießbar sein wird, aber Eure Tante hat angeordnet, es solle bei unserer Heimkehr fertig sein. Ich werde mit der Köchin sprechen müssen!« Sie drehte sich in Richtung Diele um und bedeutete Carlotta mit einem Wink, dass sie ihnen folgen solle.
»Dann haltet Ihr an der Heirat mit diesem Mann fest?«, fragte Felipe sie beiläufig, als sei er nur vage interessiert. »Und Ihr beabsichtigt, Matteo zu behalten – meinen Sohn?«
»Er ist *mein* Sohn«, sagte sie. »Vielleicht hat Rob ihn gezeugt, oder vielleicht wart Ihr es, aber ich habe beschlossen, dass er Matthew Avery sein soll, und das ist endgültig. Eines Tages wird er Sir Matthew Avery von Northside Manor sein, was mehr ist, als Ihr oder Rob für ihn jemals tun könntet.«
»Niemals«, sagte Sir James leise, ganz ohne Wut.
Livia blickte zu ihm empor. »Ich glaube nicht, dass Ihr es mir abschlagen könnt.«
»Er kann hierbleiben.« Alys ergriff zum ersten Mal das Wort. »Er kann hierbleiben, bei uns.«

Livia zögerte. »Warum solltest du ihn haben wollen?«, fragte sie kalt, als handelte es sich um eine weitere List, mit der es fertigzuwerden galt. Doch da wurde ihr mit einem Mal klar, dass aus Alys Liebe sprach. »Du willst ihn haben?«, fragte sie in einem ganz anderen Tonfall. »Du willst meinen Sohn aufziehen? Du willst dich um ihn kümmern?«

»Nicht, weil er von dir ist«, erklärte Alys. »Aber hier ist er glücklich. Er weiß nicht, dass wir einfach und arm sind. Er verachtet uns nicht. Es gefällt ihm hier, und er hat sich bei uns eingelebt. Ich liebe ihn um seinetwillen, wer auch immer sein Vater sein mag. Und Ma auch. Du hast keine Zeit für ihn, du wirst nie Zeit für ihn haben, und Sir James verliert abermals ein Kind durch seinen eigenen Stolz.« Ihr Blick huschte voller Verachtung über sein Gesicht. »Keiner von euch beiden weiß, wie man ihn liebt, wie man irgendjemanden liebt. Gib ihm eine Chance und überlasse ihn unserer Obhut!«

Livia würdigte James noch nicht einmal eines Blickes, um seine Meinung zu erfahren.

»Du wirst ihn um meinetwillen lieben«, flüsterte sie Alys zu.

»Ich liebe ihn um seinetwillen«, erwiderte Alys fest. »Und dies ist der einzige Ort, wo er Liebe erfahren wird.«

»Lass ihn hier«, riet Rob.

»Ich stimme zu«, sagte Felipe.

»Na schön«, entschied Livia, ihre Stimme unbekümmert. »Was für eine gute Idee! Er soll vorerst einmal hierbleiben. Ich werde nach ihm schicken, wenn ich ihn bei mir haben will, und ich werde entscheiden, wo er zur Schule geht. Aber vorerst soll er hierbleiben.«

Sir James und Alinor wechselten einen langen Blick. »Noch ein Sohn, den ich nicht sehen werde?«, fragte er verbittert.

»Es ist das Beste, wenn er hierbleibt«, erklärte sie. »Ihr werdet ihm beide keine liebevollen Eltern sein in dem herrschaftlichen Haus. Ihr werdet nicht glücklich sein.«

Er neigte den Kopf, wie ein Bußfertiger. »Das weiß ich.«

»Und ich?«, fragte Felipe Livia. »Euer Verlobter? Und Kindsvater?«

Im ersten Moment zögerte sie und überlegte rasch, was sich noch aus dem katastrophalen Niedergang ihres Geschäfts herausschlagen ließ. »Natürlich seid Ihr immer noch mein Geschäftspartner ...«, setzte sie an. »Niemand wird außerhalb dieser vier Wände hiervon sprechen. Wenn Ihr bereit seid, alles Geschehene zu vergessen, haben wir da immer noch ein Vermögen in Eurem Lagerhaus, und da Ihr hier seid und die Antiquitäten hergebracht habt, könnt Ihr sie verkaufen, und wir können den Gewinn teilen ...«

»Gütiger Himmel! Nein!«, fing Sir James an, doch es war Sarah, die vor Felipe trat und ihre Tante herausforderte.

»Nein, Livia. Er macht keine Geschäfte mehr für Euch. Und diese Lieferung ist in unserem Lagerhaus, von uns verschifft, uns geschuldet.«

»Macht er nicht?« Livia lächelte ihre Nichte an. »Er ist nicht länger mein Partner, obwohl wir seit Jahren unter einer Decke stecken? Wisst Ihr das? Obwohl wir jede Sünde begangen haben, nach der uns der Sinn stand, und jedes Verbrechen, das einen Profit abwarf? Jahrelang? Und Ihr hattet zwei Wochen in Venedig, und jetzt seid Ihr eine Autorität?«

»Ja, das bin ich.« Sarah ignorierte den Sarkasmus. »Ich werde die Antiquitäten verkaufen. Nicht er, und nicht Ihr. Er ist nicht Euer Partner, er war nicht Euer Verlobter. Das war er nie.«

Zum ersten Mal büßte Livia ihre lächelnde Gelassenheit ein. Schockiert blickte sie von Felipe zu Sarah. »Was soll diese Narretei? Hat das Kind Fieber, dass es glaubt, so mit mir reden zu können? Glaubt sie, sie könne Anspruch auf meine Antiquitäten erheben? Glaubt sie, sie könne Anspruch auf Euch erheben?«

Felipe hörte Livias Entrüstung noch nicht einmal. Der Italiener drehte sich zu dem englischen Mädchen um. »Ich bin nicht ihr Verlobter? Das habt Ihr entschieden, Miss Jolie? Ganz allein?«

»Ja«, erwiderte sie brüsk. »Sie hat einen anderen geheiratet, sie hat ihr Kind hergegeben. Sie verhält sich in allen Dingen, als wäre sie eine Frau von Welt und wüsste, wie es läuft, aber in Wahrheit weiß sie nichts. Sie weiß über Geld Bescheid, aber nichts über Wert. Sie weiß alles über Profit und nichts über Liebe. Ich habe Rob vor ihr gerettet. Meine Ma hat Matteo vor ihr gerettet. Und jetzt rette ich Euch.«

Felipe lachte laut auf und ergriff ihre beiden Hände.

»Ach! Bathsheba!«, rief er. »Jolie! Ich wusste, dass Ihr mich nicht im Stich lassen würdet! Ihr habt Euch entschieden? Ihr habt Euch endlich zu meinen Gunsten entschieden, obwohl ich so ausgesprochen

unwürdig bin und weder der Onkel noch die Großmutter mich jemals gutheißen werden? Und obwohl die Mutter wissen wird, dass ich nicht gut genug für Euch bin – und damit recht hat?«
»Ja«, sagte sie. »Ich rette Euch.«

Februar 1671, Hadley, Neuengland

Ned machte seinen Schlitten reisefertig, indem er neue Hirschlederriemen an dem Rahmen aus Korbgeflecht befestigte und das Geschirr über seinen Winterumhang aus Öltuch schob.
Die Grundnahrungsmittel waren hinten auf den Schlitten gepackt, die warme Kleidung in der Mitte, wo das gewachste Ledertuch sie trocken halten würde, die Werkzeuge und das Gewehr lagen vorn, wo er ohne Weiteres drankam. Die Kuh und das Schaf hatte er zu seinem nächsten Nachbarn gebracht, indem er ihnen einen Pfad durch den Schnee geschaufelt hatte. Den Nachbarn hatte er gesagt, sein Stalldach sei unter der Schneelast eingestürzt, und er hatte sie gebeten, die Tiere bei sich unterzubringen. Unter den Armen hatte er die Hühner hervorgezogen und sie gebeten, dafür zu sorgen, dass sie es warm hatten. Er brachte es nicht über sich, ihnen die Wahrheit zu sagen, zumal er sich selbst noch nicht einmal sicher war, wie die Wahrheit lautete.
Er wollte vor der Schneeschmelze fort, bevor die weiße Welt schmutzig braun wurde, vor der Einberufung zum Militär, damit sein Name nie aufgerufen werden und es keine Antwort geben würde. Er kam sich entehrt vor – ein alter Kamerad, der das Nordtor nicht mehr bewachte. Er kam sich treulos vor – ein Verräter an seinem Volk. Er kam sich ungeliebt vor – ein Mann, der einer Frau nicht den Hof machen und sie dorthin bringen konnte, wo sie sein wollte. Doch er wusste, dass er es nicht über sich bringen würde, in einer weiteren Armee zu dienen, zumal in einer, die mit Gewehren gegen Menschen mit Pfeil und Bogen marschieren würde.
Er wollte fort, ohne sich von den Bewohnern von Hadley zu verabschieden, an deren Seite er nun schon so lange lebte und die ihn in ihre Gemeinschaft aufgenommen hatten. Er wollte fort, bevor der

Council den indianischen König nach Plymouth zitierte und die Indianer in den ganzen Dawnlands sich in ihrem gerechten Zorn und Stolz zu seiner Verteidigung erhoben. Er wollte fort, ohne sich von den Männern zu verabschieden, die er jahrelang bewacht hatte. Er ertrug es nicht, ihnen entgegenzutreten und zu sagen, dass er zwar sein Leben für ihren Schutz hingegeben hätte, als sie von einem Tyrannen verfolgt wurden, dass er ihnen aber nicht helfen konnte, wenn sie selbst zu Tyrannen wurden.
Er wollte vor der Schneeschmelze fort, um mit dem Schlitten auf Schnee und über Seen und auf gefrorenem Boden fahren zu können. Er würde nach Norden aufbrechen, weg von den Siedlern, in den Wald, der ihm immer Angst eingeflößt hatte, weil er hoffte, leeres Land zu finden, herrenloses, brach liegendes Land, wo er leben könnte, ohne Partei zu ergreifen, wo er er selbst sein könnte: weder Herr noch Knecht. Das kleine Dorf zu verlassen, wo er sich ein Zuhause geschaffen hatte, und die Männer, die zu bewachen er versprochen hatte, war für Ned so schmerzlich wie seine Abreise aus England. Doch in gewisser Weise ging es um dieselben Fragen – die unbeantworteten Fragen, die ihn nicht losließen, sein ganzes Leben lang: Auf welcher Seite stand er, welchen Menschen schuldete er Gehorsam, was wollte er beschützen?
Der Schlitten war bereit, und Ned schloss die Tür seines Hauses mit sinnloser Sorgfalt. Er pfiff nach Red, der sofort zu ihm kam, indem er durch den tiefen Schnee sprang. Ned lehnte sich nach vorn, spürte das Gewicht des Schlittens und stapfte auf seinen Schneeschuhen los. Der Schlitten glitt problemlos hinter ihm her, und die Schneeschuhe von Leises Eichhörnchen hinterließen flache Spuren. Er wandte sich ostwärts, ging am Fluss entlang an dem Tor am Ende des Hauptwegs von Hadley vorbei, das von Schneewehen völlig unkenntlich gemacht war, dann in den Kiefernwald von Hadley, und schließlich vorbei am Grenzstein der Siedler mit den Initialen des Freundes, den er nie wiedersehen würde, in den Wald des unbekannten Landes.
Er ging eine Stunde lang, folgte dem sich nach Norden schlängelnden Fluss, seine Augen geblendet von der Sonne auf dem Schnee. Zu seiner Rechten lag ein gefrorener See, und Ned, der den Blick von dem vor ihm liegenden Weg hob, sah eine Gestalt durch den

Schneeschleier, der die ganze Welt in ein blendendes Schneegestöber verwandelte.

Es war die Silhouette eines Mannes, in der Hocke auf dem Eis, einen Umhang über den Kopf gezogen, damit er in das eisige Wasser unter sich schauen konnte. Sein linker Arm bewegte sich ein wenig, während er die kleine Fischattrappe zappeln ließ, die im Wasser tänzelte, damit die großen Fische, die am Grund des eisigen Wassers dösten, nach oben schwimmen würden. Die andere Hand hielt den Speer, bereit, die verborgenen Fische in den dunklen Tiefen aufzuspießen. Die Gestalt war so deutlich erkennbar, dass Ned sich einen Ruf zur Begrüßung verkniff und anfing, die Riemen des Schlittens zu lösen, damit er sich Wussausmon leise nähern konnte. Während seine kalten Finger an den Riemen hantierten, empfand er tiefe Freude darüber, sich verabschieden zu können, Freude darüber, dass ihnen ein gemeinsamer Moment vergönnt war, bevor sie für immer getrennter Wege gehen würden. Er befreite sich von seiner Last und ging auf den See zu, weil er glaubte, nur Wussausmon erklären zu können, warum er fortging. Der einzige Mensch auf der Welt, der die widerstreitenden Loyalitäten verstünde, die ihn nach Norden zogen, in unbekanntes Terrain, fort sowohl von seinem eigenen als auch von dem fremden Volk, das er so lieb gewonnen hatte.

Von dem Geschirr befreit, trat er auf den gefrorenen See und zögerte dann. Als er nun noch einmal hinsah, war da niemand. Da war nichts in der weißen Leere, keine Gestalt in Pelzen, die sich über das Loch bückte, keine Anglertasche, kein Speer, kein frisch gegrabenes Loch im Eis, das sich mit schwarzem Wasser füllte – nichts, da war niemand, nur das ungebrochene Eis des Sees und die weiß verwehten Wirbel des Schnees.

»Wussausmon?«, flüsterte Ned. »John?«

Keine Antwort. Es gab keine Gestalt, die über einem Loch im Eis kauerte. Das ebene Weiß des Sees erstreckte sich endlos. Es war nie jemand dort gewesen.

Ein kalter Wind, der flüsternd das Flusstal heraufwehte, ermahnte Ned, dass er weiter von Hadley fortkommen musste, bevor er ein Nachtlager aufschlug, und dass er seine Zeit nicht auf der Suche nach Gespenstern vertrödeln durfte. Ihm ging durch den Kopf, dass seine Mutter und seine Schwester ihm sagen würden, dies sei das zweite Gesicht, und dass er sich zum letzten Mal von Wussausmon verabschiedet habe, während der Mann auf seinen Fisch wartete, den Speer in der Hand, sich selbst am treuesten geblieben in seinen Fellen, auf dem Eis, bei der Jagd, wie es bei seinem Volk seit Hunderten von Jahren Brauch war, auf die Geräusche unter dem Wind lauschend, wie er es immer tat, auf Bewegungen tief unten im dunklen Wasser achtend, wie er es immer tat.

Ned band sich das Schlittengeschirr wieder fest um und blickte zu seinem Hund hinunter. »Du hast ihn nicht gesehen, nicht wahr, Red?«, vergewisserte er sich. Der Hund wedelte mit dem Schwanz und stand aufbruchbereit da.

»Dann auf Wiedersehen«, sagte Ned unsicher in den Wind und lehnte sich nach vorn gegen das Gewicht des Schlittens, der sich im Schnee in Bewegung setzte und dann hinter ihm herglitt. Er stapfte langsam und ohne Pausen dahin, wandte sich nach Norden, indem er dem Verlauf des gefrorenen Flusses folgte, die untergehende Sonne kalt und grell auf seiner linken Wange. Er folgte einem Indianerpfad, der irgendwo unter dem Schnee verlief, die Geschichtenlöcher zwar verborgen, aber trotzdem vorhanden, und der ihn Schritt für Schritt weiterführte.

Er ging mit düsterer Entschlossenheit, als gäbe es nur eine einzige Möglichkeit, ein freier Mensch zu sein: zu gehen, einen Schritt nach dem anderen, ohne zu stehlen, ohne zu lügen, ohne mehr zu hinterlassen als Fußspuren, die rasch im Schnee verweht wurden.

Anmerkung der Autorin

Die gefrorene Leiche von John Sassamon/Wussausmon wurde, einen Tag nachdem er die Behörden von Plymouth davor gewarnt hatte, dass sein Anführer Massasoit Po Metacom Kriegsvorbereitungen gegen die Siedler traf, neben einem Loch zum Eisfischen im Assawompset Pond gefunden. Ohne schlüssige Beweise für einen Mord machte der Plymouth Council drei Männern der Pokanoket für seine Ermordung den Prozess, befand sie für schuldig und ließ sie hinrichten.
Es wurde behauptet, sie seien die Attentäter: Sie hätten Wussausmon für einen Verrat bestraft – obwohl das nicht dem Gesetz oder der Tradition der Pokanoket entsprochen hätte. Als Reaktion auf die Hinrichtung seiner Männer ohne sein Einverständnis setzte Massasoit Po Metacom seinen früheren Kriegsplan in die Tat um und begann den Verteidigungsfeldzug seines Landes, der Tausende Siedler und Indianer das Leben kosten und die Kolonien Neuenglands an den Rand der Vernichtung treiben sollte. Seine Niederlage und sein Tod waren Teil einer Kampagne, seine Nation für immer auszulöschen und sogar den Namen Pokanoket zu verbieten. Die Verfolgung aller indigenen amerikanischen Völker, die Tilgung ihrer Geschichte, Kultur und der Raub ihrer Güter und Ländereien setzen sich bis zum heutigen Tag fort.
Die Romanpassagen mit dem Schauplatz Neuengland fußen auf historischen Fakten, und während es sich bei Ned, wie auch bei Mrs Rose, um fiktive Figuren handelt, gab es die anderen Gestalten in der tragischen Geschichte des Zusammenstoßes zwischen zwei Völkern wirklich. Die Königsmörder Edward Whalley und William Goffe entkamen der Rache des restaurierten Königs Charles II. und versteckten sich bis zu ihrem Tod in Neuengland. Die meiste Zeit verbrachten sie in Hadley, im Haus des Pfarrers John Russell. Laut traditioneller Überlieferung tauchte William Goffe auf, als die Stadt von Indianern angegriffen wurde, und ließ die Truppen zur Verteidigung antreten: der sogenannte Engel von Hadley.

Ich bin den Historikerinnen und Historikern im Freilichtmuseum Historic Deerfield, die mir so großzügig ihre Zeit geschenkt haben, zutiefst dankbar: Anne Lanning, Barbara Mathews, Claire Carlson, Phil Zea, James Golden und Ned Lazaro. Die Gespräche mit ihnen und ihre Aufzeichnungen waren von unschätzbarem Wert. Professor Peter Thomas schulde ich ganz besonderen Dank für sein Interesse und seinen Rat und das Privileg einer langen Korrespondenz über Einzelheiten des frühen Lebens in Hadley.

Während meines Aufenthalts in Neuengland hatte ich auch das Vergnügen eines Besuchs in dem wunderbaren Mashantucket Pequot Museum. Joe Baker bin ich sehr dankbar für den Empfang und Kimberly Hatcher-White, Nakai Northup und Matt Pina für ihre Zeit und ihr Fachwissen im besten Museum über amerikanische Ureinwohner, das ich je besucht habe.

Mir wurde die Ehre einer Einladung nach Montaup (Mt Hope) zuteil, um mich mit dem derzeitigen Sagamore der Pokanoket Nation zu treffen: Po Wauipi Neimpaug, William Winds of Thunder Guy; Sachem des Stammes: Po Pummukaonk Anogqs Tracey Dancing Star Brown; der Erste Rat: Quogqueii Qunnegk Deborah Running Deer Afdasta; und zwei der Stammesschamanen: Po Kehteihtukqut Woweaushin William Winding River Brown und Po Popon Quanunon Ryan Winter Hawk Brown. Ihr Wissen, ihre Leidenschaft für ihre Geschichte und ihre Bereitschaft, sie mit mir zu teilen, berührten mich zutiefst.

Roberta Curiel und Sara Cossiga bin ich für ihre Hilfe bei der Recherche zu den Venedig-Passagen des Romans sehr dankbar. Sie führten mich geduldig in einem überfluteten Venedig herum, selbst auf die außergewöhnliche Insel Lazzaretto Nuovo, wo die Museumsleitung so freundlich war, mir Zutritt zu gewähren. Außerdem bin ich Silvia Cardini für ihr Wissen und ihren Enthusiasmus über Florenz dankbar, und ganz besonders Clara Marinelli, die mich in der Gießerei und den Marmorwerkstätten ihrer Familie willkommen hieß. Das Meißeln von Marmor auf die alte und auf die neue Art zu sehen, war ein unvergessliches Erlebnis. Franco Pagliaga war so freundlich, sich mit mir zu treffen und über seine Arbeit zu gefälschten Gemälden zu sprechen.

Meine Freunde und Historikerkollegen Malcolm Gaskill und Stella

Tillyard lasen netterweise das Manuskript und berieten mich. Ich schulde ihnen, Zahra Glibbery und Victoria Atkins großen Dank für ihre Unterstützung bei der Recherche, meinen Reisen, dem Schreibprozess und dem Streben nach Genauigkeit.

Es ist eine bewegende Erfahrung gewesen, dieses Buch zu einer Zeit zu schreiben, in der unser modernes Leben manchmal genauso beklommen und unsicher wirkt wie die Leben, die ich beschreibe. Die Gegenwart scheint ein Echo der Vergangenheit zu sein, das uns sagen will, dass wir nur überleben werden, wenn wir tolerant und großmütig miteinander leben, die Natur respektvoll behandeln und Fremde willkommen heißen, wie es die Pokanoket taten, die sich wie Ned und die Generation der Mayflower eine bessere Welt erträumten.

Philippa Gregory,
2020